U0918990

天国的封印

（上）

裴魁山 著

译林出版社

第一章

有人说，人生就像爬楼梯，越想往上，越要迈过更多的台阶。我这小半生就是在不断地迈台阶，不断地不停地迈，不知道什么时候是个头。有时候实在累得想休息一会儿，可冥冥中总有一个声音让我不要停下来，仿佛有什么美好的东西在前面等着我。于是我就像眼前挂了萝卜的驴一样，不停地跟在这个萝卜后面，默默地走着。

2012 年 10 月，我又到了人生的一个台阶：工作还是继续读书。就像在监狱里待久了的人，重获自由的那天反而会紧张万分一样，已经习惯的生活眼看要被新的生活打破，这是让人恐惧的。我在学校的监狱里关了二十年，二十年，对于一个罪犯来说已经有充分的理由恐惧新生活了。于是我开始恐惧毕业后的生活。补充一下，我七岁上学，也就是说，今年，我二十七岁了。继续留在监狱还是去迎接毫无准备又异常残酷的新生活，对我来说是个问题。我相信，每个人站在下一个台阶前，总会想起莎士比亚的那句名言，对我来说，也是如此。

To be or not to be,that is a question.

先不管这个让人头痛的问题了，在解决这个大问题前我得先解决一个不大不小的问题，那就是搞出一篇还算像样的毕业论文。没有这个东西，别说工作了，连毕业都是个问题。

“为什么人生总是要面对一个又一个问题呢？”

林非总是这样问我。她总是皱着眉头，用右手不停地摩挲着及腰长发的末端，仿佛要搓出问题的答案来。她跟我同届，但不是一个专业，她是我所在大学的国际关系学院外交学专业的，也就是为所谓的外交官和国际政治专家培养后备人才的地方。她一点都不喜欢这个专业，因为她特别厌恶班里那些自以为将来能呼风唤雨纵横捭阖驰骋国际舞台的半大小子们的嘴脸，她觉得这些人在教授的教育和自我的不良暗示下正逐步变得冷血和无知，变得狡猾和狂妄，也就是变得越来越面目可憎。她其实想学习外语，然后去个不错的外企，当个不错的白领，然后在不错的工资、不错的老公和不错的孩子的陪伴下不错地死去。

“人也许只有通过解决问题来使自己变得强大吧，越强大的人解决的问题越多。”

我特怕她总是在吃饭的时候冷不丁皱起眉头，因为我知道她肯定会在皱眉之后问一些根本无法回答也根本没有答案的问题。

显然她对我的回答不满意，于是她更玩命地搓起了头发。

“你找了什么选题？”我岔开话题。

“没具体想好。大概写点文明冲突方面的东西吧。”她知道我岔话题，也就顺着梯子下来了。

“文明冲突”基本上源自美国人亨廷顿的《文明冲突论》。这是一本旷世巨作，因为它把人类几千年来不同民族不同宗教不同文化间的冲突给具体化形象化了，从纷繁复杂的问题中抽出了精髓。比如现在，可能我们就活在基督教文明和伊斯兰教文明冲突的大背景下。也好，至少我们儒教文明和佛教文明可以暂时得以喘息。但既然“文明冲突”被纳入了神圣不可侵犯的“规律”之下，那也许有一天，会有我们的儒教文明和其他什么文明的冲突吧。咳，不管这些了，这才不是我们草民该考虑的事情呢。

“好大的一个命题。”

“我也觉得，我跟导师大概聊了一下，他让我把选题放在文明冲突背景下的某一个具体问题上。”林非又叹了口气。

“嗯。”

“嗯。”

又没话说了。

于是开始沉默地吃饭。

我跟林非三年的关系基本就是这样。分别上课，一起吃饭，一起散步聊天，一起去图书馆、自习室，然后，分别回宿舍睡觉。

把她送回宿舍后，我回到了自己的房间。研究生是两个人一个宿舍，不过我的舍友李少威三年前就跟女友在外面同居了。每当别人不怀好意地问他这么急着同居干吗时，他会非常不要脸地说是为方便我与林非在宿舍莺歌燕舞。每次他说到这时我都想冲过去弄死他，当然前提是我必须打得过他。

李少威跟我一个专业，将近一米九，校排球队的二传。他是因为排球技术出众以特长生的身份进入我们这个大学的，又因为替学校拿过不错的排球名次同时加上他凭借2.0的视力在优等生的间接帮助下保证所有科目考试及格才得以保研的。不过他本科学的专业技术性太强，系里不要他，经过各方协调，我们历史系才收留了这个文化水平接近高中生的人。

这一切并不影响我对他的好感，因为他仗义，同时没有那些自认为才高八斗的人的臭毛病，也就是说他够真诚。当然最重要的是他也喜欢我，否则我才没必要费口舌夸他。其实说白了，我们俩基本属于相互利用的关系，我利用他强壮的肌肉，他利用我装过一些书的脑子。只要我俩一起出去，只要我这个一巴掌就半身不遂的人身边站着他，我就完全处于安全之中。而他的考试、论文、情书等等，全部是从在下脑子里掏出去的。

回到宿舍，我开始为论文做准备。我想写的是关于商朝继位方式的论文。众所周知，中国，包括绝大部分的其他国家，君主的传位方式都是嫡长子制，再不济也是传子女、传侄子的，而商朝非常奇怪，在它几百年的历史中，绝大部分是兄终弟及，也就是说哥哥把位置让给弟弟。这就引起了我极大的兴趣。

我也查阅了研究同样问题的一些文章，它们的分析让我很不满意，甚至有些扯淡。最被普遍接受的观点是说当时由于生产力低下，人的寿命普遍较低，于是年幼的孩子无法承担治理国家的重任，因此不得已才传位于弟。这纯属扯淡。要说生产力低下，夏朝不是更低下吗？要说孩子年幼，中国历史上不是出现了无数年幼登基的皇帝吗？担心孩子年幼政权不稳？这更是后人一厢情愿的猜测。中国古代有的是名臣良将，商汤身边不就有伊尹吗？

那到底是什么原因导致在中国五千年的文明史中出现这样一个独特的王朝呢？

已经很晚了，查资料查得我头晕脑涨。我决定随便看点东西缓解一下要爆炸的脑袋。没什么新的东西，无非是什么国家建设又取得重大成就，什么贪官污吏又被调查，什么美国在伊拉克和阿富汗似乎陷入战争泥潭，以及经济危机对全球的影响可能持续，等等。

记得以前跟一个数学系的同学聊天，他说如果仔细研究世界史会发现，大规模的危机，包括战争、经济危机、自然灾害等等，都呈现出一定的规律，且符合某种数学模型。当时我把这些当奇闻轶事来听，还跟他争论：每个人都会习惯性地美化或者神化自己的学科，来证明自己的学科是唯一真理。他跟我辩解，说数学最终要解决的绝对不是数学问题，而是整个宇宙的终极真理。这让我非常不齿，因为几乎所有的学科都声称自己是为解决终极真理服务的。同时，他还大肆侮辱历史学，说所有学科中唯独历史学是后知后觉的，它研究的都是已发生过的事情，是事后诸葛亮学科。我告诉他，我懒得跟你辩解，因为人类的历史告诉我们，辩解从来都是不起作用的。最后我还告诉他，这就是历史学的意义，你们是在艰难而缓慢地研究终极真理，而我们则是从历史中寻找终极真理的蛛丝马迹，终极真理不是在远方等待着我们去发掘，而是曾真实地出现过。我们才是能真正找到终极真理的唯一学科。

说完这话我就后悔了，我也陷入了王婆卖瓜自卖自夸的境地。

越研究历史我越觉得他其实说得有道理，慢慢地我觉得似乎冥冥中有种神秘的力量一直在控制着这些现象的发生，仿佛有某种逻辑极其严密的机制，过一段时间就会启动一次。而更让人恐惧或者说兴奋的是，看看这些年世界上发生的事情，我觉得，这种机制仿佛在我们生活的这个年代又被慢慢启动了。

第二章

第二天一早，我正准备给导师打电话，确定见面谈选题的具体时间，电话却突然响了，是导师打来的。我正为心有灵犀高兴时，导师电话里让我准备正装，下午跟他一起出席一个活动，这让我吃惊不小。电话中听他那边好像比较忙，我也没有多问，放下电话后我疑惑了起来。导师让学生帮忙或者把自己的项目交给学生来做对研究生来说司空见惯，学生间常常会抱怨导师给他们安排活儿，其实我知道，这种抱怨中有某种炫耀的成分，因为谁都知道，导师要是不信任你或者不认可你，怎么可能把活派给你呢。这让我很难过，因为三年来这种值得抱怨和炫耀的事情从来没有发生在我身上，导师除了专业上对我进行指导和有时跟我争论一些我固执己见的问题外，仿佛遗忘了我这个学生的存在。

今天他居然打电话让我跟他一起出席活动！我终于深刻领会到苦等多年的妃子要被皇帝临幸那一刻的欣喜了。

我兴奋地找出了为找工作面试时所准备的西装。这套西装的价钱等于我三年来所有其他衣服的总和，买它仅仅是为了一次面试，真够荒唐的。我甚至有时候觉得我一辈子都不会穿它，因为对工作的恐惧可能让我一辈子都不会参加面试。但是，今天，它终于有机会被我临幸了。

我给林菲打电话约她去图书馆，听声音她还没有起床，她迷迷糊糊地告诉我今天不舒服，就不去了，中午一起吃饭就行。我一如既往地没有勉强她，挂了电话后我居然若有所失地发起呆来。

我跟林菲本科就认识，在学校的一个社团，因为不是一个专业所以除了每周在社团的活动时能有接触外，平时几乎没有一对一的交流，偶尔在食堂碰见也是打个招呼而已。也许因为我一直以来给人的印象都是闷吧，所以林菲也像我身边别的女同学一样，永远跟我保持一定的距离。本科四年我对她唯一的印象是，在一次我们社团与其他社团的足球比赛后，她给累得臭死的我买了一瓶可乐，仅此而已。

至于后来怎么发展到现在这种状态我也不清楚，具体地说是我被各种不同的版本给搞糊涂了。关于本校最著名的闷蛋，也就是我，怎么让美女林菲成为女朋友的故事有很多的版本，这些版本可以拍成不同的类型片，绝对精彩。有时候我居然也会在酒桌上像听故事一样入神地听着别人讲我和林菲的爱情故事。其实，这些版本无论多么精彩，它们的立足点都是不成立的，因为林菲根本不是我的女朋友！我们的关系我已经说过了——分别上课，一起吃饭，一起散步聊天，一起去图书馆、自习室，然后，分别回宿舍睡觉。

有时候我自己也会躺在床上意淫一下，满脑子全是同学们为我编织的故事中的种种场景，想到美好处我也不禁为自己喝彩。

可清醒后我知道，林菲不是我女朋友，也许永远也不会是。

胡思乱想是打发时间最好的方式。不知不觉到了中午，我给林菲打电话，等了半天，是她室友接的，听上去她室友也是迷迷糊糊的，室友说林菲刚起，洗澡去了，让我等一个小时左右。我看了下表，离我与导师见面的时间也就是一个小时，于是我告诉她，我一会儿得跟导师出去，就不等了。她“嗯”了一下，想必是又睡了过去。

不得不承认，林菲的举动是我三年来第一次见。我知道她都是傍晚去学校澡堂洗澡的，因为我们一起吃完晚饭后会各自回宿舍休息一个多小时，然后一起上晚自习的时候，我会闻到她身上洗完澡后的清香。今天，是一个特殊的日子。

按约定时间到了导师办公楼下，导师还没有到，一辆奔驰停在门口，一个年轻的司机坐在车里，一个高挑的制服美女站在车外往办公楼内望。这个女人很有味道，我得承认。虽然我是个闷蛋，但至少我是个男性闷蛋，自然也没少批判性地看某种日本的类型片。对于大多数的年轻男性而言，办公室制服美女即 office lady 是摄取男性魂魄和某种液体的至尊利器。我一直很纳闷，这究竟是为什么？

制服，象征着某种权威。征服制服美女，意味着征服的不只是美女，还征服了权威。对男人而言，色是倚天剑，权就是屠龙刀，征服了制服美女，两样法宝就凑齐了。

某日酒后，在下如是说。

不自觉地，我的眼神在这位女子身上停了许久，毕竟在学校遇到在电脑上才能看到的极品，不多看几眼简直是暴殄天物。

五分钟后，导师西装笔挺地走了出来，制服美女连忙迎了上去。

"丁教授，您好，我是吴丽丽，给您打电话的就是我。"笑容可掬。职业性的笑。

"你好你好。对了，介绍一下，这是我的研究生，周皓，一直是我的助手。"丁景治教授把我介绍了出来，吴丽丽微笑地点头，依然是职业性的。

我头上登时出现了两个巨大的问号。第一，导师为什么说我一直是他的助手？其实也好解释，为了抬高我在外人面前的身价。第二，制服美女向我职业性地微笑时，她的眼神中仿佛有种看穿了我的意思，好像是某种轻蔑？难道刚才我掩饰不住的流氓眼神被她发现了？还是她知道我根本不是丁教授的助手？越是心虚的人就越心虚，于是，我汗如雨下……

但愿是我多心了。

一路上，车里充满了恭维和假谦虚的空气。

丁景治，我的导师，如果给中国当代史学界排座次的话，头三把交椅中必有一个属于他。今天他要带我出席的是一个剪彩仪式——大谷集团在中国成立了一个基金会，用于资助中国的考古和史学研究。大谷集团是顶级的跨国公司，日本人大谷龙一 1887 年创立，涉足许多产业，在中国发展了近三十年，是一个庞大的商业帝国。它今天成立这个基金会，对于中国考古和史学研究来说，无异于天上掉下来个大馅饼，许多有头脸的人物都会出席，当然少不了著名的丁教授。

仪式在京城顶级酒店举行。仪式本身不过是走走过场，让媒体报道报道，宣传宣传，更有意思也更主要的内容是之后的酒会，因为在酒会上大家才能互相结识，才能为以后的各自利益做铺垫。导师被主持人和负责人千吹万捧，风光无限，我这个他"一直的助手"则跟傻子一样全程站在他身旁，心里虽然不爽但也明白，这种场合本来我就是个小配角，但我还是一直不明白为什么导师有好几个得意门生，却偏偏选我来当这个傻子。

几个小时形式化的东西终于结束，酒会开始了。这也是我认为今天对我个人而言唯一能有收获的时候。朋友都知道我是个好酒的人，我常常羡慕竹林七贤的生活，恨不得自己能活在那个潇洒无羁的时代，因此我常酒后放言要恢复魏晋之风，结果自然是被人以喝醉为由拖回宿舍。这种高档酒会的酒自然不会差，这个想法从我一上车就在我脑子里晃荡。果不其然，这里的酒好得让我惊叹。

于是，在大家相互递名片和虚假的奉承之时，我打开了肚中的仓库，放肆地狂饮起来。

“周皓，过来。”导师微笑着向我招手。

我忙不迭地放下酒杯，迎了上去。在导师旁边的，是一个三十出头的男人，衣着考究，举止得体，一看就知道是上流社会的人——反正我从来没见过上流社会是什么样子，电影上描述的上流人士都是他这副德性，姑且就把他当成上流人士吧。

“这是我最得意的学生，也是我的助手，周皓。”

我伸手礼貌地与“上流人士”握了握手。

关于握手的礼仪，我是知道一些的。因为我说过，我传说中的女友林菲是学外交的，她的导师是中国著名的外交礼仪专家，如果经常看电视或者参加高级培训的人应该见到过这么一个剃着小平头、戴着眼镜、用刺耳的声音流利地讲各种礼仪的专家。林菲告诉我，他经常会在课堂上炫耀性地讲自己的过往，讲自己如何如何风光，如何如何独当一面，等等，反正她讨厌外交也跟讨厌这个导师有关。

关于握手，林菲告诉我，她的导师说国际上最正式的握手方法是两个人握手的力度正好可以在两人手的中间放一个鸡蛋。握松了，鸡蛋会掉，意味着你跟这个人握手不真诚，完全是应付差事；握紧了，鸡蛋塞不进去，意味着你没事跟对方瞎真诚，仿佛哥们一般，不严肃。我当时听她这么讲觉得这些专家都是吃饱了撑的没事干，不过仔细想想，礼仪不就是人们在吃饱了之后没事干琢磨出来的东西嘛。看看人家小布什，什么时候跟人正儿八经地握过手？不过林菲貌似正经地告诉我，礼仪这个东西是要讲的，尤其在国际舞台上，不讲是要出乱子的。比如法国前总统萨科齐当年不就是不按礼节亲吻德国女总理默克尔，导致默克尔大为不爽的嘛。我心想，算了，反正关我草民屁事。

跟“上流人士”握完手后，他微微一笑。

“年轻有为啊。”

日本口音的中国话。小日本？我心里马上扬起了高昂的斗志。在热爱民族酷爱民族历史的民族主义者周皓心里，日本是应该而且必须沉入海底成为亚特兰蒂斯的地方。

我立马客气道：“彼此彼此，你也不错嘛。”

他哈哈笑了起来。

导师有些责怪地看了我一眼，然后介绍道：

“这位是大谷基金会的总裁大谷裕二先生。”

大谷裕二？不就是现任大谷集团总裁大谷平南的儿子？我的天，我竟然跟一个身家百亿的人的儿子说“你也不错嘛”？导师怎么要给他引荐我这么个无名小卒？

“周皓是我的学生里研究先秦历史最出色的，他在这个领域的前途不可限量，估计以后你们打交道的机会不少。现在是你们这些年轻人的天下，我这个老头子不行喽。”导师看出了我的尴尬，不经意地打了圆场。

之后大家聊了什么我完全记不住了，一来是因为酒劲上来脑子有点蒙，二来是因为我在这些开着百万以上豪车的人面前有些英雄气短，所以整场酒会我只是不住地继续傻子一样地微笑、点头，只恨不得赶紧结束，找个坑把自己埋了。

我发现，一个人的民族自尊心是很容易在现实面前被打击得烟消云散的，这也就是为什么牛了几千年的中国人在近代会尿成那副德性——我在心里这么安慰自己脆弱的心灵。

酒会结束时，大谷裕二把导师送到了奔驰前，并嘱咐自己的秘书吴丽丽安全把丁教授送回家中，临走时，他微笑地对导师说：

“您的助手酒量很好，我很希望有机会能单独跟他喝一杯。”

导师笑答：“好好，以后机会多得是。”

导师在学校内有自己的住处，在校外也有自己的老宅。吴丽丽问他回哪儿的时候，他说明天还有课，就回学校的住处吧。这样，奔驰车先把导师送到了住处，然后把我放到了宿舍门口，吴丽丽从车里对我抛了一个甜蜜的微笑，然后车掉头离开。

就在我准备上楼的时候，导师的电话来了。

“累不累？”导师问我。

“不累。”

“来我这坐坐，聊聊你论文的事。”

导师的住处我去过几次，我们的几次争论都发生在这个屋里。这个住处是学校给导师这种地位的人物特意安排的，导师如果要熬夜写东西或者第二天有课的话，晚上会住在这儿，有时也会跟学生在这彻夜长谈，很有古代先贤哲人的为师之道。

“以后准备怎么打算？”坐定后，导师冷不丁地问了我这么一句。

“准备考您的博士。”我如实回答。

“如果想进研究所的话，我一封推荐信就可以解决。”导师厚厚的镜片后面一双眼睛似乎要看透我的心思。

“我觉得我不适合那里，我想跟您再多学几年。”我如实回答。

“你知道我要退休了吧？”导师怅然若失。

我点了点头。我当然知道，导师为中国的史学研究奉献了一辈子，身体已经严重透支，我们同学间早就流传着我们将是他最后一届研究生的传言，因为从我们这届后他再没有招过任何一个学生了。这一届他总共有两个博士，五个研究生，同时教导这七个人，他明显心有余力不足了。

“那你怎么打算？”他咳嗽了几声。每天的三包烟几乎毁掉了他的呼吸系统，他常开玩笑说，如果把他的肺拿出来，轻轻一抓就会变成一堆油渣。

“不知道，也许进研究所，也许写东西。”我有些不知所措了。

“你适合进研究所吗？”他点起了一支烟。

他明知故问。我这种偏执型人格的人一旦认准了自己的东西，砍头都不会服软的。我经常因为自己的观点跟他起冲突，搞得同学们都觉得我有病。

“你对我们传统的历史学研究方法持怀疑态度？”他在一步步切入正题。

“对，当数学、物理学、化学等等都开始向玄学靠拢的时候，我们历史的研究方法还停留在19世纪的水平。”我一如既往地偏执。

我认为我没错。连牛顿和爱因斯坦晚年都投入宗教的怀抱，我们还有什么资格守着落后的所谓的科学方法缓慢地推进？我对历史学研究最大的不满在于，每当我们从古籍中发现异象时，我们通通把它们归结于封建迷信或者某种物理现象，现代历史学研究方法不但否认非物理现象，同时还否认发达的史前文明。

纵观中国古籍，可以说几乎都与玄学相关，而这些通通被我们以科学的名义摒弃，仿佛只要是科学证实不了的通通是不存在的。这种观点非常荒谬。我们的科学才发展到什么水平？如果我们仅以纯科学的眼光看待世界的话，不就成了一叶障目不见泰山了嘛。但当科学证实不了的东西成为确实存在的时候，他们就选择了沉默。

当科学家艰难地爬上真理顶峰的时候，他们会发现，神学家已经在那儿等他们很久了。

第三章

回到宿舍时，我看了眼表，3 点 20 分，真够可以的，三年来我还从没跟导师单独聊过这么长时间。我靠在椅子上，想着导师和我的谈话，心里极其复杂。他不断地咳嗽，不断地鼓励我继续按我的方式研究下去，鼓励我不要受他的，包括别的专家的影响，坚持自己的研究方法和研究方向。这让我异常困惑，一个史学界的巨擘让我按自己异想天开、混杂了被经典史学界鄙视唾弃的方法研究历史？他是不是疯了？

我越想越糊涂，索性不想了。于是我拿起了桌上的牛皮纸袋。这是我临走前导师给我的，我当然知道是什么。导师这种级别的人出席商业活动自然有不菲的被称为“车马费”的东西。他坚持要给我，并真诚地告诉我，这笔钱对他来说就是牛身上的一根毛，而对我来说，可能就是一头牛。我很喜欢这个比喻，于是我就收下了这头牛。

记得我在离开导师家的时候，导师专门叮嘱我，纸袋的事别让别人知道。这我当然清楚，要是让同学知道导师给我这么多钱，别的同学还不妒忌死。

打开牛皮纸袋，厚厚的百元大钞进入眼帘，我自然要狂喜一番。就在我准备数钞票的数量时，我意外地发现，牛皮纸袋里还有一张照片！

这张照片上是一组奇怪的符号！

大谷基金会送给中国最著名的史学家一组奇怪的符号？！

导师知道这个照片的事吗？牛皮纸袋是吴丽丽在车上给他的，导师并没有打开，我看见了。吴丽丽送完导师又送我，之间不过五分钟的时间，随后我接到导师电话去了他家，其间导师拆开过信封吗？

我想立刻给导师打电话，但这个时候导师肯定已经睡了，我实在不忍心打扰他。看着眼前的这张照片，我实在不能当它不存在，于是我像打了鸡血一样开始玩命在网上搜索与这组符号相关的资料。

好奇心是个人发展、科学发展和人类发展的最大动力。把一个巨大的秘密放在我这样一个人面前，不把它搞定，说句最烂俗的话——我死不瞑目。

整整一夜，我一无所获。被世人称为无所不能的网络在这组符号面前仿佛一个白痴，一丁点信息都没有！这怎么可能？

天亮的时候，我的手机响了，林菲喊我一起吃早饭。这时我才从一无所获的愤怒中清醒过来。是啊，林菲，我们已经二十四个小时没有见面了。我连忙收拾了一下，跑下了楼。

林菲在门口等我。

"又一宿没睡？"林菲关切地问道。

"嗯。"我没有告诉她关于这组符号的东西，因为它是属于我的导师的。虽然我还不知道这个东西到底是干什么的，有什么用处，但毕竟这是别人送给导师的，而我又不确定导师之前有没有打开过这个袋子，他可能还不知道里面有这组符号。万一是什么重要的东西，被我泄露出来，罪过可就大了。

"弄论文呢。"

"有什么进展？"林菲眯着眼睛看着我，似乎看穿了我的谎言。

"老样子，推进不下去，能利用的资料太少了。"

的确，研究三千多年前商朝的历史就必须要面临资料严重缺乏的难题，但对我来说无所谓，一来我爱挑战高难度，二来我可以发挥我的想象力，也就是别人所谓的"胡扯"，反正昨晚导师已经表态了，让我按自己的方式研究下去。

"那怎么办啊？"

"不行就大胆推测呗。"

"那怎么行？没有材料佐证，你这论文肯定通不过。"

"我又不十分看重那个本本，拿不到就拿不到。"

我并不在乎所谓的学位证，那不过是各种证件中普通的一个。很多人一生都在为拿到各种本本而奔波，毕业证、学位证、驾驶证、身份证、暂住证、户口本、护照、准生证、各种资格证，等等等等，仿佛我们中国人这辈子就为某些本本活着。

我要改变这个局面！

虽然我清醒地知道，我将会被这个局面改变。

吃早饭的时候，我突然想起了她昨天的反常行为。她很平静地告诉我班上有个同学提前大半年找到工作，于是请大家唱歌，唱了一晚上。原来如此，我莫名的担心化作乌有。

一上午我俩都泡在图书馆为各自的论文做着准备。当我从书架上抱下几本关于符号学的书时，林菲不解地问我。

“你不是写商朝的传位制度吗，看什么符号学的东西？”

“哦，有一些尚未破解的金文中有一些符号，我看看能不能找到点有用的。”我跟她撒了谎。但其实也不算是谎，虽然我看这些书的目的是为了破解昨晚看到的符号，但同时对我写论文也是有帮助的，因为研究先秦尤其是夏商周文化时，甲骨文和刻在一些鼎上的金文是非常重要的材料，也许虽然无法破译那段符号，但没准会无心插柳地对我的论文有所帮助。

翻了半天，一无所获，我毫无收获地度过了上午的时光。中午要吃饭的时候，我估计导师这时候应该醒了，决定给他打电话说明符号的事情。于是我借口上厕所，让林菲先去食堂帮我点上饭，然后我找到了一个安静的地方，拨通了导师的手机号。

电话通了，但响了很久，没有人接听。

也许在洗澡，也许在开会，也许手机忘带了……我替导师想了很多理由后，便走进了食堂。这顿饭味同嚼蜡，那组符号一直在我脑袋里晃荡。大谷基金会为什么要给导师这么个东西？是刻意为之还是不小心放错了？导师知不知道符号的事情？按理说没有打开纸袋的他不应该知道，或者在吴丽丽送我回宿舍的那五分钟时间他打开了纸袋？或者会不会是酒会上大谷裕二说过些什么？如果导师知道符号的事，为什么要把符号貌似不经意地交给我？他昨晚反常地跟我聊到三点究竟是什么意思？他不让我告诉别人纸袋的事难道仅仅是担心同门妒忌吗？

一连串的问号让我头痛欲裂。

“怎么了，你这半天怎么一直心不在焉的？”林菲关切地问我。

“没，没什么，想论文的事呢，过几天要见导师，有些着急。”我搪塞了过去。

林菲显然不相信我的话，因为她紧紧地盯着我的眼睛看了好一会儿。慢慢地，她低下头，貌似随意地说了句：

“加油吧，这才刚刚开始呢。”

这才刚刚开始？她这句莫名其妙的话让我不禁愣了一下。

“你说什么呢？什么刚刚开始？”我不解。

“我说你的论文呢。”林菲没有抬头看我，而是闷头吃饭。

“哦，是啊。”我一脸的苦恼，“可选的资料太少了，真不知道这破论文该怎么推进。”

沉默。

研究商朝的论文实在太少，就算是抄也没法抄够论文所需的三万字。再加上许多读不懂的甲骨文和金文，我真不知道自己该怎么把论文编下去。

今天食堂很奇怪，学生们叽叽喳喳不知道在聊什么，看样子好像出了什么重大的事情。

眼看饭要吃完的时候，李少威走进了食堂。他远远地看见我，马上露出了习惯性的淫笑：

“吃饭啊？”

“废话。”

“论文搞得怎么样了？”

“正在搞。”

“不是，我是说我的。”

“选题帮你想好了，发你邮箱了，你回去看看，想想怎么跟你导师掰扯。”

“得了，牛逼。改天我请你喝酒。”

“我记着了。”

“行，不打扰你们两口子。走了啊，林菲。”

林菲微笑点头。李少威贱了吧唧地去了打饭的窗口。

“别理他，他就这德性。”我对李少威的口无遮拦厌恶已久，不过他说我们是两口子，还是让我心里很爽的。

林菲没有说话，我知道这种话她也听了很多次了，从来没有什么态度。

“下午什么打算？”她问我。

“想上网查资料，你呢？”

“我也是。”

吃罢午饭，我把她送回了宿舍，上网查资料意味着我们要各自回各自的宿舍。回宿舍的路上，我一直在想着刚才食堂中大家不同往常的兴奋，好奇地琢磨着学校可能发生的大事。想来想去想不出还有什么值得大家兴奋的大事，于是我只好作罢。没关系，反正如果真有什么八卦的话，李少威一定会告诉我的。

回到宿舍，我继续上网查与那组符号有关的信息。

这些符号像是某种象形文字，又像是字母文字，但十分模糊，不像甲骨文金文那样光看样子就能猜个大概。看上去又像某种装饰性的纹饰，但从美学角度来看，这些纹饰又无任何美感可言。会不会是某种密码呢？

谁知道。

估计靠我自己的力量是无法揭开这个谜题了。我又拿起电话，给导师打了过去。

虽然打通了，但仍然没有人接。

奇怪，这个点导师应该醒了啊，而且按照他的习惯，中午看见我的电话，即使当时不方便接，也应该打过来的，这到底怎么回事？我给导师的办公室打了电话，没有人接；给他在学校的住处打，也没有人接。不甘心的我给导师的两个博士也打了电话，但他们也完全联系不上他。

真是奇怪。

这时，我的电脑提示，有一封新邮件。

我连忙点开，是一张照片。

司母戊鼎的照片。

司母戊鼎是中国目前考古发现的最大的青铜器。是商王祖庚为祭祀亡母“戊”而造的冥器。司母戊鼎立耳、方腹、四足中空，除鼎身中央是无纹饰的长方形素面外，其余各处皆有纹饰。有云雷纹、饕餮纹、鱼纹，还有非常特殊的虎咬人头纹。虎咬人头纹是指在鼎耳外廓有两只猛虎，虎口相对，中含人头，这个特殊纹饰的意义至今未被人揭开。

我看了下发件人——WU415。WU415？不认识。我利用以前学过的一些电脑技术，想查一下发件人的 IP 地址，但地址无法显示。奇怪，怎么会有一个陌生人给我发这么一张照片呢？

整个邮件除了照片什么都没有。会不会是同学恶作剧发给我的？或者是林非？林非总是爱耍些小聪明跟我玩点福尔摩斯或者柯南式的游戏。可能是她知道我在写关于商朝的论文，所以发给我这个东西。

司母戊鼎现在藏于中国国家博物馆，是 1939 年在河南安阳发现的。这件青铜器不但表明中国人早在三千多年前就掌握了极其精湛的青铜冶炼技术，而且还成为研究商代文化最重要的依据。

这些东西对于我来说毫无新鲜可言，给我发这个一点作用都起不到。我想给林非发个短信，告诉她给我发点有用的，但转念一想，万一不是她发的我岂不是自讨没趣，算了吧。

我又看了看发件人：WU415。WU ？是不是一个人的姓呢？一般人的邮箱都是由自己的姓氏和生日联系在一起的。也就是说，发件人是个 4 月 15 号出生的姓吴的人。吴？我仔细想了想，身边倒是有几个姓吴的朋友，不过完全跟专业挂不上钩，他们没必要玩这种无聊的游戏。吴？突然一个名字进入我的脑海。

吴丽丽。

她也姓吴，而且是给导师那张奇怪符号的大谷基金会的董事长秘书。会不会是她发来的呢？如果是这样，难道这张司母戊鼎的照片跟那组符号有什么联系？

可如果真有联系，她为什么不把这张照片发给导师，却要发给我？难道他们知道导师把纸袋给了我？导师到底知不知道纸袋里的秘密呢？他为什么不接我的电话呢？

手机突然响起。我连忙看去，是导师的号码，谢天谢地。

“喂。你是周皓吗？”电话那边传来一个中年男人的声音。

不是导师。

“我是。您是哪位？”我有点慌了。

“我是海淀分局，有些情况我想跟你了解一下。你能不能来分局一趟？”

海淀分局？我的天，出什么事了？

“呃，我……”我紧张万分。

“你现在下楼，我在你楼下等你。”电话挂断。

我登时傻眼了。海淀分局用导师的电话打给我？这到底怎么搞的？！

我忙不迭地跑下楼，一辆警车停在我宿舍的楼门口。车上下来两个身穿警服的人，一个中年男人走到我身边。

“周皓？”

我点点头。

“我是海淀分局赵队，刚才给你打过电话。”

“哦。”

“那上车吧。”

我正要上车，李少威从远处走了过来。

“操，你丫干吗呢？”

李少威看见我在两个警察的“陪同”下准备进警车，连忙冲过来。

“我怎么知道。”我苦着脸看着他。对于草民来说，被警察带走是一件给祖宗丢脸的事。

“操，那事不是你丫干的吧？”李少威小声在我耳边说。两个警察警惕地看着他。

“什么事？”我一头雾水。

“我刚在食堂听说，你导师昨晚挂了。”

第四章

“丁教授昨晚在家中被杀，你知道吗？”赵队的办公室里，赵队“和颜悦色”地跟我聊天。

“我，我不知道啊。”我彻底蒙了。

“昨晚10点32分，丁教授，也就是你导师，是不是给你打过一个电话。”

10点32分？差不多是导师打电话让我去他住处的时间。

“对。”

“这是他生前打出去的最后一个电话，同时，他的房间里只有你的脚印。”赵队职业性的眼神盯住了我的眼睛。

“我，我是被他叫去谈论文的，我走的时候都半夜了。”

我语无伦次地把昨天我所记得的全部经过，包括我跟导师在他家聊的东西，以及纸袋等等全部告诉了这个赵队，包括纸袋里的那两万块钱，我甚至连在导师家去了几趟厕所都告诉了赵队。我必须把自己知道的所有东西都告诉警察，不但要洗清自己的嫌疑，更主要的是要查清楚到底是哪个王八蛋害死了他。

“你的意思是，导师把参加剪彩的两万块钱给了你？”赵队眼神中闪出一道让我心寒的亮光。

“是，是他给的我。”我使劲地强调了这个“给”字，我可不想让他误以为我为了两万块钱杀害自己的导师。我从口袋里面拿出了那两万块钱，放在警察面前。

“这是那两万块钱，我原本打算把这些钱存起来的。”

赵队看了看钱，又看了看我，说道：“他还有没有给你别的东西？”

“有。”我本想隐瞒照片的事，可我当时吓得都快尿裤子了，对方问什么我就下意识地说什么。

“什么东西？”赵队警觉了起来。

“牛皮纸袋里有一张照片，上面是一些奇怪的符号。”

赵队的表情显然疑惑了起来。

“照片上有一些奇怪的符号？”

“对。”

“什么符号？”

“我不认识。可能是一些象形文字或者原始纹饰，我，我正在写商朝的论文，他是我的导师，我，这事真跟我无关！我一定配合你们——”我差点哭出来。

赵队看了一眼旁边记录的那个警察，笑了一笑。显然，两个警察对我要说的什么鬼符号不感兴趣，对我当时那副德性也嗤之以鼻，他索性打断了我。

“你昨晚几点离开的导师家？”

“我到宿舍是3点20，从他住的地方到我宿舍，差不多要走二十分钟。”

“时间记得这么准？”赵队怀疑地盯着我的眼睛。

“我回宿舍后专门看了下表，3点20，没错。我从他家走应该是3点左右。”

“谁能证明？”

“我导师住北区，我在西区，一走就知道了。”

“谁能证明你是3点多回的宿舍？”

“楼管的阿姨。”

我顿时像是发现了救命稻草。每个大学每天几乎都有喝醉酒或谈完恋爱的学生半夜敲宿舍大门，尤其是我们这栋研究生宿舍楼，这让楼管的阿姨不胜其烦。不过昨晚我回来时阿姨吃了一惊，因为三年来我是第一次半夜回宿舍，这一定让她印象深刻。

“把你刚才说的，都写下来吧。”

赵队递给我一摞纸，然后点起了一支烟。从烟雾里，我看到了他高速运转的大脑。

“我导师，是，是怎么死的？”写完，我结结巴巴地问。

“窒息。被人用枕头捂死的。”赵队递给我几张照片。照片上的导师双目圆睁，表情狰狞，鼻孔处有淤血，一个枕头被扔在一旁。

“钟点工上午发现的，没有任何指纹。死亡时间是昨晚3点到4点之间。”赵队一边缓慢地说，一边继续观察我的表情。

也就是说，我昨晚三点左右离开他家，随后他就被凶手杀害了！

等会儿，不对。凶手为什么偏偏选这个时间段动手？难道他知道之前我在房间？

凶手知道我在那儿！

这时一个警察走了进来，他在赵队耳边说了些什么，赵队皱了皱眉头，站起身来。

“好了，周皓，今天的情况就先了解到这里。你先回去吧。再有什么进展我随时联系你。”

我点头起身，哆嗦着走出了门。

公安局大门口，很多记者围在那儿。咳，这年头记者真是无所不知。赵队随后走了出来，记者们冲了上去。

中国史学泰斗被杀——这一定是明天各大报纸的头条。

我低着头慢慢地走着，昨晚到现在发生的事情一点点闪过我的脑海。导师年近古稀为什么会遭此横祸？他一生专心治学，为人处世并无不当之处，同时他又是极看淡金钱之人，淡泊名利，而且妻子早逝，一双子女都在国外，于情于理都不可能有如此结果。这究竟是怎么回事？

这一切的发生难道跟纸袋中那组神秘符号有什么关系吗？

正走着，一辆奔驰停在了我的身边。

车窗摇下，吴丽丽面无表情地对我说：

“上车，我送你。”

车里空气很凝重。

“丁教授的事，我们已经知道了。”吴丽丽叹了口气。

我沉默不语。

“丁教授是不是把纸袋给了你？”她突然问道。

我一愣，她是怎么知道的？我不语。

“我知道你在想什么，我的人没有在丁教授家发现那个纸袋。”吴丽丽坐在副驾驶的位置，通过后视镜观察着我。

“丁教授家现在应该都是警察。”我有些不好的预感。

“呵呵，那并不影响。说说，他是不是给了你？”

“是。”我没有理由不承认。

“你把它放哪儿了？”

“就在我宿舍。”

“周皓，你是不善于说谎的人，告诉我，它在哪儿？”

“就在我宿舍啊，我一直放在电脑桌上。”

“纸袋是在那儿，钱去哪儿了我也不关心，我关心的是另外的东西。”吴丽丽声音冷得发寒。

她去了我的宿舍？这个女人到底是干什么的？

“放哪儿了？告诉我。”吴丽丽的话像是一种命令。

“我真的把它放在电脑桌上了，可能夹在哪本书里了。”我慌了。

“我陪你去拿。”车速加快了。

从倒车镜里，我发现一辆桑塔纳一直在跟着我们。

推开宿舍门的时候，李少威在里面，还有丁教授别的学生，他们看见我回来吃了一惊。我冲进去在电脑桌上翻了起来，吴丽丽静静地站在门口。

“操，你丫回来了。咋回事？”李少威冲了过来。

“我现在没功夫解释。”我疯了一样地找那张照片。

“现在学校都疯了，说你把导师干掉的。操！”李少威不由分说把我拽了过来。

“要是我干的，警察能放我回来吗？”我大吼道。

屋里人被我反常的吼叫吓到了，他们都盯着我，看我发疯似的翻桌上的每一本书。

“我真的就放在这儿了。”我瘫在椅子上，对门口的吴丽丽说。

吴丽丽转身走了。

“周皓，我知道不是你干的，就算借你一百个胆你也不敢。到底咋回事啊，你跟我们说说啊。”李少威疑惑地看了一眼吴丽丽，回过头来又开始问我。

我努力在椅子上整理自己的思路。一定跟那组符号有关，一定有——符号突然出现，导师突然被杀，在我这的照片又突然失踪——这一切跟那组符号都有关系。可，可是什么人跑来偷了那组符号呢？

我急忙冲到楼管办公室，楼管阿姨在里面。

“阿姨，今天上午有没有陌生人进这栋楼？”

其实我在明知故问，这栋楼每天来来往往很多人，有找朋友的，有推销的，谁能记得住。

“这我哪知道啊。对了，刚才警察来电话，问我昨天你几点回来的。”

“你咋说？”我心都提到嗓子眼了。

“三点多钟吧。”

万幸。

阿姨显然想要继续追问我些东西，但我没工夫理她，转身跑回了宿舍。

同学们还在。

“没事了，警察在调查。你们走吧。”我对他们下了逐客令。大家没有要走的意思，李少威看了看我的状态，然后起身赶走了大家。

“有没有发现什么人来过咱们宿舍？”等屋里只剩我和李少威的时候，我问他。

“我中午才回来，我怎么知道。说啊，到底怎么回事？”李少威觉得好像有什么重大秘密。

“没什么。”我不想把整件事情告诉这个头脑简单嘴巴又大的人。

“别骗我了，你刚才找什么呢？”李少威不相信我。

“没事，你别问了。”我突然想到了什么，连忙侧身来到窗户前，偷偷地往下看，不出所料，一路上一直跟着我的那辆桑塔纳停在宿舍旁边的树丛里。

这时门猛地被推开了，林菲火急火燎地冲了进来。

“周皓，你没事吧？”林菲急得要哭了。

“没事，你，你怎么来了？”

“我怎么来了？刚才我们班上有人跟我说，说你导师被杀了，你被警察抓走了。我给你打了那么多电话，你怎么也不接啊。”

这时我才发现，刚才又惊又急，竟把手机忘在了宿舍。

“我真的没事，警察就是跟我了解了些情况，估计已经排除了我的嫌疑，不然不可能让我走的。”我翻看着手机，未接来电，十一个，林菲打了十个，还有一个陌生座机号码。

“这到底怎么回事啊？”林菲坐在凳子上，呜呜地哭了起来。

我想过去安慰她，可现在脑子里一片混乱。突然我想起昨晚为了看出那组符号的名堂，我专门在草纸上把它们抄了下来。我连忙满桌子地找那张草纸，果然被我在一堆废纸中找到，万幸我的宿舍太乱，不然这张草纸恐怕会被吴丽丽发现。我像发现宝贝一样把它认真地放进了衣服口袋。李少威显然看见了我的动作，他走上来，一把拉住我。

“藏的什么东西？”

林菲也抬起头，好奇地看着我。

瞒是瞒不住了，我必须要把事情告诉他们。我悄悄地走到门口，确认没有人在门外后，我关上了窗户，表情凝重地坐在他们旁边。

“李少威，咱是好兄弟不？”我问他。

李少威显然被我凝重的表情吓了一跳，他愣了一下，迅速说：“当然，生死之交。”

“林菲，你相信我吗？”

“相信，从来都信。”

“我希望你们能对我下面要说的话保密，因为这可能牵涉到一些大麻烦。”

两人点头。我再次确认了两人的眼神后，拿出了那张纸，然后声音尽量小地告诉他们：

“我觉得丁教授的死跟这组符号有关。”

两人凑过来，仔细地看起了这组符号。

“昨天我陪他参加了大谷基金会的酒会，之后他把红包给了我，红包里有这么一组神秘的符号。然后今天他就被杀了，而拍有这组符号的照片，今天也在宿舍被人偷走了。”

林菲眼睛瞪得大大的，仿佛在听一个鬼故事。我经常给她讲鬼故事，她每次都是这个表情。而李少威显得非常兴奋，虽然他一本历史学专业书都没看全过，但却看了无数武侠小说和侦探小说，我相信这个事情刺激了他体内的荷尔蒙。

“牛逼了。”李少威的口头禅，“这符号啥意思啊？”

“不知道。不过可以肯定的是，一定有人为了拿到这组符号才杀了丁教授，而现在他们已经拿到了。”我肯定地说。

“既然这组符号是大谷基金会给的，我们就问问他们到底是怎么回事。”林菲谨慎地说。

“大谷基金会已经知道符号丢失的事了。我从公安局回来的路上遇到了大谷裕二的秘书吴丽丽，她已经知道导师被杀和符号丢失的事情。”

“不对啊，这事刚发生，他们怎么知道的？”李少威提醒了我。

“记者都已经知道了，我想他们知道也不奇怪吧。不过——”我突然想到了什么，“不过大谷基金会好像不一般，刚才听吴丽丽说，她们不但去了导师家，还来过我宿舍，检查过纸袋的情况。”

李少威和林非都瞪大了眼睛，合不拢嘴。

“这基金会到底是干吗的？”林非有些不好的预感。

我连忙打开电脑，上网查起了关于大谷基金会的情况。大谷基金会由大谷集团全面出资，在全球四个国家建立了大谷基金会，分别是芬兰、墨西哥、肯尼亚和中国，而这四个基金会全部是用于支持考古和史学研究的，令人意外的是，这四个基金会全部是近两年成立的。而大谷裕二则常年在中国居住，曾在东北大学历史系学过四年，号称中国通，尤其对中国历史感兴趣，这也是他担任大谷基金会董事长的原因。

就在我查资料的时候，林非仔细地盯着那组符号，紧皱眉头，冷不丁地，她突然说：

“这组符号，我好像在哪儿见过。”

第五章

“什么？”我和李少威同时把脸转向她。她继续低头看，苦苦思索。

“在哪儿见过？”我急切地问。

“不记得了。我也不是很确定，总觉得跟我在哪儿看到过的有点像。”林菲给我们泼了一头冷水。

我们又沉默地等了她一会儿，她仍然没有任何头绪。

“实在想不起来，就是觉得眼熟。”林菲有些抱歉。

“没事，想起来随时告诉我。对了，今天中午有人给我发了一封邮件，你们看看。”我打开那张司母戊鼎的照片，三人一起看了起来。联想到刚才吴丽丽和我说的那番话，我觉得发邮件的人应该不是她，她没有任何理由发这封或许在提示我或许毫无用处的邮件。

“林菲，这不是你的恶作剧吧？”从林菲的表情上，我得到了否定的答案。既然不是林菲，又不应该是吴丽丽，那会是谁呢？

WU415——司母戊鼎。

WU？戊。难道对方是想让我注意“戊”？我连忙继续上网查资料，可关于戊的消息只有两条：第一，戊是商王武丁的妻子；第二，司母戊鼎比同时期另外一尊著名的司母辛鼎体积要大两倍，重量则是它的六倍——这个信息让我大惑不解。

司母辛鼎是用来祭祀“辛”的，“辛”和“戊”同为商王武丁的王后，而“辛”则要比“戊”著名得多。“辛”名为妇好，史料上记载她主持祭祀和打猎，英勇善战，曾帮武丁征服过二十多个国家，是中国历史上第一个赫赫有名的女将军。按理说，妇好在商朝的地位应该远高于“戊”，可为什么司母戊鼎却比司母辛鼎又大又重呢？另外一个更为重要的信息是，发现司母戊鼎的“戊”的墓葬不但被葬入了商王的王陵区，而且墓葬规格仅次于商王，而“辛”即妇好的墓葬并没有进入王陵区。在十二位商王中，每一位商王通常都有十几个妻子，为什么偏偏只有武丁的王后“戊”享有如此高的墓葬规格呢？

我把搜集到的资料和自己的想法告诉了林菲和李少威，他俩也很迷惑。毕竟关于“戊”本身目前查不到任何的资料，这让我们难为无米之炊。

“真是奇怪，这个‘戊’到底是什么人啊，居然比妇好的墓葬规格都高？”林菲显然也吃惊于我的发现。

“既然这张司母戊鼎的照片和那组符号先后出现，我估计是有人在给你一些暗示，估计这组符号和‘戊’有关系。”李少威深沉起来真是让我不习惯。

“可我们一点都没有这个符号和那个女人的线索，怎么查啊？”林菲不无担心。

“一定还有别的线索，只是我们不知道而已。”我越发觉得自己进入了一场游戏之中。对于我们这种缺少刺激的学生来说，任何一点的刺激都足以激发我们高昂的斗志。如果 WU 是“戊”的话，那这个 415 又是什么意思呢？

“既然这一切都始于大谷基金会，那要想获得别的线索，得从大谷基金会开始。”我拿出了昨天吴丽丽给我的名片，犹豫着要不要给她打电话。

“打吧，毕竟符号是他们给丁教授的。”林菲鼓励着我，李少威也传来坚定的眼神。

就在我输入吴丽丽手机号的时候，我的手机突然响了，一个陌生号。我疑惑地看着林菲他们俩，他们点头示意我接。

“如果你现在给大谷基金会的人打电话，你们就麻烦了。”电话那边传来低沉的声音。

什么！我们三个都震惊了。因为屋子足够安静，因为他俩离我足够近，所以他们都听见了电话里的声音。

对方了解我们刚才说的一切！

“你，你怎么知道刚才我们的谈话。”我们三个完全被吓傻了。

“从你的窗口往左边的树丛看。”电话那边依然是那个低沉的声音。

我们三人连忙打开窗户，在树丛里，那辆桑塔纳的车窗外，伸出了一个奇怪的接收装置！一个衣着随意的男人走出汽车，他朝我们摆了摆手，用手中的手机告诉我们：

“下来，带你们去个地方。”

“少废话，我们凭什么相信你？”李少威抢过手机，吼了起来。

“这跟丁教授的死有关，想知道就跟我走。”那个男人打开后座的门，自己去了副驾驶的位置。显然，他知道我们会下去。

第六章

我们三人怔在了宿舍——怎么办？

“我下去。你们等我消息。”我准备出门。

“别啊，要去一起去。”李少威一副大义凛然的样子。林菲的眼中也充满了坚定。

“不行，这事跟我有关，你们还是别卷进来了。”前面有太多未知的东西，我不想让他们因为我陷入某种危险之中，尤其是林菲。

“别逗了，跟你有关，就跟我有关。再说，你要是死了，谁替我写论文啊！”

李少威觉得自己特幽默，不过这个玩笑我一点也不喜欢。

“呸，呸，乌鸦嘴。”林菲生气地瞪了他一眼，“周皓，有什么事咱们一起扛，行吗？”

“坚决不行。尤其是你。”我不容林菲分辩。

李少威发现我好像把他算作自己人了，顿时来了精神：“对啊，你个女孩家，去了尽给我们添麻烦，你还是坐等我们的好消息吧。是吧，周皓？”

李少威显然被科幻小说毒害入骨了。他以为我们要去干什么？拯救世界吗？可我们究竟要干什么，我也不知道。

林菲显然不甘心，沉默片刻，她突然说：

“那个符号我肯定见过，说不定什么时候我就能想起来，你们还是带我去吧！”

杀手锏。我和李少威面面相觑。

三人磨磨蹭蹭走到桑塔纳前，副驾驶位置的男人伸出手朝我们挥了挥，示意我们进去。我们三人觉得也许进入了这辆车，就正式进入了一个巨大的谜团之中。不管怎样，事已至此，只好舍我其谁了。我们三人不知哪里突然来了万丈的豪情，三人把手搭在一起。

“既然老天让咱们有此一遭，咱就玩出个名堂。”我说。

林非搭在我手背上的手心里，明显冒出了很多汗。

“嘿嘿，老子已经迫不及待了。”李少威搭完手后第一个钻进了车里。

“咱俩好像是第一次手挨手啊。”我想缓解林非的紧张，林非害羞地笑了一下，旋即，我俩也进了车。

车的前排是两个男人，一个司机，毫无表情，副驾驶那个男人回头示意性地朝我们三人微笑了一下，然后转过头，也面无表情起来。我们三人坐在后座上，身子紧紧地靠在一起，紧张万分。

“大哥，咱这是去哪儿啊？”李少威挤出一丝轻松，冲着前面问道。

“一会儿就知道了。”副驾驶座的男人依然声音低沉。

车一溜烟地跑了。

看着窗外，我知道车正往西驶去。以前去香山玩的时候，我们走过这条路。同学间经常传言说香山、西山一带有很多奇怪的地方，比如高墙围起的大院，比如山谷的军事基地，比如很多山已经被凿空里面不知藏着什么，等等。一路上我脑中尽是这些曾经酒桌上大家闲扯的所谓秘闻，想到这些，自己是又紧张又兴奋，仿佛自己即将成为史诗中的英雄人物，在美女和怪兽的陪伴下，完成一个又一个不可能完成的任务。

美女是林非，怪兽……

我看了看身边的李少威，他正眯着眼看着窗外，脸上的表情恨不得一秒钟变换十种，时而仿若恐惧未知的婴儿，时而仿若运筹帷幄的高人，时而又若敏感异常的盗墓贼，时而又若横刀立马的大将，总之内心是惊涛骇浪就对了。

而坐在我俩中间的林非正瞪着大眼惊兔般地盯着前挡风玻璃，她的手紧紧抓着我的胳膊，抓得我生疼而她竟无察觉。咳，怎么会莫名其妙让这个纤尘不染的小姑娘卷入这场未知的危机之中呢？我暗自心疼。

一路无话。不知过了多久，远远望去，西山朦胧而巨大的线条已进入我们的眼帘。路上的车越来越少，时不时有几辆大型货车与我们擦身而过。突然，副驾驶的男子直起了身子，不停地看倒车镜，并时不时往左右两侧的马路看去。我们三人发现了他的异常举动，也迅速警觉起来。就在车过了四季青桥刚驶入杏石口路时，我发现南北两条路上分别有一辆越野车迅速驶入了西向的杏石口路，不紧不慢地跟在桑塔纳的后面。司机和那个男人显然发现了这一情况。

“甩掉他们。”男人一路上第一次张口说话。

随后我惊奇地发现，这辆破桑塔纳竟然有如此大的马力，与我原本以为的完全是两码事，显然这辆貌似该淘汰的车被改装的性能极为优异。两辆越野车迅速被甩在了后面，不过看得出，越野车也加大了油门，很快就又跟上了我们。我们三人紧张地转过身从后挡风玻璃看着身后的越野车，模模糊糊地看出第一辆车里坐着三四个黑衣黑帽的男子。

副驾驶的男人迅速拿起车内的步话机，大声喊道：

“双鱼，双鱼，我是——”

就在“我是”两个字刚出口的一瞬间，路前方一个小路口冲出了一辆面包车，结结实实地撞在了我们这辆桑塔纳上。

不知过了多久，我迷迷糊糊地醒来，头痛欲裂。我恍惚地张开眼，发现母亲正泪水涟涟地坐在我身旁，父亲也一脸紧张地盯着我。看见我醒了，母亲的泪顿时喷涌而出。我四下看了看，旁边病床上躺着李少威，他已经坐了起来，头上缠着绷带，正跟估计是他父母的人说着什么。再旁边的床上躺着林菲，她身上并没有纱布绷带一类的，但看上去并没有醒，而她身边，一个人都没有。

随后的时间就是父母、医院、交警队以及学校处理我们三人受伤的问题。根据交警队的解释，这是一次意外交通事故，面包车司机负全部责任——估计我们三人的医药费够他受的。虽然面包车和桑塔纳几乎报废，但万幸我们三人并无大碍，只是一些皮外伤，林菲因为坐在我俩中间，我俩替她分担了冲击力，所以伤势更轻。这让医院和警方非常诧异，因为照当时桑塔纳和面包车的车速，两相相撞不死也得残废，由于实在无法解释这种小概率事件，他们只好归结于我们命大。可我知道，这一定跟那辆桑塔纳有关，我相信增强了马力的桑塔纳一定也在别的地方做了改装。

面包车司机可就惨了。他伤势严重，由于面包车的前脸全部凹陷，卡死了他的双腿，听医生说估计得截肢。听说他是替雇主开车运货，所以倒霉的雇主也脱不了干系，他不但要负责司机的医药费，还得负责我们三人。由于我们三人伤势不重，所以雇主赔偿的也比较痛快，学校磨磨叽叽之后也给了些赔偿，保险公司也放了点血，总之费用这块进展顺利。唯一麻烦的是，桑塔纳的司机和那个男人在送到医院的当天就被人接走，彻底消失。

更可气的是，在我昏迷的过程中，早已醒来的李少威在接受警方调查时，居然说桑塔纳的司机和那个男人是他的朋友，我们去西山是去郊游，这让我很是愤怒。一天晚上我们三人独处的时候，我问他为什么这么说，他居然理直气壮地说：

“拜托，你让我怎么说？难道我说他们是一群神秘人物？监听了我们的电话然后要把我们带到一个莫名其妙的地方？还说半道有车跟踪我们？我要这么说交警肯定以为车祸把我脑袋给撞傻了呢。再说，我要这么说父母还不得担心死？我爸还不得活剥了我？”

我想了想，他说得也有道理。我们要是如实说了交警也未必信，就算信了，这事警方全部介入也未必是好事，我们打心底里不愿意成为这么刺激的事的旁观者，更何况父母知道后一定会操心死的。李少威天不怕地不怕，就怕他老子，听他说他是被他老子从小打大的。算了，扯谎就扯谎吧。

林菲受伤的这段时间居然没有一个家人来看她，这让我觉得很不可思议。虽说我俩在一起这么多年，可对家里的事她只字不提。我本想趁她清醒后试探性地问一下，没想到大嘴巴的李少威却抢了先：

“喂，林菲，这几天你怎么一个家人都没来啊？”

林菲沉默不语，脸上顿时乌云密布。李少威不解地看了看她，又看了看我，看到我冲他瞪眼也就不再追问。谁家没个难言之隐啊，不想说就别问了。

“喂，周皓，你说咱这次车祸到底是意外啊，还是别人安排好的？”

也许是为了避免尴尬，李少威冷不丁地蹦出了这么一句。这句话一出，我和林菲登时紧张了起来。我本来就头疼，听到这话脑浆都沸腾了。

大谷基金会的情况我们还没查清楚，莫名其妙蹦出桑塔纳上的两个人，然后又匪夷所思地出现了两辆显然跟桑塔纳不是一伙的越野车，随后又赶上这么一辆倒霉的面包车——谁他妈知道这是怎么回事啊。

“应该不是安排好的，否则面包车司机也不至于这么惨，再说，你看看他那雇主这两天那德性，整个一个倒霉催的，估计是意外。”我宽慰林菲。

“但愿吧，我可不想被杀人灭口。”李少威这话一出口我真想冲上去抽他。

没过几天，我们就顺利出院了。出院当天我换上了自己的衣服，可突然发现裤子口袋里那两万块钱没了！那天从警察局出来，两万块钱一直在我口袋里，怎么会凭空消失了？我赶紧问了父母和医生护士，通通表示没看见，120 急救车上的人说把我运上车的时候就没发现我裤子口袋里有东西，两万块钱很厚，要是在裤子口袋里肯定能看出来。我怀疑有人说谎，可他们都不承认我也没办法。真是可惜，这么一大笔钱我还没捂热就消失了。算了，看来这笔钱终归不属于自己。

打车回学校的路上，看着窗外熙熙攘攘的人群，我顿时有一种二世为人的庆幸，能活着真好。流淌的车流中，一辆越野车混杂其间。

回到学校后我爸妈和李少威的父母对我俩千叮咛万嘱咐了一番，然后分别回了老家。随后海淀分局的赵队来找过我一次，询问了丁教授平时的一些情况，这我哪知道啊，我们平时一个月也见不着一面。赵队还问了问车祸的情况，我就照李少威编的谎说了一遍，很明显赵队有些怀疑，不过也没追问。临走时我告诉了他我两万块钱丢失的事，让他帮我查查，他说了句这事不归他管就走了。

回到学校的李少威消停了许多，不像往常那样成天在外面鬼混。他给女友的理由是这段时间要专心弄毕业论文，所以得天天泡在图书馆和宿舍。这个理由鬼才信，李少威要真如他所说这般，猪都能上天了。因此他女友怀疑他在外面有了别的女人，所以成天来宿舍检查，并眼泪汪汪地让我监督他，如果发现他外面真有女人一定要我告诉她。痴情的女人真是让人遗憾，她也不想想，李少威真要是在外面胡来的话我肯定是帮他隐瞒，怎么可能当他女友的卧底呢？真是的。

因为丁教授死了，所以系里给他所有的学生安排了别的论文指导老师，并有传闻说，系里暗示了这些导师，让所有丁教授的学生拿到优并顺利毕业。这让我们这些同门大大地喘了一口气，论文的准备工作也不像之前那样废寝忘食了。这样我就把几乎所有的时间都放在了符号和司母戊鼎上。

让我奇怪的是，放在裤子口袋里的两万块钱不翼而飞，而在上衣口袋中写有符号的那张草纸竟得以保存。可能是源于对失去巨款的心疼，我时不时会琢磨钱丢失的过程——如果从我上 120 到出院这个过程没有人偷过钱的话，那钱应该是车祸发生到 120 赶往现场这段时间丢的。这段时间有可能偷钱的有桑塔纳上的人、越野车上的人和面包车的司机，不过这三种可能迅速被我排除：桑塔纳上的人显然有更重大的事情需要我，他们不可能对钱感兴趣，再说，车祸也让他们受了伤，尽管当天就被人接走了；越野车上的人显然是奔着桑塔纳或者说是桑塔纳上的我去的，他们不至于车祸发生后下车偷两万块钱走，这也太二了；面包车司机更不可能,他都是要截肢的人了。排除这些后就只剩下一种可能性了，当然也是最绝望的可能性：车祸发生后路人趁乱偷走了！如果那样的话，这钱就彻底跟我拜拜了。

在医院的这段时间我一直被头痛所困，估计是被撞时头碰到前座的缘故，所以那几天见过什么人、发生过什么事我当时记得不是很清楚。出院的这几天疼痛逐渐消失，我也开始试着回忆起医院发生的一些事来。听母亲说，车祸当天学校就给她打了电话，她跟父亲是当晚飞到北京的。在我昏迷的一天时间里，看望我的除了老师同学外，还有一个自称姓吴的干练女人，我想这必是吴丽丽无疑。我记得母亲说她来时显得很慌张，见我昏迷着也就没待多久，放下了些水果就走了。我还记得母亲跟我说起吴丽丽时表情特别地三八，似乎对这个女人和我的关系颇产生了些联想。

一想到吴丽丽，我就拿出那张写有符号的草纸，再次仔细看了起来。上面的那些符号或者文字或者纹饰实在是如天书一般，无论怎么看都想不起任何事情跟它能有关联。林菲说她曾经见到过，这实在匪夷所思。

李少威也假模假式地跟着我一起研究这些符号，虽然我笃定地知道他研究不出任何名堂。

“要不要把林菲叫来，让她再仔细回忆回忆？”李少威一边挠头皮，一边说。

“还是别让她掺和这事了。”我实在不愿意让已经受惊的她再面临未可知的东西。

“也对。不过，不过……”李少威显然欲言又止。

“说啊。”

“我说了你可别生气？”

“你不说我才生气呢。赶紧说，不过什么？”

“在医院的时候有个大帅哥来看过她。”李少威神神秘秘地说。

我完全不知道啊。我只记得没有任何人来看过她，怎么会突然冒出个大帅哥来。

“真的假的？我怎么不知道。”

“我什么时候骗过你？反正那个帅哥来的时候你不是昏迷着就是不在病房。

肯定来了，骗你我他妈一辈子阳痿。”

李少威一般要是发这么狠的誓，那他说的一定是真的。

“看就看呗，很正常啊。”嘴上这么说，可我心里却很难过。

“得，当我放了个屁。”李少威继续假装研究符号，可眼睛却时不时斜着瞟我。

这么多年了，本该由我来挑破我俩的关系，可我迟迟没有开口。林菲会不会因为这个原因生我的气啊？或者她其实根本不喜欢我，只把我当成知己？

算了，不想这些了，没准那个帅哥是个同学或者朋友而已——可为什么别的同学朋友不去看她，偏偏他去了呢？

头疼！还是研究符号吧。

望着电脑桌面上司母戊鼎的照片和手中的草纸，我实在无法建立两者之间的联系。我把照片放大了很多倍，试图看清楚司母戊鼎上刻的纹饰，可照片太小，放大后非常模糊。于是我决定前往国家博物馆，亲眼看看这个鼎的全貌——既然闭门造车毫无进展，不如趟出条别的出路。

第七章

当我站在司母戊鼎面前时，一种震撼从头到脚向我袭来。这个高 1.33 米、重 832.84 公斤的圣物竟是三千多年前的古人所造，这实在让人叹服于先人的伟大与不朽。我贴在玻璃窗前，想足够近地接触这样一个隐藏无数秘密，并有可能关乎我生死的圣物。

司母戊鼎鼎身呈长方形，深腹平底，口角有扉棱。口沿上有两个立耳，腹下有四个圆柱足，上部中空，鼎身四周饰以云雷纹为底纹的兽面纹及夔纹，中间为素面。耳侧面饰双虎食人头纹。鼎足上部饰兽面纹，中间有扉棱。这是能从外观获得的几乎全部信息，我只能通过这些信息剥茧抽丝般地寻找对我有用的价值。

去博物馆前，我查阅了很多关于鼎的资料，其中最引起我兴趣的是鼎的两个立耳。目前陈列的这个鼎的两个立耳全部是后来修复的，其中一个是原装的，另一个则是新仿的！

司母戊鼎是 1939 年 3 月 19 日被河南安阳几个吴姓的农民发现的，后来为了避免被日本人抢走，这几个农民又把它埋在了地下，直到 1946 年才又重新挖出，当年 10 月被作为寿礼送给了蒋介石，蒋介石将它交给了南京博物馆筹备处收藏，新中国成立后归南京博物院收藏，1959 年，中国历史博物馆建成，南京博物院将其运到了北京。

鼎发现之时，就缺了一耳。发掘者苦苦寻找始终未尝得见。在日本人动手抢夺前，民国的大收藏家肖寅卿曾想以二十万大洋收购此鼎，并要求把鼎切割成十块。发掘者们用大锤玩命地砸了五十多锤只把唯一那只鼎耳砸了下来，后来因为日本人的反应过于迅速，鼎复埋土中。大鼎再度重见天日后，后人把砸掉的那只耳安了上去，另一侧则模仿这只耳复制了一个，安上去使其看上去完整无缺。

这些资料中有两处地方引起了我极大的兴趣，同时让我深感不解。第一，为什么挖掘出来的鼎会少一只耳？一帮庄稼汉砸了五十多锤才砸掉一只鼎耳，可见其坚硬程度非同寻常。因此，那只丢失的耳肯定不会是在挖掘过程中无意碰掉而丢失的。新中国成立后为了寻找丢失的这只耳重又发掘了那块地方，一无所获。

司母戊鼎三千年前被埋入土中，三千年后被发现时少了一只耳——这简直令人难以置信。想来想去只有几种可能性：

发掘时不小心碰丢了——被排除。

三千年当中曾被人发现过，砸掉一只耳后又埋入土中——这种解释简直荒唐，三千年当中无论是哪个朝代曾发现过它，都不至于砸掉一只耳然后又埋回去吧？图什么啊？更何况，鼎出土的地方后来经研究未发现之前曾有盗掘的情况。

自然条件导致那只耳丢失——更不可能，一个含铜 84.77%，含锡 11.64%，含铅 2.79% 的大家伙，三千年的时间不可能被土或水或别的化学元素侵蚀掉，更何况即便是侵蚀，也不可能正好完完整整侵蚀掉一只立耳吧？

因此，只有一种可能性——大鼎铸成当日，就没有那只耳！

可是，这种解释也很诡异。祭祀商王王后的鼎怎么可能是个残次品呢？工匠们造一个残次品祭祀王后这不是找死吗？如今已经出土的商朝的鼎一个个美轮美奂巧夺天工，他们是有这个水平达到完美的，祖庚会拿这么个破玩意祭祀母亲吗？——这背后到底有什么样的惊天秘密？

让我困惑的第二点是：大收藏家肖寅卿为何当年愿意花二十万大洋收购此鼎，同时又要求把它切割成十块？二十万大洋折合成现在得两千多万，是一笔巨款。当然,为获奇宝而花重金是情有可原的,可又为什么会要求切割成十块呢？比如举个例子，你两千万买了个花瓶，然后把它砸了——这不是有病吗？图什么啊？炫富？听个响？洗钱？变相自杀？

一个民国期间数一数二的大收藏家做出此举，只有一种可能——他坚信，切割后鼎的价值绝不低于完整的鼎。可如果仅从收藏古董的角度来看，完整的一定优于残缺的，他作为大收藏家不会不懂这些啊？

那么他为什么要这么做？？

我再次仔细地盯着大鼎。

我专门对比了鼎耳与鼎身的连接处和鼎足与鼎身的连接处，细看过会发现，鼎耳与鼎身的连接处确有不完美的地方，明显不是同时期铸接而上的。可即便发现了这些，对我也没有实质的帮助，我仅掌握了一些散碎的素材，并没有办法将它们联系起来。

“周皓？”

一个半洋半中的声音在我耳边响起。我起身看去,发现一个老外站在我身旁，正乐呵呵地冲我笑。

杰克——我们系的英语外教。大学里请外教是常有的事，不过让我很不爽的是，我们历史系居然也要请外教！我觉得历史系根本没有开设英语课的必要——我们研究的是中国古代史，关英语什么鸟事。

更可气的是，我们考研居然也要考英语，这是被我们历史系和中文系骂得最厉害的地方。我们学自己的语言和自己的历史，学他妈英语干什么？

不过骂归骂，话说回来，很多国外研究中国史的学者在某些方面的确比本国的学者更为出色，他们研究历史的视角和方法是我们所不具备的。看看那些老外写的关于中国史的书，我们只能感叹——历史居然可以这么研究？于是，我们只能对国内的某些学者哀其不幸、怒其不争了。

杰克给我们学校很多非英语类专业的本科生教授英文，一来一往彼此就有了些许联系。相比别的同学，我跟他的关系更密切些，因为我常拜托他从国外给我带些外国关于中国史学研究的书籍杂志，他也非常痛快，或者回国时亲自带，或者让朋友寄送，总之我看的很多外国书都是从他那来的。虽然我读了研究生后他不再教我，但因为借书的关系，我们还保持着联系。他没事常来我宿舍跟我扯东扯西，有时候还会跟李少威一起打打篮球、排球之类的，甚至我们还经常一起吃饭喝酒，因此我们算得上不错的朋友。

“你怎么在这儿啊？”我好奇地问他。

“中国文化博大精深，我来学习啊。”他回答得很流利。

我最讨厌这些虚伪的老外了。看着很客气，很有礼貌，指不定背后琢磨什么呢，而且杰克在中国这么多年，不但有天生的虚伪，还学会了油嘴滑舌。

“哦，好吧，你慢慢学。”我不知道要说什么了，就不再理他。本来跟他就比较熟，所以没必要瞎客气。

“三千年前就有这么美妙的东西，真令人羡慕。”杰克也不知道要说什么了，只好不尴不尬地蹦出这么一句。

“是啊，可惜近代中国不争气，不然哪有你们美国什么事啊。”在老外面前，我从来不客气。

“是啊，是啊。”杰克继续着虚伪。

“德性。”我回了一句。杰克嘿嘿地露着大白牙笑了起来。

两个人就这么奇怪地同时盯着司母戊鼎看，相互间并不言语，只是偶尔眼神碰上了就笑一下。

等到脖子酸痛的时候，我直起了身子，看看表，已近中午。于是我对杰克说：“中午一起吃个饭吧。”

“好，我请客。”杰克爽快地答应了。来中国这么多年，国外流行的AA制早被扔到九霄云外了，我俩在一起不是他请就是我请，反正彼此心里有数，维持请客间的平衡就行。

我们在一家小馆子坐了下来，点了几样家常菜，来了几瓶啤酒，边吃边聊了起来。

我问了问他这些年旅游的事。因为我知道他很喜欢在中国旅游，只要没课的时候他就会全国各地跑着玩。喜欢旅游可能是美国人的天性吧，再加上他在中国课少钱多，换成是我，我也出去玩去了。

他简单地跟我讲了讲，然后对好一阵子没给我带外文书表示歉意。我感谢还来不及，当然不可能抱怨了，同时我跟他说了我最近在忙论文估计没时间看外文书就不麻烦他一类的话，然后话题就转向了我的论文。

首先他对丁教授的死表示了极大的震撼和愤怒，同时表示坚信中国警方万能的力量，一定可以将凶手绳之以法，对此我倒不表示怀疑。这样一个重量级人物被害，一定会引起高层和全民的愤怒，一旦这两股力量介入，我就充分相信警方的侦破速度。之后我跟他讲了我在写关于商朝继位方式的论文，看上去他听得云里雾里，所以我也没深聊，只是简单地提了两句，他表示鼓励和赞赏，仅此而已。

吃喝间时间过得很快，他本想再来几瓶啤酒，可我以下午还要准备论文为由拒绝了，他也没有勉强，随后两人各自散去。

回到宿舍后正在玩游戏的李少威问我去博物馆的情况，我告诉他还没有收获，只是拿回了些图片。我本来带着相机想拍几张鼎的清晰照片，可博物馆不允许拍照，所以我只好拿了些介绍它的图片，这些图片的清晰程度远远超出我电脑中的照片，而且有不同角度的图片，也算是一种收获，聊胜于无吧。

就在我研究图片、李少威打游戏的时候，林菲给我来了电话，约我一起去图书馆。我本想这段敏感时期跟她保持些距离，免得横祸再次降临，可车祸之后的这些日子我的世界好像恢复了之前的平静，没有了任何奇怪事情的打扰，所以完全不跟她见面也说不过去。于是我勉强地答应了她半个小时之后图书馆见。

刚挂了林菲的电话，我就看见李少威一脸贱样地冲我笑。

“笑个屁啊你。”我嘟囔了一句。

“哥们，我要是你，立马跟她挑明关系，然后迅速把她办了，省得别人惦记。”

“你以为我是你啊。”

我不理他，兀自收拾起要出门的东西。

“切，你要还这德性，你就等着她嫁人的时候自己蹲屋里哭吧。”李少威继续犯贱。

咳，我何尝不想跟林菲挑明关系呢？可我骨子里总有“匈奴未灭，何以家为”的臭念头。虽然我也会通过看些日本特种类型片来聊以自慰，但总觉得男人总得干出点名堂才能谈男女之事。不像李少威这小子，我总怀疑要是世界上没有任何避孕措施，他的孩子至少能组成一个加强排。

可惜时不我待。看来已经有人先动手了。

“喂，你那天说的那个帅哥，他跟林菲都聊什么了？”

“得，慌了吧？我就不告诉你。”李少威顿时神气了起来。

“行，有种！论文自己写去。”我假意出门。

“别啊，大哥，我逗你呢。其实他们也没聊啥，那男的一个劲地瞎关心，车轱辘话来回说，烦得我他妈都想抽他了。”李少威连忙讨好我。

“没说别的？或者能不能看出俩人有啥关系？”

“没，当时我爸正骂我呢。我也只是有一耳朵没一耳朵地听了那么几句，就是些什么注意身体啊、想吃点什么啊一类的屁话。对了对了，操，差点忘一大事。”李少威像是突然想起了什么，我连忙紧张地盯着他看。

“听那孙子的口音应该不是中国人，看那操性估计是棒子，不过中国话真他妈流利，也就是我，换了别人肯定听不出来。”

韩国人？倒也不奇怪，林菲他们系里外国人不少，听她说光韩国人就有十几个。

“哥们，你丫要是让棒子抢了女朋友，十三亿人民都会鄙视你的。”李少威还来劲了。

“你积点口德吧，就你这臭嘴，早晚死在嘴上。”我不满地丢下这么一句话，转身出了门。

与其说我是对李少威的话不满，不如说是对林菲不满，或者说是对自己的大意不满，一会儿遇着她，我得问个明白。

我到图书馆门口的时候，林菲已经在那儿了。

“怎么这两天也不联系我啊？”林菲有些嗔怪。

“你不也没联系我吗？”我居然对她没好气。

林菲显然从我的口气中发现我状态不对，稍微顿了一下，然后声音极其细微地说了句：“我不是想让你静养几天嘛。”

我片刻间也意识到了自己的火气。干吗啊，她又没错，我干吗这样。

“你怎么样了？”我试图挽回刚才的冒昧。

“挺好的。你呢？”

“完全康复。呵呵。”我尴尬地挤出了两声笑，笑完后发现更尴尬了。

“事情有进展了吗？符号的事。”

“没，不过挺奇怪的，这几天居然没有那些奇怪的人骚扰我了。”

我俩谁都没有进图书馆的意思，于是索性绕着图书馆散起步来。

“我这两天想，要不然咱们还是报警吧，把这一切事情说明白。”

“这事我也想过了，我觉得不现实。你想啊，警察会愿意查大谷基金会给丁教授符号的事吗？更何况丁教授知不知道符号的事现在也是谜，它跟丁教授的死没有直接关联啊。还有，如果我跟警察说有人去我宿舍偷走了符号，警察怎么查？每天进出宿舍楼那么多人，宿舍楼也没有监控录像，这根本就是一桩悬案。”我顿了顿，接着理自己的思路，林菲也若有所思起来。

“还有，桑塔纳的事和越野车的事更是没法解释，他们是什么样的人、有什么样的预谋谁也不知道，警察怎么会耗费物力财力去查这些无头线索？所以我觉得，现在报警对整个事件的发展不会有任何帮助。”

“那怎么办，总不能就这么等着吧？”

“你还真说对了，现在就得等。”

林菲不解地停下了脚步，看着我。

“这些人显然是有不可告人的目的，目前只是因为一桩意外的车祸暂时打断了他们的计划。他们怎么可能一无所获就这样收手呢？所以他们一定会再次行动，到时候自然能慢慢揭开他们的秘密。”我越说越觉得身子发冷。

“你的意思是，等他们找上门来？”

“对。”

沉默。

“所以，林菲，这事我希望你不要再掺和了。这就是我这几天不跟你联系的原因。”我郑重地说出了自己的担心。

“可是——”

“别可是了，我觉得在一切水落石出之前，咱们还是不要再见面了。你明白，我不想你卷进来。”

“那李少威不是已经卷进来了吗？”

这个大傻妞，我真是服了她了。

“不一样。李少威那块头，三五个人弄不住他，再说他傻人有傻福，而且有他在我还多个照应。”我急得就差说出我爱她，不想她受伤害这类的话了。这些天意外的遭遇使得我内心深处对她的感情被唤醒了，同时那个韩国人的出现更是激起了我的醋意，醋意一旦出现，爱意基本上就可以被证实了。在自己爱的女人面前，我所能做的一切就是尽可能地保护她——尽管我自己也很害怕。

沉默。两人继续散起步来。

“好吧。”良久，林菲蹦出这么一句话来，“不过你得把每一步的进展告诉我，我好放心。”

“没问题。”我长长地出了一口气。

“还有，你每天晚上十一点必须给我打个电话，如果你不打，我就打，你要是不接，我就报警。”

十一点是本科阶段宿舍熄灯的时间，以前我们会准时在十一点跟对方互道晚安，即便是读研之后不再熄灯，我们也养成了这个习惯。林菲此话一出，一种冥冥中的约定就此刻进了我们的心中。

“没问题。”我仿佛重复誓言一般，结结实实说出了这三个字。

随后我们进了图书馆，开始了书海苦战。林非本想帮我一起查阅符号学的资料，可我提醒她，她刚才已经答应不再插手此事，她便作罢，独自看起了关于文明冲突方面的资料。

这么一晃，很快到了晚饭时间。我俩一起走进了食堂——按照我们的约定，今天是我们事情结束前最后一次一起进图书馆、最后一次一起吃食堂，因此我们格外珍惜这最后的机会。

其实我本想逮着机会问她关于韩国留学生的事，可这个话题实在太影响现在的情绪、太破坏貌似诀别前短暂的脉脉温情了，因此我只好把话咽进了肚子。那顿饭对我来说格外异样，既香又苦。我仿佛安顿好家人后慷慨赴死的英雄：香是因为安顿好了家人，苦是因为我将慷慨赴死。

该躲的躲不掉，管他呢。

晚饭后林非提议去小树林散步，我当然同意。她还提议把手机调静音，免得被打扰，我当然也同意。于是我俩来到了再熟悉不过的树林——可今天的心情与往常大不一样。

在树林里，我们正式拉了手。后来我猜想也许我们该在某棵树下拥吻，可我们没有那么做。原因在我，因为我没有提出这样的要求，更没有不经她同意强行发生这些。这么做浪漫吗？我不知道，她遗憾吗？我也不知道，我只知道自己是一个活在自己逻辑里的笨蛋。

很晚了，我送她回了宿舍，她在宿舍楼门口盯着我不放，似乎想说什么。

“想说什么？”我轻声问道。

“今天……很好……”她说。

我们俩同时笑了，然后我目送她离开。

回到宿舍时，李少威疯了一般。

“我操，我操，你丫还活着呢？”

我一头雾水。

“打电话你丫为什么不接？”

我赶紧拿出手机，八个未接来电，全是李少威打的。

“调静音了。”

“你丫跟林非打炮去了吧？”

“你能说点人话吗？”我生气了，不是因为他冒犯了我，而是因为冒犯了林非。

“那她为啥也不接我电话？”

“我们在自习室，调静音了。”我懒得告诉他实话。

“操，吓死我了。”

“怎么了，一惊一乍的。”说实话，这是我第一见他这么反常。

“你自己看！”李少威一把把我按在了电脑桌前。

我疑惑地看了看他，然后把目光集中在了电脑的页面上。这一看不要紧，我浑身的毛孔顿时张大了。

交通肇事的那个面包车司机在医院跳楼自杀！

我连忙回头，惊恐地看着五官早已扭曲的李少威。

“他，他为什么要自杀？”

“扯淡！医院的护栏有多高你又不是不知道，丫他妈截肢了，怎么跳楼？”

瞬间，宿舍的温度降到了冰点！

这时李少威的手机响了。

“喂，林非啊……”

我玩命地给他做制止的手势。

“哦，没事，没事。我，我，我忘带宿舍钥匙了，给周皓打电话他没接，就打给你了，我估计你们在一起……回来了，刚回来，我们正聊天呢……成，你赶紧睡吧。”李少威挂了电话狠狠地瞪了我一眼，“我瞒着她有用吗？她不会上网啊？就你丫聪明？”

我蒙了。怎么会这样？到底谁会杀了那个无辜的司机啊？

“赶紧想怎么办，我他妈可不想过几天被人发现‘自杀’。谁敢让我‘自杀’，我他妈把他脑袋打屁眼里。”李少威翻箱倒柜地找他的法宝——他特种兵出身的父亲送他的救生刀。

我一时慌了神，只能继续看网上的新闻，希望能获取一些好消息。

新闻说，那个司机因为肇事，被雇主开除，失去了经济来源，再加上由于无法接受双腿截肢的现实，不得已寻了短见。这个解释看上去合情合理，毫无破绽，即便是医院的护栏很高，可对于一个一心求死的人来说，靠上肢力量爬出去跳楼也是有可能的。

“没准他真的是自杀。”我希望这是真的,因为我只能这么安慰自己和李少威,以及安慰知道消息后的林非。

“你少自己安慰自己。”

“真的，你看啊，这新闻上说得很明白。要换成是你，给人开车的，本来就没什么钱，然后把车撞了，自己又没了腿，你不也得自杀吗？”安慰的话多重复几遍，仿佛就是真的了一样。这话一出口，我突然觉得我们似乎有点大惊小怪。

“那，那，这也太巧了吧，我觉得就他妈是杀人灭口。”

“这跟巧不巧没关系，他们要真想弄死咱们，那天搞辆卡车或者大货车，撞一下咱不早完蛋了？意外，绝对是意外。”

“那你说，如果是杀人灭口，杀他的是桑塔纳上的人还是越野车上的人……”李少威虽然情绪有些平复，可还是不无担心。

“根本就不是杀人灭口！你非把自己吓死不可啊？”

沉默。

“那……算了，你想辙安慰林非吧，我不管了。”

李少威跳上了床，不再理我，只是手里紧紧地攥着那把寒光四射的救生刀。

坐在电脑桌前，我的心情无法平复。即便努力说服自己相信面包车司机真的是自杀，可符号和司母戊鼎照片的谜团还摆在我面前，我必须想办法弄清楚这些。

司母戊鼎那只丢失的鼎耳到底在什么地方？它是不是跟这些符号有关呢？如果没有关系，为什么符号和照片会先后出现呢？

突然，我脑中蹦出了一个大胆的念头——既然照片是 WU415 发给我的，那我不如直接跟他／她联系。他／她既然想通过邮件给我提示，一定是想引导我发现些什么，既然如此，我就索性回复这封邮件！

我把我查到的关于司母戊鼎的资料和我的疑惑通过邮件告诉了那个WU415,希望他／她能进一步给我指引。如果对方回信,那事情就有可能有起色；如果没有回信，我只好把它归结于一个恶作剧或者一封垃圾邮件。

回完了信，已至半夜，可我没有丝毫困意。我起身活动活动发酸的肩膀，继续在脑中回忆着与这一连串事件相关的任何细节。当未知的恐惧感笼罩全身的时候，人的脑子也许会格外清晰吧。

我在脑中把所有能想到的细节通通过了一遍以后，发现几乎所有的细节都混沌不堪。

我在丁教授所有学生中并不出众，甚至可以说是异类，他为什么那天单单带我参加大谷基金会的剪彩仪式？他为什么要告诉大谷裕二我是他的助手和最出色的学生？他为什么说我跟大谷裕二以后会常见面？把学生引荐给大谷基金会这种国际级的大机构一定是一件慎而又慎的事情，最起码得是极为出色的学生，他明知我对历史的观点非但不能说是正统和慎重，反而是荒唐的，因为我坚信历史中隐藏的大量秘密是科学无法解释的。

这么多年来他早知道我荒唐的观点，那晚为什么又要把我叫到家中再次确认我的荒唐？那晚我大放厥词时他非但没有反感反而在极为认真地听，这很反常，反常得就像一个无神论者在认真地听一个有神论者大谈玄学一样，这无论如何都难以置信。

还有，他有大把的时间跟我谈专业问题，为什么非要选在那晚？他同样有大把的时间可以把车马费给我，为什么非要那晚给？——难道他已经预料到他的死亡了吗？

这一切足可表明，他一定知道牛皮纸袋中的秘密！

可他为什么要把秘密交到我的手中？

虽然我现在还不知道符号的意义，可我完全知道符号的重要性。

丁教授被杀——他每年参加无数的典礼，拿无数的车马费，这些都不可能是他被杀的原因，原因只有一个，那就是符号。某些人为了符号宁可杀掉史学界的巨擘！

凶手是如何知道符号在丁教授手中的？出席剪彩仪式的领导和学界领袖很多，他怎么知道符号会给丁教授？牛皮纸袋是吴丽丽在车中给丁教授的，车上只有司机、吴丽丽、丁教授和我，他是怎么知道的？另外，他又是怎么知道符号是放在牛皮纸袋中的？

毫无疑问，要么凶手是基金会内部的人，要么就是知道内情的人告诉他的。

但这就有了另外一个疑问，大谷基金会把符号以这种机密的方式给丁教授，表明符号的秘密不可能有很多人知道。基金会把符号给丁教授一定是意有所指，不可能给了他之后再把他杀掉，也就是说，丁教授被杀不会是基金会的意思——

还有一个证据能证明这一点，那就是丁教授被杀后，吴丽丽也在疯狂地找符号。

因此，凶手获知符号在丁教授手中的渠道只可能是来自基金会内部的相关人等，而这个相关人等，在做着违背基金会本意的事情。

也就是说，基金会想从丁教授那里获取些关于符号的东西，而基金会内部的某个人或某些人，不希望基金会获取这些——基金会有内鬼！

想到这时，我不禁兴奋了起来，因为这是我在苦思冥想后第一次理清思路，而且这个思路意义重大。因为通过这些分析，几乎可以肯定的是，丁教授的死是大谷基金会中的内鬼所为。

丁教授是在学校的住处被杀。也就是说，凶手知道他当晚回的是学校而并非家。可丁教授是在车上临时告诉吴丽丽他要回学校的，因此凶手是在丁教授到学校之后才知道他的行踪。丁教授死亡的时间是 3 点到 4 点之间，正好是我离开他家之后的一个小时，凶手不可能恰好在我走后才来，因此他应该是一直躲在某处等着我离开。这也就意味着，他知道丁教授把纸袋给了我，并目送着我离开。

既然他会为了符号的事杀掉丁教授，为什么会放过拿走了符号的我呢？

想到这时，我顿时起了一身的鸡皮疙瘩。我连忙起身检查了一下门窗是否关好，然后想喊醒已经沉睡的李少威。可转念又一想，凶手要是想杀我，这么多天他有的是机会，为什么不动手呢？是他没有看到我拿走纸袋还是哪个环节出了问题呢？

或者，他的目的是不让基金会通过丁教授获取符号的信息，那么既然丁教授已死，他的目的已经达到，因此才没有杀我呢？

那么，偷走符号的又是什么人呢？

显然，偷符号者与凶手不是同一人。原因在于，凶手是基金会的内鬼安排的，也就是说，内鬼既然能获知基金会这么重要的秘密，那么他想偷走符号非常容易，没必要绕这么大个圈先杀人再来我这儿偷东西，他们的目的只是要切断丁教授和符号的联系——既然无法阻止符号到丁教授手中，那么他们只能选择杀掉丁教授。只要丁教授活着，即便当晚不杀他而是偷走符号，没准以后会有别的信息送到他手中，因此杀人是永绝后患的办法。既然如此，内鬼和凶手为什么不在丁教授参加剪彩仪式前把他杀掉呢？目前想来只有一种可能，那就是，他们要正式确认丁教授与符号相关。

可毕竟符号在我手中，凶手即便不杀我，也没道理让符号留在我手里啊？难道他真的没有看见丁教授把纸袋给我吗？

想来想去，我实在想不明白为什么凶手会放我一马——真有意思，我居然因为自己还活着而困惑了起来。

偷符号者显然不是一般人：他知道丁教授拿走了符号，也知道丁教授回了学校。他有可能知道丁教授把符号给了我，所以来我这儿偷；也有可能不知道，只是在丁教授那儿没偷着才来我这儿偷的——如果是这样的话，至少说明他知道我去过丁教授那儿，在那儿没偷着才直奔我这儿而来。

偷符号者知道我去过丁教授住处——这也就意味着，在我和丁教授畅聊历史问题的那晚，有至少两个躲在暗处的听众！

如果偷符号者见我拿走纸袋后就尾随我离去，那事情还简单些。可如果他先在丁教授住处行窃，那问题就大了。

如果他先行窃，那凶手一定目睹了全过程；如果他后行窃，那他一定目睹了凶手杀人的全过程——无论是上述哪种可能性，毫无疑问的是，这两方必有一方知道另一方的存在！

由于那晚我通宵研究符号，一宿没睡，所以偷符号者当晚无从下手，而是第二天才得手。而第二天正是我收到来自 WU415 邮件的那天，也就是说，只过了一晚上时间，第三方就知道了我拿到符号的事情。可更恐怖的是，我从警察局回来的路上，吴丽丽，也就是第四方，也知道了符号在我的手中！

这个第三方到底是什么东西我至今没有任何线索，而第四方，也就是吴丽丽，或者她代表的大谷基金会，真是想一想都会让我头皮发麻。他们显然不知道当天晚上丁教授把符号给我的事情，因为吴丽丽说了，她们是在丁教授住处找不到符号后才来找的我，可他们又是如何知道符号在我这儿的呢？

他们可能是问了看门的大爷，大爷告诉的他们——这种可能性被排除，因为警察已经询问过他，他说案发第二天并没有任何可疑人跟他打听任何可疑事。那么只剩一种解释：他们虽然之前不知道丁教授把符号给我的事，可知道我去过他的住处。

还有，为什么桑塔纳车中的人会说“如果你现在给大谷基金会的人打电话的话，你们就麻烦了”这样的话呢？

随后就发生了桑塔纳车里的人监听我们谈话、越野车跟踪我们以及车祸的事情……

想到此处，我死的心都有了。我真后悔那晚去了丁教授那儿，要是不去哪会有这么多事啊？

可转念一想，如果不去，我又怎么会踏进这个惊险刺激而又迷雾重重的迷局之中呢。

冥冥中，我觉得也许我是被选择的！

天边泛起鱼肚白的时候，我的脑袋已经是一团糨糊。关于桑塔纳、越野车和面包车的蹊跷之处我实在是分析不动了。算了，该发生的终究会发生，我只能走一步看一步了。

我习惯性地拿起手机想给林菲打电话约她吃早饭，可就在拿起手机的一瞬间，我突然想起，这段时间我们是不能再见面了。极大的失落感涌上了我的心头，我开始后悔为什么要跟她搞这样的约定，没有她陪伴的日子，我不知道该怎么过下去。

我拿着手机翻看起林菲打给我的所有电话和发给我的所有短信，希望能回忆起曾经跟她在一起的点点滴滴，看来我目前只能通过这种方式来弥补自己的失落了。

看着看着，一个陌生号码出现在了我的眼中。一时间我竟想不起什么时候接过这个陌生的电话，于是我赶紧查阅了陌生号码前后的电话记录，顿时回忆了起来——这是我被带到公安局、忘带手机那天的一个未接来电。

那天共有十一个未接来电，十个是林菲打来的，另一个就是这个号码。本来我无需在意这样一个号码，因为常有电话推销产品的人或者打错电话的人，可在当下这个非常时期，我不能放过任何一个微小的细节。我看了眼表，七点多，这时候打过去即便证实是误会也不会显得太冒昧，于是，我回拨了那个号码。

电话响了很久，没有人接。

我又拨了一遍，还是没人接，我只好放弃。

就在我不知道该干些什么的时候，困意袭了上来。睡会儿吧，睡醒后继续冒险——我这样告诉自己。

第八章

再次睁开眼已经是下午一点多。我艰难地爬起来，四下看了看，发现李少威不在宿舍，不过桌子上放着几个快餐盒。我起身打开快餐盒，发现并没有被人动过，而且还有些余温，看来是为我准备的。这肯定不是李少威干的，因为我太了解这孙子了，我就是饿死了他也不会想到给我带饭的。那会是谁呢?

我首先想到的当然是林菲，不过不可能，因为那该死的约定。算了，不管这么多了，先填饱肚子再说。

正吃的时候,手机响了。我接过电话,是系主任打来的,让我现在去他办公室。挂了电话后我心里琢磨，八成是关于论文的事，因为丁教授死后，系主任接过了指导我论文的工作。

我好几天没准备论文了，一会儿见了他真不知道该谈些什么好。无所谓了，反正不是有传闻说，我们都会顺利毕业嘛。

不出意料，系主任果然是跟我谈论文的事。

“我很奇怪，你为什么要选这么难的题目？”

“因为我感兴趣，而且我觉得之前类似选题的论文有很多不足之处。”

“商朝留存下来的材料这么少，你的论据从何而来？”

他问到了我的命门。的确，要写这个论文我将面临很多的问题：商朝留给我们的资料的确很少，而且很多甲骨文和金文至今无法破译，这给我的论证带来很大的困难。

面对系主任的问题，我以沉默回应。

“你懂甲骨文和金文吗？”

“懂得不多。不过我可以查阅资料。”我有点慌了。

系主任真是刀刀见血。不懂甲骨文和金文意味着我连研究商朝文化的基本工具都不会使用。看着系主任皱起的眉头，我怀疑他要毙掉我这个选题。

“我想知道，丁教授是怎么同意你这个选题的？”系主任沉默了半晌，然后憋出了这么一句。显然，他无法理解泰斗级的丁教授是怎么同意我写这么不靠谱的论文的。

当然，我也无法理解。于是，我只好跟系主任大眼瞪小眼了。

"要不要换个选题？"他终于说出了找我来的真实想法。

"我，我想尝试尝试这个。"

系主任的眉头皱得更紧了。

"请您给我点时间，如果我发现进行不下去，我再换，成吗？反正现在才十月份，我觉得即使到时候换选题，也来得及。"

我说过，我不在乎学位证，我只是想坚持自己的想法，哪怕最终证明想法是不靠谱的。

系主任犹豫了一下，然后勉强地点了点头。

"行吧。"

系主任的表情告诉我，他压根知道我写不下去，也压根知道我早晚会换选题。因此，与其说他同意我的坚持，不如说他是在给死去的丁教授面子。

"那，我先回去准备了啊。"我得赶紧离开这个地方，省得他一会儿改变主意。

"等会儿。如果你非要坚持这个选题的话，我倒可以给你点建议。"系主任点起了一根烟。

"您说。"

"你知不知道中国现在还有'兄终弟及'的事情？"

什么？我吃了一惊。"兄终弟及"这种王位继承制度现在中国还有？怎么可能！

系主任显然看出了我的惊讶和不解。

"中国西北和西南的一些少数民族地区还保留着'兄终弟及'的传统。比如说哥哥的房产、耕地、牲畜、工具等等遗产在他死后要归弟弟所有，甚至有些地区哥哥死后弟弟必须娶嫂子。"

系主任说的这些事在原始社会的确出现过，可没想到现在还有地方在延续，这真是超出了我所掌握的知识范畴了。不过想一想也可以理解，毕竟有些少数民族地区至今还没有脱离原始社会的生产及生活方式。

可这跟商朝没有关系啊。

"主任，您说的我有点不太明白。这种极个别的少数民族出现的情况跟商朝有什么关系？"

“这个，说实话，我也不太清楚。既然你写的是商朝独特的王位继承制度，我觉得这条线索可能会对你有帮助。”

“嗯，谢谢主任，我回去一定认真研究。”

离开系主任办公室后，他的那番话还一直在我脑中翻腾——商朝国君的传位方式怎么会跟少数民族的传统有关呢？难道商朝国君是少数民族？不可能啊，商朝人的祖先是契，契是帝喾的儿子，帝喾是“三皇五帝”中的第三位帝王，是黄帝的曾孙，也就是说，商朝人是标准的黄帝的后裔，怎么可能是少数民族。即便当时跟少数民族有过接触，也不至于影响到“传位”这个对任何王朝来说都是头等大事的事情上啊。那这到底是怎么一回事？

我努力在脑中回忆着历史中出现过的特殊的王位继承制度，想从中得到些启发。想来想去只依稀记得有些继承制度只是在皇后势力过大时发生过短暂的改变，这种情况在西方也曾出现过。想到这时，我心头不禁一紧：如果是这样的话，“兄终弟及”这种个别少数民族的王位继承制度会不会是通过商王的某个王后进入中原的呢？

如果是的话，那就意味着，商朝某个国君曾娶了一个少数民族的王后，而且这个王后的势力很大，大到足以影响这个王朝的王位继承制度。

结合目前所知道的全部史料和考古研究，我震惊地发现，只有一个女人具备这样的能力——那就是墓葬规格仅次于商王武丁的“戊”！

妇好作为商王武丁的第一任妻子，如此战功赫赫卓尔不群，死后都无法葬入王陵区，而史料中毫无记载的“戊”，其冥器竟然比妇好重六倍，死后葬入了王陵区，而且还影响了商王朝的传位方式！

这个可怕的女子竟然还属于少数民族！

我惊奇地发现，如果按照系主任提醒的这个方向研究的话，我的论文将势必与“戊”联系起来，这也就意味着，我的论文与那张关于司母戊鼎的照片竟暗自契合。

想到这里我飞一般冲回宿舍，连忙打开电脑看 WU415 是否给我回信。遗憾的是，邮箱中空空如也。算了，既然对方不给进一步的提醒，我就自己查吧。

我把从博物馆拿回来的那些图片全部摊放在桌面上，试图从中寻找些蛛丝马迹。我坚信，文字描述的历史是被修改后的历史，而文物所呈现的历史才是真实的历史，因为历史的烙印一定会深刻体现在这些文物之上——无论后人发现还是没发现，这些烙印都是不容篡改的最好证据。

我不停地调整着眼睛与图片间的距离，想从不同的视野和角度寻找有价值的东西，我甚至借助了放大镜。对一个常看古籍的人来说，放大镜是不可或缺的工具。

突然，我从一张图片中发现了异常。这张图片是斜着拍摄的，因此可以同时看到司母戊鼎的正壁和东侧壁。通过肉眼和放大镜，我发现东侧壁的纹饰和正壁的纹饰很不一样——正壁的纹饰与鼎身浑然一体，而东侧壁的纹饰能清楚地看出是后来铸接上的。

古代鼎的制作过程基本是这样的：首先，按照预先设计的鼎的样式、大小等要求制作泥范，也就是模子，然后按照不同的金属配比把金属汁灌入泥范，过段时间鼎就成了。鼎上的纹饰是在泥范制造过程中制作的，也就是说，事先将纹饰雕刻在泥范上，这样金属汁注入后纹饰与鼎身便已成一体，无须后来单独雕刻、铸接。

司母戊鼎除东侧壁外，其余所有的纹饰都与鼎身为一体，显然是在泥范制作过程中就完成了的，而东侧壁的纹饰明显偏厚，有些地方还可以看出错位的痕迹，显然是后加上去的——就像是衣服上缝了一块补丁一样。

这立刻引起了我极大的兴趣。毫无疑问的是，商朝人有能力制作完整的鼎，那为什么这个鼎上要缝块补丁呢？补丁的作用只有两个——修补和掩盖。

如果是修补，那意味着东侧壁原先的纹饰破损了。现代人在制模的过程中也经常出问题，更何况是三千年前的商朝人呢？所以出现破损是有可能的，因此，如果是这种情况就可以理解为：司母戊鼎制作完成后人们发现东侧壁出了问题，然后制作了新的纹饰铸接上作为弥补。可这种可能性很难说服我，因为前文中我已经说过了，在把祭祀看得比生命都重要的古代，国君怎么可能拿这么一个东西作为自己母亲的冥器呢？打个不恰当的比方，我们会给自己故去的长辈穿打着补丁的寿衣吗？

如果不是修补，那这些新铸上去的纹饰想要掩盖什么？这些纹饰下面，到底有什么不可告人的秘密？

东侧壁原有纹饰被遮盖、铸成当日少一只鼎耳——这个鼎到底隐藏着些什么？！

第九章

我站起身来，稍微平复了一下自己激动的心情。冷静下来后我突然开始有些担心：我的这个发现成立吗？东侧壁的纹饰真的如我观察的这样与众不同吗？会不会是照片角度的问题或者是拍摄光线的问题呢？——想证实这种猜想，最好的办法就是再去一趟博物馆。

我赶在博物馆下班前冲了进去，然后仔细地盯着实物的东侧壁看了起来。没错，东侧壁的纹饰明显比其他地方的要厚，而且对比之后会发现，这些纹饰的确有铸接的痕迹。猜想被证实！

那接下来要做的就是查清楚这些纹饰下面隐藏的到底是什么。可一想到这儿我就绝望了，因为我发现这是不可能的——想知道纹饰下面的东西，就得把司母戊鼎取出来，把上面的纹饰去掉。

这怎么可能！

此时的大厅就剩下我一个观众了，站在一旁的工作人员不停地看着表，毫无疑问，只要一到闭馆时间，他就会上来轰走我。我看看鼎，又看看他，脑中幻想出了一个场景：

我走上前，对他说，请把鼎拿出来，把东侧壁上的纹饰撬掉，我要揭开一个千古的谜团。

第二天，家人必将会从这些地方接走我：公安局、精神病院，或者停尸房。

画面闪过，我不禁笑了起来。工作人员发现了我的笑，迅速露出了恐惧的神情——偌大的展厅，空旷阴森，一个盯着司母戊鼎一个多小时的人突然冲我笑了一下——一想到工作人员的心理反应，我顿时产生一种恶作剧后的快感。

离开博物馆的时候，天已经暗了下来。一想到一整天只吃了几口盒饭，我的肚子立马叫了起来，于是我开始沿着马路搜寻自己消费得起的饭馆。

我边找饭馆边想，接下来我该做点什么。我虽然发现了司母戊鼎鼎耳和东侧壁的问题，可完全不知道如何推进。真该死，这个 WU415 既然在引导我发现什么，可为什么只给这么一点点信息呢？照片和符号的先后出现到底有什么关系呢？

不知不觉中，我发现了路边的一家小饭馆。饭馆里只有一桌客人，看上去已经喝得有点高了，在那儿骂骂咧咧不知说着什么。我进去点了吃的，本想一边吃一边继续琢磨最近这些事情的关联，可那桌人实在闹得厉害，让我无法静下心来，于是我索性听起了他们的谈话。

这些人谈话的内容没有什么新意，无非是借着酒劲骂骂眼下的世道，一会儿骂拆迁，一会儿骂油价，一会儿骂美国，一会儿又骂城管，好像全天下的事在他们眼中已经乱成了一锅粥。服务员站在吧台后面，认真地听着他们谈话，时不时插上那么一两嘴，表达一下自己对他们所骂事情的愤怒，显示自己跟他们站在同一阵线。那帮酒客看到有人介入他们的话题，便愈发兴奋起来，说话的声音愈发大了起来。

我实在受不了他们说话时高亢的声调，所以想赶紧吃完饭逃离这个地方。就在我准备结账的时候，他们无意间的一个话题引起了我的兴趣。他们不知什么时候把话题从美国扯到了中国的医疗问题上，说什么医生多么多么坏，药商多么多么黑，说什么医院都是买卖人命的地方，然后说到了昨晚跳楼自杀的那个司机。

我连忙竖起耳朵想从中听出些新闻之外的东西，因为我知道，很多事情的真相往往是从坊间流传出来的。可惜，他们仅仅谈到了那个倒霉司机的死，仅仅骂他不是爷们儿、怎么忍心扔下妻儿自杀之类的话，并没有说出任何与新闻不一样的东西来。虽然没有获取意外之喜，可这个话题却如重锤般狠狠地砸向了我的心里。

无论面包车司机是自杀还是谋杀，我都觉得自己有愧于他。如果是自杀，那导火索是那场车祸，虽然车祸是意外，可毕竟我是当事人；如果是他杀，那更与我有关。所以，我不能像路人那样对他的死无动于衷。

我清楚地记得，在医院雇主是如何当众痛骂他的；也清楚地记得，当妻子趴在他腿上泣不成声时他眼中透出的绝望。无论如何，我不能对这个曾与我擦肩而过的生命不理不睬。也许，我应该为他做点什么。

到医院的时候，天已经完全黑了。

我在医院门口的花店买了一束花，然后径直走了进去。

我知道他的病房，因为车祸后他住在我隔壁，于是我捧着花心情沉重地沿着医院昏暗的走廊朝病房走去。这个点钟不算太晚，按理说走廊上应该有来来往往探访病人的友人，可今天这条走廊格外安静，静得甚至有些恐怖。我估计可能跟这次的自杀事件有关，因为往往这种事情发生后，隔壁的人都会要求换房，这完全可以理解。

走到护士站时，小刘护士坐在里面。

小刘护士年纪不大，从卫校毕业来这家医院没多久，人很好，我是在医院养病时与她认识的。她对我照顾得很用心，这要拜我妈所赐。我妈社会经验丰富，知道在医院里一定要跟医生尤其是护士搞好关系，这样他们才能用心照顾你，而且没准会替你减少不必要的麻烦，比如在用药上可能就不会坑你。因此我妈常当面夸小刘护士年轻漂亮，还会给她买很多女孩们爱吃的东西，把小刘护士哄得成天见了我就笑，搞得四处对女护士放电的李少威很是不满。

看到我走过来，她显然吃了一惊。

“你怎么来了？”

“我能进去看一眼吗？”我指了指司机曾住过的病房。

小刘犹豫了一下，然后看了一眼旁边的同事。她同事看了眼我，又看了眼我手中的花，眼中闪出了一些不解和恐惧，没有说话，连忙低头看起了手中的杂志。

“进去吧。”

我走到了病房门口，一只手握住了门把手。

我要不要进去呢?

我回头看了下小刘，她的表情很惊恐，那个低头看杂志的护士此时也抬起了头，同样惊恐地看着我。我深吸一口气，推门走了进去。

一股冷风顿时扑向了我。

我不禁打了个寒战。屋里黑乎乎的，两张病床死尸般横陈屋内，雪白的床单在屋外亮光的映衬下泛着可怖的白光。我静静地站在那儿，看着靠窗的那张床，想着曾经有一个活生生的生命挣扎于上，而此时的他已远在天国。我慢慢地走到了床边，轻轻地把花放了上去，我很想坐在上面体验他决定放弃生命时的感受，可我没有那么做，因为恐惧，或者是出于对死者的敬畏。

我走到窗边，看了看护栏。护栏的上沿大致位于我下巴的位置，这样的高度即便一个正常人想翻越下去也有一定的困难，那究竟是一种怎样必死的力量，让这个失去了双腿的男人一跃而下的？

我尝试着把手搭在护栏上，想试试到底有没有翻越它的可能性。我用脚踩住窗台，双手同时发力，艰难地直起身子，然后我一手扶着护栏，另一只手打开了窗户——这时我发现，虽然可能性是存在的，但只有在双手双脚的同时协助下才能完成这一连串的动作，他是如何做到的？

就在我打开窗户往下看的一刹那，我突然发现，一双眼睛正从楼下死死地盯着我！

我几乎是从窗台上摔下来的。下来后我玩命冲出这间病房，死死地从身后把门关上。两个护士显然被我突如其来的举动吓疯了，小刘大叫了一声，瘫坐在椅子上。

恐惧到了极点就变成了愤怒。我现在唯一想知道的就是，谁他妈一直在监视我！

我疯狂地朝电梯口跑去，电梯所显示的楼层离我还很远，于是我冲到了楼梯间，玩命地往下跑。急促的脚步声顿时充满了整个医院。

我跑到楼后面时，刚才看到的那个人已经不见了踪影。我站在他刚才站的位置，抬头望去，正好可以看到那间病房的窗户。

“你到底是谁？”我凄厉的嘶喊声划破了医院宁静而恐怖的夜。

第十章

我回到医院正门的时候，小刘和那个护士站在大门口惊魂未定，小刘更是哭得浑身哆嗦，几个保安围在她俩周围，正问长问短。看到我过来，那个护士指着我，对保安说：

“就是他。”

两个保安走到我身边，怒气冲冲的。

“咋回事？”

“没事，刚才，刚才风把窗户吹了一下，把我吓着了。”我只能编这个谎了。

“你他妈是男人不？”保安对我相当鄙视，然后回过身安慰起她俩来了，“你看，我说没事吧，你看他那德性，别自己吓唬自己。”

小刘坚决不肯再值班了，非要回家，保安也没有办法，只能说要走也行，总得跟护士长打个招呼，小刘让那个护士帮她请假，然后护士服都没有换，就木呆呆地往大门口走。

我觉得自己也没有在这儿继续待下去的理由了，于是转身也想离开。正要走时，一个保安冲着我厉声道：“以后没事别他妈吓唬人，再让我碰着我弄死你。”

保安的愤怒无论是源于在女护士面前逞威风还是为了掩饰自己的恐惧，反正这整件事确实赖我，因此我没有答话，只是露出了抱歉的表情，然后跟在小刘后面出了大院。

“我送你回去。”

出了大院，我拦住了小刘。

“不用。”

“刚才真的不好意思，我真不是故意的。我也没想到风会把窗户弄得那么响，不好意思。”我抱歉连连。小刘没有理我，仍然快步往前走着，我没有办法只好跟在她身后。

就这样走了几分钟，小刘突然回过头。

“你，你还是送我回去吧，我不敢自己走……”

我正要伸手拦出租车的时候，小刘阻止了我。她说她住的地方不远，走路二十分钟就能到，于是我俩就这样并肩地走了起来。走的时候我还一直留意着周围，万幸没有发现什么可疑人和可疑车。

小刘在离医院不远的居民区与人合租了一套房子。听她说，跟她合租的是一对白领情侣，大家都是来北京打拼的，合租能节省开支。她租了其中的一间，由于不想破坏那对情侣的小生活，她除了睡觉，平时基本不回去。

一路上，我一直想问些关于司机死亡的事情，可她刚刚被我吓得半死，现在问实在不太合适，于是只是有一搭没一搭地聊些无关痛痒的话。就这么聊着聊着，我们到了她小区的大门口。

“真的不好意思。”眼看她到家了，我最后表达了自己的歉意。

“没事，谢谢你送我回来。”小刘转身进了小区。

我看着她进了小区，便转身离开。可没走几步，她突然从背后叫住了我。

“周皓。”

显然她还记得我的名字。我回过头，不解地看着她。

“怎么了？”

“我觉得崔波的死有点奇怪。”

她冷不丁蹦出这么一句，让我吃惊不小。崔波就是那个面包车司机。

她跑向我，死死地盯住我的眼睛，眼眶中未干的眼泪泛着晶莹。

“怎么奇怪了？”虽然我对崔波蹊跷的死很怀疑，但我宁愿接受他是自杀的结果。

“咱们能找个地方坐会儿吗？在这儿我不敢说。”

随后我们在小区附近找到了一家咖啡馆，我们选择了最里面的位置，一来安静，方便谈话，二来我可以随时注意到进出大门的人。

我俩坐定，点好东西后，小刘说出了自己的担忧。

“从昨晚到现在，崔波的家人一直没有出现过，这不是很奇怪吗？”

没错，家里出了这么大的事，家人怎么可能不出现？

“那谁料理的他的后事？”

“警察联系不上他的家人，就通知了那个老板。”

“崔波替他运货的那个老板？”

“对，他从昨晚到今天一直在忙着这事。”

“那他还真不错，这事按说跟他没有关系啊。”

“嗯，不过崔波在北京就跟他熟。”

“我记得他老婆以前不是来看过他吗，怎么会联系不上了？”

“对，前天还来了一次，两人关着门在屋里说了很长时间，然后昨天晚上他就跳楼了。他老婆的手机关机，警察去了他们的出租屋，人已经不在了。”

“他老婆前天来看他的事，你跟警察说了吗？”

“说了，警察也在想办法找他老婆。”小刘说完这话，长时间沉默起来，她握着杯子的双手略略有些发抖。

我没有打断她的沉默，我知道她内心正在为某件事激烈地斗争着，我只是静等着她将说出的任何事情。

“不过有件事我没跟警察说。”良久，她仿佛下了决心一般，抬起头看着我。

“什么事？”我不祥的预感越来越强烈。

“你能替我保密吗？”

“我发誓。”

“有一次我给他换吊瓶，我发现吊瓶出了问题。那天我本来是给他拿的消炎药，可注到瓶子之后我发现颜色有点不对，当时我觉得可能是药水过期了，就给他换了一瓶。可后来我发现，那些药是这两天刚进的，不可能过期。”

“然后呢？”

“当时我想可能是药水质量的问题。医院和药厂的关系估计你也听说过，药厂为了推销自己的药会给医院很高的回扣，因此有些医院在药品质量上把关不是很严。”

“所以这事你没告诉警察？”

“嗯。我托了很多关系才进的这家医院，我不想因为这事没工作。”

完全理解。换作是我没准也会这么做，一个新人要是把院方和厂方的黑色交易公之于众，后果可想而知。

“那，这事跟崔波的死有什么关系？”我知道，她今晚要跟我聊的，肯定不是医院进药的黑幕问题。

“后来我好奇，想知道药厂到底拿什么东西糊弄我们，就让一个当医生的老同学帮我查了查那瓶药，你知道那瓶药里有什么吗——”她显然知道我不知道答案，但通过她紧盯着我的眼神，我意识到这个答案将非比寻常。

“马钱子碱。”

“马钱子碱？”我一头雾水。

“一种剧毒，如果注进人身体里，就会全身抽搐、窒息而死。”

听完这话，我当时就想大骂无良的药厂。可转念一想，药厂怎么可能往药里加这种东西呢？除非他们丧心病狂。可又一想，不可能啊，如果真的出了严重的事故，警方很容易查到他们头上啊。

“应该不是药厂干的吧？”我把自己的想法告诉了小刘。

“怎么可能是他们干的？他们为什么要这么干？”小刘非常坚决地回答道。

“你的意思是，有人调包？”

小刘点了点头。

“那天崔波的药用完了，我本打算去药房取，可药房正好派人给送了过来。送药那人我以前在药房没见过，不过因为我是新来的，很多人都不认识，所以也没在意。后来查出马钱子碱之后，我专门去了几次药房，基本上把所有人都见了个遍，但没见到送药的那个人。所以，我觉得那药被人调包了。”

“你怎么不把这事告诉警察啊？”

“我害怕。我怕万一掉包那人知道是我告发的，我，我就惨了。再说，那瓶药已经被我换了，什么也没发生，这事就我知道，所以我想了想，觉得还是算了。”

“那你有没有想过，调包那人如果发现没毒死崔波，肯定会怀疑你啊。”

小刘一听我这么说，显然吓了一跳，然后皱着眉头，一脸惊恐。

看到她这副模样，我顿时后悔自己说得太直接了，连忙找辙安慰她。

“算了，反正崔波自杀了，对方的目的不是已经达到了吗？你不用担心。再说，没准对方以为你已经用了药，只是药没起作用而已。”说到这时，我突然想到了一个新的问题：如果对方毒杀崔波成功，警方应该会全力追查他，他岂不是把自己置于极不安全的位置？

我把自己的想法告诉了小刘，小刘竟没有丝毫的惊讶。

“我问过那个老同学，他说马钱子碱进入人体后会迅速与血液融合，很难查出来，而且死后的症状和破伤风几乎一模一样。崔波出了这么大的车祸，感染破伤风的几率很大，所以即便他被毒死，也很有可能被误以为是破伤风。”

调包的人显然知道这一切！

“为什么有人要害他呢？”良久，小刘说出了这么一句。

“我不知道。”崔波是自己跳楼还是被人谋害无从查知，但他曾被下毒已确认无疑，我预感到他的死绝不简单，甚至基本上可以确定与我有关，或者说，与符号有关。但这一切我不能告诉小刘，不单单是因为她帮不上任何忙，更主要是，我不能再连累另外的人了。

想查清楚这一切，只有两个突破口——崔波的雇主和妻子。

可警方都找不到他的妻子，我又如何找寻呢？看来，我有必要见见他的雇主了。

我本想让小刘帮我查查医院的监控录像，因为监控有可能拍到了调包的人，但我没有理由让她这么做，因为目前在小刘的脑中，崔波的死跟我没有任何关系，更不了解这背后的疑团，我要是这么上杆子查，反而会徒增她的疑虑。算了，我还是想办法自己解决吧。

当晚，我想尽了一切办法安慰小刘，说什么你只是个护士，咱们都不清楚崔波身上发生了什么，即便有人试图毒杀他跟咱们也没有任何关系，因此咱们就把它当成一件悲剧就行，咱们只是旁观者，不会有什么不好影响等等的话。小刘渐渐宽了心，没有之前那样的紧张了，于是，几杯饮料下肚，我把她送回了家。

送走她之后，我看了看表，快十一点了。按照事先的约定，我拿起手机给林菲打了电话，告诉她我很好，一切都很好，不必担心。她没有多说什么，只是提醒我注意安全、有什么异常就报警之类的话，我告诉她没问题，你就放一万个心吧，然后就挂了电话。

挂了电话后我突然想起刚才忘问她中午我宿舍那些盒饭的事，我赶紧又拨了她的电话——

关机！

刚跟我通完电话就关机？这也太快了吧。不过想想也有可能，林菲睡觉都是关机的，没准她就等着跟我通完话后关机睡觉呢。也罢，明天十一点电话报平安的时候再问吧。

这个点钟已经没有了回学校的公交车，我只好站在路边等出租车。小刘住的小区在一条小路旁边，我等了半天也没看见有出租车经过。于是我只好一边往大路走，一边时不时回头看有没有空车。

走了几分钟，我发现后面有一辆车在用大灯晃我，我回身看了过去，由于大灯太刺眼，我没有看清楚是不是出租车，只得停在一旁等车过来。

车缓缓地停在了我的身边，是一辆桑塔纳。

副驾驶的车窗摇下，一个熟悉的面孔冲我笑了笑。

"事都办完了？上车吧！"

车祸时桑塔纳副驾驶的那个男人。

我僵在了原地。

"上车吧。"男人的声音温和而坚定。

我四下看了看：在这个临近午夜的小路上，罕有人迹，此时我要是不上车后果不知会怎样。

可如果我上了车呢？——我可不希望第二天自己的尸体在某个草丛中被发现。

"我要想杀你的话你还能活到今天吗？我是来帮你的。"

男人仿佛读懂了我的内心，微笑地说了这么一句。

好吧，此刻我才真正体会到什么叫"听天由命"！

车向西驶去。

第十一章

“正式认识一下，我叫孙林。”见我坐了进来，男人回过身冲我伸出了一只手。

我怯怯地伸手与他握了一下，然后大气不敢出。

“你一定想知道我们要干什么吧？一会儿我告诉你。”

他既然说出这话，显然是不想我在车上问东问西，我只好沉默不语，眼睛一直盯着窗外，试图把沿线所经过的地方一一记在脑中。

午夜西向的路上车很少，因此桑塔纳开得飞快。半个多小时后，车进了山，然后拐了很多弯停在了一个大院的门口。进山前我知道这是去西山的路，可进了山，由于外面漆黑一片，我什么都没有记住。

司机在大门口的门禁处刷了一下卡，车驶了进去。就在这个当口我留意了一下窗外：这个大院的外墙很高，墙上装有电网。大院的门很豪华，跟很多郊区别墅的大门差不多，如果平日偶然经过，会以为是某些达官显贵的宅邸。我之前与同学在西山一带玩的时候曾见过类似的大院，当时大家还奇怪为什么院子要装电网，分析来分析去得出的结论是“贵人惜命”，因为即便在城里，有些大四合院的外墙上，也是有电网的。那时大家除了羡慕嫉妒恨之外，都在幻想着自己何年何月能住进这样的宅子，女孩们更是浮想联翩，惹得我们这些男生只剩下骂娘了。

万没想到，今晚的我居然可以进入这样的宅子。

车在一栋别墅的门口停了下来，孙林下了车，走上前替我开了车门。我犹豫了一下，战战兢兢地走了出来。司机发动车一溜烟跑了。

孙林拿出钥匙开了门，然后站在门口微笑地看着我。

“进来吧，今晚的任务很繁重。”

别墅的大厅一如所有影视作品中的别墅大厅那般奢华，倘若是在别的情境下来到这样的地方，我一定会四处欣赏赞叹一番，然后跳到沙发上享受仆人送上的可口茶点。可此时我只是傻子一般地站着，任由孙林摆布。

“跟我来。”

孙林走到了一个摆满艺术品的多宝格前，将格子上的一个瓷瓶拧了九十度，然后掀起格旁墙上挂着的一幅画，在画后面按了几下，登时多宝格向左平移了一米左右，格后面的墙上出现了一扇门，他推开门，示意我进去。

既来之则安之。我横下一条心，到底要看看他在搞什么把戏。

我跟着他一起进了那扇门。

门内的光景与大厅完全不同。门内正中有一张大方桌，估计有两个斯诺克台子那么大，上方是一盏发着蓝光的灯，光线不强但足够看清房内的景象。桌子四周有几把椅子，椅子周围摆满了各种我根本不认识的仪器，有些仪器显然处于关机状态，而有些则时不时通过屏幕的亮光证明自己仍在工作，那些仍在工作的仪器前，分别坐着几个操纵仪器的人。孙林和我走进去时，那些人仅仅是回头看了一眼，然后继续木偶一般地凝固在仪器前。

当瞳孔适应了屋内奇怪的光线后，我突然清楚地看到，方桌上铺满了红色的钞票。

“不好意思，这是你的那两万块钱。”孙林指了指桌上的钱，然后有些失望地看着我，“可惜，没发现任何情况。”

两万块钱在他们手上？车祸时他们不是也受伤了吗？

“从今天开始，无论你愿不愿意，你将成为我们团队的一分子。这两万块钱我将物归原主，而且我还会再给你两百万，就当是利息吧。”孙林说这些话时，脸上始终带着某种奇怪的微笑。

“请告诉我，这一切到底是怎么回事？”即便两百万对我来说是天文数字，可在弄清楚一切之前，我不愿意把自己的生命跟任何数字挂钩。

“本来我也很怀疑你这个乳臭未干的学生的能力，可既然丁教授把符号给了你，那一定有他的道理。现在，跟我们说说你知道的关于符号的事吧。”孙林在桌前的一把椅子上坐了下来，有几个坐在仪器前的人也回过身来静静地看着我。

“我什么都不知道啊。”看着他们审讯般的目光，我慌了手脚。

孙林示意了一下，一个人起身倒了一杯水，递给了我。谁知道水里有什么啊，我才不喝呢。

“你什么都不知道？”孙林的眼中失去了刚才的温和，变得不解和严厉起来，

“丁教授带你出席大谷基金会的剪彩仪式，半夜又把符号给了你，你什么都不知道？”

“我真的什么都不知道。你不是一直在跟踪我吗？你应该知道我也在查。”

“什么都不知道你查什么？”

“我就是好奇，想知道符号到底什么意思才查的。”

“为什么要查司母戊鼎？”

显然，那天我在宿舍跟李少威和林菲关于司母戊鼎的谈话也被他监听了。我只好把符号和鼎的照片先后出现的事情告诉了他，他疑惑地和旁边的人对视了一眼，然后冲着一个人点了点头，那人回到仪器前快速地操作了起来。

“我知道的就这么多。”一口气说完这些天的收获，我擦了擦汗。

孙林皱着眉头听完我的讲述，然后回头看着那人操作的仪器，显然在等待着什么。整个房间在仪器运转的声音中显得格外安静。

死寂的几分钟过后，那人回过头来，冲孙林摇了摇头：

“WU415 的具体地址查不到，不过应该是在境外。”

他们居然侵入我的邮箱——不过想想他们之前的所作所为，这应该不是难事。WU415 在境外？这让我吃惊不小。孙林对这个结果也显得很意外，他站起身低头踱起步来。

“孙……孙领导，能告诉我到底发生了什么吗？”我不知道该怎么称呼面前的这个男人，只好选择最卑贱的口吻。

孙林停住了脚步，他看了我一眼，脑子飞快地转了几下，然后声音低沉地说道：“周皓，你卷入了一场你完全控制不了也完全料想不到的重大事件之中。既然你已经被选择，那么你能做的就是严守秘密，然后按照现有的线索和你的思路去追查符号一事，我们会尽自己的所能帮助你。”

我知道他不愿意也不可能告诉我更多信息，但我必须知道尽可能多的东西，否则我眼前一片漆黑，根本无法破解当下的谜团。

“如果你们觉得我能做点什么的话，就多告诉我一些。”

“你想知道什么？”

“你们是谁？”我抛出了一直以来的疑问。

孙林听完这话，和仪器前仍然看着我的人对视了一眼，那人似乎想笑，被孙林用眼神制止了。

“我们谁都不是。”

我困惑了，眉头拧成麻花看着他。

“我们不存在。好了，还有什么想知道的？”

“你要是不告诉我你们是谁，我什么都不干了。”我平生最讨厌故弄玄虚的人。

“周皓，我再强调一遍，我们是保护你的。或者说，我们是在通过保护你保护……另外的东西。无论你想不想干，你已经成了事件的一部分，已经由不得你了。不单单是我们知道你的状况，另外的组织也已经知道。无论你有意还是无意，既然你已经进来，事情解决之前你就脱不了身。”孙林表情凝重地说了这番话后，沉吟了一下，似乎在考虑什么，“这么说吧，你必须依靠我们的帮助，因为……因为你现在想象不到，有多少人想获得符号的秘密。或者这么说，你想象不到有多少人会为了符号而杀人，包括杀你！”

我握在手中的杯子险些掉在地上。

“丁教授就是因为这个死的？”

孙林点点头。

“谁杀的？”

孙林犹豫了一下：“抱歉地告诉你，我们还没有查出来。”

“你们不是神通广大吗？你们不是什么都知道吗？为什么查不出来？”与其说我现在关心的是丁教授的死，不如说是担心自己将来被杀。我希望赶紧查出凶手，省得自己成为他下一个目标。

“事情的复杂程度我不需要告诉你。”

我很讨厌这样的话，因为人们总喜欢夸大困难的程度来掩饰自己的无能——当然，我根本不知道当前事情的困难程度。

“那，那我需要怎么做？”问不出所以然，我只好保命要紧。

“你要不停地查下去，只有这样秘密才能揭开，你才能活着。这也就是后来我没有拿走你那张草纸的原因。”

孙林监听了我在宿舍中的谈话，他知道我有那张誊写了符号的草纸，车祸发生时拿走了钱却没有拿走草纸，这让我曾很是疑惑。我不解地看着他。

“我希望你能明白，你的命与符号紧紧地连在了一起。现在各方面都知道丁教授选择了你，因此他们都希望能沿着你的发现追查下去，只要你在查，他们就暂时不会动你。”

也就是说，那些所谓的组织，包括孙林在内，还不知道符号的真实含义？

孙林似乎懂读心术，因为他的眼神告诉我，他显然看出了我在想什么。

“没错，你猜对了。”孙林恢复了之前微笑的表情。

万幸，我还不会马上死。

“能告诉我是哪些组织吗？”问完这话，我就知道自己白问了，因为孙林的表情已经回答了我的问题。

“好吧。”突然，我脑中闪现出了另外一个念头：只要符号查不出来，我就不会死，那也就是说，如果我永远不查出符号的真实含义，我就能好好地活下去？——我必须想办法证实这一点。

“我明白刚才你的意思了，你的意思是只要符号查出来，我就没有了利用价值，是吧？”

孙林脸上顿时浮现出一种奇怪的表情，那种表情中充满了无限的忧虑，但转瞬间又似乎充满了无限的欣喜。此时不单我在盯着他看，连旁边的那几个人也屏住呼吸地看着他。

过了不知多久，他像从睡梦中醒来一般，深深地长出了一口气：

“真相大白的那天，也许所有人都会死，也许所有人都永远死不了！”

房间内出奇地安静，安静到我甚至可以听出自己滚烫的血液在血管中疾驰的声响。

“很多人将为这个秘密而活，更多的人将为它而死。而还有些人，将为它而不存在。”孙林叹了口气，然后仿佛努力梳理了一下思绪，伸了个懒腰，似乎要打破因他而起的莫名其妙的沉默，“好了，开始工作吧。”

孙林朝一个人做了个手势，那人起身拿出了一张地图，递给孙林。孙林冲我笑了笑：

“站了半天了，不累吗？”

我只好挪着已经发僵的腿，走到桌前坐下，将水杯放在了桌子上。这时一个人走过来，拿走了我的水杯，然后把它放进了一个仪器中，那个仪器快速地运转了起来。

“别担心，我们只是要看看你刚才有没有说谎。”孙林微笑地表示歉意，“不过我相信结果跟我想的一样。”

我顿时傻了眼——那个杯子果然有蹊跷！不过我刚才仅仅是握着那个杯子而已，怎么能测出我是不是说谎呢？

“你知道人情绪变化时身体会分泌不同的化学元素吧？这个杯子能接收到你拿着它之后所有元素的变化，尤其能检测出说谎时儿茶酚胺的释放量，所以，抱歉，我不得不这么做。”孙林拍了拍我的肩膀，似乎要让我放松下来。可我紧张得赶紧挪了挪身子——

谁知道他拍我这两下又意味着什么？

当未知成为恐惧的时候，恐惧便无处不在——就像是活在当下的我这类草民，因为恐惧的无处不在，我们不得不担心生活中任何一个哪怕极其微小的未知。

不一会儿，那人从仪器前回过头，看了一眼孙林，孙林来到仪器前，看了看，然后走到我身边：

“怎么样，我说了跟我想的肯定一样，你没说谎。不过很显然，你太紧张了。”

“废话，换作是你你不紧张啊。”我心里暗骂。

随后孙林把地图平铺在方桌上。在放上之前，他把桌上的钱整理了一下，推到一边。此时我的视线完全集中在了地图上，那些钱对我而言已经失去了意义——对于一个查不出秘密就要死的人来说，钱跟屁一样不值钱。

那是一张世界地图，地图上用红笔在两个国家上打了大大的问号——肯尼亚和中国；然后在另外两个国家的某个地区用绿色圆圈做了标记——芬兰和墨西哥。

“这是大谷集团在世界上成立了基金会的国家。”我兴奋而不解地说。

“没错，而且全都是这两年才成立的。我们的工作将从大谷基金会开始。”以孙林对我所知信息的掌握，我说出这番话来他当然不意外，“我们已经从芬兰和墨西哥获得了相关的情报，确定了大谷基金会在这两个国家瞄准的目标，但对肯尼亚和中国，我们还不知道他们具体瞄准了哪儿。”

大谷基金会有具体的目标？看来它显然不是泛泛地支持这些国家的考古研究。

此时我看着地图，在等着孙林开口。现在我已经彻底明白，他想告诉我什么的话，自然会说；不想说，我问也没用，还是等他自己开口比较好。

“大谷基金会在芬兰瞄准的是塞姆奥拉德恩遗址，这个遗址 1999 年已经被列入联合国教科文组织的世界遗产名录，已被充分发掘研究过，但大谷集团前年在芬兰设立基金会后立刻重新启动了对该遗址的发掘研究工作，因此我们认为该遗址一定还隐藏着重要的秘密。”

孙林指着地图上用绿色圆圈标记的区域，看了我一眼，然后将手指移向了地图的另一侧。“这是大谷基金会瞄准的墨西哥的拉文塔遗址。”

我看看地图，又看看孙林，实在不明白大谷基金会要干什么。孙林看出了我的不解，他双手往面前一摊，如我一样困惑不已。

“我们的人还在跟进，目前并不知道他们的目的，不过可以肯定的是，大谷基金会一定会在中国瞄准一个地方。他们到底是正在寻找还是已经找到我们不清楚，这就要靠你。”

“你们都不知道，我怎么可能知道？”

“因为你手中有符号！依我目前掌握的信息，我认为那组符号可能会跟地点有关，所以大谷基金会希望借丁教授之手来寻找那个地点——当然有可能是别的目的，但毫无疑问，这两者一定有关联。”

“可是，大谷基金会给丁教授的是符号的照片……”

“没错，”孙林打断了我的分析，“大谷基金会，或者说是大谷裕二，他手中一定有符号的原件。虽然丁教授死了，但他们一定会想别的办法破解那组符号，因此我们要么赶在他们之前，要么与他们同时破解，如果他们捷足先登，后果不堪设想。”

“可你知道，那张照片丢了——”

“这就是为什么你被很多人盯上的原因。”孙林挠了挠头发，显然很郁闷。看来，不用多问，偷符号的人他们也没查出来。

我现在意识到，大谷基金会果然别有所图——当初我就应该想到，一群外国人拿着一大笔钱支持别国的学术研究，要说他们是出于国际友情或拯救人类共有文化，鬼才相信，更何况这么干的还是日本人！顿时，一股强烈的爱国热情在我胸中升起。

“符号我肯定会继续查的，不过我觉得你们可以从芬兰和墨西哥入手，两方面同时努力。”

“这个我们当然会做的。不过，由于工作性质不同，对于历史和考古我们不懂，因此我们已经安排了专门的人研究这些，必要的时候你会跟他一同工作。”

他们果然做了多手准备。

“我怎么跟他联系？”

“合适的时候我会告诉你。”

好嘛，不用跟谍战片那样神神秘秘的吧？不过转念一想，没准我们进行的工作比谍战片更刺激、更危险。好吧，爱咋地咋地。

“好，现在咱们来谈第二件事，我认为你有必要跟WU415继续保持联系，他可能会对我们的工作有帮助。”

“可这个人是谁我还不知道啊。”

“没关系，只要你们的联系不断，我就能查到他。还有，要多从他那里获取资料。”

“知道。”

说完这话时，司母戊鼎的图片又出现在了我的脑中——这两者到底有什么关系呢？突然，我产生了一个大胆的念头。

“孙……孙领导……”

“叫孙林吧，孙领导听着别扭。”

“好吧，孙……孙林，你们的能量大不大？”

“什么意思？”孙林愣了一下。

“我想知道你和你这个组织的能量大不大？有多大？”

“你见识到的只是我们的皮毛，为什么这么问？”

“那就行，你们帮我把司母戊鼎取出来！”

他的眼睛中出现了一个大大的问号。

“我觉得司母戊鼎隐藏着秘密，如果想知道秘密，就得把它取出来，砸了。”我也不知道哪儿出来这么疯狂的念头。

“你确定要这么做？”

我异常坚决地点了点头。

“不砸也行，至少先取出来。”

“不难。不过你现在需要解释一下。”

我本想告诉他我对司母戊鼎东侧壁的疑虑，不过想了想，跟这些貌似特工的人谈这个他们未必懂。再说，这个秘密我也是刚发现的，如果让别人抢了去，自然心有不甘。

“我觉得司母戊鼎跟历史上的一些未解之谜有关，牵扯到三千年前商朝的一些疑点，比如商王武丁的妻子‘戊’和商朝的王位继承制度，也就是‘兄终弟及’……”我故意把话说得很慢、很玄，一边说一边观察着孙林的表情，显然，他听这番话时的表情就像是我这个历史学系的学生在听量子物理。

“WU415 发给你照片的目的是这些？”孙林无法将这些奇怪的话与符号联系在一起。

“我也不知道，不过我觉得一定会有价值。”这倒是实话。

“好。”孙林点了点头。

看来，一件国宝将毁在我的手上！

“好了，今天的见面到此结束吧，我马上安排人送你回去。”

我虽然点了点头，可心里不免有些奇怪——这次见面并没有解决实质性的问题啊。

“来日方长，祝你一切顺利。”孙林向我伸出了一只手。

“你真能确保我的安全吗？”我伸手跟他握了握，担心地问。

“我可以保证。”

“可第一次见你时不就出了车祸吗，你怎么保证啊？”一想到车祸，我就越发担心了。

孙林见我无意间提起了车祸的事，嘴角泛起一丝怪异的微笑。

“车祸的事你就别想了，你只要专心查你的就行，有些事还是少知道为妙。”

我知道他想说“知道的越少越安全”这种老套的台词，不过看他没有告诉我的意思，我知道问了也没用。

一个工作人员把我送到别墅大门口时，那辆桑塔纳正停在门口。那人拉开后座的门，示意我进去。我再次回头看了看这栋别墅，心想：这到底是怎样一个奇怪的组织？

一路上，司机哑巴一样的从不说话，只是把车开得飞快。我看着窗外，脑子却仍留在那间奇怪的房子里。我试图努力地把今晚发生的一切事情的细节全部记下来，可每当我在脑中记住一些后，我都有种身在梦中的感觉，我总担心，即便我清楚地记得梦中的一切细节，可睡醒后仍会将全部忘记，仿佛没有发生过一样，这种失落感会让人无比绝望。

车停在了学校的西门。司机停住车，没有说话，也没有看我。

“谢谢。”我总觉得应该说点什么。

司机仍然一言不发，我只好没趣地下了车，然后看着它飞快地在视线中消失。就在我发愣的当口，手机突然玩命地响了起来，我拿出来一看，是李少威打来的。

“我操，你干吗呢？”

我真受不了他这些日子的一惊一乍。

“怎么了？”

“我给你打了无数电话，全都不在服务区，你干吗去了？”

我吃了一惊，怎么可能不在服务区呢？可不到一秒钟的时间，我就意识到，肯定跟刚才的那个房间有关。

“我也不知道，咋了？”我想起孙林临走时反复提醒我要保密的事，所以索性跟他撒了谎。

“都他妈几点了你还不回来？”

我突然发现李少威怎么变成了我的老婆，咋咋呼呼，疑神疑鬼的。

“我去洗头房了。”我懒得费劲想借口应付他，随便扯一个拉倒，反正我说什么他都不会信。这种朋友最大的好处就是，你跟他打交道根本不用动脑子。

“别操蛋了，爱说不说。谁以后要是再关心你，谁他妈是孙子。”李少威恶狠狠地挂了电话。我当然知道他没有生气，这只是他表达感情的一种方式。有时候我特欣赏这种人，因为世间的一切在他们眼中，仿佛都跟玩笑一般。

我沿着午夜的校园小路朝宿舍楼走去，越走越觉得身子发沉。想想这一天的经历真是充实而刺激，一件又一件的奇事不停歇地在我身上发生，容不得我有片刻喘息。而当宿舍离我越来越近的时候，我才发觉自己是如此疲惫。好好睡一觉吧，谁知道明天还有什么等着我呢。

走到宿舍大门口时，我突发奇想，猛地回头望向了身后——什么人都没有。但我知道有人此刻肯定正注视着我，无论是孙林的人还是别的什么其他组织的人。我朝不远处的黑暗中挥了挥手，浅浅地微笑了一下，然后转身敲响了宿舍的大门。

辛苦了，一切为秘密而生、而死的人们。

第十二章

当晚我睡得出奇的好，可能是因为这些天实在太累了，身体已经疲惫到了极点，也可能是因为知道孙林会保护我、没有那么多担心的缘故吧，总之当我睁开眼的时候，天已经大亮，李少威正坐在电脑前玩着烂游戏，听到我起身的声响，他回过了头。

"醒了？"

我"嗯"了一声。

"招吧，昨晚去哪了？"李少威保存了游戏的进度，退出了游戏，然后拿起手边的救生刀，恶狠狠地看着我。

"滚一边去。"

"不说是吧？信不信我阉了你。"

我没有理他，起身穿衣服。看到我根本不搭理他，李少威很是懊恼，他站起身，沮丧无比。

"周皓，咱不都说好了嘛？有啥事咱一起抗，你休想把我支开。快说。"

"谁支你了？"我知道继续编谎已经不太现实，可说出真相又不可能，于是我在脑中拼命想着怎么应付他，突然，我想到了一个没准他能帮上忙的事情。

"行，我告诉你，不过你得保密！"

"没问题，我你还信不过？"李少威顿时来了精神，瞪着牛一样的眼睛看着我。

"昨晚我去见了小刘护士……"

"操，打炮了？"

我立刻闭嘴不再说话，他连忙嬉皮笑脸地蹭上来：

"开个玩笑嘛。嘿嘿，接着说接着说。"看到我依然黑着脸不说话，他连忙继续，"大哥，我再多说一个字，我就是你孙子！"

"我跟她聊了很长时间，她告诉了我一些事情，我本来觉得也许你能帮上忙，不过看你这德性，还是算了。"我故作生气地说出这些话。

“别啊，大哥，你也不是不知道，别看我平时喜欢开个玩笑啥的，办起正事来绝对没问题。”李少威把胸脯拍得震天响。

我盯住了他的眼睛。他发现我正在犹豫，于是连忙玩命地把眼神调整得异常坚定且真诚，仿佛在说——大哥，上刀山下油锅，兄弟我在所不辞。

“好，这事我就交给你。小刘告诉我，崔波，也就是撞咱们的那个司机，他老婆在他自杀前去医院看过他，不过现在失踪了，我觉得这事不简单。你能不能想办法找到他老婆？”

我之所以告诉他这些，是因为对于车祸和崔波自杀的事我一直心存疑虑，孙林虽然不告诉我，但我自己必须把它弄清楚。我现在得查符号和司母戊鼎的事，分身乏术，索性把这件事交给李少威去办。李少威对整件事情知道得不多，即使出了差错也不会有太大的损失，更何况他浸淫侦探小说和武侠小说多年，虽然平时看起来大大咧咧，可遇着正事心思还算缜密。另外，他父亲复员后在政府当官，多少有些关系和路子，即便帮不上忙，至少出了事可以保护自己的儿子。于是目前看来，他是执行这个任务的最佳人选。

当然，话说回来，我也没有别的人选可用。

李少威听完我的话，立马兴奋了起来。

“我早说了，崔波的死肯定不简单。这事交给我，没问题，不就是查个女的吗，小 case。”

但愿吧。

“你一定要慎重，而且要尽可能偷偷地查，知道的人越少越好。”

“放心吧，侦探小说我看得比你多了去了。废话休说，哥们说干就干。”李少威迅速地穿好衣服，转身就要出门。到门口时，他像是想起了什么，回头对我说：

“对了，昨天上午林菲来宿舍找过你。”

“我们不是说好不见面了吗？她来干吗？”

“还不是知道了崔波自杀的事嘛，害怕得不行。当时你睡得跟猪一样，我跟她解释的。”

“你怎么说的？”

“还能怎么说？就照着你的话说了一遍呗，说那倒霉司机想不开，就不活了呗。然后她就走了。”

“那桌上的盒饭是她买的？”我指了指桌上的饭盒。

“来的时候没见她拿东西，她走之后我也出门陪媳妇去了，后来她有没有再上来给你送饭我就不知道了。”

“好吧。”

“我说，你丫可别煮熟的鸭子飞了……”

“赶紧办正事去吧。”一听他说这个，我就头疼。

“得。”李少威转身出了门，可没到一分钟，他又回来了。

“你又干吗？”我气不打一处来。

“大哥，我的论文——”李少威习惯性的贱样又露了出来。

“你就别操心了。”

“得嘞！”李少威彻底走了。

屋里就剩下我自己了。以前我很喜欢独处，因为那样我可以静心地胡思乱想，可这段日子我有些害怕了，也许是因为乱七八糟的未知吧，也许是因为我无法预知林非将在何时把我从寂寞中解救出来。孤独也许果真是一种病，一旦染上便无法自拔吧。

我屏住呼吸、从李少威衣柜中的抽屉里拿出了那张誊有符号的草纸。草纸的藏身之所是我和李少威共同苦思冥想后找到的，我们一致认为那里最安全，符号藏在那儿一定万无一失——因为，不会有人愿意翻看一个塞满了排球特招生两个月不洗的袜子的抽屉。

拿出符号后，我做的第一件事是打开电脑，进入邮箱。奇怪，那个 WU415 还没有给我回信。他／她到底在等什么？

一想到这个 WU415 在境外，大大的问号就占领了我的脑袋。这个神秘的境外人物如果想引导我，为什么不给我回信呢？想起孙林让我跟他／她继续保持联系的事，我决定再给他／她写一封信。

“尊敬的 WU415，您好。我知道您一定有秘密要告诉我，我也通过您的指引发现了一些问题，可现在我束手无策了，我希望得到您进一步的指引。也许您知道，我现在处于非常危险的境地，我希望尽快得到您的帮助。给我回信好吗？火炉上的周皓敬上。”

发完信，我看着眼前的符号，把脑中从孙林那获取的信息一一调了出来，希望能发现些蛛丝马迹。虽然孙林说他已经安排了人调查大谷基金会在芬兰和墨西哥开展行动的事情，可求人不如求己，我决定自己在网上先搜寻些关于芬兰和墨西哥两处遗址的信息。

芬兰塞姆奥拉德恩遗址在芬兰西部海港城市劳马东南十七公里的森林中，毗邻波的尼亚湾，是由三十三个石冢组成的一个纪念碑的排列阵，经研究已经有三千多年的历史。同时期波的尼亚湾周边区域曾发现过类似的石冢，比如瑞典的翁厄曼兰省、乌普兰和梅德尔帕德省，但这些地方发现的石冢区没有一个像塞姆奥拉德恩地区发现的如此巨大和广阔，因此这里也受到史学界和联合国教科文组织格外的重视。

关于三十三个石冢组成的奇怪阵型，有专家认为可能与“太阳崇拜”有关，也就是说这是古人举行宗教祭祀仪式的场所，不过这些专家没有进行进一步的解释，语焉不详；也有专家认为这种阵型是某个家族为表明自己对该地区土地拥有所有权而确立的一种标志，不过持这一观点的专家同样没有作进一步的解释——真让人沮丧，两种解释居然相差如此之远，我根本无从寻找端倪。

我继续在网上寻找与这个遗址相关的所有信息，遗憾的是，这些信息加起来一张纸就可以写满，我真不知道大谷基金会为什么要花这么大力气研究这个地方。不过转念一想，这些资料既然网上能查到，那表示它们根本没有秘密可言，而隐藏其中的秘密又怎么可能让人随意就能找到呢？

看来，我只有等孙林安排的那位高人进行解答了。

不过失望之余我还是对这些材料中的一个细节产生了极大的兴趣：这片石冢区诞生于三千多年前——这也就意味着，石冢区形成的时期恰好中国处于商朝。

此时，我无比希望孙林真的有那么大的本事可以把国宝取出来！

接着，我开始寻找关于墨西哥拉文塔遗址的信息，这一查不要紧，着实把我惊得够呛。

拉文塔遗址位于墨西哥的塔巴斯哥州，毗邻墨西哥湾，方圆二百公顷，是中南美洲奥尔梅克文明最重要的遗址。奥尔梅克文明是已知最古老的美洲文明，经考古研究，奥尔梅克文明包含了一切后续美洲文明，如玛雅、托尔特克、阿兹台克的特点——金字塔神庙、活人祭祀、橡胶球死亡游戏、玉石装饰以及对可可豆和奎特查尔凤鸟的喜爱，因此绝大多数学者都认为这些后期出现的美洲文明皆肇始于奥尔梅克文明。

资料显示，奥尔梅克文明于公元前1200年左右发源于墨西哥圣洛伦索高地的热带丛林，在公元前400年左右消失，消失的原因莫衷一是，至今尚未有定论。

当“公元前1200年”这个数字出现在我眼前的时候，我脑中迅速闪现出了另外一组数字，而这组数字的出现，简直让我血脉偾张——根据“夏商周断代工程”的研究，商王武丁在位时间是公元前1250年到公元前1192年，奥尔梅克文明始于公元前1200年左右，这不恰好是商王武丁在位期间吗！

我努力抑制住激动得要发狂的心情，继续眼睛都不敢眨地盯着电脑屏幕。

据考古发掘证实，奥尔梅克文明的陶器、玉器、石雕都与中国的商周文明极为相似。尤其是陶器造型、纹饰符号、拉坯技术和镂空方法，均与中国古代陶器和制陶工艺相同。而且该文明中的玉器崇拜、石器上的多种纹饰，玉器上的神徽、图腾和符号，与中国商周时期的内容也很相似。同时，奥尔梅克巫教中也有中国的结绳记事、天圆地方、四色四方等观念；奥尔梅克人也像中国商朝人那样，用朱砂祭祀，用玉求雨，以兽首人身符为神徽，以神社、神庙、神坛祭祖，以玉圭立牌位，筑陵造墓；他们的殉生祭祖方法，与中国的商周如出一辙。

众所周知，玉文化是中华文明的重要组成部分，也是中华文明有别与世界其他文明的显著特点，可奥尔梅克文明对玉的重视程度竟一点不亚于中华文明——在奥尔梅克人看来，世间最为贵重的物品是玉石，因为它代表着“第一流的无上的体面”，他们崇拜玉，用玉祭天，以玉祀祖——这不能不让人加深该文明与中华文明曾有关联的想法。

随着后续的搜索，一段段更令人匪夷所思的文字印入我圆睁的眼中：

1938年，墨西哥考古学会为了证实一个古老的传说，组织了一支考古队前往圣洛伦索高地的热带丛林。传说的内容是：在远古的密林中居住着有着高度发达文明的古老民族——拉文塔族。令人意外和欣喜的是，考古队竟然比较顺利地在拉文塔族森林里发现了十四颗巨石头像，这些头像平均高3米，最大的高达3.3米，重30吨以上。获得这一有价值的线索之后，考古学家们继续努力，最终在墨西哥湾沿海地区发现拉文塔遗址。该遗址的基本格局是：中间为广阔的土岗，四周是宗教建筑。考古学家随后发现了雕刻着各种图案的石板以及装饰华丽的祭坛，基本可以确定该遗址是奥尔梅克人的祭祀场所。

随后，考古学家们在拉文塔遗址发现了一个用整块玄武岩凿成的祭坛。祭坛前面凿了凹室，一个石人坐在凹室里，头上戴了个类似皇冠的帽子，右手拿着一根绳，缚在祭坛旁边另一个人的手腕上。考古学家认为，旁边这个人可能是罪犯，奥尔梅克人要杀他祭神——这种杀人祭神的方式与商朝人的祭神方式几乎完全一样。

1955 年，以佛罗里达州立大学考古学家玛丽·波尔博士为首的发掘小组，在拉文塔遗址的太阳神庙地下，发掘出十六尊高七八英寸的翡翠蛇纹岩雕像和六块玉圭。其中十五尊雕像是黑色的，呈同心圆状排列，都面向一尊红色雕像，而玉圭上则刻有一些笔画纵横的形象与图案。由于考古人员无法解释这些由笔画构成的图案，他们猜测这些图案可能是奥尔梅克人的文字，但仅是猜测而已，没有下文。

后来，美国俄克拉荷马中央州立大学的华人教授许辉见到了这些图案，他发觉这些图案与甲骨文很类似，感觉可能会有些关联。但毕竟自己不是古文字方面的专家，所以他带着这些图案的图模来到中国，向古文字专家求教。超乎所有人预料的是，经古文字专家王大有、宋宝忠和王双有分析，这些许辉觉得类似甲骨文的图案竟然果真是甲骨文！随后三位专家成功破译了这六块玉圭上的文字：

1 号圭原文——“郊供玄鸟陨卵，降而生商，帝俊携玄女茧翟受卵吞食，闭台有孕生子”；

2 号圭原文——“有娀氏伯女茧翟感应玄鸟”；

3 号圭原文——“火祭农帝辛”；

4 号圭原文——“报祭陬訾氏、蚩尤氏、相土、王亥并上甲微”；

5 号圭原文——“十二宗祖二”；

6 号圭原文——“小日皋”。

对于一个痴迷商朝文化的历史系研究生来说，解读这些破译后的文字并不是难事。1 号圭原文——“郊供玄鸟陨卵，降而生商，帝俊携玄女茧翟受卵吞食，闭台有孕生子”和 2 号圭原文——“有娀氏伯女茧翟感应玄鸟”可以在《史记》中找到印证。《史记·殷本纪》记载：“殷契，母曰简狄，有娀氏之女，为帝喾次妃。三人行浴，见玄鸟堕其卵，简狄取吞之，因孕生契。”前文已经说过，契是商朝人的先祖，他的父亲是帝喾，母亲是简狄，简狄是少数民族有娀氏。史记中的内容和圭的内容大概意思是：简狄在郊外看见玄鸟的蛋掉了下来，就把它给吃了，然后怀孕生下了契。

至于玄鸟究竟是什么，现在自然无处可查，不过《山海经》中倒有描述，说这种鸟有四个翅膀，羽毛呈淡黄色，喜欢吃老鹰的肉，脾气很大。关于简狄吃了玄鸟蛋生下契的说法，我当然不会相信，毕竟中国古代为了凸显某个帝王的不同凡响，往往会让他们的母亲在怀他们时遇到点什么奇怪的事，不是梦见什么龙啊、神啊跑到肚子里，就是被人目睹这些母亲与什么东西在交媾，比如传说中刘邦的父亲就曾看见一条龙在跟自己老婆干那事。这种说法现在连小学生都不会信，自然不足为证。

3号和4号圭原文的意思是祭祀农帝辛、陬訾氏、蚩尤氏、相土、王亥和上甲微。这个好理解，农帝辛是帝喾，商人先祖契的父亲；陬訾氏跟有娀氏简狄都是帝喾的老婆，《大戴礼记 · 帝系篇》中记载，帝喾有四个老婆，分别是有邰氏、有娀氏、陈隆氏和陬訾氏；蚩尤氏国人都知道，不需要解释；相土、王亥和上甲微都是商灭夏之前商部落的领袖——相土是契的孙子，传说中他是第一个驯养马的人；王亥是相土的曾曾孙，传说是中国商业和畜牧业的创始人；上甲微是王亥的侄子，《今本竹书纪年》中认为他是把原先势力衰弱的商部落恢复成强大势力的中兴君主——这六个人都是商人先祖中赫赫有名的人物，祭祀他们理所应当。

不过这个线索中有一个细节让我产生了很大的疑问——商人先祖契的母亲是有娀氏，按理说他们应该祭祀有娀氏，为什么要祭祀帝喾的另一个老婆陬訾氏呢？难道陬訾氏有什么不为人知的重大作用吗？

5号圭原文“十二宗祖二”的意思也好理解，指的是商朝的十二先祖起源于帝喾和他老婆，这个老婆本该是有娀氏，可按照4号圭文的意思，看来应该是陬訾氏。

6号圭原文“小日皋”中的“小日皋”历史上没有记载，不过《山海经·海内经》中有“太日皋”的记载，看来“小日皋”可能是“太日皋”的后人。那这个“太日皋”又是谁呢——嘿嘿，鼎鼎大名的伏羲氏。

研究完这六块玉圭上的文字，我顿时发现，这不就是一份关于中国上古文化的记述吗，怎么会在万里之外的墨西哥出现呢？难道奥尔梅克文明真的是商朝人带去的吗？

想到这，我赶紧更换了思路，不再继续搜寻关于拉文塔遗址的材料，而是将注意力转移到了奥尔梅克文明和中国的关系上，试图从中找寻到千丝万缕的联系。果不其然，万能的网络迅速显示出它的强大来。

1863年，一位叫布拉塞·德·布尔布尔的学者，在西班牙马德里皇家历史学院档案馆里，发现了三百年前兰达主教所记载的玛雅人的一个传说——尤卡坦半岛上居住着的玛雅人自称是三千年前由天国乘涕竹舟经天之浮桥诸岛，到科潘河畔种豆麦黍粟的农民。

尤卡坦半岛位于墨西哥东部，与拉文塔遗址所在地塔巴斯哥州相距不远。同时，既然奥尔梅克文明是玛雅文明的母文明，那这个传说与奥尔梅克文明不无关系。这些玛雅人说自己是“三千年前由天国乘涕竹舟经天之浮桥诸岛”来的，那天国指的是什么？涕竹指的是什么？天之浮桥又是什么？

根据上面查到的资料，基本可以相信这个“天国”指的是商朝。既然有新的线索，我想进一步加以确认，于是我开始查找关于涕竹的资料。不到一个小时，关于涕竹我查到了两份材料，而这两份材料更使我确信中国与奥尔梅克文明的关系。

第一份材料是：中国古籍中关于涕竹的记载只有一处，那就是西汉东方朔所著的《神异经》。文中描述到——“南方荒中有涕竹，长数百丈，围三丈六尺，厚八九寸。可以为船。其笋甚美，煮食之，可止疮疠。”寥寥数语传达了两个重要信息：一是涕竹可以做成船，二是可以治疗外伤。

第二份材料是：1910年，清政府派特使欧阳庚到墨西哥处理索赔专案，国学大师王国维、罗振玉委托他在美洲留意考察“华侨中有无殷人东迁的痕迹”。当地的印第安Infubu族人找到欧阳庚，说他们的祖先是从中国来的，欧阳庚当即向清政府外务部报告，但摄政王载沣很草率地批复“印第安Infubu族自称为中国人，于法无据”，此番调查因此作罢。1922年，欧阳庚担任中华民国第一任驻智利公使，见公使馆的马车房后面有三亩涕竹，觉得很奇怪，因为涕竹原是中国福建广东的植物群。于是他问印第安仆人这些涕竹是从哪里来的，仆人说，涕竹是印第安人的祖传外伤药，是Hosi王三千年前不知从什么地方带来的，现在他们的民间医生还在用涕竹治外伤。

西汉时期东方朔所描述的涕竹的用途万里之外的印第安人怎么知道的？如果真如印第安人所说，是“Hosi王三千年前带来的”的话，那岂不是正好印证了西班牙马德里皇家历史学院档案馆里所记载的那个传说吗?

看来，想要追踪下去，我不得不查出这个 Hosi 王的身份。

首先进入我视野的是美洲印第安人至今仍流传着的《Hosi 王歌》。歌中记述了 Hosi 王率领二十五族渡过大海，历尽万难，终于抵达美洲的事迹。

如果商朝人东渡美洲这一设想成立的话，那这个 Hosi 王应该就是商朝人，可商朝有没有这样一个人物呢?

1956 年，郭沫若在与日本著名学者小竹文夫教授探讨商人东渡问题时指出，如果商人真的东渡美洲，那唯一的领导人只可能是攸侯喜——因为在公元前 1045 年周武王开始伐商的时候，商纣王急召攸侯喜等人派兵勤王。而当时攸侯喜正在山东一带攻打林方、人方、虎方等少数民族部落，来不及回兵救主，商纣王只好临时将奴隶组成军队，勉强迎战，随后由于这些奴隶临阵倒戈，便发生了历史上著名的牧野之战，商朝灭亡。此后，攸侯喜主力军十万人以及林方、人方、虎方等部落的十五万人，突然全部失踪，下落不明。

攸侯喜——攸是地名，侯是爵位，喜是名字，这个称谓的构成方式在古代很常见，现代社会中也基本得以沿用，“攸侯喜”这种叫法类似于“美国总统奥巴马”——地点、职位和名字一应俱全。

十万军队和十五万部落人员从史书中消失?——如此数量庞大的人群无论是投降了周朝还是被尽数屠灭历史中都应该有记载，怎么可能消失得无影无踪呢?

攸侯喜——Hosi?难道真的是同一个人?

无论我如何努力寻找，可除了传说和读音相同外，关于攸侯喜和 Hosi 王是否为同一人的记载再无线索。可即便线索全无，我依然无法不相信这两人实为一人的想法——三千年前，攸侯喜率领的二十五万人从中国历史中凭空消失;随后，万里之外的美洲大陆出现了 Hosi 王的传说以及大量与商朝相关的考古发现，甚至还出现了记载商人先祖的甲骨文!——这一切难道仅仅是巧合吗?

不，我坚定地认为，“巧合说”是无能之辈最后的避风港，无数的秘密曾经就因为一句简单的“巧合而已”被长埋历史的深谷。巧合的背后隐藏着太多的关联关系，如果我们仅仅用巧合解释所有目前无法被证实的事情，那我们实在是太狭隘了。

习惯性的颈椎疼痛又开始提醒我了。人的身体真是个奇妙的东西，我总觉得里面一定装了无数的信号发射器，不然怎么会一个地方负荷过重就有提示呢。常年看书和看电脑导致我的颈椎一直处于超负荷状态，此时我轻轻地后仰一下就疼痛难忍。算了，还是起来活动活动，反正已经收获颇丰了。

我站起身，开始在屋里活动身体。身体虽然得到了放松，可脑子无论如何也停不下来。这些庞杂的信息虽然完全可以变成一篇研究中华文明与奥尔梅克文明的论文，但显然这并不是它们出现的重点。大谷基金会把目标对准拉文塔遗址究竟意欲何为？这些看起来匪夷所思的信息究竟隐藏着他们想获得的什么资料？

突然，我脑中闪出了这些信息中一些不太重要的细节，这些细节让我略感不解——在拉文塔遗址中最先取得重大发现的为什么是美国人？关于商人东渡的对话为什么会出现在郭沫若和日本人之间？

想来想去实在没有头绪，看来，我只能祝福孙林安排的那个专业人士能有什么意外发现。

可孙林所说的“合适的时候”让我们相见究竟是什么时候呢？

这时学校广播站响起的音乐声提醒我现在已经到了放学时间，我看了一眼表，居然已到中午吃饭的时间。一上午就这么不知不觉地消失了，这让我很难过。以前总觉得自己有大把的时间，一年一年的浪费都不觉得心疼，可而今失去的每一分钟都让我格外紧张，总觉得要是不把所有时间通通填满就是一种罪过。看来人生就是加速度的说法果然没错，越活越觉得时间过得快。

我藏好了那张草纸，简单收拾了一下，然后下楼直奔西区食堂而去。我住西区，林菲住东区，以前我俩都是在中区食堂吃饭的。可既然有言在先，为了避免遇到她，我只好放弃中区食堂我最爱吃的各种盖饭，选择全校最臭名昭著的西区食堂。没办法，人活着就是为了制造麻烦然后解决麻烦，虽然很多麻烦看起来根本没有出现的必要。

去食堂的路上，我看到了几个认识的同学，大家随意地寒暄了几句，内容无非都是关于论文进展的情况，有个八卦的同学问我是不是跟林菲分手了，我没有正面回答，草草应付了几句就赶紧独自离开——本来就没有谈恋爱何来分手之说。

吃饭的时候我给李少威打了个电话，他没有接。我发短信给他，告诉他如果有什么进展随时给我回信，他也没有回。不回就不回吧，没准正忙着呢，我没有必要庸人自扰徒增担心。我现在越来越厌恶手机了，因为这种便捷的沟通方式总压得我喘不过气来。母亲每次给我打电话只要我没有接,她就会抓狂无比，觉得我出了什么事，其实我可能只是在上厕所、在洗澡或者没听到，但没办法，人们总是用自己最坏的念头看待一切超出自己控制范围的事情，仿佛别人不符合自己想法时别人就“出了事”，哎，这个世上哪有那么多事好出啊。

一想到派李少威去执行这个不算是任务的任务，我就觉得便宜这个孙子了，因为以我对他的了解，没准他真相没查出来，就先把小刘护士或者别的美女护士给办了——他有这样的硬件和软件：无论是长相、家底、花言巧语，还是看上去挺唬人其实毫无含金量的研究生身份——上天真是不公平。

有时候我跟他聊到这个话题时，他会表情非常严肃地说：每个人生到这个世上都是有使命的，你的使命是揭开先人为我们留下的谜团；我的使命，是安慰每一个在午夜寂寞的灵魂和肉体，我的使命虽然与你不同，但我的贡献未必比你小——这个王八蛋。

就在我低头吃饭的时候，我发现一个身影坐在了我的对面。抬头一看，是杰克。我连忙微笑着跟他打招呼。

“你怎么不在留学生食堂吃饭，跑西区来干吗？”我们学校有一栋留学生公寓，留学生和外教都住在里面，公寓楼下有个留学生食堂，我们都简称它为“留食”，那的饭菜比别的地方好吃，价钱自然也不菲。

“留食的饭太难吃了，我想换换胃口。”杰克嘿嘿一笑，然后大吃了起来。

随便吧。我没有再理他，只是闷头吃了起来。

“对了，周皓，有件事我不知道该不该告诉你。”

我最讨厌别人说这种话了，你这么说的意思不就是要告诉我嘛，就别装出一副不情愿的样子了。

“想说就说啊。”我抬头看着他。

“你跟林菲是不是分手了？”老外怎么也这么八卦。

“怎么了？”我不置可否。

“没事，只是觉得挺可惜的。”

“真是好事不出门，坏事传千里。我们不过就是几天没联系，怎么好像全世界都觉得我们分手了？”

“可是我昨晚上看见她去了留学生楼。”杰克貌似不经意地说出了这句话，然后赶紧低头吃起了饭来。

这个老外怎么跟四五十岁的大妈一样这么三八啊。我心里暗生不满，为什么我跟林菲在一起这么多年没有任何不好的流言传出，这才几天不见就惹出这么多蜚短流长来，这些看客真是唯恐天下不乱，难道他们真如小说中所说的要通过目睹别人的不幸来获取自己廉价的幸福感吗？

“很正常啊，她们班有很多留学生啊。”我必须要掩饰自己的恐慌——留学生楼？难道真的与李少威所说的那个韩国人有关？

“也对。”杰克发现自己自讨没趣，也就不再说话了。

我草草地吃完了饭，端着盘子起身离开。

“我先走了啊，你慢慢吃。”

杰克点了点头，就在我刚走出几步的时候，他突然叫住了我。

“对了，这几天你还会去历史博物馆吗？”

我停住了脚步，回到桌前。

“不一定，怎么了？”

“要是想去的话就别去了，我上午刚从那回来，好几个展厅不开放了。”

我登时惊了一下。

“为什么啊？”

“说是线路改造。”杰克用外国人习惯的摊开双手和耸肩的姿势表示不解。

“哪几个展厅？”我立刻兴奋了起来，连忙坐下。杰克显然看出了我瞬间变化的表情，他奇怪地看了我一眼。

“先秦的那几个，都关了。”

孙林行动了！牛逼。

“哦，看来老天真是不想让我写好论文。”我得承认，我的演技很拙劣。

“没事，说不定过几天就又开了。你的论文怎么样了？”

“推动不了,这下更难推动了。”我担心再多待一会儿我的尾巴会暴露得更多，所以索性还是赶紧离开吧。

杰克肯定无法理解我为什么短短几分钟内表情的反差这么大，没准他会觉得中国人的性情都这么乖张吧。

回宿舍的路上，我全身的细胞都在狂舞——孙林到底是干什么的呢？才一晚上的时间他居然办了这么大的事——未知的能量实在太可怕了。

我记得我以前认识个朋友，他跟我讲了一个他的壮举，那个壮举着实让我兴奋了很久——一次，他去歌厅唱歌，有女孩陪酒的那种。陪他喝酒的那个女孩串台，老往别的房间跑。他喝大了，就冲到那个房间找那个女孩。房间里坐着十几个文身的猛男，一看他冲进来拉着女孩要走，全都站了起来，眼看一场屠杀就要开始。这时妈咪走了进来，偷偷告诉文身男中一个老大模样的人，说这哥们你们都别惹。老大吃了一惊，问为什么，妈咪说我也不知道，但千万别惹。随后我那个朋友顺利带走了女孩，那屋子的人后来还过来替他结了账。

朋友告诉我，他后来回想这事时尿都快吓出来了。他当时完全是喝大了才干出这种别人看来是找死的事,可见多识广的妈咪就凭一句“我不知道他的身份，但千万别惹他”，就让他化险为夷——妈咪不但化解了一场屠杀，更提高了自己店的身价和神秘感，真是让人佩服。这是我第一次听到关于“未知”巨大能量的说法。

孙林对我来说是个未知，但这个未知的能量让我如同那帮文身男一样的恐惧——一夜之间，博物馆关闭了先秦的展览。

也许，我现在要做的，就是等待，等某辆桑塔纳把我接走，然后去零距离触摸那件旷古未有的国宝！

第十三章

回到宿舍后，我再也无法平静下来。我把手机握在手中，像当初期盼林菲电话一样期盼着孙林。可等来等去电话一点动静都没有，我只好站在窗边，时不时看看窗外的树林，希望能有一辆不起眼的桑塔纳停在那儿。可惜，除了来来往往的学生外，一无所有。

我就这样像思春的猫一样在屋里团团转了一个小时，可手机仿佛哑巴了一样一点动静都没有。好吧，与其把时间浪费在漫长的等待中，还不如干点什么。于是我坐在电脑桌前，想理理思路继续查些资料。可一坐下来我就发现一个对我来说更揪心的事情出现在脑中——林菲晚上去了留学生楼？！

我真的要对她不管不问了吗？难道我要放任这样一个女孩从我身边溜走？那个韩国人到底跟她什么关系？

我拿起手机，输入了林菲的号码，可迟迟没有按下去。要不要联系她？联系之后应该说些什么？我这么干是不是显得自己太小肚鸡肠了？

大串的问号搞得我浑身不舒服，算了，反正约定的是不再见面，又没说不能打电话，打个电话过去问问到底怎么回事吧——于是我按下了通话键。

关机。

不应该啊，她除了晚上睡觉平时是不关机的。我赶紧又拨了一遍，还是关机。昨晚我们十一点通完话后她就关了机，是一直关到现在还是开机后又关的呢？我顿时没了主张。杰克说他昨晚看见了林菲？那我还是赶紧跟他联系一下吧。

“杰克，是我……哦，有件事想问你一下……那个，那个，昨晚你是几点看见林菲去的留学生楼啊？……你确定吗……哦，没啥事，就是问一下……哈哈，你就别操心了……没事，真没事……好了，就这样，多谢啊。”

挂了电话，我面沉似水。杰克说他昨晚是十一点多一点看见林菲的。为什么记得这么清楚，因为他说他当时正在回留学生楼的路上，十一点别的宿舍楼熄灯时他在路上听见了那些楼上传来的尖叫声。想必大家都知道，学生们晚上在宿舍基本上就是上网，或者看东西或者聊天或者打游戏，十一点突然断电的时候有些人没来得及关机，会非常愤怒，然后就会在黑暗中响起一片尖叫声或者一片要跟别人母亲发生性关系的声音。

也就是说，林菲昨晚跟我通完话后迅速关机并不是因为要睡觉，而是去了留学生楼!

一想到这，我眼前立马浮现出各种丑陋的画面，我甚至听到了自己咬断后槽牙的声音。好你个林菲，今你要是不给我个交代，我——我也不知道该怎么办。

不管什么狗屁约定了，此刻我必须马上见到她。我迅速起身打开宿舍门冲了出去，可就在冲出门的一瞬间，我跟一个人撞了个满怀，险些被撞回屋里。

我揉着被撞得生疼的脑袋，正要抬头骂人，没想到对方竟也揉着头，龇牙咧嘴地瞪着我。吴丽丽!

“你要撞死我啊。”

“不好意思，我着急出门。”看到被我撞得几乎要哭出来的吴丽丽，我刚才腾起的无名火迅速烟消云散了。我连忙走到她身边，扶也不是不扶也不是。

“对不起对不起。”

过了好长时间，吴丽丽才从剧痛中缓过神来。她无奈地看着我，笑也不是哭也不是。

“你这么火急火燎的要干吗去？”

“处理点私事。”

“着急吗？不着急的话咱俩先聊聊。”

吴丽丽突然登门拜访虽然以这种略带滑稽的方式开头，但她的到访还是让我吃惊不小——这个大谷裕二的秘书来我这干吗?

“也不是太着急，你有什么事？”

“大谷总裁想请你吃个饭，不知道肯不肯赏光？”

“我……”我开始迅速盘算他请我吃饭的动机以及我的借口，“我的确有事啊。”

“没关系，等你办完事。大谷总裁就怕你不去，所以让我无论如何把你请到。”吴丽丽平复好刚才的狼狈，恢复了职业性的端庄。

看来大谷基金会果然把目标瞄准了我，可他们目前并不知道我手中还有符号啊?

“你知道，符号被偷了，恐怕我帮不上什么忙。”

“我知道。总裁只是想跟你聊聊天。作为丁教授的得意门生，总裁希望能跟你建立良好的私人友情。如果你不去的话，总裁肯定会三顾茅庐的。再说，我要是请不动你，肯定会挨骂的。”吴丽丽说到最后那句话的时候，脸上露出了小女孩一样的娇嗔，搞得我当时就起了一身鸡皮疙瘩。

毫无疑问，这肯定是她惯用的伎俩——天底下谁能抵抗得了这般女子如此收放自如的撒娇呢？不过还好，此时我并没有因为她的放电而乱了心智，我想既然这一切的事情都肇始于大谷基金会，那估计我早晚都要跟他们有联系。再说，他们既然铁了心要见我，我肯定是躲不过的。既然如此，不入虎穴焉得虎子，纵然是鸿门宴，我也得来个单刀赴会。

“这样吧，你先在楼下等我，我处理完私事就去找你。”我本想让她在我宿舍等着，可一想到那张草纸还在宿舍，我就打消了这个念头。

“行，我的车你应该还记得吧，我就在车里等你。”

随后我们两人一起下了楼。她走到楼门口停着的大奔前，冲我妩媚无比地说：“我等你啊。”

我点点头，赶紧快步向东区走去。真是个狐狸精。

我在去林菲宿舍的路上又给她打了个电话，还是关机。我一边心中暗骂一边大步流星地朝前走。看来，今天我要第一次勇闯女生宿舍了。

走到女生宿舍楼下时，楼管的阿姨拦住了我，我说我找林菲，她让我打电话，让林菲下来接我，我说林菲关机，她说我不认识你你不能进。也难怪，这么多年我从来没有去过林菲的宿舍，送她回去时我也仅是走到楼门口，阿姨当然不可能认识我。我告诉她我有重要的事要找林菲，无论如何让我进去一趟，阿姨就是不同意，我没有了办法，只好等在门口，希望能遇到一两个认识的女生帮我进去看看。阿姨见我不再勉强，但也没有离开的意思，便像看小偷一样一直盯着我。

“阿姨，昨晚上林菲回来了没有？”等不到认识的人，我只好跟她这套磁。

“干吗？”阿姨目光犀利。

这时我才终于相信了大家开玩笑时说的那句话：中国是世界上最安全的国家，因为有这帮异常八婆的小脚老太太。

“我是她同学，她从昨晚到现在一直关机，我担心她出什么事。”

“出不出事有警察管，你操这么大心干吗？”

“您只要告诉我她昨天回没回来、今天什么时候出去的、现在在不在宿舍就行。”我给她跪下的心都有了。

“我为什么要告诉你？你干吗的？”

“我……”我想拿出学生证给她看，可这年头谁没事天天把学生证带身上啊。得了，不跟你这个婆娘一般见识，我还是老老实实在这儿等熟人吧。

“你要等出去等，这是女生宿舍。”阿姨见我没有进一步求她的意思，顿时失了斗志。为了继续炫耀自己鼻屎大的权力，她向我下了逐客令。

我恨恨地走出了宿舍楼，站在楼门口继续搜寻起来来往往女生中的熟面孔。真是怪了，平时特别讨厌走路时遇到熟人的我，今天居然一个熟人都碰不着。我拿出手机试图从里面找出一两个女同学的电话，可悲催的我居然连一个女生的号码都没存——真是钱到用时方恨少。没办法，这也怪不得别人，谁让我平时不注意积累人际关系呢。

在门口傻等的光景，我看到那辆大奔缓缓地开了过来，吴丽丽摇下副驾驶的窗户，微笑地看着我。看到她时，我突然灵机一动，迅速走到了车前。

“帮我个忙。”

“乐意效劳。”

“你去335宿舍，看下里面有没有人。”

“要是有呢？”

“无论有谁，让她下来，你就说周皓在门口找她。”

“要是没有呢？”

“那，那就算了。”

吴丽丽优雅地下了车，然后款动金莲，朝宿舍走去。

我目送她进了宿舍楼，然后回头看了一眼大奔的司机，朝他微笑示意了一下。司机朝我回了一个僵硬的微笑，然后目不转睛地盯着前方，毫无表情。如果没记错的话，这个司机应该就是出席剪彩仪式那天接送我和丁教授的那个。

怎么当司机的都这副德性啊。我心里暗暗不爽。

过了差不多二十分钟，吴丽丽走了出来。

“没有人。”

“怎么去了这么长时间？”

“我问了下隔壁宿舍的人，她们也不知道屋里人什么时候走的。”

我顿时彻底绝望了。林菲啊，难道你要逼我找遍所有的自习室吗？

“接下来还有什么可以为你效劳的？”吴丽丽微笑地看着我。通过她的眼神，我猜她已经基本上判断出我在为某个女人而担心了。

“能再给我点时间吗？我想找找她。”

“你们学校有几百个教室，你找到明天也找不完的。再说，她万一要是不在学校，你岂不是白找了？或者万一你刚从一个教室出来，她就进了那个教室呢？你得找到什么时候？”

“我不管，反正找总比不找好。”其实我知道吴丽丽说得有道理，可如果连找都不找的话我心里会很难过，没办法，性格决定命运，很多人都说过我早晚得撞死在南墙上。

“你看这样好吗，我让我的人帮你找，你先跟我见总裁，如何？”

一些本来单纯的事情往往会因为外人的介入而变得复杂无比，因此我当然不能答应。再说，我才不想让大谷基金会这么一个身份未明的组织知道林菲这么一个人物的存在，即便此刻我对林菲满是愤怒，但我依然要保护她。

“不用了。我还是自己找吧。”

“看来这个人比丁教授的死对你来说都重要啊。”吴丽丽仿佛自言自语般叹了口气，然后抬起头看向女生宿舍楼。

“丁教授的死？你们已经查出来了吗？”听完她说这句话，我愣了一下。

“算了，你还是赶紧找这个重要的人吧。”吴丽丽说完，看了我一眼，然后转身想要上车。

“等等……”丁教授的死和我的醋意，到底哪一个对我来说更重要？

吴丽丽回过头来，表情看上去非常遗憾和惋惜。

“怎么？”

“我，我还是先跟你走吧。”

“不找她了？”

“她，她会跟我联系的。”一想到晚上十一点我们要通话，我心里就踏实了一些——到时候再约她出来见面问清楚吧，毕竟与丁教授的死相比，我的醋意并没有什么分量。

吴丽丽迅速露出了甜蜜的微笑，然后居然挽着我把我送进了车的后排座。她突然挽我的举动让我心里很别扭，可又不好意思生硬地甩开胳膊，也只好别别扭扭地被她送上车。上车前，我特意偷偷四下看了看，希望发现一两个保护我的人——可惜，除了来来往往的学生，并没有什么神色异常的人。

车驶出了校园，飞驰在宽阔的大街上。

“丁教授的事……”一上车，我就迫不及待地问道。

“一会儿你就知道了。”

“现在说不行吗，干吗非得一会儿？”

“总裁会亲自告诉你的，抱歉。”吴丽丽回头冲我莞尔一笑。

爱说不说，一会儿问我什么我也不说。德性。

我别过头，不再看她，只是盯着窗外。这个点钟路上的车并不太多，所以奔驰很快地从二环上的复兴门桥拐上了长安街，向东驶去。一路上我都在不停地往窗外看，希望能发现一两辆桑塔纳，希望确定孙林的人已经跟上了我们。这年头桑塔纳实在太少，因此只要出现我肯定能发现，可我脖子都快扭断了也没看到任何一辆。难道孙林没有派人保护我吗？不应该啊。我边寻找边在脑中盘算着一会儿该怎么应付大谷裕二，有时候我还假装若无其事地看看吴丽丽，而她则仿佛完全没有注意到我在看她，只是把头扭向她那侧的窗户，看着窗外若有所思。

车里实在是安静得让我发毛，于是我索性拿出手机，拨出了林菲的电话。出乎我意料的是，电话居然通了，我连忙兴奋得恨不得把手机塞进耳朵里。可电话那边只有林菲手机的彩铃声在持续不断地响着，直到忙音出现也没有人接听。我赶紧再拨，可无论我拨了多少遍，耳旁永远只是那该死的音乐。

手机刚才关着而现在开了——那肯定是有人开的机。难道她手机丢了？如果被人捡到的话对方应该接听啊，看来对方要么是不想还要么是小偷。一想到这我立刻给这个号码发了个短信，内容是请您务必把手机还给失主或者接听电话，我有极其重要的事情联系她，这可能牵涉到关系一些人生命的大事，如果您能这么做的话我将给您两千块钱，等等。我必须尽量把事情说得严重些，让对方能足够重视——虽然我知道这个短信可能起不到任何作用。

短信发出后石沉大海，我又拨了几次，毫无结果。好小子，等我查出来你是谁，我派李少威去弄死你。

就在我玩命弄手机时，车不知何时停在了一个偏僻的胡同里。

“到了？”我抬起头，看着吴丽丽。

“不好意思，车坏了，看来咱们得打车了。”吴丽丽抱歉地看了我一眼，然后下了车。

什么破奔驰，关键时候掉链子。我暗骂一句，无奈地跟她一同下了车。

“小戴，你想办法解决吧。”吴丽丽冲着司机说了这么一句。

随后我和吴丽丽拦下了一辆出租车。她告诉司机去东方新天地，司机色迷迷地看了一眼她，然后嗯了一声，发动了车子。

东方新天地不就在长安街边上吗，怎么刚才车会坏在一个小胡同里呢？我心生疑惑，看了看吴丽丽，她微笑不语。真可气，刚才光顾着弄手机忘了看路了，她到底要搞什么名堂。

“对了，我的手机没电了，我能用你手机打个电话吗？”等我坐定后，她从副驾驶的位置回头，微笑地扬了扬自己的手机，冲我撇了撇嘴。我没有理由拒绝她，只好把手机递了过去。她说了声谢谢后把我手机关了，取出了我的卡，把我的卡紧挨着自己的身子放在了座位上，然后把自己的卡装了进去。

“抱歉，我不记得电话了，只好……”吴丽丽回头发现我正盯着她看，便笑着解释了自己的行为，然后调出了一个号码，拨了出去，等了一会儿后，她继续撇着嘴说：“抱歉，对方没接，我能等一会儿吗？”

“行。”我嘟囔了一句，她这哪是在征求我的意见，分明是在命令嘛。

随后吴丽丽就把我的手机握在了手中，然后一声不响地盯着窗外。

没过多久，出租车七拐八拐到了东方新天地，吴丽丽让司机去地下停车场，司机不满地说你们走两步不就到了，干吗去地下停车场。吴丽丽告诉他你只管走，停车场的费用我给你。司机从后视镜中看了看她又看了看我，然后嘴里不知骂了句什么，一脚油门朝停车场驶去。

当出租车经过一辆黑色甲壳虫时吴丽丽让司机停车，然后她给足了司机费用，同时示意一脸迷惑的我下车。

“这是我自己的车，我把你送去见总裁然后我正好可以开车回家。”吴丽丽笑着打开甲壳虫的车门。

我一脸无奈地坐在了副驾驶的位置——一路上换三辆车，这算什么事啊。

吴丽丽发动甲壳虫朝外驶去。

“那个，我也在等电话，能不能……”车开了十分钟时间，我再也忍不住了。虽然这么说有失绅士风度，可自打她拿了我手机后仿佛忘了这件事一样，我不得不提醒她。

“不好意思不好意思，要不你先打，打完我再用一下，我这事挺着急。”吴丽丽一脸抱歉地看着我，“我这破手机，电池老是出问题。”

“好，我就打个电话。”由于着急等林菲回信，我也顾不上什么风度了。

吴丽丽把自己的卡拿了出来，然后把手机递给了我。

“我的卡——”我提醒了她一下。我这话一出口不要紧，她突然一激灵停住了车，我一个前冲差点把脑袋撞破。

“坏了，你的卡我给忘出租车上了。”吴丽丽懊恼得花容失色，我立马气得七窍生烟。

“你……”我恨不得抽她两个耳光。

“抱歉抱歉，我赶紧给你追。”吴丽丽迅速加速朝前追去。

都过了这么长时间了，这他妈哪追去啊。

“你刚才要出租车票了吗？”我咬着牙问了这么一句。

“没啊。真是的。”吴丽丽看上去悔恨万分。

你大爷！

“赶紧想办法找啊，我这两天着急用啊。”我急得都快哭了。

“要不，要不咱们先办挂失，然后我想办法去出租车公司给你查查？”

“反正你得给我找回来。”我发狠地说了这么一句。

“一定一定。”

我气鼓鼓地坐在车里再也不理她了。今天怎么搞的，尽遇着倒霉事了，我还等着林菲和李少威的电话呢，这他妈算哪门子事啊。

吴丽丽发现道歉无用后也不再道歉，只是一边开车一边斜眼看着我。

“我先送你，然后给你办挂失，行吗？”

“还是先去办挂失吧。”我才不想把身份证给她，谁知道她又会给我丢哪去。

就这样，换了三辆车、丢了手机卡、办了挂失、补了新卡、走错了几条路，从离开学校开始我们前前后后折腾了三个多小时，好容易一切都办利索了，又遇上了下班高峰时疯狂的堵车——就在我崩溃得第十次想要跳车时，我们终于在太阳落山后抵达了目的地。

这是位于东南四环百子湾桥边上的一个私家菜馆，据说只接受预定，而且半年前已将今年的预定全部定出，若是没有什么广大的神通，想随到随吃是万难办到的。来这样的馆子吃饭本该是令我无比兴奋的事情，可经过这么一下午的折腾，现在让我吃龙筋凤髓我都没有胃口。

包间内只有大谷裕二一人，我和吴丽丽到时他已经坐在了里面。随后是番令人作呕的寒暄，吴丽丽玩笑般地把下午我的遭遇讲了一番，惹得大谷裕二哈哈直笑。

“好事多磨，好事多磨啊。放心，我在中国还是有一些朋友的，明天我就把你的手机卡给找回来。”

“不用了，反正我已经补办过了。”我没好气地低头喝着饮料。补办过卡后我本想给林菲和李少威打电话，可一路上我手机的电被吴丽丽左一个电话右一个电话早给打光了，我怀疑丫他妈根本就是存心的。因此，这个 office lady 在我心中所有的好印象早已被抛到九霄云外，我一心让她赶紧从眼前消失。

“总裁，现在还需要我做点什么吗？”吴丽丽微笑地看着大谷裕二。

“不用了，坐下来一起吃吧。”

吴丽丽偷偷看了一眼我，然后跟大谷裕二微笑地对视了一下。

“周皓，你不介意这个冒失的吴小姐跟咱们共进晚餐吧？”

“介意。”我心里嘀咕了一声，可嘴里并没有说出来。自打她弄丢了我的卡之后，我意识到情况有些蹊跷，所以一直在脑中分析着这一连串所谓的意外。分析来分析去，我隐约地预感到她所做的一切都是刻意而为：不停地换车、换掉我的手机卡、貌似不经意地走错路——这一切像极了影视剧中甩掉尾巴的方式。

可耻。我怎么早没意识到她是在故意甩掉孙林的人呢？

更坚定我这个想法的是：吴丽丽在见到大谷裕二时那奇怪的微笑和眼神，仿佛在告诉对方自己完成了一项重大的使命，而且完成得天衣无缝。细细想来，如果这一切都是意外的话，那足以证明她是个不称职的笨秘书，那她怎么可能如此心安地把自己的愚蠢告诉老板呢？看来，这果真是两人预谋好的事情。

目前我只能老老实实地待着，不能有任何的冒犯，然后静观其变。

“那我就打扰了。”吴丽丽在我身边找了个座位，优雅地坐了下去。

“现在能告诉我关于丁教授被杀的事情了吗？”服务员不停穿插着上菜，好几次我想张口问，可一直没有合适的机会，眼看菜上齐了，屋里就剩下我们三人，我终于忍不住了。

“非常抱歉是，我们也在查，目前还没有进展。”大谷裕二举起了酒杯。

我立马瞪大眼睛朝吴丽丽看去——你不是说要谈丁教授死的事吗？

吴丽丽举起饮料，微笑地看着我：

“没有你的帮助，我们很难查下去，所以这件事需要我们共同努力。”

骗子。

“我说过咱们会有机会好好喝一顿的，万幸机会来得不算迟。”大谷裕二示意我举杯。好吧，既然被骗过来，我就悉听尊便吧。我举起杯，与他俩碰了一下，然后小啜了一口。

在中国很多事情都是酒桌上谈成的——看来大谷裕二深谙这一切。

“对于丁教授的死，我感到万分难过和愤怒。我认为，这不单单是警方的事情，更是我们基金会的大事。所以我希望你能给我们提供一些帮助。”见酒都已经下肚，大谷裕二开始切入正题。

“我比你们更想知道是谁干的。”如果不是跟这两个人喝酒，今晚我一定要灌倒自己。

“你的心情我非常理解，我也在尽自己的所能调查这件事情。不过，你毕竟是丁教授的得意门生，你一定比我更了解丁教授，因此，我希望我们能共享一些信息。”

共享信息？我哪有信息给你们啊？再说，你也没给我任何信息啊。

想到这，我没有接他的话茬，而是夹了一口看上去很奇怪的菜，可惜，吃进嘴里味同嚼蜡。

沉默。

“这么说吧，那晚，也就是丁教授被害的那晚，他都跟你说了些什么？”吴丽丽见我不理大谷裕二，便插话进来。

“我已经跟警察说了一百多遍了，除了聊专业问题什么都没说。”

“你确定他没有给你暗示过什么吗？”

我这些天已经在脑子里把那晚他说的所有话都想了个底朝天，除了暗示我继续自己的研究方向和方法外，什么都没有。因此我摇了摇头。

“我知道你们想问符号的事，可他的确什么都没说，而且你们也知道，符号丢了。”

“你误会了，符号对我来说不重要，我想知道的是，他那晚有没有跟你提过一本书。”大谷裕二亲自给我倒满了一杯酒，然后就势坐在了我旁边。

所有人都在关心符号，而符号对他来说不重要？一本书？什么书？——我打了个大大的问号。

“什么书？”

我这话一出，大谷裕二和吴丽丽分别从两侧盯住了我的眼睛，搞得我不知所措，显然他们在捕捉我眼中闪出的任何信息。有什么好看的，我又没有说谎，我的确什么都不知道。

“或者这么说，这些年来，他有没有跟你提过一本不一样的书？”大谷裕二锲而不舍。

“他跟我提过很多的书。”导师因为平时很忙，很少见学生，所以每次见时他都会给学生们列个书单，让大家去读这些书，这在任何研究生和导师身上都司空见惯。但我知道，他们需要的一定不是这些。

“总裁的意思是，特殊的书！”吴丽丽在想尽办法调动我的记忆库。

这个新线索的出现着实让我始料未及。符号的事情还丝毫没有头绪，怎么又出现了这么一本书，而这本书竟然才是大谷裕二关心的重点？神通广大的孙林为什么从未跟我提及它呢？

不过他们对我的询问倒是坚定了我之前的判断：凶手和偷符号者并不是大谷裕二的人，因为根据我的分析，那晚凶手和偷符号者都在监视着我和丁教授，我们谈话的内容他们应该知道，如果这二者是大谷裕二的人，那他当然知道我们谈话的内容跟任何书都没有关系。

但是，大谷基金会的内鬼知道我们谈话的内容！

一想到这，我迅速看了看吴丽丽的眼神，因为在我最初的判断中，她很有可能是那个内鬼。不过从她的脸上，我看到的只是怀疑和不解，并没有任何其他的东西——也许我判断错了，也许她的演技实在太高超。

大谷裕二盯着我看了很久，然后他起身回到了我对面的位置，看来，通过他对我神情的判断，他相信我的确不知道书的事情，所以很是失望。

“好吧，那咱们来谈谈别的事情。”大谷裕二猛喝了一口酒，然后重又倒了一杯，冲着我举了举。我端起杯子，并没有跟他碰，自己喝了一大口。

“能告诉我更多关于书的事吗？”我不甘心放弃这个新线索。

大谷裕二显然犹豫了一下，然后跟吴丽丽交换了一下眼神，吴丽丽点了点头。

“我们之所以把照片给丁教授，是因为他能破解符号上的文字，破解这些文字的钥匙，就是那本书。”吴丽丽一字一顿甚为郑重地说出了这番话，“很多人都想得到符号，而且有些人已经从你那得到了，但他们不知道，即便他们得到了符号也根本解不开，只有我们——当然，现在包括你——知道真正的秘密在那本书里。丁教授既然把符号给了你，那他一定跟你透露过书的事情！”

可是丁教授完全没有跟我提过任何的书啊！

“你们要找书的话可以去丁教授家里找啊。”我实在不知道要说什么了。

“这几天我们已经找遍了，可惜，没有。”

丁教授生前曾表示过，他死后要把数万本的藏书全部捐献给学校的图书馆，因此想查这些书并不困难，而且即便不去图书馆，我相信以大谷基金会的本事他们也会通过别的渠道查知的，看来这些天他们够忙活的。

“我们认为，这么重要的东西丁教授未必会捐给学校，他很有可能藏了起来或者交给了某个人……”大谷裕二显然想从我这得到些线索。

“他的学生很多啊，再说，他的朋友也很多……”我必须要洗清自己的嫌疑，免得他们对我不利。

“但他只把符号给你了！”大谷裕二打断了我的辩解，强行插了这么一句话，然后微笑地等着我的反应。

我顿时哑口无言。

“请相信，大谷基金会的目的是支持咱们中国的史学研究和考古事业，如果这组符号的秘密能够揭开，对于咱们中国将有着你根本想象不到的意义。”吴丽丽的表情和声音开始变得无比温柔。

“可是我现在没有符号啊。”以我目前掌握的信息，我根本就不相信她说的这些鬼话。

“如果你愿意帮助我们，或者说咱们共同奋斗，我们可以给你提供那组符号。”看来此刻的情形变成了我和吴丽丽一对一的交流，而大谷裕二则边饮酒边微笑地注视着我。

“到底是什么秘密啊？”明知道问了也是白问，可我还是想尝试一下。答案迅速印证了我的想法。

“现在还无可奉告，当然，主要也是因为我们也不太清楚，所以才需要你的帮助。”吴丽丽给我倒酒。

想灌倒我然后让我酒后吐真言——我才没那么傻——当然，即便我烂醉如泥我也吐不出什么真言——因为我根本不知道任何关于书的事情。

我端起酒杯慢慢地抿了起来——丁教授既然刻意把符号给了我，那他应该给我一些关于书的提示啊？不然他岂不是白给我了？难道我忘掉了什么细节吗？

“你们能不能多说点关于书的事，我想想，没准能想起来。”

吴丽丽看了眼大谷裕二，大谷裕二示意了她一下。真是莫名其妙，明知道我能看到他俩的任何举动，还要来这套小动作。

“丁教授的导师你应该知道吧？”吴丽丽突然问了这么一句，搞得我当时就愣了。说实话，我只是仰慕丁教授的盛名才报考的他的研究生，至于他的导师是谁，我则完全没有打听过。

看到我摇了摇头，吴丽丽吃了一惊，显然她没有想到我居然对自己的导师如此不了解。

“董先生。”吴丽丽缓缓地说出了这三个字。这个如雷贯耳的名字一出，登时让我直直地挺起了身子，含在嘴里的一口酒都忘了咽下——董先生！

学历史的人不知道董先生等于学戏剧的人不知道莎士比亚、学物理的人不知道爱因斯坦、学化学的人不知道门捷列夫。董先生——中国学术界百年难遇的巨擘，国宝级的人物，他患病时国家领导人曾前往医院探访。

我的导师的导师竟然是董先生——我顿时觉得无上荣光。

“丁教授是董先生最为喜爱的学生，他曾赠送给丁教授很多书籍，我们认为，其中包括我们所需要的那本。”

“为什么不可能给别人呢？”我赶紧咽下嘴里的那口酒，急不可耐地等着吴丽丽讲述对我来说足够刺激的故事，至于那口酒什么味道，我完全忘了。

“世人都知道董先生爱书如命，虽然他经常赠送别人字画，但绝不送书，而丁教授是唯一的例外！”

“继续。”

“你应该知道董先生曾在国外学习过梵文吧？”吴丽丽见我兴奋了起来，觉得是个好兆头，便一步步把我引向了上辈人的过往之中。

董先生曾在欧洲留学十年，精通梵文，甚至可以说，是唯一精通这种语言的中国人。我点了点头，然后旋即在脑中闪出了一个念头——难道那组符号是梵文？

吴丽丽似乎捕捉到了我这个一闪即逝的念头，她遗憾地轻叹了一口气。

“梵文现在已经不是秘密了，不少人都能读懂，而且我们研究过，那组符号并不是这种文字。”

“然后呢？”

“董先生除了研究梵文外，还研究过很多几近失传的印欧语系的文字，而这组符号我们认为非常类似于印欧语系的文字，所以我们……认为董先生很有可能研究过类似的文字，或者说，我们认为他是唯一能读懂这些文字的人。”

“何以见得？”

“董先生曾写过一本书，也就是我们需要的这本书。他本来想要出版，不过因为一些原因没能出版，所以这本书世间只有一本，就在他的手中。所以我们可以理解为，这本书其实指的是他的手稿。而确定无疑的是，这部手稿记述的是董先生对那些已经失传的印欧语系文字的研究，包括这些符号所代表的文字。”

“你们是怎么知道这部手稿的？”话题越说越玄，刚才稍微燃起的醉意迅速消失，我觉得自己现在无比清醒。

“抱歉，无可奉告。”

“你们什么都‘无可奉告’，我怎么帮你们？”

“该知道的时候自然会让你知道，我们也是为你好。”

这话把我气得够呛，我本想说这事我再也不管了，我什么都不知道还管个屁啊。可这些新鲜的秘密对我来说实在是太诱人了，我不能不虚与委蛇，克制住自己的愤怒，把这些重要的东西听完。

“随便。不过我不明白的是，董先生的著作应该是无数人打破脑袋想出版的，怎么这部书稿没能出版呢？”

吴丽丽笑了一下，端起饮料慢慢地喝了起来。

看来又是“无可奉告”！

“抱歉，这个我们真的不知道。”

不想说就不说，扯什么犊子啊。

“你还说不说了？要是不说的话我就走了。”

“后来，很多人都想知道这部书稿的下落，可书稿却像从人间蒸发了一样，消失得无影无踪。想必你也知道，董先生去世后无数人在争夺他的遗产，很多人甚至采用盗窃的方法。大多数人为的是那些值钱的东西，可也有些人为的是掩人耳目，真正的目的则是书稿。这么多年来，无数的人卷入了这场争夺战中，但书稿的下落却从来没有被发现。因此我们相信，董先生很早前就将书稿送给了丁教授，并将其中的价值和秘密告诉了他。”

“你的意思是，董先生知道书稿的价值，但没能出版，然后他给了丁教授；丁教授也知道价值，也没有出版，然后给了我？”

“完全正确。”

“那我能不能这么理解：如果我知道了书稿的价值，我没准也不会出版，然后也传给自己的学生？”

吴丽丽和大谷裕二被这句话逗乐了，他俩相视一笑。

“是啊，有可能。”

“这他妈到底是什么书稿啊！”我不禁骂出了脏话——这也太荒谬了吧。

“董先生早已仙逝，丁教授也不幸被害，所以，你是目前唯一能揭开书稿秘密的希望。”吴丽丽起身再次给我倒酒，好家伙，一瓶白酒已经被我和大谷裕二喝光了。

“我再说一遍，关于书稿，丁教授一个字都没告诉我。”

“讲完这个故事，你还相信你的这个说法吗？”吴丽丽打开了第二瓶酒。

难道我真的忽略了什么细节吗？

“董先生知道符号的事吗？”我突然想起一个新的问题。

“我们认为不知道。”

“为什么？”

“因为剪彩仪式那天，这组符号是第一次在贵国出现。”沉默了半天的大谷裕二终于开口了，“但我相信，董先生既然懂得这种文字，那他应该会大概知道与此相关的内容，他只是没有见到符号上的内容而已。估计符号在丢失之前你也看过了，它只是很少的一部分。不过，却是极为重要的一部分。”

也就是说，董先生无论是主动还是被动地没有出版手稿，难道跟他发现了什么秘密有关吗？他这么做是为了保守什么秘密吗？丁教授如若果真拿到了手稿，他毕生都在隐藏此事是不是也是为了保守同样的秘密呢？

不对啊，他们如果不想让这个秘密公开，完全可以早早将其销毁，让秘密彻底消失，为什么又要一代一代往下传呢？

我自动地拿起酒瓶倒起酒来。有人思考时喜欢听音乐，有人喜欢抽烟，有人喜欢喝酒，总之人们似乎总需要一些外在的刺激来使思想不至于停滞。此时试图梳理清满脑子浆糊的我已经开始下意识地频频举杯，也许是想让酒精帮助我回忆起任何遗失的细节，也许仅仅是微醺后不断举杯的惯性，总之我几乎开始一杯接着一杯地喝了起来。

“无论怎样，既然丁教授选择了你，那就表明你一定有着非比寻常的能力。与其说你是被丁教授选择的，不如说你是被命运挑中的。你的能量绝对是独一无二的。”吴丽丽很可耻地开始赞扬我。这个妖精，她一定深知酒后的人最喜欢、也最听不得赞美的话，因为这样会勾起人心底深处的自傲和狂妄，一旦如此，那对方必将借着酒劲无所不言，玩了命地要向全世界证明天底下老子最伟大。

可惜她要失望了。因为我是越喝酒话越少的人，不是我不想说，而是因为酒后的我会在开口说话的那百分之一秒的时间忘记自己要说什么。于是，我开始沉默了。

大谷裕二和吴丽丽见我沉默不语，也许以为我正在思考，所以都没有说话，而是双双陪着我沉默地一口口往肚子里灌着酒浆。

时间就这么一分一秒地流逝着，三个人各自想着自己的心事，偶尔会不小心眼神相遇，然后又仿佛从未相遇般将眼神迟钝地挪到根本不值得挪的地方，然后继续着没有尽头的沉默。其间服务员曾经进来过一次，也许是因为她长时间没有听到屋内的任何响声，以为我们睡着了，但随后她就被吴丽丽迅速而有礼貌地请了出去，并嘱咐她万勿再来打扰。服务员疑惑地看了看我们三人，也许是在琢磨我们这两男一女的关系，也许是她自认为琢磨出了什么名堂，便微笑地表示了歉意。

沉默。

在吴丽丽起身开第三瓶酒的时候，越想越糊涂的我打破了这该死的沉默。

“既然符号在你手里，那你为什么几年前、甚至十几年前不去找董先生或者丁教授呢？为什么偏偏选在这个时候？”

大谷裕二听完我这句话，眉头迅速皱了起来。

“那是因为，我是在两年前才知道关于符号的事情。”

“既然你们不肯告诉我符号意味着什么，那至少你得跟我说说为什么符号会在你的手里吧？”

“这是我们大谷家族的传家宝。”

大谷裕二说这句话时，表情变得异常凝重。

“你们日本人的事，怎么他妈找到我们中国来了？”酒后的我嘴巴开始愈发不干不净起来，“还有啊，你刚才不是说了吗，这些可能是什么印欧语系的文字，那怎么变成你们日本人的传家宝了？”

这回轮到大谷裕二沉默了。

“好了，周皓，咱们还是聊一些正事吧。”吴丽丽出来打圆场，“书稿的事你也不用着急，可以慢慢想，我们呢，也会帮你做一些辅助工作，有什么要求你尽管提。好吗？”

我点了点头——凭什么我要告诉你?

“我就知道你会答应的。”吴丽丽冲我甜美的一笑，笑得我酒劲有点上头，“你刚才说的一切我完全相信。可既然丁教授没有直接给过或提过这样的书，那没准他会给你些暗示的。我这个推论合理吧？”

“合理。”我端起酒杯，一饮而尽。

“那么，丁教授可能会怎么暗示你呢？”吴丽丽为我倒酒。

“我怎么知道，除了开书目之外，他从来没跟我提过什么书。”

“这些是丁教授给所有学生开的所有书目，你看一下。”吴丽丽不知从哪里拿出了一摞纸，放在了我的面前。

好嘛，不用准备得这么充分吧。

丁教授会用邮件的方式给他的学生发书目，全部采用群发的形式，所以内容完全一样，唯一不同的是他给博士生开的书目要多于硕士生，仅此而已。

“他给我们开的书目都一样啊。”我发现每一张纸上都写着我同学和师哥师姐的名字，这些名字涵盖了丁教授三年来全部的研究生，而且书目内容之全超出我的料想：三年来丁教授给我们列了很多的书，我们经常是看完书后就把书单不知道弄到什么地方去了，像这样整理得如此完备的书单我还是第一次见。

“别人的内容都是一样的，可你看看这个……”吴丽丽走到我身前，从那一摞纸中抽出了一张，那张纸的台头写着我的名字。我使劲晃了晃脑袋，想让自己已经开始混沌的脑子清晰下来。

丁教授最近一次给我开的书单上竟然比别的同学少了好几本书！

太过分了，丁教授居然厚此薄彼，给别人推荐了几本书却完全没有告诉我！我迅速拿着自己的书单和别的书单比对了起来。吴丽丽和大谷裕二则仿佛得逞一般地盯着我的眼睛。

比对之后我笑了起来。

“这几本书都是他妈的扯淡的书。”我把书单扔到一旁，一分钟前对丁教授的不满迅速消失殆尽，“这几个作者吧，是五六十年代写的这些书，他们脑子里全是阶级斗争思想，写的东西全是应景之作，对历史研究根本没有帮助。我以前跟导师掰扯过这些事，我说过，这些东西对我们搞研究不但没有帮助，反而会有很大的危害。所以导师没有给我推荐这些书也正常，反正推荐了我也不会看。”我说完这些话顿时心生得意——看来导师非但没有排斥我，反而还是很照顾的。

我的这番话显然让大谷裕二和吴丽丽非常失望，看来他们辛辛苦苦发现的收获付之东流了。

“你确定？”吴丽丽不甘心失败。

“太确定了。尤其是这个叫林吉贤的作者，写的什么狗屁玩意。以前导师非让我看他的书，我还跟他在办公室吵过一次。这人以前尽写些拍马屁的文章，圈子里谁心里都明白，都特烦他。你看，这人快他妈二十年没写过新东西了，我估计他自己也明白了，所以没脸写了。”

大谷裕二和吴丽丽一言不发地听着我在那儿大放厥词，他们一边频频微笑点头示意我继续，一边时不时交流着眼神并在脑中高速盘算着什么。

“时代不一样了，我们研究问题的方式方法是不是也应该变一变？对吧？当然那个特殊年代写点应景之作也情有可原，不然你吃什么啊？对吧？可你得搞清楚，你是做学问的，你不是走狗，不是学棍，你得坚持真理，对不对？怎么坚持真理？你得经得起诱惑、耐得住寂寞，真理是隐藏在纷繁复杂的假象下面的那股潜流，不排除万难怎么能找到呢……”

第十四章

睁开眼的时候，我的眼前一片漆黑。

我忍着几乎要爆炸的头痛，努力地瞪大眼睛，想看清楚眼前的一切。可除了不见五指的漆黑外，我竟什么都看不见。

我瞎了？

一种无形的恐惧涌上心头。我腾地一下坐了起来，使劲地闭上眼睛，心里暗自祈祷：这是梦，这是梦……十几秒过后，我缓缓地再次睁开双眼——一个室内的轮廓渐渐出现在我眼中。我胆战心惊地四下摸了摸，发现自己竟在一张柔软的床上。我忙不迭地跳下床，一动不动地站在床边，屏住呼吸惊恐地睁着眼睛，努力让眼睛适应屋内极其昏暗的光线。

这是一间很大很空很静的屋子，静得只能听到我自己细微的呼吸声。有床，有衣柜，还有一张桌子和椅子。脚下是柔软的地毯，后背靠着的是柔软的壁纸，抬头望去屋子上方则是一盏巨大而模糊的吊灯——有灯？！

我缓慢地把手放在墙上，然后沿着壁纸搜寻着灯的开关。我做贼一般大气不敢出地挪动着步子，唯恐任何的声响都会招来什么可怖的威胁。

我怎么会在这儿？昨天我在学校，然后被吴丽丽接走，然后跟大谷裕二喝了酒，然后……然后……我玩了命地回忆着醒来前发生的一切，可所有的回忆全部截止于我跟大谷裕二的那顿酒，酒后的所有事情我竟丝毫想不起来。

巨大的恐慌将我的神经从酒后的剧痛引向了发自每一个毛孔的恐惧。我感觉到自己的每一个细胞似乎都被寒冰死死地封冻，那种寒冷痛入骨髓——突然，我清晰地意识到，自己此时竟然是全身赤条条的，一丝不挂。

我哆哆嗦嗦地祈求着开关的出现，可越慌张越寻不到任何东西。我想大声呼救，可已至极点的恐惧竟使我发不出一丝的声音。

这是梦魇吗？

我从小就容易梦魇，甚至到了大学还时不时出现这种情况。可能是梦魇的次数实在太多，我早已习惯了这种奇妙的感觉，我甚至有时候会在梦魇来临前能清晰地感觉到它的来临——接着，我就静等它的到来，感受着到来时莫名的恐惧，然后安然地等着它悄然离去。当恐惧成为一种习惯的时候，也许这种恐惧就变成了某种见怪不怪的小把戏。

此时的我多么希望眼前的一切也是一场梦魇，尽管此刻所有的感受与早已习以为常的梦魇毫不相关。

我努力调整着自己的呼吸,努力想让眼睛适应这屋内极度昏暗的光线。终于,我惊喜地发现，在不远处的墙上有一个模糊的貌似开关的东西——然后我疯狂地冲了上去。

随着一声清脆的响声，屋内大亮。

屋里的陈设与我刚才看到的一模一样，只是房内物品的颜色从灯亮前的黑色变成了粉色，这是怎样一个奇怪的屋子：屋里所有的物品全部是粉色的，包括地毯和墙纸，甚至我赤裸的身体也在粉色灯光的映衬下泛着粉色的光泽——我顿时有种掉进了粉色染缸的感觉。

当然,此时我无心欣赏这粉得发腻的房子,我需要马上离开这个该死的地方。我迅速在房内寻找起我的衣服，可无论怎样找竟连一根线都没有发现。我打开衣柜，扑面而来的是几乎让我晕倒的香味，仔细看去，里面全是些女人的衣服。

这他妈到底是哪啊。

光着就光着吧。我横下一条心，朝门口走去，可无论我怎么使劲，门竟然纹丝不动——难道有人上了锁？一想到这我连忙朝窗户跑去——管不了这么多了，只要能离开这，跳窗户就跳窗户，只要摔不死就行。

我拉开粉色的窗帘，抬起厚厚的窗户，朝外望去——月光下，只有黑色的群山在远处静静地打着瞌睡，而在我和群山之间，则是一排立于窗框之内、拇指般粗细的金属栏杆。

任凭我怎样使出吃奶的力气，栏杆视我为无物般岿然不动。

“救命啊——”一声凄厉的嘶喊从窗内冲向了群山，而群山连眼睛都不抬一下地继续犯着困。黑夜毫不留情地吞噬了我所有的希望。

失去理智的我困兽一般抓着栏杆玩命地嘶吼着，这些嘶吼声除了惹得一些惊鸟四散飞逃外，竟连一丁点回应都没有——好吧，放马过来吧，如果生命中注定有此一劫，那我他妈还反抗个屁啊。

我绝望地回过身去。一个人笑盈盈地站在门口。

“醒了？”

我一言不发，待宰羔羊般地看着对方。

“来吧，要杀要剐悉听尊便。”

“有病啊你？是我！”

这个人很眼熟！吴丽丽？吴丽丽！

因恐惧而疯狂的我迅速拾起了刚才丧失的心智——这个熟人的出现立马平复了我几近崩溃的神经。

“还不赶紧把衣服穿上。”吴丽丽红着脸撒娇般把手中的塑料袋扔向了我，然后兀自转过头去，“你昨晚上吐得满身都是，恶心死了。”

昨晚？我的天，难道我睡了二十四个小时吗？

“能告诉我到底怎么回事吗？”

“你先穿上衣服，我慢慢跟你说。”吴丽丽并没有回头。

“好。”既然面前出现的是吴丽丽而并不是陌生的凶神恶煞的人，那我心里的担心就少了许多，毕竟她还不至于要我的命。不过这么赤身裸体地出现在她面前，我还是觉得太丢脸了。

我赶紧走上去拿起塑料袋，从里面拿出显然已经清洗干净的我的衣服，慌慌张张地穿戴完毕后，我轻轻地咳嗽了一下。

“好了。”

吴丽丽转过头，嗔怪地看了我一眼，然后笑了起来。

“饿了吧，咱边吃边聊。”吴丽丽举起另一只手中的袋子，朝我示意了一下，然后走到桌前，把里面的快餐盒一一拿了出来。

“你先说，到底怎么回事？”

“什么怎么回事？你喝多了，我就把你送到了我家。”

这是吴丽丽家？我顿时羞愧得恨不得一头撞死——这可是我平生第一次睡在女人的屋里，而且还是以酒后如此不堪的状态。

“然，然后呢？”我的声音抖得厉害。

“你吐了一路，回来后我就把你的衣服脱了，然后你就睡到了现在。”吴丽丽说这番话时始终没有正眼看我，仿佛这些话完全不重要一样。可这些对她来说也许不重要的话却句句扎进了我的心里：我竟然烂醉到毫无知觉的程度？她竟然帮我脱掉了所有的衣服？

“你还真行，要不是我拦着，你还要开新酒呢。”吴丽丽摆好了餐盒，冲我笑了一下，“坐下吃啊。我吃过了，这些都是你的。”

看到她对我笑，我连忙把眼神挪开。我哪还有脸跟她对视啊。

“昨儿，昨儿我喝了多少？”

“你跟总裁把三瓶酒全喝了，总裁也是今天中午刚醒。”吴丽丽依然保持着笑意，可这种笑意对我来说还不如冲上来给我两巴掌呢。我以前也曾喝得烂醉过，每次喝醉我最怕的就是第二天面对同学的眼神，因为同学们都会不怀好意地对我笑，那笑中仿佛充满了嘲讽和廉价的同情。每个酒鬼也许都会有我这样的体验，每次喝醉都发誓戒酒，可每次喝酒都会喝醉，喝醉后再次发誓戒酒，然后再次喝醉——也许这就是一个解不开的死循环吧。

“别想了，赶紧吃啊。”见我站在那儿一动不动，吴丽丽催促起来，“你肚子里那点东西全吐干净了，再不吃等着饿死啊？”

好吧，既然丢脸成为了习惯，那习惯性的丢脸也就显得不那么重要了。

“我昨儿喝大后都说啥了？”我边吃饭，边zhe吧唧地问道。

“没说啥，就是骂人，把你看不顺眼的事骂了个遍。”吴丽丽站在一旁，看着我狼吞虎咽地吃。正常，我难得酒后发作，肯定会把肚子里所有的不满通通发泄出来。

“然后呢？”其实我最担心的是把藏有符号以及孙林的事情说出来。

“没有了啊。骂了一会儿后你就吐了，然后我就先把总裁送了回去，接着送的你。”

但愿吧。

“你干吗把门锁上？”

“我担心你醒了之后瞎跑啊，这是山里，容易迷路的，不好意思啊。”

“你，你跟谁住这？”

“我自己啊。”

“你一个女的，怎么住这种地方？”

“安静。”

“你这怎么连个邻居都没有？”一想到刚才自己无用的喊叫，我心里就有点发毛。

“有啊，不过不常有人住。这是一片新开发的别墅区，好多人买了只是度假用，平时就我这户住人。”

胆子可真不小，你要让我自己孤零零地住在山里，我才不愿意呢——当然，我也没钱在山里买别墅。

我不再说话，自顾自地吃了起来。饭菜下肚后我的胃里开始暖和了，脑子也彻底恢复了冷静和正常。吃着吃着，一个念头悄悄地出现在了我的脑中——我睡在她家，她睡哪了？

自打这个念头出现，我就开始挖空心思地回忆着所有能想得起来的细节，可无奈的是，这些回忆的终点依然是昨晚的私家菜馆，酒醉后的这二十四小时干净得仿佛从未在我生命中出现过。

想着想着，突然间一个重大的问题砸了过来——我睡了二十四小时？也就是说，昨晚十一点我没有如约地跟林非通电话！

我赶紧放下饭盒，急冲冲地站了起来。

“我的手机呢？”

“没电了啊，在枕头下面。”吴丽丽指了指床上的枕头，我飞一般地冲过去拿出了手机。

“你这有没有充电器？”

吴丽丽摇了摇头。

“你的手机借我用一下，我有个重要的电话要打……嗯，还是算了。”我本来想借她手机打电话，可一想到这样做她就会知道林非的号码，就会让这个可怕的女人知道林非的存在，那实在不是我愿意看到的。

“我得回学校了，老师和同学要是联系不上我，该着急了。”我用不容反驳的口吻说出了这番话，然后朝门口走去。

“可以，不过在你回去之前，我想让你看样东西。”吴丽丽收起了脸上的微笑，严肃得让我有些不习惯。

“什么东西？刚才怎么不让我看？”

“我想等你情绪稳定之后再告诉你，我希望你能有个心理准备。”

我站着不动，疑惑地看着她。

“觉也睡醒了，饭也吃完了，我还要准备什么啊？”

“那就好，跟我来。”吴丽丽转身出了门，我跟她保持着适当的距离，一步步跟随着。

出了门我才发现，我刚才所在的卧室是在二楼，有一条室内的楼梯通往楼下，另一条楼梯则通向楼上，看得出，这是一栋三层的豪华别墅。行走间，我发现屋外的陈设不像屋内那样简陋，而是装修得十分奢华，各类高档家居用品一应俱全，走廊和客厅的墙上还距离适宜地装饰着很多摄影作品。眼前的一切若不是亲眼得见，实在很难将这些与年龄和我相仿、只是总裁秘书的吴丽丽挂上钩。

下了楼，我们来到了大得足以举办舞会的客厅。吴丽丽在沙发上坐下，然后拿起面前桌子上的一摞报纸，递给了沙发旁的我。

我狐疑地接过报纸，看了她一眼，然后低头朝报纸看去——

“研究生涉嫌杀害导师后潜逃，警方正全力追捕！”

我操！

一股热血登时涌上头顶，恨不得从头皮上呼啸地喷出去。

我顿时瞪着险些冲出眼眶的眼睛，死死地盯着吴丽丽。吴丽丽一脸的惋惜和无奈：“往下看。”

我几乎窒息地翻看起了这些报纸，报纸上无数的字眼刀刀致命。

“著名史学家丁景治在家中被残忍杀害。

“警方在其家中只发现了他的研究生周皓的脚印和大量指纹。

“宿舍管理员证实，周皓在丁景治被害当晚三时左右回到宿舍，与丁景治被害时间完全吻合。

“丁景治当日参加活动所获取的两万元报酬不翼而飞。

“据丁景治的同事和学生反映，周皓三年来经常与丁景治发生冲突，曾有多人多次目睹二人争吵。

“据周皓的同学反映，周皓此人平时少言寡语但个性极为偏执，时常流露出对所在院系的不满，并对社会上极个别不公事件表示出极大的愤怒。

“据周皓所在院系领导反映，周皓最近经常因论文选题与丁景治及多位教授发生争执……”

……

我一屁股倒在了沙发上。警察不是排除了我的杀人嫌疑了吗？怎么现在满世界的报纸都认定我是杀人凶手呢？我看了看这些报纸的日期，全部都是今天的！

“丁教授都死了这么多天了，怎么突然怀疑到我头上了？”我如丧考妣地看着吴丽丽。

“我知道不是你干的，可别人不这么认为。”

“我上次都跟警察说清楚了啊，警察也放我走了。”

“可毕竟你是唯一的嫌疑人。”

“不成，我得跟警察说清楚，我没杀人凭什么怀疑我。”想到这，我起身快步朝大门口走去。

“周皓！”吴丽丽站起身厉声喊住了我，“你回去肯定是个死。”

“凭什么啊？我没杀人凭什么死啊？”我大吼道。

“因为你是唯一的嫌疑人！看看这些报纸上写的，哪点写错了？”吴丽丽气得把这堆报纸撒得满桌子都是，“凶手抹去了自己全部的痕迹，那现在你是不是成了那晚唯一去过丁教授家的人？你回宿舍的时间是不是跟他被杀的时间一样？你是不是经常跟他争吵？你是不是特别偏执？是不是所有老师都知道你的选题特别偏？那两万块钱是不是在你手里？”

我哑口无言。

“可……可……可这些不足以证明我是凶手啊。”

“这也只是这段日子警察没有抓你的原因。可你还太年轻，很多事情你不明白。”看到我几乎要哭出来，吴丽丽调整了一下自己的口气，“你想想，丁教授这种级别的人被杀，全世界都轰动了，高层震怒。你有没有想过，为什么不早不晚偏偏今天你被确认？因为今天是高层要求警察限期破案的最后一天！”

“可是……凶手怎么可能一点痕迹都没留下啊……这么多天，警察不可能一点线索都查不出来啊。”

“因为凶手不是一般人。”吴丽丽意味深长地看了我一眼，“我可以负责任地告诉你，从丁教授被杀的那天起，我就知道最终只有你会被定为杀人凶手！”

我觉得自己快失禁了：“凭什么啊？”

“因为凶手绝对不会留下任何蛛丝马迹。或者咱们这么说，那晚你去丁教授家反而成全了凶手和警方，因为如果你不去，警方发现的将是一宗毫无线索毫无痕迹的完美的密室杀人案；正因为你不巧被丁教授或者说被命运选择了去他家，那么凶手就找到了一个合适的替罪羊，同时警方也将成功破案。这一切都在我预料之中，不过唯一让我感到意外的是，你居然有这么多把柄落在大家手里。”

得，我终于为自己长久以来的偏执付出代价。

“凶手到底是什么人？”——死也得让我死个明白啊。

“我真不知道，但他／她的能量远远大于我们大谷基金会。”吴丽丽一脸严肃和苦恼。

这时我想起了上次孙林和我的谈话，孙林说起凶手时也是一脸严肃和苦恼，似乎对于凶手，他们头顶都笼罩着一种未知的恐惧。

“那，那……那如果我不回去，不就真成了潜逃了吗？”

“你现在回去，只有一种结果，死；在我这，你有可能等到真相大白的那天，然后洗刷罪名！”

吴丽丽说完这句话时，嘴角浮现出一丝不易察觉的微笑。

难道昨天吴丽丽把我带走就压根没想让我回去吗？

等等——这一切会不会是吴丽丽为了留住我故意安排的圈套呢？

我快速走到桌前，拿起那些报纸，一一看了起来。不幸的是，这些报纸全部都是全国和北京主要的大报，看来我被确认为凶手一事并不是吴丽丽的阴谋。我的这些举动并没有逃过她的眼睛，她叹了口气，重新坐了下去。

“没想到我这么帮你，你竟还怀疑我，真是好心当成驴肝肺。实话跟你说吧，前天我们获得消息，知道你已经被确认，所以我连忙无论如何要把你带走，再晚一步，你就等着以杀人犯的罪名被枪决吧。”

我成了杀人犯？——父母如果知道了该作何感想！

我终于相信别人说过的那句话了：当人处于极端危险境地时，你第一个想到的就是你最爱的人。此时我脑中第一个闪现的就是我的父母。他们一定会知道的，他们知道后一定会发狂的——他们的孩子是个杀人犯！

“我必须给我爸妈打电话说清楚这件事！”

“我完全理解你现在的心情。可你想过没有，如果你告诉父母的话他们一定会让你跟警察解释清楚，你怎么办？再说了，警察一定监听了你父母的电话，只要你跟他们一联系，警察肯定会找到你，没准现在你家里就有一大帮警察。”

“那我也不能让他们这么担心啊。”什么符号、什么司母戊鼎、什么书稿、什么惊天秘密——在父母面前，通通是个屁。

“你是选择让他们担心一段时间然后真相大白永不担心，还是选择暴露行踪被捕被杀然后让他们痛苦一生？”吴丽丽平静地看着我。

为什么世间的事情都是如此非黑即白呢？难道真就没有第三条路可以选吗？

“那，那我到底该怎么办？”我彻底绝望了。

“全世界能证明你没有杀人的是谁？”

父母？林菲？李少威？孙林？吴丽丽？大谷裕二？——这几个人的名字在我脑中一一出现，但他们只是知道我不会杀人，可谁也没有办法证明。

唯一能证明的，就是真正的凶手！

“找到他！”吴丽丽握住了我的手，似乎要将巨大的力量和决心传递到我的身体里，“他的目的是阻挠秘密的破解，只要我们不停地破解秘密，那他迟早有一天会现出真身。”

华山一条路，不走也得走。

第十五章

“你也不必太过担心，因为我相信只要你能全力以赴，秘密很快就会揭开，再说，整个大谷基金会都将是你坚实的后盾。”看到我彻底明白了自己的处境，吴丽丽放下心来，“现在你可以把这儿当成你的家，任何东西你都可以随便用。你刚才住的那间卧室旁边的屋子，是我的书房，里面有你所需要的全部材料。”

“全部材料？”我愣了一下。

“毫无疑问的是，现在你需要我们，我们也需要你，所以我会给你提供我能提供的全部信息。当然，你可以不帮我们，我们充其量就是得不到秘密；而如果我们不帮你，你明白你将失去什么。我希望结果是双赢的。”

如果放在平日，我死都不会帮日本人的。可当死亡的威胁真的摆在面前时，除了活下去，我还能选择什么呢？——孙林啊，你这个号称无所不能的人，你什么时候才能出现呢？

“好。”我点了点头。如果能活着揭开秘密并且不让日本人拿到，那岂不是最完美的结局吗？

吴丽丽向我伸出了一只手，微笑而坚定地看着我，似乎这手只要握上就仿佛在合同上盖了章。我没有拒绝的理由，于是我伸出了手，两只手紧紧地握在了一起。

“跟我来。”吴丽丽起身朝楼梯走去。

我跟着她上了二楼，她推开了卧室旁那个房间的门，走了进去。

这个房间简直就是一个图书馆。房间正中靠后的位置是一个书桌和两把椅子，书桌上放着灯光柔和的台灯和一摞摞的纸，书桌两侧分别立着两排上沿顶到天花板的书架，书架上密密麻麻摆满了各种各样的书，每两个书架中间立着一把梯子，是为方便登高取书而设的。房间的地上是厚而柔软的地毯，墙和天花板上则是厚厚的壁纸，整个房内弥漫着令人心醉的书香——这绝对是任何读书人心目中最完美的工作室。

“酒醒透了吗？”吴丽丽轻轻地关上了房门。

“嗯。”

“那么,我们开始工作吧。请坐。”吴丽丽指了指桌了后面的正座,示意我坐下。我有些犹豫。

“别不好意思啊，以后整个房子都是你的。”吴丽丽说完这话后大大方方地在桌子一侧的次座上坐下，然后笑盈盈地看着我。算了，既然是赤裸裸的相互利用关系，我也没有必要瞎客气了。

“对于大谷集团，你了解多少？”我刚一落座，吴丽丽便直奔主题。

“几乎不知道。”

“好，我现在跟你说说，你可以随时记下你认为重要的东西。大谷集团是大谷龙一 1887 年创立的，最初涉及矿业，后来进入了钢铁、化工和军工领域，家族中有多人后来进入政坛，是能全面影响日本的少有的几个大财团之一。”

我拿着纸和笔，不知道该不该记下这些似乎毫无用处的东西。

“大谷家族不但在政治、经济上全面影响日本，更主要的是，他们还影响着日本人的精神！”吴丽丽的眼神从最初的轻松变得严肃。

“影响精神？什么意思？”

“因为大谷龙一的哥哥，是日本最大的佛教教派净土真宗下属的京都本愿寺第二十一代法主大谷光尊。”

净土真宗？——我记得上课时丁教授曾跟我们说起过。丁教授一直主张我们学历史的人必须要研究宗教史，因为在现代国家诞生前，宗教史与政治史、文化史甚至经济史都密不可分，如果完全脱离宗教史，那 19 世纪之前全部的人类历史都将无法研究。同时，他还曾说过，一个民族的信仰决定了这个民族的性格，天主教、新教、东正教这三个由基督教分裂而成的国家其民族性基本相同，而伊斯兰教和佛家国家的民族性明显与基督教国家不同，儒教、印度教和神道教等国亦是如此，而举凡多神信仰的国家它们的民族性也大体类似。我记得丁教授说到这些时非常痛惜地讲述了当下国人信仰的缺失，正因为缺失了信仰，所以当下的华夏大地才怪状频现、妖孽丛生。

“净土真宗派是日本最大的佛教教派，其弟子占全日本佛教信徒的四分之一，全国有三万多座寺院。这些寺院中最著名的有两个：东本愿寺和西本愿寺。西本愿寺的势力最大，因为这三万多座寺院中属于西本愿寺的就有一万多座，而这个大谷光尊就是西本愿寺的法主。西本愿寺除了有一万多座寺院外，还有三十多所中学和大学，此外，它在美国有九十七座佛寺、在南美有五十九座、在加拿大有十八座，在欧洲也有三座寺院和数量不详的道场。同时，净土真宗派这几年在亚洲发展得极为迅猛，在中国、韩国、越南等国家都存在着各种净土学派。”吴丽丽说起这些来如数家珍，“左侧第二排书架上第四层和第五层都是关于日本净土真宗派的资料，你可以尽情查阅。放心，全世界图书馆有的和没有的资料，这里都有，足够你使用。”

我连忙在纸上记下：净土真宗、大谷光尊、左 2—4/5。

“净土真宗派怎么会有这么大的势力？”我一直认为佛教教派讲究的是个人修行，没想到居然有如此咄咄逼人的气势。

“大谷光尊和大谷龙一，一个是西本愿寺的法主，一个是大谷集团的创始人，这兄弟俩自然会相互扶植、相互帮助，能有现在的声势并不奇怪。另外，虽然说所有宗教讲的都是普世价值，可宗教其实是有排他性的，你的势力大自然会挤压我的生存空间，所以每个教派都在努力扩张自己的势力范围，谁的影响力大，谁就能控制更多人。而且，精神控制的魅力在于，它不存在国别和民族的限制，你控制了这个国家的精神，远比占领这个国家更有意义。”

“你的意思是，大谷家族想统治全世界？”听完这番话，我开始怀疑起吴丽丽的身份了——你这个中国人怎么帮着日本人实现起他们的春秋大梦了！

不对啊，如果是那样的话她为什么要告诉我这些？难道她不知道告诉我这些后我绝对不会再帮她吗？她怎么可能如此轻易地把大谷家族的终极目的告诉我呢？——两个中国人在密室里密谋着如何帮日本人统治全世界？——想一想都觉得滑稽。

“你科幻电影看多了吧。”吴丽丽呵呵地笑了起来，“我刚才说了，净土真宗派的人数是日本佛教徒总数的四分之一，听起来不少可要放在全世界来看，根本成不了气候。”

日本佛教徒有八千多万，那么净土真宗教徒应该是两千万，这与十一亿的天主教徒、三亿新教徒、两亿东正教教徒、十三亿穆斯林、八亿印度教徒、两亿原始宗教信徒、一亿无神论者、一亿新宗教信仰者和八千万圣公会信徒相比，的确是小巫见大巫，甚至在三亿佛教徒当中也是少数派，它的教徒数量充其量跟锡克教差不多。它要想统治全世界，估计没个几千几万年，一点戏都没有。

“既然如此，你为什么把他们的发展说得这么玄乎？”我略略有些不爽。

“我这不是在给你提供大谷集团的背景资料嘛，看把你紧张的。”吴丽丽笑得我很不自然，似乎在责怪我小题大做。

真的这么简单吗——我心里打了个大大的问号。

“好，关于净土真宗咱们就说到这，现在来说说这组符号。”吴丽丽起身走到我的跟前，俯身下去从抽屉里拿出了一张 A4 纸，纸上画着的正是那组神秘的符号。

“再次见到这组符号是不是很亲切啊。”吴丽丽把符号放在我面前，然后并没有坐下，而是近距离地站在我身旁。

切，亲切个屁啊，我天天看好几遍呢——我心里小小地得意了一下，看来他们并不知道我曾誊写过这组符号。

“你们复制了多少份啊？”我佯装惊讶。

“就两份，一份给了丁教授，现在不知道在谁手里；另一份就在你的面前。”吴丽丽指了指桌上的这张纸，情绪有些失落，“从你那偷走符号的人现在一定也在查，所以我们得赶在他们前面。”

“可你不是说，能解开符号的只有丁教授吗？当然，你肯定认为我也能。不过不管怎样，偷符号的人其实偷走也没用啊。”

“世界上未知的事情这么多，谁能说得准啊。”吴丽丽叹了口气，“我们只能尽自己的所能做到最好，至于会不会发生别的意外，谁也不知道。不过，以我们目前掌握的信息，能解开符号的的确只有你一个人。如果不出什么意外的话，我相信偷走符号的人应该也在找你。”

“好吧，”一说起这些令我恐惧的话题，我就浑身不自在，“还是赶紧说说符号的事吧。”我现在必须全神贯注地从所有信息中捕捉对我来说有意义的东西，我可不想让那些恶心的事情分散我的精力。“我记得昨天大谷裕二说，这组符号是他们的传家宝。那是不是表示，这组符号在大谷光尊时期就有了？”虽然我完全不记得酒醉后发生的事情，可醉前的东西还是历历在目的。

“不。那组符号是后来发现的。”吴丽丽见我回到了正题，便坐了回去，“众所周知，日本的佛教经典都是从中文翻译过去的，这其实已经倒了一回手了，因为很多的佛教经典是用梵文书写的。因此，在十九世纪欧洲展开梵文研究热潮的时候，大谷光尊先后派了五个人去欧洲学习梵文。左侧第二排书架的第三层有这五个人的资料，分别是南条文雄、笠原研寿、高楠顺次郎、荻原云来和松元文三郎，这五个人后来都成为日本的佛学大家，南条文雄还曾担任过大谷大学的校长。”

在说这些人名的时候，吴丽丽故意放慢了速度，以便我将他们一一记在纸上。

“我有点不太明白，梵文是古印度的雅利安语，怎么会在十九世纪的欧洲兴起研究热潮呢？”

“你这个历史系的高材生怎么连这个都不知道呢？”吴丽丽不怀好意地冲我努了努嘴。

少废话，你是个女人难道表示你就肯定知道所有女人的事情？我翻了翻眼皮，没有回答她。

“不好意思啊，活跃一下气氛而已。以我目前的了解，有两个原因：第一是十九世纪整个欧洲都流行东方学，大家很热衷研究东方的文化和宗教；第二就是那段时期出土了大量记录着梵文和类似梵文的文字残片，而这些残片绝大部分都是欧洲人发现并带回欧洲的。”

“这个我当然知道。”我可不甘心一个历史系的研究生输给一个秘书，“那时很多名为学者实为盗宝者的欧洲人趁着中国内忧外患、国门大开的时候跑到中国来，大量盗掘中国的历史遗迹，像什么斯文·赫定、斯坦因、格伦威德尔和勒科克这些人……”

说着说着，我心里突然咯噔一下——这个秘书怎么知道这么多东西？

我突然的沉默和吃惊的眼神让吴丽丽感到了一丝不解。

“怎么不说话了？”

“我……我……我知道的就这么多……”今天晚上所有这些话居然出自一个花瓶般的总裁秘书之口？

“你知道的好多啊？”我努力想使自己的这句话显得不那么刻意，但很显然，我这么一问，吴丽丽迅速明白了我刚才转瞬即逝的吃惊。

“很正常啊。总裁有很多的秘书，分别打理不同的工作，而我的工作就是全心全意地查清楚符号的秘密，所以总裁告诉了我几乎所有的事情。这些工作我不来做难道让总裁亲自去做？呵呵。”吴丽丽轻描淡写地解决了我的疑惑。

“可……你是一个中国人啊……”把如此重要的任务交给一个外国人来做，而且交给一个秘密所在国的外国人，这无论如何让我难以理解，吴丽丽这种行为简直可以说是监守自盗。既然吴丽丽说了，她会告诉我一切我想知道的东西，那我也不必客气，想到什么就问什么吧。

吴丽丽看了我一眼，没有说话。片刻之后她起身走向了书架，从书架中拿出了一个资料夹，走过来放在了我的面前。

“这是大谷光尊的儿子大谷光瑞在中国探险的全部材料。符号就是他探险时发现的。”

吴丽丽回避了我的问题——不过此时她的眼中，再也没有了刚才收放自如、或严肃或轻松、似乎一切尽在掌握中的神采，而是仿佛布满了浓浓的乌云，似乎有一种巨大的不可言说的矛盾隐藏其间。好吧，既然她不想说，那我也问不出什么，没准合适的时候她会愿意告诉我吧。现在，我只能把她当成一个为虎作伥的民族败类。

“大谷光尊的儿子？”收拾起心情后，我把注意力再次集中到了吴丽丽一步步告诉我的这些秘密之中，“大谷光尊派儿子来中国探险？什么意思？”

“大谷光尊派往欧洲学成归来的那五个人将他们的所学在日本发扬光大，净土真宗派的影响力也随着这五个人的回国而日益壮大。就在这五个人全部回国后的第二年，大谷光尊把自己的儿子大谷光瑞派到了中国。”

“大谷光尊想学的不是原汁原味的梵文吗？他不是已经让人学会了吗？为什么还要把儿子派到中国？”

“就像你刚才说的，想研究梵文就必须掌握第一手的资料，而那些把梵文残片带到欧洲的欧洲人全部是从中国盗走的这些残片，因此只有来中国才能得到第一手的资料。”

“你的意思是，大谷光瑞来中国为的是找残片？”

“没错。既然那五个人已经掌握了翻译梵文的能力，那么他们就不再满足于仅从欧洲获取关于残片上梵文的信息，而是希望能找到属于自己的残片。所以，大谷光瑞来了中国。”

“然后就发现了这组符号？”我盯着面前的符号，感到事情越来越复杂，但也越来越有意思了。

“对。不过可惜的是，在出土过大量梵文残片的遗址中发现的这组符号，居然不是梵文！”

“是印欧语系中的另外一种文字？”我记得酒桌上，吴丽丽曾说起过这些。

“没错，所以我们认为，既然同为印欧语系，那很有可能有人能读懂这些。而且，大谷光瑞发现这组符号时，写有符号的贝叶已经损毁严重，他得到的仅仅是一小部分，而剩下的那大部分贝叶，则无论怎样都没能找到。因此我们觉得，另外的贝叶可能已经被欧洲人发现，并带回欧洲。”

记得在我第一次见到符号照片时，符号的边缘似乎有被火烧过的痕迹，看来吴丽丽并没有骗我。关于贝叶我是有一些了解的：在造纸术传到印度之前，印度人在贝叶上书写佛经或者描绘佛像，有些是写的，有些则是刺上去的。

“那另外的部分会不会被火烧掉了？”

“不排除这种可能性。但只要还存在别的可能性，我们就不能放弃，对不对？因为世界上的很多真相往往就隐藏在被我们排除掉的那些内容当中。”

“有道理。”我不得不承认这句话的合理性。

“所以，大谷光尊在得知儿子发现了新文字后，就把儿子派去了英国，同时把那五人当中的荻原云来派去了德国。两人就这样带着眷写了符号的纸开始了揭秘之旅……”

“为什么是……”

“我知道你要问什么。你想问为什么会是这两个国家，对吧？因为当时的学术界一致认为，精通除梵文外其他印欧语系文字的教授只有两个，一个住在英国，另一个在德国。”

“然后呢？”我越听越兴奋，迫不及待想知道接下来的故事。

“可惜的是，大谷光瑞想去拜访的那个英国教授已经去世，而当时大谷光尊突染重病，急需大谷光瑞回国接任法主之位，所以唯一的希望就寄托在了荻原云来身上。”吴丽丽说到此处，转身又去了书架，然后从书架中拿出了另一份材料，放在我的面前，“这里面有荻原云来写给大谷光尊的报告，里面详细描述了他在德国寻找那位教授的过程。”

我看着这摞厚厚的材料，气得肺都要炸了。

“你还是先告诉我吧，这么多东西我要看得看到什么时候。”

“真没看出来你还是个急脾气？这事急不得。你要知道，我告诉你是一码事，你自己看则是另一码事。只有自己一个字一个字地看，才能发现对你来说有价值的信息，而这些信息没准我就给忽略了。包括我刚才跟你说的所有内容，我希望你都能拿着资料一点点再看一遍。”

“我知道，我肯定会看的。不过你能不能先大概跟我说说，我就全当故事听，成不？我只有知道了故事的大概，查资料的时候才能有的放矢啊。再说，这满屋子的书，我要全看完，还不得三十年之后啊。”我居然为自己的没耐心找到了如此完美的借口。

吴丽丽盯着急不可耐的我看了看，那眼神分明是识破了我心里的小九九。

“好吧。”吴丽丽叹了口气，“荻原云来后来在德国找到了那位教授——西克教授。不过他已年过八十，早已闭门谢客，不再招收任何学生。无论荻原云来怎样恳求，他通通不予回应。无奈之下，荻原云来只好放弃了当他学生的念头，而仅仅想拜托他将这组符号翻译出来。没想到的是，西克教授看到这组符号后脸色大变，几乎是连轰带撵地把荻原云来赶出了家门。”

沉默。

“为什么会这样？”良久之后，我从沉默中醒来，打破了吴丽丽的沉默。

“荻原云来的报告中详细描述了西克教授看到符号时的表情。”吴丽丽拿起资料夹，从中翻出了一页，摊在我眼前，我连忙瞪大眼睛低头看去：

“教授西克见此符号，颜色大变，其惊恐之状超乎吾终生所见所闻，似遇不可名状之极大恐怖。执誊符号纸者之手颤颤若风中之柳，其目血丝密布，其身几欲跌落……”

将一个八十多岁的老人吓成这样——这符号到底是怎么回事？

此时我觉得自己浑身的鸡皮疙瘩都立了起来，房中原本无处不在的书香似乎也逃得无影无踪，只留下了一片冰冷入骨的死寂。

“荻原云来被轰走后想尽一切办法想继续接近西克教授，可西克教授坚决不再与其相见。无奈之下荻原云来只好返回了日本，将自己的经历告诉了大谷光尊。大谷光尊曾试图通过自己的关系让西克教授出面，但所有的努力通通失败。就在所有人都认为符号的秘密将随着西克教授的沉默永世无法揭开的时候，一个令所有人震惊的意外出现了——西克教授在自己生命的最后几年时间里，招收了一个中国学生！”

我此刻恨不得一头扎进吴丽丽的脑子里，把她知道的所有东西全部装进自己的身体里——“一个中国学生？难道是……”

“没错，董先生！”

第十六章

所有的一切终于在二十四小时后转回到了昨天晚上酒桌上的那个重大线索之中。

“书架上有董先生的回忆录。他曾说过，当年西克教授几乎是强迫他成为自己学生的！周皓，你现在知道的与昨天晚上知道的在结果上并没有什么不一样，但整个过程我想一定对你有重大的帮助，对吗？”

现在，就算打死我我也得承认——董先生一定从西克教授那儿学到了如何破解符号的秘密。可是另一个问题出现在了我的脑中：为什么西克教授轰走了荻原云来，却把秘密告诉了董先生呢?

就在我想问吴丽丽这个问题时，她的手机突然响了。

吴丽丽拿出手机，走到离我足够远的地方，低声地说了些什么。很快，她挂了手机，朝我走来。

“我得回基金会了，有些事情需要我去处理。”

“那我……”她要把我独自留在这个陌生而危机四伏的地方?

“你可以放手开始你的工作了。冰箱里有足够一个礼拜的食物和水，而且我会天天来看你的。放心，这个地方绝对安全，任何人都不可能打扰你。”

“我……我睡哪？”

“这里有的是屋子，随便哪个都行。要是想睡那间粉色的屋子呢……我也不反对。”吴丽丽别有他意地冲我笑了笑。

“我还是睡别的屋子吧。”我赶紧表明自己是个正人君子。

“随便。不过，有一点我必须要提醒你，这段时间你不能跟任何人有联系……你明白的，只要有了联系，警方包括别的人就一定会找到你。”

“可是……”我想到了林非和李少威——难道我也要像对待父母那样让他们先担心一段时间？我跟林非已经两天没有通话了，她现在到底怎么样了？她跟那个该死的韩国人到底又是什么关系？李少威被我派去调查崔波自杀的事情，现在进展得怎样了？

还有孙林。这个口口声声要保护我的人现在有没有在找我？如果找到了，我到底要不要跟他走？——以我目前掌握的信息，我对孙林的了解远远不如对大谷基金会的了解——那么，我难道真的应该义无反顾地相信对我来说简直是个空白的孙林吗？

吴丽丽一直注视着满脑子问号的我，我估计她应该能猜得出我在担心什么，她不说话只是在等我先开口而已。

我本想让她帮我调查一下林非和李少威，但再三考虑后我还是决定放弃——因为我并不清楚她对我所有事情的了解程度，如果她不知道林非和李少威的事情，那我说了岂不是徒增我们三人的烦恼？关于孙林我更是半个字都不能说，因为以我现在的判断，他们两者没准是对立关系。多一事不如少一事，我还是先老老实实地在这跟符号死磕吧，毕竟警方的通缉令还高悬在我的头顶。

当然，对大谷基金会和吴丽丽的警惕我也丝毫不能放松。

想清楚了这一切后，我故作轻松地说：

“好吧，那你忙吧。”

吴丽丽不再说话，转身出了门，到门口时，她像是想起了什么，回过头来跟我说：“你要是累的话可以看看电视，放松放松。而且没准你能了解一下你杀人案的进展。”

好手段！这分明是要灭了我逃跑的念头嘛。

吴丽丽走后，偌大的别墅就剩下了我一个人。我颇有些失落地斜靠在沙发上，看着头顶如葡萄串般奢侈名贵的吊灯，满脑子也如葡萄串般密密麻麻。我曾无数次幻想过自己能住进这样的别墅，能在这样的别墅里安然而炫耀性地生活，可真住进来了，我心里竟然空落落的，仿佛如此奢华的宅子放在当下我的面前，竟如砍头前的好酒好肉一样，虽美味至极却实难下咽。我就这么斜靠着，梳理着刚才脑中被强行灌入的信息，琢磨着这些新出现的线索到底对于秘密或者说对于我的生命有何重大的意义。

西克教授到底知道些什么？他为什么会震惊成那般模样？为什么他要在生命的最后几年强迫性地招收一个中国学生？西本愿寺又是怎么回事？大谷光尊的所作所为真的只是为了弘扬佛法吗？大谷光瑞到底在中国挖到的是什么东

西？……

无数的问号像过剩的营养一样堆积在我的腹中，一时半会儿实在消化不了。还是先休息一会儿吧，然后继续跟这些谜团死磕。

我起身打开了电视，想看看有没有关于杀人案的消息。可惜，现在已近午夜，几乎所有的台都在放着无聊的电视剧或者是令人作呕的电视广告，我拿着遥控器呆呆地从头到尾按了两遍，没有发现任何消息，只好关掉了它。百无聊赖又不想马上工作的我于是决定好好欣赏欣赏这栋豪宅。

别墅的面积和装修加起来肯定得八位数，这是我一生估计都挣不到的数字。吴丽丽年纪跟我差不多，虽说大谷集团实力雄厚可她毕竟只是个秘书，要是想通过正当渠道得来这套房子肯定没戏。也许是出于好奇，或者是出于嫉妒，我竟开始一边欣赏房子，一边琢磨起它和吴丽丽的关系来——肯定不会是遗产，要是祖上有这么大的一份遗产，谁还去当秘书啊，不过也没准，但可能性太低；有一个有钱的老公？没听说她结婚了啊，再说，要真是有这样一个老公谁也不会去当秘书；中彩票得来的？同样不会去当秘书……想来想去只有一种可能，那就是跟男人有关。

这年头像她这种美貌与气质并重的女人只要傍上一个大款，这样的房子还不是想要几套有几套啊。可如果傍的是别的大款，她也不应该会在大谷集团当秘书——所以想来想去，我只能认为她傍上的是大谷裕二。也只有这样，我才能找到她如此为大谷裕二卖命的原因。

当然，世上有太多的可能性，我目前只能按照最庸俗的方法去判断她，至于到底是怎么回事，我才懒得关心呢。

一层简单地巡视了一遍后，我来到了二层。二层除了粉色卧室和书房外，还有四间屋子，两间是卧室，一间是健身房，一间是浴室。虽说是浴室，可也是我见过的最大的浴室，光那个浴缸就有我半间宿舍那么大。两间卧室的陈设完全相同，估计是平时招待朋友用的，我凭感觉挑了一间，权当这段日子的栖身之所。二层走廊上挂了许多的照片，都是些风景照，没有人物也没有作者署名。我盯着这些照片看了好一会儿，照片上拍摄的地方我都没有去过，因此看不出什么眉目，只是凭着仅有的一些美学修养认为这些照片拍得很不咋地，拿这些并无美感可言的风景照装饰如此豪华的别墅，作者真是敝帚自珍。

看完二楼，我直奔三楼而去。反正吴丽丽让我把这当成自己家，那我就不用客气了。

三楼有四间屋子。较大的那间是会客室，不过并没有桌椅，只有一个茶几和几个蒲团。茶几上摆着全套的茶具，旁边的玻璃柜里放着全套煮咖啡的用具，房间内还立着一套看上去价值不菲的音响，想必这间屋子是两三好友用来放松心情的地方。隔壁的那间是浴室，再旁边是一间卧室，这个卧室可以直通楼顶的天台，可惜，万恶的吴丽丽把卧室和天台中间的那道玻璃门给上了锁。卧室旁边还有一间屋子，我使劲拧了拧门把手，可根本打不开，看来这家伙又给锁上了。锁卧室与天台间的门可以理解，八成是怕我逃跑；可锁这间屋子的门又是什么意思呢？

我把耳朵贴在门上，想听听里面有什么动静，可听了半天毫无声响。也罢，谁没个秘密啊，没准里面有吴丽丽的小隐私呢。

偌大的别墅只锁了一间屋子，看来她对我还是比较放心的吧——我这么安慰了一下自己。

该干的无聊事都干完了，我实在找不到不工作的借口了。我深吸了一口气，振作振作精神，下楼推开了书房的门。

看来，一个不眠之夜又要来临了！

回到书房后，我先按照刚才记下的内容，从书架中把相关的书和资料夹找了出来。那些厚厚的书和资料夹瞬间堆满了宽大的书桌，仅留下了一点放纸的空间。看着眼前小山一样的材料，我一时竟慌了手脚——选择太多意味着没有选择，这么多的材料，该如何着手呢？我看着纸上记下的这些人名和数字，犹豫了一下，决定倒着推，从最后面的线索查起。

荻原云来到德国后，首先去了研究梵文最著名的斯特拉斯堡大学。在那儿他四处寻访专家教授，试图能探听出与符号上文字类似的文字的线索。可看过符号的人竟没有一个认识，全都表示这些符号是第一次见。绝望的荻原云来将这个情况汇报给了大谷光尊，大谷光尊并没有气馁，而是提醒他换个思路重新调查，比如可以从盗掘点入手。于是荻原云来开始调查去过符号盗掘点的盗宝者。调查的难度并不大，因为那个时期盗宝者很乐意四处炫耀自己在某地某地的成功发现，因此没过多久，荻原云来就查出来曾有两个德国人在大谷光瑞之前到过那个地点，而且据说盗得了不少的文物——这两个人一个是格伦威德尔，另一个则是被称为“文物屠夫”的勒科克。

按照这个线索，荻原云来调查了两人所盗宝物的去向。两人盗得的宝物多数是佛教寺院的壁画，他们或以高价卖给了博物馆，或以更高价卖给了私人收藏家，总之几乎所有的东西都以不菲的价格出手。不过例外的是，他们自己手上还留下了一些东西，那就是一些文字残片。曾受过东方学良好训练的两人发现这些残片上的文字并不是自己略有了解的梵文，因此他们预感自己可能发现了新的印欧文字。于是他们就找到了当时研究粟特文、吐火罗文和佉卢文等印欧语系小语种文字的专家——英国的阿瑟教授和德国的西克教授。

阿瑟教授和西克教授有很多相似之处：他们都曾是数学家，在梵文研究热潮来临时都转向了梵文，后来又因为研究梵文的人实在太多，难有突破，因此又双双把兴趣转向了没有人研究的、同为印欧语系的其他小语种，就这样两人渐渐成了精通这方面仅有的专家。大谷光瑞去英国寻找的正是那位阿瑟教授，可惜的是，阿瑟教授在研究了这些文字残片后没几年就因病去世，他的研究成果现在不得而知。

西克教授在拿到格伦威德尔和勒科克送来的文字残片后，仿佛得到天上掉下的大馅饼一样，开始了潜心研究。荻原云来在一份报告中曾描述，西克教授在研究这些残片的过程中经常与阿瑟教授进行沟通，两人会频繁通报各自的研究进展，因此两人的研究进度应该是同步的。可就在开始研究的两年后，两人突然不知什么原因终止了交流，不但交流终止，甚至两人再也没有任何形式的私人来往，似乎因某种原因而决裂。

没过多久，阿瑟教授就因病去世，他对这些残片的所有研究成果则通通下落不明。独自承担起研究重任的西克教授后来多次主动约见勒科克，提出的要求竟是让他重返残片的发掘地。在勒科克的多次追问下，西克教授才勉强说出了原因——他告诉勒科克，这些残片上的新文字讲述的是一个远古部落的历史。在这个部落的传说中，一直流传着一个重大的秘密，至于这个秘密到底是什么，残片中却缺失了。因此西克教授相信，写有最终秘密的那部分残片，一定还在发掘地。

勒科克想让西克告诉他破解出的这个传说的内容，但西克坚持要在找到剩余残片后才能告诉他。无奈之下的勒科克立刻组织人马重返该地，可不幸的是即便他们挖地三尺也一无所获。

他们当然一无所获——因为在他重返发掘地之前，大谷光瑞已经拿到了剩余的残片。

勒科克在自己的日记中写道，他没有发现剩余残片后极度绝望，便四处打听谁曾到过此处，后来查到了是大谷光瑞的人，便想找到他们索要残片。可此时荻原云来已经从西克的反应中知道了残片的重要性，便按照大谷光尊的指示无论如何不能交给德国人。而西克教授在见到荻原云来送来的誊写的残片内容后，便闭门谢客，甚至连这个传说的内容也不再告诉勒科克。因此，对于这个勒科克有上半部分、大谷家族有剩余部分而两者都不知道内容的秘密，西克教授却了然于胸。

费了半天劲毫无收获的勒科克只好把这些残片捐给了德国的民俗博物馆，虽不知秘密内容却感觉到其重要性的大谷光尊则把剩余部分作为传家宝留在了西本愿寺。同时我发现，在一份关于大谷家族的资料中，记载着大谷光尊要求家族不间断地寻找能破解秘密的线索，无论何年何月。

看到这时，我心里纳闷起来——不就是发现了一种新文字吗？不就是西克教授看到新文字后反应异常吗？这怎么成了整个大谷家族孜孜以求的东西了？至于吗?！

按照正常逻辑，能让一个家族世代寻找的秘密肯定无比重大，可就目前看到的资料来说，大谷家族并不知道这个秘密是什么，同样也并不确定这个秘密背后到底隐藏着多么重大的力量，他们只是感觉到秘密很重要。可没准找来找去这个秘密根本就是一个谎言或者一场骗局呢？倾尽全力寻找一个莫须有的东西——这个家族是不是太二了？

大谷家族怎么可能这么二呢？——莫非他们知道秘密的重要性了？

难道吴丽丽对我隐瞒了什么？

我重新梳理了一下脑中混乱的信息：

上半部分残片讲述的是一个远古部落的历史以及历史中的一个传说。这些残片现在在德国民俗博物馆。知道残片内容的是阿瑟教授和西克教授。

下半部分残片是这个传说中隐藏的秘密。残片在大谷基金会。知道残片内容的只有西克教授。

打个比方来说，上半部分残片是关于藏宝图的传闻，下半部分则是真正的藏宝图——光听说了传闻见不到图，没用；有一张地图却不知道它是干吗用的，也没用。更何况，勒科克根本不知道传闻，大谷家族也不知道这是一张图。知道一切的，只有西克教授。

可西克教授并没有告诉任何人这一切啊？这些传闻到底是怎么传出来的？

如果秘密的内容天底下除了死去的西克教授外没有人知道，那为什么下半部分残片上的那组符号一出现，就有人杀死了丁教授并偷走了符号的照片呢？为什么孙林以及目前我还不知道底细的越野车和面包车会一一出现呢？

一定有除了西克教授之外的人知道这一切！

想来想去只有两个人有这种可能——阿瑟教授和董先生。

阿瑟教授研究过前半部分残片，以他的水平和两年来跟西克教授的频繁沟通来看，他很有可能知道了那个传说，但由于他去世后后半部分残片才被发现，因此他并不知道传说中那个秘密的具体内容。按照上面那个比方来说，阿瑟教授知道有藏宝图这件事，但他不知道藏宝图在哪。所以，有藏宝图这件事，很有可能是从他那传出去的，无论是主动还是被动。

一个有力的证据能证明我的这个判断，那就是，阿瑟教授关于残片的所有研究成果下落不明。

作为西克教授强行招收的闭门弟子，基本可以肯定董先生知道这一切。

得出这个结论后，我立刻起身从书架上寻找关于阿瑟教授和董先生的全部资料，桌上那些材料我实在懒得一一放回，只好全部码在了地上。

就在我费劲地把这些厚厚的书往地上放的时候，我突然听到楼顶传来一声沉闷的重物落地的声音，吓得我把书全都掉在了地上——上面有人？

我站在原地，大气都不敢出，只是竖着耳朵听着任何可能传来的动静。但几分钟过去了，整栋房子里安静如故，刚才那沉闷的声音仿佛从来没有出现过。难道我听错了？不可能，那个响声真切得就像在我身边传出一样。我开始飞速地在脑中画着刚才巡视过的这栋房子的结构图，画了几次后，我突然发现，楼上的那个房间正是三楼大门紧锁的那间！

吴丽丽没告诉我屋里还有别人啊，这响声是怎么回事？

我战战兢兢地站也不是坐也不是，只是傻立在原地不知如何是好。如果楼上有人，那刚才我玩命拧门把手的时候他应该知道啊，为什么不理我？楼上是什么人？

当一个人恐惧到极致而毫无办法的时候，也许他只能把恐惧付之脑后——也许楼上只是一个什么东西不小心掉了吧？或者是风吹倒了什么呢？或者我看书看太久产生了幻听？——总之，我必须找出一万种理由让自己相信根本没有恐惧的存在，否则我真的不知道如何继续在这个房子待下去。

我就这么等了很长时间，也许有一辈子那么长。确认再也没有响声发出后，我艰难地挪了挪步子，刚迈出第一步，我就发现自己的双腿已经僵硬了，整个身体的温度也仿佛降下了很多。要不要上去看看？

这个念头刚一产生，我就迅速强化了它。也许应该上去看看——与其让恐惧吓死我，还不如自己主动让它杀死，反正都是死，没准确认后发现只是一场意外呢？坚定了想法后，我朝房门走去。刚走了两步，突然觉得自己应该拿些什么防身的东西，于是我开始满屋子找寻，可找来找去只找到了桌上还算锋利的几根笔，好吧，聊胜于无。

此时我无比怀念李少威。要是他在的话，他肯定会拿着他的救生刀，一脚踹开那扇该死的门，然后与里面的不管什么东西大战三百回合——可，他现在在哪儿呢？

我握着两根笔，轻轻地打开门，然后蹑手蹑脚地走上三楼。原本两分钟就能走完的楼梯，我差不多走了二十分钟，走的过程中我甚至害怕一根头发掉在地上的声音都会引起什么东西的注意。终于，我来到了那间屋子的门口。

我想把耳朵贴在门上，可又怕万一这个时候门突然被打开我肯定魂都会吓丢的。此时我想起了一个经典的恐怖故事，说的是一个人把眼睛贴在门的猫眼上，想看看一间陌生房子里的情况，没想到看到的只是一片血红，原来屋子里的死人也正用血红的眼睛透过猫眼看着他……

人，越害怕就越害怕。我都不知道自己为什么会在此时此刻想起这个该死的恐怖故事，我可不愿意当自己把耳朵贴在门上时里面有另一个耳朵也贴着。于是，我跟门保持着两步的距离，心里想着万一门要是打开，我扭头就跑，至少这个距离不至于让他／她／它一把抓住我。

又过了不知多长时间，房内仍然一丝动静都没有。等得实在有些愤怒的时候，我竟然鬼使神差地敲响了那个房门。

毫无反应！

敲响第一声后，我不知哪里来的胆量。也许事情往往如此，自己吓自己的时候越想越怕，一旦迈出了第一步，也就不管不顾，仿佛并没有想象中那样恐怖。敲了几声没有反应后，我撞着胆子玩命地敲了起来。

“出来！有本事你出来。”

我大喊了一声——与其说是在恐吓对方，不如说是在给自己壮胆。

房内依然没有任何回应。

我开始神经质般地连续拍着门，那种感觉就像小时候在黑胡同里一旦决定给自己壮胆，就好像自己是个英雄一样，不把那莫名其妙的东西揍趴下就不算好汉。于是，整栋别墅传出了连续不断疯狂的拍门声。

就在我拍得气喘吁吁、手掌生疼的时候，我突然觉得眼前的一切变得非常滑稽——如果房间里没有人，那我岂不是在像疯子一样拍打着一个空房间的门？

想到这时我竟笑了起来。我这是怎么了？我的神经何时变得如此脆弱不堪？——要再这么下去，没准在我被杀之前早把自己吓死了。何必呢？还是心平气和地继续那看不到尽头、但又不得不破解的秘密吧。

随后我心情放松地回到书房，刚才这场胡闹的插曲彻底唤醒了之前查资料查得昏沉的大脑，趁着现在的清醒劲儿，我还是赶紧能推一步就推一步吧。

号称拥有全部所需资料的书房里，关于阿瑟教授的记述少得可怜，只有区区十几页纸，而且很多记述都语焉不详。资料中显示，阿瑟教授是德裔英国人，曾经是一名数学家，后来转向了梵文，再后来转向了其他印欧语系。由于做人做事过于挑剔偏激，他一生中几乎没有朋友，虽然后来结识了一度交往甚密的西克教授，但没过几年两人就彻底决裂，之后他精神崩溃，非常凄凉地死在精神病院。

阿瑟教授曾结过两次婚，但没有一次超过一年，原因是妻子无法忍受他的性格和生活方式。他似乎是一个完全生活在自己世界里的人，根本不具备人类应有的社会属性。他性情乖张、脾气暴戾，做人做事完全按照自己的方式，从不考虑他人的感受。当别人反对他的观点时他会恼羞成怒，而且会公开要求与对方决斗，不但如此，他甚至会将别人对他善意的关心视为一种阴谋，他认为除他以外的所有人通通是被安排来迫害他的，因此他被认为患有严重的“被害妄想症。”虽然如此，他的才华却无法被掩盖，他所专注的每一项研究都能取得重大的突破，而一旦他的研究取得突破，他就会转而进入貌似完全不相关的其他领域，这也正是他短暂一生中不断转换研究方向的原因。

看到这些，我心中对这个可怜的天才生出了无限的同情和怜悯——也许上帝真的让你在某一方面特别突出的同时，会让你在另外的方面特别不足，以此来平衡他创造的这个可笑的世界吧。

阿瑟教授一生信仰上帝，他最初选择研究数学也跟上帝有关，因为他曾说过："对外部世界进行研究的主要目的在于发现上帝赋予它的合理次序与和谐，而这些是上帝依数学语言透露给我们的。”至于他为何从数学转向梵文，资料中没有进行解释，只是简要描述了他在研究梵文的过程中依然笃信着上帝，他甚至一度宣称梵文是上帝所使用的语言，上帝创造他的唯一目的就是让他成为上帝的代言人——看来，这也许就是他研究梵文的原因吧。

至于他为何放弃了梵文以及为什么和西克决裂，文字中没有任何记载，只是记录了他与西克见面的时间和次数。这些记录显示，阿瑟教授在研究勒科克给他的文字残片副本后，多次飞赴德国与西克相见，西克也曾数次前往伦敦与其会面，但由于两人的会面从来没有第三个人在场，因此大家只知道他们交谈的内容一定与对残片进行研究的进展有关，但具体内容无人知晓。至于两人决裂的原因，大家更是浮想联翩、莫衷一是，西克教授对此则只字不提。

资料中对阿瑟教授最后的记述是这样的：他在精神病院见谁都跟谁说他发现了上帝的秘密，而每次别人问他是什么秘密时，他总是笑而不语，一副不可言说的样子，然后会接着无休止地跟所有人说同样的话，直至所有人见着他都唯恐避之不及。终于有一天，在得知自己曾住的寓所被大火焚尽时，他彻底崩溃，两天后没有任何征兆地死在了精神病院的病床上。

一个疯子般的天才就这样不明不白地离开了世界，随同他离去的是他脑中那无人知晓的秘密以及存有他所有研究成果的公寓——但愿这个在人世间活得如此悲惨的人，此时能在他心爱的上帝身边幸福地生活！

看完所有关于阿瑟教授的这寥寥数页纸后，我心里格外难受，这种难受并不是因为秘密从他身上消失，而是痛惜一个如此卑微而崇高的生命的逝去——世人不容异于己者，古今中外概莫能外。

慨叹归慨叹，惋惜归惋惜，难受过后我还必须从这些只言片语中寻找有价值的信息。拿着这些纸，我又反复地看了几次。一条新的线索在我脑中逐渐清晰起来：如果说秘密是从阿瑟教授这里传出去的，那么那场看似意外的大火就显得不那么意外了——因为大火可以烧尽一切，也可以掩盖一切！

如果放火是有人为了掩盖偷盗的罪行，那阿瑟教授的研究成果很有可能还留存于世。也正因如此，才有人能从除了西克教授之外的别的线索中获知“藏宝图”的传闻。

那偷盗者又是什么人呢？

关于阿瑟教授的所有信息到此为止了。让我几欲抓狂的是，我非但没有从这些信息中发现什么便于解决问题的东西，反而带来了更大的困惑和烦恼。“没关系，当所有问号都出现的时候，也许就是句号即将来临的时候”——我这样宽慰着自己。

可在句号来临之前，究竟还有多少问号在等着我呢？

我揉了揉肿胀的双眼，站起身活动了一下几乎要炸开的肩膀。从书海中逃离出来后我才发现，天色竟已不知不觉地亮了起来。可怜的脑袋、可怜的眼睛，可怜的肩膀、可怜的屁股……遇到我这样的主人，真是你们的大不幸。

看着桌上关于董先生的厚厚的书和资料，我所有的脑细胞开始罢工，而眼皮也配合着它们无数次地垂了下来。好吧，让你们休息，等你们都休息好了，咱们再一起进入董先生的世界。

我步履维艰地挪出了书房，然后挣扎着迈动双腿朝那间我凭感觉选中的卧室挪去。在挪动的过程中，整个世界的时间和空间仿佛都发生了扭曲，我迟滞的身体俨然进入了另外一个对我来说完全陌生的时空之中——床，我现在唯一需要的，就是床。

第十七章

这个晚上，我做了许多的梦。以往熬夜后会睡得非常好，因为我整个身体累得连做梦的力气都没有了。可今晚不同。饱受一晚上头脑轰炸的我在梦中居然保持了足够清晰的思维，那些在梦中蒙太奇般展现的场景仿佛大片一样接连不断地在我脑中浮现——梦中的我似乎变成了一双眼睛，肆意地在一百年前的时空中飘荡。我似乎看到了大谷光尊和荻原云来，也似乎看到了格伦威德尔和勒科克，而西克教授和阿瑟教授也成为了我注视的对象。我异常清晰地听到了两位旷古未有的教授的争吵，看到了仿佛识破上帝奥秘后阿瑟教授脸上闪现的神秘的微笑，也感觉到了西克教授在洞悉一切后的恐慌与挣扎……这一组组为秘密而生、为秘密而死的人在我的梦中如此生动鲜活。而他们的每一次行动、每一次说话，包括每一次或惊喜或愤怒的表情似乎都在刻意向我展示着什么——他们好像演电影一般，通过一幕幕场景的再现向我传达着某种巨大而模糊的图景，他们似乎试图通过每一个或明显或含糊的细节引导着我走向秘密最终的藏身之所……

那是怎么一个奇妙的无法复制的梦境啊！

梦境在下午的阳光中画上了句号。拉开窗帘后，我第一次看到了自己隐藏于此的这栋别墅的户外风景——阳光下，远处的群山没有了昨夜的可怖，它们变得安静而惬意，贵妇人一般怜悯地看着微不足道的我。在群山和我之间，零星坐落着一些其他别墅，而这些别墅全都散发着许久没有人照料而产生的怨气，仿佛无人搭理的猫一样，恨恨地趴在那儿，哀怨得对任何人都不闻不问。

我起身去了洗手间。一番洗漱收拾之后，肚子提醒我该吃点东西了。来到一层的餐厅，我从冰箱里取出了吴丽丽早已准备好的各种食物。打开冰箱门我才发现，吴丽丽不愧是一个高级秘书，因为她把一切都想到了——我这个学生根本不会做饭，所以她准备的食物没有一样需要我亲自起火，都是些用微波炉就可以解决的东西。我随便选了几样，加热后，坐在沙发上开始享受我新一天的软禁生活。

吃饭的时候，我打开电视。经过一夜恐惧始终相伴的孤独后，我发现即便是电视中的声音，此刻也让我分外温暖。我看着播报新闻的主持人，感觉她那一贯冷冰冰的脸上此时也似乎洋溢着和蔼和温情——原来看着电视吃东西也可以如此幸福！

可惜这种幸福感仅仅存在了十几分钟，随后出现的关于丁教授被杀的新闻让我彻底从天堂掉进了地狱。

屏幕上，主持人一脸愤怒地喷着怒火；而屏幕左上角的小视窗里，我的照片赫然在目。我站起身仔细地盯着这张照片，觉得照片里的人好陌生。不但陌生，而且这个人看上去是如此面目可憎——我很佩服警方和媒体，因为他们总能在一个嫌疑人无数的照片中找到拍得最招人烦的那张！此时的我也不例外。

一直以来，我都好奇为什么凡是与"正式"这两个字眼挂钩的照片都拍得如此可恶。我自觉自己的生活照还是相当和善和平易近人的，可我所有的身份证照片、护照照片、各种证书的照片等等所有"正式照"都长得跟杀人犯、抢劫犯和强奸犯一个样子。难道"正式"的照片，会暴露人内心某种阴暗的东西？或者说，会扭曲人内心某种善良的东西？

我不知道。

我只知道此时此刻看到电视里照片中这个人的德性，我心里都会出现一种扑上去踹他两脚的冲动。

新闻的内容与报纸上的并无二样，无非是丁教授死得多么多么可惜、多么多么惨；嫌疑人周皓多么多么劣迹斑斑、多么多么嫌疑重大；英明神武的警方在短短十日内就锁定嫌疑人，他们是多么多么废寝忘食、多么多么夜不能寐；知情者如提供线索将获得多么多么大的物质奖励、多么多么无形的社会赞扬……

而此时的我，是多么多么想哭、多么多么想骂娘！

就在我愤怒得想砸电视的时候，我突然发现镜头一转，一张熟悉而可耻的脸出现在了屏幕上——林菲宿舍楼的那个楼管阿姨！

楼管阿姨在镜头前得瑟得尾巴都恨不得翘到天上了，她那张过分夸张的愤怒的老脸上布满得意，仿佛自己是世界末日来临前的救世主。她唾沫横飞地告诉记者，她曾奋不顾身地阻止了我试图冲闯女生宿舍的变态行为；她还说我诡计多端地让一个高挑美女替我冲进女生宿舍；还说她亲眼目睹了我坐进高挑美女的奔驰车逃之夭夭；还说我这种人根本就是人类的渣滓、社会的败类，抓到之后必须严惩不贷，还世界一个公平、还人间一个公道……

行，算你狠。等真相大白那天，我非让李少威抽烂你那张臭脸不可！

突然，处在愤怒和委屈中的我意识到了一个重大问题——楼管阿姨看见了我坐进吴丽丽的车？那么这就表明，警方一定会从吴丽丽那入手，这也意味着，包括孙林在内的那帮神秘人物，也可以通过吴丽丽找到我！

我从来没有像此时这样希望吴丽丽有着绝顶的聪明和高超的智慧——拜托，你千万可别让警察和真正的凶手找到我！

可转念又一想，如果吴丽丽足够聪明的话，那岂不是孙林也无法找到我吗？虽然我并不清楚孙林的身份，可他总归没有威胁恐吓和软禁我啊，再说到目前为止我也没有发现他们的不良意图。当多种威胁同时出现的时候，我只能选择危害最小的那个——两害相权取其轻嘛。

矛盾啊矛盾。

矛盾产生于摇摆之间，而这种摇摆几乎让我矛盾得要把胃酸吐出来。

想再多也没用了，时不我待！当务之急，还是赶紧继续书房苦战吧。我相信，在我挠破头皮调查线索之时，一定有更多的人也在挠破头皮地忙碌着。

活下去的信念像鞭子一样抽打着我，我立刻起身直奔书房。董先生，您一定要帮帮我，如果您再不给我任何的线索，要不了几天，估计我就会陪您去了！

关于董先生的书可以称得上是汗牛充栋，再有几十张这样的桌子也放不下。这并不意外，他一生著作等身，而别人写就的关于他的论著更是难以计数，我必须一目十行甚至百行地看——没办法，倘若一字一字地看，等看完这些书，林菲的儿子都该上大学了。

董先生小学开始学习英文，高中时学习德文，大学时专攻德文。由于所在大学跟德国有交换研究生的协定，他有机会赴德读书。他认为中华文化受印度文化影响巨大，于是在德国他选择研究梵文，并取得了博士学位。他在回忆录中记述，在学习梵文的过程中，他的导师把他引荐给了西克教授，而西克教授在对他有了全面了解之后，千方百计地想收他为学生。按照他自己的说法，由于他实在不愿意驳耄耋之年的西克教授的面子，实在拗不过才同意成为他的学生。这简直是人类有史以来极为罕见的师生关系——无数人挤破脑袋想拜大师为师却不得，可大师却自降身份、乞死白赖地非招一个外国学生不可！这简直是匪夷所思。

董先生拜在西克教授门下后，整个人生发生了巨大逆转——他对自己的所学所知闭口不言，无论是学界友人还是政府要员，对于所有想知道他到底从西克教授那儿学会了什么东西的人来说，他们从董先生那儿得不到一丝一毫的信息；即便是在六七十年代那段特殊的历史时期，无论他受到多少攻击和羞辱，包括肉体的折磨，他也从未向人透露过只言片语；无数的中国学者、外国学者、官员，甚至包括领导人无数次地出现在他的生命中，可又无数次地无功而返；甚至在他生命的最后阶段，仍有无数的人希望从他那获得些什么，以免他进入天国这些东西彻底消失……

对于已经知道秘密重要性的我来说，这些文字并不算新的收获，因为我知道：获得西克教授真传的董先生的一生注定是不安定的。但不安定到如此地步却超出了我的想象。在这些不安定之中，有两件事更是绷紧了我的神经，让我对那未知的秘密更添了几分恐惧。

董先生学成归国后与所有的家人亲属断绝了往来，不但与妻子不再相见，连女儿和儿子都绝不往来，只是在临终前才勉强与儿子相见——这些反常得可以说是没有人性的举动成为董先生一生被人所诟病的地方，人们无法理解这样一个大师级的人物为何对自己的亲人如此冷漠。可此时的我却能依稀体察到他内心深处极大的苦痛，这种苦痛是常人无法明白、更无法理解的——为了保守那个秘密，他选择了自我放逐、自我囚禁，他选择了与自己深爱的人隔绝，选择了与世人、与世界隔绝……

真理的殉道者，怎敢奢求人世的天伦之乐！

董先生临终前，无数的人不间断地前往医院探访，探访的人中甚至包括高层的领导人。国宝级的董先生患病，各级探访本合情合理，可在我看来，这些探访者当中一定有人是为秘密而来，他们一定希望在董先生临终前能获得秘密。我相信，已经为保守秘密付出了常人无法想象的代价的董先生一定不会将其告诉这些人，甚至包括高层的领导人，毕竟他的一生都活在高层所施加的恐惧之中，他要是想透露给高层，在那段非常岁月就会透露。所以，探访者肯定不会从他那获知秘密。

还有一个证据能证明这点，那就是，有一个不成文的命令规定，为保护董先生的安全并随时对其进行照料，所有人不得单独探访，而是必须有医生、护士和安保人员的陪同，即便是董先生的儿子也不能例外——这与其说是保护董先生，不如说是监视他，或者说是避免探访者单独从他那获取秘密。

看到此处，我在纸上重重地写下了四个字——命令？何人？——然后继续钻进书海之中。

董先生一生有很多学生，专业各异，因为学富五车的董先生不但教授历史，还教授人类学、语言学和古文化学，甚至一度教授过德文。在一份资料夹中，吴丽丽为我准备了董先生一生中所有学生的名单以及这些学生后来的去向，这在我看来简直是不可能完成的任务——当然，对吴丽丽和她背后的大谷基金会而言，没有什么不可能。

在这份名单上，无数人的名字都令我如雷贯耳，很多人都是当今该领域的翘楚。而在这些密密麻麻的名单之中，丁景治的名字被用红笔圈了起来，看来酒桌上他们对丁教授的怀疑是早做过功课的。丁教授最得董先生的喜爱，两人常彻夜长谈，而且最重要的是，他是董先生一生中唯一送过书的人，因此他们把矛头指向丁教授。

资料中显示，丁教授从来没有因为受到董先生的青睐而得意过，他一生谨小慎微、专心治学，妻子去世后就把一双儿女送去了国外，然后一直独居，要不是吴丽丽告诉我他的背景，我简直是一无所知。

如果吴丽丽和我的判断没错的话，那么这个秘密的传承谱系应该是西克教授——董先生——丁教授——我。而这个谱系的传承方式也很诡异：西克教授强迫董先生学；按照目前的推论，董先生非常隐秘地传授给了丁教授；丁教授则更加隐秘地传授给了我——隐秘得连我自己都不知道。

丁教授到底给了我什么样的暗示呢？

我重又拿出了那几份书单，仔细地盯着别的同学书单上有的、而我没有的那几本书。难道说丁教授给我的暗示隐藏在这几本书里？可如果他想让我留意这几本书，为什么不让我看呢？

按照简单的逻辑，如果暗示隐藏在书中，他会多给我开书单，可偏偏少开了，那他是不是想反其道而行之呢？如果多给我开书，那很容易引起别人的注意；可少给我开，不一样会被人注意到吗？丁教授的逻辑是什么呢？

我记得酒桌上我说过，这些书的作者都是我非常讨厌的，我很多次因此跟丁教授争执。那会不会是因为这样，他才把暗示隐藏在少给我开的这几本书里呢？——这么做会有一个天然而合理的解释，那就是：当别人注意到这几本我没有的书时，他们会发现这些书是我平时很讨厌的，这样就会使这几本书显得不那么可疑。

就在我琢磨着怎么才能找到这些书时，我发现放有书单的那个资料夹里竟有一页纸详细地写着这些书在书架上的摆放位置！我按照这些记述没花多长时间就找到了这些书，这些书显然已经被翻阅了无数次——很明显，她已先我之前研究了这些书。

他们一定是研究之后没有任何发现才让我上手的——他们找到了书，可这些书在不知道密钥的他们面前与任何一本普通的书并无不同；因此他们一定相信密钥在我手里——可我哪有什么密钥啊。

丁教授猜到这些了吗？如果猜到了，那他一定是让别人误以为我知道密钥，以便不但可以保存我的性命更能让我在安全的条件下继续研究。可你这么做，好歹也得给我点暗示啊。

我继续一边盯着这些作者的名字一边挖空心思地回忆着，渐渐地，一些模糊的印象被我从记忆库中调了出来，而这些印象让我心里渐生出某种拨云见日的感觉——关于这些作者我曾都跟丁教授聊过，在我表达了不满并与丁教授辩论之后丁教授就没有再提起过，因此这些名字出现在我俩之间的次数仅仅一次而已。不过有个例外，那就是林吉贤。我记得丁教授多次跟我提过他，让我多读他的书，还表示可以安排我们认识。可读了一本他写的书后我实在无法接受他陈腐的观点，便打死也不再看，更没有跟他见面的打算。可丁教授有一次单独跟我谈话时异常严肃地告诉我，这个人一定要重视，因为总有一天他会给你大得想不到的帮助。

当时他说这番话时我不以为意，只觉得是丁教授为了挽回残存的面子，非要把这个人说得无比重要好让我服软。现在突然想起这件事来，我发现这个人是我目前能想到的唯一一处丁教授在与我私下接触时的反常之处——这个“会给你大得想不到的帮助”的人难道就是丁教授给我的暗示吗？

林吉贤！

林吉贤一生只写过一本书，而书房中恰有这本书，于是我连忙将其打开平摊在我的面前——丁教授会把暗示以怎样的方式隐藏在书中呢？

林吉贤是个普通的工人，在那个激情燃烧的疯狂年月里自学了唯物主义辩证法和唯物主义历史观，写了一本所谓的“专著”，然后就恬不知耻地以哲学家和历史学家自居，并以自己仅有的知识处处拍马逢迎、歌功颂德。对于工人和自学者，我从来都是抱有好感的，可对他，我却没有一丝一毫的好感，不单单是因为他善于和乐于拍马屁，关键是他所写的东西不但几乎没有任何学术价值，而且对马列学说的引述和分析大部分是张冠李戴、不知所云。但就是这么一个家伙，在那个特殊的年代竟然被作为偶像为人们所称颂，官方更是不遗余力地把他打造成全民榜样——一个无产阶级的工人，通过自学马列学说，竟写出了洋洋洒洒数十万字的哲学著作——在那个年代，不宣传这种人宣传谁啊？于是，他开始四处出席座谈会，到处演讲，俨然一位得道高僧，为普度众生而来。

火热年代过后，一时风光无限的林吉贤退出了历史舞台，终止了滑稽剧的上演，随后就“泯然众人矣”……

这么一个家伙写的东西，如果不是隐藏着丁教授的暗示，就算当擦屁股纸我都觉得恶心。可世事就是这么荒唐，现在的我不得不把这些文字当做宝贝一样一字一句地研读，这简直就是一种莫大的羞辱和嘲讽。

整整三个小时过去了，我的脑子被这本书搞得天翻地覆，几次都想罢工，而肚子里更是胃酸翻腾，好多次都差点吐出来。丁教授啊，你没必要这么玩我吧？

我决定先换换脑子，等恶心劲儿过去后再接着读内容。于是我就像是谍战剧中研究密码本一样，从不同的角度琢磨起了这本书——竖着看，没发现什么藏头诗；斜着看，建立不起什么关联；把书倒过来，根本看不懂；快速翻页，没有影像出现；站在一米外看，没有名堂；两米外，也没名堂；五米外，什么都看不见；把眼睛贴在书上，依然没有名堂……

快崩溃的我还不要脸地采用了俄罗斯轮盘赌的方式——把书往空中使劲一扔，落地后哪页趴在地上就研究哪页——结果当然可想而知……

绝望中的我急中生智竟想起了邮箱中的那组数字：WU415。先不管这封邮件是谁发的，也不管它跟丁教授有没有关系，反正能想起来的线索就先通通试试。于是我就开始找这本书的第 415 页，可惜，这本书根本没有这么多页。无奈之下我神经病般开始看第 4 页、第 41 页、第 1 页、第 5 页、第 15 页……总之凡是与这三个数字有关的页码，我全都做上了标记。

结果依然如故。

随后我又打起了别的数字的主意——丁教授的生日、我的生日、我入校的时间、我即将毕业的时间、论文答辩的时间、丁教授的年纪、他的学生数量、他家的门牌号、我的宿舍号、他的电话号码、我的电话号码……

最终我发现，这本书的每一页都被我做了标记——我真恨不得此时的丁教授能从骨灰变成活人，告诉我他到底想搞什么。

此时我才体会到什么叫黔驴技穷。我无望地斜靠在椅子上，看着天花板，脑子快速运转着，玩命地思考着我到底遗漏了什么，难道是我考虑偏了？

高中时我参加过奥数班，那时候面对的全都是复杂的该死的数学难题。每次遇到复杂得任何公式都无法解决的题时，老师就会提醒我，越是复杂的题，很有可能程序越简单，你套用二十个公式无法解开时，没准一个巧妙的公式就能解开，之所以现在很困惑，很有可能是还没有找到那个简单而巧妙的公式。

这种经验一直伴随着我随后的求学和做人生涯。每次面对极为棘手的问题时，我就会想到这些，然后清理思路，去寻找最简单甚至最不经意的途径，结果往往是百试不爽。

这几十个小时遇到的问题已足够棘手，看来我不得不考虑最简单的方法了。目前想来，最简单直接的方法就是找到林吉贤。找到他，我就不用跟这些该死的文字死磕，一切不明白之处只要张嘴询问即可。

但他早已“泯然众人”了，我该去哪找他呢？

虽然天花板就在我的眼前，但我眼睛里却是另外一幅画面，一幅寻找林吉贤线路的画面。一个曾经红极一时的人找起来应该不难，不管他现在在哪儿，沿着他沉沦的轨迹总会找到他——只要他还健在。

此时我突然发现没有网络的难处。已经习惯了从网上搜寻所有问题的我此时却成了无米下锅的巧妇，如果能上网的话，即便找不到他现在的住所，至少能查出些蛛丝马迹，或者至少有个电话，可现在摆在眼前的只是些冷冰冰毫无用处的文字。早已被电脑和电话等现代化科技产品奴役的我此时感到了莫大的恐慌，仿佛没有了它们我就失去了安身立命的法宝。

当务之急，我得赶紧找台电脑，或者电话，否则我怎么去找这个目前看来无比重要的人物呢？

或者，让吴丽丽帮我找？

这个念头刚一出现，我就迅速否决了。毕竟在我心里，我和吴丽丽是相互利用关系，如果我把所有底牌都告诉她，那我就没有了利用价值。更何况，我根本就不希望意图还不明朗的大谷基金会得到全部的秘密。

可我怎么才能找到电脑和电话呢？

我再也坐不住了，开始在书房里踱起步来。想找到它们的唯一办法就是跑出去，可跑出去实在太危险了，没准在找到它们之前我就被警察或别的什么人抓走了——可要是不出去，我何年何月才能知道林吉贤呢？

不如尝试着让吴丽丽帮我弄台过来？至于借口……总会有的吧，但愿“车到山前必有路”这句俗语能起点作用。

决定已下，我重又坐了回去，继续把头靠在椅背上想着别的线索。突然，再次盯着天花板的我想起了昨晚楼顶莫名的响声……

我拿起昨晚的那两根笔，转身朝门口走去——与其夜晚被吓得臭死，还不如趁着有太阳的陪伴去探个究竟。

没有了昨晚的胆战心惊和蹑手蹑脚，我轻声地朝三楼走去。来到那间屋子的门口，我缓缓地把耳朵贴在了门上——毫无动静。

我敲了敲门，推了几下，还是没有动静。好吧，不管里面是一无所有还是有人不敢应声，反正吴丽丽来的时候我会问清楚的。不过在问清楚之前我不能大意，万一有个什么我岂不是危险了？于是我灵机一动转身走下一楼，搬起客厅的茶几堵在了门口，还同时把一个花瓶放在了茶几上，让花瓶一半在茶几上、另一半悬空——只要有人推门，花瓶就是一个极好的报警器。

一切安排妥当，我颇有些得意地转身离开。刚走了几步，我看到了那间通往天台的卧室——虽说好奇害死猫，可我还是走了进去。

我再次使劲推了推卧室与天台连接处的玻璃门，纹丝不动。无奈之下我只好站在门前，可怜吧唧地看着窗外偌大的天台，而天台的远处依然是那些沉默的远山。

林吉贤——你真的是丁教授给我的暗示吗？你现在到底在什么地方？

我回到了书房。桌上那些书已经没有研究的必要了，因为里面没有任何关于林吉贤线索的记述。我把这些书全都堆在了地上，然后来到那四排书架前，逐一地看了起来，希望能从中发现关于林吉贤的任何眉目——掉进海里的人总希望能抓到任何可能的木板，现在的林吉贤对我而言，就是那唯一的木板。

太阳看倦了我无聊乏味的行为，恨恨地躲到了山下，只给屋子里留下了一片昏黄。

我揉着发疼的脖子，一无所获地走向了厨房。把食物放进微波炉后，我打开了电视，然后躺在沙发上，有一搭没一搭地听着电视里传来的声音——吴丽丽，你什么时候才能过来呢？

第十八章

一声巨大而尖利的响声把我从梦中惊醒……

我噌地一下从沙发上跳了起来，浑身僵硬地站在地上——眼前一片漆黑?我努力定了定神，好把自己的灵魂从被强行打断的梦中拽回身上。

除了月光，房内没有任何光亮，我模糊的影子孤魂般躺在脚下，如我一般惊恐地看着眼前的一切。我记得睡着前灯和电视是开着的啊，怎么一睁眼什么都没有了？我朝开放式的厨房望去，微波炉死一般没有任何声响，连平日嗡嗡作响的冰箱也寂静无声——难道是停电了?

我看了看手上的夜光表，十二点整。好家伙，我这一觉竟睡了六七个小时。

梳理完第一步的思绪后，我的神经突然绷了起来——刚才的那声巨响是从哪传来的?

我仔细回忆了一下几秒中前听到的那个声音，那个声音如此真切，仿佛就在身边发生。什么东西发出的响声呢？魂魄彻底回到身上后，我渐渐冷静了下来，而冷静之后逐渐清晰的思路竟把我的眼神引向了三楼——花瓶倒了！

我一个箭步冲到大门口，疯狂地拉着大门，可那该死的门仿佛焊在墙上一样，任凭我怎样使劲都毫无反应。我绝望地又拉又踹，恨不得一头撞上去破门而出——花瓶是几秒钟前倒的，那就表明，某人此时仍在三楼！

开门不得后，我又冲到了窗口。窗子虽然能打开，可那挨千刀的护栏却有意跟我过不去一样死死地横在面前。我三步并作两步冲到厨房，摸索着拿起了一把餐刀——好吧，今天不是你死就是我亡。

我紧紧地攥着刀，背靠着餐台，侧着身大气不敢出地死死盯住楼梯口。你要是敢下来，咱俩就比划比划。

就这样，我在黑暗中借着依稀的月光眼都不敢眨地盯着楼梯口，而对方似乎也在某个角落静静地盯着我，两人就这样无声无息仿佛不存在一样对峙着，而这种对峙之间，某种巨大的杀机越来越浓烈。

我分明感觉到自己握刀的手在瑟瑟发抖。

一个小时过去了，对方没有任何行动；两个小时过去了，对方依然安静无声……

对方在屋子里吗？——花瓶倒的时候我已经醒了，随后并没有听到开门的声音，难道对方发现花瓶倒后又躲回了屋子？或者在我刚才歇斯底里地拍门拍窗户的时候他／她已经走了出来，正隐藏在什么地方？反正不管怎样，此时对方肯定还在三楼，并且也如我一样定在原地，一步都没有动。

两个多小时过去了，我全身已经湿透，而腿也开始打起了哆嗦。

“有什么话咱们坐下来谈，成吗？”

我决定主动出击——与其这么站着吓死，还不如问明白对方的意图。

没有回应。

“我是喝醉酒被人送过来的，我都不知道这是哪儿。咱们别吓唬人行不行？有什么事不能坐下来说清楚吗？”

没有回应。

“你要知道什么，尽管问；你想干吗，尽管说。”

没有回应。

“你要想弄死我总得让我死个明白吧？”

没有回应。

“你倒是说句话啊。”我气急败坏地把餐台上的一个杯子摔了过去，除了杯子粉碎的声音外，我还是没有得到任何回应。

“行，不说话是吧，那咱俩就这么站着，站到天亮，看谁熬得过谁。”

我一边继续盯着楼梯，一边偷偷地从餐台后抽出一把椅子，一屁股坐了上去。熬吧，我就不信你熬得过我这个著名的夜猫子。

对方仍然没有发出任何响声，甚至连挪步子的声音都没有——你说你这是何必呢，我都说得这么明白了，你该干吗干吗去，非要这么耗着干什么啊！

难道上面根本没有人？——不可能，那花瓶是怎么倒的？三层所有房门都被我关得好好的，不可能是风吹的，要不是有人推，绝对不可能倒。可如果有人的话你好歹给个回应啊，这么熬着我不好受你也不好受啊。

不管我心里怎么一万个不明白，对方依然不存在似的无声无息……

时间继续死一般凝固着。

突然，一阵钥匙开门的声音传了过来，我连忙侧过头看着大门的方向，可身子却不敢动，手里的刀攥得更紧了。

一个黑影推门走了进来。黑影进屋后显然愣了一下，然后伸手去按墙上的开关——没有反应。接着，一片淡淡的蓝光出现在了漆黑的房内，而蓝光后面的那个黑影我更是无法看清楚。黑影走向了房屋的一侧，用蓝光对准了某个东西，然后听到“哒”的一声，屋内大亮。

已经习惯了黑暗的我的眼睛被这突如其来的大亮弄得刺痛无比，我连忙眨了几下眼睛，迅速适应后发现吴丽丽正站在屋内的电源盒旁，手里的手机正泛着蓝色的光。

我使出百米赛跑的力气玩命地朝大门口冲去。

“周皓……你干吗去？”

吴丽丽显然被浑身湿淋淋、五官早已扭曲的我吓了一跳，她连忙跑出了大门，站在大门口喊住了我。

冲出了这间可怖的别墅，我站在院子里，终于呼出了这几个小时以来最痛快的一口气。

“说，你到底想干吗？”我四下打量了一下院子，没发现什么可疑之处，然后举着刀冲着吴丽丽喊道。

吴丽丽一头雾水地看着我，脸上的表情迅速变得委屈无比。

“我……我怎么了？”

“少装蒜，你屋里到底藏着什么人？”

吴丽丽愣住了，她的瞳孔渐渐放大到了极限，全身的肌肉仿佛也僵硬了。几秒钟后，她缓缓地回头看了一眼屋内，然后疯了一样迅速跑到了我面前，花容失色。

“你，你说什么？……你别吓唬我。”

演得还挺像。我赶紧跟她拉开了足够安全的距离，然后警惕地一边看着客厅的大门一边盯着吴丽丽——敌不动，我不动，我倒要看看你怎么解释。

“屋子里不可能有人！”

“你觉得我是在骗你吗？”我开始缓步朝院子的大门挪去。

“这套房子的安全系统是世界上最顶尖的，任何门和窗户只要被打开过，我都会知道，不可能有任何人进得去。”吴丽丽话虽然说得坚决，可明显能看出来她还是有点发慌。

“那这就要问你自己了。”我拉了拉门，没有反应，“开门，放我出去。”

“警察早就布下了天罗地网，你出去只会被抓。我之所以这么晚来看你，就是为了甩掉尾巴。都到现在了你怎么还不相信我？”

“我凭什么信你！”

“我发誓屋子里绝对没有别人，不信咱们进去看看。”吴丽丽朝客厅的大门口挪了一步，但随后停了下来，有些害怕地看了我一眼，“你陪我进去。”

少来这套。我动也没动。

吴丽丽见我没动，也不再说话，而是拿出手机摆弄了起来。趁这个当口，我偷偷看了看院子四周的栏杆——那些栏杆有一米多高，栏杆之间只有一个拳头的距离，而栏杆顶端全都是像长矛尖一样尖利可怕，如果有人试图翻越，一旦滑落将会像羊肉串一样被戳穿。我心里估摸了一下自己翻越成功的可能性，得出的结论是零。

“所有房间都没有人！”吴丽丽把手机举在空中，屏幕正对着我。我眯着眼望去，手机屏幕上显示的是别墅内各个房间的影像。

“不可能。”我慢慢地靠近吴丽丽，迅速拿过了手机，然后后退了几步，兀自翻看了起来。房间内的所有角落随着我不停地按键在我眼前一览无余，我甚至看到了书房、我睡觉的那个卧室和洗手间。

我的一举一动尽在她的掌握！——当然，我早就应该能想到。

随着不断地按键，我看到了三层那个房间门口的影像——果然，茶几已经移了位置，而那个花瓶则早已粉身碎骨。

“你自己看。”我把画面停留在了这个地方，然后递给了她。

吴丽丽接过手机。就在她把目光停留在屏幕上的一瞬间，一种绝不可能用语言描述的恐惧定格在了她的脸上。

而这种发自灵魂深处的恐惧迅速传染给了我，让我不寒而栗——难道吴丽丽真的不知道屋里有人？

“上车！”吴丽丽飞快地跳上了停在院中的一辆宝马车，然后快速驶向大门，

“上车啊！”

我彻底慌了神，赶紧无头苍蝇一般冲上了车。

宝马逃命似的以火箭般的速度在山路中飞驰。

“怎……怎么回事？”

“你什么时候发现屋子里有人的？”

“昨天晚上，我在书房的时候，听到楼上有动静。”

吴丽丽一只手扶着方向盘，另一只手拿起手机按了几下，然后递给了我。

“查查。”

我拿过手机，继续搜索着别墅内的所有角落，可没有发现一个人影——奇怪，那人到底躲在了什么地方？突然，我发现无论我怎样寻找，可始终找不到三层大门紧锁的那间屋子的影像。

“怎么看不到那个屋子？”

“因为，那个屋子没有监控。”

吴丽丽看着前方，神情漠然地说了一句。

“为什么没装？还有，你为什么要把那个屋子锁上。”我问出了这两天来的困惑。

吴丽丽没有回答，只是一个劲地踩着油门。

“说啊！”我愤怒了。

“我不需要告诉你！”吴丽丽咆哮了起来。她这么一咆哮顿吓得我六神无主——怎么回事，怎么一直温婉可人的她突然变成了这副模样？

我没敢继续追问，只是低着头继续翻看手机。可除了那间屋子之外，任何地方都没有发现那个始终未曾露面的什么人物，显然，那人此时仍在那间不可告人的房内。

看着手中的手机，我突然意识到，刚才跑得匆忙，我那没了电的手机竟然落在了别墅里——不过好在现在手里有了手机，我何不偷偷跟林菲或者别的什么人联系一下呢？

我偷偷地看了一眼吴丽丽，发现她仍表情黯然地注视着前方，显得心事格外沉重，似乎完全没有把精力放在我的身上。于是，我小心翼翼地拿着她的手机，打开了短信功能。

"我现在被……"

就在我刚编写了四个字的时候，吴丽丽冷不丁地伸出手抢过了手机，然后愤怒地将它揣进自己的兜内。

"你想害死咱们啊？"

吴丽丽眼神中怒火四射："你根本不了解现在的状况！"

"我凭什么要被你这样耍来耍去？"被她识破小把戏的我有些恼羞成怒，"你什么都不告诉我，我什么都不知道，然后我就这么被你耍来耍去，凭什么啊？"

听完这话，吴丽丽突然一脚把车刹住，我险些从前挡风玻璃飞出去。

"下车。"吴丽丽瞪着我。

我愣了一下，一时竟没有反应过来。

"下车啊，有本事你下车。"

"你以为我不敢啊？"我拉开了车门。

"我告诉你，周皓，你只要下了车，死都不知道怎么死的。"

"少跟我说这个，我早听烦了，我现在就去自首。"

"自首也是个死。再说了，我可以负责任地告诉你，你根本不可能活着见到警察。"

"我乐意！"我猛地推开了门，站了出去，然后重重地把车门关上——跟我这种性格的人斗气，你要能赢才怪呢。

我恨恨地朝前走去。我知道，吴丽丽肯定会跟上来服软的，她才不会放过我这个唯一的希望呢。

"你给我站住。"吴丽丽大声从背后喊我。我继续朝前走，根本不理会。她随后从后面跑了过来，一把拉住我的胳膊。

"周皓，你冷静点。现在事态的发展已经超出了我的想象，我们必须一起努力，查清楚这一切。"

"可以。但你必须把事情的前因后果原原本本地告诉我，否则我就算死了也不会帮你。"

"好！"寂静的山谷沉默了片刻，随后吴丽丽下定决心般看了我一眼，"我什么都告诉你，但我希望你有个心理准备。"

"我心里比任何时候准备得都充分。"终于要拨云见日了，我明显感觉到了自己的心脏在加速跳动。

“这不是说话的地方，先上车。”吴丽丽转身朝车的方向走去。我四下看了看，除了黑黢黢的群山和深不见底的悬崖外，只剩下可以吞没一切的黑夜了。好吧，既然真相铁定要揭开，也不差这一时半会儿。

我跟随在吴丽丽的身后朝车走去。可就在离车还有几十米远的时候，一声震天的爆炸将宝马车吞没在了火海之中……

吴丽丽被爆炸产生的冲击波向后推出了好几米，径直摔在了我的身旁，而我也被冲得仰面倒地。一团滚烫的热流伴随着刺鼻的味道瞬间笼罩了我的全身，那强烈的炙热感顺着我所有的毛孔死命地往身体里钻，仿佛要烘干我体内的全部血液，而那刺鼻的气味则令我的每一个肺泡都奄奄一息……

躺在地上的我似乎看到慈祥的丁教授在缓缓地冲我招着手——我要死了吗？

不知过了多久，一阵刺骨的冷风把我从昏迷中唤醒。我打了一个冷战，随后艰难地睁开了眼——眼前是无尽的苍穹以及苍穹之上的点点繁星，而耳边则是山谷中回荡着的、千年不变的空灵之声。

我缓缓地直起了身，紧接着我感到某种东西在胸口翻滚，翻得我恶心异常。我禁不住打了个喷嚏，旋而喷出了许多黑色液体，待液体喷出后，我顿时感受到了深夜山谷中空气的清新。

吴丽丽躺在我身边不远处，一动不动。我艰难地爬向了她，使劲推了推她的身体，可毫无反应。我惊恐万分地把手指放在她的鼻孔处，仔细判断了许久，才隐约感觉到了一丝热气。

万幸，她没有死。

我挣扎着站起身来，四下望了望——在这个仿佛被世界遗忘的山路上，一摊被烧尽的汽车残骸散落四周，而在这片残骸中，躺着一个命悬一线的女人，女人身边，站着我这个孤独无助的男人。

“救命啊……”

我使出了全身所有的力气朝未知的远方吼去，而远方给我的唯一回应则是一遍又一遍的“救命”。在这片矗立了千万年的群山中，一个曾经自命不凡的生命是如此的微不足道……

悲伤不能解决任何问题，孤独和痛苦亦然。此时我必须迅速想办法离开这个地方，如果继续待下去的话，吴丽丽随时都会有生命危险——可我能去哪儿呢？

我看了看下山的路，那条路直插向一片黑暗之中；而我身后刚才驶过的那条上山的路，则有一个莫名而巨大的危险隐藏在别墅中。宁可尝试未知的黑暗，也不选择已知的危险——于是，我背起吴丽丽朝山下走去。

常听人说，死人和喝醉酒的人身体最重，我以前从来没有过这样的体验，而今天背上昏迷的吴丽丽则让我相信了这句话。平日看上去不到一百斤的她此时仿佛有千斤的分量，每走一步都让我双腿发软、上气不接下气。漫长而不知终点在何方的路在我脚下延伸，虽然心中有无限的孤独和恐惧，可我唯一能做的，就是不停地走、不停地走，直到生机出现，抑或直到死亡。

上山容易下山难。盘旋而下的山路崎岖坎坷，我可怜的双腿在山谷的风中哆哆嗦嗦，很多次险些因为失去重心而跌倒。原本一分钟就能走出的距离我竟花去了十倍百倍的时间，时间和空间在这令人崩溃的情形下似乎改变了原本的形态，我二十多年来所熟悉的时空此时此刻扭曲变形，让我仿若处于了某种奇怪的世界之中。

不知过了多久，也不知中途休息了多少次。在我再次背起吴丽丽抬头向前的时候，我竟意外地发现在不远处的山坡上，隐约有着一户人家——天无绝人之路，活下去的希望登时涌上了我的全身。

我使出了最后的一丝力气，玩命地冲向了那隐约可见的希望。

重重地拍了几下门后，我昏倒了。

第十九章

再次醒来的时候，我发现自己躺在一张破旧的土炕上，吴丽丽依然闭着眼、气若游丝地躺在我身边。我直起身来,四下看去——这是一个狭小而破旧的屋子，屋内的陈设与北方农村贫苦家庭的陈设一样简陋。如果没有头顶的电灯，我一定会误以为这间简陋到极致的屋子不是现代社会的产物。

“有人吗？”

我起身下了炕，客气地问道。

没有人答应。

我推门而出，门外就是昨晚看不到尽头的群山，只是因着阳光的缘故，群山没有了昨晚的可怖。我定睛看了看这个房子的轮廓：与其说这是个房子，不如说是个哨所，因为它实在太小、太可怜。我朝前走了几步，接着明媚的阳光向远处望去，目力所及的范围内我依稀看见了山下若隐若现的村庄和远处模糊的城市。虽然眼睛能看到这些，但我知道，如果要走起来，可并非一天两天的事。

就在我四处观望时，不远处的一个山坡上，一个迟缓的身影正慢慢向我靠近。我立刻打起了十二分的精神，警惕地注视着这个越来越清晰的身影。

身影来到我的面前，是个六十多岁的老人。

“醒了？”老人和蔼地冲我微笑了一下，一嘴黄的发黑的牙齿勉强挤出了干瘪的嘴唇。

“嗯……谢谢您！”看到救命恩人，我心里充满了温暖，如果可以的话，我真想冲上去抱住他好好大哭一场，把这一晚上的辛酸与忧惧通通宣泄出来。

“年轻人啊……”老人仿佛责备般自言自语了一下，然后坐在了门口的小凳子上，拿出烟袋开始抽烟，而眼睛则眯成一条线，温和地看着我。

“大爷，我……我……您……您怎么自己住在这儿啊？”被他看得有些发毛的我实在没法继续尴尬下去，只好挖空心思憋出了这么一句，同时我好奇地看了看他胸前挂着的望远镜。

“守山的。”老人指了指望远镜，然后从背后的绿色背包中拿出了步话机，接着吧嗒吧嗒地抽了两口烟，“天太干，容易着火。”

原来如此。我记得以前看过一个纪录片，讲的就是守山人。他们长年累月住在山顶，每天的工作就是用望远镜四处查看，一旦发现火情就立刻通知下去，好与火魔争分夺秒地抢夺时间。他们往往一住就是半个月，靠着少之又少的食物和水孤独地生活。可这样一批离群索居、居功至伟的幕后英雄，却常常被世人遗忘，似乎他们永远不曾存活在这个世上——世人只在乎人前的风光，却无视人后的奉献。对默默奉献者的无视，是我们这个浮躁社会身上的脓疮。

老人说完这几个字后，便不再说话，只是不停地让烟雾在眼前腾起。

“等我朋友醒了，我们就走。谢谢您，真的谢谢。”我不想打扰他的清净，更不想占用他可怜的食物和水，因此我深深鞠了一躬，也就不再说话。

“小年轻的，哪儿不能玩啊，非得往山上跑？迷路了咋办？”老人把眼神从远处移到了我身上，“上次着火，就是一帮小年轻抽烟抽的。”

“我……我不抽烟。”

老人审视了我一下，然后又不说话了。

“我……进去看看我的朋友。”在这实在太尴尬了，我找了个辙进了屋。可惜，吴丽丽依然昏迷不醒，我喊了喊她，没有反应。就在我出去也不是、待着也不是的时候，老人进了屋。

“咋回事？”

老人看看我，又看看吴丽丽。如果他把我们当成上山浪漫的小情侣还好说，可惜吴丽丽乌黑发焦的衣服和我黑漆麻糊的脸没能躲过他的眼睛。

“我们的车漏油……我们不懂，还打火，然后就……着了……”我不能告诉他实话，可太离谱的谎话肯定会引起他的怀疑，所以我只能这么说。可话一出口，我心里揪了一下：吴丽丽的车怎么会好端端地突然爆炸了呢？如果是车本身的问题，绝不可能产生如此强大的冲击力——这肯定是一场精心策划的阴谋。

毫无疑问，对方是想杀人灭口——他们知道吴丽丽带走我的事情，也肯定知道吴丽丽不可能暴露我们的行踪，更知道吴丽丽一定会跟我联系，所以他们选择炸掉汽车，让我们双双毙命。

以对方的能力，在吴丽丽车上神不知鬼不觉地装炸弹应该不是难事，可他们怎么知道我一定会在车上呢？如果不能肯定我在车上，那么炸死吴丽丽岂不是更加不可能找到我了吗？

难道有人知道那个时间段我正好在车上？

难道是——别墅里的神秘人物？

不行，等吴丽丽醒来之后我必须要问清楚，到底有多少人知道别墅的事情，到底有什么样的方式能毫无声息地潜入安保如此严密的别墅，对方到底想要干什么？

想到这时，我突然发现了一个矛盾之处——如果潜藏在别墅的神秘人物和爆炸的制造者是同一拨人，那他的目的也应该是要我的命，可他在别墅里藏了至少两天，随时可以下来杀我，尤其是在我摆放花瓶的头一天，我根本没有做任何的预警，而且还在卧室睡了很长时间，他完全可以趁我睡着的时候轻松地解决掉我，为什么非要让他的同伙在吴丽丽车里装炸弹呢？

莫非他们不是同一伙人？

可如果他们不是同一拨的，那爆炸制造者又是怎么知道那时我正好在车上呢？

事情越来越复杂了——不过值得庆幸的是，天不绝我：如果昨晚我没有跟吴丽丽发生争执，如果吴丽丽没有赌气轰我下车，如果我俩没有气呼呼地走出几百米远，那现在我们俩肯定连骨头都找不着了。

世间的事就是这么奇妙——不该死的人千军万马都死不了，该死的人喝口水都能送命。虽然我是坚定的无神论者，可经历了这段日子的风波后，我越来越相信，世间的一切冥冥之中早已注定。

老人抽完了一袋烟，开始在鞋底磕着烟锅里的残渣。他一边磕一边看着我，脸上的褶皱里隐藏着他所有的疑惑。

“小伙子，从这下山，走十几里就有村子，那儿有车进城。”

“哦，好，谢谢。不过……我得等我朋友醒了。”

“行，那我就不招呼你们了。以后上山最好多找点人搭伴，就你们俩太危险。”

“好，知道了。”见老人提到了山，我决定打听点儿事情，毕竟我连自己身处何方都一无所知，“大爷，这是哪儿啊？”

“是哪儿都不知道你们还敢来啊？现在这小年轻的胆子真够大的。”老人眯着眼看着我，然后又开始往烟锅里塞烟草，“这是盘龙谷。为啥叫盘龙谷呢？因为后头那座山以前乾隆皇帝来过。”

盘龙谷？我依稀记得这个名字，以前春游的时候有同学提议来这儿玩，后来因为这个地方在蓟县，离学校太远而且没有怎么开发过，安全无法保证，所以被否决。

“这是蓟县？”我吃惊地问。

“是啊。”

我的天，我居然快跑到天津了。

老人的神情告诉我他显然对我越发怀疑了——一个背着昏迷女人的男人，对自己在什么地方一无所知，这绝不可能是驴友或者是寻找刺激的小情侣干的事情——这对年轻男女是干吗的？

“你们来这干吗的啊？”老人试探性地问了起来。

“我……我们来找朋友。不过我喝醉了，是我的这个朋友开车把我送过来的。回来的路上……然后车……车就着了。”我指了指吴丽丽，慌不择路地编着借口。

“哦。”老人仿佛明白了些什么，“这两年好多有钱人在山上盖别墅，可盖完了又不住，房子全空着，可惜，可惜。”

“大爷，是不是所有上山的车都得经过这条路啊？”我觉得我似乎能从他这套点东西。

“是啊，就这一条路。”

“那这两天有没有什么车上山啊？”

“我哪知道？要不是你们在这儿，我晌午都不回来。这方圆几百里的，我得看着火，哪有工夫看什么车啊。”

失败。

“那您知不知道山上……就是那些别墅里，都住些什么人啊？”不甘心失败的我继续套话。

“有钱人呗。”

“我是说，他们都是干什么的？”

“我打听这个干吗？”

老人边说边用鞋底仔细地踩着他刚磕出来的烟灰，直到所有烟灰不再有任何火星。

“你们的车在哪着了？”

“离这应该有几里的山路上。”

“那我得找人收拾收拾。堵着路可不行，要是有个火啥的，消防车上不来就耽误事了。”老人站起身，拿出了步话机。我立刻警觉了起来。

“大爷……”

“咋？”

“哦，没事，没事。”

我本想阻拦他叫人，可这么做没有任何理由，反而会徒增他的怀疑，只好作罢。

“老陈，老陈，你跟山下派出所说一下，有个车在路上着了，你让他们找人过来收拾收拾。对了，还有，还有俩人，受伤了，在我这呢……”老人对着步话机大声说了起来。这一说不要紧，可把我吓得够呛——派出所？这可不成！我得赶紧溜之大吉。

可吴丽丽还在床上昏着呢！

管不了她了，我要是被抓了什么就都扯淡了。

“大爷……我……我先下山找人……我得赶紧找人救我这个朋友。”

“着啥急啊，派出所一会儿不就来了？”

“不行……万一派出所一时半会儿来不了不就麻烦了……我还是赶紧找人吧。”说完，我不由分说地往外就走，老人追了出来。

“不成不成，小伙子，你不能把人撂我这啊……”

我不管三七二十一，大步朝山下跑去——吴丽丽啊，希望你的通天本领能保佑你，我要是被警察摁在这儿，一切都歇菜了。

我使出了百米赛跑的劲头，玩命地朝山下冲去。可一边冲我脑中一边闪现出一个大大的问号——我要去哪？

不能联系父母……不能联系学校……不能被人发现……不能走大路……不能去人多的地方……不能住旅馆……不能……一个又一个“不能”随着耳边的风声进入我的脑袋——天下之大，何处是我容身之所啊！

跑到山下的时候，我浑身上下已经湿透，脸上的灰也被汗冲得乱七八糟，这副容貌要是被人看见，肯定吓得人七窍生烟。山脚下就是一个村庄，正值中午，很多人家都已炊烟袅袅，所以路上并没有什么闲人。我不敢在村路上行走，只能在农户与农户间的小路中小心穿行。其间我找了几片叶子，认真地擦了擦脸，可惜没有镜子，不知道擦完后会是什么模样。

也许我应该找个电话，联系一下李少威和林菲——可我完全不知道他俩现在的状况，不知道他们是否已被警方监控，如果冒然联系没准会惹出许多麻烦来。该死的孙林，我该怎么才能联系上你呢?

突然我想到，既然孙林曾监控过我的邮箱，那我也许可以在邮箱里留下些什么，让他意识到我的处境。一想到这，我赶紧摸了摸口袋，还好，身上还有几十块钱，看来当务之急，就是赶紧找到一个网吧——可这个村子里怎么会有网吧呢。

肚子已经咕咕地响了很久，没办法，谁让你跟了我这么一个主人呢，只好暂时委屈你了。

下定决心后，我决定立刻离开村庄，去镇子里找家网吧。就在我想从躲藏的一户农家后墙边往外走的时候，一阵汽车疾驰的声音由远及近地传了过来，我定睛一看，是一辆警用的面包车。我赶紧忙不迭地退后，弯着腰继续躲在土墙边，气都不敢喘地注视着那辆警车朝山上驶去。

“你在这干吗呢？”

一个声音在我背后响起，吓得我魂飞魄散。我迅速回头看去，只见一张上了年纪的脸正伸过半人高的土墙，警惕地看着我。

“我……我……我刚想解大手。”什么叫急中生智？这就叫急中生智！

那人看上去将近七十，一脸沧桑，不过这种沧桑与农村成年累月风吹日晒导致的苍老不同，而是有一种道骨仙风般的神采。

那人紧紧地盯着我看了几眼，然后抹去了刚才的警觉，柔声细语地说：

“进家来，家里有厕所。”

也许是我天生一副好学生的模样帮了我吧。可能是从小到大都是在学校和书本中度过的缘故，再加上父母给的好遗传因子，我给所有人的第一印象都是书生气十足，甚至有点书呆子。这让我从来没有进入任何“可疑人等”的行列。以前班上有个同学，成绩非常好，很得意，不过唯一让他懊恼的是他的长相和气质，由于又瘦又黑，再加上有点贼眉鼠眼，所以他常常会被人误会。记得有一次班里组织春游，他作为班干部去火车站给所有人买票，没想到就因为长得太猥琐，被警察当成票贩子审问了好几个小时。北京站经常会有一些警察在进站口检查他们认为可疑的人的身份证，这位同学只要去北京站从来没有被警察落下过。

拜我这张书呆子脸所赐，我进到了这个老人的房子。

随后就是一大堆的谎话——我跟他说我是哪个哪个学校的学生，平时喜欢登山探险，这次我跟同学来盘龙谷探险，他们跟我开玩笑，趁我睡着偷偷下山了，所以我只好自己去镇里找他们。

老人在听我这段故事的过程中从未变化过任何表情，仿佛我的故事烂到根本不足以让他动容。也好，至少说明他并没有怀疑我故事的真实性。

“没吃呢吧？一起吃吧。”

老人开始起火做饭。

“不用不用，我一会儿就走。”虽然嘴上这么说，可肚子却气得踹了我好几脚。

“不碍事，也就是多一双筷子的事。”老人没有理我，闷头做起饭来。

我很想问他家里怎么没有别人，很想问他气色为什么这么好，很想跟他聊一聊表示感谢。可以我目前的身份，还是老老实实吃完饭就走吧，免得言多必失。

我想帮他做饭，可站在灶台旁我竟不知如何下手。

“你坐着吧，看你这样子就不会做饭，别跟这儿捣乱了。”

我诺诺地退到一旁，不好意思坐下，只能傻站着打量起这个屋子来。屋子的陈设与所有农家院无异，不过它的干净程度倒是超出我的想象，看得出，老人家一定是很讲究的人。更让我感到意外的是，堂屋八仙桌上摞着很多书，而且都是线装书。

“您学问真大。”不知该说些什么好，我只能勉强地蹦出了这么一句恭维话，话一出口，我自己都觉得肉麻。

“哦，瞎看。”老人并没有回头，依然在忙碌着。

我近前看了看这些书。一见书名，我顿时肃然起敬——《山海经》《神异经》《淮南子》《博物志》《搜神记》《搜神记（续）》《昆仑八仙东游记》《镜花缘》《阅微草堂笔记》《樊梨花全传》《瑶华传》《希夷梦》《绣云阁》《后聊斋志异》……

这简直就是古代神怪小说图书馆啊——难怪这位老人一股子的仙风道骨！

“您看的这些书我估计读都读不下来。”我没话找话地拍了几句马屁，脑子里却盘算起来——这位老人是个说书先生？或者是个农村里的神汉？

“哦，瞎看，瞎看。”老人回头看了我一眼，然后呵呵地笑了起来。

真没想到，这样一个再普通不过的北方农村竟然有这样一位高人，实在让人叹服天下之大无奇不有。我几乎可以肯定，现在的大学教授全读完这几本书的都没几个。

“大爷……”话刚一出口，我就发觉这两个字根本配不上眼前的这位老人，“老先生，您家人呢？”

“哦，自己住，自己住。”

“您怎么一个人住在这儿啊？”

“清净，清净，呵呵。”

老人说话永远简单扼要，半句废话都没有。好吧，那我就不招您烦了。

随后我跟这位老者共进了午餐。午餐时他一句话都没说，而且对我不说话并没有表现出尴尬。看得出，他不说话并不是没话可说，而是根本就不想说话。于是，我们两人在沉默中草草地吃完了饭。饭毕，我起身告辞。

“谢谢您！有机会我一定来看您。”

“好，好。”老人微笑地看着我，并没有起身相送。

临走前，我向老人借了盆水，认真的洗干净了脸上的污渍，而老人一直静静地看着我，一言不发。一切收拾停当，我转身离开。

离开老人家后，我傻站在了门口。虽说肚子已经填饱，可我脑中却空空如也。我该去什么地方？

我没敢走大路，仍然在村中的庄稼地里偷偷地朝远处走着，边走边在脑中琢磨着下一步的打算。两天没有跟林菲联系了，按照当初我们的约定，如果她联系不上我就会报警。不过现在报不报警已经不重要了，因为全天下的警察比她更想找到我。可我到底应不应该跟她联系一下，告诉她我现在的境况？

想了半天，我觉得还是算了，毕竟她帮不上任何忙。我该怎么跟她说？我该让她怎么帮我？眼下当务之急还是赶紧联系上孙林，让他想想办法。虽说对于孙林的底细我一无所知，可毕竟他是目前为止唯一能帮得上我的人。

想到此处，我得马上找个网吧，在我的邮箱里留下些什么线索。想必此时孙林也在疯狂地找我，希望他能在我的邮箱里发现些蛛丝马迹。

就在朝村口走的过程中，几辆黑色汽车飞驰着朝山顶奔去。我连忙躲在庄稼地里，大气不敢出。这些车要干吗去？去山顶的别墅还是去找吴丽丽？此时的吴丽丽醒了吗？她是不是搬来了什么救兵？

一连串的问号盘旋在我的脑中。我快速朝村口走去，一心只想能找到网吧。在村里我遇到几个村民，向他们打听了去镇上的路。村民告诉我，在村口每隔一个小时就会有一趟中巴车去镇里，并告诉了我等候车的位置。我千恩万谢后连忙朝那个方向走去，生怕多停留一分钟就会被这些村民认出。

但愿村民没有从电视和报纸上见到我这张通缉犯的脸。

没过多长时间，一辆破旧的中巴车停在了村口。我付完钱上了车，焦急地等待司机发车。无奈的是，中巴车并不是到点就走，而是要等人差不多满了才开动，所以我跟热锅上的蚂蚁一样坐在最后一排，尽可能地低着头，暗自祈祷着赶紧坐满人离开此处。

就在我在车内等候的时候。刚才上山的警用面包车从我旁边驶过。我偷偷从窗户往外看去，发现吴丽丽竟坐在警车的后面，虽然醒了但神情非常恍惚。我连忙低下头，生怕被她看见。就在警车朝远处驶过没多久，刚才上山的几辆黑色汽车沿着警车的方向追了过去。

黑色汽车上的人到底是营救吴丽丽的人还是策划爆炸案的什么人呢？我没敢多想，只求多来几个村民赶紧填满这辆该死的破车。

等了半个小时的光景，中巴车勉强坐了六七成的人，司机嘟囔了几句，终于发动了。

车慢慢地驶离了这个村子，身后的群山终于渐渐离我远去。

破车晃晃悠悠地朝前开着。车上的村民大多相识，他们热火朝天地聊着家长里短，争相恐后地倾倒着自己所知道的所有有意义或无意义的事情。我坐在最后一排，低着头闭眼装睡。我可不想在这个传媒无孔不入的年代被什么不相干的好事者认出来。这两天的折腾让我身心俱疲，再加上昨晚被爆炸案一折腾，此时的我精疲力竭。颠簸的汽车仿佛幼时的摇篮，我不知不觉中竟渐渐睡了过去。

不知睡了多久，我被车内突然沸腾起来的声音吵醒了。我艰难地睁眼看去，发现车不知什么时候停了下来，而车内人都往车窗的一侧看着，大惊小怪地尖叫着什么。我也连忙起身，朝窗外看去——车窗外，一辆翻倒的警用面包车停在路边，四个轮子像被翻过来的乌龟的腿一样，在玩命地挣扎。车的后保险杠严重变形，似乎是遭受了极大的撞击，两个警察在艰难地从车里往外爬。

中巴车的司机下了车，几个村民也下了车，共同帮助那两个倒霉的警察。清醒后的我突然发现这辆车正是刚才吴丽丽所乘坐的警用面包车，而此时的吴丽丽竟不见了踪影。

随后两个警察上了中巴车，他们让司机先把他俩送到派出所，司机毫不犹豫地答应了，我连忙再次蜷起身子低头装睡，耳朵却竖得高高的，想听听到底发生了什么。村民们你一言我一语地询问起了那两个警察，警察愤怒地讲述了刚才的遭遇。这个遭遇的内容虽然出乎我的意料，但仔细想过后我并未觉得太过惊讶——原来，跟踪警车的其中一辆黑色汽车撞翻了警车，然后救走了车内的吴丽丽。

警察自然完全不明白发生了什么。他们只不过是接到电话说有一男一女在山上昏迷，他们前往营救时发现那个男的——也就是我——已经不见了，于是他们本想把女的送到镇里的医院，谁曾料想竟莫名其妙地遭逢车祸，而那个他们完全不知底细的女人竟在车祸中意外消失。

我当然能理解警察的困惑。别说是这两个外地的警察，就连陷入迷局中的我也异常困惑。

就在大家叽叽喳喳跟警察聊的时候，我突然感觉似乎有双眼睛一直在看着我。我大气不敢出，也不敢迎上那双眼睛，只是乞求千万不要被人认出来。可越是这么想，我就越觉得盯着我的目光越强烈，那目光仿佛探照灯一样在我身上扫来扫去，搞得我浑身不自在。

算了，我倒要看看是谁老这么看着我。于是我偷偷抬起头，朝我斜前方那束目光的来源望去——刚才请我吃饭的那个仙风道骨的老人正面无表情地望着我！

他什么时候上的车？

一个大大的问号出现在我的脑中。不过也不怪他，我一上车就低着头哪也不敢看，更多时候还在装睡，所以他任何时候都可能上车，我当然不会发现。老人看到了我在看他，于是便回了我一个浅浅的微笑，然后转过头不再看我。

他一定怀疑我就是那个消失的男人了。因为警察告诉了车里人他们的遭遇，说出了他们本来是营救一男一女、但男的消失不见了的事情；他怀疑我还因为他刚见到我时我正灰头土脸、慌不择路地躲在他家的围墙下。他会告诉警察他的怀疑吗？

我心里求了他一万遍，希望他千万不要说出来。我甚至偷偷打开了我这侧的车窗，心想如果他告诉警察我就跳车逃走。可等了好半天，他始终没有开口，只是静静地听着警察和村民的谈话，并没有再看我一眼。但我总强烈地感觉，他虽然背对着我，但他心里的目光一定正紧紧地盯在我的身上。

车渐渐驶入镇里。我本想提前下车，可我担心这么做反而会引起大家的注意，所以只好作罢。车绕了几条街后终于来到了派出所，警察对司机表示了感谢，司机虚伪地表示这些都是老百姓应该做的，然后警察就很爽地下了车。

就在中巴车驶离派出所停靠在下一站的时候，我起身下了车。临离开车的时候，我忍不住回头看了一眼那位老先生。就在我看他的一瞬间，他那深不可测的眼神也正看着我，似乎在目送我离开。

我连忙下车，快步远离了这辆破旧同时让我湿透内衣的中巴车。

第二十章

这个镇子跟全国几乎所有的镇子一样，格局相似、建筑相似、店铺相似、人们的神采相似，一切平庸的相似都让这个镇子如其他所有小镇一样平庸。在这种地方找网吧很容易，毕竟这种地方年轻人除了上网并没有别的娱乐场所可去。没走多远，我就看到了网吧，我仿佛找到栖身之所的流浪汉一样，飞一般地冲了进去。

按规定上网需要身份证。但我不能出示身份证，原因很简单，因为我从来没有像现在这样被全国人民关注着。不过规定是规定，老板自然有应对的办法，在一个无名小镇的网吧不用身份证自然也可以上网。于是我选择了最内侧的一个位置，一头钻了进去。

虽然仅仅几天没有上网，可作为现代化的奴隶，我觉得仅分别几天的网络仿佛自己离别多年的亲人一样，如此可亲可敬。就在我刚进入自己邮箱的时候，许多未读邮件出现在我眼前。

父亲给我写了邮件，院里的老师和同学给我写了邮件，甚至我初中和高中的老师同学也给我写了邮件——这些可怜可气的邮件内容完全一样，通通是问我到底怎么回事、现在到底在哪，通通是让我跟警察坦白一切，通通是劝我不要干傻事。

看着这一封封的邮件，我心如刀割。尤其是父亲的那封邮件，不但言辞恳切，而且还附上了他和母亲哀伤的照片。看着照片中瘦得不成样子的母亲，我的眼泪忍不住在眼眶中打起转来。老天啊，你为什么要这么折磨我和我的家人呢？

别人的信我可以置之不理，但父母的信我一定要回。我现在只是在一个陌生小镇的陌生网吧，即便给他们回信也应该不会暴露我的行踪，反正无论如何我不能让他们再这么凭空担心了。

我给父亲回了信，简单地告诉了他，我不是凶手，我现在很好，我正在想办法查清真相，请他们不要担心。同时我还告诉他，我现在不能投案自首，因为投案就意味着死亡，等等。

我知道这封信起不了什么作用，甚至我几乎可以肯定这封信会被警方监控，但至少我这么做能让父母知道我现在还活着。对完全没有儿子消息的父母来说，儿子还活着的事情至少能稍微宽慰一下他们已经崩溃的精神。

看完这些或义正词严或循循善诱或一把鼻涕一把泪的邮件后，我心里异常憋屈。咳，天下之大，谁才能明白我此时如履薄冰啊？

让我稍感意外的是，林菲和李少威竟然没有给我写信。按照我跟林菲的约定，我俩每天都会进行联系，这都好几天过去了，她即便打不通我的手机为什么连一封邮件也不给我发？还有李少威，他再笨也不至于笨得想不到该用邮件跟我联系吧？难道他俩遇到了什么不测？

一想到这，我赶紧继续搜寻所有的邮件。当看完所有收件夹的邮件后，我进入了垃圾邮件夹。以前我是把垃圾邮件夹里的所有邮件通通直接删除的，根本看都不看，可现在这个非常时期，我不能放过任何蛛丝马迹。

果不其然，我在一封垃圾邮件中发现了一些异常之处。

这封邮件的标题是“医疗新奇迹！快速检测儿茶酚胺”。对任何人来说，看到这种让人作呕同时莫名其妙的垃圾邮件，谁都会第一时间把它删除。可我清楚地记得，那晚我在孙林别墅的秘密房间中，他递给我的杯子就是用来检查我的儿茶酚胺的。他当时说到这个名词时虽然说是用来对我进行测谎，可此时看到这个晦涩的医学名词，我还是兴奋不已。

我忙不迭地进入邮件正文。让我惊讶的是正文里什么都没有，整个邮件只有一个该死的标题！

如果这封邮件是孙林给我的暗示，那怎么里面什么内容都没有呢？不过转念一想，以孙林所在组织的神秘程度，他应该知道我的邮箱不单他能监控，别人也能监控，如果他留下明显的暗示，一定会引起其他组织的怀疑。难道“儿茶酚胺”这个词就是他给我的暗示？如果是这样的话，那么这个艰深晦涩的医学术语对别人而言完全不明就里，对我而言至少会让我知道他孙林在试图联系我？

不管这么多了，毕竟这个词只有我和孙林以及孙林的人知道，既然邮箱里出现这么一封邮件，那无论如何我都不能轻易放过。于是我决定回复这封邮件，告诉孙林我的落脚点。

可当我刚把手放在键盘上的时候，一阵担忧闪过我的脑海——如果警方和别的组织也监控了我的邮件，那他们会不会也就知道了我的藏身之所？可如果不回复，孙林又怎么能找到我呢？

犹豫再三，我还是决定回信。山穷水尽的我只能把希望交付给命运了——我只能祈求警方和其他组织的人不要注意到这封垃圾邮件，只能祈求万一他们注意到了，孙林也能赶在他们前面找到我。

但愿如此——但愿没有人会关心一封标题为“医疗新奇迹！快速检测儿茶酚胺”的邮件。

我回复的内容很简单：“蓟县。战神网吧。上次你找到我的时间。”

我留下了这个网吧的名字，同时留下了只有我和孙林知道的时间——上次他带走我是在晚上十一点我把小刘护士送回家的时候。即便别的什么人真的注意到这封邮件，那么他们也不会知道我什么时候会在这儿出现。我已经想好了，在孙林找到我之前，我就躲在蓟县的某个角落，每晚十一点在网吧附近出现。

办完了这些要命的事情后，我开始在网上查找关于案件的消息。不出所料，各大主流网站都登有我的通缉令，同时都配上了我面目可憎的照片。我快速浏览了这些网页，希望能从中发现些什么进展，可是一无所获。我关掉这些网页后谨慎地抬头看看了网吧里的人，万幸并没有发现什么可疑的人，目力所及的范围内都是些年纪轻轻、自以为打扮很入时其实很非主流的年轻人在兴奋地玩游戏或跟网友聊天，一切并无异样。

我看了一眼表，下午三点多。我估计了一下时间：如果孙林或者什么别的人第一时间发现了我在邮件中留下的内容，那么他们从北京赶过来至少得两个小时，现在距离我回邮件已经过了将近一个小时，也就是说我还有一个小时的时间可以待在网吧里，然后就得马上离开，避免什么人在这里把我堵个正着。于是我开始在脑中飞快盘算着该如何利用这一个小时干点有用的事情。

西克教授和董先生知道全部的秘密，而他们的继承者丁教授提供给我的唯一线索就是林吉贤，看来我必须了解这个曾让我非常不齿的人了。

网上叫林吉贤的人很多，但想找出那个在上世纪七十年代非常著名的“工人哲学家”林吉贤并非难事。不过，虽然很轻易地就能查到他的资料，可资料竟少得可怜，不过是他当年如何红火，后来又如何被人批判和羞辱，以及再后来彻底淡出了学术界，等等。也难怪，这么一个特殊年代出现的特殊怪胎本就不应该被大书特书，更不应该被人们所铭记，时代过了自然就要被人们扔进历史的垃圾堆。可就这么一个被众人遗忘的人物现在竟然事关一个据说极为重大的秘密，更事关我的生死，所以无论如何我得一百万倍地重视他。无奈资料实在少得可怜，我只能记住几个对我来说很重要的线索——林吉贤是北京人，1935年出生，成名之前是北京第九机床厂的员工，火热年代过后他回到了第九机床厂，直到退休也没有再被人关注过。

他既然在第九机床厂退休，那么不管他现在是死是活，总能知道他住的地方，总能找到大量与他相关的人员，而且也一定能找到他的家人——当然，如果他有家人的话。

记下了林吉贤这少之又少的资料后，我看了眼表。时间告诉我不能再在这个地方停留了。虽说对方也许不会这么快赶来，甚至根本没有注意到我的回信，但我得把情况往最坏了想，省得阴沟里翻船。

离开网吧后，我仿佛阳光下的蝙蝠，一时竟不知道该往何处去。

如果是以前，我会在书店或者咖啡馆打发掉一整天的时间，可这么一个不起眼的小镇上，哪里会有什么咖啡馆或者书店呢？我沿着墙根，漫无目的地走着，边走边偷偷看着两侧的建筑，既希望能发现什么安身之所，更希望不要被人认出。就这样一个小时过去了，我发现自己竟走完了整个小镇。

更可气的是，这么一个镇上竟只有刚才的那一家网吧，我完全没有了藏身之所。于是我索性来到了网吧斜对面的一家饭馆，希望在里面打发掉十一点之前的全部时间。

可是我该怎么度过剩下的五六个小时呢？

思前想后，我点了一碗面和一盘花生米，又点了一瓶啤酒。我本想多点些酒，可囊中羞涩。我用蜗牛的速度吃完了面，然后用更慢的速度开始一颗一颗地吃花生米——时间啊，你过得快点吧。

花生米总归是要吃完的，酒也如此。我本想拿本书或者玩手机来打发时间，可这两样东西我身边根本没有。真是可气，越是希望时间快点，它反而有意跟我做对似的，恨不得一帧一帧地从我身边划过。

再这么空无一物地待着恐怕要引起别人的注意了，于是我急中生智，在喝完最后一口酒之后缓慢地趴在了桌上——拜托，我可不是在拖延时间，我是不胜酒力，睡着了而已。

但愿饭馆的老板和别的客人能读懂我的内心独白吧。

我趴在桌上，闭上了眼睛，甚至还故意装出睡着后粗重的喘气声，希望不要引起任何人的疑虑。不过仔细想，也许是我多虑了，这年头什么样的怪人没有，谁会注意我这样一个其实言谈举止并不奇怪的人呢？

等我再次睁开眼的时候，天已经黑透了。我连忙抬起酸得发疼的脖子，看了一眼表，十点半。我的天，我竟不知不觉睡着了。我连忙直起身子，四下看去。就在我四下打量的时候，我发现四个剃着平头、虎背熊腰、黑衣黑裤的男人正坐在饭馆离门最近的位置，警惕地注视着斜前方的网吧！我立即继续趴在桌上装睡。

饭馆的老板想要跟这四个男人说点什么，也许是询问点菜的事情，可这四个男人一言不发，凝固似的只是盯着对面，老板不敢再说话了。估计老板也吓得够呛——四个这般模样的男人坐在店里死一般地安静，任何一个做小买卖的人都会吓得魂飞魄散。

我虽然趴下了，眼睛却偷偷地望着门口。如果我没猜错的话，这四个人显然是冲着我而来。莫非是孙林的人？可如果是别的什么组织的人呢？总之我可不敢动，只能以不变应万变了。

但愿他们的到来与我无关。

就在我心惊胆战的时候，老板突然来到了我的身边，推了推我的胳膊。

“小伙子，醒醒，我们要关门了。”

我要不要继续装睡？可如果我继续装睡没准会引起那四个人的注意，于是我假装睡眼惺忪地直起身子，仿佛没有睡醒般地看着老板，而此时老板却用谨慎和催促的眼神不停地提示我注意那边的四个男人，也许他预感到会有坏事发生，想让我这个无辜的人赶紧离开吧。

真是一个善良的老板。可你的善良对我来说却没准是灭顶之灾。

“赶紧走吧，我要关门了。”

老板继续用眼神暗示我赶紧离开，同时他也许在提醒那四个男人，希望他们也能识相地离开。可那四个男人依然死一般盯着门外，根本不予理会。

“十一，给十块就行了。”

我把钱给了老板，老板偷偷朝我挥手让我快走。可我怎么能快走呢？我站起身，小心翼翼同时汗流浃背地朝门口走去。

从我这个位置到门口不到三米，可这三米也许将会是我人生中最后走过的三米。

我屏住呼吸，试图佯装随意，可双腿却铅一般沉重。终于，我经过了那四个人的身边，来到了大门口。

四个人毫无反应！

我连忙强忍兴奋，走出了大门。

我不能朝网吧的方向走，太危险。我只得朝反方向离网吧越来越远。我一边走一边偷偷回头朝网吧看去——网吧门口一无所有，只有昏黄的霓虹灯在嘲笑般忽明忽暗。

夜晚十点多的小镇一片死寂，除了偶尔经过的汽车表明这里还有生气之外，整个街道上我形单影只。这些黑衣人来了多久？他们是什么身份？他们到底是不是孙林的人？孙林有没有发现我的回信？如果没有发现难道说那个关于医疗新奇迹的邮件真的是垃圾邮件？

许多问号再次向我袭来。不管这么多了，不管这些人是什么身份，他们出现在网吧附近一定与我相关，我的行踪毫无疑问已经暴露，当务之急我得找个地方把自己隐藏起来，直到熬过十一点。

还有一件事更让我确信自己的行踪已经暴露——白天我在镇上寻找落脚点的时候并没有发现街边停着什么车，而此时我发现，在网吧所在的这个街道的两侧，停了不少没有牌照或是京字牌照的汽车。

而这些车中，并没有一辆是桑塔纳。

一个人这个时候走在大街上实在太过明显、也太不寻常，于是，看到街上两座建筑中间的一个垃圾堆后，我快速钻了进去。

我把自己藏在垃圾中间，头冲外，只露出了眼睛和鼻子。露出眼睛自然是为了监视两侧的街道，而露出鼻子更加不需解释——这毕竟是个臭不可闻的垃圾堆。

就这样，我在恶臭和污物中静静地等待着，等待一切可能出现的希望或者绝望。

时间一分一秒地过去，我的心也在一分一秒地奔着绝望而去。我本想看看时间，但因为整个身子都在垃圾堆里，我担心抬胳膊看表的时候会发出什么声响，引来不必要的注意，所以我纹丝不动，任由身子这么僵硬下去。不过虽然不知道具体时间，但以我在这儿躲藏的时间来看，十一点应该早就过了，而安静的大街竟如睡着一般没有丝毫的声响——难道孙林真的没有看到那封邮件？

不明身份的人已经出现，而孙林却迟迟未到，再这么等下去，即便我不被臭死，第二天也会被收垃圾的人发现。不能再毫无希望地等下去了，我必须想办法离开这儿。

可就在我刚想起身逃离的时候，一个冰冷的金属管子顶住了我的后脑勺，而我的嘴随即也被胶布死死地粘上了。

第二十一章

我被身后的一个黑衣人用枪顶着，走出了垃圾堆。一辆车快速驶到了我的面前，随后我被黑衣人推进了车的后座，车疾驰而去。

车上有四个黑衣人。看样貌和身材，应该是饭馆的那四个人。真该死，我竟然不知道他们何时识破了我，更不知道他们什么时候绕到了我的背后。

我想问他们是什么人,要干什么。可嘴上的胶布让我发不出一丝声响。不对，如果他们刚才认出了我，为什么不直接抓我，而是要等这么久呢？难道他们也在等孙林的出现？可孙林上次和我见面的时间应该没有别人知道啊。

可转念一想，既然这段日子我无时无刻不被人监视，那天孙林在路边接走我的时候恐怕也有人在跟踪,所以对方知道了孙林接我的时间。如果是这样的话，也就意味着他们看到了我给孙林的邮件，不但希望抓到我，更希望引孙林现身？

有没有可能这四个黑衣人是孙林的人？可这个念头刚一出现就被我给否定了——如果是孙林的人，他们为什么要用枪顶着我，还要堵上我的嘴呢？

我终于开始相信吴丽丽在别墅里的那句话了——也许我根本不可能活着见到警察。

死亡就在眼前，面对死亡的我除了绝望一无所有。

车快速地狂奔着，我坐在后面瞪大眼看着前方，想要知道他们究竟要把我带到什么地方。

刚驶了没多远，突然我看到车前方不远处有闪烁的警灯，两辆警车凛然地停在路当中。

活下去的希望登时钻进了我的脑袋，我想要挣扎叫喊，可两侧的黑衣人死死地按住了我。警察看到了我们这辆车，开始示意停车，没想到开车的黑衣人竟猛踩油门冲了过去。就在冲过去的一瞬间，我看到警察慌忙地躲闪，同时听到他们在用步话机拼命地喊叫着让前方支援。

车越发玩命地行驶在漆黑一片的道路上，而身后则传来了鬼哭狼嚎般的警笛声。

双方就这么疯狂地追逐与反追逐着。没过多久，刺耳的警笛和闪烁的警灯在前方出现——警车开始前后夹击。

车终于无路可去，被逼停在了路中央。十多名警察跳出车，用黑洞洞的枪口对准了被夹在中间的我们这辆车。

“所有人立刻下车！”

前方的一个警官模样的人大吼了起来。

车内的黑衣人没有反应，相互间也没有交流，都好像在考虑着什么。此时我多么希望神勇无敌的警察能把我从这辆车里解救出来——即便被警察抓，也好过落在这些人手里。

双方就这么僵持着。

“所有人立刻下车！”

警官再次大吼道，但当他发现车内依然毫无动静的时候，他坚决地朝空中放了一枪。

“下车。”

开车的黑衣人低沉地说出了这两个字。

随后，在警察严密的注视下，四个黑衣人和我从车中走了出来。出来后，我两侧的黑衣人依然紧紧地挨着我。

“周皓！”

警察中响起了这个名字——显然，我被认了出来。

“所有人把手放在车上。”

黑衣人们站在原地，一动不动。我傻站在一旁，也没敢动。

“所有人把手放在车上。”警官再次被激怒了。

“误会。”

一个黑衣人咬着后槽牙，蹦出了这么两个字。

随后他试图把手伸进外套的内侧口袋中，当警官发现他这个举动后，立刻大吼道：“别动，再动我就开枪了。”

可那个黑衣人似乎没有听到警官的这句话，依然缓慢地往里伸，警察们虽然没有立即开枪，但越发紧张地盯着他的任何异动。

黑衣人从口袋中拿出了一个类似证件的东西，随后在空中扬了扬。警官明显犹豫了一下。

“扔过来。”

黑衣人把证件朝警官扔了过去，警官捡起证件后打开看了起来。

我看着眼前的这一切，心里越来越觉得事情不妙。果然，警官的表情从刚才的严厉和愤怒慢慢变成了不解和疑惑，然后又变成了柔和与和气，而在这瞬息万变的表情背后，似乎隐藏着某种极大的恐惧。随后，他示意警察们放下枪。警察们虽然不解，但见到警官坚决的手势后，便纷纷收起了对准我们的枪。

黑衣人走到警官身边，面无表情地把证件收了起来。

“这个案子你们怎么介入了？”警官不解地问道。

“我不需要跟你解释。”

黑衣人转身朝车走来。

“抱歉，我有命令在身，嫌疑人我必须带走，有什么事情你跟我的上级沟通。”

警官的声音依然柔和，但却不容置疑。

黑衣人根本不理他，径直朝车走来，同时示意另外三个黑衣人上车。站在副驾驶旁的黑衣人一挥手，我两侧的黑衣人立刻把我押了起来。

就在我将要再次被塞进车里的时候，突然，一声枪声传来，紧接着，押我的一个黑衣人中弹倒地。

一辆汽车从我们刚才驶过的道路上疾驰而来，而这辆车副驾驶的位置，则伸出了一支枪管冒烟的枪。

黑衣人立刻打开车门作为掩护，开枪还击。警察们被突然而来的枪声弄得不知所措，纷纷开始寻找掩护。

黑衣人与不明来历者就这么激烈地交起火来，警察则蹲在车旁不知该向哪一方开火。我趁着黑衣人与对方交火的当口，匍匐着朝路前方警官所在的警车爬去。

“到底怎么回事？”

爬到警官身旁时，弯着腰的警官一脸疑惑和愤怒地看着我。

“我哪知道啊。”我委屈得快要哭了。

“带嫌疑人上车，咱们先走。”警官朝身旁的警察下了命令。随后我们艰难地爬到车门口，小心翼翼地上了车，随后掉头开走。

黑衣人看到我们上了车，试图前来阻拦，可不明身份者一直对他们进行着火力压制，他们根本抽不开身，于是黑衣人气急败坏地开始玩命还击。

警车终于远离了让人费解的交火，而我也被警察带上了手铐。

“你是周皓吧？”

坐在副驾驶的警官收拾了一下刚才紧张不堪的神情，回头看着我，我点了点头。

“是就好。得，小子，说说，今晚上是怎么回事？”

“我……我真的什么都不知道啊。”

“那辆车上是什么人？”

“我不知道。你不是看了他们的证件吗？”

“我是说后来那辆！”

“我……真的不知道。”我一脸无辜地跟警官大眼瞪小眼——你问我我问谁去！

警官盯着我几乎扭曲变形的脸，似乎在等我说出什么，可见我的确一问三不知，他便回过头去，狠狠地喘了一口气。

“警官，这，这些都是什么人啊？”——你不问我，我还得问你呢。

“我哪知道。你小子，你到底还犯了什么案子？”

还有别的案子？——这都哪跟哪啊。

“警官，能不能告诉我到底怎么回事？你不是看了刚才那个人的证件吗，他们到底是干什么的？”

“他们——我哪知道他们要干什么。算了，我还是不跟你多说了，能把你平安押回去我就万事大吉了。”警官再次扭过头来看了我一眼，这一眼意味深长，似乎我这个嫌疑人背后背着更为惊天的大案。

“这帮人怎么会介入的？”警官看完我后，回过头看向了前方，嘴里仿佛自言自语般嘀咕了这么一句话。

警官不再搭理我，我自己犯起了嘀咕。根据刚才黑衣人和警官的对话，警官显然知道他们的身份，要不然警官对他们的态度也不会发生一百八十度的转弯，更何况他还说让黑衣人跟他的上级沟通，这么看来黑衣人要比警官的级别高。可如果黑衣人是警官的上级，那他们为什么刚开始要强行冲卡呢？为什么警官看到他证件的时候，脸上不单有面对上级时的敬畏，更有某种不可言状的恐惧呢？

这帮黑衣人难道是孙林和吴丽丽多次提到的其他组织的人吗？如果是的话，那些突然出现、与黑衣人交火的不明身份者又是些什么人呢？到底有他妈的多少个不明组织啊！

警车继续行驶着，警官通过车上的电台不停汇报着自己的位置，同时不停地要求加派保护。于是，一辆又一辆的警车在沿途加入了护送这辆车的任务，甚至还有几辆特警的车也加入进来。原本一辆孤零零的警车不到一个小时竟变成了一个如临大敌、密不透风的车队——如果谁在路上看到这样一个武装到牙齿的车队，没准以为里面坐着的是到访的美国总统。

可不幸的，正享受这样总统待遇的，却是一个行将就木的死刑犯！

两个多小时过去了，车队驶入了京郊的看守所。

等在看守所门口的，除了荷枪实弹的警察外，还有蚂蚁般密集的媒体。不用问，警方一定不会错过第一时间向社会通报战果的机会，即便此时已入午夜。

本年度头号通缉犯被抓获——这一定大快人心。

车门打开的一瞬间，闪光灯将午夜照成了白昼。我被刺眼而该死的光晃得根本看不到前方，只能顺着押解我的警察一步一步艰难地朝前挪。媒体们疯狂地涌了上来，如果不是警察拦住他们，我肯定会被他们踩成肉饼。接着，一个又一个的话筒伸到了警官的面前，警官几乎是愤怒地推开了它们，只顾大步地往看守所内走，押解我的警察也随之快步前行，几乎扯断我早已麻木的胳膊。

随后我都是在恍惚中度过的——警察把我关进了一个单人的牢房，然后一个身着便装满头银发、被所有人称为“大领导”的人在所有警察的前呼后拥下走进牢房确认了我的身份，让我签署了一些文件。“大领导”宣布我为特别重点看守对象，他正告所有人：开庭前没有他的允许天王老子都不能来探视我；如果有一只苍蝇未经他允许飞进我的牢房，他就让所有警察滚回家抱孩子。

“大领导”走后，警察们终于能喘口气了。我告诉他们，我现在只是嫌疑人，不是犯人，在被定罪之前我有应该享有的权利。一个年纪不大还算好心的警察告诉我——拉倒吧你，就凭你犯案子的程度，还有你在案发现场留下的所有证据，上法庭不过是走走过场，让你多活几天，你就别琢磨什么权利了，赶紧想吃什么就多吃点，等到了那边见着你导师，多赔几个不是吧。

看来吴丽丽说的果然没错，我被定罪早已是板上钉钉的事情了！该死的孙林，你不是说你神通广大无所不能吗？为什么自打那天我上了吴丽丽的车，你就屁一样消失不见了呢！

混乱不堪的局面终于过去，各色人等终于离开了我的牢房，漆黑一片的牢房中只剩下孤魂一般的我——也许过不了几天，我就真的成孤魂了。

爸妈，对不起，我连一个孙子都没来得及给你们生就要离开这个荒唐可笑的世界了；林菲，对不起，希望你未来的丈夫是一个用心呵护你的好男人；李少威，对不起，你的论文还是找别人帮你写吧；杰克，感谢你一直带书给我，愿你在中国旅行愉快！

还有倒霉的司机崔波，咱们马上就要见面了，请别忘了告诉我关于车祸的一切；还有小刘护士，我会在梦中告诉你这一切！

丁教授，对不起，我无法完成你交给我的秘密使命了；董先生、西克教授、阿瑟教授，还有那无数为这个秘密献出生命的人，对不起，我马上就去找你们了，我会慢慢告诉你们我是如何辜负你们的一片苦心的！

戊，你这个三千年前的神秘少数民族女子，还有攸侯喜，你这个三千年前在中国消失、在南美出现的可怕之人，如果真有另外一个世界，如果你们还没有投胎转世，请一定要告诉我关于你们的一切！

还有吴丽丽，如果秘密终有一天大白于天下，请记得在我的坟前一一告诉我；林吉贤，你这位丁教授口中能给我巨大帮助的人，我再也不需要你的帮助了，希望你所知道的秘密真能解开这个旷古秘闻！

当然还有孙林——孙林，你丫去死吧！

第二十二章

当第一缕朝阳透进窗户的时候，我仍雕塑般坐在冰冷的床上，瞪着血丝密布的眼睛，看着对面黑黢黢的铁墙。整整一宿，我没有丝毫的困意。我在脑中将自己二十七年来能回忆起的任何点滴都电影般一一回放——我不必睡觉，因为几天后，我将永远睡去。

好吧，如果命运注定我将在二十七岁离开这个世界，那我还有什么可反抗的？

铁门响了，一个警察端着饭走了进来。

“赶紧吃，你家人给你请的律师在外面等你。”

警察放下饭，转身关上了铁门。

律师？——没错，昨晚那个大领导唯一批准我见的人就是我的律师——既然审判只是走过场，那律师屁用都不会顶。

不过，这个律师竟然是我家人请的！想必他们已经知道我被捕的消息了。我必须马上见到他，让他告诉我父母现在的状况。

我一口饭都没吃，开始玩命地拍铁门，大声告诉外面的人我要马上见律师。不一会儿门开了，两个魁梧的警察走了进来，他们用手铐脚镣把我招呼完之后，带我离开了这棺材般的牢房。

走了几百米，警察带我来到了一个房间。房间中站着一个三十多岁的男人，年纪不大但看上去很精干，而且让我觉得亲切的是，这个人的身高和胖瘦跟我差不多。不过亲切归亲切，我对这样一个律师还是深感失望——父母怎么不请一个年纪大点、有经验的律师啊。

可是又一想:算了吧，即便把全世界最顶级的律师请来，我该死还是要死的。

“周皓，我是马律师，你父亲委托我做你的辩护人。”那个叫马律师的人见我进来，便示意我坐下。

“请你们离开。”马律师对我身后的警察不卑不亢地说。

两个警察对视了一眼，没有反应。

“这是法律赋予我当事人的权利，如果你们不离开，我有权控告你们。”马律师义正词严。

两个警察再次对视了一眼，然后撇了撇嘴，不屑地转身要出门。

“请务必把监控器关了。”马律师正告走到门口的警察。

“关。”警察冷冷地答道。

看到两个警察出了门，马律师搬起椅子，来到房内的一个摄像头下面，站上去用胶布粘住了摄像头。

“他们嘴上说关，谁知道关没关。不用担心，他们监控律师和当事人谈话是非法的，就算他们看到我遮挡摄像头也没话可说。”马律师办完这些后，微笑着坐在了我的对面。

“我爸和我妈，怎么样了？”良久，我听到了自己嗓子里哽咽的声音。

“先不说这些，我有更重要的事情要告诉你！”马律师边说边打开桌边的文件包，放在了我的面前。

一个小时后，刚才的两个警察走了进来，宣布时间已到。随后“我”被两个警察重新押回了牢房，“马律师”转身离开了看守所，朝等在门外的一辆汽车走去。

“马律师”打开车门上了车，坐在副驾驶位置的人回头看了一眼“马律师”，微笑起来。

“周皓，好久不见。”

第二十三章

马律师打开了文件包，从里面拿出了几个奇怪的瓶子，我顿时傻了眼。

“这——”

马律师快步走到我的跟前，用不知什么东西打开了我的手铐和脚镣，然后轻声地说：“快，脱掉你所有的衣服。”

说完这话，马律师也不管我傻子一般地怔在那儿，开始自顾自地脱起衣服来。

“这是易容药水和易容凝胶，从现在起，我就是周皓，你则是马律师。”

易容药水？我在侦探电影和侦探小说中听说过这个名字，知道它可以快速把人变成另外一个模样，不过好像是有时效性的，甚至有一种药水可以在一定时间内完全改变一个人的声音，据说美国中情局、俄国克格勃、英国军情六处和以色列摩萨德都有这样的技术——真没想到，这些神之又神的东西今天竟然出现在我面前。

“你，你到底是什么人？”

“别说废话了，赶紧准备，孙林还在外面等着你呢。”

孙林！你大爷！

随后发生的一切直到今天我都觉得仿佛是在做梦——我和马律师互换了所有衣服，用易容药水和易容凝胶互换了我们的面孔，马律师摘下自己的假发、露出和我一模一样的发型，然后他戴上了手铐和脚镣。

半个多小时后，另一个人成了我，而我则成了另一个人！

第二十四章

我坐在车里，司机静静地开着车，没有往常那样的匆忙。孙林静静地看着前方，时不时通过后视镜瞅我两眼，眼神中充满了不可言说的喜悦。

此时的我还没有从刚才一连串匪夷所思的事情中完全清醒，只是傻傻地看着窗外车水马龙人流如织的街道——我自由了？！

幸福来得太快了，我简直无法相信。

“不准备说点什么？”

沉默了许久后，孙林回头打破了尴尬。

“孙林，到底，到底怎么回事，这一切简直跟做梦一样。”我轻声叹了口气。

“世界上很多事情比做梦精彩。”孙林故弄玄虚地说了这么一句，这话一出，司机似乎嘿嘿乐了一声。

“别卖关子，赶紧告诉我吧。”

“我准备了一顿丰盛的大餐，一会儿咱们边吃边聊。”

“不会又去你的别墅吧？那怎么也得开两个小时啊，我可等不及。”

“不去那儿，我们转移了。去别的地方，在城里。”

对话简单地结束了。随后汽车停在了交道口附近的一个馆子，我和孙林下了车，司机一溜烟地跑了。

我和孙林走进了饭馆的一个包间。馆子不大，但饭菜很好吃。重获自由的我自然是胃口大开、食指大动，不一会儿的工夫，桌上的饭菜已经被我风卷残云般地消灭了。这期间孙林并没有动筷子，只是静静地、乐呵呵地看着我。

擦完嘴，孙林和我相视一笑。

“你先说还是我先说？”孙林依然微笑地看着我。

“当然你先说了。”

“好吧。周皓，你比我预想的要聪明。”

“你是说那个什么医疗新奇迹的邮件吧？”

“没错。我本来还担心你没有发现那封邮件，还好你发现了，感谢你留下了你的行踪。”

“这段时间你真的不知道我去哪了？”

“抱歉，真的不知道。吴丽丽很狡猾，那天她带走你后成功地甩掉了我的人，而且如果我没猜错的话，她也弄走了你的手机和电话卡，让我们无法监控你，我们的确一时慌了手脚。”

一想到那天一路上不停地换车，然后丢卡办卡的事情，我就觉得窝囊。

“不过还好，电视里被采访的那个楼管阿姨暴露了你的线索，我猜你肯定是被吴丽丽带走了，所以只要盯紧吴丽丽这条线，就一定可以找到你。有件事情我不太明白，你不是被吴丽丽带走了吗，怎么会在那个莫名其妙的网吧？”

“这个说来话长，我一会儿再告诉你，你先把这件事情的来龙去脉跟我说完。”我迫不及待地想要知道后面的事情。

“好吧。失去你的行踪后，我除了加派人手紧盯吴丽丽，只能通过你的邮箱跟你联系。我猜一定有很多人会通过邮件与你联系，同时我相信，既然我能监控你的邮箱，其他组织的人一定也能这么干，所以一个不大不小的计划在我脑中出现。”孙林说道这儿，故意卖了个关子。

“拜托，别折磨我了，赶紧说啊。”

“有句话叫最危险的地方也最安全。你现在是全国通缉的要犯，无论在什么地方都势必会引起注意。可你还有许多任务要亲自去完成，难免要进行很多调查，而你的身份又不允许你随意走动，所以我想，只有你被警方抓获，让所有人都以为你已经落入了警方的手中，这样你才能消除通缉犯的身份。所以，我的第一步就是帮助警察抓到你。”

“然后呢？”

“然后我就给你的邮箱留言，你回复了我的邮件。这样，不但我知道了你的行踪，警方也知道了。”

“你的意思是，你那封奇怪的邮件警方也看到了？”

“警方是否看到了我的邮件，我不确定，但警方一定看到了你给你父亲回复的邮件。我甚至可以肯定，你父亲是在警方的授意下给你写的那封信，只要你回信，警方就能锁定你的 IP 地址，这样就能轻易地找到你。”

“可如果我当时没有给我爸回信呢？”

“我猜到了这一步，所以，为了保险起见，我亲自给你写了信。虽然警方未必会注意到我这封奇怪的邮件，但只要你回复邮件，警方依然能锁定你的位置。你知不知道现在的科技手段已经完全能够达到这样的要求——你什么时候进入邮箱，你在邮箱中接收或者回复了什么信件，在掌握这些技术手段的人面前，根本不是秘密。”

“警方有这样的技术手段？”

“别忘了你身上背的是什么案子！对于你这样一个‘杀害’了世界级学者的人来说，什么手段都会用上。”

咳，我还能说什么好呢。

“可是警察并不知道咱们上次是什么时候见面的啊，我给你的回信不是约了一个只有咱俩才知道的时间吗？”

“这并不重要，因为你的回信让警方相信你是在等一个人，这个人出现之前你是不会离开的，这就足够了。警方有的是耐心守株待兔。”

“可我中间遇到了四个黑衣人，他们——”

“他们一定是其他组织的人。”不等我把话说完，孙林抢过了话头。

“你怎么知道有四个黑衣人？”那晚孙林并没有出现，他怎么知道我遇到黑衣人的事情?

“如果没有我的帮助，你现在早不知道被他们带到什么地方去了。”孙林诡异地笑了。

“跟黑衣人枪战的是你的人？”

“我收到你的邮件后，第一时间带着人马在网吧附近做了埋伏，希望能亲眼看到你被警察拘捕，这样才能进行第二步计划。可就在我等候的时候，我发现了你所说的那些黑衣人。毫无疑问，他们一定也监控了你的邮箱。不过，让我感到意外的是，他们并没有急于对你下手，而是似乎在等时间。”

“没错，他们好像也在等十一点。”一想到我在饭馆发现那四个黑衣人在监视网吧，我就觉得那四个人似乎在等待着什么。

“对，因此我相信，上次我接走你的时候，我们被人跟踪了。”

“所以你刚才在车上说，你从别墅转移了？”

“没错。黑衣人的出现打乱了我的计划，我没想到的是，他们居然发现了你，把你带上了车。不过我知道警方已经在所有路口设置了关卡，盘查所有车辆，因此我希望黑衣人的车能被警方拦下，警察能逮捕你，可更没想到的是——”

“更没想到警察居然对黑衣人无可奈何？”

“对。”说完这个字，孙林脸上的表情变得严肃和不安了起来，“也许我早该想到，这个神秘组织既然能多次让我束手无策，那他们一定有着很强大的背景，只可惜，我目前为止还不知道他们的背景到底是什么样的。当发现警方对他们毫无办法的时候，我不得不暴露我们的行踪，跟黑衣人交火，只有这样才能让你落到警察的手里。”

“那我被警察抓走后，你的人和黑衣人怎么样了？”

“看到警察带着你远去，我的人就停止交火，离开现场了。双方都有人受伤，目前为止事情不了了之，而且依我看来，凭我们和黑衣人的实力，警方不可能查出我们的背景。我计划的第一步成功了，但我们已经暴露，虽然警察查不到我们的线索，但黑衣人一定不会放过我们。”

看到孙林一脸不安的表情，我安慰他不是，不安慰也不是，只好闭嘴不再说话。

“没关系，我倒也想跟这帮人较量较量！”过了一会儿，孙林自言自语般说了这么一句话。

“对了，孙林，昨晚拦我们的那个警官看了黑衣人的证件，他是看了证件后变㞞的，他肯定知道黑衣人的身份。”

“我知道，我用高倍望远镜在后面看到了。我已经安排人手去找那个警官了，今天应该会有结果。如果我判断没错的话，警方对他们的拦阻应该也出乎他们的意料，而且他们被警察逼停后亮出证件恐怕也是不得已。真是世事难料，不过还好，至少已经有人知道了他们的身份。”

现在我越来越相信“百密一疏”这句成语了——是啊，世人机关算尽，可世事并不完全遂人愿啊。

“孙林，我一直有个疑问。”

“你说。”

“你到底是什么人？”沉吟了半晌，我说出了一直以来的疑问。

“无可奉告。”

“虽然你一直在帮我，可我对你一无所知，我不知道自己到底能不能信任你。”

孙林沉默了，他盯着我看了几眼，沉吟半晌后，终于开口了：

“你去过我在西山的别墅，知道我能在任何时间任何地点监控任何人，你也知道我掌握了最顶级的技术手段，还知道我能瞒天过海把你从密不透风的看守所救出来。我还想让你知道，司母戊鼎也被我轻易地取了出来。”

“我已经知道了。”

“那么，你说我是什么人？”

孙林不再说话了，只是死死地盯住我的眼睛。

这个世界上，当你能猜到并确信谜题答案的时候，那答案本身也就不那么重要了！

“我相信你大概猜到了我的身份。”

“嗯”

“那你相信我吗？”孙林缓缓地说道。

我犹豫地看着孙林。

“虽然电影小说里把什么中情局、克格勃写得神乎其神，但你别忘了，会叫的狗不咬人——还需要我说得再明白点吗？”

“我相信你！”

“能得到你的信任，我很高兴。”孙林终于如释重负。

“可是，孙林，如果你的身份和我猜想的一样，我想知道，为什么丁教授的死会引起你或者说你所代表的机构的注意？”

“我记得曾经告诉过你，丁教授的死绝不是一个简单的凶杀案，至于到底是什么，就需要咱们共同努力了。”

“那个马律师是你的人？”

“没错，一个年轻有为的人。”

“他顶替了我，那他——”

“不用担心，我会想办法救他出来。说到这儿，我要告诉你第二步计划了。小马换你出来有两个目的：第一，营救你出来查案子；第二，其他组织人的恐怕不会轻易让你上庭，小马在里面能调查和应付各种突发状况。据我掌握的信息，你的案子七天后开庭，这也意味着我们有七天时间揭开真相。如果揭不开，那七天后小马将会暴露，你将再次被更严厉地追捕。”

“可，我跟小马不是做了易容吗？”

“那个药水只能持续十二个小时。”

"你，你的意思是，十二小时后我跟小马就回到了本来的模样？"

"没错。"

"那要是这样，小马不是就会被人认出来了吗？"

"以你被关押的级别，除了律师和看守小马的警察外，别人这几天不会接触到小马。而看守他的警察每天只负责送饭，所以，我相信小马能让警察这七天不识破他。"

"可要是万一被识破了呢？"

我这个问题一出，孙林沉默了。是啊，如果被识破了呢？

这次的沉默超乎寻常地长。

许久之后，孙林淡淡地说：

"至少，你现在出来了。"

我记得在孙林别墅里神秘房间的那晚，孙林曾告诉过我，许多人将为这个秘密而活，而更多的人将为这个秘密而死——难道孙林已经做好为了揭开这个秘密而牺牲小马的准备了吗？

"周皓，你现在要做的，就是争分夺秒地破解秘密，只有这样才能救了小马和你，才能救了所有即将为此而死去的人！"

包房内的空气彻底凝固了。

不知过了多久，孙林的手机声打破了凝固的空气。孙林接起了手机，听了一会儿之后，严肃地说：

"接着查，看他有没有告诉其他的人！"

孙林挂了手机后，面沉似水。

"怎么了？"我小心翼翼地问道。

"看过黑衣人证件的那个警官，昨晚煤气中毒，死在了家里！"

第二十五章

“他？他……煤气中毒？”我的下巴险些掉下来。

“你应该能猜到这不是简单的煤气中毒。”孙林眉头拧得更紧了。

毫无疑问。

“那，怎么办？”

“我的人刚才告诉我，那个警官因为这几天一直在追捕你，没时间回家，所以把老婆和孩子送到了丈母娘家，所以昨晚死的只有他一个。我现在只能寄希望于他曾跟别人提过黑衣人身份的事情，所以我的人会继续查下去。不过，即便他没有告诉任何人，也不必担心，因为黑衣人一定会再次行动。只要他们不彻底消失，总有暴露身份的那一天。”

孙林喝了一口水，调整了一下刚才凝重的表情，轻松地看着我。

“我的故事讲完了，是不是该你讲了？”

我没有理由不讲。于是，我告诉了他这几天的行踪，说到了那个别墅，说到了别墅中的图书馆，还说到了三楼那个神秘的房间。当然我没有漏过宝马车被炸的事情，告诉了他爆炸发生后，我如何来到了网吧，以及吴丽丽被黑色轿车接走的事情。

我认真地讲述着这些天的经历，生怕落下什么关键的细节，而孙林则在脑中飞快地吸收着我故事中所有的点滴。经历全部讲完后，我没再说话，而是静静地等着，等着孙林从我这些离奇的经历中发现一些不同寻常的事情。

“符号是大谷裕二的传家宝？”良久，孙林蹦出了这么一个问题。

“对。”

“那他为什么要找一个中国秘书？”

“什么？”我不明白孙林为什么要这么问——一个国际大财团，当然可以有来自世界各地的员工？

“我的意思是，符号所隐藏的秘密如此重大，而这个符号又是大谷家族的传家宝，他为什么要让一个外国人来查这些事情？我的意思你明白了吧？”

没错！目前为止我当然毫不犹豫地相信符号的重要性，而对于如此重要的东西，每个人当然会尽可能不让外人接触，而大谷裕二竟然让吴丽丽如此深入地接触秘密，并让她全盘负责秘密之事，这显然不合常理——难道吴丽丽是大谷家族的人？

我抛出了这个疑问，孙林显然也想到了这一点。他立刻拿出手机，拨出了一个号码。

“帮我调查吴丽丽，从她祖上三代开始。另外，再帮我查查大谷基金会，跳出咱们之前的思路，把所有能找到的材料都找来。”

挂了电话后，孙林继续在脑中琢磨着我的经历。

我真是越来越佩服孙林了——调查一个人从祖上三代开始？这会不会太夸张了？当然，我佩服他能从我大段的讲述中迅速发现这样一个我根本没有想到过的问题，可见他果然有两把刷子——人们常说，看一个人真正的水平，不是看他知道多少知识，而是要看他能提出什么样一击致命的问题。

“吴丽丽既然能监视别墅的所有角落，为什么唯独不监控三层的那个房间？”孙林挠了挠头，问出了这个我也想知道答案的问题。

从我这没得到答案后，孙林叹了口气。

“也许应该找时间去趟这个别墅。”

“同意。”我支持他的说法，虽然那个别墅带给我的是噩梦般的记忆，“别墅的图书馆里有很多详实的资料，估计别的地方找不到，再说，我的手机还在那儿呢。”

“对了，说到你的手机”，孙林边说边从身边的包里拿出了一个新手机和一张电话卡，“这个手机和卡归你使用，我已经做了处理，即便不小心被人知道你在使用，也不会被跟踪。不过之前的号码不能再用了，光凭那个号码就能让无数人找到你。”

“我明白。”虽然我记不住多少号码，不过家人的、林非和李少威的号码一直在我脑中，必要的时候我能联系上他们就行。而且孙林不是说了吗，即便我联系上他们，别人也无法通过这个新号码追踪我。

“对了，孙林，你说接走吴丽丽的是什么人啊？”

“不清楚，不过无论是别人还是她的人，她现在应该不比你轻松，毕竟爆炸案针对的是她。”

“爆炸案针对的是她？难道不应该是我吗？”

“我觉得不是。你想啊，如果有什么人想杀掉你，那在你被吴丽丽带到别墅之前的那几天，对方有无数的机会可以这么做。因此我判断，对方肯定是在吴丽丽的车上装了跟踪和爆炸装置，通过她的行踪确定了你的去向后，他们想要除掉吴丽丽。”

“可是，当时我和吴丽丽都在车上，对方如果不想杀我，那爆炸一发生，我不是也死了吗？”

“所以我判断，对方应该不知道你在车上。你想啊，对方肯定知道吴丽丽把你藏在某处，而且不会轻易放你出去。我是这么分析的——对方肯定二十四小时监视着吴丽丽，为防万一他们同时监控了吴丽丽所有的车，然后通过车停靠的位置锁定了你的位置。当吴丽丽开车走后，对方肯定以为吴丽丽离开了你的藏身之所，所以他们试图炸死吴丽丽，然后去别墅找到你。”

“可三层房间里的人应该知道我在车上啊？如果他们是一伙的，就不应该炸掉车啊。”

“因此，可以肯定的是，三层房间里的人，跟想要炸死吴丽丽的并不是一伙人！”

“什么？还有一伙人？”

“没错。你再想想，如果他们是同一伙人，那你在别墅里的那两天，他们就应该知道了你的位置，就没有必要跟踪吴丽丽了，同时，他们可以在那两天的时间里抓走你，对吧？”

“有道理。可那个房间里的又是什么人呢？”我开始觉得刚才吃进肚子里的东西想要往上涌。

“不清楚，不过可以确定的是，他也没有杀害你的意图。让我不解的是，房间里的这个人——姑且认为只有一个人吧——他是如何知道吴丽丽这个别墅的？你在别墅的那两天他到底在干什么？还有一点不明白的是，他怎么知道吴丽丽会把你带到那个别墅？他怎么会知道吴丽丽会在那天把你带进别墅？他在里面到底藏了多久？另外，为什么他正好藏在了吴丽丽没有监控的那个房间？难道说他之前知道那个房间没有监控？所以，话又回到咱俩刚才的那个疑问上——吴丽丽为什么不监控那个房间！”

“太他妈让人头疼了。”即便没有喝酒，我还是忍不住蹦出了脏话。

“哈哈，你就别头疼了。现在不知道有多少人比你头疼呢。”孙林缓解了一下紧张的气氛，“吴丽丽是不是也想知道谁要弄死她？黑衣人是不是想知道我到底是什么人？监控吴丽丽车的人跑到别墅发现你根本不在是不是也很头疼？还有，再过几天全世界也要头疼了——看守所的周皓跑哪去了？哈哈。”

“咱们现在就别瞎琢磨了，你的当务之急是继续追查符号的秘密，我会百分之一万地配合你！”

“等等，我突然想到一个新问题。”

“说来听听。”

“为什么有人要杀吴丽丽？她不过是追查符号秘密的众多人当中的一个，为什么要杀她？”

“可能……可能是对方想要杀掉试图查出秘密的所有人。”孙林显然被这个新问题弄糊涂了。

“那么一定也有人想要杀掉大谷裕二？”

“没错。”

“你不是也要试图查出秘密吗？”

“完全正确，所以对方肯定也想杀我。”让我没想到的是，孙林说出这句话时表情并不显得忧虑，估计他早预料到这个情况了，或者说，干他这行的人早就把生死置之度外了。

“那么，好。我是不是可以这么理解——有一帮人，试图杀光所以想要知道秘密的人，对吗？”

“对。”孙林突然从我的反问中意识到了什么，眼睛瞪得很大。

“如果所有人都不知道秘密，那么为什么有人想要杀光所有试图知道秘密的人？什么样的人会想要杀光所有试图知道秘密的人？”我渐渐觉得自己浑身的毛孔都竖了起来。

“你的意思是——”

“没错！只有真正知道秘密的人，才不想让别人知道秘密。这也就意味着，有一些人已经知道了这个秘密！”

显而易见，有些人已经掌握了秘密，并且不希望其他人掌握——谁想掌握谁就得死！

可对方为什么要让我活着呢？

渐渐地我意识到，对那些已经掌握了秘密的人来说，他们让我活着并不是希望我揭开秘密，而是想要引出所有试图知道秘密的人，然后逐一除掉。

我告诉了孙林我的这个想法，孙林完全认可。确定了我对不同人意味着不同身份后，我渐渐感到了一种莫名的担心。

“孙林，你说这个秘密我还查不查？”

“我明白你的担心，你是怕你越查下去，想要知道秘密的人暴露得就越多，被对方杀掉的人也就越多。”

“嗯。”

“必须查！”孙林坚定地看着我，“如果你不查出真相，真相就永远掌握在这些人手里，那已经死去的人的死就变得毫无意义。更何况，如果你不查了，可能不会有新的人被杀，但已经暴露了的大谷裕二、吴丽丽，还有我，他们自然不会放过。当然我们这些人死不死并不重要，重要的是，你不是也曾查过吗？你不是也曾试图知道秘密的真相吗？你不是也已经掌握了关于秘密的很多线索吗？如果你引不出任何新的、想要知道秘密的人，那么，你就将是最后一个试图知道秘密的人——对方会放过你吗？”

一击致命！

“真理的脚下一定会有很多的殉道者。人总是要死的，如果他们的死能为整个国家、整个民族甚至整个人类作出什么贡献的话，那么他们的死就是真正有意义的！”

孙林说这番话时的表情，让我想到了革命烈士赴死前的宣誓——也许，这番话就是他加入某个机构时说出的誓言吧！

“你说那帮黑衣人会不会就是掌握秘密的人？”我坚定了继续查下去的信念，但并不是为了什么狗屁真理，而是因为我不想成为最后一个被杀的人。

“不知道。也许是，也许不是，没准他们是另外一帮想要知道秘密的人。你现在不要管到底有什么人想要知道秘密，也不用管有什么人已经掌握了秘密，你现在要做的，就是查出秘密的真相。这个世界上有很多人喜欢垄断——垄断金钱、财富、资源和权力，因为垄断能让他们不恐慌、能让他们欺压别人。目前有些人在试图垄断秘密，以及垄断秘密背后莫名的力量，咱们要做的就是打破他们的垄断，将他们试图垄断的力量共享给世人——你能明白咱们的任务多么重大吗？”

“完全明白！咱们开始吧！”

第二十六章

走出饭馆，孙林和我进了饭馆门口停着的一辆车。那辆车是孙林事先停靠在那儿的，看来这个饭馆也是孙林事先选定的。孙林开车带我来到离交道口不远的北兵马司胡同，我们走进了胡同里的一个四合院。

这个四合院与北京其他老式的四合院并无不同之处。院内有一座不大的花圃，养着很多植物，五六间屋子环绕着花圃。孙林带我简单地参观了一下其中几个房间，房间里的陈设就像一般家庭。不过与老式四合院唯一不同的是，这个四合院有自己的厕所。我曾经去过一个北京同学的家,他就住在一个四合院里。他每天抱怨最深的就是四合院没厕所，无论多冷、多急，他们都得去胡同的公共厕所，厕所不但没有挡板，而且恶臭无比，这让他觉得尊严尽失。我记得曾看到过一个评选，是关于对人类贡献最大的发明的评选，排在第一位的居然是抽水马桶——有了抽水马桶，人们的生活才会更方便，当然，最重要的是，人们能够保护最私密的尊严。

尊严——到底有多重要呢?

“这几天咱们就住在这儿。”孙林打破了我的胡思乱想。

“这是你新的据点？”

“之一吧，呵呵。不必担心，这里绝对安全，而且足够秘密。”

我本以为他又要把我带到远离市区的深山老林或者某个鸟不生蛋的犄角旮旯，没想到竟把我安顿在了如此繁华的闹市区，这让我不禁有了一种大隐隐于市的奇妙感觉。

“给你看样东西。”待我适应新环境后,孙林神秘兮兮地拉着我来到一间厢房。

这间厢房从外面看上去也就十几平米，可一进去发现里面居然分为两层，而且地下一层远比上面那层要大得多，是一间“凸”字一样的房子，整个面积加起来肯定超过一百平米。

沿着楼梯走到地下后，我发现屋里摆放着许多我之前在西山别墅见到的那些仪器，还有一些没见过的。不过这些安置在地下室的仪器并没有引起我丝毫的兴趣，因为此时我的目光集中在了地下室正中间的位置。

司母戊鼎！

孙林站在我身后，脸上洋溢着某种难言的表情，那表情像极了小时候父母突然送我礼物时的表情。

我连忙大步走上前，想要抚摸这件旷世的国宝。可当我走近它的时候，一种敬畏之情袭上心头——这可是三千年前老祖先们智慧的结晶啊！

虽然此时我和它的距离只有十几厘米，可一股三千年厚重的气息却扑面而来。看着眼前这件国宝，我激动得浑身发抖、气不敢出——三千年前的某个时刻，商王祖庚是否也如现在的我一样，正屏气凝神地注视着这样一件为亡母“戊”所铸造的圣器呢？

我就这么静静地盯着它，它似乎也在静静地盯着我。时间一分一秒地流逝着，白云苍狗、白驹过隙，千年的历史洪流奔腾着在我俩眼前翻涌——神秘的女子“戊”啊，你是否感受到了后人们汉唐时的辉煌，是否感受到了他们近现代的恐慌？

就这样，我们彼此接受着对方炽烈的目光，感受着对方狂烈的心跳，倾诉着对方时隔三千年的衷肠。突然，一种奇妙的感觉涌上我的心头，那感觉就像是分离多年的亲人再次见面时一样，如此亲切，如此熟悉；那感觉像极了古玩界最著名的那句话——如果你拥有一件古董，那并不是因为你找到了它，而是因为它找到了你！

孙林站在我身后，静静地陪着我度过了漫长的时间。终于，在不知道多久之后，他咳了一声。

“你让我把它取出来，到底为了什么？”

孙林的这句话把我从三千年前拉了回来。我连忙定了定神——国宝啊，如果你知道我找你来的目的，肯定也就能原谅我即将对你的冒犯吧。

我终于伸手摸向了它。没错，东侧壁的纹饰的确是后来铸接的，而左耳同样如此。

“孙林，你来看。”我把孙林拉了过来，将东侧壁指给他看。他看了看，伸手摸了起来，接着又看了看其他的纹饰。

“这块好像是后来弄上去的吧，跟别的地方很不一样。”孙林嘀咕道。

“没错。我怀疑这块纹饰下面可能隐藏了什么。”我本想跟他解释商朝人的祭祀传统以及我对“戊”身份的怀疑，不过想了想觉得即便解释他也未必能懂，所以我就长话短说，“这尊鼎是用来祭祀商王的母亲的，可你也发现了，这尊鼎明显有缺陷，这在古代是不可饶恕的罪行，因此我怀疑这些纹饰有问题，而且这些问题很可能跟符号有关。”

“好。你是怎么发现这些关联的，我不过问，我说过会百分之一万地配合你，你需要我做什么，我就做什么。”孙林的这句话让我心里很暖和，“你想怎么样？”

“我……我想撬掉这些纹饰。”

“这可是件顶级国宝啊。”孙林面露诧异——是啊，任何人只要不是丧心病狂，都不可能允许毁坏自己民族国宝的事情发生。

“不撬掉它怎么能发现下面到底藏着什么？”我很沮丧，但没有别的办法。

“好办！”孙林话一出口，我立刻惊住了，“你不就是想看看下面藏着什么吗，这很容易，只要用一种类似X光的扫描仪器就行。”

虽然我并不是十分清楚他接下来要说什么，但只要不毁坏国宝，什么样的办法我都欣然接受。

“不过可能会稍微费点事。因为那个仪器透视别的东西很容易，透视金属会稍微难点，毕竟金属中的金属粒子很不稳定，而且有些粒子会干扰设备运行。不过你放心，这并不困难，我曾经遇到过，不难解决。”

“你遇到过？什么意思？”自打确信了孙林的身份后，我就对他这种职业充满了好奇，我想好了，等符号的事情结束后我得让他好好给我讲讲他工作中的奇闻异事——当然，前提是我俩还活着。

“呵呵，这个跟你说说倒也无妨。我工作中会接触到很多文件，当然你应该能猜到，都是用秘密手段取得的秘密文件。很多文件上的一些关键文字会被类似黑墨水或者涂改液一类的东西抹掉，但对我们来说并非难事，我们可以用一些技术手段透视这些涂抹痕迹，这样，被抹去的文字对我们来说就跟没有抹去一样。后来这些技术被很多国家掌握，于是人们就用掺杂了金属物质的东西涂抹，这些金属物质中的粒子会干扰透视，所以我们就改进了这一技术。”

“太厉害了，再多说点吧。”一个人的兴致如果被点燃，不得到一定的满足肯定不会善罢甘休。

也许是为了让我坚信他的身份，更加信任他，他考虑了一下后，又给我讲了两个对他来说肯定可以对外人讲、而对我来说仿佛听科幻故事一样的事情。

“现在碎纸机已经无法阻止他人获得秘密了，所以一些重要人物看完重要文件后会冲进马桶，以为就此可以彻底不被发现，但我们可以通过过滤他的排水系统，将这些被冲进管道中的文件取出，至于取出后如何破解，我就不能告诉你了。还有，你记不记得那天我在你宿舍楼下偷听你谈话的事情？”

我当然记得，我记得那是我第一次跟林非和李少威提到符号的时候。

“你用一个什么设备偷听了我的谈话？”

“不完全准确。其实我不是偷听，而是截取了你谈话时的反射波。”孙林诡异地笑了，“用监听设备监听他人对话的手段已经不是秘密了，很多手段都可以预防被监听。”

“那，你是怎么知道我谈话内容的？”我一头雾水。

“人只要说话，就会有声波，而每个字说出口后的波频是不一样的，这些声波可以在室内的任何物体上形成发射波，尤其能反射在窗户的玻璃上，而玻璃的材质决定了它最容易捕捉反射波。所以，只要我们截取了声波在玻璃上形成的反射波，再通过仪器破译，我们就能知道室内的谈话内容。”

未知的力量再次让我感到恐惧。

“你知道我们现在怎么监控电脑吗？”

“别废话，我怎么知道，赶紧说。”

“原理跟刚才说的一样。一台电脑，无论它上不上网，只要它开着机，我就能知道里面所有的内容。”

“电磁波的反射？”

“聪明！电脑只要开着机，它里面所有的内容都能通过电磁波反射出去，只要捕获了这些反射波，那这台电脑就像是放在我手边一样，我可以随意取阅里面的内容。”

“这样下去，世界上哪儿还有什么秘密啊？”

“所以我说，秘密永远是相对而言的，这个世界上根本不存在绝对的秘密。就像你现在所要调查的秘密一样，只要材料足够充分、手段足够先进，秘密终有一天会不成其为秘密的。”

“那如何避免被检测到反射波？我不是要刺探你的秘密，我是觉得我要调查符号的话难免会用到电脑，我担心万一别人掌握了这个技术，我岂不是就麻烦了。”

我知道自己的这个借口很烂。

“呵呵，世界上很多的事情可以有一万种复杂的进攻办法，但往往一个极简单的防守方法就能避免所有的进攻。”

“什么意思？”

“我所说的这种监控电脑的方法，是通过捕捉电磁波在窗户的玻璃上形成的反射波得以实现的，所以想避免这种监控方法很简单——拉上窗帘！”

你大爷！

孙林哈哈地笑了起来。

“别忘了，道高一尺魔高一丈。所以，掌握的方法越多，生存能力就越强，正所谓技不压身嘛。我们在不断开发进攻手段的同时，也要不断开发防守手段，因为危险无处不在。好了，说了这么多秘密了，开始进行咱们的秘密吧。”

“你什么时候能告诉我结果？”我指了指司母戊鼎，看着收起了笑容的孙林。

“尽快吧，我先派人扫描着，至于什么时候能出结果我也不知道，毕竟这家伙的个头太大，而且里面的金属成分太多。咱们不能耽误时间，先从别的线索入手吧。”

“好，正好有一个新的线索需要马上调查。”

“什么线索？”

“林吉贤！”

第二十七章

我告诉了他我在别墅内发现的线索，不过并没有全说，不是不想告诉他，而是线索的头绪繁多，简直可以写成一篇十万字的论文，要全跟他说的话不但浪费时间，而且他也未必明白，所以我只能想到什么就告诉他什么。我跟他说，这个叫林吉贤的人很有可能有关于如何破解符号的办法或者线索，目前首先要找到这个人。孙林表示找人并不难，于是我告诉了他关于林吉贤我掌握的唯一内容——北京第九机床厂。

孙林开车带我直奔那里而去。

北京第九机床厂在东五环外的岳各庄附近，开车过去将近一个小时。于是，我跟孙林就在车里有一搭没一搭地聊了起来。

我问他，干他这行的怎么能随意走动、到处现身呢？他说，并不是干了他们这行就天天神龙见首不见尾，仿佛见不得人似的，其实他和很多同事表面看起来跟普通人毫无异样，甚至比普通人更加普通，只有这样才能无声无息地接近他们想要调查的事件和人物。

我记得以前跟林菲聊过这些话题，因为林菲学的国际关系专业比较容易听说一些神秘组织和神秘人物的事情。她听师哥师姐说，一些秘密机构的人，外表看起来非常普通，普通到你根本不会留意他们。她记得以前跟一些师哥师姐吃饭，其中有一个师哥毕业后在国安部工作，那次的饭局他带了一个同事去，可事后同学们根本想不起来饭局中还有这么一个人，似乎这个人从未在饭局中出现过。

林菲说的奇怪经历我是相信的，因为我相信每个人的气场是不一样的，有些人的气场非常强，无论你跟他接触多久，甚至没有接触，你都会发现这个人强大的气场。而有些人气场非常弱，弱到你完全可以忽视这个人的存在。不过，忽视是一码事，感觉不到则是另一码事。如果一个人的气场太弱，在人群中也会被人感觉到，因为他太过另类，太过异样，这样的人是会被人感觉到的。但最厉害的是另外一些人，他们极善于调节自己的气场，什么样的场合、和什么样的人在一起，都会不停地调整自己的气场，让自己的气场融合到整体的气场中，这样，他不会因为自己气场的强弱而被人注意到，而是可以游刃有余地介入，然后无声无息地隐藏在人群中。

这样的人曾在我身边出现过，但即便我能确认这样的人出现过，但我根本想不起关于他的任何事情，也许每个人生活中都会遇到这样一些高明的气场调节者吧。

一想到林菲，我的心揪了一下。我告诉孙林，我想知道林菲和李少威的近况。孙林说他会派人打听，只要打听到就告诉我，不过我自己不能联系他们，因为现在的“周皓”在看守所里，他不希望这个苦心孤诣的计划有任何闪失。我完全理解，只是希望他能尽快告诉我。他点头答应了。

车一直在向东行驶。通过后视镜，我看到了一张完全不认识的脸。这张脸曾经属于另一个人，今天却长在我的身上——世界上到底还有多少我们常人接触不到的匪夷所思之事呢？

一想到顶替我的小马，要查出真相的紧迫感马上强烈起来。所有的生命都是宝贵而平等的，可有些人竟为了别人的生命甘愿放弃自己的生命，这是何种精神？这又是何等残酷？

可这样的牺牲到底有没有价值？如果一个人的死亡换来的是更多人的死亡，那他的死到底有没有意义？又有谁能保证，这个人的死真能换来别人的幸福？

车慢慢开着，我和孙林都没有再说话，想着各自的心事。一个多小时在沉默中不知不觉过去了，我们来到了第九机床厂所在的位置。让我意外的是，我在网上所查的地址此时竟不是第九机床厂，而是一家化工厂。孙林也深感意外，我告诉他我肯定没有记错地址，要么是网上的登记有误，要么就是这个地方换了主人。随后我俩下车，走向化工厂大门口的保安室。

保安室里坐着两个年轻的保安，我们向他俩询问第九机床厂的事情，可惜保安并不知道。跟他们的对话中，我们知道他俩在这家化工厂工作没几年，之前的事情看来并不知道。我们想让他俩帮忙联系一下厂里的老人或者领导，保安警觉地问我们要干什么，孙林说找一个失联多年的老朋友，请务必帮忙。保安打量了我们好半天，也许是想不出拒绝我们的理由，便拿起电话拨出了一个号码。

等了一小会儿，一个年级较大、身穿保安服的人从大院里面走了出来。经介绍，此人是化工厂的保安队长，在厂里工作多年，比较熟悉情况。孙林给队长让了烟，表示了感谢后就在保安室与他攀谈了起来。

原来这里曾经的确是第九机床厂所在的位置，不过第九机床厂早已在上世纪九十年代那场关停并转的浪潮中倒闭了，所有人员被一次性买断，与工厂脱离了关系。十几年过去了，想找人很不容易，但只要能找到机床厂当年的人事档案，或者联系就业局、当地派出所，想找人也不是不可能，只是要花不少时间和精力。

听完队长的介绍，我皱起了眉头。要知道，对一个平头百姓来说，跟什么派出所或就业局打交道是一件非常头疼的事情，且不说有没有充分的理由让对方配合寻找，就算有，这些部门的官僚主义作风也够让人心烦的。我看了眼孙林，他倒没有表现出任何的头疼来——也难怪，对他来说，搞定这些部门不过是小菜一碟。

就在我们表示感谢准备离开的时候，热心肠的队长无意间的一句询问竟让我们省去了之后无谓的麻烦。

“你们要找谁啊？以前我在机床厂当过保安，没准我认识。”

听完这话，我和孙林对视了一眼，孙林点头示意我告诉队长。我心里琢磨了一下，觉得即便告诉队长林吉贤的名字，对这个普通的保安而言也并不意味着什么。

“我们找林吉贤。”

“咳，早说啊，”听到这个名字，队长显然兴奋了起来，“老林头谁不认识啊，以前可是个名人呢。”

我和孙林立刻高兴了起来。

“您知道他住哪儿吗？”

“知道知道，以前我老去他家喝酒。不过有几年没联系了，不知道现在搬家没。但也不太可能搬，他能搬哪儿去啊。听说他年轻的时候可火了，比现在那些明星火多了。”队长来了兴致，重新点了一根烟，似乎要跟我们长聊，“你们是他什么人啊？”

“哦，他是我表大爷，我们好多年没联系了。”孙林连忙说道。

“表大爷？没听说他有什么亲戚啊。”队长皱着眉头看着孙林。

“没亲戚？怎么可能。我不就是吗？”孙林呵呵地笑了起来，“我们两家好多年没联系了，我刚从国外回来，我也是回来前才知道北京有这么一个亲戚，所以来找他了。”

“哦，我说嘛，我就知道他国外肯定有亲戚。”

“您怎么知道的？”

“厂里人都知道。咳，他家人都在国外，北京就剩他自己了，怪可怜的。”

“都在国外？您跟我说说啊，我没听家里人提起过啊。我爸也真是的，这么多年都没跟这些亲戚走动。”

我可没心思欣赏孙林的表演，只是全神贯注地试图从队长的话语间寻找任何可能的信息。

“老林头就一个儿子，出生没多久他媳妇就带着这个儿子出国了，好像是国外有亲属，他们是从香港走的，之后俩人再也没回来。听说那时候老林头正火着呢，到处出去讲演，后来还因为老婆孩子出国的事，被上头批评过。好多人后来也劝他，劝他也出去，我就劝过，不过他倒好，不愿意走，整天喝点小酒，啥也不说，也不抱怨。怪人。”

“他老婆孩子为啥要走啊？”孙林问道。

“我哪儿知道，老林头啥也不说。”

“还有什么？您再给我多说点。”

“没啥了，我知道的就这么多。”

“那麻烦您跟我说说他住哪儿？”孙林没有继续追问，我想如果再追问下去，对方可能要起疑了。

“得。”队长拿出了一张纸，在上面写下了一个地址，随后还从身上拿出了一个电话本，在里面翻看了一会儿，把一个电话号码记在了纸上，“这是他家的电话，不知道换没换。我有几年没见他了，不知道他现在咋样了，你要是见着，替我问声好。”

“没问题！太谢谢您了。”

估计再问也问不出什么了，我和孙林便起身告辞，然后根据纸上的地址按图索骥而去。

“果然有蹊跷。”上车后，我难言心中的喜悦——在我看来，林吉贤老婆和孩子的离开一定藏着什么秘密，因为这些不合人情的举动与董先生的故事太过相像了。

“嗯，”孙林点了点头，“接下来你准备怎么办？”

“先找到他，然后把我所知道的一切都告诉他。”

“你确定你告诉他后，他会相信你吗？”

“一定会。如果他真知道符号的事情，那他一定知道符号的秘密传承，丁教授一定跟他提过我，我突然感觉，现在不单单是咱们要找到他，没准他也在急着找我呢。”既然丁教授给过我关于林吉贤的暗示，那他一定也会给林吉贤关于我的暗示，甚至是明示，所以如果没判断错的话，林吉贤得知丁教授的死讯后，一定也在千方百计地找寻我，如果真是这样的话，那一切都好办了。

“我先给他打个电话吧，看他在不在家。”我拿出了孙林送我的手机，正要按照纸条上的电话拨出，但孙林阻止了我。

“用我的电话吧，你的电话轻易别用。”

“明白”，我拿过孙林的手机拨了出去。可就在我刚按下几个键的时候，一种奇怪的感觉突然强烈地向我袭来——这个电话号码似曾相识！

我当时就待在了那儿，脑中开始拼命地搜寻任何与这个号码相关的记忆，可无论怎么回忆，我除了越来越确认我曾见过这个号码，丝毫想不起究竟在何时何地见过。看到我拿着手机傻愣在那儿，孙林很不解。

“怎么了？”

“这，这个号码我见过。”

“什么时候?！”孙林愣了一下，瞳孔登时变大了数倍。

“想不起来，不过肯定见过。”我继续快速在脑中检索着所有能记起的电话号码，可越是着急思绪越是混乱。孙林连忙把车停在了路边，目光如炬地看着我，恨不得要替我回忆出来。

“真想不起来了。”生活中经常发生的事情在我身上再次出现——越是想找的东西越是找不着——干着急没用，但愿它能在某个时刻无意间地出现。

“别着急，先打过去看看什么情况吧。”孙林没有催促我，只是看着我拨出这个号码，跟我一样等待着对方的回应。可直到忙音出现电话也没有人接听。

“先不管了，直接过去。”孙林发动了车，一边紧盯着前方的路，一边在脑中盘算着什么，表情很是严肃，而此时车速明显加快了。

按照队长的纸条，我们来到东四环外的水南庄。这里离东五环外的机床厂也就十几分钟的车程，因此没过多长时间，我们就找到了林吉贤的住处。

水南庄酷似一片城乡结合部。周围有很多高楼组成的小区，一些小区还在建设中，很多地方都是一片片的工地。在这些高楼之下，一些平房掩映其间。那些平房原本的主人绝大多数都住进了高楼，此时的平房多出租给外来的务工人员，这些务工人员在周围开了很多小饭馆和小卖部，渐渐形成了一个独立的生活圈。虽然这里紧邻北京的东四环，但如果不知情，初到此处难免会以为来到了一个外省的小村镇。

我们把车停到一个平房的门口，这里正是队长告诉我们的地址。孙林敲了一会儿门，没有人回应。他推了推门，门竟然没锁。

“进去。”孙林没有等我回答，推门走了进去，我只好犹豫地跟在他身后。

房间不大，很暗。房间里有一个客厅，里面还有两间屋子，中间被布帘隔开。我们没有在客厅见到任何人。

“有人吗？”孙林在客厅轻声地问道，等了一会儿，但并没有人回应，他先后走到里面两间屋子的门口，又轻声地问了过去，但同样没有回应。我没有他的勇气和胆量到处查看，只是站在客厅当中，打量着这个再普通不过的房子。

“大门没锁说明人不会出去太久，没准刚出去，我们就在这儿等着。”孙林说罢从口袋中拿出了手机，拨出了刚才的那个号码，此时电视柜旁边的座机声响起。

“没错，就是这儿。”孙林收起手机后从口袋中拿出了一副手套。随后他戴上手套，开始在屋内检查了起来。

“他会不会不住在这儿？没准把房子租出去了，咱们还是等人回来吧。”我没有想到孙林会习惯性地如此淡定地检查别人的房子，心理不禁紧张起来。看到他做贼一样在屋内翻箱倒柜，我没有办法阻拦，只得紧张地注视着门口，生怕主人回来把我们抓个正着。

“那也不能干等着吧？”孙林职业性地检查着客厅的各个角落，任何地方都没有放过，所有的动作都训练有素、干净利索。检查完客厅后，孙林转身进了一间里屋，进屋前他让我看着点门口，如果有人来就通知他，我只好把大门漏出一个缝，紧张地看着外面。

就在孙林查看的时候，我眼睛虽然盯着门口，可林吉贤家的电话号码却不停地浮现在脑中——这个号码我到底在什么地方见过？

另外还有一些事情困扰着我——这虽然是林吉贤的家，但保安队长毕竟好几年没有见过他了，他可能在这几年的时间里发生任何事情，可能搬走了，甚至可能死了。好在我们知道他的住处，无论他发生什么，至少我们能沿着目前的这个房子往下查。

半个多小时过去了，孙林依然没有出来，只是偶尔有轻微的开关抽屉或者搬动物品的声音传来。又过了一会儿，孙林从里屋走了出来，看上去没什么收获。

“没发现什么吗？”

“没。”孙林说完看了一眼表，“我感觉不妙。”

“怎么了？”他冷不丁来这么一句，吓了我一小跳。

“半个多小时了，屋里的人该回来了。你想啊，不锁门就出去只有两种可能性，一种是不会走太远，马上就回来；另一种是事发突然，顾不上锁门。如果是前一种情况的话都过这么长时间了为什么人还没回来？除非是他本以为出去不会太久，但没想到一出去就回不来了。”孙林一边环视堂屋，一边说出了自己的分析，“当然，还有一种可能，那就是他被人胁迫从屋里带走了。”

“也许没这么糟吧？没准真是忘锁了？”虽然连我都不相信自己的分析，可我实在不愿把凡事都想得这么糟。

“但愿吧。”孙林没有理会我，转身进了另一间侧屋。

他进了里屋后，我也开始沿着他刚才的分析琢磨起来。于情于理林吉贤都不应该不锁门离开这么长时间，难道他真的发生了什么意外？想到这里，一个人的名字突然闪现在我的眼前——吴丽丽！没错，我曾跟她提到过林吉贤，以她缜密的心思肯定不会放过这个线索，难道她先我们一步找到了林吉贤？

我在脑中快速过滤了一些回忆，我确信林吉贤的名字只跟吴丽丽和大谷裕二提过，别的人根本不可能知道他的重要性——除非还有什么别的渠道。可我们刚来找他他就消失，事情怎么可能这么巧呢？莫非他已经消失一段时间了？

想到这儿，我马上摸了摸桌椅。摸完之后我打消了他已经消失很久的念头，因为桌椅上并没有什么尘土，甚至可以说是一尘不染。那到底他身上发生了什么？

想不出所以然之后，我决定不再折磨脑细胞了。毕竟我现在只是瞎分析，我甚至不能确认林吉贤近几年是否仍住在这栋房子里。

我开始等待孙林，希望他能查出些有用的东西。让我觉得奇怪的是，自打孙林走进这间里屋里面就没有传出任何的声响，任何翻箱倒柜的声音都没有，仿佛他一进去就睡着了一般。我小声喊了他一下，片刻之后他走了出来，用一种奇怪的眼神看着我，看得我浑身发毛。

“怎么了？”我疑惑不解地看着他。

孙林没有说话。他的眼睛虽然仍在盯着我，但焦点并不在我身上，似乎聚焦在某个遥远的地方。

“怎么了？发现什么了？”望着一言不发的孙林，我突然之间觉得他好陌生，陌生得几乎不认识这个人一样，他身上某种冰冷的气场一点点地向我侵袭而来——“说话啊，到底怎么了？”

孙林哑巴一般静静地坐在椅子上，然后用手示意我走进那间屋子。我犹豫了一下，并没有马上进去，因为孙林的表情告诉我，屋子里面一定有让人不解甚至惊惧的东西。

“进去看看吧。”孙林叹了口气，然后沉思了起来。

看着反常的孙林，我疑窦丛生，一种不良的预感涌上了上来。我深吸一口气后，迈步撩开帘子走了进去。

里屋有一张简陋的床，床脚不远处是一张桌子，桌子上摆着一幅遗像，遗像中的老人和蔼可亲——遗像前立着一个牌位，牌位上写着：林吉贤先生千古！

林吉贤死了？！

我的肚子仿佛瞬间挨了一记重拳，一股浓烈的酸水从胃里冲了上来，恨不得立刻从我的七窍喷涌而出，呛得我险些昏厥过去。看着眼前这个素未谋面的老人的遗像，我竟像失去至亲一样，透骨的悲伤和绝望一步步地笼罩了我的整个世界。

“走吧。”

孙林不知何时来到我身后，轻轻拍了拍我的肩膀。他这一拍，将我从几乎一个世纪那么久的沉睡中唤醒。我扭头看了一眼他，然后抿了抿已经发干的嘴唇，仿佛下结论般地告诉他：

“我们该怎么办？一切都完了。”

“人死并不意味着所有的希望都不存在了。别灰心，如果他真的是丁教授留给你唯一的希望，那他生前一定会给你留下些什么线索。”与其说孙林是在安慰我，不如说是在安慰我俩。

“即便他留下线索，可我们该怎么找呢？”我越来越后悔当初参加那个该死的大谷基金会的酒会了，自打那天开始，一个又一个无头悬案展览般呈现在我眼前，好像不玩死我不甘心一样。

“别忘了，你是秘密的传承者，林吉贤一定在某个地方为你准备了线索。”孙林说罢给了我一个鼓励的眼神，然后就开始在这间屋子找起来。

不出我的预料，孙林并没有在屋里找到任何可用的东西。

“你站在门口，别往里面走。”孙林让我后退了几步，自己走到窗户前，拉上窗帘，接着走到大门口，关紧了房门。门和窗帘都关紧后，屋内顿时黑了下来。我正困惑着他要干什么的时候，他拿出手机，摆弄了一会儿之后，一束光从手机中射了出来——那并不是普通手机中手电筒的光，而是一束极为诡异的紫光。

孙林开始用紫光细细地照射屋内的每一个角落。我渐渐明白了他的所为——那束紫光显然是试图发现屋里诸如脚印和指纹的东西。果不其然，紫光所到之处，一些泛着白光的脚印和手印开始显现。

孙林用手机拍下了所有的脚印和手印，他尤其慎重地拍摄了多张遗像上指纹的照片。

“雁过留痕。”所有工作都做完之后，孙林轻声说出了这四个字。

“抬脚。”孙林示意我抬起脚，然后对着我的鞋底拍了一张，“好了，咱们回去吧。”

说罢孙林关了手机的光。就在紫光熄灭的一瞬间，刚才出现在眼中的那些斑斑驳驳的痕迹转瞬间消失得无影无踪。就在孙林起身准备拉开窗帘的时候，我突然听到大门被推动的声音。

“有人。”我紧张地低声叫了一声。

孙林显然也听到了推门声，他以百米赛跑的速度冲出里屋，我连忙尾随其后朝外冲。

当我跑到堂屋的时候，孙林已经把一个人按在了门框上。那人惊恐不已，双腿不停地发抖。

"大哥，大哥，咋，咋回事？"

那人快哭了出来。来人三十多岁，是个相貌很普通的男人，听口音明显不是本地人。

"你是谁？来干吗？"孙林警惕地瞪着他。

"我，我是隔壁的，你，你们咋回事？"

听到这话，孙林放开了他。孙林啊，你也太冲动了吧，别忘了，咱们才是擅闯他人住所的不速之客啊——我心里暗自无奈。

"不好意思，我以为你是，是小偷。"孙林收起刚才吓人的表情，温和地示意男人坐下。男人怎么敢坐，他惊兔般站在门口，似乎随时要逃出去。

"住在这儿的是我表大爷，我是来找他的。"看到男人不说话，孙林缓和了尴尬，"不好意思啊，对不起，对不起。"

男人上上下下打量了孙林一番，又打量了一下我，似乎没觉得有什么不妥，便喘了一口气。

"你表大爷？"男人疑惑地看着孙林。

"是啊，我刚从国外回来，北京就这么一个亲戚，我才来找他的。你住隔壁？"孙林生怕男人再问些什么，便迅速把话题转移到了对方的身上。

"嗯。我就住旁边。"

"我表大爷，他……抱歉，我现在情绪太激动了，"孙林影帝般露出了悲伤的表情，"他……什么时候的事？"

"唉，快半个月了。"男人迅速明白了孙林悲伤的原因，很配合地送上同样悲伤的表情，他甚至走到孙林身边，友好而悲痛地拍了拍孙林的肩头。

我站在孙林背后，虽然看不到他的表情，但通过男人一连串的反应，我相信此时的孙林一定是一副悲戚心碎、我见犹怜的德性——要不然男人的态度怎么会来了个一百八十度转变，开始像安慰小女孩一样安慰他呢？

孙林似乎低头抹了一下眼泪，这个举动差点让我笑出声来。他坐在堂屋的椅子上，低声叹起气来。男人同样示好地叹了口气，旋而坐在了孙林身边，仿佛唠家常的亲戚一般。

"不好意思，刚才我太冲动了。"孙林轻轻地拍了拍男人的胳膊，算是道歉。

"没事没事。那啥，你，你也别太难过了。那啥，人嘛，总有这么一天的。那啥，你节哀顺变啊。"看起来这个男人根本不会安慰人。

“他，他是怎么走的？”孙林忧伤的声音让我都快掉眼泪了。

“唉，掉河里了。可怜啊。”男人重重地叹了一口气。孙林听到这个结论显然吃惊不小，他立刻回头看了一眼同样吃惊的我——林吉贤是淹死的？

“掉河里的？”

“嗯。半个月前，我想想是哪天……老头出门钓鱼，晚上没回来，我就报警了，第二天在河边发现了他钓鱼的东西，还有他的衣服。”

随后，男人给我们讲述了林吉贤可怜的最后一段时光。

男人是三年前来北京打工的，他租住了林吉贤隔壁的房子，因此一来一往便与林吉贤相熟。在这块洋溢着外省小镇气息的地方，邻里关系非常亲密，大家不但经常串门聊天，还常常在一起吃饭喝酒下棋，关系比一般亲戚还要亲，不像高楼中的邻里，一辈子都说不上一句话。

男人对林吉贤的了解不多，因为林吉贤话很少。话虽然少但林吉贤是个很喜欢听人说话的人，他常常带着很便宜的酒去男人家，跟他下棋，或者听他讲自己老家的故事——一个孤苦伶仃的老人和一个在京城打工的清苦男子就这样成了寂寞世界里的忘年之交。三年来，男人从来没有见过什么人探访过林吉贤，只是知道老头靠“下岗”后的几万块钱艰难度日。这个老头孤身一人，没事就喜欢找人喝酒聊天，尤其是找他，也喜欢去通惠河钓鱼游泳。

通惠河禁止钓鱼，更禁止游泳，因为那里淤泥太厚。但通惠河离此处走路不到半个小时，是林吉贤可以找到的最近的休闲之处，因此他常偷偷去钓鱼，一钓就是大半天，还会游上个把小时，算是每天的功课。工作人员有时会去阻拦他，但面对一个七十多岁的执拗老头，谁都没有有效的办法，因此大家渐渐地也就听之任之了。

半个多月前，林吉贤像平日里一样拿着渔具出了门，但整整一晚上都没有回来。平时林吉贤钓完鱼游完泳回家，都会去隔壁男人家坐一会儿，下两盘棋，聊会儿天，如果哪天运气不错钓着鱼了，还会跟男人一同分享。那天夜晚，男人并没有等到林吉贤。深悉林吉贤生活规律的男人心中渐渐不安起来，他差不多每隔一个小时就去林吉贤家看一眼，但整整一宿都没有发现他的身影。第二天男人报了警，警察在通惠河边发现了林吉贤的渔具和衣物。

故事就此结束了——由于没有任何亲属，没有任何人强烈要求警方寻找尸体，因此，警方花了几天时间打捞未果后就放弃了寻找，毕竟所有溺毙的案子中能找到尸体的案例不足百分之六十。于是一个曾名噪一时的工人哲学家就这么长埋在了通惠河厚厚的淤泥之下。

由于找不到任何亲属，街道办事处料理了林吉贤的后事。林吉贤生前不愿麻烦别人，死后也没有留下任何麻烦，他甚至没有麻烦别人为他找一块墓地、找一方骨灰盒，而是干干净净地把肉身献给了通惠河的鱼群——一个曾经荒唐的名人，荒唐地结束了自己的一生。

男人讲述这个悲惨的故事时流了许多眼泪，他的眼泪不单是因为林吉贤凄惨的晚年，更是因为林吉贤把他当成了人生最后的朋友。他知道林吉贤曾有过妻儿，几十年没有任何的联系，直到去世都没能与妻儿见上一面。

林吉贤去世后，男人每天坚持来房内打扫，他想让老头在世上最后的栖身之所能整洁如故。他知道，过不了多久他也会离开这里，因为这片地几年前就被开发商买下，平房区很快就会被拆除，盖起新的高楼，林吉贤意外的身故，为开发商省了不少的麻烦，由于他没有任何亲属，开发商可以省去很大一笔拆迁补偿款。

让男人感到恼怒的是，由于他与林吉贤生前关系很好，很多人怀疑他对林吉贤如此之好是别有所图——林吉贤没有亲戚朋友，房子很快会被拆除，你跟他天天走这么近，是不是琢磨着让他把房子留给你啊？——世态炎凉到如此程度，简直令人发指！

还有一件事情让大家更坚信了自己恶意的揣度。林吉贤死后，他家的房本不见了踪影。街道办事处和一些陌生人把他家翻了个底朝天，却一无所获。于是，经常会有陌生人找到男人，恐吓他交出房本。男人一无所知，因为林吉贤根本没有把自己的房本给他。陌生人恐吓无果后警告男人：就算房本在你手里你也休想拿到他的补偿款，你要是哪天敢拿着他的房本跑来要钱，我们就弄死你！

男人说到这里时表情极为落寞，也许他纯洁而简单的大脑根本想不到为什么当今社会所有人的感情都要用金钱来衡量。他没有理会别人的误解和恐吓，依然每天打扫老头的房间，守卫着老头最后的栖息之所。

“他是哪天出的事？”听完男人的故事后，孙林并没有让自己沉浸其中，而是迅速理清了思路，直奔整个故事的关键所在。

“我想想。”男人收拾了一下情绪，静静地在脑中搜索了起来，我和孙林大气不敢出地等待着他。我相信我和孙林此时的心理状态是一样的，因为按照男人的说法，林吉贤是半个多月前死去的，而半个多月前正是符号出现在我们生活里的时间！

过了大概一根烟的工夫，男人说出了林吉贤溺毙的日子，而他说出的这个日子让我和孙林血脉偾张——林吉贤溺毙那天，正是丁教授死亡的前一天！

第二十九章

在我的脑海中，这一切的秘密都源于那天我跟丁教授参加的酒会——酒会上我认识了大谷裕二和吴丽丽；酒会当晚，丁教授被杀，一切未知的迷雾向我袭来；而丁教授向我暗示的这个林吉贤，竟然在丁教授被杀的前一天溺毙！

这一切难道都是巧合？——不，绝不可能——与秘密相关的最重要的两个人时隔一天全部死亡，这很难说是巧合！

丁教授是上午给我打的电话，让我跟他一起参加酒会——按照常理，大谷基金会请丁教授这种级别的人肯定会至少提前一天邀请，不可能下午开酒会上午才邀请。这就意味着，丁教授收到邀请时林吉贤还没有死。如此看来，丁教授肯定知道大谷基金会邀请他参加酒会的真正目的，肯定知道酒会上符号的出现意味着什么。既然丁教授事先知道这一切，而林吉贤又是与符号密不可分的关键人物，那丁教授收到邀请时，会不会把一切都告诉了林吉贤呢？

排除巧合之说，目前看来丁教授肯定把事情告诉了林吉贤，因为如果林吉贤真的是破解符号的重要人物，那符号重现人间的事情丁教授肯定会告诉他，而且肯定会让他知道我即将成为破解符号的关键人物。如果林吉贤对这一切一无所知的话，那丁教授所有的安排将全部失败——他让我介入事件、给我关于林吉贤的暗示以及他的死，都将变得毫无意义！

可如果林吉贤真的能给我“大得想不到的帮助”，那这个目前为止唯一能真正帮助我的人，为什么会在符号出现前一天溺毙呢？

想到这里，一阵刺骨的寒意突然向我袭来——林吉贤不是自杀，更不是意外死亡！

他知道自己肩负的责任！他怎么可能自杀？怎么可能让自己冒意外死亡的风险？他当然知道自己的岁数，也知道通惠河河道复杂、淤泥横生，他怎么会在如此关键的时候跳到河里让自己“意外死亡”呢？

一个人，如果车里坐着他深爱的妻子和孩子，他会故意喝一斤白酒把车开到两百迈吗？

因此，到目前为止，林吉贤的死只有一种可能性——被杀！

可仔细一想，这唯一的可能性也不太可能。因为按照之前的分析，那些杀丁教授的人是在确认符号落到丁教授手中后才动的手，而林吉贤是在丁教授拿到符号前一天死的，当时杀手们还不确认丁教授是否真的拿到了符号，所以他们没有必要杀林吉贤，即便想杀，也应该是在丁教授拿到符号之后！

那林吉贤究竟为什么会提前一天被杀呢？

虽然他被杀的原因我还不知道，但可以肯定的是，他在破解符号中所能起的作用已经暴露了。可“林吉贤”这个名字丁教授保护得如此好，连神通广大的大谷裕二、吴丽丽和孙林事先都不知道，杀手是如何知道的呢？如果杀手的确是孙林所说的那个强大组织，可他们是通过我的调查才能引出并杀掉所有人，而林吉贤死的时候我连酒会还没参加呢。

所有可能都被排除后，我彻底傻眼了——老天，你千万别告诉我，林吉贤的死真的是意外啊！

男人奇怪地看着我和孙林，他不知道为什么我和孙林如此关心林吉贤死亡的日子，更不知道为什么当我俩得知死亡日期后表情会如此凝重。

“兄弟，我表大爷生前有没有跟你说过什么事啊？不一样的事。”孙林沉思了一会儿之后，盯着男人看了起来，也许他想从男人的脸上捕捉到一些信息吧。

“不一样的事？没，老头很少说话，总是爱听我说。咋了？”

“我想多了解了解他，毕竟亲戚一场，到头来也没送过他。”

“嗯。他真没说啥，有时候就说点他老婆孩子的事。”

“老婆孩子？”孙林和我的眼睛同时亮了起来。

“嗯，他说他老婆很漂亮，孩子特别可爱，还说自己对不起他们，老念叨这些，车轱辘话来回说。”

“然后呢？”

“然后？然后就说老婆孩子现在在国外很好，他很高兴，又说很对不起他们。”

“为什么对不起？”

“我也问过，可他不说，我一问他就叹气，那我就不问了呗。”

“他有照片吗？老婆孩子的。”

“没。他说那年头穷得哪有钱照相，他也总是后悔，连一张老婆孩子的照片都没留下。”

“那，他有没有什么朋友啊？或者你见没见过他跟什么人来往过啊？”看到问不出更多的东西，孙林转向了别的方向。

“唉，我白天在工地上干活，哪能全知道啊，是吧？反正我见到的时候他都是一个人……没错，真就一个人。”男人想了想，然后语气很坚定。

“行，多谢你了。”孙林说完从口袋里拿出了几张百元大钞，“谢谢你这么照顾他，我代表家里人感谢你，你一定要收下，这是家里人的心意。”

“大哥，你这是往我脸上吐口水啊！”

男人坚决不要，孙林坚决要给，两人就这么来来回回推让了半天，最终，在男人表示“你要是再给我就把它们烧了”之后，孙林放弃了，然后紧紧地握住了他的手，仿佛多年未见的生死之交。

随后男人离开了屋子，按他的说法是不想打扰我们对长辈的追思，我们也没有挽留，感激地送他出了房间。

“这年头，这样的人太少了。”男人走后，孙林叹了一口气。

“嗯。”我心情沉重地坐在椅子上，心里很不是滋味，一来为了林吉贤的死，二来为了这个当世罕有的朋友。

我曾听过一个故事，说的是中国古代有两个人，他们真正践行了友谊的真谛。一次，两人因故要分开一段时间，就相约某年某日在某地重逢。约定既下，两人就此别离。到了相约的那一天，其中一个朋友远在千里之外，将此事忘得一干二净。夜晚来临，这个朋友突然想起了几年前的那个约定，他惊慌起来。按照他当时所在的位置，无论如何都无法在当日赶到约定的地点。为了不违背对朋友的承诺，他当即自杀，因为他听说，魂魄可以不受时空限制，只有死后才能让自己的魂魄如约与朋友相见。最终，他的亡灵见到了在约定地点等候的朋友，他用自己的生命诠释了什么叫友谊，什么叫承诺。

我曾给一些朋友讲过这个故事，大家的反应都是狂笑不已！！！

也许，面对当今的世道，中国古代所有关于“忠、孝、礼、义、信”的故事都不过是一本本笑话大全吧！

“接下来怎么办？”良久，我问孙林。

“继续打听！一个人不可能就这么莫名其妙、不声不响地没了，只要有一线希望我们就不能放弃。我先回去查清楚屋里的足迹和手印。”

“这些痕迹这么乱、这么多，怎么查啊？再说，就算全比对出来我们也不知道都什么人来过这个屋子啊？”

“那个人不是说了嘛，林吉贤没有朋友，他死之后只有街道办事处的人来过，所以只要先掌握了刚才那个人和街道办所有来过这个屋子的人足迹、手印和指纹，用排除就行了。当然，还要查房地产开发商，不是曾有人来找过林吉贤的房本吗？”也许是为了让我安心，孙林把事情说得仿佛喝杯水那么容易。

“好吧，反正你神通广大，”我不再质疑，“不过，我还想让你帮个忙。”

“以后能不能不用‘帮’这个字眼？这是咱们共同的事情。”孙林佯装不满。

“好。你帮我……你去查查林吉贤的通话记录。”

“我还以为是什么呢。不用你说我也会查的，放心吧。我不但要查这些，还要查他的老婆和儿子现在到底在什么地方。”

没错。林吉贤如果真的死了，那么我们不得不翻出几十年前的旧账，找出他的妻子和孩子。

“那咱们先去街道办事处吧。”我起身准备离开。其实我让孙林查林吉贤的通话记录并不单单是想知道他跟什么人联系过，更想通过这个办法回忆一下我到底在什么地方见过他的号码。

“不，这种事咱们不用亲自去。要是什么事咱都亲力亲为，不但耽误进度，还得把咱们累死。这事我交给手下人去办，咱们先回四合院。”

“行。正好我还想到了别的事情，得尽快去查。”

“什么事情？”

“上车再说吧。”

“行。”

“走吧。”

随后，我跟孙林离开了林吉贤的房子。临走时，我们恭敬地关上了房门——林老先生，如果您在天有灵，千万要多给我们些提示啊！

我和孙林各怀心事地闷头朝车的方向走去，刚走了一会儿，突然听到身后有人喊我们，我俩立刻回头，发现刚才的那个男人正从自家门口朝我们跑来。

“怎么了？”孙林连忙迎上去。

“我刚刚想起一件事。”男人喘了几口气，然后盯着孙林。

孙林立刻和我对视了一眼，似乎预感到重要的信息即将出现。

“什么事，你说。”

“你表大爷‘走’那天，他好像不太对劲。”

“不太对劲？怎么了？”孙林和我的血液沸腾起来。

“说不好。那天他拿着渔具出门，经过我家门口的时候正好我没关门，我见着他就跟他打了个招呼，问他去干吗，他说是钓鱼去，可我觉得他那天特别着急，还穿了身新衣服，皮鞋擦得锃亮。这可是我头一回见。”

钓个鱼干吗这么着急？——这很反常。穿新衣服、皮鞋擦得锃亮？——这更不可能是去钓鱼的打扮！

“然后呢？”

“然后他就急匆匆地走了，我也没多问。”

“他是一个人走的吗，没有别人？”

“没别人。”

“那前几天你跟他聊天的时候，有没有发现他有什么不一样的地方？”

“没，没看出来”。

“这事你跟别人提过吗？”

“我是刚想起来的，从没跟人说过……”男人说着说着突然停住了，眼神中渐渐闪出了一丝疑虑，“你，你真是他亲戚？”

“是啊，怎么这么问？”

“没事，我瞎问的。”疑虑在男人的眼中更加明显了，他正要转身离开，又突然回过身来紧张地看着孙林，“难道老头不是意外死的？”

“我怎么知道。”孙林显得很落寞。

真是言多必失。也许我们太过着急，在问话中透露了太多信息，听上去不太像来寻亲戚，更像是来调查林吉贤死因，也难怪男人怀疑我们的身份。

“我只是想知道表大爷是怎么‘走’的。”孙林无力地解释道。但显然，一个人的疑心一旦出现，很难靠一两句话彻底消除。男人发现了我们的反常后，变得很紧张，似乎有些后悔跟我们说了这么多。

“你，你表大爷的死真的跟我没关……”男人越发慌张了。

“你想多了！我完全没有怀疑你，真的，我发誓。我只是，只是随便问问而已。”解释越来越苍白，于是孙林索性不再解释了，“谢谢你，真心谢谢你！”孙林意识到我们的出现给男人平添了无谓的烦恼，我们还是不要继续打扰他为好。

孙林和我对男人表示了极大的感谢，就快步离开了。男人在原地站了好久，整个人仿佛被霜打了一般。

第三十章

孙林开着车，一言不发；我坐在副驾驶的位置，一言不发——我们无意间伤害了一个好心的弱者，将不安和恐惧带进了这个弱者的生活，实在是太不应该了。我们离开之后，男人会怎么想，他该如何化解因为自己的善意而平添的这些痛苦呢？

如果善行得来的是烦恼和恐惧，那世人还怎么继续行善呢？

“事已至此，别多想了。但行善事，莫问前程，那个人一定会有好报的。”许久后，孙林斜眼看了我一眼。

想与不想又能怎样呢，我叹了口气。

孙林开着车朝城里驶去。不过他没有走常规的路，而是从四惠桥往高碑店方向兜了一圈，因为这样能看到通惠河。

“我先送你回四合院。”

“你呢？”

“我得安排人去查这些。”孙林指了指自己的手机，显然他说的是手机里拍下的痕迹，“还有，在河边钓鱼的人肯定不止林吉贤一个，我得再去找找别的钓鱼的人，没准能发现些什么。”

“好。”我不再说话。

车兜了一大圈之后沿着通惠河北路直奔城里而去。我渐渐感觉到自己的脸有些疼，火辣辣地疼，我不自觉地揉起了脸。

“现在别揉，不然你的脸就花了。你房间里有药水，回去之后清洗掉就行了。”孙林看到了我的举动，连忙制止。

我看了眼表——从一大早我跟小马互换面孔到现在，将近十个小时了，看来易容药水的功效开始褪去。

“不会毁容吧？”我下意识地问道。

孙林笑了一声，没有回答。我知道自己多虑了。

“刚才你说要查别的事情，是什么事？”孙林看了眼因为脸疼而龇牙咧嘴的我。

“我上午跟你说过，关于符号的事情不仅我知道，别的人也知道，而且比我提前知道。”

“嗯，你提过。怎么了？”

“符号的秘密是通过两个渠道传出来的，一个是西克教授，另一个是阿瑟教授。我所掌握的渠道是从西克教授这一支传下来的，那么别的人一定是从阿瑟教授那得知的。”

“应该是。既然林吉贤这条线暂时断了，的确应该从阿瑟教授那查查。那你查阿瑟教授那条线，我查林吉贤这条。”孙林不由地加快了车速。

“不过有些事得你来做，毕竟你本事比我大。”

“义不容辞。说！”

“阿瑟教授的寓所当年被大火焚尽……”

“查失火的原因？”

“嗯。查出来到底是意外失火还是有人在掩饰什么。”

“肯定不是意外失火。”孙林毫不犹豫地说，“你不是跟我说过嘛，他的研究材料都在寓所里。如果真是意外失火，那他的研究材料全都被烧光了，别的人怎么可能从他那掌握符号的事情，对吧？这种偷完东西然后放火的事情我没少见。还有，以后咱们要把‘意外’这个词彻底从脑子里删掉，我们要把所有的事情全部当成是人为的，只有这样才能突破别人制造‘意外’的假象，查出真相。如果什么事都首先以为是‘意外’，那还怎么展开调查？”

“可世界上真的会有意外啊。”

“只有所有的可能都被排除后，才能这么认为——所有的可能！”孙林着重强调了一下“所有”这个词。

也许世上所有的事情，在孙林看来就是如此吧。我无话可说，只能认可。

一路无语。

孙林把我送回北兵马司的四合院后，就开车离开了。在他离开之前，我再三恳请他帮我打听一下林菲和李少威的近况——虽然我知道孙林还有很多的正事要处理，可如果丝毫没有他俩的消息，我心里总觉得不踏实。孙林显然知道我的心思，他保证一定会尽快告诉我他俩的情况。

回到四合院，我来到孙林为我准备的房间。我的房间紧挨着凸字型的那间屋子，原想进那间屋再次看看司母戊鼎，但孙林临走时告诉我，因为要扫描东侧壁和左耳，他的人下午已经取走了它。于是我哪儿都没去，回到自己的屋子，用药水洗干净脸，还原了自己真实的模样。

屋里有一张舒服的小床，床旁边是一个简易衣柜，孙林为我准备了多套衣服，不用试就知道一定是合身的。屋子的另一角有桌椅，桌上放着一台笔记本电脑，我试了一下，可以上网，不但网速快得惊人，而且电脑还安装了很多奇怪的程序，孙林在出门前一一告诉了我这些程序的作用和使用方法，万幸，不是太难。我拉开桌子的抽屉，里面有纸和笔，还有一摞厚厚的钞票。看来孙林一切都为我准备妥当了，这让我心里很踏实。

不过这些安排都不重要，重要的是电脑旁边的一张纸条——这张纸条上写着多组密钥。我可以靠着这些密钥，通过这台电脑进入任何电脑系统！

按照孙林的说法，所有电脑的程序无论设置多少障碍都是可以进入的。一种方法是通过各种黑客手段，强行攻入，就好像无论我们安多少防盗门，设置多少门前机关，只要手段高超，一样可以进入；另一种方法则更为隐秘，但一旦掌握就会非常容易进入——那就是找到这些程序的后门。所有的程序都有后门，只是一般人找不到，一旦找到就可以轻松推门而入。

面对着这样一台电脑，我心潮澎湃，仿佛世间一切秘密都唾手可得。我坐在电脑前，定了定心神，准备开始大干一番。可准备开始工作的时候，我突然发现，我手边根本没有那组符号。

坏了，誊写符号的草纸我藏在了宿舍里！

我连忙拿起手机打给了孙林，告诉他符号所在的位置，让他想办法帮我拿过来，孙林在电话中一口答应——符号藏在李少威塞满臭袜子的抽屉里，一想到孙林打开抽屉后的表情，我就忍不住要笑出声来。

可一想到符号，我又完全笑不出来了。符号目前看来一共有四份——贝叶经上的原件，在大谷裕二手中；一张照片，吴丽丽给了丁教授，丁教授给了我，有人从我这偷走了；一张纸，我誊写的，目前跟臭袜子在一起；另一张誊写过的纸，吴丽丽在她的别墅中给了我，目前也许还在别墅的书房中。

我和吴丽丽逃离别墅的时候，誊写符号的那张纸就在书房的桌子上——两天时间过去了，那张纸还在吗？

也许三楼房间的那个人拿走了？或者跟踪吴丽丽并在她车内安装炸弹的人拿走了？或者吴丽丽这两天返回别墅拿走了？如果是吴丽丽拿走的还好说，要是别人拿走的话不就意味着这份如此重要的符号又落在了别人的手里？那符号自出现之日起，岂不是已经丢失了两份！

这恐怕是大谷裕二和吴丽丽始料未及的吧！

算了，先不管这么多了，既然这么多人都冲着符号来，那就看谁有本事最先破解它吧——可我现在该从什么地方下手呢？

记载着秘密的贝叶有两份，刻有符号的那一份在大谷裕二手中，刻有其他内容的那一份被勒科克和格伦维德尔拿走了。好，既然我已经有了大谷裕二的这份，那就从勒科克和格伦维德尔那份查起吧。

我闭上眼睛，拼命的在脑中回忆着我在别墅书房的发现。慢慢地，那些线索一一出现在我的脑中——勒科克和格伦维德尔在中国发现了残缺的贝叶，然后把它拿给了西克教授和阿瑟教授。阿瑟教授的研究成果丢失，他本人死在精神病院，所以勒科克两人没有从他那得到结果；而西克教授在破译了贝叶的内容后拒不告诉二人，无功而返的两人将那部分贝叶捐给了德国民俗博物馆……

德国民俗博物馆?!

我火速打开电脑，开始查阅所有与勒科克和格伦维德尔相关的德国民俗博物馆的资料。

网上关于德国民俗博物馆的资料可谓卷帙浩繁，可有关勒科克与格伦维德尔捐赠的资料却屈指可数，只是简要地提到这两人将从中国盗来的大量文物捐献于此。至于这些文物的下落，却语焉不详。有些资料显示，这些文物在入藏博物馆时，编号极为混乱，很不科学，给学术研究带来了极大的麻烦。比如，编号以T开头，指吐鲁番考察队所获资料，后用空格Ⅰ、Ⅱ、Ⅲ、Ⅳ表示考察队次，再后面用空格写出土地的缩写词——G为高昌古城，K为库车地区，S为硕尔楚克，T为吐峪沟，Y为雅尔湖——然后空格后写数字编号。这样的编号方式，使后人只能搞清文物的出土地，而文物之间的相对位置和所属的文化层等重要信息全部缺失。

更重要的是，所有公开资料中根本没有提到两人曾捐献过那份残缺的贝叶经。

这样的查阅结果并没有出乎我的意料，因为我早已经意识到，所有人都能查到的秘密，就不是秘密。于是我决定从民俗博物馆的封存档案中查找。

德国民俗博物馆的网站就是一个电子博物馆，里面可以看到所有馆藏宝物的图片和视频材料。就在我进入网站的后台程序后，我发现，这个网站中隐藏着一个秘密文档，这个文档中的内容让我大为振奋。

文档里有许多的文件夹，这些文件夹以德文命名。虽然不懂德文，但在翻译软件的帮助下，我还是很快知道了这些文件夹的名称。我顿时觉得很奇怪，因为它们都以时间命名——分别写着“三十年”“五十年”“六十年”，还有一个文件夹写着“六十年后酌情而定”。

我先进入了标有“三十年”的文件夹。可气的是，里面的文档通通是德文，要是把它们都翻译出来，没十天半个月是绝难完成的。另外三个文件夹里面居然也都是德文！

我沮丧地靠在椅背上，暗自恼恨自己不懂德文。不过恼恨归恼恨，现在的我已经不会遇到困难就轻易放弃了，我必须理清思路迎难而上。这个文档为什么要隐藏起来？显然，是不愿意被别人看到，也就是说，这些文档肯定与某些秘密有关。可是以时间命名又是什么意思呢？

盯着眼前的这些时间，我努力在脑中思考起来——三十年、五十年、六十年、六十年后酌情而定？——难道这是保密期限吗？

记得我曾看到过一些资料，讲到有关秘闻的保密期限。不同历史时期发生的秘密，当时如果被人知道可能会引起麻烦，所以政府会给这些秘密设置保密期限，一旦多少年过后，这些秘密对人们不会造成现实麻烦、仅成为历史材料时，这些秘密就可以现身。比如著名的卡廷惨案。当年苏联入侵波兰时，将波兰的高级军官、知识分子、科学家和政界人士等两万多人全部屠杀，基本毁掉了波兰社会的精英，当时苏联将这一惨案诬陷给了纳粹德国，给德国制造了极为不利的世界影响。时隔多年后，当这一惨案的材料被解密后，世人才知道这一切都是苏联所为。

按照惯例，当秘闻过了保密期限，这些秘闻就可以告知天下。但一些极为重要的秘闻却可以无限期推迟解密，而这种无限期推迟，则更增加了人们对秘闻的好奇。比如二战期间，纳粹德国横扫欧洲，势不可当，屯集重兵想要拿下英国。当时德国与苏联签订了互不侵犯条约，而美国此时正奉行不参战的“孤立主义”，所以，就当时德国和英国的实力来看，德国完全可以拿下英国，而且已做好了充分的准备要这么干。奇怪的是，德国突然将大量军队从西方调往东方，开始进攻苏联，最后失败。目前已经知道的秘密是，就在德国准备进攻英国前夕，德国副统帅突然只身来到英国，与英国密谈后转而进攻苏联！全世界都想知道他们密谈的内容到底是什么。按照当时英国政府的规定，与这份密谈有关的材料六十年后才能解密。世人苦等了六十年，可六十年后，英国政府宣布，这份材料将再封存六十年！二战已经结束六十多年，按理说任何秘闻都不足以对当下世界产生影响，可为什么那份材料还要再封存六十年呢？他们的密谈到底隐藏了什么秘密，以至于要封存至少一百二十年呢？

谁知道！

一阵胡思乱想后，我大概明白这四个时间段所表达的意思了——这四个文件夹中的内容分别表示了它们所需要封存的时限！

可即便如此，我怎么才能知道与贝叶相关的材料在哪个文件夹中呢？

思前想后，我实在想不出什么简洁有效的好办法，只得采取最麻烦、最费时费力的办法——在所有文档中搜索与“勒科克”和“格伦维德尔”有关的文件。

我按照孙林在电脑中为我准备好的搜索程序，输入了这两个人名字，电脑开始快速搜索起来，屏幕上闪烁的字符仿佛暴雨的雨滴一样，急速而细密。

十几分钟过后，电脑锁定了一份文件，而这份文件隐藏的位置让我心头一紧——“六十年后酌情而定”。

我将这份文件输入了翻译软件，所幸文件只有一页，所以没过多长时间，文件的内容毫无障碍地出现在了我的眼前。

文件虽短，可里面的四段内容却有足够的爆炸性：

第一段内容：勒科克捐给博物馆的大量文物中有一个独特的箱子，里面是许多失传的印欧小语种的文字，包括很多份残缺的贝叶！身为博物馆馆长的格伦维德尔和他的助手勒科克，当然知道这些文字的巨大价值，尤其是其中的一份贝叶，但知道贝叶内容的只有西克教授和阿瑟教授，两人不愿告诉他们内容，所以他们希望继续寻找能破译贝叶的人。格伦维德尔还就此立下规矩：这个藏有贝叶的箱子除历任馆长外任何人不能开启。

第二段内容：民俗博物馆的新任馆长曾在 1928 年到 1933 年邀请土耳其著名语言学家艾合买提前来破译那些文字，没想到艾合买提竟偷走了其中的一部分贝叶，将它们卖给了日本人山口常顺。

第三段内容：二战末期，为防止盟军轰炸，博物馆将很多重要文物藏在了地堡和矿井中，有些甚至还沉在了护城河里。由于事情紧急，隐藏时过于慌乱，并不清楚放有贝叶的箱子被藏在了什么地方。

第四段内容：盟军曾至少七次轰炸民俗博物馆。战后，盟军和苏联大肆寻找这些文物，盟军从地堡和矿井中找到了一些，苏联从护城河中打捞起了五箱文物。而苏联解体后，日本人高价买走了这些文物。

文件的最后一句话是："藏有贝叶的箱子下落不明，但我们必须让全世界知道，我们没有丢失任何一件文物。"

看罢这份文件，一个巨大的铅块砸进了我的心里——贝叶下落不明？

按照文件中的内容，贝叶的去向有这么几种可能：

第一，艾合买提偷走贝叶并卖给了日本人——艾合买提为什么要偷那些贝叶？他知不知道其中一份贝叶隐藏着秘密？他偷那些贝叶的目的是什么？如果是自己研究所用他为什么又要卖掉？为什么买贝叶的是日本人？大谷家族有贝叶的下半部分，他们当然知道贝叶的重要性，那么有没有可能是：他们得知博物馆请艾合买提研究贝叶，所以高价指使他偷走那些贝叶呢？这个山口常顺是不是大谷家族的人呢？

我在纸上重重地记下——"调查山口常顺！"

第二，二战时箱子被盟军炸毁——如果那个存有贝叶的箱子由于时局混乱没有被带出去隐藏，那很有可能已经被炸毁。可这其中有一个非常诡异的信息，那就是：盟军不下七次轰炸博物馆！——战争时期，盟军轰炸了德国的很多战略设施，比如政府机关、兵工厂、炼油厂、机械厂，等等，炸这些地方情有可原，可为什么要轰炸一个博物馆呢？而且为什么要炸七次以上呢？

当年，为了摧毁德军的豹式坦克生产厂，盟军曾轰炸过三次。盟军轰炸如此重要的兵工厂只用了三次，却至少七次轰炸一个民俗博物馆！难道盟军知道这个博物馆里隐藏着什么重大的战略秘密吗？

我在纸上记下。“盟军有可能知道贝叶的事情，盟军是怎么知道的？”

第三，二战结束后，盟军找到了这个箱子，拿走了贝叶——二战之后，盟军曾疯狂地寻找民俗博物馆的藏品，并找到了许多，贝叶很有可能落在盟军的手里。

可这第三点的怀疑与第二点相矛盾——如果盟军知道贝叶的重要性，那么他们在找到贝叶之前为什么要玩命地轰炸博物馆？如果他们不确定贝叶已经被运出，那么他们炸烂博物馆不就什么都拿不到了吗？除非他们确定箱子已经被妥善藏好，可又没有任何证据能证明这些。

我在纸上记下——“第二点与第三点矛盾。”

第四，贝叶藏在被扔进护城河的五个箱子里，被苏联人拿到。——苏联二战后跟美英争夺德国文物的事情已经不是秘密，他们极有可能打捞这五个箱子。那么苏联人知不知道符号的事情？通过我的分析，他们可能不知道，否则他们不会在解体后把这五个箱子卖给日本人。

又是日本人！

看来贝叶上半部分的下落有三种可能:被炸毁，在盟军手里，在日本人手里。

如果是被炸毁,那这上半部分贝叶的原件就彻底消失了。不过原件虽然消失，但仍有人知道其中的内容，那就是阿瑟教授和西克教授。如果贝叶没有被炸毁，而是在盟军手里，他们要想知道其中的内容也必须找这两位教授。如果贝叶在日本人手里，就意味着日本人拥有了完整的贝叶！

由此看来，虽然荻原云来在西克教授那儿碰了一鼻子灰，可大谷家族并没有放弃破译贝叶，他们不但通过一个土耳其人卑鄙地偷走了贝叶，居然还等了几十年，一直等到苏联解体，高价购买了贝叶可能的藏身之所。

可山口常顺究竟是不是大谷家族的人呢？从苏联那儿购买五箱文物的日本人跟大谷家族有什么关系呢？——虽然我目前还无法肯定这几者的关系，但既然那部分贝叶是大谷家族孜孜以求的东西，而这些日本人肯定与大谷家族脱不了干系。

对于日本人在这份文件中频繁地出现，我虽然感到惊讶但并非不可思议，毕竟大谷家族曾要求所有家族成员无论何年何月都要寻找并破解符号。让我匪夷所思的是盟军！

想到孙林反复的提醒，我要放弃所有关于“意外”的猜想，要把事情往最极端的方向推导——盟军不可能不知道贝叶的事情，否则他们不可能疯狂地轰炸博物馆。可既然他们如此歇斯底里地轰炸博物馆，那岂不是说明他们已经知道了贝叶不在馆中？可既然西克教授对贝叶的内容守口如瓶，那盟军是怎么知道关于贝叶的事情呢？

阿瑟教授！

盟军从阿瑟教授那获知贝叶的秘密——阿瑟教授寓所大火——博物馆被炸……

一阵寒意从我脚底凭空而上，让我渐渐理清了关于阿瑟教授寓所大火的线索——如果阿瑟教授寓所的大火是人为的，那只有两种可能：大谷家族和盟军。大谷家族在西克教授那碰壁之后，他们一定会去寻找阿瑟教授。可如果是他们偷走阿瑟教授的研究成果并放火掩盖真相的话，那么他们通过这些研究成果可以破译贝叶的上半部分，自然进而可以破译他们已经拥有的下半部分，那就意味着他们将完全洞悉整个贝叶的秘密，也就根本不会发生这半个月来所有的事情，因此阿瑟教授成果被偷以及寓所大火不可能是大谷家族所为。

那么只剩一种可能，那就是盟军。

如果这个判断没错的话，盟军既然偷走了阿瑟教授的研究成果，那么他们就知道了贝叶上半部分的全部内容，这上半部分贝叶的原件是否在他们手中就不重要了。如果在他们手中最好，如果不在，那他们一定也不希望别人拥有，因此才猛烈地轰炸博物馆，还在战后拼命地寻找被隐藏的文物。

如果这一切成立的话，那么已经掌握了上半部分内容的盟军，此时一定也在疯狂地寻找下半部分的贝叶！

那具体实施这一切的是盟军的什么部门？他们是美国人、英国人还是法国人？他们找到了下半部分的贝叶——也就是这组符号了吗？

如果他们找到了，那么整个秘密他们就已经完全掌握，那么他们就掌握了孙林口中“也许所有人都会死，也许所有人都永远不会死”的秘密——莫非他们就是那个想要杀光所有试图知道秘密真相者的强大组织？

如果他们没有找到，那他们现在一定在想方设法寻找符号——我的天，符号自出现之日起，已经丢失了两份副本！他们到底是谁？是从我宿舍偷走符号的人？还是隐藏在别墅三层的那个人？亦或是在吴丽丽车中安装炸弹的人？他们和那帮黑衣人是什么关系？

黑衣人在被警察拦截时曾亮出身份，警察看到身份后有些敬畏，这么说，他们跟黑衣人应该不是一伙的，否则警察看到国外秘密机构的身份后不应该是那种表情——由此看来，除黑衣人外，我不得不面对另外一股势力。

我彻底崩溃了——无论这些人是否找到了符号，他们的身影已经在我的生活中出现！而这些人，竟然是西方秘密机构的人！

第三十一章

如果想证实上面的推断，就必须查清楚阿瑟教授。因为如果西方的秘密机构介入了整件事情，那他们一定是从阿瑟教授那儿得到的信息。可怎么才能证明他们是从阿瑟教授那获得的呢？

此时我只能寄希望于孙林，但愿他能尽快查出阿瑟教授的背景和他寓所大火的真正原因。

如果我把今天的发现告诉孙林，他会是什么反应呢？西方的秘密机构介入符号一事，恐怕也会让他大为头痛吧。

我拿出手机，想马上把这个消息告诉孙林。可转念一想，这么复杂的事情电话里一时半会儿说不清楚，还是等他回来详细说吧。可当我看着手机，林菲的号码浮现在脑中。林菲，这么多天过去了，你现在到底怎么样了？

每每想到她，我心里就格外难受。我对这个脆弱的、谜一样的女孩实在了解太少，如果没有发生这一切，我们俩的关系会是怎么样的呢？即将毕业的我们会从此形同陌路，各自结婚生子。

一对曾经互有好感的人，各自结婚生子后再次相见是一种怎样的感觉呢？他们会在心里后悔当初没能往前迈出那一步吗？可如果两人结婚，他们面对的也许就是生活中的琐事，面对油盐酱醋和不知何时的生气发火，如果是这样的话，那是不是还不如没能结婚相见时美妙呢？美的东西一定是残缺的吗？

虽然才分别几天时间，可我却始终在对她的思念中煎熬着，这种感觉是爱吗？对我来说，是一起生活后的乏味可怕，还是看着她嫁给别人可怕？好吧，不管这么多了，这一切结束后如果我还活着，那我就告诉她，我爱她，不论结果如何。

强烈的冲动催促着我必须马上见到她——可潜藏在冲动下的理智却提醒我，千万不可贸然行事，倘若一时昏了头，那后果根本是我无法预料的。

我就这么纠结着感到心神不宁。也许是文档的烦心事扰乱了我的心神，勾起了其他的烦心事吧。心境既然乱了，那么所有的烦恼都会乘虚而入。

我站起身活动了一下，想尽快将这些烦恼从脑中扔出去。我不能再想林菲，不能想，不能想……

山口常顺……

当这个名字出现在我脑中，我迅速坐回到电脑前——无所事事只会徒增烦恼，我还是干点正事吧。

对山口常顺的调查迅速验证了我对他身份的怀疑，他果然与大谷家族有关！虽说不是直接的关联，但这些关联足以证明大谷家族的幕后存在——山口常顺把从艾合买提那购买的所有东西捐给了日本的四天王寺，而这个四天王寺竟是日本净土宗所属的寺院！

而日本人从苏联人那购买文物的经费竟然来自于大谷集团！

大谷光尊是净土宗西本愿寺的法主——山口常顺将文物给了四天王寺——四天王寺归属净土宗——购买苏联掠夺文物的经费来自大谷集团……

好一个大谷家族！

大谷家族为了符号真是费尽周章。可惜，他们虽如此殚精竭虑，可上半部分的贝叶仍未能拿到，真是螳螂捕蝉黄雀在后。跟吴丽丽接触的这段时间，她从未提到过任何关于西方秘密机构的事情，难道他们不知道这个“黄雀”是何方神圣吗？可是，以大谷集团的实力和执着的劲头，他们明知自己没有获得上半部分贝叶，不可能不去调查它的去向，既然如此，他们是没有查出来还是对我隐瞒了什么？

吴丽丽现在又在什么地方？

头痛欲裂……

我低头看了眼表，已经午夜十二点了。时间不知不觉地流逝，我的头脑也开始不知不觉发昏起来。我揉了揉发酸的眼睛，晃了晃紧绷的肩膀，心想我该睡觉去了。可这个念头一起，我的肚子马上就不干了——上午的那顿饭现在早已经烟消云散了。

好吧，工作事小，饿死事大，我得出去觅食了。

午夜的北兵马司并没有沉睡，由于是市中心的缘故，很多饭店还没有打烊。我来到了胡同里的一家小饭馆，坐了进去。由于孙林给我留下了很多钞票，我毫不犹豫地大点特点了一番。虽然夜已很深，但还有一两桌年轻人在吃饭，因此馆子显得并不寂寞。饭菜下肚，我的整个身体暖和起来，可身子虽然舒服了，头疼却丝毫没有缓解。细细想来，我已经两天没有睡觉了。

昨晚这个时候，我正可怜兮兮地坐在看守所，面对着看不到尽头的绝望，此时的我虽然重获自由，可绝望的影子仍时时在我眼前出现。一天的时间已经过了，按照孙林的说法，还有六天“我”就要出庭，如果六天后事情仍无法真相大白的话，我将面临什么？

吃完饭，我起身结账。就在我站在吧台前等服务员找钱的时候，我突然用余光发现旁边饭桌上的一个年轻人正盯着我，还悄悄地示意同桌的朋友看我。我不明所以地回看了他一眼，那人连忙把眼神移开，仿佛从未看我，而那些朋友也连忙低头吃饭，似乎在拼命掩饰什么。

他们干吗这么看我？

我心里不禁打起鼓来——这些学生模样的年轻人看上去不过是普通的潮男潮女，没有任何异样之处，通过他们漂亮的五官我能猜到他们可能是附近中戏的学生，可他们为什么要这么神秘兮兮地看我？

我下意识地感觉了一下自己的脸。坏了，我已经洗掉了脸上的伪装，此时的我已经回归了“犯罪嫌疑人周皓”的面孔。难道他们认出了我？

“嫌疑人周皓正在看守所里，我只是一个跟他长得很像的人而已。”

我恨不得冲上去告诉他们这些，可我不能这么做，我只能拿完钱强装镇定地缓步离开。

世上长得像的很多——我一边走一边拼命地安慰自己，恨不得把这个想法强行灌进这些人的脑子里去。

我三步并作两步地朝四合院走去，边走我还边故作轻松，生怕那几个学生跟出来。进门后，我死死地关上了大门。门被关上的一瞬间，我长长地呼了一口气。真是怕处有鬼、痒处有虱，原来被人关注是如此可怕的事情。

我躺在陌生的床上，静静地看着陌生的天花板，试图恢复清醒的头脑，可又惊又累的脑子完全不听使唤，于是没过多长时间，我便酣然入梦。

第三十二章

过度的疲惫并没有让我沉睡，我始终在半梦半醒间挣扎。这一夜我做了许多梦，可醒来后竟一个都回忆不起来。七点多，我睁开了眼，却没有酣睡后的畅快淋漓，反而觉得昏昏沉沉，仿佛又熬了一宿的夜。似睡非睡的恶果使得我既无法起床，又无法继续安睡。

我就像没有灵魂的躯壳似的僵直地躺在床上，脑子丝毫无法运转，只能靠着一点呼吸维持生命。不知过了多久，枕边的手机突然响起，我像受了电击似的抖擞了下精神，翻身接起电话。

是孙林打来的——当然，这个手机只有他会打来。

孙林问我睡得怎么样，我说很差。他让我再躺会儿，他已经在回来的路上，而且带着早餐。我想问他调查有什么眉目，可他很快就挂断了电话，只是让我等着。

一听说他要回来，我立马来了精神。不过让我觉得有些意外的是，他在电话中的语气很平静，完全不像是去调查重大线索的状态。好吧，也许他这样的人永远都这样吧。

我来到盥洗室，洗漱完毕后在院内逛了起来。此时天气虽然已经很凉，空气还算不错，倘若不是有这些糟心事，能在这么一个有花圃的小院中散步也是一件很惬意的事情。我在院内呼吸了些新鲜空气后，开始挨个屋子地转。还好，孙林不像吴丽丽那样，他没有锁任何的房间，因此我可以自由出入。院内两厢的几间屋子布置得很讲究，没有任何异样的地方，只让人觉得这是一个有钱人家。当然，除了那间凸字型的屋子。不过孙林临走时已经关闭了通往地下一层的那个楼梯上的机关，因此此时看去，整个地下一层已经消失不见。

虽然整座小院并无异常，可我心里知道，这里面一定隐藏着我这种人根本发现不了的机关和秘密。

半个小时后，孙林推开大门走了进来，手里拎着几个袋子。

“不是让你再躺会儿吗？怎么起来了？”

“睡不着。”

“先吃饭吧。”

孙林径直走向其中一间屋子。那间屋子是厨房和餐厅的结合体，专为吃饭所设。看着孙林气定神闲的样子，我却耐不住性子，连忙快步追了进去。

“拜托，你怎么这么沉得住气啊，赶紧跟我说说都查出了什么？”进到餐厅后，我忙不迭地坐下，等着孙林打开话匣子。

“先吃几口，咱们边吃边聊。”

“那不行，你得先告诉我。我一宿都没睡好，就是这些事闹的，现在哪还有心情吃饭啊。”

“周皓，我们必须要永远保持头脑清醒和冷静。怎么保持清醒和冷静？那就是要吃好、睡好。身体如果跟不上，脑子就跟不上，脑子如果跟不上的话，对事情的判断就会出问题，所以……”孙林略带笑意地看着我。

“我……我又不是你们专业人士。”

我嘴上不服软。

“我看啊，你真得收收你的急脾气。这脾气要是不改的话，早晚摔跟头。”

“你还有完没完？”我抢过他手中的袋子，拿出里面的包子和米粥，闷头吃了起来。

一笼包子和一碗粥下肚后，我的胃顿时暖和起来，整个身子也比刚才舒服多了。

“说吧。”

孙林乐呵呵地看着一脸不服气的我，从身上拿出一张纸，放在我面前。

“你的记性还真不错。”孙林莫名其妙地来了这么一句。

我疑惑了一下，心想他怎么没来由地蹦出这么一句。随后我抓起那张纸，看了起来——林吉贤的部分通话记录！

我赶忙逐条查看上面密密麻麻的电话号码，刚看了几个，孙林朝其中的一个电话号码指了指，我一眼看了过去。

这是我之前的手机号！——林吉贤给我打过电话？！

我顿时血灌瞳仁，傻了一般看着孙林。孙林看出了我的惊讶，随后又指了指另一个号码。那个号码仍然是我的手机号，不过并不在“已拨号码”那一栏，而是在“未接号码”一栏。

我给林吉贤打过电话？

“往后看。”孙林意味深长地看着我。

手机号后面，是拨号的日期和时间。我回忆起了我和林吉贤是怎样擦肩而过的。丁教授被杀的第二天，我被海淀分局的赵队带到了警察局。在警察局的这段时间我把手机忘在了宿舍。回到宿舍后，我发现手机上有十一个未接来电，十个是林菲的，而另外一个是一个陌生的座机号！车祸发生之后，为了不再连累林菲，我俩相约不再见面，可一天清晨，由于思念林菲，我便翻看手机中她给我打过的所有电话和发过的所有信息，就在翻看的过程中，我留意到了这个陌生号码，之后我狐疑地拨了过去，但没有人接。

这个陌生号码，竟然是林吉贤家的座机号！

“如果去警察局那天，你没有忘带手机，结果会怎么样？”不知道过了多久，孙林打破了我的惊愕。

是啊，如果我带着手机，结果会怎么样呢？我将见到林吉贤，会省去很多的麻烦和不幸，而不会像现在这样一筹莫展。可我有什么办法呢？世间之事往往如此，最大的失败可能源于最小的疏忽，千里之堤溃于蚁穴。

“如果我带了手机，事情也许根本就不会这样了。”我无奈地叹了口气，“我承认，我这人做事太容易情绪化，沉不住气，遇到事总是慌慌张张，毫无方寸。要是当时带上手机，怎么会经历这么多的波折。没准现在我跟林吉贤已经解开这个千古秘密了。”

“你看你，又情绪化了吧？”

“我怎么又情绪化了？我说的是实话，我现在后悔得肠子都青了。”

“哎，你啊，就是欠冷静。你是不是觉得如果你带着手机，就能跟林吉贤通话，就能见到他了？”

“当然了……”话刚一出口，我马上意识到，这个号码的出现确实让我失去了冷静——我怎么可能见到林吉贤？他是在丁教授被杀的前一天溺毙的！

“给我打电话的不是林吉贤！”

“当然。你是在丁教授被杀的第二天接到的这个电话，而这个时候，林吉贤已经死了两天。这也就是说，有人在丁教授被杀的第二天用林吉贤家的电话联系过你。”

孙林这话一出，我上吊的心都有了。

他显然看出了我的崩溃，但他没有安慰我，而是继续展开了分析。

“你不要绝望，这个线索的出现能让我们证实很多事情，这对我们以后的调查很有帮助。我昨天跟你说过，对于‘意外’、对于‘可能性’，我们要一个一个去证实，这样不但可以排除干扰选项，更可以缩小我们的工作范围。首先，你之前不是一直不确定林吉贤在整个事件中的角色吗？如果他与整个事件的关系只是你的误判或者臆想，他与符号的关联也只是巧合，那么我们之前所做的关于他的所有工作通通白费了。但现在这个线索告诉我们，在整个事情发生之初，就有人用林吉贤的电话试图联系你，那么他的重要性就已经毫无疑问，对吧？其次，这个线索还能证实：丁教授确实跟林吉贤提过你，并告诉了他你的重要性，否则，丁教授死后这个电话不可能从林吉贤家打给你。再次，这个线索还证实了丁教授已经预料到自己的死亡，他一定告诉过林吉贤，他死后一定要联系你，否则为什么这个电话不早不晚偏偏是他死后第二天打给了你呢？还有，这个给你打电话的人并没有第一时间知道丁教授的死讯，否则他可以在丁教授被害当晚或者第二天一早就联系你，他给你打电话是在丁教授被害的消息公布之后，当然，这并不排除另外一种可能，那就是这个人极端聪明，他第一时间知道了丁教授的死讯，只是在死讯被媒体披露后才联系你，使得这个人看上去是死亡事件的局外人，他获知丁教授被杀之事也只是通过媒体。不过这种可能性不大，如果这个人真是整个事件的关键人物，他急切想要联系到你，如果他第一时间知道了丁教授的死讯,不可能等一个晚上外加一个上午才联系你。因此，这个人很可能知道丁教授将死，但并不知道何时死，也没有其他渠道第一时间获知丁教授的死亡。”

“你说了这么多到底想说明什么？”我本已一团浆糊的脑子被孙林这大段的分析搞得更加混乱了。

“我想说的是，这个用林吉贤座机给你打电话的人是想帮助你！”

“何以见得？万一他是想引我出动，然后干掉我呢？”

“所有试图杀你或者杀被你引出来的人的组织，都是通过你拿到符号后展开的调查来实施的行动，他们是在丁教授家发现符号不知去向后，才通过你参加了酒会并半夜去过丁教授家而查到你身上的。如果他们在你拿到符号之前就知道了你的存在，那他们为什么还要大费周章地查符号的下落呢？他们完全可以提前锁定你这个目标。再说，如果他们提前知道符号将落到你手里，或者提前知道丁教授安排了林吉贤帮助你，他们完全没有必要去杀丁教授，直接杀了你不就完事了吗？还有最重要的一点，那就是所有幕后的组织可能都不知道林吉贤的存在，因为如果他们提前知道了林吉贤的重要性，那么他们直接杀死或绑架林吉贤就可以了，没必要累死累活地陪你玩这半个月——毕竟无论你怎么查，最终还是要查到林吉贤身上。所以，通过这些人在你身上下的功夫，我可以断定他们不知道林吉贤的存在。”

“那……那为什么林吉贤会在丁教授被杀前一天遇害呢？”我承认孙林分析得有道理，可林吉贤提前被害这个致命问题不解决，一切分析都是空谈。

“通过这个发现，我必须要纠正你的一个措辞。”孙林故作高深。

“什么措辞？”我不明所以。

“林吉贤不是遇害，而是失踪！”孙林眼中闪出了一丝希望，“林吉贤穿着新衣服、新皮鞋去钓鱼，这本身就很可疑。警察在通惠河边他经常钓鱼的地方发现了他的渔具和衣物，但未发现尸体，这并不能证明他已经死亡。”

“那，他，他去了哪儿？”希望的火花瞬间也迸到了我的脑袋里。

“刚才我们分析了，无论什么组织、什么可疑人，事先都不知道林吉贤的重要性，因此他被杀和被绑架的可能可以排除；他知道自己的重要性，所以自杀和意外遇难的可能也被排除。因此，他的失踪只有一种可能性，那就是——他躲了起来！”

“他故意制造了死亡的假象？”我连忙四下看了看，生怕被人偷听。

“别担心，这是我的地盘，绝对安全。”孙林化解了我的担忧之后，继续他的分析，“你什么情况下出门时会精心打扮？”

“约会或者见重要的人。”

“没错。林吉贤的邻居，就是昨天的那个男人，他对林吉贤精心打扮感到很意外，这表明林吉贤平时是不常打扮的人，那么他那天一定是要见什么重要的人。按照常理，见重要人物时精心打扮并无不妥，但林吉贤还拿着渔具，假装钓鱼，这表明他在掩饰，他不希望别人知道他要去与人会面。因此，这个重要人物不但重要，而且神秘。林吉贤见完这个人之后就制造了意外死亡的假象，那足可以说明这个神秘且重要的人告诉了林吉贤即将发生的事情，然后，无论是这个人的授意还是林吉贤自己的决定，反正林吉贤‘死’了。”

“难道他见的是丁教授？”按照这两天的发现和推断，丁教授很有可能在接到大谷基金会的邀请后把可能发生的事情告诉了林吉贤，然后让林吉贤在事情发生之前躲藏起来。

“有这种可能。我一看到你的手机号出现在林吉贤的通话记录后就产生了这个怀疑，我已经派人去调查丁教授在被害前一天的所有行踪。如果他见的不是丁教授，那我更需要知道这个人是谁了。”

“可林吉贤为什么要制造死亡的假象？反正别人也不知道他的存在啊。”

“在符号之事重现人间之前，别人不知道他的存在；可符号的大幕一旦拉开，无论何种渠道最终一定会归到他的身上！只有他‘死’了,所有的渠道才会断裂。”

“可如果他‘死’了，我不是最终也会知道他‘死’了吗？我怎么找他？怎么让他帮我？”

“所以，他一定会给你留下线索！”

“线索？”

“没错，一定是别人注意不到而你能注意到的线索！”

“你是说，给我打电话的那个人？”

“正是。林吉贤伪装死亡之后，一定在密切关注着事情的进展。当他从媒体中得知丁教授被害后，知道这一切已经启动，于是他马上第一时间试图联系你。可不巧的是，你……”

“没带手机！”我恨不得扇自己两耳光。

“哈哈，你也别太懊恼。既然林吉贤没能第一时间联系到你，那么他一定会想别的办法跟你联系。”孙林虽然强忍着没笑，但我知道他一定很鄙视我。

“我当时没接电话，他可以之后再打啊，我又不会永远不带电话。”我得转移自己的愚蠢。

“当时你已经成为了警方和各个组织的目标人物，他再给你打岂不是暴露了自己？”孙林被我的愚蠢和骄傲搞得彻底无奈了。

“那……那……”我无言以对，“对了，给我打电话的是什么人？会不会是林吉贤自己？”

“不可能。他既然已经伪装自己死了，怎么可能跑回家给你打电话呢？这么蠢的事谁能干出来？”

“那会是什么人呢？”虽然我很蠢，但我知道这么蠢的事我都不会干。

“这么重要的事情林吉贤肯定会交给一个极为信任的人去办。”

“没错，可我们怎么去查这个人呢？林吉贤很少与人往来，几乎没有朋友。再说，即便有，这大海捞针的……”

“林吉贤有老婆和儿子！”

“不可能！他后半生根本没有跟老婆儿子接触过，他怎么会让他们办这种事情？再说，他老婆孩子当年离开家很有可能跟林吉贤知道的秘密有关，如果林吉贤当年为了保护他们才把他们送出国，现在怎么可能又让他们介入此事呢？”

“有道理。可关于林吉贤的人际关系网，我们只知道丁教授和他的老婆与儿子，难道我们不查他俩？”

所有关于林吉贤与他老婆孩子关系的推论我只是根据董先生的经历猜测的，至于他们之间到底发生了什么我一无所知，既然无法绕开这两个人，那只得按孙林的猜测去办。

“我已经开始调查他的老婆和儿子了，不过需要点时间。”见我认同了他的说法，他不再纠缠这件事，“当然，没准是别的什么人，不过那更需要花时间去查。”孙林给了我一个台阶下。

“好吧，辛苦你了。”我得服个软，“那你觉得，林吉贤会给我留下什么别的线索呢？”

“你能回想起什么吗？”孙林盯着我。

他给我留下过什么呢？——一直以来都是我在玩命地找他，他哪有给我留下任何东西啊——我摇了摇头。

“跟我来，”孙林站起身，“给你看样东西。”

第三十三章

我跟着孙林离开了餐厅，朝着凸字型的房间走去。

“怎么？有什么新的发现吗？”说实话，我越来越期待听到孙林口中的“跟我来”这三个字，因为每次他说出类似的话，就意味着一些新的惊喜在等待着我。

“是，不过没有什么大的推动，得需要你的帮助。”

我们走进了那个房间。孙林按动了按钮，地下那层随着不大的机械声呈现了出来。我跟着他沿着楼梯下到了满是设备的那一层，只见孙林把手机连接到一台设备上，然后设备对面的投影幕上出现了一个巨大的图片。图片的内容是孙林在林吉贤家拍到的各种指纹和足迹——显然，他已经单独把这些痕迹归纳到一张图片上了。

孙林拿起一根激光笔，在投影幕上比划着。

“这些足迹和指纹已经核实过，是街道办事处的人。”随着激光笔指点的方向，我看到了一些痕迹。

“这么快？”我吃了一惊。

“很容易。我只要出示伪造的警察证件，告诉他们在重新调查林吉贤失踪的案子，需要提取所有相关人等的指纹就行，他们很配合。”孙林说着指向了另外的一些痕迹，“这些是开发商中去过他家里的人的痕迹。我找了一个在道上混的朋友，很轻易摆平了这件事。开发商派了四个人去林吉贤家找房本，三个人的足迹和指纹都在这儿，另一个人因为辞职离开了那家公司，我昨晚上已经派人找到了他，这些是他的足迹和指纹。”

除了佩服，我还能说什么呢！

“这些是你的，我的，还有邻居那个男人的，”孙林又指了指另外一组痕迹，接着，他在第三组痕迹上画了圈，“这些痕迹属于同一个人，根据年龄、身高、体重的判断，可能是林吉贤的。”

“你怎么知道林吉贤的年龄、身高和体重？”我的好奇心又被勾了起来。

“一个人的脚印完全可以暴露这些特点。当然，我并没有见过林吉贤，我只是又去找了一下那个好心但是被吓坏了的男人。”

孙林没有理会我的惊讶，解释完这些之后，他将激光笔射出去的红点定在了一个不完整的脚印上，“所有的痕迹都找到了主人，唯独这个！”

我连忙朝投影幕走近了几步。

“这个脚印太模糊了吧，而且只有一半。”我瞪大了眼睛才勉强看清楚这是个脚印。

“对。由于林吉贤的房间不大，那段时间进出的人又很多，所以这个脚印被遮盖了。我是想尽了办法才提取出这半个。”孙林皱了皱眉头，然后通过那台设备将这半个脚印放到了最大。

“这是唯一一个查不出身份的痕迹。”孙林站起身，也来到投影幕前面，凝思着。

“那，这半个脚印透露出了什么信息？”

“这是个女人，身高在一米六到一米六五之间，体重在七十斤到一百斤之间，年龄大约二十到三十岁。很遗憾，由于脚印太模糊，得到的数据只能精确到这个程度了。还有，这个鞋底的印纹我已经派人查出来了，是达芙牌的，不过这个信息帮助不大，毕竟这个牌子满大街都是，想查出什么时间有什么人在什么地方买过，比登天都难。好了，现在你想一想，这半个月来有没有符合这些标准的女人出现在你的调查中”。孙林尽可能地把这些数据说得很慢，说完之后他回到设备旁，坐了下来。

我静静地在脑中想着所有可能与此事有关的女人的所有线索。年龄在二十到三十岁？——这肯定不是林吉贤的老婆的年纪。身高一米六到一米六五之间？——吴丽丽显然已经超过一米七了……

还有什么女人符合这些条件吗？

一个名字突然蹦进了我的脑海——林菲？！

我回过头，匪夷所思地看着孙林。

“想到了什么？”孙林连忙站起身。

“我……我只想到了两个女人——吴丽丽和……”我明显感觉到自己有点呼吸不畅了，“吴丽丽除了身高不符合之外，别的都符合……”

“我说了，脚印太模糊，可能误差会比较大，不能排除吴丽丽的嫌疑。再说，你不是告诉过她林吉贤的事情吗？”

“对，很有可能是她。不过……”

“不过什么？”

“吴丽丽像穿这个牌子的人吗？”凭着这段时间我跟吴丽丽的接触，我几乎可以断定她所有的鞋子都是一千块钱以上的，她这种高级金领怎么会穿两三百块钱的鞋呢?

“有一定的道理，不过，没准她真有这个牌子的鞋，或者说，她故意在掩饰身份。先不排除她。还有谁？”

“没……没了……”我越来越慌了。

“你刚才不是说想到了两个人吗？”孙林显然意识到我不正常的反应了。

“还有……林菲。”我艰难地说出了这两个字，“不过不可能，她跟这些事情毫无关联啊。再说，她怎么可能知道林吉贤？怎么可能来过林吉贤家？”

孙林听到“林菲”这两个字之后，突然沉默了。我们两人像是两尊雕像一样面对面静静地站着，一动不动。

“会不会是其他我们还不知道的女人？”我嘴上虽然这么说，可脑子里却越来越频繁地出现林菲的形象——丁教授带我出席酒会的那天上午，我给林菲打电话约她去图书馆，但她没有接我的电话；随后在食堂我问她头一晚干吗去的时候，她言辞闪烁，很不自然地告诉我她同学请唱歌唱了一整夜——而她唱歌的那晚，正是林吉贤失踪的同一晚！

更要命的是——达芙是林菲最常穿的牌子！

“周皓，你还记不记得，我第一次监听你、李少威和林菲在宿舍谈话的时候，林菲都说了些什么？”孙林的表情告诉我：与其说他是在向我询问，不如说是在提醒着我。

“她说了些什么……”凝固的空气中突然响起了一声炸雷，这声炸雷将我脑中所有的细胞同时击碎——“她说她曾见到过这组符号！”

“你对林菲了解多少？”沉吟半晌之后,孙林拿出了纸和笔,等待着我的答复。

“说实话，我几乎不了解。”我沉默了。对于这个传说中的绯闻女友，我的确了解得太少了，“我们在一起这么多年，我从来没有打听过她的情况，她也从来没有跟我说起过她的故事。”

孙林没有怀疑我的说法，也许他意识到，在当下这个关口，我没有任何隐瞒他的理由。

“那，在整件事情发生前后，她有没有什么奇怪的行为？”孙林继续启发着我。

“自打车祸发生后，我就没有再让她介入这件事情。而且车祸之后，我主动提出不再跟她见面，所以之后她发生了什么，我真的不清楚，不过……”一些事情的碎片进到了我的脑子里，“不过，有三件事我觉得有问题。”

“哪三件？”孙林做好了记录的准备。

“丁教授被害的前一晚，也就是林吉贤失踪那晚，林菲有点反常，她说是跟朋友出去唱歌唱了一晚上，不过这并不符合她的日常习惯，而且她跟我说起这件事的时候很不自然……”

“我会去查这件事的，还有呢？”孙林低头记了下什么。

“我从来没有见过她的家人。我是说，即便车祸发生后的那几天，我也没有见到她的家人去医院看过她，这难道不是很奇怪吗？发生这么大的事情，一个家人都不来……”

孙林又迅速在纸上写下了些什么。

“只要找到她的户口和档案，查清楚这些并不难。”孙林说完这话后，突然像是想起了什么，拿过手机摆弄了起来。过了一会儿，他通过那台设备把手机中的一张照片投射到了投影幕上。

那是林吉贤的遗像。

巨大的投影幕上，和蔼的林吉贤正微笑地俯视着整个房间。

“林吉贤——林菲！”孙林淡淡地念出了这两个名字。

这两个名字一出口，我立刻明白了孙林的意图——虽然全世界至少有上百万个姓林的人，但此时林菲和林吉贤的这一个相同之处，不能不引起我们的怀疑。我眼睛盯着林吉贤的遗像，脑中则不断地出现着林菲的相貌，所有细胞像机器一样高速运转着，恨不得马上比对出两者的相似之处。

不知道是心理暗示还是果真如此，我越看越觉得林菲简直就是一个年轻版、女版的林吉贤！——两人实在有太多相似之处了！

我越看心里越慌，越慌就觉得越像，越觉得像就越坚信两人未被证实的关系。

孙林站在我的侧面，一直在观察着我。通过我眼神和表情的变化，他显然得到了想要的答案。

“去……去把林菲找来吧。”我颓然地一屁股坐在了椅子上——难道这一切是真的吗？林菲到底对我隐瞒了什么？

“我已经派人去找了。”孙林来到我身边，坐了下来。我吃惊地看了他一眼：“你已经派人找了？”

“对，不过不是因为现在的发现，而是因为昨天你拜托我去打听她的消息。我知道你一直挂念着她，为了让你安心所以我昨天就派人去找她了。不过……她失踪了！”孙林眉头紧锁。

“失踪了？”我险些跳了起来——这绝不单单是因为我喜欢的女生突然失踪，而是我强烈地预感到她的失踪一定与她在整件事情中的作用有直接的关系。

“对。她是在你被吴丽丽带到别墅的那天失踪的。”

“查！去查一个韩国人！”我浑身发抖、热血澎湃地站了起来，“林菲在医院的时候，一个韩国人曾看望过她。我被吴丽丽带走的头天晚上，她去了留学生楼——查，查那个韩国人！”我简直是咆哮着说出这番话的。

“韩国人?！”一团乌云笼罩在了孙林的头顶。

“对！”我如同烧热的铁板上的鸭子，在屋里狂躁地走了起来，“那天晚上十一点，我跟林菲通完电话后她就关机了，然后去了留学生楼，然后就失踪了！查，你马上去查！”

“你冷静点！”孙林走上前，按住了我的肩膀，“相信我，我一定会查出来的，你冷静点！”

“不但要查这个韩国人，还要查国外的情报机构，都要查，通通查！”我终于体会到了什么是歇斯底里。

“国外的情报机构？”孙林更加困惑了。

“没错！”我把昨晚的发现一股脑全告诉了孙林，我告诉了他整个事情不但有他所在部门的存在，不但有大谷基金会的存在，还有西方的情报机构。

“你的意思是，西方的情报机构真的介入了符号的事情！”

“他们要是不知道，为什么要轰炸七次！为什么要玩命地找德国民俗博物馆失踪的文物……”大喊着说出这些话后，我突然停住了——“你刚才问我，西方的情报机构真的介入了这件事情？……为什么要说‘真的’这两个字？难道你之前已经怀疑他们介入了？”

孙林异常严肃地点了点头：

“我并不是之前就怀疑，而是昨晚调查阿瑟教授寓所大火之事后才产生的怀疑。”

“大火之事有进展了？”我连忙收拾了一下刚才疯狂的心智，强行让自己冷静下来。

“寓所大火之事毫无线索，是一桩没有任何征兆和证据的火灾。”孙林见我试图沮丧地打断他的话，连忙接着说了下去，“不过有一些新的发现——阿瑟教授在二战期间，曾服务于英国战略情报局。”

“什么！”我的心提到了嗓子眼。

“二战期间，英国战略情报局曾将很多的科学家集中安置在苏格兰的一座古堡中，一来是为了保护这些科学家的安全，二来是为了将他们集中在一起，利用他们的聪明才智研发各种先进仪器，与轴心国进行科技对抗，尤其是进行密码对抗。很多盟国的先进密码都是这些人制定的，而且很多轴心国的密码也是他们破译的。可以说，在整个二战时期这座古堡就是英国的科技大脑！”

“阿瑟教授也在其间？”

“对，因为阿瑟教授不但是一位出色的语言学家，曾经更是一位出色的数学家！”

这与我在盘龙谷别墅中的调查不谋而合！

“所以我认为，既然阿瑟教授曾服务于英国战略情报局，那么关于符号的线索无论是他主动说出还是被动被查出，英国战略情报局都脱不了干系。别忘了，他寓所的大火是一桩无头悬案。”孙林说到此处时，停顿了一下，“一场火灾——无论是意外还是人为，都会或多或少查出一些线索，但能够将一场火灾制造得毫无痕迹，这绝非一般人所为……”

真相渐渐变得清晰起来——关于符号秘密的渠道只有两条：西克教授和阿瑟教授。既然我是西克教授这一渠道的继承人，那另外的人一定是通过阿瑟教授这一渠道获知的线索；既然阿瑟教授这一渠道在我之前就开启了，那么他的研究成果必定已经流传出来；既然阿瑟教授曾服务于英国战略情报局，而西方情报机构在符号一事上又有种种可疑反常的行为，那阿瑟教授的研究成果基本可以肯定被西方情报机构掌握！

“难道掌握另外渠道的人是英国战略情报局？”果真如此的话，那我们就遇到了一个可怕而强大的对手。

孙林不再说话了，而是退回到椅子前，背对我沉思着。过了一会儿，他拿起笔在纸上写着什么，握笔的那只手明显抽搐了一下。

我不知道孙林写了些什么，也不知道他在盘算什么，我只知道局势变得越来越复杂、越来越超出我们的想象了。我没有打断孙林的沉思，而是回过头静静地看着林吉贤的遗像，满脑子全是关于他和林菲关系的各种猜想。

如果林菲知道符号的事情，或者知道符号意味着什么，那她为什么不告诉我？为什么她看上去似乎是个毫不相关的局外人？她跟林吉贤到底是什么关系？关于符号，她到底知道多少？

沉默持续着。

不知过了多久，外面突然传来了开门声。我连忙慌张地回头看着孙林，孙林显然也听到了开门声，但他没有丝毫惊讶。

一个三十多岁的男人走了进来。他看了我一眼，点头示意了一下，然后直奔孙林而去——他手里拿着几盘录像带。

"这是丁教授死亡前一天所有的行踪。"那人把录像带交给了孙林，孙林将带子逐一放进了录像机中，接着一组组的画面在监控器上呈现了出来。我连忙走上前，眼睛一眨不眨地看了起来。

第一幅画面是学校办公楼前的探头拍摄的，只见丁教授急匆匆地走出了办公楼；第二幅画面是学校大门口的探头拍摄的，显示丁教授打了一辆出租车；接下来的一组画面是各个路口的交通摄像头拍摄的这辆出租车的行踪，只见这辆车从四通桥驶上了三环，一路向东驶去；最后一个画面是四惠桥的摄像头拍摄的，只见这辆车驶离四惠桥后驶上了辅路，沿着通惠河的方向朝东驶去。

丁教授去了通惠河！

孙林看完最后一幅画面，看向了我。我俩对视了一眼，瞬间达成了共识——林吉贤失踪那日所见之人正是丁教授。

"好，辛苦你了。"孙林对那人表示了感谢，然后把刚才写了很多东西的纸递给了那人，"让第三组盯一下这些人最近的动静。"

那人看了一眼纸，点了点头，转身准备离开。就在他准备离开的时候，他在投影幕前停了下来，仔细地盯着林吉贤的遗像。

我和孙林对他的举动都有些惊讶。就在我因为不解想询问的时候，孙林示意我安静。

"这是我们的图像分析员。"孙林轻声地说道，然后示意我等待。

“头儿，这照片有问题。”几分钟之后，图像分析员望向了孙林。

“说来听听。”孙林马上走向了投影幕，表情异常严肃。

“你注意看他眼角、鼻翼下方、脸颊两侧和嘴角的皱纹。正常老人的这些皱纹应该是由内向外、由深变浅呈扇状扩散，可这张脸上的皱纹分布不符合这些特点。”

根据图像分析员的提示，我朝这些部分看了过去。经过仔细辨认，我渐渐发现了他所说的这些异常之处——照片中林吉贤的皱纹的确不符合正常规律，看上去像是人为处理过一样。

“这照片被人动过手脚！”图像分析员说完这话后快速来到一台仪器前，将那台仪器和投影仪连接到了一起，然后迅速关掉了屋内所有的灯。

屋内瞬间暗了下来，此时林吉贤的遗像上由内到外显现出不同层次的光纹，那些光纹按照光的七种色彩有规律地向外扩散着，看上去像是一幅波普艺术照。

“正常照片的光谱不可能这么有规律！”图像分析员嘀咕了一声，开始在仪器前操作起来。随着他一步步的操作，照片上的光纹依次减少，林吉贤的五官也变得越来越模糊，当这些光纹全部消失之后，一张完全不同的新面孔出现在了投影幕上！

“这是楼兰女尸的复原图！”我失声叫了出来。

第三十四章

楼兰古国位于现在新疆的巴音郭楞蒙古族自治州，处于罗布泊西岸的雅丹地形之中，地处早已干涸的孔雀河流域，是一个已经消亡了的古代小国。楼兰国虽小，但曾在西域历史中占据着重要位置，因为它曾是丝绸之路的一个枢纽，是中西方贸易的重要中心。楼兰国年代久远，有四千多年的历史，但中原文献中对它最早的记述是在西汉《史记》中。司马迁在《史记》中曾记载："楼兰，姑师邑有城郭，临盐泽。"据随后的其他史料记载，西汉中期，楼兰人口有一万四千多人，不但有整齐的街道、雄壮的佛寺，而且商旅云集，热闹非凡。按理说这么一个一万多人的小国本不足以引起中原王朝的重视，但它位于丝绸之路的咽喉要道，因此成为了西汉和匈奴反复争夺的战略要冲。楼兰在两国数十年的争夺战中多次易手，一直到了汉昭帝时期，中原王朝才正式将其纳入自己的引文图，将楼兰国改名为鄯善国，设置了官吏、驻扎了军队。

随着中原王朝政权多次更迭，中原纷扰不堪，再也无心顾及这一荒蛮小国，因而楼兰与中原渐渐失去了联系。在公元四五世纪左右，这个古老的国度终于消失在了茫茫大漠之中。

楼兰国在荒漠中静静地沉睡了一千多年，直到 1901 年瑞典探险家斯文 · 赫定的到来，才使得这个千年古国重见天日。1900 年 3 月初，赫定探险队在穿越罗布泊荒漠时不慎遗失了他们的铁铲，为了找回这个探险工作中的重要工具，赫定让他的助手原路返回进行寻找。让人意外的是，助手不但很快找回铁铲还拣回了几件木雕残片。赫定见到残片后异常激动，决定发掘那片废墟。一年后，也就是 1901 年 3 月，做好充分准备的斯文 · 赫定开始了发掘工作——于是，消失千年的楼兰古国就此重现人间！

楼兰古国被发现的消息随后传遍整个世界，英国、德国、美国和日本等国纷纷派出探险队来到此处，更多的遗迹随之被发现。这些探险队中最著名的有 1905 年美国的亨廷顿探险队、1906 年英国的斯坦因探险队和 1908—1909 年日本的大谷光瑞探险队。

虽然其他国家的探险队纷至沓来，但斯文·赫定作为最早的发现者并没有放弃继续探险。1927 年，他组织中瑞西北考察团再次踏上楼兰之行，随后在孔雀河的一个支流找到一大批楼兰古物，并发掘出一具女性木乃伊。因这具女性木乃伊衣着华贵,因而被称为“楼兰女王”——这是楼兰女尸第一次在世间出现!

建国后，中国政府也开始了对楼兰以及罗布泊地区的考察。随着这些考察的深入，一具又一具的楼兰木乃伊相继出土——让人惊讶的是，这些木乃伊不但已有三千多年的历史，而且竟全部为女性!

国内许多科学家利用现代科技对这些木乃伊进行了图像复原，绘制了多幅复原图，这个隐藏在林吉贤遗像中的楼兰女尸的复原图，正是其中最著名同时被公认最接近原貌的一张。

丁教授在课堂上曾跟我们讲过楼兰国的发现史，也曾用 PPT 展示过这张复原图，不过由于史料太少，他并没有告诉我们更多的内容，只是说，楼兰国的消失是人类史一个巨大的谜团，虽然很多人提出过很多楼兰消失的说法，但都是一家之言，无法最终确定。在那节课上他还开玩笑般地说，如果他的学生有朝一日能解开楼兰消失的最终原因，一定要在他的坟头告诉他。

林吉贤将楼兰女尸隐藏在他的遗像中——这难道是他留给我的线索吗?

我将自己知道的关于楼兰国和楼兰女尸的事情告诉了孙林，孙林显然吃惊不小，他死死地盯着这张复原图，一言不发。

“多谢了！你先去忙吧。”过了许久，孙林让图像分析员离开了地下室。

“有需要的时候随时叫我。”图像分析员转身离开。

“这张照片是怎么发现的？”看到分析员走出了屋子，我转向了孙林，“我的意思是，林吉贤既然故意制造了死亡的假象，那这张遗像是从哪来的？”

“我昨天问过街道办主任，他说林吉贤死后，他们来他家料理后事，在卧室的桌子上发现了这张遗像，显然是林吉贤事先准备好的。”孙林依旧眉头紧锁，虽然在回答着我的问题，但很明显，他脑子里仍在琢磨着别的什么事情。

“林吉贤提前准备好了自己的遗像？”对于孙林的回答，我颇感意外。

“嗯。”孙林仍然陷在自己的思考之中。

我没有继续打扰孙林的思考，而是自顾自地分析起来——林吉贤提前准备好自己的遗像虽然很可疑也很刻意，但在外人看来也许并无不妥之处。我姥爷在八十四岁那年专门让我回家给他拍了一张正规照，说是以后作为遗像。当时我对他的做法不但不理解而且觉得非常不吉利，但父母却默认支持此事。其实后来想想，很多即将发生的事情虽然外人觉得不吉利，但老人提前做好准备不但了却了自己心愿，也避免给晚辈带来麻烦。如此看来，林吉贤为自己提前准备遗像的确合情合理。

不过这件外人看来合情合理的事情，对我和孙林而言显然有别的含义——既然林吉贤的死是他自己伪造的，那么这张事先准备好的、隐藏着楼兰女尸的遗像一定意有所指——难道这是林吉贤留给我的其他线索吗？

想到此处，我不得不打断孙林的沉默。

“从你专业的角度来看，这是林吉贤留给我的线索吗？”

“毫无疑问。”孙林长出了一口气，笃定地说出了这四个字，而他接下来说出的一番话，让我惊骇不已，“你还记得咱们在西山别墅见面时，我跟你提过的一个人吗？”

孙林冷不丁地蹦出这么一句，我实在有些没有头绪。

“我跟你说过，自打符号一事出现之后，我不但在协助你进行调查，同时还在协助另一个人进行着同样的调查。”孙林此话一出，我顿时回忆起了在西山别墅时孙林提过的那个人——那晚，孙林发现大谷基金会在墨西哥、芬兰、肯尼亚和中国设立基金会后，曾跟我说过他安排了专门的高人对此事进行调查，还说合适的时机会让我们一起工作——他此时突然提到这个人，莫非是这个“合适的时机”已经出现？

“你说的是那个高人？”我瞪大了眼睛。

“对，”孙林叹了口气，“你俩进行的调查虽然目的相同，但方向并不一样，我一直希望等你们的调查有了交集之后再让你们一同工作，目前看来，这个交集出现了。”

“什么交集？”我有些兴奋了。

“林吉贤在遗像中隐藏着楼兰女尸，这显然是在对你进行引导，想将你的调查方向引向楼兰古国；而那个高人，前几天去了新疆罗布泊！”

第三十五章

“他去了罗布泊？为什么？”对于这个信息，我大惑不解。

“他没有告诉我原因，”孙林停顿了一下，“对于他的调查，我没有干涉和过问，因为他有自己的能力和思路，我完全尊重他，而且我们事先已经说好，为了保证他工作的隐秘性，只要他不主动联系我，我绝不会主动跟他联系。”

“他到底是个什么样的人？”对于我的调查，孙林无时无刻不在进行着过问和帮助，而孙林对这样一个人竟然不进行任何的过问，这自然引起了我极大的好奇。

“他叫汤宇星，七十多岁，曾经是一个物理学家，后来转向了考古方向。”孙林终于开始告诉我这个神秘人物的背景，“与其说他是物理学家和考古学家，不如说他是个博物学家，因为他研究的领域非常广，对于很多领域都有自己独到的理解。当然，他还有一个背景，那就是秘密服务于我所在的组织。”

“他服务于秘密机构？”

“任何涉及国家安全和发展的领域，都有我们的人。以他的级别和地位，他会参加很多顶级的国际会议，参与很多跨国研究，这有助于我们掌握国外相关领域的最新动态。好了，现在不是解释这些的时候。既然你们俩的调查殊途同归，那现在有必要将你们的调查合二为一。”

“你决定怎么做？”看到孙林仿佛在内心作出了决定，我也决定抖擞精神听他下一步的安排。

“你有必要去趟新疆，找到汤宇星，将你们现有所有的发现进行合并。”孙林坚定地看向了我。

“去新疆？”我心里有点发虚了。

“对。林吉贤既然给你留下了这个线索，那么你就必须按照这个线索走下去。林吉贤如此殚精竭虑地布置下这一切，足以证明他意识到了事情的严重性和自身的危险，因而他一时半会儿不可能现身，我们也不太可能很快找到他，所以我们只能按照他的指引一步步走下去。”孙林言辞坚定。

“可……可，你把我所有的发现告诉汤宇星不就行了，我不一定非得去吧？”我得承认，一听到孙林让我去千里之外的新疆，我确实尿了。自打我进入整个事件之后，一连串的意外已经让我这颗年轻的心脏无力承受——在天子脚下的首都尚有这么多的意外和恐惧笼罩着我，真要是跑到千里之外的新疆，谁知道会遇到什么呢。

孙林看了看我，眼中闪出一丝异样。通过他异样的眼神，我终于明白为什么他需要时时刻刻照顾我而不需要照顾那个什么汤宇星了。

“你和他见面不是简单的结果汇总，而是一同进行调查！”孙林调整了一下严厉而不满的眼神，“你俩的调查目前都处于进行时，远没有到得出结论的时候。所以你去新疆，不单是通报你的成果，更是就你俩目前的成果继续往下查。我说明白了吗？”

“好吧，咱们什么时候启程？”我还能说什么呢。

“不是咱们，是你！”孙林简直有点恶作剧了。

“我自己去？”退堂鼓立刻又在我心里敲响了。

“林吉贤现在在哪儿？他老婆孩子在哪儿？林菲又在哪儿？是谁用林吉贤家的座机给你打的电话？吴丽丽真实的身份到底是什么？她别墅里藏了什么秘密？大谷基金会现在有什么动静？黑衣人的身份是什么？煤气中毒的警察死前到底有没有告诉别人黑衣人的身份？——请问，我要是跟你一起去了新疆，谁来查这些？”孙林语气中充满了无奈，“还有，国外的情报机构是怎么介入到这个事情中来的？他们介入的程度如何？他们到底想干吗？这些不都需要我来查吗？”

“好吧，你比我惨。”我眼神中瞬间充满了可怜和同情。

我话一出口，孙林立马笑了起来，这一声笑迅速化解了这几个小时的严肃和紧张。

“谁让咱们摊上这事了呢。”孙林故作轻松地耸了耸肩，“塞拉维——这就是生活。”孙林拽了一句法语。“刚才我给分析员的纸条上，写了很多英美情报机构派驻中国的特工的名字，既然他们已经介入了此事，我就得调查这帮人现在的动静，看看他们进展得怎么样了，没准还能帮到咱们呢。”

“你有他们的名单？特工不都是秘密潜入的吗？”

“呵呵，普通人都以为特工极其神秘，仿佛影子一样难以捕捉。对我们来说，我们对打入国内的绝大部分外国特工的身份了如指掌。当然，外国其实也掌握了我们很多特工的身份和行踪。平时，我们彼此间都默认这种状态，只有发生突发状况时，我们才会对这些人采取行动。通过平时的新闻估计你也能发现，只要一国的特工在别国被抓，另一国马上会抓几个这个国家的特工作为报复。你以为他们是迅猛无比地调查、追踪然后抓捕对方的特工啊？其实大家心里都有数——你别动我的人，我也不动你的人；你要敢动，那就对不起了，你的人就在我眼皮底下呢。我在工作中经常遇到国外潜伏的特工，双方都心知肚明，都知道是同行，你好我好大家好，谁都不说破而已。”

“这……这是不是有点滑稽啊？”孙林为了调剂气氛告诉我的这些趣闻，在我看来简直荒唐。

“隔行如隔山。对于同行业的人来说，其实没有那么多的秘密。当然，还是有一些潜伏很深的特工是很难发现的，对于这些人我们也束手无策。”

“那怎么办？”

“没办法！隐藏很深的特工一般都是为了重大目的而来的，如果他们不主动出击，我们根本无法发现。很多案例表明，这种类型的特工为了一个目的会潜伏很多年，甚至几十年，而且会不惜任何代价。就像当年北爱尔兰新芬党的副党首，他其实是英国的特工。英国政府为了打入整天在北爱尔兰闹独立的新芬党，把这个特工派了进去。为了让他能爬到新芬党的高层、掌握该党的最高机密，英国政府甚至赋予他对英国警察大开杀戒的特权。这个特工因为杀了很多英国警察和军人，得到了新芬党的完全信任，一路平步青云当上了副党首。虽然死了很多无辜的英国人，但英国政府就此掌握了新芬党全部的秘密，最终导致新芬党彻底放弃了把北爱尔兰独立出去的计划。”孙林缓缓地讲着这个故事，讲的过程中，他的表情越来越沉重。

“英国的计划是成功了，可那些死去的警察和军人岂不是太无辜了。”对于“牺牲小我维护大我”的说法，我一直深感不满。

“如果没有这些牺牲，北爱尔兰真的闹起了独立，那战争中死去的人将是这些人的成百上千倍，那时你就不痛惜了吗？”孙林抛出了一个永恒的悖论。

这个永恒的悖论让我想起了看守所中的小马。

“类似的顶级特工还有很多，等这次事情结束后，咱们可以一边痛饮一边说。”

孙林给我画了一张大饼——而我心里很清楚，这张大饼也许永远无法兑现。

孙林看了眼表，说："好了，正事分析完了，闲话也聊完了，该吃午饭了。"

"吃完饭我是不是就要去新疆了？"我矫情地产生了一种饭后即将离别的失落感。

"倒也不是，去之前咱们还得等一个人。"孙林关闭了所有的设备，打开了灯。适应了黑暗的我在灯光出现的一瞬间连忙揉了揉眼睛。

"等谁？"我一边揉着眼，一边问道。

"李少威。"

"李少威！你找到他了？"这个名字一出现，我突然发现自己好久没有这么高兴了。

"没有，但我们必须等他，因为——我没在你宿舍发现那组符号。"孙林略带歉意。

"什么？符号没了？"突然的高兴转瞬即逝，我顾不上眼睛的刺痛，慌张地看向孙林。

"那个抽屉我检查过了，而且还把你的宿舍翻了个底朝天，可没发现那张誊有符号的草纸。"

"没有符号，我去新疆干吗？"好心情彻底烟消云散了。

"所以我们要等李少威，因为符号一定在他的手里。"

"会不会是什么人偷走了？"

"不会。因为已经有人从你那儿偷走了拍有符号的照片，不至于再去那儿偷符号，更何况，你誊写过符号的事除了你我，只有李少威和林非知道，别人都不知道你曾誊写过，所以别人没有任何理由去偷……"

"那会不会是林非？因为她知道我誊写的事。"自打林非莫名其妙地出现在事件的核心点之后，我不得不把所有的疑点跟她联系起来。

"不会，刚才我不是告诉你了嘛，林非在你被吴丽丽带走的前一天晚上就失踪了。"

没错，那晚十一点我和林非通完电话后就再也联系不上她了，而第二天上午我还研究过誊有符号的那张草纸，我是在藏好草纸之后当天下午被吴丽丽接走的，所以林非不可能拿到那张纸。

"目前看来那张纸一定在李少威的手中。"孙林言之凿凿。

“可李少威为什么要拿走那张纸呢？”我心里不禁疑惑了起来——那天，我先是让李少威去调查面包车司机自杀一事，然后自己开始研究那张纸，紧接着我就被吴丽丽带走了——那么这就说明，我被吴丽丽带走的那几天，李少威曾返回宿舍拿走了那张纸！

难道李少威查出了什么吗？

“孙林，有一件重要的事情你一直没有告诉我。”一想到李少威，半个月前车祸的一幕在我眼前出现。

“那场车祸到底是怎么回事？”看着孙林正沿着楼梯往上走，我连忙快步跟了上去——第一次在西山别墅的时候，当我向孙林问起车祸一事时，他刻意地回避了这个话题。

孙林回头看了我一眼，等我俩都走到一层之后，他按动按钮关闭了地下的那层，然后他站在一层那间再普通不过的房间里，没有继续朝外走。

“那场车祸是预料中的意外。”孙林找了个沙发坐下，抬着头看着我。

“预料中的意外？什么意思？”我没有坐，只是静静地站在他身边，等待着他的答案。

“崔波，就是那个面包车司机，他是接应我们的人，他是整个事件中牺牲的第一位同志。”孙林面色凝重，“那天我接上你们三人，准备把你们带到西山别墅。为防万一，我安排了崔波在杏石路一侧的一条小路上接应。当我发现那几辆越野车在跟踪咱们的时候，我呼叫了他，本想让他出来阻拦，可人算不如天算——他接到我的呼叫后快速驶出，就在他从那个小路口冲出来的时候，咱们的车正好经过那……”孙林说不下去了。

“可……可崔波不是外地来京打工、替雇主开车运货的吗？”我无法相信这么一个一脸朴实、再平凡不过的人竟是孙林的同事。

“这重要吗？”孙林没有直接回答我的疑问，“我们谁也没想到崔波受伤会如此严重，只好等他康复后再将他从医院接出来……没想到，对方下手竟如此之快。”

随后孙林告诉我，那场看似意外的车祸也引起了其他组织的注意，他们第一时间怀疑到了崔波的身份，试图从崔波那里打听出孙林所在组织的背景，崔波自然装作一无所知，之后便发生了崔波跳楼自杀一事。

这一切证实了我和李少威最初的推断——双腿截肢的崔波根本不具有跳楼

自杀的能力。我把从小刘护士那儿听到的关于药品掉包的事情告诉孙林，孙林沉默不语。

“崔波隐藏得足够深，对方不可能发现他的身份……谁能想到，他们竟如此心狠手辣，连一个无辜的人都不放过。”良久，孙林站起了身，“不说这些了，先去吃饭吧。我昨天派人去找李少威了，估计快有结果了。”

孙林推开门走了出去，我心情沉重地跟在他后面。此时院内阳光明媚，花圃中传来阵阵花香，可我俩哪有心情享受这片刻的迷人呢。

就在孙林来到大门口，刚拉开一扇门的时候，他的手机突然响了。他站在门口，接起了电话。我则站在他一旁，很是期待。

“找到李少威了？”我轻声地问道。

孙林示意我安静，然后皱着眉头听着手机中传来的声音。听着听着，他突然快速关上了大门，拉着我往院内退了几步。我被他突然的举动吓了一跳，连忙全神贯注地看着他的表情。

电话那头还在说着什么，孙林的表情也随着对方的话语越来越僵硬。我傻站在院内，浑身上下被孙林火辣辣的目光盯得很不舒服。几分钟过后，孙林挂了电话，眼神中满是焦虑。

“怎……怎么了？”我慌了。

“你暴露了！”孙林恨恨地看了我一眼。

第三十六章

“我——怎么可能！”我吓傻了。

“今天上午，有几个中戏的学生报案，说昨晚在这附近见到了嫌疑人周皓！”孙林狠狠瞪了我一眼，转身朝堂屋走去。

昨晚那几个人真的认出了我？还真的报了案？——这年头还真他妈有好公民啊！

我连忙三步并作两步朝堂屋跑去。

“我昨天半夜去吃饭的时候的确有几个学生在盯着我看……可是，可是新闻上不是都报了嘛，我已经被抓了啊……再说，这世上长得像的人很多……他们，他们至于嘛！”我结结巴巴地玩命做着解释。

“那帮学生没看新闻，不知道你已经被抓了。”孙林气得在堂屋来回踱着步。

“那……那他们报案的时候,警察也应该告诉他们啊。”我觉得腿开始发软了。

“如果是你，有人告诉你，他们在街上看见了被你抓进看守所的人，你会怎么办！”孙林简直是在咆哮。

“我……”我彻底无语了——如果是我，我肯定会第一时间去看守所证实这件事。

“警察、警察不至于……”我想抓住大海中最后一块木板。

“你以为警察都是酒囊饭袋啊！一个小时之前，有很多辆警车开进了看守所！”孙林的表情告诉我——他恨不得马上冲过来把我掐死。

自打我跟孙林认识以来，这是我第一次见他如此失去理智的愤怒。

“小马估计现在已经被识破了，警察肯定会在附近挨家挨户排查。你说你啊！”孙林不再踱步了，而是走到我面前，使劲地在我肩膀上拍了一巴掌。这一巴掌着实够我受的，可我心里同样懊恼不已，只是像个正被老师批评的小学生一样，任由他的风吹雨打。

“算了。你不能再待在这儿了，我马上安排你去车站，你现在就去新疆。”

孙林说完，从口袋里拿出了便签本和笔，在上面写着什么。过了一会儿，他撕下一张便签递给了我，“这是汤宇星的手机号，马上背下来。”

我拿过便签，使出吃奶的劲头把电话牢牢记在了脑中。

“记下了？”孙林盯着我。

“嗯。”我认真地点了点头。

“忘不了？”孙林试图看穿我。

“绝对忘不了！”我流利地背诵了一遍。

孙林确信我已记下手机号之后，便来到院子里，用打火机将便签烧掉，然后零散地洒进了花圃之中，并用土认真地做了掩埋。

“你先不要跟他联系，等到了新疆之后打给他。你现在去卧室收拾东西，把那些钱都带上，马上去。我打几个电话。”孙林不容我有任何质疑地下了命令。

我只得回到厢房的卧室，把一些衣物、日用品和纸笔放在一个双肩背包中，然后拿起抽屉里那摞厚厚的钞票，紧接着跑到了院内——难道这就是黑帮电影里所谓的“跑路”吗？

等我到了院子里，孙林刚挂了电话。

“我都交待好了，到新疆之后我的人会暗中照应你们，不必担心。”

“要是……要是坐飞机会不会快点？”我怯生生地问道。

“你敢坐飞机吗？你敢出示身份证吗？”孙林气得七窍生烟。

“那……那坐火车得三十多个小时，太……浪费时间了吧？”一想到要在火车上浪费三十多个小时，我心里总有种夜长梦多的担忧。所以，即便现在我很不适合插嘴，却不得不说出自己的担心。

“想快是吧？我现在就可以给你调十架私人飞机，可新疆根本不允许任何私人飞机起降！火车、汽车、摩托车、马车、驴车，你自己选！”——看这架势，我要是再多说一个字，孙林能一口吃了我。好吧，您怎么安排，哥们就怎么做呗。

随后我和孙林就这么貌似安静地站在院子里。虽说我们一言不发，可两个人心里无不汹涌澎湃。孙林站了一会儿又踱起步来，不过这次不像刚才在堂屋时那样暴躁，而是一边踱步一边思考着什么，仿佛大战前夜的运筹帷幄。我则完全被抽空了一样傻站着，一副上天无路入地无门的德性。

时间一分一秒地流逝，孙林时不时看一眼表，又看一眼大门，再看一眼手机，显得越来越焦急。又过了一会儿，孙林的手机终于响了。

“说！”孙林迅速接起手机，然后静静地听了起来，“好，马上把他带到火车站——无论用什么方式！”孙林挂了电话之后看了一眼我，“找到李少威了，你们一起去新疆。”

听到这个消息我长出了一口气——如果能有李少威陪在我身边，我不知道会踏实多少倍。我本想马上问他是如何找到李少威的，可转念一想这个当口还是少说话为妙，于是我只是略显高兴地点了一下头。

“走。”孙林不由分说地朝大门口走去。

看来我将正式踏上一条远行之路。

我跟着孙林走到大门口的时候，孙林突然停住了。

“东西都带好了吧？”孙林看着我。

“带好了。”我拍了拍双肩背。

“手机呢？”

我从口袋里拿出了手机。

“好，你这个手机只能联系汤宇星，除他之外不要跟任何人联系。另外，这个手机你无论何时都要带在身边，如果电话响一定要接，因为只有我的人知道你这个号码，他们可能随时会联系你。明白了吗？”孙林仿佛在下红头文件。

我严肃地点了点头。

“好，再说一遍汤宇星的电话。”

我毫不迟疑地背出了他的号码，孙林听完后挤出了一丝微笑：“走吧。”

上了孙林的车之后，我们一路朝北京站驶去。

虽然从北兵马司到北京站路途并不远，可我觉得似乎有十万八千里那么长。孙林苦心安排的计划竟毁在我一个无意的疏忽之下，这让我既恼又恨，千不该万不该，我真不应该跑去吃那顿夜宵——可谁又能想到，一顿再平常不过的夜宵居然偏偏被人认出了呢？

世间之事谁能说得明白！

一路上，如坐针毡的我一直试图跟孙林道歉，可我知道道歉一点作用都起不了，反而会让孙林更加搓火。我只好试图用眼神取得他的原谅。我斜着眼偷偷看了几眼孙林，他知道我在偷看他，却不给我任何的回应，而是铁青着脸目不转睛地直视前方。

好吧，只要你能知道我心里的愧疚就行。

我木然地靠在副驾驶座上，看着窗外车水马龙的街道，心里一万次地乞求这样的场景千万别是我最后一次见到——西行之路到底会发生什么，只有老天知道。

半个多小时过后，车来到了北京站。孙林停好车后与我一同穿过熙熙攘攘的人群，朝进站大厅走去。一路上，我紧张地四处张望，生怕有什么可疑之人注意到我，此时的我实在是被“惹人注意”搞怕了。孙林显得很正常，根本没有在意周围的人群，也许在他看来，谁会在如此拥挤的火车站注意到某一两个人呢。

进到大厅后，孙林把我引向了大厅正中央的大显示屏后面。那个巨大的显示屏如同一堵墙一样将车站的大厅分隔成了两部分，从进站口进来的人根本看不到显示屏后面的状况。

显示屏后面有不少的人，绝大多数是没有找到座位席地而坐的人，还有一些票贩子在神情紧张地与正规渠道买不着票的人接头，总之这里的一切与平日毫无区别。

孙林和我来到了人员相对较少的地方，静静地站在那儿，等着李少威。我俩一言不发地站着，孙林时不时四下张望一下，表情很是从容。我可没有他那么好的演技，虽然也在四下张望可总有点做贼的意思。

“别这么神经兮兮的，你生怕别人注意不到你啊？”孙林终于开口对我说话了。

我苦笑了一下，然后玩命地调整起了自己的表情。

车站中人来人往，每个人不是急急忙忙就是心事重重，这些过客们仿佛空气中的微尘一样，来也匆匆去也匆匆，根本没有人会在乎别的微尘。偶尔有一两个注意到我们的人，也仅是匆匆一瞥，然后就迅速淹没在混乱的人群之中了。

十几分钟过后，我突然注意到有两个人正径直地朝我们走来，这两个人实在太过显眼，想不注意到都难——因为其中一个人是一米九的李少威。

“我操，你丫活着呢？”

李少威狂奔着朝我冲了过来。

听到这熟悉的脏话，我哭的心都有了。我恨不得立刻冲上去跟他来个熊抱，可孙林却率先走到了他们跟前。

李少威见到孙林后，瞬间露出了不解的神情。显然，他仍然记得那天桑塔纳上的这个人。

“你们俩……”李少威谨慎地看着我。

“说来话长，以后慢慢跟你说。”我走到李少威跟前，激动万分。

“我他妈也有好多事要跟你说。”李少威一拳直击我的胸口——没办法，这是他表达友谊最直接的方式。

“咱们现在是同一条阵线上的人。”孙林朝李少威伸出了一只手，李少威看了我一眼，发现我异常坚定地点了头后，便伸出手与孙林握了一下。

“咱们为什么要在这儿见？”李少威应付地握完手后问道。

“咱们要去新疆。”说出此话的我不知是兴奋还是无奈。

“去新疆？操，干吗去？”李少威牛一样的眼睛瞪了起来。

“周皓以后会跟你解释的。”孙林看了一眼我，得到我肯定的反应后，他看向了李少威，“符号呢？”

“什么符号？”李少威一脸无辜。

“就是我藏在你袜子堆里的那张纸。”我真受不了一米九的人脸上出现无辜的表情。

“还在那儿啊，我没动过。”这孙子依然一脸无辜。

孙林的表情顿时严峻了起来。

“你没动过？”我慌了。

“我动它干吗？我又看不懂。”李少威看了看我、又看了看孙林，渐渐意识到了问题的严重性，“大爷的，符号不见了？”

原本嘈杂的人群仿佛突然定格了一般，变得无声无息，我耳边除了窒息般的嗡嗡声外再无其他的声响。

“你跟谁提过符号的事？”孙林的双眼开始充血。

“你以为我傻啊？我提它干吗？我发誓我绝对没跟别人提过！”李少威一副革命烈士的表情。

李少威这话一出口，我和孙林同时看向了对方，就在眼神汇集的一刹那，一个名字同时进入了我俩的脑中——林菲！

知道我誊写过符号的人除了现场这几个人之外，就剩下她了！

“你这段时间见过林菲没？”我心如刀割。

“我这几天根本没回学校，怎么见她？”李少威的表情开始变得越来越复杂，

“到底出了什么事了？”

“没有符号你们去了新疆也没用。”孙林的声音有些发抖。

四个人面面相觑。纷扰的大厅出奇地安静。

“头儿，接下来怎么办？”李少威身旁的那个人打破了死寂。

“先回去，必须找到林菲拿到符号后才能有下一步的行动。”孙林很不情愿地作了决定。

“这……好。”那人刚想质疑孙林的决定，可马上就不吭声了。

“通知所有人，放下手头所有的工作，务必尽快找出林菲！”孙林扭头朝外走去。

“到底怎么回事啊？”看到孙林走开，李少威悄悄跟我嘀咕道。

“林菲没咱们想的那么简单，事情越来越复杂了。”我赶紧追上孙林，“孙林，你等会儿。”

孙林停住了脚步，但没有看我。

“如果找不到林菲呢？”一想到当下紧迫的形势，我对于停下所有工作寻找一个失踪的人无比担忧。既然我没被抓的事实已经暴露，那警方和所有其他神秘的组织将会千方百计寻找我，那将必然横生出许多的枝节，这绝不是我和孙林愿意看到的局面。

“找不到她就找不到符号，找不到符号我们所有的努力就彻底回到了原点。”孙林黯然地看向了我，但一秒钟后，他的黯然变成了一股决绝的杀气。“一定会找到的！”

“我知道哪儿还有符号！”——一个大胆的想法出现在了我的脑中。

几分钟后，我们四人坐进了孙林的车。

几小时后，蓟县盘龙谷巨大的轮廓出现在了我们眼前！

第三十七章

既然我藏在宿舍中的符号不见了踪影，那唯一的希望只能寄托在吴丽丽在盘龙谷交给我的那组。虽然这么多天过去了，盘龙谷到底发生了什么我一无所知，但既然这是唯一的机会，那我不得不重返这个神秘之地。

由于路上需要几个小时，所以我有机会询问李少威他这几天的进展，李少威却用眼神告诉我，他不愿意当着孙林和另一个人的面把他所有的事情吐露出来。虽然我知道即便他现在不告诉我，等我知道之后一样会如实告知孙林，可既然他坚持，那我就没有勉强他，毕竟等上了西行的火车我们会有足够的时间。

李少威没有告诉我他的发现，倒是喋喋不休地向我询问起了我这几天的遭遇。于是，这一路上，车里充满了我对这几天经历的讲述和李少威无数次惊讶的唏嘘声。

当盘龙谷的轮廓进入我眼前时，莫名的恐惧袭上了心头——既然噩梦无法避免，那就再享受一下噩梦中痛快的窒息感吧。

车沿着盘山小路驶了上去。

“停一下！”当我看到前方路边的那个守山小屋时，我大喊了起来。

“怎么了？”坐在副驾驶的孙林回头看向了我，同时示意司机减速。

“吴丽丽的汽车被炸后，我和她曾在这个小屋待过，她就是被警察从这个小屋接走的，然后被一些神秘汽车里的人抢走了。”我清楚地记得，当我从这个小屋慌不择路地逃跑时，吴丽丽仍在屋内昏睡着，那辆随后撞翻警车把她接走的黑色轿车肯定来过此处。

“好。不过咱们的当务之急是先找到符号，等下山的时候再进去打听也不迟。”孙林把头转了回去，司机狠狠地踩了一脚油门。

也罢，反正眼下符号比吴丽丽的下落重要太多了。

车一路开到了那片别墅区。在距离别墅区不远的地方，孙林示意停车。

“你还记得是哪栋吗？”车停稳后，孙林问我。

我朝别墅区中最靠近群山的那栋指了过去。在别墅的那两天，我曾多次通过窗户向外张望，知道吴丽丽的别墅是离山最近的那座，再加上这片别墅区规划很分明，因而很容易找到那栋。

“好，你们在这儿等我。”孙林拉开车门下了车。

“我跟你一起去。”我打开车门准备下车，可孙林从外面一把按住了我这一侧的车门。

“你不是说，别墅里到处都是摄像头吗？虽然别人很快就会知道你不在看守所，可他们不可能知道你现在在哪儿，你进去不就全暴露了吗？”孙林拦在我身前，没让我下车。

“嗯……好吧。”我赶紧坐了回去，“写有符号的那张纸在二楼的书房里。”

“好，等我。”孙林关上了车门，朝别墅区走去。可刚走没几步，他转身走到了司机那一侧的位置，司机一看他回来立刻摇下了车窗。

“别熄火，如果周围发生什么意外或者如果十分钟后我还没有回来，你马上把他俩送到咱们总部，无论如何要确保他俩的安全！我已经跟小高交代好了，有什么事你联系他。”见到司机点头答应之后，孙林用极其复杂和微妙的眼神看了一眼我，然后毅然转身离开。

谁也不知道这栋别墅里曾经发生过什么、正在发生什么以及将要发生什么——所以我从孙林的眼神中读到了一种“我自横刀向天笑”的味道。

孙林离开后，我、李少威和司机同时把目光集中在了车内的表上——十分钟，但愿这不是危机四伏的十分钟。

“这就是你那两天待的地方啊？”李少威摇下车窗，朝外看去，“风景不错。”他在没话找话。

李少威是个一秒钟都安静不下来的人，他根本不管别人是不是有心事、是不是愿意说话，反正只要让他觉得气氛沉闷或者尴尬，他绝对会找出最别扭的方式来打破这些。

我没有接他的话茬，只是沉默地看着窗外。这是我第一次在白天出现在别墅的外面，之前无论是进入还是离开，都是在令人发毛的深夜。阳光中的别墅区安静而高傲，冷冰冰地矗立在群山中显示着自己的富有和高贵。好在除了这种拒人千里之外的冷漠外，这片区域没有夜晚时的那种恐怖和深不可测。

司机也没有搭理李少威，而是一刻不停地通过车内和车外的镜子监视着四周，一副倘有风吹草动立马逃之夭夭的模样。时间无声而沉重地流逝着，我们的心情同样沉重。

就在我失神得不知脑子在何方的时候，突然，一辆汽车从我们身后不远处渐渐驶了过来。我们三人迅速十二万分地警惕着，司机更是紧紧地扶着方向盘，眼睛一眨不眨地盯着那辆即将驶到我们身旁的汽车。

那辆车经过我们身旁时明显将车速放慢了。

“周皓，低头！”司机迅速下了指令。我连忙弯下身子，整个身体紧紧地贴在座椅上，李少威也马上机灵地摊开双臂，把胳膊架在身子两侧，用他庞大的身躯遮挡住了后座的空间。

我大气不敢出地趴着，那缓缓逼近的汽车声仿佛绞索缩紧的声音，让我每一个毛孔都充斥着寒意。几秒钟过后，司机突然长出了一口气，然后让我直起了身。

“怎么了？”直起身后的我，通过前挡风玻璃，发现那辆车已经驶离了我们，朝别墅区的一栋别墅开去。

“虚惊一场。”司机松开了紧握方向盘的手，活动了一下因为紧张而僵硬的指头。

“那妞不错。”李少威传统的贱样又露了出来，“可惜你没见着。”

“怎么回事？”我把李少威搭在我身后的胳膊甩了回去。

“开车那男的有五十多岁，旁边那小妞也就二十多。”李少威指了指远处的汽车，露出一副羡慕的模样。

“他俩干吗的？”我没着没落地问了一句。

“干吗的？老男人带着小美女来豪华别墅，还能干吗——干呗！”李少威撇撇了嘴，“不过挺牛逼的，估计他俩吓够呛。”

“他们吓得够呛？什么意思？”我更加不懂了。

“你没瞧见那男的那德性，他刚才看咱们的时候贼他妈紧张，嘿嘿，没准以为咱们是来捉奸的。瞧着吧，他们一会儿肯定干不爽了。”

好吧，我的神经彻底放松了——这个李少威，脑子里的精虫肯定比脑细胞都多。

一场虚惊之后，我看了一眼车内的表——十分钟马上就要到了，可孙林仍然毫无动静！

“要不要联系一下他？”犹豫再三，我跟司机说出了自己的想法，“万一他有什么危险，咱们至少有三个人。”

“头儿既然这么吩咐，一定有他的考虑。”司机摇了摇头，“我的任务是保护你！”他说完这话，低头看了一眼表。

如果没有发生任何的意外，那么十分钟足够孙林找到符号然后返回——难道他没有发现符号？或者发生了什么意外吗？

我和李少威对视了一眼，心里无比担忧。

就在十分钟马上就要到的时候，我的手机突然响了一声。我连忙接起手机，李少威也凑了过来。

是一条彩信。

我连忙打开彩信——符号！

孙林找到了符号！

我大喜过望，可转念一想：他既然找到了符号，为什么不赶紧拿出来，干吗要拍下来通过彩信发给我呢？

司机听到我手机的声音后，转过头来看着我。

“头儿怎么说？”

就在我不知怎么答复的时候，手机再次响起，这是孙林打过来的。

“符号收到了吗？”“收到了。”“你说的三楼的那个房间、是不是门口有一个茶几和摔碎了的花瓶？”“没错。”“这屋子是空的，里面什么都没有。”“什么？空屋子？”“对，什么都没有，你确定没记错？”“绝对没记错，肯定是那间，我那晚确实听到里面传来东西掉落的声音！”“好，我再查查，你现在让司机送你们去车站。”“你不跟我们一起去车站？”“符号已经找到了，你可以去新疆了，我得查查这栋别墅。”“好吧，你注意安全……”“啊…………”

一声惊叫传来！

电话断了。

虽然我没有开免提，但孙林的这声惊叫还是传遍整个车子，司机不由分说火速掉头，飞一般地开走了。

“我操，怎么回事？”李少威吓得一哆嗦。

孙林发出惊叫？！他在别墅里遇到了危险！

我像被闪电击中了一样，仍保持着手拿手机的姿势，怔怔地凝固了。

“头儿怎么说？”司机一边疯狂加油，一边大声喊道。

“他……他说，让……让我们去车站……去……新疆。”我失了三魂七魄。

司机拿起电话，拨了出去。

“高头儿，是我。我现在要把周皓送到车站，孙头儿说他都跟你交代好了？……好，我马上赶过去……你赶紧派人，孙头儿现在有危险……在，在蓟县盘龙谷的别墅区，最东边靠山的那栋别墅，要快！”司机挂了电话，然后以赛车般的速度在山路上狂奔。

李少威见我发了懵，赶紧玩命晃了晃我。

“那别墅里到底有什么啊？”李少威边晃边大喊着。

“我……不知道。”捡回了心魄的我瘫坐在车座上。

第三十八章

由于错过了北京直达乌鲁木齐的火车，所以我和李少威被孙林的司机安排坐上了开往郑州的火车，从郑州转车去乌鲁木齐。在软卧包厢内，我静静地躺着，失神地看着头顶的床板，仿佛失掉了语言能力，一句话都说不出来。李少威坐在我旁边的下铺，一直盯着我，生怕我丢了魂之后再也缓不过来。

我俩的上铺是一对小情侣，正坐在各自的铺位上聊得热火朝天，听内容好像是这个男的要带那个女的回家见父母，商量以后结婚的事，反正他们聊得越是欢天喜地，我心里就越是堵得慌，李少威则毫不留情面地命令他们小点声，那个男的本想愤怒地表示抗议，但低头一看李少威虎背熊腰的，便怯生生地自觉调低了音量，自认倒霉。

孙林这么一个身经百战的人会被什么东西吓得发出如此尖利的惊叫呢？他到底遇到了什么？——巨大的问号和惊叹号让我惶恐不已。不成，我得问清楚到底发生了什么。

我直起身，拿出手机，拨出了孙林的号。李少威见我起了身，便连忙凑了过来，同时给我递上了一瓶可乐。

“没事了？”李少威无比关切。

我示意他不要说话，然后我静静地等待着手机那边孙林声音的出现，李少威也连忙把脸贴了过来，似乎比我还着急。时间滴答滴答地过去了，手机那边鸦雀无声，不但没有孙林的声音，连正常手机无法接通时的忙音都没有，我们俩像傻子一样把耳朵都竖在一个仿佛根本没有拨出去的手机旁。

我又拨了几次，结果完全一样。

“怎么一点声音都没有？”李少威愤怒了。

我沮丧地收起了手机，心烦意乱。

“这个人到底是干吗的？”李少威再也没有耐心陪着我一起沉默了，他拧开可乐瓶，强行塞进我的手里。

我抬头看了一眼上铺的小情侣，他们没有再隔空对话，而是各自躺在自己的铺位上不知道在琢磨着什么。

“我饿了，咱们去餐车吧。”我站起了身——这个封闭的车厢哪里是说话的地方啊。

“好，我请客。”

我和李少威来到了餐车。餐车的饭虽然贵而且难吃，但在已经饿疯了的李少威和我面前，有总比没有强。他点了很多东西，我在他点菜时认真地观察了餐车的情况。由于不是饭点，餐车的人不多，寥寥几桌客人看上去再普通不过——当然，即便他们不普通，以我的水平也完全看不出来，没有哪个跟梢的会傻得被我这种人一眼看穿，因而事到如今，我只能把自己的命运交付给“幸运”了。

吃饭的时候，我把孙林的事情一一告诉了李少威，并告诉了他这段日子我和孙林一起工作时取得的种种成果，虽说我在孙林车上时告诉了李少威我这些天的事情，但碍于孙林在场，我当时没有告诉他孙林的背景和他参与的一些事情，现在完整地这么一讲让李少威兴奋得多次瞠目结舌，牛一样的眼睛恨不得掉到餐盘里被自己吃掉。他无数次跟我确认这些经历的真实性，似乎无法相信这些比侦探小说都刺激的故事就发生在他舍友的身上，我无奈地告诉他没有必要这个时候还扯什么鬼玩意，爱信不信。也许是鉴于他对我多年的了解和眼下的局势，他彻底被我这个经历征服了，羡慕得口水几乎汇流成河了。

“孙林这么牛逼啊？那他肯定没事。”听完孙林的背景和能力后，李少威崇拜而坚定地做了总结发言，“别墅里就算有些阿猫阿狗，又怎么能奈何得了孙林，对吧？再说，大白天的，他能有什么事啊，是不是。”李少威毫无立场地站在了他的偶像那边。

“那他为什么不接我的电话？”对于李少威这么草率的结论，我非常不满。

“没准……有别的事？或者没听见？”李少威眨了眨眼。

我彻底拿这个低智商的乐天派没了办法。

“再说，咱们在这儿瞎担心有什么用？你能回去找他啊？”

我无言。

“别想这么多了，咱们赶紧平平安安地到新疆，只要找到了林吉贤，什么事情就都 OK 了。”李少威将自己的表情从一个侦探故事的听众调整成了这个故事的参与者。

“谁说咱们去新疆是找林吉贤的？”

“他不是给你留了线索吗？”

“他留那个线索肯定不是为了让咱们找到他，”我给他泼了盆冷水，“如果林吉贤是在提醒我们他的藏身之地，他为什么要跑这么远？这不是耽误时间吗？他一定是不方便现身，选择用这种方式引导我们进行调查……再说，孙林安排的那个汤宇星，不是也去了新疆吗？”

“这老头有病啊？他干吗藏着掖着，直接现身不就得了？”李少威恨恨地吃了口菜。

“现在所有的矛头都指向了他，如果咱们能找到他，别人肯定也能，换作是你你现身啊？”

李少威不再说话，开始闷头吃饭，边吃边琢磨着什么。看着他不再说话，我也自顾自地琢磨起了别的事情——符号有可能是一种未被破解的文字，符号是在新疆地区发现的，汤宇星去了新疆罗布泊，林吉贤给我留下了楼兰古国的线索……难道符号上的文字是楼兰文？

可楼兰文又是一种什么样的文字呢？记得我在吴丽丽盘龙谷别墅的那几天，我查了很多的材料，知道在新疆地区的确发现了很多远古的文字，比如粟特文、佉卢文、吐火罗文，等等，可从未见“楼兰文”这三个字的出现，无论是在任何典籍之中……

既然符号残片是在发现其他印欧小语种文字的同一地区发现的，那么符号上的文字一定同属于印欧小语种的某个分支；既然阿瑟教授和西克教授曾破译了大量印欧小语种的文字，那么……

想到此处时，我终于解开了一个让我困惑已久的疑问——那就是阿瑟教授和西克教授为什么能破译如此神秘的符号！

所有同源的文字体系一定基于相同的文字系统，即便有些文字在时代发展过程中产生了变化，但只要找到该文字的源头，就一定能通过其他同源不同支的文字进行比照进而破译。就像某些甲骨文和印第安文字，即便我们暂时看不懂，但只要参照同为象形文字的当代汉字，一样可以破译个八九不离十。同样，使用字母文字的民族在学习彼此文字的过程中要比我们这些使用象形文字的民族学习他们文字时容易得多，因为所有字母文字的词源基本相同。因此，既然两位教授深谙与符号上的文字同源不同支的其他印欧小语种文字，那么他们就一定可以破译符号。

可毕竟研究印欧小语种的专家很多，为什么独独他们俩能破译符号呢？思前想后，我很快找到了答案——无论是勒科克还是荻原云来，他们只给这两位教授看过那组奇特的符号！

当然，即便是给别人看过，那也许还存在着功力和水平问题，不是谁看了都能破解的吧——我这么安慰着自己。

“说说，你这些天有些什么进展？”一想到刚才在孙林车内李少威顾左右而言他的神情，我登时觉得差点忘了问他这几天的经历了。

“等会儿。”李少威冷不丁地放下碗筷掏出了自己的手机。

“你要干吗？”我连忙按住了他的手。

“给林菲打电话！”李少威眼神坚定，“既然她去过林吉贤家又曾见到过这组符号，那既然找不到林吉贤找到她不就什么都解决了吗？”

“可……她失踪了……孙林都找不到她。”

“我打给她试试，万一通了呢。”李少威调出了林菲的号码。

“如果通了，你打算怎么说？”我虽然有点慌，但想一想觉得李少威是联系她再合适不过的人选，毕竟李少威是整个事件的边缘人物，而“周皓”此时正在看守所里——虽然警方已经发现我被掉包了，但他们一定不会第一时间让世人知道这件让他们蒙羞的事情。

“放心，我不会说咱俩在一起的，我只是问问她在哪儿。”李少威看到我点头后，按下了通话键。

看到李少威一脸正经地等待着电话被接听，我却一点希望都不抱。林菲既然已经参与了此事，又突然神秘地消失，怎么会如此轻易地被他联系上？更何况，我们对于林菲真正的背景和在此事中扮演的角色还一无所知。

“喂……”李少威突然冲着电话蹦出了这个字，这个字让我险些被刚吃进嘴里的饭噎死。

李少威迅速给我做了个接通了的手势，我差点突发心肌梗塞——林菲接了电话！

“喂，是我……你……干吗呢？”李少威表情极端严肃，显然，他对林菲接听电话同样异常吃惊，我连忙示意他打开免提，然后把头玩命地凑了过去。

“我……我跟朋友在西安呢。”电话那边传来了熟悉又陌生的、让我心动的声音，我的心迅速被这柔软而略带疲惫的声音融化了。

“去西安干吗？”李少威疑惑地盯着我。

“毕业旅行……我……跟几个朋友在西安旅游……”林菲语速很慢，慢得让人生疑。

“旅行？……你丫……你还有心思旅行？……你知不知道周皓……”李少威脸都憋红了。我一看他提到了我的名字，连忙不停地做出阻止的手势，“你知不知道周皓……他……他还在看守所？你还有心思旅行？”

电话那边沉默了。

“说话啊！”李少威的大嗓门惹得乘务员和几个食客朝我们这看了过来，我连忙抱以歉意地回看了他们，然后使劲地瞪着李少威，李少威的火被电话那头的林菲拱了起来，他有点不管不顾了，“你到底跟我们隐瞒了什么？啊？说话！”

电话那边依然沉默。

“你为什么要从我宿舍偷走符号？你跟林吉贤到底是什么关系？”李少威虽然声音低了下来，但愤怒之火丝毫未减。

电话断了。

“你干吗挂电话？”我恼火地抢过李少威的手机。

“操，是她挂的。”李少威把对林菲的火转移到了我的身上，“手机给我，我倒要问清楚她是怎么回事。”

“你跟她发那么大火干什么？”

“都什么时候了，她还有心思旅行？”李少威喘起了粗气。

“你怎么确定她是在旅行？”——但凡了解现状的人都不会相信此时的林菲是在旅行，可她为什么跑到了西安，她到底要干吗？

“那……那她凭什么挂我电话！”李少威咄咄逼人。

“你有毛病啊！你跟她提林吉贤干吗？”我气不打一处来。

“为什么不提？她跟林吉贤啥关系她比谁都清楚！”李少威生硬地抢回了手机。

“你有本事知道林吉贤这个人吗？”如果不是在火车上，我恨不得抽他一耳光。

“你什么意思？”李少威从来没见我这么生气过，不过他并不示弱，一副针尖对麦芒的样子。

“就凭你，能查出林吉贤这个人？”我浑身哆嗦了起来，“你跟她一提林吉贤，她肯定就知道林吉贤暴露了，也肯定知道她跟林吉贤的关系暴露了，这种事凭她对你李少威的了解，你觉得她会相信是你查出来的吗？这种事谁能告诉你？——还他妈的不是我吗？”

李少威的表情瞬间僵住了。

火车驶进一个隧道，车内顿时漆黑一片。

黑暗中，李少威的手机突然响了起来，手机屏幕一闪一闪地发出可怖的蓝光。

“林菲打来的。”李少威声音发紧。

我没有答复。不是不想答复而是不知道该怎样答复，所以我只能在黑暗中看着频闪的蓝光，与李少威大眼瞪小眼。

就在火车驶离隧道时，手机铃声停止了。

“要不要打回去？”李少威没有了刚才的怒火，用商量的语气看着我。

“打回去吧。”既然她在此事中关系重大，既然只有她能从宿舍偷走符号，既然她此时没来由地去了陕西，那我们怎能就此放弃她这条线索呢？

“我怎么说？”

“有什么就问什么吧，但千万别提我……就说……就说是孙林告诉你的。”我只能如此了。

“她又不认识孙林。”

“孙林第一次要带咱们去西山的时候，她不是也在车上吗？打通之后开免提，你随时看我的眼神。”

“好，放心。”

李少威再次拨通了林菲的电话。

“你是怎么知道林吉贤的？”电话那头，林菲的声音很不自然。毫无疑问，林吉贤的名字从李少威口中说出来，确实让她吃惊不小。

“你就别管了，现在不是你问我的时候，应该是我问你。”李少威语气和气了不少。

“周皓……是他跟你说的吗？”不知道是不是我自作多情，反正从林菲的口气中我听到一种百转愁肠。

“是他被抓之前告诉我的。”我虽然不知道李少威为什么要这样回答，但这个答案也未尝不可，“你就把所有的事都告诉我吧，我想帮他，我不想让他冤死在狱中。”李少威说完这话，脸颊突然抽动了一下，然后他的目光与我汇聚在了一起。

电话那边再次沉默了。

“你一定也不希望他就这么被冤死吧？”李少威没有再看我，我也不敢看他。我不知道再这么看下去我俩会不会哭出来。

“你在哪儿？”林菲的声音很轻。

“我……在宿舍。”

“整件事情你知道多少？”我分明听到林菲叹了口气。

“我已经知道了林吉贤……你说我知道多少？”李少威的反问不容置疑。

“那好，你来西安找我吧！”林菲的声音让我和李少威顿时怔住了。

“去西安……找你？”李少威大惑不解。

“对，他没有完成的事我来完成，我在帮他！”

“你……你在帮他？”李少威的眼神从大惑不解变成了大喜过望，转而又迅速变得疑窦丛生。

“电话里不方便说，我一会儿把我的地址发给你，见面再说，我得挂电话了。你尽快来吧。”林菲声音突然变得急促不安起来，紧接着电话突然被挂断。

林菲在帮我？

我缓缓地坐回到座位上，不知所措地看着李少威，李少威也一脸迷惑地看着我，我们两人此时谁都不知道林菲葫芦里到底卖的什么药。

“她……她在帮你？那她跑西安干吗去了？”李少威把手机放在了桌子上，然后使劲地挠了挠头。

“她电话里声音很小，很谨慎的样子，挂的时候又那么急匆匆的……你觉不觉得她好像不大对劲？”我看着李少威，脑子里奋力捕捉着林菲声音里的每一个细节。

“没错，她好像是偷偷打的电话一样。”李少威皱起了眉头，“我打给她的时候，她说话明显结巴，好像在装模作样掩饰什么，我一提到林吉贤她马上就把电话挂了；等她回给我的时候，她一点都不结巴了，不过声音确实低了很多，还慌慌张张地挂了电话，这前后的变化也太明显了。”

“莫非……莫非她身边有人？”听到林菲两次电话前后的反差，让我觉得前一次明显是身边有人，不方便直说，而后一次显然是身边的人不在身旁，她便急急忙忙长话短说，当身边的人突然返回时她才突然挂断的电话。

“应该是。”李少威不再说话了，只是看着我，等待着我下一步的打算。可几秒钟过后，他眼中忽然闪现出一丝异样的光芒，那异样的光芒告诉我，我们两人此时脑中浮现出了同一个人的形象……

“难道是那个棒子？”李少威的火气又冲了上来。

我不置可否——我多么希望不是那个李少威口中的韩国大帅哥，可目前我能想到的出现在林菲身边的人只有他了。

“也许是林吉贤吧。”我编了一个自己都不相信的借口——扯淡，要是林菲跟林吉贤在一起，他俩怎么可能把我三振出局呢？

李少威愤然起身，直奔餐车乘务员而去，我不知所以地试图阻拦，可没能成功，只得坐着，看着他跟乘务员嘀咕着什么。过了一小会儿，李少威回到桌前若有所思地坐了下来。

“这趟车沿途所有的站都有去西安的车，我想了下，咱们先一起坐到郑州，等到了郑州后你去乌鲁木齐，我去西安。”

“你真打算去见她？”其实我是恨不得让他带上我，让我也能见到这个令我牵肠挂肚的女人。

“她说她在帮你，你信不信？”李少威突然来了这么一句。

“我……信！”不管林菲在整个事件中起什么样的作用，可她不至于害我啊。对于这样一个女人，我宁可用最善良的眼光来看她。

“我也信。就算全世界所有的人，包括我李少威想害你，林菲也绝对不会害你，我敢拍着胸脯说这话！”李少威重重地打了几下自己的左胸脯，仿佛盖棺定论一样，“既然她让我过去找她，那我义不容辞。”

“可……”虽然我以万分的善心看待林菲，可一个该死的念头还是不由分说地钻进了我的脑袋——万一林菲不是我想的那样的人呢？万一林菲知道李少威如此深地介入了此事想要对他不利呢？果真如此的话，那我无论如何不能意气用事地跑去西安见她了。

我忧虑的眼神被李少威捕捉到了，但他显然误解了我的担忧。

“你不用担心，有我在，林菲不会有事的。”李少威说完拿起手机看了一眼，“奇怪，她不是说给我发地址吗，怎么还没发过来。”

“没准……没准现在不方便发吧。”我开始跟脑中那个该死的念头拼命地做着对抗，恨不得马上把它赶到九霄云外。可越是如此，那个念头越像扎了根一样更加死命地往里钻，钻得我如万箭穿心。

她曾见过符号，她曾去过林吉贤家，她曾在林吉贤失踪那日彻夜不归，她曾去过留学生楼，她曾从我宿舍偷走了誊有符号的草纸——现在，她去了西安……

她在帮我？——她为什么要帮我？

退一万步说，即便她真是在帮我，可目前我所掌握的所有线索都集中在了新疆罗布泊，她去西安干吗？莫非还有什么我不知道的线索？

我本想让李少威继续给林菲打电话，哪怕问得稍微清楚点也行。可转念一想，通过刚才林菲在电话中的表现，她现在显然处于某种不自然的状态，无论这种不自然是因为谎言还是因为处在危险之中，总之如果再联系恐怕也无法得到满意的答案，那眼下我到底该怎么办？

“别多想了，等咱们在郑州分手后，我就去找她，有什么情况我随时跟你联系。你看行不行？”看到我半天不说话，李少威坐不住了。

“等她发来短信再说吧。”我还是拿不定主意。

“是她自己让我去的！”李少威特别强调了“她自己”三个字，“再过一会儿她要是不发过来，我就再打。”

无论是惦记林菲还是惦记她目前所做的、我一无所知的事情，反正我是无法拒绝李少威非去不可的念头。可就当我心里同意他做法的时候，另一个麻烦事就出现在了眼前：“孙林已经跟在新疆的手下说过了，咱们是两个人去，如果到了新疆对方发现只有我一个人怎么办？”

听到我这个担忧，李少威非常不以为然。

“你就跟孙林直说啊，说我去找林菲了，反正孙林不是完全站在咱们这边吗？没准他还能帮上什么忙呢。”

“好吧。”虽说此时我还不知道孙林到底发生了什么，可既然他没有林菲的线索而我意外获知了，那我就没有不如实相告的理由。

“再说了，就算你不愿意告诉他，你就跟他说，说我半道㞞了，不敢去了，哭着喊着要回家不就行了？或者说我在火车上生病了，或者说死了也行。”李少威又开始玩他这套一点也不好笑的幽默了。

"好吧。"下定决心后，我从身后把双肩背包拿到了身前。

"干吗？"李少威不解地看着我这个莫名其妙的举动。

"你不是要去西安吗？我给你拿点钱。"我拉开双肩背包，同时警惕地往两边看了看。

"我要你的钱干吗？"李少威连忙拦住了我。

"不是我的钱，是孙林给的。算是……算是活动经费吧。"我觉得"活动经费"这四个字好滑稽。

"操，我缺这点钱啊？"李少威抢过双肩背包，把它放到了餐桌的一侧，"新疆比陕西远了去了，你还是自己留着用吧。"

看着他一脸不屑的表情，我心里不知是感激还是无奈，心想你不要就算了，谁让你是个不大不小的官二代呢。

"你就别操那么多闲心了，等我的好消息吧。要是现在林非身边真是那个棒子，看老子不把他脑袋打屁眼里去。"李少威一副为朋友两肋插刀的豪情。

"好吧，注意安全，有什么事随时联系。如果联系上孙林，我会把你的情况告诉他，他肯定会派人去西安找你们的。"事到如今只能走一步算一步了。

"得嘞，我也想见识见识孙林到底有多牛逼。"一切貌似都捋顺了，李少威的心情也变得大好，开始狂吃起了早已冷了的饭菜。

看着李少威没心没肺吃饭的样子，我的胃口却怎么也好不起来，总感觉还有什么事情堵在我的胸口——到底还有什么不对劲的地方呢？

我凝神苦想了半天，还是不知道这种莫名的别扭劲是从何而来，而且越想这种不安越强烈。好吧，吃点东西，等肚子暖和起来后没准能想起来吧。于是我索性拿起筷子，也准备饕餮一番。可就在我夹菜的一瞬间，我的眼神突然落在了李少威的手机上。

"坏了！"堵在胸口的石头被发现了，可我却没有能力搬开它。

"怎么了？"李少威抬起头，鼓着腮帮子看我。

"咱们没法联系！"

"什么意思？什么叫没法联系？"李少威使劲地咽下满嘴的饭。

"我用的不是以前的号。"

"我还以为什么呢！跟我说下你的新号。"李少威拿起自己的手机。

孙林反复提醒过我，这个手机号只能我、他以及汤宇星三人联系，无论如何不能让别人知道，我曾保证过此事，现在岂能食言。

“说啊？”李少威见我不说话，一脸不满。

“我不能告诉你。”

“操，你不告诉我我去了西安怎么跟你联系？”李少威鼻子都气歪了。

“孙林跟我说了无数遍，这个号是个秘密号码，只能我们之间联系，绝对不能告诉外人……”

“我他妈是外人啊？”李少威把手机狠狠地摔在了桌上。

坏了，我摸着老虎屁股了——对李少威这样的人而言，他可以接受你说他没文化、说他无知、说他好色，可以用任何的污言秽语嘲笑他、侮辱他，可就不能说他是外人，尤其是对于那些他把你当成亲哥们的人来说，你把他当外人比骂他祖宗十八代都让他愤怒。

随后，这个一米九的大个子像个孩子一样，离开了餐车返回包厢，疯狂地拿起自己的背包来到车门前，发誓下一站就下车，然后这辈子再也不愿见我。无论我如何像一个安慰生气媳妇的傻老公那样低三下四百般劝慰，可他冷若冰霜完全无动于衷——于是，车厢里所有的人都目睹了一个一米七出头的男人跟一个一米九的男人在车门口拉拉扯扯的变态戏。

这么恶心地拉扯了三四分钟后，火车竟然可耻地停了下来。抬头看去，我们到了石家庄车站。李少威粗壮的胳膊将我抡开，然后头也不回地朝站台走去，我连忙背上双肩背包，孙子一样三步并作两步地向他追去，车厢里无聊的人们正透过窗户乐呵呵地看着好戏。

“你他妈等会儿。”我在站台大叫了起来。站台预告火车会在石家庄停靠十分钟，如果十分钟内不解决他，我只能为了秘密舍弃这个被我无心伤害的朋友了。

就这么一前一后，我追了七八分钟，眼看开车的时间要到了，我站住了，恨恨地看着李少威在不远处的背影，恼恨之情怒发冲冠。李少威见我没再追过去，便突然停了下来，然后走到我身边气冲冲地看着我。

“我都是外人了你还跟来干吗？”

“你能不能有个男人样！”我上气不接下气地骂了过去。

“我就不是男人了，怎么着吧？”李少威扬起了自己的头，下巴正好在我的头顶。

“我已经跟你道过歉了，你要再这样，这朋友不做也罢！”我真受不了别人用下巴看我。

“我去！你还牛逼了是不是？”李少威一把拽住了我，“你牛逼什么啊？”

“你给我放开，车要开了。”我使劲地想要挣脱，可我这副体格怎么拼得过一个排球特招生，于是我就被他牢牢地抓在了手中。

另一场恶心的拉扯戏在站台上演了，不过这次我们互换了角色，我成了被拉之人。

火车从我们身边开走了……

天国的封印

（下）

裴魁山 著

译林出版社

第三十九章

“李少威！我……”看着火车远去的背影，如果我有枪，我第一个崩了这个王八蛋。

李少威在我身后传来了笑声。

听到他的笑声，我迅速回头——这孙子竟然在嬉皮笑脸！

“你该怎么谢我？”李少威贱了吧唧地蹦出这么几个字。

“谢你……”就在我七窍生烟之时，我突然发现李少威的笑脸中并没有恶作剧得逞后的邪恶，反而有一种计谋成功后的喜悦！

“你……什么意思？”我表情瞬间的变化让李少威笑得更加得意了。

“这不是说话的地方，”李少威往远处的站台看了几眼后，仿佛确认了什么，“咱们先出去。”

随后我跟李少威离开了站台，来到了车站的广场。李少威把我拉到广场一角的台阶处，然后坐了下来。

“你被人盯上了。”李少威坐下后严肃地告诉我。

“什么？”我连忙四下望去。

“别看了，已经甩了。”李少威一把把我按坐了下去。

“怎么回事？”坐下后我心惊肉跳。

“刚才在包厢的时候，你躺在下铺没看见，我坐在你对面看见了。”李少威一边小声地跟我说着，一边观察着周围的环境。

“看见什么了？”

“有个男人坐在咱们隔壁包厢对面的椅子上，偷偷看着咱俩。我发现后就留了个心眼，没敢一直看他；后来咱俩去了餐车，我发现这个人在餐车门口晃悠了一下；再后来我去跟乘务员打听停靠站的时候，我偷偷瞄了一眼，发现那个人正在餐车连接处假模假式地抽烟；咱们吵架的时候，车厢里别的乘客都在看咱们，那个人也在看，不过他的眼神明显不是看热闹的眼神；还有，咱俩下车后，他也一直趴在窗户上看着咱们……”李少威语速极快地讲出了他这一连串的发现，当他看到我脸色变绿之后，马上拍了拍我的肩膀，“没事，我刚才看了，那人没下车，现在估计跳车的心都有了。”

我没时间赞叹李少威的机警和看似荒唐的脱身之计，我满脑子都是对自己被跟踪一事的百思不得其解。

“我怎么可能被跟踪？虽然警察已经知道我不在看守所，可那是今天上午的事，不可能传得这么快，再说警察也未必会把这件事声张出去。”我的呼吸越发急促了，“还有，我这两天一直在孙林身边，别人不可能知道我的行踪，再说了，我要去新疆的事也是孙林今天上午临时决定的，别人怎么可能知道？他们怎么会跟踪我跟踪到火车上？”

李少威听完我的分析也愣了一下：“那会不会是孙林的人？”

“孙林跟咱们已经是同一阵线的人了，他即便要派人跟着我也没有必要偷偷摸摸的啊？”我今天上午才暴露，暴露后才临时决定去新疆，因为没有赶上直达新疆的火车才临时决定搭乘这趟——现在居然就有人在火车上跟踪我，这也太匪夷所思了。

“难不成是……孙林他的人里面有内鬼？”李少威排除了所有的可能性后，不无担心地说出了自己的分析。

“我刚才也想到了这种可能性，不过仔细想想也不太可能。”我摇了摇头，“你想啊，如果是孙林的人泄的密，那这个人肯定知道我的目的地是哪儿，对吧？那他可以直接告诉对方——无论对方是哪个组织的什么人——告诉他们我此行的目的地，对方完全可以在乌鲁木齐跟踪我，没必要上火车跟在咱们屁股后面兜这么大一圈吧？”

“也对……可是……可是知道你要去新疆同时知道你乘这列火车的人，只有你、我、孙林和孙林的手下，绝不会有另外的人了，是不是？”李少威恨不得把头皮挠破。

“嗯，”我不得不点了点头，“要是这么看来，那只有两种可能了。

“哪两种？”

“第一，你多疑了……”

“绝不可能，我看得真真的。要说他盯咱们一次两次我多疑也就罢了，可我至少五次看到他盯着咱们，哪有这么巧的事？你直接说第二。”李少威从不怀疑自己的眼力和判断力，而我虽然相信他这两方面的优势，但我更相信“五次绝不是巧合这句话”。

“第二种可能就是你刚才怀疑的那个——孙林手下人里有内鬼！”妈的，曾经能帮助我的大谷基金会里有内鬼，现在唯一能帮助我的孙林的人里面居然也有内鬼，天底下怎么会有“内鬼”这么个东西呢。

“可你刚才不是说他知道你要去乌鲁木齐吗？他没必要一上车就跟踪啊？”李少威跟我一样都不愿相信这个答案。

“也许，也许这个内鬼并不知道这么多信息……或者，或者他生怕咱们途中有变……”我脑子里开始不停地回忆着所有孙林身边可能知道此事的人——有那个司机，还有一个叫小高的人，除了他俩之外并没有人知道我要去新疆。当然，还有一种可能也是最绝望的可能就是，在四合院中我进屋收拾东西的时候孙林说要打几个电话安排我去新疆的事，如果是那样的话，我就完全不知道他都联系了什么人，那我就算有通天的本领也不可能知道那个内鬼到底是谁了。

可是，孙林不是强调过，汤宇星的真实身份别人并不知道吗？如果他身边真的有内鬼，那么如此看来这个内鬼只知道我要去新疆，至于去那干吗、见谁他不可能知道的，也不可能知道我中途会不会下车、会不会偷天换日去别的地方——难道正因为如此，内鬼才安排人沿途跟踪我吗？

“那，那岂不是完蛋了？孙林身边要是有内鬼，那咱们还搞个屁啊。”李少威双手抱头，苦笑。

事已至此，我必须要把目前的情况告诉孙林。于是，我拿出手机，毫不犹豫地拨出了孙林的电话。

依然是无人接听！

“我在火车上被人跟踪，此事不可能有他人知道，我怀疑你身边有内鬼！速与我联系！”输入这几个字后，我咬碎钢牙按下了发送键。

“接下来怎么办？”李少威斜着眼看完我发的短信后，沮丧地看着同样沮丧的我。

“等。”

“等？等什么？”

“我等孙林的回信，你等林菲的回信！”

“也只能这么办了。”李少威站起了身，“那咱现在干吗去？”

我举目四望——天下之大何处才是我容身之所？

“北京是不能回了，那肯定已经布下天罗地网抓我了。刚才跟踪咱们的人知道咱们在石家庄下的车，所以这儿咱们也不能待了。咱们去售票大厅看看，有没有往西开的车，反正无论我去新疆还是你去陕西，都得往西走了。”我也站了起来，朝不远处的售票大厅走去，李少威跟了上来。

“喂，我说句话你可别不爱听啊。”

“说。”

“你说咱们要是谁都联系不上，怎么办？”

“怎么可能联系不上？林菲主动让你去找她，她只要方便的时候一定会再联系你的；而孙林……只要他不死，怎么会不联系我？”我给自己打着气——可如果孙林在别墅中真的出了事，林菲在西安也真的消失得无影无踪，我们俩该怎么办？难道真的要像孤魂野鬼一样在这世上游荡了？

“我是说万一呢？”李少威依然忧心忡忡。

“你该去哪儿去哪儿，反正这事跟你也没关系。我……我就找个深山藏起来呗。”天要绝我，我能怎么办？

“你看你这话说的，我怎么能丢下你呢？”李少威又开始仗义了。

“去了深山老林，那可没妞……”我回头看了他一眼。

李少威沉默了。他沉默当然不是因为没有妞，而是因为我们还有父母，还有大把的青春。

“天无绝人之路，别想那么多了，走一步看一步吧。”此时的玩笑话听上去格外苦涩，所以我终止了毫无情趣的玩笑，只能跟着某种招呼不停地走下去了——拿性命与未知进行赌博，这到底是责任还是玩笑呢？

来到售票厅，我们在显示屏前驻足观瞧。

“去哪儿？”看着显示屏上密密麻麻的车次，我和李少威都手足无措了。

“孙林知道咱们第一站去郑州，如果他收到我的短信做出什么安排的话，应该会在郑州，所以咱们应该去郑州，免得一旦他有了什么安排咱们第一时间赶不过去。不过，跟踪咱们的人可能已经意识到咱们刚才的举动是为了甩掉他，所以他肯定会有别的打算；既然他也知道咱们第一站是郑州，那么咱们既不能去郑州又不能离那太远，而且得尽快离开这，所以……”我把眼神盯在了一趟三小时后去许昌的车次上，“就去那儿。”

许昌离郑州很近，城市也不大，从那既能去郑州也能去新疆，还能去西安，所以目前看来，那是最佳的去处了。

“好，我去买票。”李少威的大个子很快在排队的人群中鹤立鸡群了。

就在李少威买票的过程中，我去大厅一侧的商店买了顶帽子戴上，然后故意把帽檐压得很低，即便现在外省市的人不知道我金蝉脱壳的事，可万一再碰上一两个好公民把我认出,那麻烦可就大了。有个帽子和身边巨人一样的李少威，至少能保一时不被人注意吧。

好在不是旅游旺季,李少威当即就买到了车票。三个小时我们哪儿也去不了，只得在候车大厅找了个角落里的位置，打发这难熬的一百八十分钟。

坐定后，我努力蜷缩着身子，李少威明白我举动的含义，便故意把身子挺得很直，以便把好事者的目光吸引到自己的身上。

“现在可以告诉我你这几天到底查出了什么吧？”一想到李少威屡次三番不提这段日子他的行踪，我就觉得有些蹊跷，现在时间地点都合适，我不能再让好奇心继续憋下去了。

“咳，我查出来的事跟眼下的事情没什么关系，不过实在有点……有点他妈的恐怖。”李少威神色有些黯淡。

“恐怖？怎么回事？”

“你那天让我查崔波的事后，我就去了医院，想找小刘护士了解点情况。可你知道怎么了？小刘护士那天没有去上班。她的同事也很好奇，给她打了很多电话都没有接，然后我按她同事告诉我的地址去了她家，可我怎么敲门都没有人开，我就不得不先返回医院，等下午合租的人下班后再来找她。”

“小刘护士没去上班？头一天晚上我俩刚聊完，她好好的啊。”一听到这个消息，我立马感觉事情不妙。那晚我跟小刘护士聊到将近十一点，然后我送她回了家，之后我才被孙林给接走的，那晚她除了对崔波之死感到有内情外，并没有别的不正常的反应啊?

难道她出了什么事？这个糟糕的念头一出，我心中暗叫不妙——既然那晚孙林十一点接走我的时候我们被人跟踪了，那么孙林在接走我之前、也就是我跟小刘护士谈话的时候岂不是也很有可能被人监视着？如果是这样的话，那无辜的小刘护士将不可避免地被神秘人物给盯上!

“然后呢？”我亟不可待。

“我等到下午，跟小刘合租的小两口回来了。我告诉他们我是小刘的同事，她一天没来上班也不接电话，我们很担心她。没想到那两口子告诉我的事把我吓了一大跳。”李少威看了眼我的反应，然后似乎还有些后怕地接着讲了下去。“他们说，头天晚上十一点多小刘护士才回的家。”

“没错，我差不多是那个时间送她回的家。”

“你听我接着说啊。因为小刘回来的时候，他俩已经躺下了，所以就没跟她打招呼，可过了没多久，他们就听到小刘屋子里有男人的声音！”

晴天霹雳！——“男人的声音？”

“没错！那两口子跟我说，他们听到男人的声音并没有觉得奇怪，因为一个单身的女护士带个男人回家很正常，没准是男朋友什么的，所以他们没有在意，也没有刻意去偷听他们的谈话。第二天一早，两口子打算去上班的时候，发现小刘的房间开着门，小刘一个人坐在床上——人已经傻了！”

我浑身的血完全凝固了。

“他们说，小刘当时五官都扭曲了，眼睛直勾勾的，一点精神都没有，嘴里不停地嘀咕着什么，无论他们怎么喊，小刘就是没有反应。他们吓坏了，以为小刘昨晚可能是因为分手受了刺激或者别的什么原因，就赶紧给她父母打了电话。这两口子和小刘平时相处得不错，还去过小刘在昌平的家吃过饭，所以他们有她父母的电话。她父母接到电话后马上从昌平赶了过来，把她给接回家了。”

“然后呢？”

“听完他俩说的之后，我赶紧按照他们给的地址去了小刘家，见着了小刘——小刘的样子跟他们描述的一模一样，完全是神经受了极大刺激的样子，跟见了鬼似的，连父母都不认识了。后来，我帮着她父母把她送到了医院。”李少威一口气说完这些后，沉重地叹了口气。

“肯定是跟踪我的人见我跟小刘接触过，便去了她家，也许是想知道她都跟我说了些什么。”只是因为我那该死的好奇心，就将一个完全无辜的人拖下了深不见底的浑水之中。

“有可能，可小刘已经变成了那个样子，谁也不知道那晚究竟发生了什么。我本来想去查查监控录像，没准能看到那晚进她屋子的男人的样子，可她租的那个小区太老了，小区里和楼门口都没有监控设备。”李少威说到此处时，故意停顿了一下，压低了声音，诡异地凑到我耳边，“她变成那样跟你有没有直接的关系我不知道，但我可以肯定——那一定跟崔波有关。”

“跟崔波有关不就是跟我有关吗？再说，整件事情小刘护士唯一知道的就是——崔波死得不明不白，其他的事情她也不知道啊。”

“我说的不是这个意思——你知道我在她昌平老家时，听到了什么吗？”一股寒意从李少威身上传染给了我。

“听到了什么？”

“小刘嘴里一刻不停地在嘀咕，根本不知道她在嘀咕什么，可我靠近她身边仔细听的时候，我能听到她很多次非常惊恐地断断续续说着：‘崔波，崔波，崔波……’”

“她在叫着崔波的名字？”天黑下来的候车大厅，有一种别样的恐怖，我忍不住倒吸了一口冷气。

李少威的双眼中同样充满了寒意。

“崔波出车祸之后，是医院联系的他的老婆和雇主，所以我找到小刘的同事，想办法弄到了崔波老婆和雇主的电话。可是他老婆的电话一直关机，不过我从医院搞到了他老婆的监控图像。”李少威说完拿出手机，调出了里面的一张照片。由于手机屏幕的分辨率太低，所以那照片很模糊，但至少可以清楚地看到是一个女人，“这是医院走廊监控器拍到的，是崔波车祸后她老婆的图像。我去小刘家发现没人之后，我就先跑回了医院，趁医院监控室的人出去吃午饭的时候偷偷溜进去，把那两天那条走廊的视频资料都拷进了我的手机里。不过还没拷完的时候，监控室的人就回来了，我只好把手机调了静音，藏在机箱下面，等晚上我知道了小刘的全部状况后才返回医院取走了手机。”

“所以那天中午我给你打电话你没有接？”

“对，我是晚上拿到手机后才看到了你的未接来电，但我打给你的时候你已经关机了。”

“晚上的时候我已经被吴丽丽带走了……”所有的巧合都出现得如此天衣无缝，以至于让我怀疑这些巧合根本就是事先安排好的。

“你记不记得崔波是在跟他老婆聊完之后的第二天跳楼自杀的？”

没错。那晚听小刘护士说，崔波跟他老婆关着门在屋子里聊了整整一下午，第二天便‘自杀’，那么他自杀的原因他老婆无论是直接还是间接都应该是知道的。

“既然崔波在北京只有雇主这么一个算是朋友的人，那我觉得雇主也应该认识来北京与崔波一同租住的崔波的妻子，所以我就让我女朋友给雇主打了个电话。”李少威见我想要打断他，迅速接着说了下去，“你不记得了？车祸发生后，崔波的雇主来病房看过咱俩，他认识我，我怎么可能自己联系他？你是想问这个吧？”见我点了点头，他接着说，“我让我女朋友假装崔波的远房表妹，说是想来北京投靠表哥，但一直找不到他，就按照表嫂子之前留给她的电话联系到了雇主。可雇主一接到我女朋友的电话，马上就要约我女朋友见面，把我女朋友吓坏了。我让她无论如何要跟雇主见面，于是她就去了。她选了一个安全的饭馆，我假装陌生人坐在他们旁边的那桌……之后我就听到了更让人奇怪的事情。”

我不知道李少威还会说出什么骇人的事情，但通过他的表情，我足可以感受到事情的复杂程度。

“你知道吗，崔波根本没有结婚！”李少威一字一句地将这句话砸进了我的耳朵里，我一时耳中轰鸣不已。

“没结婚？他老婆不是去医院看过他吗？”

“雇主见到我的女朋友之后，非常奇怪地问她，是怎么知道自己手机号的。我女朋友就按我编的词，说是表嫂以前告诉她的，说表哥替这个人打工。雇主半天没有说话，然后突然冷不丁地问我女朋友到底想干吗，把我女朋友直接给问傻了。我女朋友结结巴巴地说不干吗啊，就是来投靠表哥表嫂，接着，雇主就告诉她，她根本就没有这个表嫂，因为崔波根本没有结婚。”

“可崔波的老婆不是医院找来的吗？”

“是啊，不过那是崔波告诉他们的。崔波出了车祸被送到医院之后，医生让他联系家人，他就把老婆和雇主的号告诉了医院。你还记不记得，咱们在医院从来没有见过他老婆和雇主同时出现？”

我努力的回忆了一下——在医院的那几天，我的确见到过崔波的雇主和他的老婆，但都是分别见到的，的确从来没有见过这两个人同时出现。

“雇主告诉我女朋友，崔波死后警方也曾试图让他联系崔波的妻子，可他告诉了警方崔波没有结婚，警方也觉得很惊讶，至于警方现在调查到什么程度他并不知道。事发之后他非常不解，不知道崔波身边怎么会突然冒出个老婆。所以他一接到我女朋友来寻找表哥表嫂的电话后，就第一时间要见她，想知道这到底是怎么回事。我女朋友当时就傻眼了，我也蒙了，赶紧偷偷给我女朋友发短信，让她随便编个借口，就说记错了，然后赶紧走，随后我俩就逃离了那个饭馆。”

“是崔波让医院通知他老婆的，而且他老婆咱们在医院也见过，更何况他老婆见着他双腿截肢后还痛哭了一场……他怎么可能没结婚？”

“雇主说了，他以前跟崔波是一个村的，后来他来北京做买卖，崔波则去当了兵。崔波退役后就来北京投奔他了，他结没结婚雇主怎么可能不知道？”

既然如此，那崔波这个所谓的妻子到底是怎么回事？——这个女人雇主从来不知道，她与崔波深聊了一下午后崔波神秘“自杀”，随后这个女人就彻底消失了……

既然崔波是孙林的人，那孙林为什么从来没有跟我提过这个奇怪的女人呢？回过头来仔细想想，既然崔波身份特殊，那他发生车祸后肯定不能暴露自己的身份，因此他会最正常不过地联系自己的亲人，于是他联系了雇主和“老婆”，随后就上演了一幕可怜的打工者生活无望后跳楼自杀的世俗悲剧……

“那崔波到底是怎么死的，你查出来了没？”既然孙林告诉我崔波的死是那个神秘的对手所为，如果李少威能查出些蛛丝马迹，对我们一步步揭开对手的面纱将大有帮助。

“没，你以为我是福尔摩斯啊。杀他的人到底是什么背景连孙林都查不出来，我怎么查啊？”李少威遗憾地摇了摇头。

……

好吧，不怪他。我在孙林的帮助下还如此举步维艰，更何况势单力薄的排球特招生呢。再说，既然杀崔波的是那个神秘的组织，那他们一定会做得滴水不漏，根本不可能给任何人留下线索，非要让李少威查出点什么实在有点为难他了。更何况，他带来的这两个消息已经足够让我对他刮目相看了。

佩服归佩服，可这两个消息却无一不令人挠头——小刘护士究竟遇到了什么人、发生了什么事以至于把她这个大活人变得精神失常了呢？她为什么会不停地念叨崔波的名字？崔波那个莫名其妙的“妻子”又是怎么回事？

“辛苦你了，那后来怎样了？”我赞许地拍了拍李少威的肩膀。

“后来，我就把女朋友送回了家，可那个雇主居然开始不停地给我女朋友打电话，非要问清楚她为什么要说崔波结婚了，为什么说她有那么一个表嫂，她到底什么意思。我女朋友哪见过这样的事，吓得成天不敢出门，只是说她记错了。后来我们实在受不了雇主不停的骚扰，就把她的号给换了。随后那几天我就在她家陪着她，哪儿也没去，然后我就通过新闻知道你丫被抓了，我更不敢出门了。”

“雇主为什么不依不饶地非要问清楚崔波老婆的事呢？”雇主的行为虽在情理之中，可难免做得有些过分。

“谁知道，你说他是不是担心有人想趁机讹他一笔啊？”

“讹他？这从何说起啊？”

“你想啊，崔波替他打工，现在崔波开着他的车出了车祸，又不明不白地死了——姑且让人以为是自杀吧——那雇主岂不是要负很大的责任？要是崔波有个妻儿老小的，那雇主肯定得出一大笔抚恤金吧？所以我估计他可能担心有人假冒崔波妻子讹他的钱。”李少威分析得头头是道，我没有任何证据反驳他。

“但愿如此吧。”我可不希望雇主背后也隐藏着什么惊天阴谋，我已经被阴谋彻底搞怕了。

“那孙林的人今天是怎么找到你的？”

“孙林一直在找我？”李少威有了些许的兴奋。

“昨天晚上我让他去宿舍拿符号，他发现符号不在就马上想到了你，所以他从昨天晚上派人找的你。”

“好吧。”李少威一秒钟前些许的兴奋转眼消失了，也许他本以为孙林对他要委以重任呢，“我是在女朋友家被他的人找到的。估计他的人一看我不在，肯定会跟别人打听我可能会去哪儿，你也知道，我没事就往女朋友家跑，他们估计是这么打听到我女朋友家的。今天上午，那个带我来火车站的人，是他在女朋友家找到了我。”

“他怎么跟你说的？”我很好奇李少威怎么那么心甘情愿地跟他来到火车站。

“他说得很简单，就说有个人能帮周皓洗脱罪名，那人想见我，跟我聊聊你的事，我一听那人能救你就想也没想地上了他的车……然后就这德性了。”李少威指了指周围的环境，撇撇嘴。

一股炽烈的友情之火顿时烧得我热泪盈眶，我伸出手狠狠地在他手背上拍了几下，然后紧紧地抓住了他宽大的手背。他笑着弹开了我的手。

“干吗啊你，让别人看见还以为咱俩搞基呢。”

李少威弹开我手后，把头转向了另一方，不再看我。

两人间的沉默随后充满了整个热闹的候车厅。

“排队去吧。”当候车厅传来前往许昌的火车即将检票的广播时，我轻轻拍了拍他的肩头。

一天的奔波让我俩都身心俱疲。上了火车后，我们谁也没有说话，而是疲惫不堪地躺在各自的铺位上，在梦中静静等待着黎明到来。

第四十章

火车停下时巨大的晃动声将我从梦中惊醒，我和天空同时睁开了疲倦的眼睛，好奇地相互打量着对方。我挣扎着抬起胳膊，看了眼表——六点半。我们到达了逃命后的第一站，许昌。

我将鼾声如雷的李少威喊了起来。在宿舍时我曾无比痛恨他水牛一般的鼾声，可昨夜他安静得仿佛一个小女孩，一丝声响都没有发出，让我一度以为他死在睡梦中了。可当我醒后才发现，他的鼾声根本没有减弱，非但如此，可能由于昨天过于劳累而更加强烈，搞得同车厢很多人都愤怒地看向我们这一侧。看来昨晚我睡得实在太沉了。

喊醒李少威后，我们拿着各自的包走下了火车，踏上了一个陌生的城市。

许昌火车站不大，十分钟就可以前前后后走完一圈。不过小有小的好处，就是没有那么多喧闹的人群。清晨的车站安详宁静，不多的乘客也因着一整夜的睡眠而显得精神不振。我俩并排着走出车站，站在广场一副举目无亲、形影相吊的凄凉样子。

“找个地方吃点饭，然后琢磨琢磨去哪儿等消息吧。”见到李少威不停地打着哈欠，我也忍不住连打了几个，看来打哈欠真的是可以传染的。

“好。”李少威揉着睡眼，整个人显得生不如死。也难怪，跟他同屋三年来，我从来没见过他这么早起，对他来说，六七点起床比砍头都要痛苦。

我们来到了车站不远处的早餐摊，点了些本地特色早点，胡辣汤和火烧。不过由于都没有醒透的缘故，我们的胃口都没有打开，只是简单地吃了几口，聊慰寒风中的身子。

“再打个电话吧。”李少威打完了最后一个哈欠，抖擞了一下精神，然后掏出了手机。

“也好。如果林菲响了几声没接，你就不要再打了，免得给她惹麻烦。”既然林菲不方便接电话，那持续不断的手机声恐怕会给她带来不便。给李少威交代完之后，我拿出手机拨通了孙林的号码。

天杀的孙林还是没有接电话——整整一晚上过去了，他怎么还是无声无息呢?

李少威拨出林非的号码后皱了下眉头，然后很不解地把手机伸到我耳边——关机!

一想到昨天林非在电话中的反常，再联系到此时的关机，我不由得担心了起来。难道昨天李少威意外拨通她的电话果真给她带来了麻烦吗?

“怎么都他妈联系不上?”见到我收起手机后，他颓然地也把手机放进了兜里。

“会等到的。”我深吸了一口寒风中的空气，除了透骨的凛冽之外没有任何惬意之情，“至少在这儿，我们是安全的。”

“走吧，找个网吧待着。”李少威站起身，“反正哪都不能去，还不如接着刷我的装备呢。”

相比之下，李少威比我更有大将风范，因为一遇到麻烦事我就会失去阵脚方寸大乱，可这孙子就算是火烧屁股也不会忘了他那些该死的网络游戏。

车站附近有不少网吧，还有不少门口立着性感撩人海报的录像厅，因而找到一个栖身之所并不是难事。在一个中原的中等城市，没有身份证自然也是可以上网的，所以我们找了个门脸不大的网吧，一头钻了进去。

网吧里全是十六七岁包夜打游戏的小青年，经过一宿的鏖战，此时看上去一个个像是吸了毒一样萎靡不振。我俩在角落的两台机器旁坐下，李少威像打了鸡血一样进入了他常玩的网络游戏，开始了各个部落间的征伐。

我没有他那样的兴致，而是落落寡欢地坐在椅子上，看着电脑屏幕上的种种图标，满脑子全是这些日子各种混乱的线索，一时竟没了主意。

林吉贤、林菲、吴丽丽、孙林、小刘护士、崔波、崔波“妻子”——所有的人名和发生在他们身边所有的事情像病毒一样蚕食着我的脑细胞，恨不得将我的灵魂吞噬干净，把我变成一具行尸走肉。

“干吗呢你? ”玩得正酣的李少威斜着脑袋看了一眼愁眉苦脸的我，“别想那么多了，该放松就得放松点，有劳有逸嘛。”

“玩你的吧。”我没好气地顶了他一句。好吧，这么干坐着也不是事，还是随便干点什么，哪怕看看新闻，权当放松脑子吧。

没有什么新闻，全是些一成不变的陈词滥调。我快速浏览了一遍之后，突然想到了什么，连忙搜索起与我的案件相关的消息——万幸，“没有新闻就是最好的新闻”，所有与案子相关的信息仍停留在我被捕的那天，这个曾抢占所有媒体头版的新闻似乎因为我的被抓而彻底退出了人们的视野，看来我之前的判断没有错，警方并没有对外公布我出逃的消息。我很快将成为尘世中一片过眼的烟云。

世人虽会暂时将我遗忘，可我身上的重担却丝毫未能减轻，也许不久的将来，当一切谜底揭开的时候，人们会看到一个比现在精彩一百万倍的结局吧。

看完新闻，我又有些无所适从了。按照在学校时上网的习惯，我一般会先看新闻猎些奇后进入邮箱，看看有没有什么新的邮件，然后才开始学习。按照这样的惯性，我进入了好多天没有临幸的邮箱。

如往常一样，邮箱中依然有似乎永远断绝不了的垃圾邮件，除了这些垃圾邮件，我意外地发现，正常的收件夹中竟有一封未读邮件，我连忙点了进去。这一点击不要紧，我仿佛中了五百万彩票一样，整个人都亢奋了起来。

邮件的发件人是——WU415！

我连忙屏住呼吸打开了邮件——司母戊鼎。

这个 WU415 又给我发了一张司母戊鼎的图片！除此之外，仍然没有任何的文字信息，整个邮件完全就是上次那封邮件的重新发送，根本没有任何不一样的地方。

难道是邮箱出了问题、上次的邮件又被邮箱自动发送了一次？我连忙查看了一下这封邮件发送的时间——昨天晚上八点——这就意味着，这封与上封内容完全相同的邮件根本不是邮箱系统出了问题，而是对方刻意再次发送的！

可是，这个 WU415 为什么要给我发两次同样的图片呢？而且居然是昨天晚上。

虽然这封邮件毫无新意且毫无其他指向性的提示，但时隔半个月重新见到这位 WU415，我还是难免激动了一番。这段时间他／她去了哪儿？为什么给我发了司母戊鼎的图片就消失不见了？此番再次给我发这张图片又想给我什么样的暗示？

自打符号和司母戊鼎几乎同时出现后，我就无法将这个大鼎与整个事件割裂开来，这个神秘的残缺的大鼎有太多秘密需要我去破解，而那个神秘的少数民族女子“戊”始终如迷雾一样萦绕在我的身边……WU415，如果你的这个“WU”

代表的是“戊”的话，那这个“415”又是什么意思呢？你为什么要再次提醒我注意这个大鼎呢？

我开始在脑中寻找这两天所有能与司母戊鼎产生关联的信息，这一寻找不打紧，我很快就发现了一个重大信息，这个信息与司母戊鼎，或者说与“戊”有着让我心惊肉跳的关系——林吉贤遗像中隐藏的楼兰女尸！

三千多年前的少数民族女子“戊”——三千多年前的楼兰女子……

难道 WU415 是在提醒我，这个“戊”是楼兰人吗？

三千多年前的楼兰部落处在母系氏族社会，女性首领在部落中掌握着绝对的、崇高而神圣的权力，而戊成为武丁的王后之后将商朝的继位方式变得极具原始少数民族部落的特色。难道商王武丁真的娶了一个楼兰部落的女性首领吗？

想到此处，我强行让自己冷静了下来，因为仔细琢磨一下，我发现这些联系当中其实有一个巨大的硬伤，那就是——这所有的联系全部建立在 WU415 在合适的时机给出的合适的暗示之上。倘若这两封关于司母戊鼎的邮件根本就是一场恶作剧或者垃圾邮件的话，那我根据这个邮件所产生的所有推测就变成了无稽之谈。

可事情真的这么无稽吗？为什么我第一次收到这封邮件是在我刚收到符号的时候？为什么我第二次收到这封邮件又是在我刚知道楼兰古国和楼兰女尸的时候？

收到符号时，我根据这封邮件查到了司母戊鼎失去的立耳和东侧壁掩饰过的痕迹上；发现林吉贤遗像下隐藏的复原图后，我根据这封同样内容的邮件怀疑到了“戊”和楼兰女的关系上……

楼兰女＝戊？

楼兰文＝符号上的文字＝鼎身东侧壁被隐藏的纹饰？

那失去的那个立耳隐藏着什么？

它们之间的关系是这样的吗？

我崩溃了，我迅速关掉了这封邮件，玩命地让自己忘记这封邮件的存在，因为如果这封邮件的出现就是个错误的话，那我按照它所产生的一切思路就将是错误的。我记得曾经有一个悲催的法国数学家，他毕生都致力于计算出尽可能精确的圆周率，终于，在耗费了一生的时间，即将死去之前，他计算到了圆周率小数点后的好几百位，成为那个时代计算出圆周率小数点后数字最多的人——可后来人们发现，这位数学家在计算到小数点后第十几位时就出了错……

我不希望像他一样成为被上天玩弄，被世人嘲弄的可怜虫！

可，可这封邮件为什么偏偏要在这个时候出现呢？我虽然关了网页，可这封邮件的影子依然苍蝇一样在我眼前嗡嗡地飞个不停，在这些飞舞的苍蝇之中，有一个个头最大、最恶心的突然朝我的额头冲了过来——WU415 完全了解我调查的进展！

如果这封邮件早两天出现，我根本不可能将它与楼兰古国联系在一起。我昨天上午刚刚从林吉贤的遗像中将目光集中在了楼兰古国上，晚上这封奇怪的邮件就进入了我的邮箱！这种感觉像极了游戏中的场景：只有当游戏中的主人公到达指定目标后，下一步的提示才会出现；什么时候到达目标，什么时候提示出现，否则主人公将永远无法得到提示……

如果昨天我没有发现林吉贤的遗像，那这封邮件会出现吗？

想到这里我想笑都笑不出来，我转头看了一眼李少威，他依然在热火朝天地奋斗在打怪、完成目标、接受指令、继续打怪的虚无之中。看着他紧张而专注的神情，我忍不住把眼神移向了他的电脑屏幕之上，想象着此时的自己就是他鼠标下那个可怜、可悲又自以为是的英雄，在虚无的世界上追逐着自己傻得可笑的理想。

既然游戏中的主人公不可能知道谁在操控着他，那此时的我又怎会知道谁在操控着我呢？好吧，WU415，你爱躲哪儿就躲哪儿、爱看热闹就看热闹吧。

于是，我的心情好了很多。我开始第一次如此认真地当起了李少威玩游戏时的旁观者——我在静静地看着电脑中被程序员设计好的主人公，老天在静静地看着人世间被他设计好的我……

第一次如此近距离地观看网络游戏，我渐渐沉浸其中。也许是因为我将自己假设成了游戏中的主人公，因而将自己的全部身心代入到了游戏之中，这种代入感让我模糊了现实世界与虚拟世界的疆界，仿佛自己已全然置身其间，游戏主人公的生死存亡似乎也直接关系着我的命运，这种身临其境的感觉让我渐渐无法自拔。

也许这就是那么多人沉迷游戏的原因吧。

打游戏耗费时间的速度远比我习惯的胡思乱想来得快，不知不觉，已近中午，网吧中的人流也由包夜打游戏的小年轻换成了另一波网聊和看电影的年纪相对较大的一批年轻人。有我这个观众在身边观战，李少威玩得也越发起劲了，他边玩还边时不时地跟我讲解着什么，虽然我几乎完全听不懂他口中关于另一个世界的种种术语。

时间继续偷偷地流逝，我的脑子也不知不觉得到了休整，当我完全意识不到这种休整没准将意味着脑细胞的全面沉沦和死亡时，手机的铃声将我从虚拟中召唤了回来。

我看了眼李少威。

“你手机响了。”

李少威头也不抬地告诉我，是我的手机在响，因为他的铃声不是这样的。他这话一出，我俩同时愣住了——我的手机响了？！

我忙不迭地拿出手机，李少威也火速保存了游戏的进度，既兴奋又紧张地盯着我。我没有看手机屏幕上的来电，直接把它放在了耳边——我不需要看，因为能给我打电话的只有孙林！

“喂……”我的声音在颤抖。

“你在哪儿？”孙林的声音极度疲惫。

“你先别管我在哪儿，你先说昨天到底怎么了？”再次听到他的声音，我激动万分。李少威也激动地把耳朵凑了过来。

“你现在说话方便吗？”孙林很谨慎。

“非常方便，非常安全。你快说。”

随后孙林告诉我，他昨天在别墅三层跟我通电话的时候，不知道什么东西从身后击中了他，那种感觉像是电击一样，疼痛无比，他惨叫一声后就昏迷了。后来他的同事赶来，把他救了出去。他昏迷了整整一天，直到十分钟前才醒来。他醒来后第一件事就是向同事询问昨天到底发生了什么，可同事告诉他，他们赶到的时候只有孙林一人趴在三层那间空无一物的房间里，除此之外什么都没有发现。他看到了我打的很多未接电话和那个短信，便连忙给我打了过来。

听到他的经历，我百思不得其解。——他被像电流一样的东西击中？他不是在那个房间里什么都没发现吗？就算有人从背后袭击他，那以他的敏锐程度不至于身后有人都没有发现啊。退一步说，即便他被人偷袭，那偷袭他的人为什么仅仅是把他击昏而没有采取进一步的行动，还把他留在那儿呢？偷袭他的人到底是什么目的?

我把自己的疑问告诉了孙林，孙林也琢磨不出所以然来。我让他赶紧派人进驻那个别墅，严密调查里面的每一个角落，但孙林没有同意我这个说法，因为他担心如此兴师动众势必会暴露他所在组织的身份，他不希望对方仍在暗处时把自己置于明处，那样就太被动了，他只是安排了人二十四小时密切监视那个别墅。

关于他的遭遇就这么毫无结论地聊完后，我很愤怒地问他，既然他昏迷着，那他的手机响时同事们为什么不替他接电话，搞得我如此担心？他告诉我这是他们工作性质决定的，他们部门规定，任何成员的手机其他成员不得到本人的同意是绝对不能接听的。听到他这个解释我觉得既荒唐又合理，荒唐是因为这个规定常人根本无法接受，合理只能是因为他们该死的工作性质。

除了这件事让我愤怒和不解以外，他对于身边有内鬼一事的态度也让我很愤怒。因为他告诉我，知道我要去新疆的只有那个司机和小高，而那两个人是他一手带出来的、完全可以掏心窝子的。按照他的原话是，这两个人是“干干净净、久经考验的同志”。对于这种黑白片中才出现的革命电影的老套台词，我非常不齿。可既然生性多疑、凡事谨慎的孙林都对这两人如此信任，我又能说什么呢。

“既然如此，那我被跟踪一事该怎么解释？”当我抛出这句话时，孙林在电话中沉默了。片刻之后，他突然挂断了电话。

“我操，他为什么挂电话？”李少威发现孙林挂了电话后，非常不满。我也对孙林的这个行为大惑不解，他怎么能莫名其妙地挂电话呢?

就在我准备回拨的时候，一个短信进入了我的手机，我连忙低头看去。短信内容是：李少威在你旁边吗？别让他听到电话。

我疑惑地再次看了一眼短信，然后看了一眼李少威，李少威发现我在看短信想凑过来看，但我很快关闭了短信页面。

“怎么了？”李少威非常疑惑。

“没事……他说……他说怕网吧里隔墙有耳，让我出去接电话。”我飞速地编出了这么一个借口。

“成，咱俩去门口。”李少威准备起身。

“你接着玩吧，我出去就成了，一会儿回来告诉你……你这么高的个儿，太显眼了。”

李少威犹豫了一下，但马上点头同意了。我站起身，揉了揉发麻的腿，然后走出了网吧。

“你什么意思？”站在网吧门口，我回拨了孙林的电话。

“你现在一个人？”孙林的声音低沉而谨慎。

“就我自己，你快说！”

“你现在在哪儿？”

“在许昌。”

“许昌？跑那干吗去？”

“废话，我们发现被人跟踪后就在石家庄下了车，然后换车来了许昌，一直等你消息呢。”

“真看不出你还有这两下子。”

“别废话了，赶紧说，为什么不让李少威听你的电话？”

“知道你要去新疆的只有五个人——你、我、我的两个手下，还有李少威。既然咱们四个绝对不可能告诉外人你的行踪，那最有嫌疑的是谁？”

李少威？孙林竟然怀疑起了李少威！

“我告诉你，我宁可怀疑你的两个手下也绝对不会怀疑他！”我急眼了。

“你先别急。我的意思不是说他出卖了你，而是担心你俩这么多天没见，你根本不知道他这么多天到底发生了什么，有没有被人跟踪或者被监控……”

“他根本就是局外人，怎么可能被跟踪？”我毫无犹豫地打断了他。

“你听我说！”孙林语气有些严厉了，“我再声明一次，我从不怀疑你们的友谊！我请你冷静地听我说——你这段日子不是在吴丽丽的别墅就是在看守所，然后就是在我身边，其他组织这段时间里根本找不到你本人，换作是你，你会不会监视跟你最亲近的人？还有，就算不是其他组织干的，那吴丽丽或者大谷基金会会不会监视他？”

孙林一连串炮弹式的反问让我哑口无言。

“请你相信我，既然我不会怀疑那两个手下，一定有我的道理，你难道还不了解我吗？所以，整件事情即便用排除法，也只有李少威无法被排除了。我相信他绝不是故意的，但别人对他做了什么，我们就完全不知道了。”孙林发现我哑口无言后，语气渐渐和缓了下来，“你告诉他你去新疆干什么了吗？”

“说了。”既然所有其他选项都被排除了，那我还有什么办法继续捍卫最后一个选项呢。

“你说了？”孙林愤怒了。

“废话！我有什么理由不说？”我也急了。李少威是我完全信任的人，孙林既然让我俩一起行动，那我为什么不把知道的事情告诉他？

“那好。你无论如何不能让他跟你去新疆，你明白我的意思吧？”孙林见我急了，马上吸了一口气，然后温和而坚定地给我下了命令。

“可，可我们已经甩掉了跟踪者。”即便是李少威被人跟踪，那毕竟是他发现的跟踪者，现在要甩掉他，让我有一种卸磨杀驴的不道德感。

“对方未必是简单的跟踪，可能是在他身上装了追踪器。如果是这样，你现在甩掉他们有什么用？他们还是能随时知道你们的落脚点。”

“那……那我让他把全身的衣服都换了还不行？”我执拗和偏执的毛病又犯了。

“周皓啊，”通过孙林挤出的这三个字，我知道如果他在我身边，我一定能见到他扭曲而无奈的表情，“你能不能不要这么单纯？现在什么样的追踪手段没有？我就曾经把一个追踪器注射到嫌疑人的肌肉里，你换衣服有用吗？还有，随便在一个人身上做一个肉眼看不到的特定信号，就能通过卫星定位锁定这个人所有的行踪！你还要我怎么解释？”

挨千刀的现代科技！我在心里狠狠地咒骂了一句。

“甩掉李少威不但能保护他，还能保护你、保护汤宇星、保护接下来所有的调查！”孙林把话都说尽了。

“好吧。”既然孙林已经仁至义尽了，那我哪还有脸继续强人所难呢。

“那你就想个理由吧。”孙林终于宽心了。

“有一个现成的理由，”一个人名猛然间进入了我的脑中，让我立刻从刚才的失落中振奋了起来，“我有一个重大的消息要告诉你，我们联系上林菲了！”

“联系上林菲了？太好了！”孙林恨不得在电话里给我来个拥抱，“说说。”

我立马把昨天与林菲通话的所有内容告诉了孙林，孙林显然也兴奋不已。

“马上把林菲的手机号告诉我。”

“可她关机了。”跟孙林说了林菲的手机号后，我又有些失落了——该死的失落感。

“没关系，她总会开机的。再说，即便她再也不开机了，我一样可以根据她打出的最后一个电话找到她的位置。”孙林信心满满，“我马上派人去找她。”

“那……那我让李少威去西安？”

“行。咱们就来个调虎离山，把跟踪李少威的人引到西安去。”

“可，可如果这样的话，跟踪他的人岂不是也能找到林菲了？”

孙林听到我的担心后，再次沉默了。我也没再说话，等待着他高速运转的大脑能产生出什么不同凡响的答案。

“这样吧，”片刻之后，孙林深吸了一口气，然后告诉了我他的计划——我先让李少威去西安，跟他说只要孙林锁定了林菲的位置，就将她的地址告诉他，让他俩汇合；但在找到林菲之前，他先得在西安找个地方隐藏起来，其实是为了吸引跟踪者的注意力；而事实是：当孙林真的找到林菲后，他不会第一时间告诉李少威，而是先让自己的人跟林菲取得联系，把林菲保护好，然后再告诉李少威一个假地址，用他当诱饵把跟踪者引到那个假地址，来个瓮中捉鳖。

所有这些计划的前提是：我必须让李少威对计划一无所知！

听完孙林的计划，我彻底折服了——计划既然如此周详，那我但愿一切都如他所愿吧。

“我接下来该干什么？”肃然起敬之后，我的声音充满了谦卑。

“继续去新疆！”孙林如诸葛亮般下了最后一道军令。

军令既下，那一切就按照诸葛亮的锦囊行事了。

“你怎么聊这么半天？”李少威突然从网吧里面走了出来，疑惑地看着我。

“刚聊完。”我连忙强装什么事都没有。

“保持联系。”孙林显然从电话中听到了我们的谈话，匆匆挂断了手机。

“他怎么说？”李少威用他打游戏打得通红的眼睛盯着我。

“你先去结账，咱们边走边说。”

在去往火车站的路上，我把孙林的计划告诉了李少威——当然，我并没有说出这个计划的真实目的，因为我知道，一个人如果知道自己是在演戏，那他难免会不自然，只有让他根本意识不到观众的存在，他才能最本色地出演，尤其对李少威这样的人而言。

李少威听完计划后表示了认同，他还对孙林能通过手机号锁定林菲的位置表示了钦佩。

“行，就听他的。不过，他对咱们被跟踪的事怎么说？”

“他说……他会调查那两个手下的，让咱们不用担心，再说了，咱们不是已经把尾巴甩掉了嘛。”编出这个谎让我觉得自己很可耻。

“得嘞！”李少威开始摩拳擦掌了。

随后我和李少威分别购买了去新疆和西安的车票。由于我无法用现在的手机跟他联系，所以我在火车站附近买了个新手机和新卡，然后把这个新手机号告诉了他。一切办妥之后，我们各自踏上了新的未知旅程。

第四十一章

再次登上了西行的火车，我的心里平静了许多。李少威回到了我的生活中，林菲也出现在了我生活的不远方，孙林则在一场虚惊之后安然无恙。一切似乎都已恢复了正常，而我们需要做的，就是在轨道上不停地摸索下去。十几个小时后，火车到达了武威车站。按照在许昌时我查询的结果，想从许昌到乌鲁木齐须在武威换车。到武威时已经凌晨两点多了，我在站台上简单吃了点便宜但不卫生的饭菜后，终于踏上了直奔乌鲁木齐的列车。

这二十多个小时是我这半个月来最舒心的时光，那种感觉仿佛久违的爱人回到身边一样，宁静、惬意。既然现有的线索无法推动，而前方的线索又尚未可知，那我就把在路上的这段时间当成旅游，把自己全部的身心调整成了一个前去新疆旅游的游客，如此一来整个人就完全放松了。

可惜，再舒心的时光也会过去。晚上八点，火车到达了乌鲁木齐，这也就意味着，按照孙林的要求，此时我可以联系汤宇星了！

一下了火车我就拨出了汤宇星的电话。

电话通了，但许久没有人接。我早已习惯了别人不接我的电话，但此时汤宇星未接我的电话却让我产生了一种从来没有过的感觉——他不是没带手机，而是正盯着手机屏幕思索着什么。

十几秒过去了，电话接通了。

“小裴啊，你到啦？”一个老年男子的声音出现在手机里。

小裴？

我连忙看了一眼手机号——没错，是汤宇星的。在孙林屡次三番的逼迫下，我就算是忘了自己的手机号也绝对不会忘了他的。

“我……我是周皓，孙林让我……”我迟疑地解释道。

“哦，来了就好。”老人的声音迅速打断了我，“我现在在出野外，你先在乌鲁木齐住上一晚，明天上午有车去若羌县城，你搭车过来，来了之后再联系。”

电话断了。

我愣在了站台上——电话肯定没打错，否则对方怎么可能如此流畅而毫不生疑地跟我对话呢？再说，孙林不是已经告诉他我到新疆后会联系他吗？可他为什么要叫我小裴呢？

转念一想——废话，难道让他当着别的考古队员的面喊出“周皓”这两个字啊。这么一想我心中的疑惑顿时解开了，好吧，既然他叫我小裴，那我就是小裴吧。

我走出车站，来到火车站一侧的汽车客运站，咨询之后得知，明天上午七点有班车去库尔勒，开五百公里到库尔勒后再开四百二十公里才能到若羌，到若羌后还得再开三百公里才能最终抵达罗布泊湖心，算下来整个路程有一千两百多公里，这可让我伤透了脑筋。一千多公里，即便车速平均一百迈也得十多个小时，更何况出了库尔勒之后剩下的那七百多公里全是盐碱地，车速根本快不起来，这么一算我真不知道要在路上浪费多少时间——再有三天“我”就要出庭了，到时候要是查不出真相我该怎么办？

就在我恨不得插上翅膀飞到罗布泊的时候，孙林给我打来了电话。

“汤教授说你到新疆了？”

“嗯。”我果然没有猜错，小裴只是我的化名而已。

“那你先住一晚，明天去罗布泊找他。”

“可罗布泊那么大，我怎么找他？”

“你到了若羌之后联系他，他会告诉你的，一路上小心。”

“好……等会儿，那个……‘我’三天后就要出庭了，在路上太耽误时间了，你能不能想点办法，让我快点见到汤教授？”

“呵呵，放心吧，三天不可能开庭的。”

“不开庭了？”

“你人都不在看守所，怎么开庭？放心，警察没那么傻，他们肯定会找理由推迟开庭的。”

“那……好吧。”我心里一块石头落了地，可另一件事迅速让我忧心不已，“小马现在怎么样了？”

“挺好，不用担心。警方正昼夜审讯他，不过他见过的大场面多了去了，警方问不出来的。他虽然能拖上一段时间，可你也得加快进度，因为拖得越久麻烦就越大。警方现在虽然严密封锁了你出逃的消息，可三天后一旦开庭推迟，别的组织的人肯定会产生怀疑，他们肯定会调查推迟的原因，没准他们就会知道实情，到时候就麻烦了。”孙林虽然没有明显催促我的意思，但从他的语气中我还是听出了许多担心。

“我懂。可是……可是在路上毕竟要花太多的时间了，就没有别的办法能快点吗？”

“没有！我跟你说过，我跟汤教授是单线联系，别人不知道他的身份。如果我安排人送你过去，那就会有别人知道你此行的最终目的。且不说我安排的人是否值得信任，但只要安排他们送你，他们就会猜出汤教授的身份和任务，那他岂不暴露了？你也别着急，既然困难摆在眼前，那我们只能想办法克服了。放心，我这边也会尽量想办法，想办法不让其他组织的人知道实情。”

“好……好吧，谁让中国这么大呢！”我只得自我安慰了。

“林非的地址查到了！”坏消息之后，孙林给了我一个好消息。

“太好了，在哪儿？”我喜出望外。

“她最后打出的电话显示，她在西安的一个宾馆，不过现在在不在就不知道了，因为她目前为止还在关着机。不过不必担心，我的人已经在路上了，如果有重大发现的话，我有可能也会过去，你安心查你的吧。”

“那别的线索呢？我是说林吉贤、吴丽丽他们。”事到如今我可顾不上会不会让孙林烦心了。

“还在查，有进展我会告诉你的。”听上去孙林倒不怎么烦心。

“好吧。”

通话结束后，我走出了客运站。

在寻找旅馆的路上，我给李少威打了个电话。这孙子早就到了西安，现在正住在一个四星级宾馆里等我的消息，我告诉他我一切顺利，让他稍安勿躁，他叮嘱我注意安全后就挂了电话——挂断前他笑得极端淫荡，说一会儿要出去好好放松一下、养精蓄锐……

得，不用问，这孙子肯定找地方采阴补阳去了。

走在站前广场附近的大街上，一股从未有过的孤独感向我袭来。一想到要在这儿待整整一个晚上，我心里就格外别扭。虽说之前在火车上睡了很长时间，可火车上的睡眠质量可以想象，根本就是越睡越累，所以此时我太想把自己扔在一张舒服的软床上了。可有软床的正规宾馆都需要身份证，这是我想都不敢想的，估计我得在偏僻的小旅馆将就一夜了。

我在大街上逡巡了很久，路过了许多灯光昏暗的小旅馆。小旅馆虽多，可我却越走越害怕，毕竟我这么一个二十来岁、一米七出头、背着双肩包、一看就不是本地人的年轻人深夜出现在这种地方的确太容易成为猎物了。倘若有人对我起了歹心，不但我无比重要的手机、背包将难以幸免，恐怕我的小命也要交待在这儿了。

恐怖的事情不能想，越想就会越恐怖。于是，我以百米赛跑的速度逃离了那片旅馆区。

明亮的大街让我的心情也明亮了起来。就在我刚收拾完惊魂未定的心情后，不远处一个灯火辉煌的招牌吸引了我，我走近一看，是个规模不小的洗浴中心。我连忙像即将渴死的人遇到梅林一样，冲了进去。

洗浴中心装修奢华，只要购买昂贵的门票，不但可以泡个热水澡还可以过上一夜，这自然是目前我能想到的最好的去处了——当然，如果李少威在的话，他自然还可以从这里找到他需要的服务。

用“活动经费”买完门票后，我一口气冲进男宾间、脱光所有衣物后一头扎进了鸡汤般舒心的浴池中。

浴池中只有我一个人，所有的客人都是匆匆来冲个澡后便急不可耐地直奔别的楼层而去，哪有心思在这儿泡澡——说实话，哪个傻子会花一两百买张门票来洗澡啊。

只有一个傻子，那就是正泡在水中的我——如果不是害怕睡着后会淹死，我真恨不得能在池子里睡一晚上。

我闭上眼睛，静静地享受着短暂的安逸。过了不知多久，我听到另一个人进到池子的声音。我没有睁眼看，心想，八成是在楼上爽完之后下来放松的人，没准对方看到我闭着眼一脸惬意的神情，也以为我刚刚经历了一场鱼水鏖战呢。

“周皓？”一个声音从我对面传来。

我操！老子被人认出来了？——身边原本温暖的水温瞬间降到了零度，我一个冷战睁开了眼。

杰克！

杰克瞪着蓝色的眼睛仿佛见到外星人一样直勾勾地看着我。

“真的是你？……你……你不是……”杰克语无伦次了。

不能承认，不能承认，不能承认……我看了他一眼，回头往身后望了一眼，然后又缓缓地闭上了眼睛——洋鬼子，我们中国人都长得很像滴，你丫认错人了。

“周皓！”杰克又喊了一声。

我玩命地闭着眼睛，不让心脏跳出来——你他妈的不好好在北京教书，没事瞎转悠什么。

杰克没有了动静，但他也没有出水，而是静静地待着，继续直勾勾地盯着佯睡的我；而我丝毫不敢有任何动作，继续心烦意乱地假装闭目养神。

我们俩就这么像浴池中的雕塑一样，死一般地对峙着——敌不动、我不动，有本事咱俩就这么耗着，看谁耗得过谁！

时间一分一秒地过着，杰克竟真的像死了一样一点声响都没有发出。大哥，你认错人就赶紧走吧，在这儿泡着有意思吗？再泡下去皮都掉了。

不成，他要是真跟我耗到明天，那我岂不是麻烦了？——算了，爷爷不陪你玩了，你自己泡吧，爷爷找个房间睡觉去。

我站起身，目光根本不敢往他那一侧看，只是慌慌张张地从离我最近的沿口走出了池子，直奔换衣间而去。

可就在我刚换好一次性衣裤后，杰克光着身子就朝我走来了。

“不冲一下就穿衣服？”杰克笑呵呵地看着我，他胸前茂密的胸毛简直够织成一件毛背心了。

看着杰克一脸坏笑，我突然意识到，由于刚才心里有鬼，我从池子里出来没冲一下就慌慌张张地直奔换衣间了。我连忙微笑着对他表示感谢，但并没有回去冲的打算。

“别担心，我不会告发你的。”杰克故意小心翼翼地说。

我本想告诉他你认错人了，可一旦我开口，他岂不是会听出我的声音吗？于是我装出一副不认识他的模样看了他一眼，从容地打开衣橱，把两个手机装进了兜里，带上表从他身边离开了。

“周皓，别装了。按你们中国人的话，你就算化成灰我都认识你。”杰克再次笑了起来，“还有你那块表……你能瞒过我吗？”

坏了，看来我真是装不下去了——那块表是我考上大学时父母送给我的礼物，是原装的美国货。大三时表坏过一次，我不放心在国内修，便让杰克放假时带回美国替我修过……

我回过头，苦笑地看着他。

“你……你怎么跑这来了？”伪装被撕破后，我觉得此时我比他更赤裸裸。

“旅游啊，”杰克上来重重地拍了我肩膀一下，然后声音变得很低，“我早就知道你不可能杀导师的。放心，我绝不告发你，我向上帝保证。”

只要杰克说“我向上帝保证”，那效果就等同于李少威说“骗你我一辈子阳痿”。于是，我相信了他的话。

“你怎么来这了？……算了，我不问，绝对不问。”杰克回身打开了不远处的一个衣橱，拿出了自己的衣服，边穿边说，“我就当没见过你，够……够仗义吧？”杰克拽了一个估计是新学来的词。

“谢谢。”我挤出了两个字。

“我有个大计划，”杰克见我惜字如金，便开始自顾自地说起话来，好打破之前长久的尴尬，“我这次是自驾游，准备在新疆玩一圈，去哈萨克斯坦，然后一路向西横穿欧亚大陆，目的地是葡萄牙，等到了葡萄牙估计车也报废了，然后我就坐船回美国，怎么样，厉害吧？”

“厉害。”对于这个逍遥自在的美国人，我除了羡慕还能怎样呢，“祝你成功。”我朝二楼的休息室走去。

“走，我请你吃大盘鸡去。”杰克穿好衣服后，拦住了我。

“我……不饿。你去吧，我想睡了。”

“走吧，走吧，吃完饭我就得出发了，咱们下次见面还不知道是什么时候呢。既然在这儿遇到了，怎么能说这么两句话就分手呢？就当是替我……替我饯行吧。”他又拽了个新词。

我回头看了他一眼——虽然与他在千里之外的偶然相逢让我一度心惊肉跳，可这样的巧合在生活中也不是没有可能。再说他与整个事件毫无关联，又丝毫不打听我的任何情况，让我对他无法产生一丁点的怀疑，所以吃上一顿饭也未尝不可。于是我换好衣服后跟他一同走了出去。

由于节俭惯了，所以走到前台时，我跟前台打了个招呼，说我出去一趟一会儿就回来，希望可以不用再买门票，前台友好地答应后，我便直奔大盘鸡而去。

虽然在北京我也吃过新疆大盘鸡，可在新疆吃就别有一番味道了。不到一个小时的工夫，我和杰克就风卷残云般地吃光了一盘大份的大盘鸡。

“你来点啤酒？”吃饭的时候，杰克问我。

“我不喝了，还有事，你要喝就喝吧。”大战之前不饮酒，我深谙这个道理。

“我也不喝了，一会儿还得开车。”杰克回头让服务员又加了一份面，“一会儿得开十几个小时，路上不知道有没有吃饭的地方。”

“你下一站打算去哪儿？”尴尬地吃了半天，我始终没有找到合适的话题。杰克知道我心里有事，所以见我不说话也就没有吭声。眼看饭就快吃完了，我不得不找点话题了。

“沿着丝绸之路的南线走，走到哪儿算哪儿。”杰克低着头猛啃一条鸡腿，“遇到城市就加油吃饭，遇不到就接着开。”

“你胆子可真不小，万一路上都没个人家，你岂不是要饿死？”

“不会。我查过了，路上会经过库尔勒和若羌，没准还能顺便去罗布泊转一圈呢。”杰克痛快地从嘴里吐出了鸡骨头，然后把一杯水一饮而尽，“太好吃了。等我回了国，我也要开这么一家馆子。”

罗布泊？——我心头一紧。

“哦。”我佯装吃饭。自打这三个字从杰克口中出来后，刚才美味的饭菜立马变得味同嚼蜡。

剩下的时间我是在杰克不停地吧唧嘴的声音中度过的。看着他津津有味、满头大汗的吃相，一个计划在我脑中形成了。

“我来结账。”所有饭菜消灭干净后，我伸手招来了服务员。

“不行，我请你。”杰克掏钱包。

“我来，因为……因为……你真的会路过库尔勒和若羌吗？”我拦住了杰克掏钱的手。

“肯定啊，我就是按照这个线路走的。怎么？”杰克一脸不解地看着我，我俩的手就这么僵在半空中。

“我……我想跟你一起上路。”我放下了他的手，然后一脸严肃地看着他。

“你？你去干吗？”杰克一脸惊异，“哦，我说了，不打听你的事……好，太好了，正好路上有个伴。”

接下来，我们买了很多吃的喝的，一股脑塞进了他停在路边的越野车上，随后我们一同上了车。路过加油站时，杰克给车加满了油，又拎了好几桶备用油。

“能跟你一路同行，实在太高兴了。”杰克关好车门后，微笑地看着我。我回以了感激的微笑。

“出发吧。”

“OK——GO！”

第四十二章

越野车疾行在乌鲁木齐西向的公路上。没有多长时间，车便驶离了公路，进入了一条漆黑而笔直的柏油路。车驶上柏油路后，杰克打开了车顶的两盏灯，登时，车前上下的四盏大灯明晃晃地射向了前方漆黑的世界。

由于夜已深，路上几乎看不到其他车辆，即便有一两辆车经过，也是朝乌鲁木齐方向开去的。

杰克调好 GPS 后，专注地开着车。不过开车的过程中他很多次斜眼看着副驾驶位置的我，似乎有话跟我说，但很显然，他知道不应该问我关于案件的事情，同时他也知道即便问了我也不会告诉他。而开了二十分钟后，他打开了车内的音响，里面传出了美国乡村民谣。如果是在白天，一边在广袤的戈壁开车一边听乡村民谣是何等惬意而浪漫之事，可惜此时外面漆黑一片，反倒适合听一些恐怖压抑的音乐。

漆黑的世界中一辆亮着灯的越野车在民谣的陪伴下孤独前行——这一场景像极了黑暗宇宙中孤独吟唱的某颗微不足道的恒星。

“你知道吗，我这次回美国后，就不再回来了。”也许是受不了如此的尴尬和沉闷，不知过了多久，杰克打破了死一般的沉默。

“为什么？”他的话把我从孤寂的宇宙中拉回了现实，我不禁侧脸看了他一眼。

“我在中国的工作结束了，会有另外一批老师来中国的。”杰克调小了音乐的音量，“我不知道什么时候才能再次回到中国，所以我选择横穿中国的方式结束这段旅程，如果以后我再也来不了了，那我希望多给自己留些回忆。”

不知是不是因为乡村民谣中伤感的情绪传染给了他，他说这些话时很是让人心酸。我其实知道他早晚会离开中国，但没想到这么快。几年前，我所在的大学和美国的一所大学签了教师交换协议，双方互派教师去对方大学教课，每隔一段时间轮换一批教师，因而杰克早晚会返回美国的。虽说我对他的离开早有心理准备，但听到他说出离开的消息，我心里还是难免有些伤感，毕竟他是我见过的唯一一个没有老师架子的人，也是我唯一一个算是朋友的外国人。

“希望你在美国一切顺利，希望有机会能常回来。”我不知该如何调剂此时伤感的情绪，只能略表祝福。

“嗯，但愿有机会吧。”杰克脸上的伤感非但没有减弱，反而新增了某种奇怪的诀别之情，“每个人生在这个世上都有自己的使命，一旦使命完成，这个人就没有继续存在下去的意义了。”

杰克说完后半句话，微笑着看了我一眼。我对他莫名其妙说出这样一句话大为不解，一时竟不知如何往下接。

“也许……也许旧的使命完成，会有新的使命出现吧。”停顿几秒后，我怅然若失——虽然不知道杰克说这句话是不是针对他即将离开中国之事，但这句话却刺进了我的心里，让我想起了自己身负的使命和眼下的处境。于是，这句话让我与杰克“于我心有戚戚焉”。

“这段时间学校怎么样了？”又一段长时间的沉默后，我主动挑起了话题。

“学校？”杰克看了我一眼，迅速明白了我的意思，“老样子……不过，大家对你的案子有不少议论，所有人都觉得不可思议，包括我。”

“对这件案子……你怎么看？”我转过头看着车窗外无边的黑暗。

“别人怎么看我不知道，但我不相信你会这么干！我觉得全世界的警察都是一样的——如果找不到真凶，他们就会找一个人当替死鬼来隐藏自己的愚蠢。”杰克的声音愤怒起来，“不过不用担心，我相信只要你不放弃，总有一天会水落石出的。”

“我不会放弃。”无尽的黑暗在无数次重复着我内心的这句话。

杰克见我不再说话，便伸出手在我肩膀轻轻地拍了一下。

“坚持住，我支持你，我在美国会关注这个案子的进展，我相信你一定可以洗清嫌疑。”

“谢谢。”我没有回头，依然看着窗外。窗外的黑暗似乎略淡了一些，一层白纱般的雾渐渐将黑暗抱入怀中。

“想听什么？我车里有很多 CD。”该说的话似已说完，我俩都放弃了刻意寻找话题、打破沉默的努力，既然没什么话好说，那就不为难脑细胞了。

“刚才那张就挺好的。”我主动把音量调大了，“以前在宿舍听过美国乡村民谣，当时并不觉得好，没想到刚才一听，觉得这种音乐似乎有一种能夺人心魄的魅力，真的很棒。”

“是啊，这种音乐就适合在路上听，尤其在荒无人烟的地方，在屋子里听会失去很多感觉。”杰克把音量又调大了些，“让音乐充满整个车厢吧。”

顿时，车内每一粒微尘都充满了音乐的因子。

杰克今年才三十多岁，一定没有经历过美国六七十年代“垮掉的一代”的狂放不羁，但他对旅行和音乐的热爱继承了那代人令人痴迷的特质。一想到那整整一代人都生活在音乐、旅途和不羁之中，我着实羡慕不已——那是怎样一个疯癫而波澜壮阔的时代啊！

音乐一曲一曲地播着，音符在我们脑中愉快地跳动着，郁闷的心情也一点点消失、最终烟消云散了——看来，音乐果真有改变心情的力量。

一路上，我都睁着眼，一边盯着无边无际的白纱中的黑暗，一边随着音乐轻轻打着节拍，杰克偶尔和着音乐哼上几声，看起来心情甚是愉悦。我很多次想闭上眼享受这奇妙的旅程，可我不能那么做，因为我知道长途旅行中副驾驶的人一定要陪着驾驶员，哪怕不说话也不能睡觉，因为困意是会传染的，如果车内的其他人都睡了过去，那驾驶员恐怕也会心生困意，那可就危险了。因此我不停地向杰克传达着我很清醒的信号，他见我没有丝毫倦意便越发认真而兴奋地开起车来。

两三个小时过去了，已是午夜零点。

“要不要下车休息一会儿？”车上的表零点报时的声音响起来后，杰克减缓了车速。

“行。”与其说我想下车活动活动，不如说我希望他能稍微放松一下。

车随即在路边停了下来，我俩一人拿了一瓶水，走进了黑暗之中。

杰克伸展了一下手脚，对着远方孩子似的大喊了几声，然后一口气喝光了整瓶水，随后仰着头大口地呼吸起来，仿佛要将体内所有的污浊之气通通排进这无边无际的清澈之中。我同样深吸了几口在城市永远无法享受到的干净空气，空气一进入体内整个身体瞬间通畅了，氧气像赛车一样在赛道般的血管中畅行无阻，大脑也跟着迅速兴奋起来，脑细胞们仿佛也因着迷人的氧气而欢欣不已。洁白的雾气像催眠曲一样，静静地飘荡在戈壁和沙漠上空，让这个平日里狂暴不已的孩子得以暂时的安睡。漫天的星斗此时也像孩子房中的玩具一样，在薄薄的雾气中异常调皮可爱——整个的世界如此和谐、安宁，让人整个身心都沉醉其间。

“如果咱们白天走的话，遇到沙尘暴可就麻烦了。”杰克为自己午夜行路的选择颇有些得意，“再说了，要是白天走哪儿能体验到现在这种美妙的感觉，是吧？”

我微笑地表示赞同，虽然不知道他能不能在黑暗中看到我的微笑。

“走吧。”我再次呼吸了几口难得的空气，朝车的方向走去。人人都希望享受美好，可此时的我却没有心情去沉迷在美好之中。

车再次上路了。按照车速，再有两个来小时我们就能到达库尔勒，这让我为偶遇杰克庆幸不已。倘若搭乘公车，不但会浪费整整一晚的时间、失去夜路时的美景，更无法体验到戈壁滩如此快的车速。

“你听说过关于罗布泊的传说吗？”再次上车后，愉悦的心情让我不由自主地打开了话匣子。

“传说？什么传说？”杰克看了我一眼。

“你知道百慕大吧？”

“当然知道，那可是一个恐怖而神秘的地方。”

“没错。罗布泊就像百慕大一样。”此情此景让我想起了春游时与同学们半夜在郊区讲鬼故事的那一幕……午夜，驶向罗布泊的汽车，漫无边际的戈壁，孤独的行者——这一切太适合讲点恐怖故事了。

杰克一听我说罗布泊像百慕大一样，登时来了兴致，马上关掉了音乐。

“快说快说。”

“1949年，一架飞机在鄯善县上空失踪，十年后，人们在罗布泊东部发现了该飞机的残骸，上面的人已全部死亡，关键是飞机本来是向西飞的，但它坠落前却突然朝南飞去；还有，1950年，解放军去罗布泊一带剿匪，一个警卫员突然失踪，随后活不见人死不见尸，三十年后，一个地质考察队在罗布泊南岸的红柳沟发现了那个警卫员的尸体——发现他尸体的地方距离出事的地点有一百多公里。”

讲完这两则故事，我看了杰克一眼，想从他脸上看到听鬼故事的人脸上通常会出现的表情。果然，杰克脸上爬满了惊恐和不解，一脸的不可思议，这自然助长了我继续给他讲下去的动力。

“后来，有七个人开车去罗布泊找矿，但一去不复返；两年后，人们找到了他们所开的汽车和其中三个人的尸体，而尸体和汽车距离竟有三十多公里，而且还有四个人至今不知去向。后来还有三个人想去罗布泊寻宝，也失踪了，几年后其中两人的尸体被发现，另一人不知去向，更可怕的是，他们的汽车完好无损，车上的油和食物都很充沛……”

“难道罗布泊也像百慕大一样存在奇怪的磁场或者黑洞？”杰克长长地呼出了一口气。

“那就不清楚了。反正所有的故事都有一个特点——有人突然失踪，几年后尸体被发现，而尸体与失踪地相隔几十甚至上百公里；或者是有人失踪，然后就再也找不到了。”说到这里，我脑中突然出现了一个著名的人物，那就是彭加木。

“你知道彭加木吗？”一想到这个人，我连忙把头转向杰克。杰克一脸困惑地摇了摇头。

“彭加木是中国非常著名的科学家，他就是在罗布泊失踪的！”随后我就给杰克讲述了这个著名科学家神秘失踪的故事——彭加木1980年5月8日带领一支科考队来到了罗布泊，6月18日上午十点半，他离开营地后便音讯全无。由于他是著名科学家，所以国家先后四次派出了十几驾飞机、几十辆汽车和数千人开始了拉网式寻找，但至今毫无结果，他就像是从地球上蒸发一样彻底消失了……

听完我讲的故事，杰克沉默了起来。

“这些故事在我们历史系都耳熟能详，不过因为没有任何结论，大家只能把它们当成是诡异事件胡乱猜想了。”其实跟杰克讲的这些故事，在我们同学间早已讲了无数次，所以我丝毫没有诡异和神秘的感觉。

“我倒是听说，百慕大里可能有另外一个时空，那些神秘消失的人很有可能被某种能量带进了另外一个宇宙。”杰克沉默半晌，冲我努了努嘴，露出一脸的怪笑，表示他压根不相信这些鬼话。“要真是有的话，我巴不得赶紧把我带进去，我可早受够这个世界了。”

听着杰克的笑声，我不置可否——反正不管信不信，对于未知的事物我始终抱着敬畏之心，虽说“子不语怪力乱神”，但“不语”不代表不尊重吧。

我曾跟朋友谈论过关于地球上神秘地域的事情，包括罗布泊、百慕大、南美神秘洞穴以及北纬三十度线的种种怪异现象，大家虽然有各种不同猜测和臆想，但毕竟科学目前根本无法证实这些神秘的状况，因而也仅仅停留于猜想，只希望科学能发展得再迅速些，早日揭开这些谜团。虽然关于这些事情的谈论曾多次出现在我的生活中，但此时无意间提及，让我心中隐隐有了一种不安——传说中如此神秘的罗布泊竟然是我调查的下一个目标所在！

突然袭来的不安让我心里“咯噔”了一下，满脑子尽是各种科幻故事的镜头。但稍作冷静后我意识到，如此荒诞不经的事情怎么可能是林吉贤对我进行的暗中指引呢？汤宇星这么一位严肃的科学家又怎么可能因为这些事情来到罗布泊呢？想到此处，我不禁嘲笑起自己天马行空的幻想，赶忙让思绪回到理智之中。

“不管是真是假，反正这些传说听上去倒是挺刺激的，没准能给你们的好莱坞提供不少的素材。”我岔开了话题。

“好莱坞……切。”杰克很不屑地晃了两下灯，“这帮自以为是的家伙。”

“换张盘听吧，我可不想一会儿睡着了。”我打开副驾驶前的小抽屉，从里面拿出了很多的盘，一一挑了起来。

“选个歌剧的吧，提神。”杰克伸过手，从我手中的盘堆中拿出了一张，那是一张《尼伯龙根的指环》。

“你还爱听这个啊？”我把盘放进了CD机中。

杰克笑了笑，没有说话。随后，瓦格纳高亢激昂的乐曲划破了夜空，我的精神也为之一振。

凌晨两点多我们到达了库尔勒。那实在是个小得有点不成样子的小城，要不是有几户人家还亮着灯光，我会以为这儿根本没人居住。车在小城里转了一会儿之后，我们才看到一家亮着霓虹灯的宾馆和宾馆附近几家还在营业的小店。宾馆旁边停着几辆旅行大巴，估计有旅行团入住其中。我本以为杰克会在宾馆里开房睡上一宿，可他表示他在乌鲁木齐待的两天时间已经休息够了，趁着精力充沛想接着赶路。对他的建议我当然求之不得了，不过我并不敢表露得过于高兴，而是稍作勉强之后便“悉听尊便”了。

随后我们在一家馆子里吃了点热饭。杰克告诉我，对于他这样经常旅游的人来说，一顿热饭比一顿好觉更加重要，睡不好可以在路边小憩一会儿，可要是吃不好的话整个人就会非常难受，干什么都没有力气。于是我们开始大吃特吃起来，由于店面过小，我们的选择非常有限，但这并不影响我们吃饭的心情。由于刚才一路奔波我俩食欲旺盛，因此没过多长时间，满桌的饭菜就已下肚。

困得已经不行了的老板自然乐见我们吃饭如此快，我们结完账后他便匆匆地关上店门准备休息了。补足了能量的我俩自然心情大好，于是他开车开得更加带劲了。

不过从库尔勒到若羌没有柏油路，而是全程的盐碱地。车开在上面虽然还算平稳，但难免会不时地颠簸几下，车轮压在盐碱地上发出的沙沙声也时刻相伴左右。也许是该聊的都聊完了，也许是我之前压根没有休息好，所以驶离库尔勒没多久，我就在这种摇篮般的路况下迅速进入了梦乡。

等我再次睁开眼，天边已经泛起了鱼肚白。我连忙打起精神，抱歉地看着杰克。

“不好意思，不好意思，我睡着了。”看着依然精神的杰克，我感觉自己特别不仗义。

“没关系，反正你的呼噜声那么大，搞得我一点困意都没有。”杰克笑呵呵地看着我，还不忘做一个鬼脸，“前头就是若羌了。”

我迅速直起身子，朝前望了过去。果然，不远处，一座小城的轮廓清晰可见。我低头看了一眼表，六点多。我的天，我竟有四个多小时将杰克弃之不顾，这实在太没有国际友情了。

“到若羌后，你打算怎么办？”也许是意识到离别即将到来，杰克收起鬼脸，有些不舍地看了我一眼。

“我……在那儿有个朋友。”一想到即将见到汤宇星，我心里既紧张又兴奋。

他轻轻地嗯了一声，不无伤感地望着前方。

“你呢？”到了若羌我跟杰克就要作别，不知何时能再相见，没准这辈子都不会再见面。想到此处，我心中竟升起了一种“西出阳关无故人”的忧伤与眷恋。

“我？接着朝西走，不过我先得在若羌好好睡上一觉。”

“打算去罗布泊吗？”

“不一定，等我睡醒再琢磨这事吧，我可不想一去那就失踪不见，要失踪也得在离我家不远的百慕大，对吧？”杰克自顾自地大笑了几声，然后猛地踩了一脚油门。

天亮后的戈壁没有黑夜时的那般恐怖，却平添了几许苍凉。一望无际的戈壁仿佛广阔无垠的大海，静静地孕育着或埋葬着每一个微不足道的生命与希望。

车最终在若羌县一个不起眼的旅馆门口停下，这也意味着我与杰克分别的时刻到了。

“祝你睡个好觉，然后一路顺利！”我向他伸出了手。

“别这么伤感，没准哪天我们还会偶然相遇呢。”杰克用他宽大的手握住了我的手，“坚持住！上帝不会放过任何一个坏人，也不会冤枉任何一个好人的。”他满是力量的手握得我生疼。

“放心，真相大白那天我一定会打电话告诉你。”我努力不让不争气的眼泪掉下来。

“好，我等着这一天。”杰克再次狠狠地拍了一下我的肩膀，然后他用“上帝保佑你”作为了我们最终的诀别语。

看着杰克走进旅馆后，我朝远方走去——是时候联系汤宇星了。

我拨通了汤宇星的电话。在电话中，我解释了自己这么快来到若羌的原因，并询问他我接下来该怎么办。他告诉我，在若羌城西有他们考古队的补给站，我去那儿告诉那里的工作人员我是汤教授的学生小裴就行，然后搭乘他们的补给车去他目前所在的营地。

按照他电话中的交代，我很快在城西找到了他们的补给站。那是一个看上去很破旧的红房子，门口停着几辆八成新的吉普车，还有一辆依维柯。红房子上空此时已经升起了袅袅炊烟。

我走上前拍响了大门。过了一会儿，一个四十多岁的中年男人开了门。

“你找谁？”

“我是汤教授的学生……汤宇星教授……我是小裴。”我恭敬地看着那人。

“哦，小裴同学啊，汤教授跟我说了……咦？你不是应该明天才来吗，怎么这么快？”那人把我迎进了屋内。

屋里还有三四个男人，有几个正在穿衣服准备起床，另一个正在屋内一侧的灶台上做着饭。看到我进屋，大家同时好奇地转向了那个男人。

“这是汤教授的学生，小裴。”男人向大家介绍了我。我连忙恭敬地看向每一个人，大家也都友好地回看了我。

“哦，我在乌鲁木齐遇到一个熟人，连夜搭他的车过来的。”

“这么幸运？不错不错。”那人微笑地示意我坐下，“我姓廖，叫我老廖就行了。”

“廖老师好。”我连忙冲他鞠了个躬，他哈哈地笑了起来，别的人也跟着笑出了声。

“汤教授的学生还挺有礼貌啊。”老廖乐呵呵地跟大家对视了一眼，“吃了吗？一起吃点吧。”

随后我与这些陌生但和善的中年人一起吃了早餐。吃饭时，老廖向我介绍了他们的情况。原来，每一个去罗布泊考察的大型科研队都会在若羌留有自己的补给站，一来方便按时运送食品和器材，二来万一发生什么危险也能有人照应。他们本计划今天往汤教授的营地送物资，但昨天他们接到汤教授的电话，让他们等一天以便能接上我，如今我提前到了，他们可以按计划启程了。

这些男人一个个都黑瘦且精干，满脸都是与年纪不相符的沧桑，一看就是长年累月在野外奔波之人。也许是难得见到我这么一个生面孔，大家聊天兴致很高，不但很乐意告诉我他们的工作状况，还不停地向我问东问西。我没敢他们问什么就回答什么，因为我除了知道自己是伪装成汤教授的学生外，对其他的事情一无所知，生怕说多了会暴露自己，因而谨慎地做出了应答。几次三番之后，大家发现我可能是个不爱说话的人，便没有再继续为难我，只是兴冲冲地相互聊了起来。

吃完早饭后，老廖和那些男人们开始往吉普车和依维柯中装各种各样的物品，那辆依维柯后排座已经被拆下，空出了不小的空间可以容纳这些货物。我本想帮他们干点什么，可他们坚决不同意，不知是因为我弱不禁风的身体，还是怕我毛手毛脚弄坏仪器。我像监工一样傻站在一旁看着大家忙前忙后。半个多小时过后，货物装好了。

“走吧，如果路上顺利，中午就可以到达营地。”老廖招呼我进了一辆吉普车，他坐上驾驶的位置，朝西驶离了补给站。另一个人上了身后的依维柯，紧随在我们车后。

一路上，我本想向老廖打听一些关于汤教授的情况，毕竟对他的事情我知之甚少，可转念一想：既然我是汤教授的学生，不可能对他毫无了解，唐突的询问难免会惹他生疑，我只好哑巴一样看着窗外的风景。老廖很是热心肠，他并没有因为我不说话而沉默不语，不停地向我介绍这这里的情况。

“第一次来吧？”老廖见我好奇地四下观望，便乐呵呵地问我。

“嗯，第一次。”

“难怪，第一次来的人都好奇。看久了反而腻得很，除了沙子就是沙子，没啥好看的。不过楼兰古城附近倒是有些很好的去处，像轮台古城、且末遗址、古墓葬群、古烽燧，等等，每年都会有不少的游客到那观光的。对了，你这回会跟汤教授工作多长时间？”

“不……不一定，听教授的安排吧。”

“嗯。要是有时间我倒建议你去楼兰古城看看，反正来都来了，不去看看挺可惜的。我可以陪你去。”

他这话一出，我愣了一下——我们这趟不是去楼兰古城？

“请问，这次咱们不去罗布泊？”

“去啊，不过不去古城，去墓地。”

“墓地？”我吃了一惊。

“汤教授没跟你说吗？他一直在河沟墓地。”老廖疑惑了一下。

“哦，他没跟我说这个……我还以为会去罗布泊呢。”我越发迷糊了。孙林不是告诉我汤宇星来罗布泊了吗？跑去河沟墓地干吗？

“墓地就在罗布泊。哦，你可能不太清楚，罗布泊是一个大的概念，不单单包括楼兰古城，还包括很多的戈壁和荒漠，方圆有将近一万两千平方公里。”老廖开始对我进行知识普及。通过他的讲述，我渐渐了解了很多以前不知道的事情。我原本以为罗布泊就是楼兰古城附近的一小片地方，没想到罗布泊曾经是中国西北最大的湖泊，很多古代的西域小国都是围绕着罗布泊而建的。后来由于各种原因，罗布泊干涸了，形成了一大片空旷的戈壁沙漠，这片地方虽然仍叫“罗布泊”，却几乎找不到什么“泊”了。

“一会儿咱们会路过楼兰古城的，到那儿我再指给你看。”给我讲了不少罗布泊的情况后，老廖没有再继续说下去，也许他认为他所讲的东西我这个汤教授的学生应该都知道。可他哪曾想，我这个假冒的学生对于这里的一切完全一无所知。他不说我便不敢问，越问就越露怯，我只好一心想着等见了汤宇星再痛快地询问吧。

几个小时过后，一座座残破的城墙出现在不远处。与其说这些是城墙，不如说是一座座土堆，因为若是不认真看根本看不出墙的模样。

“那就是楼兰古城。”老廖一手扶着方向盘，另一只手朝前指了指。我马上直起身子，摇下车窗往外探出了头。

“这只是古城残存的一小部分。”老廖见我兴致很高，便减缓了车速以便让我能多欣赏几眼，同时他打开了话匣子如数家珍地说了起来，“楼兰古城占地面积为十万八千多平方米，城东、城西残留的城墙高约四米、宽约八米。城墙用黄土夯筑，居民的院墙则是将芦苇扎成束或把柳条编织起来、抹上粘土筑成的。那些房子都是用胡杨木造的，房屋的门和窗现在还能看清楚。城中心有唯一的土建筑，墙厚一点一米，残高两米，坐北朝南，应该是当年统治者住的地方。城东有一座八角形的圆顶土坯佛塔，估计当年楼兰人是信佛的。以前还有条运河从西北到东南横穿整座城，不过现在运河早就干了，只剩下了河道的遗址。”

我一边听他介绍，一边在脑子里迅速编织着楼兰古城当年的情景，想要在脑中再现这个消失了上千年的古国的原貌。可惜这些碎片式的介绍过于简单，无法给我提供足够的想象空间，我只能勉强幻想出一些轮廓。

车速虽慢，可不一会儿还是远离了这座残破的古城。

“要不是赶时间，我肯定陪你下去走一圈。等你有时间再说吧。”老廖见我缩回了头、一副依依不舍的样子，便乐呵呵地安慰了我一句，然后加快车速扬尘而去。

“谢谢您跟我讲了这么多。”对这个热心肠的中年男人，我生出了许多好感。

“唉，这叫什么话。我还得谢谢你呢。我成年累月憋在这儿，连个说话的人都没有，你刚才可真是解了我说话的瘾了。”老廖憨厚地笑了起来。

又过了一个多小时，我们终于抵达了目的地——河沟墓地。

吉普车在几个帐篷附近停了下来，这几个帐篷孤零零地立在一片荒漠之中。我和老廖走下了车，朝一个比较大的帐篷走了过去。

“来了？”帐篷门口的一个人看见了老廖，连忙走上来打起了招呼。

“嗯。叫几个人帮忙搬东西吧。”老廖指了指身后停下来的依维柯，“该带的都带来了，你们该放心了吧？”

那人咧着嘴朝老廖笑了一下，然后朝帐篷区的其他人摆了摆手。

“过来搬东西。”

四五个人走向了依维柯，开始与依维柯的司机一起往下卸货。

“汤教授呢？”老廖四下环视了一番。

“下面呢。”那人指了指不远处的一条河谷。河谷很深，虽然那人指向了那边，可我却看不见任何人影，只看到一条很长、很深的沟壑。

“成，我去叫他，他学生来了。”老廖朝那人指了指我。

“哦？”那人上上下下打量了我一番，然后微笑了一下，“长得文质彬彬的，倒是有些书生样。”

我连忙朝那人轻轻鞠了个躬：“老师好。”

那人哈哈地笑了起来，然后和老廖对视了一眼，老廖做了个鬼脸，意思大概是：这孩子一直很有礼貌。老廖示意我一同跟他过去，我连忙整理了一下衣服，紧张地跟随他朝那条河沟走去——真是千呼万唤始出来，我终于就要见到这个神秘的高人了！

来到河沟前，我忐忑不安地朝下望了过去，只见几个人正弯着腰在干涸的河底挖着什么，身边堆满了各种各样的工具。那些人一个个都低着头，沉默无语，我再怎么努力也无法看清楚他们的容貌。

“汤教授，小裴来了。”老廖站在我身边，大声朝河谷下方喊去。

一个人缓缓抬起了头，一脸疲惫地朝我们这边看了过来。就在他看到我的一瞬间，我们两个人都彻底呆住了——盘龙谷村中仙风道骨的那个老人！

第四十三章

“小裴，来了？路上辛苦不？”汤宇星沿着一个缓坡从下面走了上来。

“嗯……不……不辛苦。”一连串的问号瞬时击昏了我的头脑，让我仿若置身于梦境之中，一时竟不知如何面对这个曾在我生命中擦身而过的神秘人物。

“辛苦你了。”汤宇星看了一眼老廖，然后看向了我，“走，先去我帐篷里休息一下，我正好给你安排接下来的工作。”说完他头也不回地从我身边走过，直奔一个帐篷而去。

我仿佛被一条绳子牵着，不由自主地跟在他身后，紧接着我们一同进入了帐篷。汤宇星走进帐篷后，轻轻地关上了帐篷的门，然后转向我，寂静无声地看着我——我们俩就这么沉默地对视着，似有千言万语，又似百口难言。

许久之后，汤宇星苍老的脸上露出了一丝浅浅的微笑。

“没想到是你。”

“我……我也没想到。”我坐立难安。

“好吧，既然上天注定咱们要坐在同一条船上，那我们就遵照它的安排，同舟共济吧。”汤宇星在一张凳子上坐了下来，指了指我身后的凳子，示意我坐下。我犹豫了一下，缓缓地坐下。

“说说吧，怎么来这儿了？”汤宇星点起了一根烟，透过烟雾和蔼地看着我。

我语无伦次地把林吉贤的事情一一告诉了他，他边听边缓慢地抽着烟，似乎在思考着什么。

“也就是说，他把你引到了这儿？”待我说完之后，他淡淡地问了一句。

“是。”

“找到林吉贤了吗？”

“还没，不过孙林正在找。”

沉默。

“看来那些传闻是真的啊。”良久，他站起了身，在不大的帐篷中踱起了步。

“传闻？什么传闻？”我一头雾水地也站了起来，目不转睛地盯着他。

“说来话长了。你就不想知道我为什么要来这儿吗？”他突然停住了脚步，一脸严肃地看着我。

“当然……想。”我不但想知道他为什么要来这儿，还想知道他为什么会住在盘龙谷，更想知道他到底都知道些什么。

“从北京来这儿，路上很辛苦吧？要不要休息一会儿？”他温和地看着我。

“不，我想赶紧进入工作状态，毕竟……毕竟时间不多了！”一想到再有三天“我”就要出庭，我觉得此时任何对时间的浪费都是对我生命的浪费。

“那好，跟我来吧。”他打开帐篷门，走了出去。

我们穿过了帐篷区，远离了他刚才所在的河谷，一路朝西走去。走了十多分钟，一幅奇怪而令人震惊的景象出现在了我的面前——那是一大片枯木组成的奇怪区域，区域内有许多高矮不同的土堆和枯木，而这些土堆和枯木仿佛按照某种几何图形规整地排列着，构成了一幅迷宫一样的图形。

“这是……”我被眼前的场景震惊了。

“这是三千多年前楼兰人的墓地！”汤宇星再次点起了一根烟，静静地站在我背后，“这样的墓地在罗布泊地区还有很多，林吉贤暗示你的楼兰女尸，就是在这些墓地中发现的。”

“这么说……您也是为了楼兰女尸而来的？”话一出口，我立刻疑惑起来——我记得孙林并没有告诉我汤宇星知道我们调查的进展，他怎么会知道楼兰女尸的暗示？更何况他是在我发现林吉贤遗像中的暗示之前就来了此地！

“也对也不对。对是因为我来这儿确实是为墓地而来，但并不是为女尸，而是为了别的原因。首先我关注的是这个墓地的形制。”汤宇星说完带着我走进了墓地。

“你仔细看看这个墓地。”进了墓地后，汤宇星下达了命令，于是我绕着那些土堆和枯木走了起来。走了一圈以后，我实在没有发现什么可疑的地方，便愁眉苦脸地回到了他的身边。

“您就直接告诉我吧，我真看不出来。”

“这个墓地的形制跟芬兰塞姆奥拉德恩遗址的形制完全相同，只是构成材料不同而已。”汤宇星眼神中对我没有任何的埋怨，毕竟一个毛头小子看不出里面的玄机也很正常，他边说边带着我转了起来。

一听他提起芬兰塞姆奥拉德恩遗址，我立马回忆起孙林在西山别墅跟我说起的事情——那晚孙林跟我提到这个大谷基金会瞄准的遗址后，第一次告诉了我有个高人正在调查此事，看来汤宇星是按照这条线索查到此处的。

“我查过一些塞姆奥拉德恩遗址的资料，可没查出什么有用的东西。”我跟在他身后，一刻也不离开他的眼神所到之处。

“每一座楼兰古墓的中间都是用一些圆形木桩围绕着死者的墓穴，而墓穴四周则用一尺多高的木桩围成了七个圆圈，并组成若干条射线，呈太阳放射光芒状。塞姆奥拉德恩遗址与此相同，不过它都是用石头围成的。”

“太阳崇拜？”闻听此言，我马上心头一亮。

“没错。当孙林告诉我大谷基金会瞄准了塞姆奥拉德恩遗址后，我便意识到：既然他们瞄准的是芬兰的‘太阳崇拜’遗址，那很有可能也会在中国寻找类似的地方。于是我就来到了这儿，果然发现了同样的‘太阳崇拜’遗址。这两处遗址不但形制相同，出现的年代也基本相近。”

“都是在三千年前！”我开始觉得浑身发热了。

“呵呵，看来你确实有点斤两。”自打我说出“太阳崇拜”之后，汤宇星的眼神愈发柔和了，“关于‘太阳崇拜’，你知道多少？”

“地球上的一切都需要太阳的滋养，所以原始先民对太阳无比崇敬。在许多民族的神话中，太阳神都具有强大的能量，因此先民们会用不同的方式祭祀太阳神。不过，把墓地建成太阳的形状，我还是第一次听说。”

“你知道为什么这些墓地会有七个圆圈吗？”汤宇星赞许地看了我一眼。

“不知道……难道说‘七’有什么特别的含义吗？”

“根本没有任何特殊含义，”他抬头看了眼太阳，“只是因为太阳光的七种色彩。”

“七色光？”哪怕是用普通的镜片都能发现，太阳四周会呈现出七种不同颜色的光圈，这是小学生都知道的常识——可建造这些墓地的人生活在三千多年前啊！

“我们永远不要低估先人的智慧。”汤宇星揉了揉眼睛，然后看向了我，“先人正是因为发现了太阳的七个光圈，才在墓穴四周建起了七个圆圈。至于他们是怎么发现的，没人能知道。”

对先人的敬佩之情顿时充溢了我的全身。

“那……通过对楼兰墓地和塞姆奥拉德恩遗址的研究，您发现了些什么？”我急躁的毛病又犯了。

“别着急，你听我说。两处遗址虽然都体现出了‘太阳崇拜’，可那毕竟是三千多年前的事了，想查清楚具体的原因必须有史料和实证，这是目前极度缺乏甚至无从寻找的。更可况，大谷基金会将目标瞄准‘太阳崇拜’的目的现在也不清楚，所以我们需要知道‘太阳崇拜’除了是先人对太阳的敬畏之外，还隐藏着什么别的含义——因此，我不但要在罗布泊找到这样的‘太阳墓’，还要寻找继承了‘太阳崇拜’传统的民族和地区，因此我在来这里之前，专门去了另一个地方，而在那儿，我发现了中国尚存此种传统的地方。”

“现在还有进行‘太阳崇拜’的地方？”我真是大开眼界了。

“山东日照。”汤宇星停顿了一下，然后像个年迈的爷爷跟晚辈讲故事一样，对我娓娓道来，“在山东日照的天台山，有一座老母庙，是用来祭祀中国太阳神的，每年农历六月十九，也就是‘老母’生日那天，老母庙会举办‘太阳节’，祭祀‘老母’。‘老母’就是中国的太阳神羲和。”

“羲和？”

“对。羲和是传说中帝俊的妻子，后羿射日故事中的十个日，就是她所生。由于她生了十个太阳，又每日驾着太阳车将太阳送上天空，因而被视为中国的太阳神，《山海经·大荒南经》中有关于她的记载。想必在盘龙谷你见到过我的这些书吧？”

没错，在盘龙谷我对他家中存有许多古代神话的书籍曾表示过极大的钦佩，我曾一度以为他是个说书先生或者村中的神汉，没想到看那些书的人竟然是个物理学家和考古学家。

“巧合的是，芬兰的神话传说中也有一个太阳神，名叫Sol，也是个女的，也是太阳车的驾车者！虽然不同民族都有自己的太阳神，但将太阳神塑造为女性的只有中国和芬兰，而且有类似太阳墓葬的也只有这两个地方。大谷基金会显然知道这一切。”

“您的意思是，大谷基金会会把在中国的目标瞄准罗布泊或者山东日照？”听完他的分析，我茅塞顿开。

“我看未必。”他立马给我泼了一盆冷水，“因为罗布泊有太阳墓葬的消息并不是新闻，而山东日照有祭祀太阳神的传统也不是秘密，以大谷基金会的水平他们不可能不知道。可他们早早定位了芬兰的塞姆奥拉德恩遗址，却迟迟没有确定在中国的目标，所以我觉得他们的目标可能并非于此。既然他们给出了塞姆奥拉德恩这个线索，若想调查他们最终在中国会选择何处，还需从研究这里开始。”

我点头表示同意。

“除了在这儿调查，恐怕还得去日照调查吧？”

“那倒不必，我去过日照了，发现沿着日照那条线索调查最终会回到罗布泊！”汤宇星言之凿凿。

“山东的太阳神崇拜跟罗布泊有关系？”我有些迷茫了。

“对。我跟你简单解释一下。要解释日照的太阳神崇拜，先得说说中国的太阳神——羲和。虽说关于羲和生十个太阳的说法只是神话，但正史中的确出现了关于羲和的记载。《史记·历书·索隐》中曾有‘黄帝使羲和占日’的记载，也就是说羲和是最早进行太阳观测的天文学家。到了西汉末年王莽篡位时期，‘羲和’演变成了一个官职，主掌天文。著名的数学家和天文学家刘歆就曾担任过‘羲和’一职。”

“既然羲和是个传说中的人物，那日照为什么会祭祀羲和？”

“必须强调的是，传说中的人只是未经证实的人物，但不表示她不存在！明白我的意思吗？”汤宇星一脸严肃。

不否认传说中人物的存在岂不是正合我意？这可是我一直以来的观点。我连忙频频点头。

“山东日照祭祀羲和是因为他们是羲和部落的后人。帝俊有很多的子嗣，他的后代在全国逐渐形成了不同的部落，而由羲和所生的后人就定居在了日照地区，曾一度建立了强大的东夷古国。”

“东夷古国？”这个名字似曾相识，我恍惚记得曾在什么地方见到过这个名字。

“由于那时山东地区并不在中原王朝的管辖之内，因此被蔑称为‘夷’。又因为这个部落的图腾是鸟，因此也被称为‘鸟夷’，在颜师古所注解的《汉书·地理志》中有关于‘鸟夷’部落的记载。关于为什么这个部落的图腾是鸟，《左传》中曾有记述，说是帝俊在即位的时候，曾有凤鸟出现，因而崇鸟。”

“真没想到，日照地区的人是太阳神羲和的后人，他们现在一定光荣得要死。”我有些后悔自己不是日照人了。

“哈哈，那也未必，毕竟全中国的人都是黄帝的子孙，黄帝可比羲和的地位高多了。”一见我露出了孩子气，汤宇星不禁笑了一声，“不过在历史上，东夷部落险些遭受灭顶之灾，要不是那次劫难中还残存了一些部落的人，东夷部落估计会在中国历史中彻底消失。”

“灭顶之灾？”突然，我脑中关于“东夷古国”的记忆瞬间清晰了起来，而清晰后的大脑顿时澎湃无比，“您指的是，攸侯喜征讨山东之事？”

“你知道攸侯喜？”汤宇星显然吃惊不小。

“商朝末期，攸侯喜曾率十万大军征讨山东的少数民族部落，难道他征讨的就是东夷古国？”我简直要窒息了。

“没错。那时的东夷古国是唯一能与商朝分庭抗礼的国家，他们不但国力强盛，还管辖着诸如林方、人方、虎方等很多小部落，因而才使得商朝几乎是倾全国之力进行征讨。试想一下，倘若攸侯喜的十万大军没有被调去征讨东夷，而是留在中原与周人作战，那周朝取代商朝的过程不知道还要推后多少年。”

“那……那您对商人东渡南美的传说是什么看法？”既然提到了攸侯喜，那就无法回避这个千古的谜团。

“既然你掌握了这么多的信息，那么你一定也知道在拉文塔遗址发现的那些巧合了？”

“当然知道。”我一股脑地把知道的信息通通告诉了他，包括拉文塔遗址中发现的玉器、甲骨文残片、祭祀形式和印第安人关于 Hosi 王的传说，以及奥尔梅克文明与商朝同时出现，等等。听完我的讲述后，汤宇星大为赞赏，连连夸赞我年少有为，搞得我很不好意思。

“除了你说的这些相似之处，还有一点也要引起重视。”夸完我之后，他把注意力转回了刚才的话题，“奥尔梅克文明中有一只被视为图腾的神鸟，叫库库尔坎鸟，那只鸟的原型酷似东夷古国的图腾神鸟！”

所有这一切让我更加坚信了商朝人与奥尔梅克文明的关系！

“那么，您相信商朝人真的去了南美？”如果得到这个高人的证实，那我就彻底放下了心中所有的怀疑。

“我相信！不但我相信，大谷基金会也相信，否则他们怎么会把另一个目标瞄准墨西哥的拉文塔遗址呢？”

事到如今，我终于把大谷基金会对芬兰和墨西哥的调查联系在了一起：芬兰塞姆奥拉德恩遗址有“太阳墓”——芬兰神话中的太阳女神与中国的太阳神羲和如出一辙——墨西哥拉文塔遗址有关于商朝人东渡的考古发现——东渡的商朝人是为了征讨东夷古国——东夷古国是中国太阳神羲和的后人所建——罗布泊“太阳墓”的形制与与塞姆奥拉德恩遗址中“太阳墓”的形制完全相同……

那罗布泊的“太阳墓”和东夷古国又有什么联系呢？

这个念头一出现，我马上向汤宇星询问了起来。

“想要知道罗布泊和东夷古国的联系，就得先弄清楚一个重大的问题，那就是：攸侯喜的十万大军和东夷古国的十五万人口是怎么去的墨西哥？”汤宇星眼中闪出了一丝怪异的光芒。

“只能是……坐船。”一想到这是三千年前发生的事情，我只能说出这么一个理由。

“对，只能坐船。咱们假设一下——攸侯喜征讨东夷之时，中原已经被周人占领，他没有选择投降周朝，而是选择了逃亡，那么他们为什么不沿着陆路北逃？好，如果没有北逃的可能，只能选择坐船，那么从山东坐船往东行驶，会经过韩国、日本和太平洋上的无数岛屿，既然是逃命，那么发现了栖身之所为什么不在那儿留下，而要继续东行？好，如果因为风向或者洋流的影响，他们恰好没有路过沿途的任何岛屿，那么他们到达的应该是墨西哥的西海岸，而拉文塔遗址位于墨西哥东海岸，这是为什么？墨西哥西海岸毗邻太平洋，纬度比拉文塔遗址所在的纬度高，更适合人类居住，他们为什么没有住在那儿，而要穿过沙漠和丛林非跑到东海岸住？好，如果说他们没有到达墨西哥西海岸，而是直接到达了东海岸，那你想想这是一件多么不可能的事情：三千年前，地壳已经稳定，已经形成了如今的地理格局，他们想要直接到达墨西哥东海岸只有两个方向：一是北上通过白令海峡，经过北极圈，横跨整个北美洲大陆；二是南下通过阿根廷南部的麦哲伦海峡，经过南极圈，横跨整个南美洲大陆——这可能吗？更何况沿途有无数的大陆和岛屿能够居住，他们都没有发现吗？墨西哥东部那些星罗棋布的岛屿难道他们通通错过了吗？”

汤宇星的每一句分析都像钉子一样牢牢地钉在了我的心里，让我打死都不会相信他们是坐船去的。

“那，那会不会他们是通过陆路过去的？”既然是在证伪，那我们有必要排除任何一种可能性。

“你想啊，他们要是通过陆路到达墨西哥，那么他们沿途会经过什么地方？会经过俄罗斯、加拿大、美国以及墨西哥的北部和中部。他们为什么不住在那儿？”

无可辩驳。

“亚洲人的确曾通过白令海峡到达过美洲大陆，就是现在的印第安人，但那是在几万年前的第四纪冰川时期，那时的白令海峡长年封冻，可以通过；而三千年前白令海峡已经解冻，而且那时第四纪冰川期已经过去，北美大陆已经适合人类居住。所以这种可能完全可以排除，他们唯一可能到达墨西哥的方式只能是坐船。退一万步想，如果他们真的错过了所有岛屿和陆地，如果真的从北或者从南到达了墨西哥，那他们在海上时是怎么活下去的？他们首先要造出无数的船容纳那几十万人，然后要储备足够海上生存几个月甚至几年的食品和淡水，就算他们每个人一天只吃一个馒头喝一杯水，那么他们需要储备多少的东西？就算没有那么多人，就算只有几个人，那他们知道自己要在海上航行多久吗？不知道。那他们怎么储备物品？如果沿途又遇不到任何一个可以靠岸的岛屿，那他们能活着到达墨西哥东海岸吗？我计算过，从山东到墨西哥西海岸，靠帆船的航速需要二百六十天，如果想从白令海峡或从麦哲伦海峡到达东海岸，至少需要两年时间——在没有发现任何沿途大陆和岛屿的前提下，他们怎么可能在海上度过两年的时间？”

“那……那这么说来，商朝人根本不可能到达墨西哥啊！”我彻底困惑了。

“对！以我们目前所知道的任何方式，他们都不可能到达那儿——但他们到达了！”汤宇星深深地吸了一口气，“这该如何解释？”

绝不可能发生的事情发生了——难道有什么我们不知道的方式吗？

我一言不发地看着他，等待他给出最终答案。

“这个宇宙存在太多秘密，有太多的可能性，而在这些可能性中，有一种方式完全可以实现这样的穿越——这就是我来罗布泊的真正原因！”

“时空穿梭？”我不敢相信这个科幻电影中才有的名词是从自己嘴里说出来的。

他异常严肃地点了点头。

我顿时瞠目结舌了。

“这也……这也……”我本想说出“扯淡”这个词，可在这样一位教授面前，我无法使用如此粗俗的言语，“这也太匪夷所思了吧……时空穿梭？怎么可能？”我完全不知道为什么当我说出这个词时，他居然会点头。

“你对物理了解多少？”他见我一脸难以置信的神情，微微笑了一下，然后摆出一副即将上课的样子。

“物理？我一直是学文科的，我现在的物理知识应该只到初中生的水平。”我惭愧地看着他。自打高中物理会考之后，我就再也没有接触过这门让我头疼的学科。对这门学科而言，我简直是不开窍，每次考试只是勉强应付，会考也只考了六十分，险些失去参加高考的机会。

“那好，那我就用最简单的方式给你解释‘时空穿梭’的可能性。”汤宇星带来我来了墓地外的一片缓坡上，然后坐了下来——看来，一篇长篇大论是无法避免的了。

“按照物理学的观点，这个世界上的一切都是由物质构成的，而每一种物质又是由各自的物质粒子构成的，而光粒子的运动，也就是光的运动，构成了这个世界现有的时空概念，这个能理解吧？”

“这个我学过。”我点了点头。

“好。正是由于所有的物质运动都是在由光粒子运动，也就是光构成的时空之中，所以这个时空是稳定而和谐的。但你有没有想过，如果某个物质的运动速度接近或超过光速，会发生什么？打个比方，如果你掰不动这个棍子，那么这个棍子就是稳定的，但一旦你的力量和速度能够掰动它的话，会发生什么？它会弯曲。所以，如果某个物质的速度接近或超过光速，光就会发生弯曲，时间和空间就会发生变化。这是爱因斯坦相对论的重要观点。”

“时间和空间发生变化后会发生什么？”我心跳越来越快。

“再举一个简单的例子：如果一个吸管是直的，那么从上面流下来的水就会直直地流下去，但如果这个吸管发生了弯曲，水会流向别的方向，甚至流回到出口，乃至流到出口的上方。这个例子虽然未必恰当，但我相信你能明白我的意思。也就是说，如果时空发生了扭曲，那么时间就可以倒流，也可以前推；而空间也可以发生转移。因此，仅凭相对论，就足以能证明时空穿梭的可能性！”

我无语了。

“但，只有理论上的可能性是不够的，我们还需要对这种可能性进行证明。这就牵扯到三个问题：第一，既然进行时空穿梭的前提是光发生扭曲导致的时空扭曲，那么我们就要知道，在什么情况下光会发生扭曲；第二，如果时空穿梭的前提成立，那么穿梭是如何发生、如何进行的；第三，穿梭后会到达什么地方。”汤宇星点起了一根烟，深深地吸了一口。

“好，咱们先解释第一个问题，也就是为什么光会发生扭曲。光发生扭曲有两种情况：一是内力，也就是刚才说的，某种物质的速度接近或超过光速；二则是外力，就是在光的世界之外，有一种强大的力量使其发生弯曲，刚才举的那个掰断棍子的例子就属于外力。我先给你解释外力的产生，因为理解了外力你就会迅速理解内力。”

我连忙点了点头。

“我们从天空中看到的几乎所有星星都是会发光的恒星，对吧？通过观测，科学家发现，他们不但能看到恒星面朝地球的那一面，有时候还能看到它的侧面，甚至背面！比如，我现在能看到你的正面，因为你的正面朝向我，我接收到你正面传给我的光讯号，但如果我能同时看到你的后背，你会怎么想？”

我会怎么想？我当然毛骨悚然了。

“能被人看到就意味着一定有光讯号！可你后背的光讯号被你的身体遮挡住了，我怎么能看到你的后背呢？那是因为，光发生了弯曲！科学家通过这个意外的发现，进而观测到，在这些能被看到背面的恒星周围，存在着黑洞！正是由于黑洞的巨大引力，使得经过它身边的那些恒星发出来的光发生了扭曲，产生了折射，所以我们才能看到看不到的东西，科学家称之为‘引力透镜’。”

“黑洞？”对这个名词我听说过很多次，除了知道它异常神秘之外，其他一无所知。当汤宇星提到它时，我仿佛置身于巨大的黑洞之中。

“很多人以为黑洞非常神秘，其实黑洞的产生在理论上非常简单，甚至可以说，只要条件成熟，任何东西都可能变成黑洞。想必你应该知道，氢元素是组成恒星的最初元素，当恒星内部只有氢原子时，氢原子会时刻不停地相互碰撞，发生聚变，聚变的发生意味着会产生能量，而这个能量与恒星的万有引力相抗衡，以保证恒星的稳定；由于聚变，氢原子的内部结构会发生改变，进而产生氦元素，氦原子再通过不停地相互碰撞，发生新的聚变，产生新的能量，继续与万有引力保持势均力敌的稳定状态；通过不停的聚变，元素周期表中的新元素依次产生，直到铁元素出现。由于铁元素不参与聚变，所以一旦铁元素产生，恒星内部的聚变就停止，这也就意味着不再产生新的能量。当恒星内部不再产生新能量而万有引力依然强大时，维持恒星稳定的平衡就被打破。内部没有力量而外部有力量会导致什么？会导致塌陷。于是恒星开始塌陷，开始向内收缩，最终变成一个密度高到难以想象的物质。”

说到这时，汤宇星抓起了一把土，开始拼命挤压，然后手中出现了一个小泥团。

“如果力量达到一定的程度，这种挤压会压碎物质内部的所有元素，然后，一种新的物质就产生了——黑洞！对物理学界和天文学界而言，‘黑洞’不是什么都没有，而是一种新的密度极大的天体。”

汤宇星用一根木棍狠狠地朝沙地上扎了进去，当他拔出木棍后，沙地上出现了一个很深的坑，而坑口周围的沙子开始缓缓地向坑内流去。“由于黑洞的密度大到难以想象，所以它产生的引力可以吞噬周围所有的物质，包括光！由于黑洞将周围的光都吞噬了，所以科学家观测不到它内部的所有情况，因而才将其命名为‘黑洞’。”

“可是……可是既然它能吞噬光，也就意味着它不可能被看到，那科学家怎么知道有这么一个东西的存在？”

“问得好。当一个屋子里所有地方都有光，唯独一小片区域没有光的时候，你会不会注意到这个区域的存在？”见到我点头后，他笑了一下，“黑洞虽然无法被观测，但科学家可以观测到它周围有光的地方。比如一张白纸，你在上面戳了一个洞，你会发现——咦？为什么别的地方都有纸，唯独这个地方没有纸呢？哦，因为那个地方有一个洞。所以黑洞内部虽然无法被观测，但黑洞的存在却是可以被发现的——现在你明白黑洞的产生和黑洞的强大能力了吧？”

我五体投地。

“由于黑洞的强大引力，所以离它近的光会被吞噬，而离它稍远的光虽未被吞噬，但却由于它的引力而会发生弯曲。就像这个沙坑一样，离它最近的沙子已经掉进去了，而稍远一点的沙子虽然没有掉进去，但位置发生了改变——这就是光弯曲的外力。”

“打断您一下，”听完他关于黑洞的介绍，我不无担忧地抬起了头，“照您的意思，太阳总有一天也会变成黑洞？”

“对，所有的恒星都有变成黑洞的那一天，而且，一旦恒星变成了黑洞，围绕它运行的所有其他星体都将被它吞没，也就是说，到太阳变成黑洞的那一天，地球就将彻底消失。”他眯着眼也朝太阳望去。

“那……那当所有恒星都变成了黑洞，宇宙岂不是就不存在了？”

“哈哈，你问到了另一个问题，这个问题虽然与咱们现在要讨论的没有关系，但我可以简单地给你解释一下。黑洞虽然是由于外部不停地挤压、内部不停地塌陷产生的，可这种塌陷总有个头吧？比如太阳，塌陷到一定的程度会变成黑洞，可如果继续挤压、继续塌陷呢？就像一个苹果，你挤到一定的程度会发生什么？”

“爆炸！”

“对！最终会发生爆炸！爆炸会产生无数的碎片，而这些碎片中包含的物质元素将形成无数个新的星系和星体，就会产生下一个太阳和下一个地球，如此循环往复下去。”

“难怪人们常说宇宙的产生是源于一场大爆炸。”我终于和上汤宇星的步点了。

“没错，我们正生活在最近一次宇宙大爆炸所产生的一块碎片上。还有，通过科学家的观测，很多星系正离我们越来越远，这表明我们正处于一次宇宙大爆炸后的初始阶段。就像炸弹爆炸一样，所有的碎片在初始阶段都会朝尽可能远的地方飞，碎片间的相互距离也会越来越远，只有当碎片不再飞行，相互距离保持稳定后，爆炸才结束。所以，我不同意一些科学家的观点——我们正处于宇宙衰老期——其实我们正生活在这个宇宙的婴儿期。好了，关于光发生弯曲的外力因素我已经全解释完了，有什么不明白的地方吗？”

“简明扼要，鞭辟入里。”我一个马屁拍了上去。

“好，外力讲完了。累吗？要不要回营地？”汤宇星看了一眼表，然后慈祥地看着我。

“不累，接着讲内力吧。”在一片远古墓地中听着这样的故事，我简直如痴如醉了。

汤宇星拧开了随身携带的水壶，喝了一口之后递给了我。

“黑洞使光扭曲是发生在外部，如果由光构成的某一时空的内部有某种强大的引力，同样可以使光发生扭曲，这就是所谓的内力。刚才说了，只要由光构成的时空下某一物质的速度够快，就可以发生光的扭曲。那么如何使物质的速度达到甚至超过光速呢？科学家其实早在十年前就已经通过实验证明了这一可能的存在：1998年，美国的布鲁克海文实验室建造了一台离子加速器；2008年，欧洲科学家在阿尔卑斯山的地下同样建成了一座世界最大的离子加速器。离子加速器就是沿很强的、环绕的超磁场排列起来的一个巨大的隧道，利用超磁场使原子以接近光速的速度推进，然后用它来轰击某一目标，使这个目标产生一个奇怪的'场'，既然这个'场'是由接近光速的原子轰击而产生的，那么这个'场'理论上就会引发光的弯曲，出现时空扭曲，最终达成时空穿梭。可惜，这两个实验都没有达到这个目的。"

"您的意思是，只要有一个足够强大的超磁场，我们就可以进行时空穿梭？"

"理论上是这样的，但以现有的科技手段根本无法实现。刚才说了，理论上能达成时空穿梭的是个奇怪的场，而组成这个场的物质则是一种不同于一般粒子的奇特粒子，被科学家称为'反粒子'。既然这个场是由反粒子组成的，那么想要进行时空穿梭就必须形成足够强大的场，也就需要足够多的反粒子。但那个世界上最大的离子加速器每年只能产生几毫微克的反粒子——一毫微克是一克的十亿分之一——而进行时空穿梭则需要好几吨！你可以计算一下，这是什么概念！如果靠着现有的科技水平和现有的设备，就算到宇宙再次爆炸的时候，我们也制造不出那么多的反粒子。"

"那……那照这么说，我们无法用这种方式进行时空穿梭啊？因为按照这个速度，我们想制造出足够的反粒子至少得等……得等……一后面十五个零那么多年啊。"脑中快速计算了他所说的数字后，我的眼球差点掉到地上。

"我只是说按照现有的科技需要那么多年，万一科技进步到一年就可以产生好几吨呢？"汤宇星笑了一下，"所以说，只要科技足够进步，实现时空穿梭是完全可行的。不过，我不希望见到这一天的到来。"

"为什么？能进行时空穿梭还不好？"

"你想想，既然那个场能使光弯曲，那么它一定具有强大的引力；如果引力足够强大的话，会发生什么？"见我一脸疑惑，他又提醒了一句，"请结合我刚才说的黑洞理论。"

"它的引力能使光弯曲……就能吞噬光！"我几乎要跳起来了。

"一百分！黑洞能吞噬附近的光是因为它的引力足够强，而远处的光发生弯曲是因为引力在远处已经减弱。这个场既然能使光发生弯曲，那表明它有引力但引力还不够大，一旦大到一定的程度，就可以完全吞噬光。这也就是说，这个场将会变成另外一种黑洞！这也是为什么世界上很多人反对制造离子加速器的原因。他们担心，一旦离子加速器制造出足够强大的场，就有可能形成黑洞，黑洞一旦形成，整个地球就被吞没了。哈哈，可惜，靠这种加速器制造黑洞等上一后面十五个零那么些年算是短的，我估计至少得一百五十个零。”

好吧，就当他们是杞人忧天了。

“可是，这个场真的能使时空扭曲吗？”刚才他说的关于这个场的一切只是理论上的，并没有经过证实。这不同于之前他所说的黑洞导致光弯曲，因为那种情况已经被科学家观测到了。

“即便没有科学实验证实，只要理论模型是完善的，那被证实是早晚的事。”他显然对我的态度有些不满，“未被证实的就是不可能的吗？”

我无言以对。

“哈哈，好吧，不难为你了。其实，这个场能改变时空已经被实验证实过了！”他大笑一声之后，收起了刚才假装的气愤，脸色迅速多云转晴了，“现在我就给你讲讲这个神秘的‘场’，因为一会儿谈到别的问题时，也会跟它有关。”

我立马把耳朵竖了起来。

“这个场虽然是这些年才被证实的，但在几十年前，已经有物理学家根据公式和模型推算出了它的存在，并对它进行了观测。物理学家德布罗意和薛定谔就曾发现，一个以光速运动的粒子会在周围的空间形成一个奇特的场，这个场就是由‘反粒子’构成的。不过当时他们并没有提出‘反粒子’的概念，因而很奇怪为什么会有这么一个场的出现——这个场不具备所有已知场的特点，与所有已知场的电场、磁场、电磁场、引力场等完全不同，因此这个场被爱因斯坦称为‘幽灵场’。”

“幽灵场？”我迅速下意识地环视了一下墓地四周。

“哈，别担心，‘幽灵场’是个物理概念。爱因斯坦之所以把它命名为‘幽灵场’，是因为人们知道它的存在却看不见它。说白了，‘幽灵场’就是由反粒子组成的反物质所形成的一个能量场，它是现代物理学框架外一种未知的场，他们当年只是不知道有反粒子的存在而已。现在反粒子已经被发现，就弥补了他们当年的空白。其实反粒子并不是这几年才发现的，早在 1932 年，美国物理学家安德森就发现了反中子，而中国的一所大学近几年在与美国科学家的合作中也发现了另一种反粒子——反氦4。好,既然现在已经发现了反粒子并证实了‘幽灵场’的存在,那么下一步就可以把这种理论运用到实践中。你刚才不是质疑‘幽灵场’是否能改变时空吗?我可以告诉你,已经有科学家证实过此事。1999年,三名俄罗斯科学家制造了一个‘幽灵场发射器’,将它安装在火星探测器上运到了火星,然后将‘幽灵场’中的反粒子波与光讯号同时向地球发射,结果,反粒子波比光讯号提前八分钟到达地球!这说明了什么?”

说到此处时汤宇星看了一眼表。

“现在是下午五点,也就是说,我们处在这个时空的五点,如果此时我们身边出现了一个‘幽灵场’,那么我们穿过它后会发现,我们回到了八分钟前。”

语言已经无法形容我此时的心情。

“不必觉得可怕,也不必觉得神奇。虽然俄罗斯科学家已经证实了此事,但要让真人穿越还需要很多年。毕竟这个实验是在火星上做的,而且这提前的八分钟是反粒子波比光讯号提前的时间,要是让大活人提前八分钟,需要强大无数倍的反粒子波,也就是需要强大无数倍的‘幽灵场’——刚才咱们不是说了吗?以现有的科技,这得等无数年。”

“好吧,通过您这些分析,我承认,无论是通过内力还是外力,时空穿梭完全是可以实现的。”

“完全正确。这里我需要补充一点:刚才所说的时空弯曲全是时间发生了弯曲,还没有提到空间的弯曲。虽说不存在没有时间的空间,也不存在没有空间的时间,但在时空穿梭的可能性中,时间和空间是两种不同的形态。之后没准我们会谈到这个方面。”

“好,咱们解释完第一个问题了,那么进入第二个问题。既然可以进行时空穿梭,那如何穿梭?我们总不能大喊一声‘我要穿梭’就能穿梭吧?总得有一个载体或者工具让我们去穿梭吧。那么这个东西是什么呢?动画片《机器猫》里机器猫有一个任意门,对吧?他只要进入任意门,就能去任何地方。所以我们需要找到那个任意门。”

汤宇星突然解下自己鞋上的鞋带,把它拿在了手中。

“既然时空穿梭的前提是时空扭曲,那么……”他把那条鞋带对折了一下,“这个折成两部分的鞋带代表弯曲后的时空,那么原本的同一时空被我弯成了两个时空：一个是我左手边的这一半，一个是我右手边的这一半。那么你看，无论是从左边这一半到右边那一半，还是从右边这一半到左边那一半，是不是都要经过中间的这个折点？”

我目不转睛地盯着他的演示，玩命地点着头。

“这个折点，就是我们要找的任意门，也就是爱因斯坦所说的‘虫洞’！”说完这话，他把鞋带绑回到鞋上。他绑的速度很慢，似乎在等我消化着什么。

“1930年，爱因斯坦和罗森在研究引力场方程时提出了关于‘虫洞’的假设，因此‘虫洞’的学名叫‘爱因斯坦－罗森桥’——它像桥一样连接着不同的时空，是进行时空穿梭的必由之路！”

“那虫洞是如何形成的？该怎么找到它呢？”聊了整整一下午了，我不能再像个门外汉听故事那样除了震惊还是震惊，我得让自己专心地进入他的思维体系之中。

“‘虫洞’的形成很简单，道理跟刚才咱们说的一大堆东西一样，都是由力和场造成的。就像刚才我弯曲那条鞋带一样，是由于我在那条鞋带上施加了力，所以鞋带才会弯曲，那个折点只是其中的一个受力点。”

“也就是说，‘虫洞’有很多？”

“没错。就像你折一张纸一样，折痕上的所有点都是‘虫洞’。如果你想找到从左侧一处到右侧一处最近的距离，只需要找到两处间最近的那个点。”

“两点之间直线最短。可是……如果没找到最近的那个‘虫洞’，岂不是要走冤枉路了？”

“呵呵，正确。你谈到了一个新的复杂问题——整个宇宙中有许多的时空，就像一张折了很多次的纸一样，如果你没找到合适的‘虫洞’，那么没准你会去到很多不同的时空。比如你想现在马上回学校，可你进错了‘虫洞’，那没准你就跑到了美国、非洲大草原或者月亮上了，又或者没准就回到了两百年前你学校所在的位置。”

“哈哈。”我俩难得同时笑了起来。

“好吧，既然‘虫洞’出现的原因这么简单，那该怎么寻找它呢？”

“既然‘虫洞’是由力和场形成的，那么有三种地方可以找到它：第一，在实验室人为制造，就像制造离子加速器一样；第二，在现有的宇宙中去寻找，就像在宇宙中寻找已知的黑洞一样；第三，这一点是根据第二点延伸而来的——

既然宇宙中存在黑洞，那一定也存在‘虫洞’，那么，作为宇宙一部分的地球，也很可能有‘虫洞’的存在。如果真的存在，那它一定在那些力和场最强大或者说最异样的地方……”

说完这句话后，汤宇星缓缓地站起身来，用他那沧桑的目光火炬般凝望着远方。此时，西落的太阳恰好将他修长的身影投射在这块他所站立的神秘土地之上！

第四十四章

“您的意思是……”我同样缓缓地站起了身，随着他坚毅的目光向远处眺望。目力所及之处，除了那座千年的古墓，就剩下广袤的戈壁沙漠了。渐渐地，一个我渴求的真相浮在了我的心头——“您来罗布泊，是为了寻找‘虫洞’？”

汤宇星没有说话，依然沉默站立在那儿，思绪不知飞往了何处。而他此时的沉默，让我强烈地感觉到了他的答案。

这时考古队的一个工作人员从营地的方向走了过来。

“汤教授，该吃饭了。”

汤宇星缓缓地回过了头，看着我。

“回去吃饭吗？”

我一脸不情愿地摇了摇头。

“教授……我还有很多事情不明白，想跟您再聊一会儿。”

他笑了一下，这个笑容让我明白他显然意识到我不愿回去的原因——谜团刚刚打开了一个缺口，怎么能就此暂停呢？

“我跟小裴再聊一会儿，你们先吃吧。”

“好。”那人转身想要离开，可突然像是想起了什么，又回转了身，“对了，汤教授，下午咱们营地旁边来了几辆车，搭了一个新的营地，估计是别的考察队，咱们要不要去打个招呼？”

“别的考察队？”汤宇星疑惑了一下，“离咱们多远？”

“在咱们北边，有一两里地。”

“没听说要来新的考察队啊？这样吧，你们吃完饭继续工作，等我回去，咱们去见见他们。”

“好。”那人转身离开了。

“要不您先去见他们？别耽误您的正事。”我产生了一种主人家来了新客人、而我这个老客人还赖着不走的感觉。

“没事，几个考察队在同一地方撞车的事经常发生……不过……”汤宇星皱了一下眉头，“没听说这几天会来新考察队啊……算了，先不管这些，没准他们一会儿会主动跟咱们打招呼的。咱们接着聊吧，刚才说到哪儿了？”

“说到……说到您来罗布泊的原因。”

“你刚才已经说出了我来这儿的原因。”他开始朝荒漠深处走去，而我则紧紧跟随着他——巨大的荒漠中渐渐留下了我俩浅浅的两道足迹。

“您真的是来寻找‘虫洞’的？”

“没错，我是来寻找‘虫洞’的，但至于能不能找到，找到的是宇宙中早已存在的‘虫洞’还是人为制造的‘虫洞’，我就不知道了。”汤宇星边走边四下张望，“如此巨大的荒漠，想要找到它，谈何容易。”

“您为什么认为这里有‘虫洞’？”随着他的目光，我看到的只是望不到边际的黄沙。

“你听说过关于罗布泊的传闻吧？我指的是那些荒诞不经、匪夷所思的传闻。”

“您是说那些神秘的失踪事件？”见到他点头后，我疑惑起来，“我经常听人说起这些事，可这些事太玄乎，我只是当故事来听。”

“地球这么大中国这么大，为什么这些传闻没有出现在别的地方，偏偏出现在这儿？”他停住了脚步，面无表情地看着我。

“我……不知道。”对于谣言的传播过程，我向来不清楚，也不关心。

“我本人很喜欢研究传闻或者说谣言。不过我从来不关注传闻最终的结果，因为结果一定会被人无限地放大，我关注的是为什么传闻会发生，为什么会发生在这个地方！我说了，中国很大，中国人很多，可为什么关于神秘失踪的传闻单单集中在这儿呢？只有两种可能性：第一种是这些传闻中的事件的确曾发生过，当然可能没有后来传播过程中那么夸张；第二种可能是有人刻意在这个地方制造传闻，让人们产生好奇感，或者说产生恐惧。”

听到他这些分析，我脑中突然出现了一句俗语——苍蝇不叮无缝的蛋。

“如果是第一种情况，那么我们就需要找到当事人来询问，可在罗布泊发生的神秘事件没有当事人——因为当事人要么失踪了，要么失忆了，所以我们根本无法验证这种情况的真实程度，这也就是这些传闻的可怕或者说神秘之处。当然还存在另一种边缘当事人，就是这些事件的旁观者。比如我现在突然失踪了，那么你和我的队员就是边缘当事人。但即便找到这些人意义也不大，因为他们只能证明我的失踪而不能证明我到底发生了什么，更何况这些人的话有多大的可信度也很难确定。即便边缘当事人能证明失踪事件确实存在，可由于他们不知道究竟发生了什么，所以这些人的证言无法被别人采信，甚至别人会妖魔化这些人，认为他们脑子有病或者说想出名想疯了，又或者他们会被某些部门强行要求闭嘴。因此，很多离奇事件的旁观者最终都会选择沉默。”

我记得我曾看过一些电视节目，采访的就是一些离奇事件的经历者或者见证人，他们有的看到了外星人，有的看到了龙，有的经历了别的匪夷所思之事，反正这些人在电视上被主持人和无数专家学者质疑和嘲讽，甚至还有精神病医生对这些见证者进行精神分析，总之，根本没有人愿意相信这些人所经历或者所见到的事情。我甚至觉得，这些人是因为妒忌而不愿意相信他们的话——凭什么这么惊险刺激、匪夷所思的好事你能遇到而我遇不到？凭什么你能见到外星人我却见不到？凭什么龙会出现在你头顶而不会出现在我这儿？凭什么你今天晚上躺在床上明天一睁眼就能出现在百公里以外的地方，而我就算睡死还是在这张床上？你算老几啊？所以，你想出名，你在炒作，你在胡说，你在放屁，你脑子有病！

“显然，第一种情况是无法证实传闻真实性的，而如果是第二种情况——也就是人为制造的——也无法证实。因为既然是人为制造了传闻，那么制造者当然不可能告诉你真相，除非他们主动说出或者意外发生。”汤宇星点着了第四根烟。

“有人故意制造传闻？”我有点难以置信。

“这种事很多，大多很拙劣。国内出现过这种情况——有些城市为了增加自己的知名度，提高本地的旅游收入，会刻意伪造一些神秘现象，吸引别人的关注，甚至会恬不知耻地重金邀请一些学术界的败类去证明这些事件的可信程度，呵呵，这些实在太小儿科了。”他说到此处时一脸的不屑，尤其是提到学术界败类时更是满腔怒火，好像身边就曾出现过这些败类一样，“不过美国曾发生过一例人为制造恐怖事件的案例，并取得了成功。在美国某地曾有一个著名的鬼屋，关于它的传闻很多，因此很多探险者前去探秘，但这些探险者要么是遇到恐怖事件后望而却步，要么真的发生了意外，因此所有人都不敢再去那个地方了，那个地方就变成了一个真正的‘鬼屋’。后来在该州政府的强力干预下，人们才知道，那是美国政府一个情报部门的所在地。政府为了不让任何人发现和打扰这个地方，因此编造了‘鬼屋’的传说，并制造了几件离奇的杀人事件，最终使得这个神秘部门可以畅通无阻地进行各种见不得人的工作。”

“哎，这种事也就是发生在美国，州政府能干预和阻止联邦政府的工作，要是换个国家，地方政府哪敢这么做啊。”我小小地愤怒了一下。

“呵呵，不扯那么远了。通过上面的分析，虽然我们无法知道传闻的真相，但无论哪种情况，都能提醒我们——这个地方很有可能确实发生过不同凡响的事情。”

“您是根据这个来罗布泊的？”我心里有些不解和不满——一个严肃的科学家仅凭未经证实的传闻就大费周章地进行调查，这显然有些违背科学常理。

“呵呵，当然不是！这只是我来这儿的原因之一。就像侦办案件一样，既然所有人都说这个人很可疑——即便只是传闻甚至谣言——那我们就不能忽略这个人，对不对？根据这些关于罗布泊的传闻，无论这些人是被外星人带走，还是误入‘虫洞’，反正这些传闻跟我要调查的方向是一致的，所以我不能不重视这个地方。另外，这个原因只是我来罗布泊众多原因中最荒诞，也是最经不起推敲的一个，另外的原因才是最为关键的。”

随着他的脚步，我们来到了另一条干枯的河谷，这条河谷与营地所在的河谷在不远处交汇，而在更远的地方，我依稀能看到第三条河谷。

“这是车尔臣河河谷，营地附近的是孔雀河河谷，那……”汤宇星朝远处指了指，“那是塔里木河一条干涸的支流的河谷，这三条早已干涸的河谷就在罗布泊附近汇聚，而汇聚点不远处就是楼兰古城。刚才老廖带你来的路上，应该经过了楼兰古城吧？”

我点了点头。

“在这三条河附近，不但有楼兰古城，还有尼雅古城，以及喀拉墩、米兰、尼壤、可汗和统万等众多古城，而在这些古城北边，有另外一个极为重要的地方，你能想到是哪儿吗？”

顺着汤宇星手指的方向，我除了看到荒漠外一无所获。北边？

我摇了摇头。

“罗布泊除了有千年古国以外，还有什么？”他尽力地启发着我。

我开始挖空心思地想——罗布泊？这个名字在我介入整个事件之前，就曾无数次地出现在我的知识库中，让我总觉得它倍感亲切。可是，可是它里面到底还有什么呢？我开始把与传说和古城相关的所有信息从脑中删去，仅留存了“罗布泊”这三个简单的字眼。很快，在没有别的信息的干扰之下，我迅速意识到这三个字代表的别的含义。

“核武器试验场?！”这个含义一出现，我脑中顿时爆炸了一颗原子弹。

汤宇星眯缝着眼一脸严峻地看着远方。

“没错。政府在罗布泊建立核武器试验场，一个原因是这里全是沙漠，千里无人烟，可以将核试验的危害降到最低;而另一个原因，也是最重要的原因就是，这里有着极为丰富的重水资源。”他将目光从远处的北方转向了近处的河谷，“制造核武器必需的重水资源，就在这三条河中。而最初发现这些的是一个极为著名的科学家——彭加木。”

“彭加木”这三个字的爆炸性不亚于原子弹。

看到我的表情后，汤宇星微微笑了一下。

“看来你听说过他的传闻。”

“嗯。”

“可惜，他到底去了哪儿谁也不知道。”他叹了口气，“没准，他现在正在某个地方看着咱们呢，呵呵。好了，不说他了。其实他的失踪跟别的失踪事件一样，也许永远无法证实。他失踪的事情之所以如此轰动，只不过因为他太著名了。”

“可是，可是政府曾费尽力气去找他……这难道不可疑吗？”我想起了自己跟杰克聊起的关于彭加木的传闻。

“当然可疑……可又能怎样呢？如果他去了另外一个时空，我们现阶段不可能知道；如果他的确发现了什么而被政府或者军方隐藏了起来，我们现阶段更不可能知道！所以，忘了他吧！咱们还是把目光集中在这里的重水资源上吧。”

“好。”我点了点头，“重水中含有很多微量元素，是进行科学实验和核试验必不可少的资源……不过它在世界上的分布很不均衡，咱们国家在发现罗布泊之前曾花费大量外汇购买重水。”

“没错，所以重水和稀土一样是国家的战略资源，如果一个国家缺少这种资源，会在很多地方受制于人。”

“看来老天待我们不薄啊。”

“呵呵，的确不薄。刚才说了，发生时空弯曲的前提是光的弯曲，无论是外力还是内力，只有强大的场才能使光发生弯曲。而重水资源的过分集中可以释放强大的场，具有发生时空弯曲的可能性。同时，想要人为制造黑洞或者虫洞，同样需要这种稀缺资源。罗布泊是中国重水资源最集中的地方，同时也是科学检测所发现的能量场最不稳定的地方，所以……”

“所以这是您来这儿的科学依据！”有了传闻和科学的佐证，我越发确信此处非同寻常了。

“这也只是科学依据的一部分。好，现在谈完了传说、物理学和化学的依据之后，我再跟你说说我来这儿的第三个原因：考古发现。罗布泊地区发现了很多类似刚才我们所见的太阳墓葬，传说有一千多座，目前总共发现了三百三十座，半数以上在这三条河汇聚之处的附近。经过考古发掘后的碳 14 确认，这些墓葬通通是三千多年前建造的——通通建于三千多年前——这说明了什么？”又一个问题抛向了我。

“所有墓葬都是三千年前建造的？……没有发现别的时期的吗？”我依稀感觉到了这个问题的玄机所在。

“没有。”他摇了摇头，“不过你这个疑问问到了正点上，同时这也是所有考古学家的疑问——既然这个地方曾有人类居住，那为什么没有四千年、五千年前的墓葬？为什么没有一两千年前的墓葬？又为什么没有几百年前的墓葬？为什么所有的墓葬都集中在那一个时期？”

我虽然很困惑，却越来越兴奋。

“比如说，我在一所房子里只发现了你五岁到十岁期间的痕迹，其他时期的痕迹一无所有，这说明什么？说明你只在五岁到十岁期间生活在这里，而之前和之后根本没有住过那儿！对吗？”

我一言不发地点头。

“无论住在罗布泊的是什么人，无论他们是从哪儿迁徙过来的，总会留下痕迹——无论是文字的、传说的还是考古的。可他们三千多年前突然出现在这儿，没有留下任何先前的痕迹，然后又毫无痕迹地突然消失了……”

“有没有可能是——他们之前的痕迹被沙漠掩盖了，人们只是暂时还没有发现，而之后这个族群真的就彻底消亡了呢？”

“你的逻辑很严密，也很合理，可你作为历史系的学生应该知道，在汉朝时，中国的古籍中出现了关于这里的记载。”

“对，《史记》中有关于这里的记载。”我连忙脱口而出。

“是啊，在汉朝和之后几百年间的不同朝代都有关于此处的记载，这些记载不但详细记录了生活在罗布泊的楼兰人，还记载了很多生活在这里的别的小国家，现在的考古发现也发现了那段时期的大量遗迹。考古发掘已经证明了这里三千多年前和一千多年前有人居住过，可是从三千多年前的夏商时期到一千多年前的汉朝，中间还有一千多年的历程——这一千多年他们在哪儿？无论他们是仍居住在这儿还是迁徙到别的地方，总会留下蛛丝马迹吧？可为什么他们没有留下关于这一千多年的任何痕迹呢？”

随着天色越来越暗，我浑身上下的寒意也越来越重了。

“再往后说，通过文字记载和考古发掘，我们知道这里在汉朝和随后三四百年间的确曾有人再次居住过，可所有这些记载和发掘，都截止在公元四百一十五年。也就是说，在公元四百一十五年后这里的人又突然消失了，而这次的消失，一直持续到今天！所有这一切都说明：三千年前的夏商时期和一千年前的汉晋时期这里曾有人居住过，而在这两个时间段之前、之中和之后，这里没有任何人类居住和迁移过的痕迹，谁也不知道这里的人去了哪儿！”

“等会儿！”就在汤宇星想要往下说的时候，我突然非常失态地大喊了起来，“您刚才说……您说这里的人再次消失是在哪年？”

汤宇星显然被我异常的反应吓了一跳，他非常不解地看着我，仿佛在看一个天外来客。

“公元四百一十五年啊……怎么了？”

公元四百一十五年——WU415！

随后我问汤宇星要了一根烟，然后我在平生第一根烟中讲述了 WU415 与我发生的所有联系。就在我玩命地止住了咳嗽之后，他抚平了被风吹乱的白发，沉重地长叹了一声：

“这个 WU415 到底是何方神圣啊！”

我们两人都沉默了，这是我俩相见后最长的一次沉默，也是最五味杂陈的沉默。他到底是何方神圣？这个问题已经在我心中出现了无数次，早已像基因一样深深地植入了我的血液之中。

“要回去休息吗？”看到汤宇星在风中无声的沉默，我有点担心他年迈的身体了。这么大岁数的一个人在风沙中停留如此长的时间，又说了如此多的话，换作年轻人也是吃不消的。

“没关系，再待会儿吧，等太阳落山再说，”他看着天边正缓缓下落的太阳，声音有些沙哑，“你还没在沙漠中见过日落吧？那种景象你见一次就会毕生难忘。”

于是，我俩艰难地走到了一座昂然矗立的沙丘之上，面朝夕阳的方向肩并肩地坐了下来。一层油彩般的红色渐渐铺在了我们身上，而我们身后蜷缩的身影仿若两个相互取暖的小动物，紧紧地依偎在一起。我们就这样坐着，像两个孩子一样，静静地等待着日落，静静地憧憬着未知的远方。

“夏商时期这里曾有人居住，后来消失了，没有留下任何痕迹；汉晋时期这里突然又有了人类的踪影，而他们没有留下出现在这里的任何原因，公元四百一十五年，这里的人再次消失，同样没有留下任何蛛丝马迹，他们每次都是毫无痕迹地来，然后毫无痕迹地消失，这一切证明了什么？——虫洞。”

汤宇星看着远方，仿佛是在自言自语，而答案其实已经出现在了我俩的心中。在一个能量场最强大、最不稳定的地方发生这种事情，还能有什么原因呢？

“既然罗布泊真的存在虫洞，该如何锁定虫洞的具体位置？还有，发现了它，该怎么为人类所用呢？我的意思是，即使找到了虫洞，我们也不知道进去之后我们会穿梭到什么地方啊。”一想到要利用这么一个神秘的宇宙能量，我就对人类现有的能力充满了怀疑。

“能进行时空穿梭难道不是最重大的科学发现吗？”他语气平和，并没有对我的消极表示出任何的不满。

“可是……可是对于这么一个不可控的能量，发现了又有什么用呢？比如咱俩进入了虫洞，可是咱俩并不知道咱们会去哪儿，也不知道能不能回来，那么即便咱们进行了时空穿梭，也没有办法把穿梭后的成果带给世人啊。”我犯轴的毛病又开始作祟了，“就像一个风筝，我们把它放到空中后就剪断绳子，根本不管它会飞向哪里，那我们到底图什么呢？”

“呵呵，你的担忧不无道理，但发现总比没发现好，只有发现了，才能控制它、利用它。我们不能因为现在的手段达不到就认为将来不能利用它。”他的声音依然柔和，“也许有一天，当人类能真正游刃有余地控制虫洞，整个世界将会发生怎样的变化？到那一天，无论你想去哪儿、想去到什么时候，只需要像拿个遥控器一样，输入你想去的时间和空间，然后一扇‘任意门’就在你面前出现了……这岂不是很美妙？”

汤宇星说完这些话后，孩子般地看了我一眼。

“好吧，反正我估计是见不到那一天了。”我无奈地笑了起来。

“哈哈，现在科学家不是已经开始在实验室中制造这些了吗？所以即便我们找不到现存的虫洞，没准多少年之后科学家就可以批量生产了，哈哈。”汤宇星笑得让我觉得有失他科学家的身份。

看来每一个科学家心底都有一颗孩子般天真可爱的心。

我还能说什么呢？我只能傻坐着，看着夕阳跟他一起畅想这几千年、几万年甚至几亿年后的美梦吧！

一后面十五个零——我们真的要等这么长时间才能见到这一天吗？

沉默再次出现了。沉默中，我的不安却越来越强烈，某种奇怪的感觉越来越深入地扎进了我的心里——汤宇星来罗布泊是为了寻找虫洞，可他明明知道即便找到了虫洞，以现有的能力也无法控制它，甚至直到人类毁灭的那天也不可能达到这样的能力，那他来这儿的目的真是为了发现它，然后把这个发现告诉世人，让后人去研究和控制它吗？更何况，虫洞的出现如此不稳定，它是否会再次出现，是否会停留在同一个地方，我们尚未可知，即便现在发现了它，谁知道它下一秒钟会出现在哪儿呢——他来这儿真的是为了寻找如此不可控的虫洞吗？他寻找虫洞的真正目的是什么？

想到此处，我偷偷斜眼看了一眼他。他正静静地注视着远方，表情十分平静，看上去没有任何的闪烁和犹豫，仿佛一切尽在掌握。

这个老头子到底还对我隐瞒了什么？

“汤教授，既然您来罗布泊是为了寻找虫洞，那你是想通过虫洞进行时空穿梭吗？”我决定一步步套出他的真实目的。

“你觉得呢？”他笑了一下。

“既然虫洞是进行时空穿梭的通道，那您肯定是为这个而来的啊。”

想来想去，我只能得出这个结论。

“在回答你的问题之前，你有没有觉得咱们好像犯了一个错误或者说进入了一个误区？”

他盘起了腿，一副开始坐而论道的样子。

“进入了误区？”

我疑惑起来——这套理论都是你给我讲啊，怎么还有误区？

“小裴……哦，周皓，如果现在就能时空穿梭，你最想去哪儿？”他突然冷不丁看向了我，然后一脸的孩子气。

“我……”他这话一出，我心里顿时有了一种中了五百万大奖却不知道该怎么花的忧伤和喜悦，“我……没准我会去十年后，看看到底谁是我老婆，然后现在就赶紧找到这个人，跟她说，别费劲和其他人谈恋爱了，你早晚是要嫁给我的，呵呵。”

“哈哈。”他也不由地笑出了声。

“您呢？”

既然是两个小朋友在做美梦，那就让美梦再美好一些吧。

“我？我当然是想知道咱们调查的这一切的真相了！如果能知道真相，现在何必在这儿累死累活地调查呢。”

他的回答没有丝毫的梦幻色彩，把我迅速从梦境拽回到残酷的现实。

咳，如果真能时空穿梭，我宁可回到半个月前，不出席大谷基金会那场该死的酒会。

“对了，汤教授，你说要真能时空穿梭，咱们回到几十年前，把希特勒杀掉，是不是就不会有二战了？或者咱们带着一支现代化的军队，回到古代任何一个朝代，是不是就能轻松地统治世界了？”我开始胡思乱想了。

“哈哈，周皓，你终于开始意识到这个误区了。”汤宇星微笑地看着我，表情很是得意，好像终于成功地把我带进了陷阱一样。

“我意识到了误区？我怎么不知道？”我顿时有一种被人阴了的感觉。我立马看向了他，他的表情让我坚信自己真的被阴了。

“人们所有这些幻想都有一个前提，那就是他们根本不相信时空穿梭，所以他们才有勇气胡思乱想。可既然时空穿梭有可能，那你设想一下，这些幻想一旦成真，人类的历史是不是要改写？”

“对啊，当然要改写。”

“那整个世界岂不是乱了套了？我出错了一张牌，输了一百块钱，没关系，我回到一分钟前，重新出；一个人被掉下来的花盆砸死了，没关系，我回到一分钟前，不走那条路；还有，一场足球比赛结束了，输的一方想回到开赛前，重新踢，那赢的一方肯定不干啊，如果他们输了他们肯定也要再回到开赛前，再重新踢，然后两个队就开始无休止地时空穿梭了……哈哈，那时候整个世界会是什么样子？”

“这……我还真没想过。”要是时空穿梭真的这么容易的话，我真没法想象这个世界会变成什么德性。如果所有事情都能重来的话，那当下的生活还有什么意义呢？

“所以说，我们刚才所谈的时空穿梭有一个重大的误区，这个误区就是——祖母悖论！”他彻底收掉了脸上的笑意，瞬间严肃了起来。

“祖母悖论？”我的笑容凝固了。

“对，这是量子物理学家提出的一个概念。”他拿出了烟，递给了我一根，自己点着了一根。我知道，只要他一抽烟，那科学普及节目就又开始了。

“当量子物理学家从理论上证明了时空穿梭的可能性后，他们也产生了刚才咱们所谈的疑惑，于是他们提出了一个假设——既然能时空穿梭，那如果你回到你祖母结婚之前，把她杀掉，那你是怎么出生的？同理，这个假设可以放在你父亲身上，如果你在你父亲还是婴儿的时候就把他杀掉，那怎么可能有你的存在？这就是所谓的‘祖母悖论’——你杀了祖母，所以你不可能出生；但你出生了，你回到过去杀死了她。”

“怎么……怎么会这样？”

这个奇怪的悖论一出，我彻底蒙了。既然时空穿梭在理论上是成立的，也有一些科学实验证实了它的成立，那发生“祖母悖论”也是可能的——可“祖母悖论”中所假设的事情无论在何种情况下都绝不可能成立啊！

这到底怎么回事？我几乎哀求地看向了汤宇星。

“天快黑了，咱们要不要回去？”他坏坏地看了我一眼。

“不行！我最讨厌别人说话说一半了。”我使起性子来了——其实在这个老者面前，我使性子更像是撒娇。

“你可别后悔啊。”他的表情更加诡异了。

“后悔？这都哪儿跟哪儿啊。我为什么要后悔？”我再次迷茫了。

“因为……因为我接下来要说的东西……非常……非常恐怖！”

他的声音顿时变得沙哑可怖起来。

第四十五章

“你有没有过这样的体验——当你到一个地方或者接触一些人或者看到一些场景的时候，你会觉得这一幕似曾相识？会强烈地感觉到你当时所处的场景曾经清晰而真实地出现过？”

汤宇星淡淡地吐出烟，看了我一眼之后将目光飘忽地移向了前方。

“有，有。而且经常会这样。”我连忙不停地点头，“我跟不少朋友聊过这个话题，好像所有人都经历过。”

“你觉得这种事情该怎么解释？”

“嗯……不知道。有人说可能那一幕以前的确出现过，只是人们忘了而已；还有人说是梦里见过，还有人说是上辈子见过，嘿嘿。当然更多的人说那不过是一种幻觉或者说是错觉。我记得有一些心理学家也解释过这种事情，大概意思是人们的大脑中储存了与那个场景相似的一些场景，当看到那个场景后大脑将之前储存过的类似场景调了出来，然后通过类似场景的重现产生了误判，将曾经经历过的类似场景等同于当前的场景，所以才产生似曾相识感。不过这些都是不同人的不同见解，谁也说不清楚到底是怎么回事。”

“比如说现在。你是第一次来到罗布泊、第一次与我见面，可是你突然觉得眼前这一场景曾经出现过——这种情况该怎么解释？你曾经梦到过？不可能，因为没准咱们现在所在的这个沙丘是经过一夜风沙之后昨天晚上才形成的，所以无论你哪天做梦都不可能梦到这个沙丘，因为它之前根本不存在；同理，上辈子曾来过这儿、见过我的假设当然是无稽之谈；你之前见过类似的沙漠吗？见过类似我这样的人吗？跟那人谈过类似的话吗？如果没有，那你大脑中根本没有储存过类似的场景，又何谈场景重现和误判呢？至于幻觉和错觉之说则根本就是无能之辈解释不出原因的托辞。如果是幻觉和错觉，为什么几乎所有人都遇到过这样的情况？为什么这种情况发生时人的感觉是如此的清晰和强烈？为什么当你察觉到某一场景的确曾出现过之后这种感觉会越来越强烈，会让你越来越坚信呢？”

“我明白您的意思。我也知道这些解释站不住脚，可目前也没有更可靠的解释啊。您赶紧跟我说说是怎么回事吧。”我明白，他既然提到了这个话题，那么一定有自己的理由。

“为什么人会觉得某个场景曾经出现过？答案是那个场景的确出现过。”

汤宇星冒出了一句模棱两可、让我完全不明所以的话。

“您……您什么意思？的确出现过？这怎么可能？比如您刚才说的那个例子，我之前根本没来过这儿，根本没见过您，那现在这个场景怎么可能出现过？”

“你和我现在在这儿聊天，没错吧？”

他的表情越来越奇怪，问出来的话也让我越来越摸不着头脑。

“没错啊。”这不是废话嘛！

“我可以告诉你，现在在这儿聊天的不只你和我……”

我所有的汗毛都竖了起来。

“还有……还有别人？”

我紧张万分地四下看了起来。

“对，还有两个人也在这儿聊天——‘周皓’和‘汤宇星’。”

如果此时说出这番话的是李少威，我肯定一巴掌扇过去。可这种操蛋的话居然从汤宇星口中说出，让我一腔的愤怒瞬间变成了无限的不解。

“您什么意思？什么叫除了你我之外还有‘周皓’和‘汤宇星’？”我不顾冒昧，直接说出了他的名字。

“如果说你现在强烈地感觉到咱俩此时的谈话曾经出现过，那是因为‘周皓’和‘汤宇星’此时的确在谈话——我的意思是：现在你在和我谈话，而‘周皓’和‘汤宇星’也在谈话。如果说你没有觉得这一场景曾经出现过，那表明你和‘周皓’仍是一体的，而我和‘汤宇星’也是一体的，我们处于同一时空或者说同一宇宙之中；但如果你觉得这一场景出现过，那表明在这一时刻时空出现了偏差，‘周皓’和‘汤宇星’的谈话与你和我的谈话发生了分离，因此你觉得它出现过。”

“拜托，您能不能不要玩文字游戏了，我，我都快疯了。”

“那我说得简单一点。你在照镜子，那么你和镜子中的你是在同一个时空之中，你走了，镜子中的你自然也就不在了；但如果你照镜子的时候时空发生了扭曲，你和镜子中的你发生了时空偏离，镜中的你停留在了另一个时空或者说另一个宇宙中，那么当你离开之后，镜子中的你依然存在——通过镜子，我就能知道你曾经在这儿照过。”

说完这些之后，汤宇星从随身所带的包里拿出了一小包纸巾，然后从里面抽出了一张面巾纸。

“我再举个例子。这是一张纸，假设它代表一个时空。现在我在纸上戳个小洞，那个小洞代表你。”说完他在纸上戳开了一个小洞，“纸上有个小洞，代表这个时空当中有一个你。你注意看，这张面巾纸有两层，所以如果我……”他边说边沿着面巾纸的边缘把面巾纸揭开，揭成了两层，“现在面巾纸所代表的时空发生了扭曲，变成了两个时空，那么上面代表你的小洞是不是也就有了两个？这也就意味着，处于同一时空的你只有一个，一旦时空发生扭曲，你就会变成两个。如果有三个时空、四个时空的话，你也将会有三个或者四个，有多少个时空就有多少个你！当时空不发生扭曲的时候，作为‘周皓’的你只能感觉到一个‘周皓’，但这并不表示别的‘周皓’不存在，因为你们只是处于相互平行的时空之中，互相察觉不到对方。当时空稍微发生扭曲，你就能察觉到另外一个或者几个或者无数个‘你’了。”

说到此处，他分别拿着那两层纸的左右手同时向外侧拉了拉，紧接着，原本的一个小洞变成了左右分离的两个。

“现在时空扭曲了，原本的一个‘周皓’变成了两个。”

说完，他又把两层纸重叠在了一起，纸上只能看到刚才的那一个小洞。

“现在时空没有发生扭曲，所以我们只能看到一个‘周皓’，因为别的‘周皓’此时与我们看到的这个‘周皓’处于平行的时空之中。这就是量子物理学中所谓的‘平行时空’或者说‘平行宇宙’！”

他微笑着看了一眼处于震惊中还没缓过神的我，然后掐灭了早已烧到过滤嘴的烟，重新拿出了一根，但犹豫了一下，把烟放了回去。

“今天抽太多了，呵呵。”

我伸手拿过烟盒，点了一根，让烟雾笼罩一个或者说无数个“周皓”。

“琢磨明白了吗？”他看着被呛得不停咳嗽的我，轻轻拍了拍我的后背。

“您接着说，我再捋捋。”

“好。‘平行宇宙’的概念其实很简单，打个更简单的比方，我们看到了这根木棍，它是独一无二的，对吧？但是在量子物理学家眼中，它是由无数根完全相同的木棍在时间和空间上叠加而成的，只要改变时空，它就会变成无数根完全相同的木棍。”

汤宇星捡起了刚才的那根木棍，在我眼前比划起来。

“不是有一句著名的论断吗，说‘世界上没有两片完全相同的树叶’，按照您的观点或者说量子物理学家的观点，这个论断岂不是不成立了？”

看着他手中的那根木棍，我觉得他的说法实在牵强。

“呵呵，这个论断的提出是基于传统的物理学理论，而在量子物理学理论中，这个观点已经不成立了或者说被发展延伸了。传统物理学和传统数学中的这个观点是建立在‘欧几里得空间’之上的。欧几里得你应该知道，是几何学的创立者，他在理论上完善了我们所处的这个简单来说由长宽高构成的三维世界，‘欧几里得空间’规定了我们这个三维世界的有限性。但是随着物理学的发展，尤其是量子物理学的出现，三维的‘欧几里得空间’已经被‘希尔伯特空间’取代，‘希尔伯特空间’突破了三维世界的有限性，建立了一个多维的世界。”

说完这些莫名其妙的空间后，他微笑地看着一脸困惑的我。此时的我终于体会到历史系学生听量子物理学时的痛苦了。

“好吧，我说简单点。咱们还拿这张面巾纸举例子。”

他放下木棍，从地上捡起了被他戳了一个小洞的面巾纸。

“现在这张纸上只有一个小洞，这个小洞存在于由‘欧几里得空间’构成的三维世界之中，因此它是独一无二的。它之所以现在是独一无二的，是因为这张由两层纸构成的面巾纸还没有被我揭开。但你刚才也看到了，其实这张纸有两层，也就是说其实有两个小洞，它们现在只是由于时间和空间叠加在一起而彼此发现不了对方。由于它们在时间和空间上叠加在了一起，因此用三维世界中‘欧几里得空间’的眼光来看，它们就是同一个东西——我强调一下，三维空间里所有事物的发展变化是建立在传统的物理学规律之下，也就是时空不发生任何的扭曲，整个世界只存在一种时空，‘欧几里得空间’规定的只是同一时空内的维度。如果时空发生了扭曲，出现了多个时空，那么‘欧几里得空间’就无法作出任何的解释了——当时空发生扭曲后，原本叠加在一起的时空发生了分离，于是‘叠加’变成了‘平行’，然后我们会发现，哦，原来还有一个跟它一模一样的东西存在啊。那么，现在我就要问了，这个跟它一模一样的东西是原本就存在呢还是新诞生的？”

他问了我一个显然不需要回答的问题。

“我明白您的意思，您接着说。”

当我进入了他的逻辑之后，我发现原本晦涩的东西原来并不那么难懂。我记得以前在读一些哲学著作时，也常常会觉得晦涩难懂、不知所云。后来丁教授告诉我，我们之所以对某些非本专业的东西不知所以，是因为我们没有进入那套理论的逻辑，一旦你进入了它的逻辑，就会拨云见日。此时我终于明白了这句话的奥秘。

“显然，那个跟它一模一样的东西原本就存在，只是人们在三维世界中发现不了而已，因此在‘欧几里得空间’看来，它俩就是同一个东西。但既然它俩分明是两个东西，那按照最基本的物理学常识来分析，两个物体之间总有距离和空间吧？那这个空间是什么呢？就是‘希尔伯特空间’。也就是说，‘希尔伯特空间’将两个完全相同的、处于平行时空的物质给隔开了。你现在能看到我，因为咱们都在‘欧几里得空间’之中,但你看不见‘周皓’,那是因为你和‘周皓’之间被‘希尔伯特空间’给隔开了。我说明白了吗？”

“明白，您的意思是，每一个物质都有一个处在平行时空中、跟它完全一样的物质存在着，只不过是被‘希尔伯特空间’给隔开了。”

我长出了一口气。

“对。不过我稍微纠正一下，并不是只有一个跟它完全相同的物质，而是有无数个，因为平行时空不只一个，‘周皓’不只一个。”

我点了点头。

汤宇星见我完全明白了他的意思，显得轻松起来。

“可是……汤教授，恕我直言，我觉得这套理论似乎建立在假说之上，有点主题先行……我的意思是，这套理论听上去像是先提出了一个假设，然后想尽办法非要证明这个假设的合理性……”

我咬了咬牙，鼓着勇气说出了自己最大的疑问。

“很好！很有钻研精神！”听完我的疑问，他非但没有不满，反而很赞赏，“我接下来就要告诉你，为什么量子物理学家会提出这个假设。”

好吧，洗耳恭听——这帮量子物理学家真不是人！

“量子物理学家是通过观测、测量和计算提出的平行宇宙假说的，他们还通过实验证实了这个假说的合理性。我先跟你讲讲测量和计算——当然，既然你没有量子物理学和弦理论的知识储备，那我就说得尽可能简单点，我只告诉你他们测量和计算的结果，至于过程你自己可以查阅相关的材料，好吧？”

“好。”我点了点头，“我看我就没必要查那些资料了，反正我也看不懂。”

“呵呵，查查资料至少能知道我有没有骗你。好了，咱们言归正传。科学家通过对宇宙微波背景辐射和宇宙物质大规模分布的测量发现，在距离宇宙中某物质10的28次方米之外，有一个跟它一模一样的物质；而在10的92次方米之外，有个半径一百光年的区域与该物质所在的区域完全一样！——这个结论说明什么？说明在距离你10的28次方米之外，有一个跟你完全一模一样的人！而在10的92次方米之外，有一个跟现在的世界一模一样的世界！”

“这……”听到这些数据，我立马抬起头朝天空中看去。遥远的地方竟然存在一个跟我一模一样的人？

可转念一想：不对，他不是说我和“我”被希尔伯特空间隔开了吗？可“10的28次方米”是一个“欧几里得空间”的距离概念，这不是矛盾了吗？

“教授，不对吧，您不是说时空只要不发生扭曲，我就看不到我吗？可按照这个数据，假如我的视力无限好，那即便不发生时空扭曲我一样能看到另一个自己啊？”

我连忙把自己的怀疑说了出来。

“有道理！”他高兴了，“宇宙中的能量无时不刻不在变化着，宇宙中的黑洞和虫洞也不可计数，因此在测量的过程中，光随时都在发生扭曲，时空扭曲也随时都在发生，因此测量的数据也在随时发生变化，这两个数据只是在那次的测量中得出的结论，而且你有没有发现，这两个数据之间其实也存在着巨大差异。因此，那次观测和测量的重要性不在于数据，而在于他们证实了在时空扭曲的情况下完全可以发现两个一模一样的物质！”

说完这些后，他静静地看着我，等待着我发问。

“可是……可是我不明白这些数据是如何得出的。我的意思是，我怎么才能测量出此时我与另一个我之间的距离呢？”

我一头雾水，而且雾水越来越重。

“问得好！我来问你，你现在能看到你自己吗？”他眼中闪出了一些火花。

我低头看了一下自己，然后一脸的不解。

“能啊。”

“我的意思是，你能否像看见我这样看见你自己？”

说完，他在我面前原地转了一圈。

“我明白您的意思了，您的意思是我能不能看到一个完整、独立、作为一个个体存在的另一个我？”

“没错。”他笑过之后，坐了下来。

“当然不能。”

“没错，你不能，那是因为光没有发生扭曲，所以你只能看到你身体的局部，看不到一个完整的、独立存在的‘周皓’。但是你想象一下，你现在平视前方，你的目光通过发生扭曲绕地球一周，抵达了你的后背、头顶等所有的部位，那你是不是就能看见‘周皓’了？”

“呃……能……不过我只是通过光的扭曲看到了我自己而已，这并不能证明我见到的是另一个我啊？”

“在不借助任何工具的情况下，你在看着‘你’，那么请问，究竟有几个‘你’？请注意，前提是不借助任何工具！”

“这……”

我挠了挠头。

“呵呵，时空扭曲导致另一个你出现啦！好，在这种情况下，你能不能测量出你与另一个你之间的距离呢？”

他开始公布答案了。

“这不就是地球的周长嘛！”我恍然大悟。

“没错啊。所以，如果光扭曲导致的时空扭曲是稳定的话，那么科学家通过测量两个完全相同的物质之间的距离就能计算出宇宙的半径和直径了。不过由于我们正处于宇宙大爆炸的早期阶段，时空扭曲很不稳定，因而所有的数据都在不停地变化，如果哪一天宇宙大爆炸停止了，时空扭曲稳定了，那就到了揭晓宇宙真实面目的时刻。好了，关于观测和测量说完了，还有什么问题吗？”

我摇了摇头，表示没什么问题了。其实虽然我没有什么问题，但我对这些复杂的理论还是有些一知半解。

“教授，其实您只要告诉我平行宇宙真的存在就行，没必要跟我解释这些。”由于不知道他接下来还会说出什么更深奥的理论，我有点想打退堂鼓了。

“呵呵，理论的确是枯燥而让人讨厌的，不过我还是有必要告诉你这些结论产生的过程，因为在很多情况下，结论本身也许并不重要，很多重要的信息隐藏在得出结论的过程之中——毕竟咱们现在面对的是一个非常棘手的问题，因此我只能尽可能多地给你介绍细节，说不定哪个细节对咱们日后的调查会有帮助。”

他仿佛鼓励我似的拍了拍我的肩膀。

“好了，让人讨厌的理论已经说完了，接下来我跟你说说实验的依据。抱歉，我本可以直接告诉你这个实验来证明完全相同的两个物质的确是存在的，但还是那句话，为了对以后的调查有帮助，我不得不说那么多理论。美国哈特曼斯研究所曾做过一个实验，他们将一个DNA分子置于超光速的环境下，发现那个DNA分子周围的磁场活动异常。就在他们把该分子取走之后，他们惊讶地发现，在超光速的环境中仍然有那个DNA分子的存在。这说明了什么？”

“超光速的环境将那个分子与平行时空中的该分子分离了？”

这个实验得出的结论让我震惊不已。

“正解！光的扭曲使时空发生了扭曲，而时空的扭曲使两个完全相同的分子同时出现了！就像我们刚才分离面巾纸上的那个小洞一样！”

听到这个匪夷所思的实验，我第一时间怀疑起了这个实验的真实性，可不到一秒种，我意识到完全不必怀疑这个实验的真实性，因为一来以他的水平和能力没有必要胡编一个实验来证明自己理论的正确性，二来我有太多渠道可以查询这个实验存在与否，如果是胡编的话很快就会被我发现，所以我除了震惊就只剩下对他理论的钦佩了。

“把一个DNA分子变成两个，那岂不是类似于复制了？”我似乎预感到某个重大的科技发明即将出现。

“我得纠正你一下——不是变成了两个，而是将平行时空中另一个完全相同的分子通过时空扭曲呈现在了同一个时空之中。”

小弟我彻底拜服了。

“现在你相信平行宇宙的存在了吧？”

汤宇星仿佛卸下重担一样轻松地看着我，我异常肯定地点了点头。

"那就好，那我们接着说刚才关于时空穿梭的话题——平行宇宙概念的提出解决了'祖母悖论'的问题，也就说，你即便回到了过去，也不可能改变过去！因为，如果你想通过时空穿梭回到过去，那你必须进入虫洞；而进入虫洞后你到达的将是另外一个时空——一个与你所处时空平行的时空！打个比方，如果你现在活在A时空中，那过去的你也活在A时空中，当你通过时空穿梭回到过去的某个时间点后，你回到的并不是A时空的那个时间点，而是与之平行的B时空的那个时间点，因此你根本无法改变A时空曾经发生的任何事情。我再次强调——时空穿梭的前提是时空扭曲，而时空扭曲之后平行的时空会发生分离，这种分离势必导致你通过虫洞进入的是另一个时空。就像你开车掉头一样，虽然你掉了头，但你上的是另外一条平行的车道，即便你能看到刚才驶过的风景，但你毕竟是在另外一条车道上，无法影响之前车道上发生的事情。'平行宇宙'的存在，意味着你即便能回到祖母结婚前的时空，也无法杀死祖母，因为你回到的只是与那个时空平行的另一个时空之中——同一时空中发生的事情是不可逆的，而相互平行的时空是无法相互干涉的！"

"按照你说的这些，既然同一时空中发生的事情是不可逆的，那人们通过时空穿梭回到过去岂不是没有任何意义？他只是处于平行时空中的一个旁观者而已。"

"对当事者而言，的确毫无意义，但对其他人而言，可能意义非凡。比如对于咱们研究历史的人而言，由于我们接触到的大多数是文字记载的历史，难免会有误差或者会遇到记录者刻意隐瞒，如果能回到过去亲眼见证那段历史，即便无法影响和改变，至少能接触到真相。如果你能清楚地说出来你父母是怎么相识、怎么相爱、怎么谈的恋爱、第一次在哪儿接的吻，那他俩肯定会大吃一惊吧，哈哈。"

汤宇星顽童般地笑了起来。我可没这份闲心跟他逗趣，而是绞尽脑汁继续琢磨着他这套奇怪而晦涩的理论。

见我皱着眉头，他收起笑容，专注地看着我，等待着我提出新的疑问。

"还有，对当事者而言，既然回到过去没有意义，那看到未来也没有意义啊？虽然他能看到几十年后的事情，但他无法做出改变，不过是提前知道了而已——按照您说的，他只是处于未来某个时间点的平行时空之中啊。"

我一边说出疑问，一边越来越沮丧——我本以为时空穿梭能改变些什么，可按照他的理论，其实我们什么也改变不了。

“说的没错。”他也叹了口气，“试图通过时空穿梭改变过去只是人们的美好梦想，这在理论上是无法成立的。再说了，如果能改变过去或者改变未来，那这个世界就完全乱套了，完全没有存在的必要了。就像刚才举的足球比赛的例子，如果一个队提前看到了九十分钟后自己能获胜，那他肯定无所谓了，反正怎么踢都能赢；而另一个队如果看到自己会输那一定会想尽办法改变这一切，如果这个队成功改变了结果，那原本获胜的队肯定不答应，肯定会重新作出改变；如果改变失败了那这个改变与没有改变岂不是毫无区别？再比如，你通过时空穿梭发现你喜欢的女孩十年后没有嫁给你，那你是不是从现在开始就要努力改变未来的局面，让她嫁给你？可她压根就不喜欢你，你无论怎么改变十年后她还是不会嫁给你，那你现在的改变不也是无法改变未来吗？如果你因为十年后的情况而放弃了现在对她的追求不就更加证明了未来的无法改变吗？”

林菲！

一股忧伤冲进了我的心里。

“这种过去和将来都不可改变的观点虽然听上去很悲观，但这是世界得以稳定发展的前提。还是那句话，如果谁都能通过时空穿梭随意改变过去和将来，那这个世界就没有存在的必要了。”

汤宇星声音变得越来越沙哑。

“那我是不是可以得出这样的结论——即便能够时空穿梭，也解决不了这个时空中过去、当下和未来的所有问题？是不是意味着时空穿梭对当下的世界而言毫无意义？”

我隐隐感觉事情有些不妙。

“没错！”

他拼命咳嗽起来。

“汤教授，我越来越糊涂了。您不是说您来罗布泊是为了寻找虫洞吗？可即便您找到了虫洞，实现了时空穿梭，那它对我们这个世界也产生不了任何的影响啊？一个对世界毫无用处的东西要它何用？”

虽然我一度以为他来找虫洞是为了时空穿梭，进而影响现在和未来，可既然他讲出了一大套关于平行时空的理论，否定了这种可能性，那他来此处的目的就更加无法解释了。于是，绕了这么一大圈，疑问又回到了最初的地方。

“您能不能告诉我真相，我实在没有时间听这些莫名其妙的理论。您讲了这么多，根本就是白讲，因为最终的问题丝毫没有得到解答，我对您来这儿的目的仍然一无所知！”

面对我的不耐烦，汤宇星没有任何表情。

“小伙子，通过虫洞进行时空穿梭虽然没有意义，但虫洞的作用绝不止这一方面，它还有着更为重大的意义，你就不想听听吗？”

“虫洞还有别的意义？”

“没错。如果我直接告诉你我寻找虫洞的目的，那你将错过很多东西，而错过的东西往往是重要的。无论你爱听不爱听，在告诉你最终目的之前，我还是得跟你讲讲别的东西。其实，虫洞别的作用我刚才已经提到了，你只是因为太心急没有察觉到而已！”

他惋惜地看了我一眼。

“您提到过它别的作用？”

我开始回忆他说过的每一句话、每一个字，可我从脑中调出的除了一大堆我闻所未闻的理论、人名和概念外，并不记得他说到过什么不一样的东西。

“我除了解释了时空穿梭和平行时空之外，还提到过三个东西：第一是似曾相识感，第二是哈特曼斯研究所的实验，第三是时空穿梭的另一种形态。”

他重复了这三样东西之后，我迅速在脑袋里重温了一遍这三样东西出现的过程。我发现，他所说的这三样东西根本就是在解释时空穿梭和平行时空的过程中出现的，并没有什么独特之处。

“我不明白您的意思。你说的这三点不是在对别的理论进行解释吗？莫非它们本身也有不一样的意义？”

“没错。一套完整的理论中蕴含着很多的理论分支，而一些分支的意义在某种层面上大于完整理论。如果你想听的话，我可以给你解释一下这三点，解释完之后，你就会完全明白我为什么要来这儿了。”

“愿意听，愿意听。”我忙不迭地赔了个笑脸，为刚才的急躁和冒犯表示歉意。

“好。那我先解释第一点。不过在解释的过程中，我还得再跟你说点别的理论……哈哈，别生气，我接下来要说的理论足够刺激，你肯定爱听。”

他好像洞悉了我的内心，马上摆出了一副神秘莫测的样子。

“是吗？”我表示了极大的怀疑。

“我保证！因为平行宇宙理论虽然属于量子物理学的范畴，却与我们的生活息息相关，而且我们每时每刻都在跟平行宇宙中的自己打着交道！”

他居然冲我眨了眨眼。

我跟平行宇宙中的自己还打过交道？我除了偶尔会产生似曾相识感之外，并没有意识到有另外一个自己存在啊？

不过他用“平行宇宙理论”解释“似曾相识感”，实在让我觉得太劲爆了！

于是我开始期待他接下来还会说出什么更劲爆的事情。

“由于宇宙中存在着巨大的、不稳定的能量，因而光的扭曲是极不稳定而且毫无规律可循的，因此时空扭曲的发生也极不稳定、毫无规律。比如说，我们根本不知道何时会产生似曾相识感，何时会意识到平行宇宙中自己的存在。同时，有些时空扭曲的规模是巨大的，大到足以进行时空穿梭；但有些扭曲则是极其微小的，小到只能让我们产生转瞬即逝的似曾相识感。那么，无处不在、可大可小、极不稳定、作为一种宇宙现象存在的时空扭曲除了让我们产生似曾相识感之外，还跟我们的生活有什么样的联系呢？这就是我接下来要说的东西。”

这时他从刚才可气的专家模样变成了一个可亲的老者。

“想要知道平行时空与我们的生活有什么联系，就得先知道平行时空中的维度。毕竟任何时空都是由特定的维度构成的，就像我们现在的时空是三维的一样。于是，当量子物理学家发现了平行时空的存在后，他们就开始计算平行时空的维度。根据量子方程，物理学家发现，我们现在的宇宙曾一度由九个相互平等的维度组成，但在宇宙早期形成的过程中，只有三个维度参与了时空的拉伸，形成了我们现在能观测到的三维世界……”

“您怎么又开始讲量子物理了？这哪儿有什么刺激的地方？您不是要解释似曾相识感吗？”

“马上，马上就开始刺激了！”

我觉得他要是不当物理学家和考古学家，肯定能成为一个出色的小说家——太能吊人胃口了！

“既然只有三个维度参与了现有时空的拉伸，那另外六个维度去哪儿了？你想想，宇宙中本来有九个维度，我们的世界只有三个维度，而我们的世界中存在着一个或多个平行时空，那么结论很简单：平行时空是由另外的六个维度组成的！当时空扭曲后，我们能发现平行时空；当时空不扭曲时，平行时空依然存在，只是我们发现不了而已。这就意味着，无论时空发不发生扭曲，另外六个维度都是存在的。也就是说，现在除了你能感受到的三维时空之外，还有另外六个维度隐藏在你的身上。美国物理学家休依·艾维特通过量子方程发现，一个现实的状态会分裂成许多重叠的现实状态，观察者只是体验到了分裂过程中的一种状态而已。他打了一个扔骰子的比方——我们扔出一个骰子，骰子的每一面会停留在不同的时空之中，你能看到的只是停留在你这个时空的那一面，也就是说，你只看到了全部状态的六分之一。”

他又点起了一根烟。

“我们说了，时空扭曲随时随地都在发生，所以我们不知道什么时候会感受到平行时空，也就是说感受到另外的六个维度。但生活中每个人都在跟另外的维度打着交道，比如似曾相识感，比如直觉、幻觉、下意识、第六感、超能力，等等。通过刚才关于平行时空的理论，你应该清楚，人类虽然不能通过平行时空影响当下的生活，却能够发现和预判即将到来的事情。医学家至今无法解释为什么有的人有直觉、下意识或第六感，有的人没有；有的人这方面很强，有的则很弱。医学家和科学家同样无法解释为什么有的人有超能力而有的人则没有。另外，还有一个最重要的现象是无法解释的，那就是——梦！”

刺激的东西终于来了。

“您的意思是，这些科学无法解释的现象其实是平行时空在发生着作用？”不得不承认，我兴奋了。

“这些现象别的学科解释不了，但量子物理学家能解释。时空扭曲每时每刻都在发生，平行时空随时可能被人察觉到，但这都是有前提的，就是最初我们讲的——场。最香的花一定能招来最多的蜜蜂，而最臭的肉一定能吸引最多的苍蝇。谁的场越独特、越强大，在他身上发生时空扭曲的几率就越大——我必须再次强调的是，不同规模的场会形成不同规模的时空扭曲。想要进行时空穿梭需要足够强大的场，而瞬间感受到平行时空则不需要那么大，时空扭曲存在很多种形式。”

“可是每个人都是有场的啊，虽然大小不同。照您这么说，其实每个人都能感受到平行时空喽？”

“没错。场强的人能更多地感受平行时空，就像有直觉、预感、第六感和超能力，等等。就像你说的，每个人都有场，所以每个人都应该能感受到不同规模、不同层次的平行时空，所以每个人都会做梦！”

他轻轻地掐灭了烟头。

“我还是不敢想象，梦居然是平行时空。”

我从他烟盒里拿出了一根烟。

“人为什么会做梦？所有的学科都无法给出定论。同样，量子物理学得出的结论也未必是终极真理，但它更接近合理。咱们用最简单的方式来分析一下梦——你在做梦，表明你睡着了，但梦中分明还有另外一个跟你一模一样的人。这该怎么解释？”

“呃……医学家说，梦是人脑的产物……”

我有点语无伦次。

“人脑为什么会产生梦？是怎么产生的？理论依据是什么？有数理模型吗？医学家凭什么这么说？他们有实验依据吗？他们是解剖了大脑后发现有这么一个能制造梦的东西吗？”

看来汤宇星还是个凡人，因为他的语气中充满了对其他学科的嘲讽。

“我们首先会根据某些依据提出假设，然后想办法证明假设成立。可他们呢？仅凭一种现象就做出假设，又找不到任何依据证明假设的合理性，还非要说自己的解释是正确的。——真是荒谬！”

听完他的话，我深吸了一口气，强忍着没有笑出来。

“好吧，您接着说。”

“一个你睡着了，另一个你在行动着——这说明行动着的你是处于平行时空中的另一个你。当然，由于平行是相互的，所以从梦中的你的角度来看，平行时空中的你是睡着了的。这话符合一句颇有哲理的话，那就是——‘到底是我睡着后梦见自己还醒着，还是我醒着梦见自己睡着了。’哈哈。”

“这不就像庄子的那句名言嘛！”我顿时也哈哈大笑起来。

“没错！——到底是我梦见了蝴蝶，还是蝴蝶梦见了我！”

汤宇星的笑声很不符合他的年纪。

“一会儿我会跟你讲讲‘庄周梦蝶’这个故事在量子物理学中的可怕之处。”

笑完过后，他咳嗽了几声。

“可怕之处？”

我赶紧收起了笑声。

“对。我不是告诉你了吗？我要讲的事情非常恐怖！哈哈。好，咱们先说完关于梦的话题。既然你和梦中的你处于相互平行的时空之中，那按照平行时空与现实时空互不干涉的原则，你和梦中的你无法相互干涉，这也就是为什么你决定不了梦中的你，而梦中的你更无法决定现实中的你。另外，不知道你有没有遇到过这种情况——你做梦梦到了你，而梦中的你也在做梦，也就是说，同时出现了三个你！”

我点了点头。

“有这种情况，不过好像只有一次。按照平行时空的观点，这是不是意味着又有一层时空进入了？”

“回答正确，奖给你一朵小红花。还有一种情况，也许你也遇到过——你有没有做过同样的梦？”

“有——这是不是表明，通过时空扭曲，平行时空中的我回到了曾经平行的另一个时空的同一个时间点？”

“两朵小红花。还有，你有没有做过类似连续剧的梦？也就是说，你今天做的梦跟你昨天的梦能连接上？”

“哈哈！任何时空中，每个人的生活是连续的、不可逆的，所以平行时空中我的生活也是连续的,我只不过是分成好几次进入那个时空。三朵小红花了吧？”

“欢迎进入量子物理学的世界！”

如果现在有酒的话，我跟汤宇星一定会碰上一杯。

“不过，做类似连续剧一样的梦的几率很小，因为谁也不知道何时会再进入同样的平行时空中。好了，说了这么多，你有没有发现一个问题——时空发生了扭曲，所以你做了梦，进入了平行的时空；如果此时时空扭曲停止了，那意味着什么？”

“意味着……意味着……”我挠头。

“意味着你回不到现实中了！”他夸张地做了一个惊恐的表情。

“所以很多人会不明不白地死在梦里？”我吁了一口冷气。

“对。如果回到之前时空穿梭的话题上，我们会发现，如果有人通过虫洞进行时空穿梭，进入了平行时空，但如果他找不到回来的那个虫洞，那他就永远无法返回原来的时空了。”

“可是，楼兰人……”我突然意识到问题所在了。

“你已经开始发现一些问题了。关于楼兰人多次往返的事情咱们暂时放一放，接着说完现在的话题，好不好？”

他又开始吊我的胃口了。

“嗯。接着说也行，反正挺有意思的。”

“好，关于梦的解释就先到此为止，如果整件事情结束后咱们都还活着，我慢慢给你讲梦。听完这些，你应该能解释为什么有的人会有第六感了吧？”

他递给我了一根烟——天啊，我这个从来不抽烟的人今天已经抽了四根了。不过无所谓，“朝闻道夕死可矣”！

“我知道。这些有第六感的人并不是有什么超能力，只是因为他们的场很独特，可以在特定时刻看到了平行时空中发生的事情，而这些事情还没有在现实中发生，所以他们能预感到现实中即将发生的事情——他们虽然比别人提前知道要发生什么，但他们无法改变，这恰恰符合了互不干涉理论。”

我深深地吸了一口烟，居然没有咳嗽。

“呵呵，没错。这种感觉类似于咱们刚开始所聊的似曾相识感——似曾相识感产生时，我们发现了平行的那个时空；有第六感的人在产生第六感时，他们不但能感受到平行时空的存在，还能感受到那个时空中即将发生的事情。这其实类似于时空穿梭——他们的意识通过时空穿梭进入了平行宇宙，回到了过去或进入了未来。我接着问你——为什么有些人有第六感而有些人没有呢？或者说，为什么似曾相识感在不同的人身上表现得会很不相同呢？”

“这跟那个人的‘场’有关！”我乐了起来，原来这个老头子用的是启发式的教育方式啊，“每个人的场是不同的，有些人一辈子都遇不到匪夷所思的事，而有些人则经常能碰到，这都跟他们的场有关。”

随后我俩聊起了有独特“场”的人。我曾经有一个同学，看上去永远病怏怏的，气场非常诡异，不过他有超强的第六感，能经常预见到将要发生的事情，非但如此，他还能准确地判断一个人的过去。我记得我俩第一次见面时，他就准确说出了我出生的年月和地点，还说出了我的血型，我父母的身体状况，而那时我俩的对话还不到五句，当时就把我吓傻了。还有一个朋友，他总是能“见鬼”，而且“见鬼”的频率极高，在我的朋友圈中享有盛名。还有一个朋友，他梦中的事情常常能变成现实，他基本上是靠梦来指导自己每一步的生活的。总之我和很多同学朋友身边总能遇到这些奇奇怪怪的人。

"既然你提到了'鬼'，那通过今天的谈话，你应该能了解'鬼'了吧？"

说了很多奇闻异事后，他把话题拉回到了平行时空。

"人死了，这个人躺在墓地或者被火化，但分明还有另外一个'他'存在，所以按照您告诉我的这些，这个'鬼'，其实是平行时空中的他。"

我已经不需要从他口中得出结论了。

"对。量子物理学家虽然是科学家，但他们相信灵魂或者鬼魂的存在，因为在他们眼中，灵魂或鬼魂只不过是处于另外一个时空中的人而已。有一些量子物理学家曾研究过萨满教，因为萨满可以通过某种仪式与平行时空进行交流，所以他们试图从这些仪式中找到沟通不同时空的方式，可惜，至今没有任何进展。"

"那就祝他们能成功吧。"

我掐灭了烟头。

"其实很多宗教都提到过时空穿梭。佛教中有一个词汇叫'神足通'，指的就是人通过修行能穿越时空，瞬间从此地到达彼地。"

汤宇星不知不觉间将话题从梦和种种超自然现象上转到了宗教上面。对于他提到的新的知识领域，我表示了无奈和惭愧。

"抱歉，我的知识实在太匮乏了。"

"没关系，关于宗教的话题我不会往下说，因为它对我们的帮助不大。唯一有帮助的地方就是这个'神足通'，因为它跟整个事件有关系，你还曾经接触过它。"

说到此处，汤宇星又用他启发式的眼神看起了我。

"我接触过'神足通'？我……"

跟高人聊天最大的好处是，你可以获得大量的信息；坏处是，你永远不知道他什么时候会把你带进坑里。

"你既然是按照大谷基金会的线索查下来的，那总应该知道'神足通'吧？"见我一脸迷茫，汤宇星有些不解。

"大谷基金会？神足通？这……"我努力想从坑里爬出来。

"'神足通'来自净土真宗！"

他没有为难我，直接告诉了我结果。

罗布泊——虫洞——时空穿梭——神足通——净土真宗——大谷家族?

我去!

“既然通过‘神足通’的修行能够进行时空穿梭，那按照咱们今天聊的这些，是不是表明，修行‘神足通’能够制造虫洞？”

我觉得自己越来越接近真相了。

“不排除这种可能性。毕竟只要场够强大就能进行时空穿梭。修行本身就是一种能提升场的行为。不过，既然通过修行就能实现时空穿梭，那大家通通去修行得了，还来找什么虫洞？更何况，谁也没见过通过这种修行就能进行时空穿梭啊。”

他冲我撇了撇嘴。我心里却突然新生了一个念头，不过由于这个念头太过荒唐迅速被我否定了——如果修行真能实现穿梭，那找到了修行的方法或者秘籍，不是随时都可以穿梭了?

可惜，我实在无法相信汤宇星是来找什么秘籍的。

这个念头刚刚飘过，一个新的疑惑突然浮现出来——既然时空扭曲的发生如此不规律，那会不会发生混乱?

“汤教授，您说了，时空扭曲的发生很不规律，存在着各种形式，那会不会出现混乱的情况？比如说，会不会发生我进到您的平行时空，您进到了我的平行时空这种情况呢？就像是某个路口出现大塞车，各条车道上的车交叉在一起？”

我一字一句地把自己的疑惑说了出来，唯恐自己没有讲清楚。

“你觉得会不会发生这种情况？”他意味深长地看着我。

“理论上会吧！因为走错车道的事情经常会发生啊。”

我很忐忑地得出这个结论。

“你有没有听说过一些奇怪的案例，比如说，某个人生了一场病或者睡了一觉，等病好或醒来之后他突然不认识眼前的世界了，或者突然说起了一种从来没有学过的外语，突然不认识身边所有的人，突然能讲述一段跟他本人毫不相关的经历？”

汤宇星故意把语气调整得像是在讲鬼故事。

“有，有，这种事情很多新闻中都报道过！”

鸡皮疙瘩顿时涌上了我的全身。

“有人能解释这种现象吗？”他嘲讽的嘴脸又出现了。

“没有！但，您能解释！”我的崇拜之情油然而生。

“打个比方：咱俩都睡着了，都做梦了，都进入了各自的平行时空。当我们想要返回时，时空扭曲突然出现了异常，你走错了车道返回了我的现实时空之中，于是，当我一觉醒来，发现我记不得自己的任何事情了，我所有的记忆通通是你的，因为此时的‘我’已经变成了‘你’。”

他故意把最后一句话说得极慢极重，似乎要制造极大的恐怖效果。我虽然知道他是在故意制造气氛，还是被这样的解释吓得不轻。

“既然‘我’变成了‘你’，那现实时空中的‘我’怎么办？”

我有点伤心。

“要么，现实中的你成了一个植物人或者死了；要么，别的人进入了现实的你，你也变成了另一个人；如果足够巧的话，我变成了你，咱俩完成了互换——这就是‘庄周梦蝶’的可怕之处：没准庄子和蝴蝶在平行时空中可以随意地完成互换！呵呵。”

“那平行时空中的‘你’怎么办？”

矫情地担忧完自己后，我开始担忧他了。

“跟你一样，要么永远待在平行时空之中，要么进入别人，要么——返回现实中的自己。”

说完第三个“要么”之后，他知道我又要发问了。

“你一定要问：如果我返回现实中的自己，那现实中的我岂不是有两个人存在了？”

“对啊，‘我’和‘你’都在现实中你的身上啊，这怎么办？”

“这种情况不是不可能出现，而且有大量的案例可以作为依据。不但‘我’可以返回我，别人也有可能进入我。也就是说，现实中我的身上可能有两个人、三个人，甚至更多的人——这就是：多重人格！”

一阵极冷的风刮过沙漠。

他裹了裹身上的衣服，继续说了下去。

“多重人格指的是一个人身上会表现出很多人的性格和行为特征，甚至会变成跟他原本性格完全不一样的人。简单点说就是，一个人会在某个时刻突然变成另一个人——除了容貌没有变化外，所有的特点通通变了。也就是说，除了长相之外，他根本就是另一个人。比较普遍的案例是双重人格，就像是‘你’和‘我’同时进入了我。但当很多人进入我的时候，我就会具有多重人格，也就是说，我会变成很多的人。最极端的案例是‘二十四个比利’——这个叫比利的美国人，除他之外还能变成另外二十三个人。目前医学界对所有类似的案例都无法做出合理的解释，但通过量子物理学理论，这种事情的解释非常简单。就比如比利，按照平行时空理论，他之所以会表现出二十四重人格，是因为除他自己之外，还有二十三个人通过平行时空进入了他！”

太阳已经彻底回到了扶桑树，白色的月亮渐渐露出了娇羞的脸庞，无垠的荒漠被涂上了一层分外美丽的银色。

量子物理学——难道你真是破解上帝密码的终极理论吗?

“照您这么说，多重人格根本无法治愈啊——除非通过时空扭曲把这些人一个一个地送走。”

一想到这些可怜的人，我的同情心又开始起作用了。

“是啊，时空扭曲的发生如此不规律，谁知道这些‘人’什么时候离开。除非有一种能够制造虫洞的仪器，制造出特定的虫洞后，把进入这个人身上的所有人一一送回……”

“这种仪器怎么可能存在。”我绝望地叹了口气。

“呵呵。”

汤宇星奇怪地笑了一声，笑声中居然没有任何绝望。

“真是遗憾，医生们还在想各种办法治疗这种症状呢。”我迎合着他对医学的鄙视。

“虽然医学根本无法治愈这种症状，但医生已经发现一种方法，可以缓解这种症状。”汤宇星没有继续嘲笑医学，反而略略有些钦佩。

“已经有方法缓解了？”一个大大的惊叹号出现在我的脑中。

“颜色疗法！医学界将多重人格归为精神疾病的一种，颜色疗法在治疗其他精神疾病时往往能起到很好的效果。医生们通过各种尝试发现，如果把多重人格的患者置于粉色的环境下，能降低其他人格出现的概率。当然，这只能缓解，无法治愈，一旦离开了粉色的环境，患者还是随时可能出现其他的人格。”

他把烟盒拿在手中，但并没有拿出烟，而是不停地把玩着。

“粉色？”

我的心脏似乎被谁抓了一把。

“对。医生虽然不知道为什么粉色会起这样的作用，但量子物理学可以做出解释。不知道你知不知道，宇宙中绝大多数的星云是粉色的，这是各种能量场释放的波的颜色。也就是说，粉色本身就具有一定的能量，这种能量能够影响时空扭曲，因此能够影响患者出现其他人格的概率，或者是降低这种概率，或者是增加。所以，无论是降低还是增加，粉色对多重人格的患者都是有作用的。”

他犹豫了几次之后，把烟盒放回了口袋，然后看了一眼我。

此时的我像死了一样僵硬得一动不动。

“怎么了？”他连忙摸了摸我的额头，“着凉了？”

粉色？——多重人格？

盘龙谷的粉色房间！

第四十六章

“你怎么了？”

汤宇星有些担心地看着我。

“没……没事”，我使劲捶了捶脑袋，“您说的这些实在让我太震惊了，我一时还难以接受，得好好消化消化。”

我竖起衣领，努力想让自己暖和起来。

“回去吧，时间实在不早了。”

汤宇星见我恢复了正常，便低头看了一眼表，然后站起身，望向了营地的方向，突然心事重重起来。

“再聊会儿吧，我真不愿意走。等营地的人来接咱们的时候再说吧。”

谜底揭开之前，我必须趁着这股劲继续追问下去。如果睡上一觉，我担心现在清晰的思路会变得模糊甚至被遗忘。

“这么晚了，营地应该有人来接咱们了啊。”

他举目远眺，恨不得一眼看清楚营地。可我们离得太远了，小小的营地在巨大的沙漠中仿佛根本不存在一样。

“要不要打个电话？”我也站起了身。

听到我的建议，汤宇星忧心忡忡地拿出手机，可看了一眼之后，他又把手机放了回去。

“没信号。”

我连忙拿出自己的两个手机，结果跟他的一样，一丝信号都没有。

“别担心，也许营地的人觉得您的学生来了，咱俩难免会聊得时间长一点，所以才迟迟没有来接吧？”我试图阻拦他想要回去的念头。

他没有做声，依然在看着远处。

“再说，如果回营地，咱们就没办法谈话了，毕竟这件事情不能让外人知道啊。”我再次做出了阻拦。

听到这话，他把眼神从远处收回到我的身上，犹豫起来。我静静地看着他，等待着他的决定。

“也行，那咱们就趁热打铁，聊完吧。”

他坐回到原处，皱着眉头思索了一会儿后，点起了一根烟。

“我之所以跟你说这么多，除了想让你从中发现一些有意义的细节外，还想让你知道其他人调查此事的目的，毕竟参与整个事件的人不止咱们两人——同一件事情对不同的人有着不同的意义，只有知道了这件事情所有的意义后，才能逐步摸清别人的目的。”

他深吸了一口烟，又看了一眼表。

听着他的这些话，我心里犯起了嘀咕——难道吴丽丽调查此事是为了治疗她的多重人格？不应该啊，她是在为大谷基金会办事，跟她个人好像没什么关系。再说，她把整个房间布置成粉色也未必证明她有多重人格，没准她就是喜欢粉色呢？而且我在跟她接触的过程中并没有发现她有任何异常——难道我忽略了什么？

我本想把自己对吴丽丽的怀疑告诉汤宇星，可总觉得这种怀疑没有任何依据，于是我思量再三决定先不提此事。

可汤宇星为什么会从平行时空聊到这个话题？他只是想让我多了解平行时空还是意有所指呢？既然我俩是坐在同一条船上的人，那他于情于理都应该直接告诉我他来这儿的最终目的，那他为什么要绕很多圈子讲别的事情呢？他是在一步步暗示我什么吗？

如果是这样，那我就不能再打断他的引导，只需认真等待他接下来的暗示。

于是，我开始静静地等他说话。

“你就没什么想说的吗？”汤宇星显然已经习惯了我的催促和发问，此时我突然的沉默让他有些意外。

“没，我在等您。”我摇了摇头。

“你突然变得这么乖我还真不适应，”他微微笑了一下，“好了，关于第一点咱们就说到这儿，接下来咱们聊聊第二点，也就是哈特曼斯研究所的实验——还记得那个实验吧？”

“记得。那个实验将一个 DNA 分子变成了两个——不对，我说错了，是把不同时空中两个完全相同的物质置于了一个时空之中。对吧？”

“基本正确。那你思考一下，如果这项科技发展下去，会出现什么情况？”他的表情变得极为郑重。

“如果这项科技继续发展下去的话……”我开动脑筋琢磨起来，“那根本不需要什么克隆技术了，直接就能把一个完全相同的人或者完全相同的世界呈现在一个时空中了啊，就像是复制！到时候只要这个技术一启动，无数个时空中的我岂不是都能被分离出来、同时出现了吗？那时候岂不是会有很多个被‘复制’的我？……”

说着说着，我的脑子变得异常清晰和亢奋起来——某个神秘的东西渐渐出现在我脑中，让我瞬间呼吸急促、心跳几欲停止！

罗布泊——平行时空——复制人……

双鱼玉佩！

“汤教授，我终于明白您为什么来罗布泊了！”我仿佛发现了宇宙的终极奥秘一样，兴奋得简直要狂呼了。

“是吗？”他愣了一下，然后眯起眼狐疑地看着我，“为什么来？”

“您是为了寻找双鱼玉佩！”谜底终于就要揭晓，我冲动得不能自已。

汤宇星沉默了。

这次沉默如此之久，仿佛宇宙由诞生到消亡那般。

“对于双鱼玉佩，你了解多少？”他从沙哑的嗓子里挤出了几个字。

“不多，但也许够用。”看到他的反应，我几乎得到了肯定的答案，“双鱼图形其实就是伏羲的太极图！伏羲创建的太极图就是由两条完全相同的鱼环抱而成。我原本不明白为什么太极图是由两条完全相同的鱼环抱而成，但通过你刚才关于平行时空的描述，我相信这两条一模一样的鱼其实就是相互平行的两个时空中的同一条鱼——真没想到，伏羲竟然在远古时期就洞察到了平行时空的奥秘！”

“接着说，然后呢？”他毫无表情地看着我，但我知道，这样的表情下面一定隐藏着山呼海啸般的冲撞。

“我听说，建国后军方曾经在罗布泊地区发现了一个双鱼玉佩，说是玉佩，其实是一个先进的装置。当这个装置启动时，所有被它照射过的物体通通会变成两个，就像哈特曼斯研究所做的那个实验那样。于是罗布泊一带曾出现过大量的复制人，而且还有一些平行时空中的奇怪生物通过这个装置进入到我们这个时空之中。由于军方无法控制这个装置，以及无法控制由它分离出的大量复制人和复制生物，于是就用核武器毁灭了那个地方。”

我越说越激动了。

“咱们刚才不是说了嘛，以人类现有的能力，不可能制造出这样的装置，那请问，双鱼玉佩是谁制造的？”他依然不动声色，冷冷地质问我。

“我听说，双鱼玉佩的制造年代在十几万年前，因此很有可能是上古文明中拥有更高科技的人类制造的，或者是外星人遗留下来的！您不是说了嘛，这样的实验理论上完全成立，而且现在的人们已经能够进行此类实验——虽然现有的实验成果极其微小——但既然理论和实践都成立，那我们就不能否认更高级的人类曾经制造过此类仪器。您该不会怀疑有比人类更高级的生物的存在吧？”

“完全不怀疑！”汤宇星叹了口气，“按照你的说法，你认为双鱼玉佩其实是能制造虫洞的高科技仪器？”

“没错！既然现在的人类能制造离子加速器，那人类就有制造出虫洞以及制造黑洞的可能性，这个推论您刚才已经告诉我了。既然如此，为什么更高级的人类不能制造出产生虫洞和黑洞的仪器呢？您来罗布泊既然是为寻找虫洞，而您也知道宇宙中存在的虫洞不但其出现的规律我们无法掌握，在何时何地出现我们更加无法获知，那么您来此地，一定不是为了寻找作为已有物质存在的虫洞，而是为了寻找能制造出虫洞的仪器！”

汤宇星听完我一口气说出的这些话后，微微动了动嘴角，然后怪异地看着我。

“还有什么要说的吗？”

“其实我早就应该想到这一点。您反复跟我强调人类现有的能力极为有限，又多次提到即便发现了已知的虫洞人类也无法控制，那么其实即便您在这儿找到了已知虫洞的位置也毫无意义，因为人类完全控制不了它。但您还是来了，而且仿佛信心满满，因此我觉得，您一定知道这么一个仪器的存在，而且一定知道这个仪器就是能制造虫洞的更高科技的仪器！——我说完了。”

一口气说完我的分析之后，我解开了脑中对他来此处目的的疑问，顿时觉得身体轻松了许多。

“那我找到这个仪器又有什么用处呢？”

“既然它能制造虫洞,既然它能‘复制’一切东西,那您说,它有什么用处!”我根本不屑回答他这个问题。

“呵呵，传闻的力量真是可爱又可怕！”

汤宇星拿出了最后一根烟，点着后深吸了一口。

我腾起的万丈豪情瞬间凝固——他非常不屑?

“你的推理能力的确很强，不过，你这一整套推理的前提根本就不成立！”他语气虽缓，但每一个字都像耳光一样扇向了我，让我从天堂跌到了地狱。

“世上的确存在双鱼玉佩，但它根本不是什么仪器，仅仅是一个玉佩而已。而且，双鱼玉佩根本不是在罗布泊发现的，而是在内蒙古哲里木盟奈曼旗辽国一个公主的墓地中出土的，它只是一个普通的随葬品而已。”七十多岁的汤宇星笑得前仰后合。

我……我还是找个坑把自己埋了算了。

“而且，即便有这么一个仪器，它也不可能简单地把生物复制出来，更不可能有什么奇怪的生物通过这个仪器制造的虫洞来到现实时空。别忘了，那个被复制的 DNA 分子是在超光速的环境下，离开那个环境它根本不可能存在——相互平行的时空有着完全不同的时空，处在完全不同时空中的生物怎么可能出现在同一时空中呢? 你可以进入你的平行时空，你可以做梦，但你最终还是要处于某一个时空中的，一个人怎么可能同时出现在两个时空中呢? 你能跟梦中的你对话吗? 你能跟二十年之后的你对话吗? 如果能的话，那时空穿梭不就有意义了吗——你可以回到一年前，告诉一年前的你，去买某个能中五百万的彩票，然后你不就能中五百万了吗? ——别忘了平行时空互不干涉的理论！就像刚才说的多重人格，那个人无论有多少重人格，他始终是在一个时空之中，那些‘人’只是通过平行时空进到了他的现实时空而已！就算别的时空中的什么可怕生物进入了我们这个时空，它也需要这个时空中的某个载体！你以为通过那个仪器就能复制另一个‘你’出来啊? 你以为复制出一个军队就可以毫无顾忌地去打仗去杀人吗? 你以为把一百块钱复制出无数张你就能随心所欲地花钱了吗? ——你还是赶紧扔掉这些的小说家们可爱的幻想吧。”

好吧——我在心里狠狠地抽了自己两耳光。

“这个实验的意义在于，它证实了平行时空的存在，让人们能够看到两个完全相同的物质，但这两个物质是无法穿越时空发生联系的。就比如说，我能同时看到你和镜子里的你，但你能让镜子里的你打我吗？你能自己打镜子里的你吗？所以，有些科幻电影里通过制造一批复制人去征服世界的观点完全站不住脚，那只是科幻电影而已，永远无法实现。”

说完这些后，他不怀好意地笑了笑。

“那您再次跟我提到这个实验是何用意？”

看着他不怀好意的笑脸，我哆嗦了一下。

“正因为这个实验证实了完全相同的两个物质可以同时出现，所以它最大也是最糟糕的作用就是——误导！如果不了解全面的平行时空理论，尤其是平行时空互不干涉理论，那么这个实验会让人误以为物质是可以‘复制’的！如果有一天你遇到被误导的人，那么你完全可以大声地告诉他——别他妈做梦了！哈哈。”

从汤宇星口中听到脏话，实在让我觉得好笑又亲切！

“科学史在某种程度上其实是证伪史，很多科学家一辈子未必能产生新的理论和新的实践，但他们的意义在于证实了很多伪科学的荒谬，这本身也有重大意义，就像在做排除法，他们的贡献在于排除了真理出现过程中的种种谬误。好了，关于第二点咱们也说完了，现在咱们进入第三点。——第三点是整个理论中最核心的观点，也是我来这的最终目的！”

终于到了揭晓真相的时刻！

我立刻调动所有细胞，全神贯注地听了起来。

“我们一直在聊时空穿梭，但你有没有发现，我们聊的都是以时间为轴进行的穿梭？无论是回到过去还是进入未来，这种穿梭都是纵向的——那有没有横向穿梭的可能性呢？也就是说，有没有以空间作轴进行的穿梭呢？”

他凝神看着我。

“理论上……有吧……”我不敢妄下结论。

“在非洲、南美和中国的云南都有一些神秘的洞穴，进入这些洞穴的人要么消失不见，要么在另外一个地方出现；百慕大和罗布泊也有这样的情况。消失不见的人是进到了平行时空之中，如果没有合适的虫洞返回，他们将永远消失；但那些重新出现的人出现在别的地方又该如何解释呢？——他们出现在了地球其他的地方，这就意味着他们仍处于原本的时空之中。可是他们是如何从此地到达彼地的呢？”

“会不会是他们进到了平行时空之中，然后通过另一个虫洞到达了地球上的另一个角落呢？我曾看过一则报道，说的是一架飞机三十年前突然消失，三十年后它竟出现在了另外一条航线上，空管局还保留着这驾飞机三十年前出发和消失时的记录，而飞机上所有人的记忆仍停留在三十年前。”

“没错，类似的事情曾发生过很多次。你说的这个案例经过了时间和空间的双重跨越，但有些案例则没有进行时间的跨越。也就是说，它们在此地的消失和在彼地的出现是同时发生的！——它们只完成了空间的穿梭！”

“可是您不是说了吗，不存在没有空间的时间、也不存在没有时间的空间。”

“对。我说的这种空间的穿梭其实存在时间的穿梭，只是这种时间上的穿梭极其微小，可能只有几亿分之一微秒，人类无法发现，因而可以忽略不计，所以看起来它更像是空间的平移！我们刚才说了，通过时空穿梭进入平行时空是没有意义的，但如果在特定条件下，时间穿梭的过程短得能够忽略不计，而空间穿梭，也就是空间平移能够实现，那这个意义何其重大！”

“您的意思是，我们可以完全忽略任何的距离限制，瞬间完成空间的平移，对吧？”

“没错。只要存在这样的虫洞，只要进入它，你就能从任何地方瞬间到达同一时空中你想去的另一地方！”

“如果真有这样的虫洞，我们根本不需要交通工具了，想去哪儿不就能去哪儿了吗？”

我看到了未来科技的前景。

同时，我终于明白为什么攸侯喜的大军能够抵达墨西哥。

“对。如果这样的虫洞出现，那你根本不需要远涉重洋去入侵美国了，你只需要在本土把一支精锐部队投放到美国任何你想拿下的地方，然后就能够出其不意地实现你的目的。哈哈。”

他笑得有点不成样子了。

“您来罗布泊是为了寻找能够进行空间平移的虫洞？”

汤宇星举的入侵美国的例子虽然听上去像是玩笑话，我却隐约产生了一种不祥的预感。

“你终于知道我的真正目的了！”

“可是，这样的虫洞也太特殊了吧？它不但能进行时空穿梭，还能把时间上的穿梭忽略不计，还得把空间上的穿梭限定在同一时空的范围内，实现在同一时空中任何地点的平移——它有太多限定条件了，简直不可能存在！”

我实在无法相信这样的虫洞能够存在。

“可理论上它是存在的啊。”

汤宇星又笑了。

“理论上存在并不表示现实中也存在啊。”

我有些恼火了。

“那楼兰人和攸侯喜是怎么实现的？”

他抛出了一个我无法回答的问题。

“好吧，既然它真的存在，那我们就一厘米一厘米地去搜索！只要我们的足迹踏遍罗布泊地区的每一个角落，总会发现它吧？这花不了多长时间啊。”我无语了。

“可是虫洞是一个能量场，它并不是每时每刻都存在的。就像一扇门一样，有开着的时候就会有关闭的时候。”

“那谁来决定它何时开启何时关闭呢？”

“不知道。”他摇了摇头。

“按照您刚才说的，如果罗布泊地区的人——比如楼兰人——他们在夏商时期通过虫洞来到了这里，几百年后通过虫洞消失了；然后过了一千多年又通过虫洞来到这儿，几百年后通过虫洞又消失了，那是不是意味着——至少在他们那个时期，虫洞有时候隔几百年会开启一次，有时候隔一千多年才会开启一次？”

“对啊！”

“既然没有人知道谁在决定着虫洞开闭的时间，而虫洞上一次开闭时隔几百年甚至上千年，就算是这几十年间发生的失踪事件真的是虫洞造成的，那也毫无规律可循，既然我们对于这些一无所知，那我们来这儿干吗？——来这儿等着它下一次开启吗？如果下一次开启是几百年或者几千年之后呢？”

我有种想打人的冲动了。

“万一咱们碰巧就遇到了呢？”他还在逗我。

“就算碰到了，您能控制得了吗？”我简直要咆哮了。

“哈哈哈哈……好了好了，不逗你了。”汤宇星强忍着笑，试图严肃下来。

我努着嘴恨恨地别过头去。

“我来这儿的确是为了寻找虫洞，但不是为了寻找已知的、作为宇宙物质存在的虫洞，因为就像周大公子所言，我们不知道什么时候能找到，也不知道找到后该怎么控制，所以它是毫无意义。我来这其实是为了寻找……”

他故意停顿下来，然后眨巴眨巴眼，等着我看他。

这都哪儿跟哪儿啊——来找虫洞，又不是找已知的虫洞，那他来找什么样的虫洞？——这老头有病啊！

我没有理他，继续使着性子。

“你听不听？你要是不听我可回去吃饭了。”

汤宇星假装要起身，看到我迅速回过头来，便继续乐呵呵地看着我。

“拜托，教授，您别整我了，赶紧告诉我您到底要找什么啊！”我给他磕头的心都有了。

“来找双鱼玉佩！”

去你大爷！

我站起了身，准备朝沙丘下走去。

“干吗去？”汤宇星也站了起来，大声地喊我。

“回北京，然后被枪毙，省得被你玩死。”我停住脚步，强压着内心的杀意。

“嗯，看来你的确有杀导师的潜质。”他再次笑了起来。

我迈步就走。

“我的确是来找双鱼玉佩的——如果你喜欢这个叫法的话！”他的笑意瞬间消失，然后平静地揭晓了谜底。

我回过了头。

“已知的虫洞很难寻找，也不可控，尤其是像我们说的那个特殊的虫洞，想要找到它比大海捞针都难。但罗布泊存在特殊虫洞的事实已确信无疑，我怀疑罗布泊存在能制造虫洞的仪器，也就是你所说的更高级的人类制造的仪器。这个仪器叫什么名字我不知道，因此，如果你喜欢的话，我可以叫它‘双鱼玉佩’！”

我怔怔地站着，大起大落的心情已让我的神经几近断裂。

“传闻的确很可爱，它不但可爱地胡编乱造，而且可爱地触碰到了真相的边缘。太极双鱼图、双鱼玉佩、罗布泊神秘失踪事件、平行宇宙——这些并无关联的词汇联系起来的确可以写成一篇不错的科幻小说。虽然上述事物之间并无关联，但这些传闻的确接近罗布泊的真相。如果你愿意坐下来听我继续讲，我可以告诉为什么我会怀疑罗布泊存在能够制造虫洞的仪器。”

他说话后兀自坐下去。

真讨厌，他知道我一定会坐回去的。

天色已经非常暗了，也许过不了半个小时就会黑透，因此我希望他能尽快将谜底告诉我，省得我们迷失在伸手不见五指的荒漠之中。

“虽然宇宙中已知虫洞的出现与消失毫无规律可循，但罗布泊虫洞的出现与消失却是非常有规律的！”

见我坐定后，汤宇星开始直奔主题。

“您为什么认为罗布泊的虫洞很有规律？”

“这是我根据楼兰人的出现与消失产生的判断——楼兰人每一次消失之前都险些遭受灭顶之灾，而每次灭顶之灾来临时他们都会集体消失！”

“灭顶之灾？集体消失？”我在昏暗中努力想要看清楚他的眼神和表情。

“没错。楼兰人第一次消失是在商朝，那时商朝正在发兵征讨楼兰；第二次消失是在东晋时期，那时北方的少数民族正不断南下，多个少数民族政权为争夺楼兰而在此地大开杀戒——每次即将灭族之时他们就会全族消失，这难道是意外和巧合吗？”

“危险来临时集体消失，这分明就是早有准备了啊！”我连忙接话。

“没错！即便罗布泊存在已知的、作为宇宙物质存在的虫洞，那楼兰人也不可能随意地操控它。但楼兰人可以操控虫洞的事实已无法否认，因此我怀疑，楼兰人很有可能掌握了一种能制造这种虫洞的仪器，正是因为他们拥有这种仪器，所以一旦危险发生，他们就通过这个仪器制造出虫洞，然后通过虫洞进入另外的时空逃离此地！”

这个怀疑虽然有合理之处，但显然太过大胆。因此我没有急着表态，而是继续听着他的分析。

“我们说了，通过虫洞可以实现时空穿梭，但如果是通过宇宙中已知的虫洞，那即便是实现了穿梭，也不知道能不能返回、如何返回。因为宇宙中有无数个虫洞，虫洞的出现与消失也毫无规律可循。如果你通过这个虫洞进入了另外的时空，那么你在另外的时空中很可能一辈子也遇不到新的虫洞，或者遇到其他无数个虫洞进到新的时空中——通过某个虫洞进行穿梭然后再通过这个虫洞返回原地，这种可能性几乎不存在。就像你把一粒沙子扔进大海之中，你再次发现这粒沙子的几率基本为零。可是你有没有发现,楼兰人可以在罗布泊多次穿梭，他们可以通过这个虫洞离开，还可以通过它返回——这足以证明他们完全可以操纵这个虫洞！”

“宇宙中的任何虫洞人力根本无法操纵，所以楼兰人的虫洞是人为制造的！”我简直要冲过去把他抱起来了。

“对！好，你现在想一想，在历史上还有什么时候发生过类似的集体消失事件？”他在昏暗中也在努力地试图看清我面部的轮廓。

“攸侯喜！”

“对。为什么攸侯喜的大军在覆灭前会集体消失，然后会出现在同一时空的另外一片区域？这不是也符合了这个特殊虫洞的运行原理嘛。”

“可是，攸侯喜的消失和重现跟楼兰人的消失和重现有什么关联？”

三千多年前，一个处在中国的最西边，另一个在最东边——我实在无法想象它们怎么共用一个仪器。

“你不知道吗？”

他把皮球踢了回来。

“我怎么知道？”我一脸无辜。

“你当然知道！”他认真地冲我点了下头，“你不是研究商朝的专家吗？”

“商朝和楼兰……”我喃喃自语，苦思冥想起来。

“我可以提示你一下，征讨楼兰的商朝大将乃是商王武丁的第一任王后——妇好！”

一盏明灯在我头顶亮起——妇好曾帮助武丁征讨过西部的二十多个国家，这些国家中居然包括楼兰！

楼兰人曾集体消失——楼兰人掌握了制造虫洞的仪器——妇好曾征讨过楼兰——武丁曾娶了一个少数民族女子“戊”——攸侯喜大军曾集体消失——WU415……

“如果‘戊’真的是楼兰人的话，那她会不会把这个仪器带到了商朝？当商朝末年攸侯喜有难时，启动了这个仪器？”我把自己大胆的怀疑告诉了他。

“既然楼兰人有这样的仪器，而攸侯喜又用过这样的仪器，那么除了‘戊’还能有谁？”

“可是，如果‘戊’把仪器带走了的话，东晋时期的楼兰人又是怎么出现和消失的呢？”一个问题解决后，新的问题又出现了。

“谁说能制造虫洞的仪器只有一个？当科技达到一定程度的时候，多制造几个仪器并不困难吧？现在欧洲和美国不是在同时制造离子加速器吗？”

“可是‘戊’真的会把仪器带到商朝吗？”

“你应该知道，祭祀‘戊’的鼎可比祭祀妇好的鼎尊贵许多，可见这个‘戊’对武丁而言非同小可。”

我恍然大悟——我一直不明白这个历史中毫无记载的“戊”为什么会比战功赫赫的妇好还要尊贵，可如果她给商朝带去了这么一样东西，那岂不是任何凡间之人都无法比拟的吗？

“根据离子加速器的制造原理，只要能形成特定强大的场，就有可能制造出反粒子，进而形成幽灵场，出现黑洞和虫洞。因此这个仪器一定是用来制造某种场的。既然我们假设的前提是这个仪器是由更高文明的人类制造的，那它肯定不像离子加速器那样笨重，很可能个头不大，便于携带，甚至会小到像马蹄形磁铁那样，虽然小但能形成强大的磁场。”

汤宇星开始分析起了这个仪器的样貌。虽然他分析得头头是道，可我的脑子还停留在这些假设存在与否之上。

“好，那我整理一下思路——按照咱们的猜测：楼兰人拥有这样的仪器，当妇好去征讨他们之时，他们利用仪器消失了；但不知什么原因，‘戊’没能消失，而是被妇好带回了商朝，成为武丁的另一个妻子，同时她还把一件仪器带去了商朝；当商朝面临灭顶之灾时，攸侯喜利用这个仪器，逃到了南美——是这样吗？”

我越说越觉得这些猜测漏洞百出。

“你觉得呢？”汤宇星不置可否。

“还是有些难以置信。虽然我不怀疑楼兰人拥有这样的仪器，也不怀疑更高级的人类能够制造这样仪器，可更高级的人类为什么会把仪器给楼兰人？还有，攸侯喜使用的这个仪器真的是戊带过去的吗？会不会有我们不知道别的渠道呢？”

“首先，楼兰人有规律地神秘消失以及攸侯喜神秘抵达南美能够证明这个仪器的存在，我们只需要知道这个仪器现在在什么地方——这是我来这的目的；其次，戊在商朝的重要性已经毋庸置疑，但她为什么如此重要我们无从知晓，不过，我们知道商朝跟楼兰曾发生过一次战争，战争之后戊去了商朝，而商朝灭亡时这个仪器被启动过，因此我们不能不相信这个仪器是被戊带过去的——虽然我们相信这个观点，但我们还需要有别的证据证明这个观点；再次……”

“不好意思，我打断一下——我们需要什么别的证据来证明这个观点？”

我生怕一会儿会忘了这疑问，于是连忙冒失地打断了他的分析。

“文字！既然两个国家发生过如此重大的战争，那文字上一定会有记载！还有，文字上也一定会有关于戊的记载！”

汤宇星言之凿凿。

“为什么一定要记载戊呢？”

我才不相信中国现当代史中会记载我这样一个普通人呢。

“因为戊不是一般人！你想一下，既然这个仪器如此强大和神秘，那普通人能够随意接触到吗？另外，如果戊是一个普通人，那她被妇好带去商朝后会面临什么样的结局？作为俘虏的她会沦为奴隶或者会被当作祭品宰杀！但她居然成了武丁的另一个王后！——对于这么重要的人物，文字上不会有任何记载吗？”

“可……如果那个时期楼兰人根本没有文字呢？”

我不依不饶。

“你应该知道，西方探险家在楼兰古国发现了很多文字，其中几乎所有的文字都找到了渊源，但有一种文字至今无法破译！”

“神秘的符号！”

我和汤宇星所有的信息终于汇聚到了这一点上！

“对！我怀疑整个事件中的这些符号其实就是失传的楼兰文字，而且这些文字中一定记载了那个仪器，甚至会提到那个仪器的下落，否则为什么所有人都是在为了这组符号而拼得你死我活呢？”

汤宇星站了起来，若有所思。

“也就说，无论什么人通过什么样的渠道，他们其实要找的就是这个能制造虫洞的仪器？”

半个多月后，我终于明白了符号的真正意义，这让我有一种想哭的感觉。

“对。可惜，由于楼兰文字无法被破译，所以我们并不能通过这些文字得知仪器的最终下落，而只能根据发生在楼兰人和攸侯喜身上的种种神秘事件，一步步往下寻找。这就是孙林安排咱俩同时调查的目的——你的调查是从楼兰文字入手，我的调查则从神秘事件背后的合理性入手！”

他轻轻拍了拍我的肩膀，让我顿时产生了一种战友般的友情。

“我是无条件信任孙林的，我也希望你能这么做，因为孙林所做的一切都是为了我们这个国家，为了我们这个民族！”

一听到这话，我的鼻子有些发酸。我们何曾想过，为了我们平静祥和的生活，有多少人放弃了自己的家庭、放弃了自己的生活，甚至放弃了自己的生命！

“我明白！我会无条件信任他。可惜，我的调查毫无进展，而您却锁定了罗布泊。”

我深感愧疚。

“不要这么说，咱们的收获其实是一样大的。”他丝毫没有安慰我的意思，而是非常肯定。“我是从起点一步步向终点顺着推进，而你则是从终点往起点反向推进。我是根据神秘现象、量子物理学和考古学一步步走到了罗布泊，而你则是通过楼兰文字走进这个地方——即便咱们此时不在这儿相遇，早晚也会相遇。就算我还没有查到罗布泊，你不是也会根据林吉贤给你的暗示来这儿吗？再说了，正是由于你在调查过程引出了无数的神秘人物，才使我更加坚信这个仪器的存在！”

“可是……那些人是怎么知道这个仪器的存在以及这个仪器的强大能量的？”

一想到那些神秘人物，我浑身开始冒虚汗。

“咱们都能知道，为什么别人就不可能知道呢？神秘现象、量子物理学、种种科学实验以及考古发现——这些东西不是只有咱俩才懂的，凡是有心的人都能通过这些事情推断出仪器的存在。你这半个月所经历的事情不就能说明这个问题吗？”

他耸了耸肩。

好吧，那就狭路相逢勇者胜吧！

现在，我终于明白为什么西克教授破译了符号后会有如此异常的反应了，也终于明白为什么董先生、丁教授和林吉贤会如此神秘地传承着这套体系，还明白为什么所有神秘之人会不惜任何代价寻找这个神秘的仪器——一个能自如控制虫洞的仪器如果出现在这个世界上，那这个世界会变成什么模样呢？

“唉，有些人显然已经走在咱们前面了。”汤宇星的声音中充满了忧虑。

我理解他的忧虑，因为在我们刚见面的时候，我把自己这半个月来所有的调查简单告诉了他，他已经知道阿瑟教授的研究成果被人偷走，也已经知道有人可能已经掌握了秘密，而且在不断地阻止别人接触秘密。

“是啊。”一想到这些，我也不禁感慨万千。“能破译楼兰文字的只有阿瑟教授和西克教授，如果楼兰文真的记载了仪器的去向，那偷走阿瑟教授成果的人一定知道仪器现在在什么地方。”

“这也正是我担心的。知道仪器下落的不单单是偷走阿瑟教授成果的人，还有试图阻止别人寻找仪器下落的那些人。如果他们真的找到了仪器，那咱们所有的工作都通通白费了。”

他低下头，生怕我看见他眼中的恐慌。

“这两拨人会不会就是一拨人？”

“应该不会。你不是跟我说了吗，偷走阿瑟教授成果的有可能是西方的情报部门，而那些试图阻止别人调查的人能够在中国畅行无阻，还能让中国的警察觉得恐慌，因此他们不会是西方的情报机构。话说回来，其实我对西方的情报机构并不担心，因为我们并不清楚楼兰文字对仪器的下落记载了多少，也不清楚阿瑟教授掌握的楼兰文字是否完整，所以我们不清楚西方情报机构是否真的知道仪器的具体下落——当然，这只是我美好的愿望。”

“要是仪器落在外国人手里，我们岂不是要遭殃了？”

我脑中迅速出现了外国军队突然出现在天安门的场景。

“那就要指望那些试图阻止调查的人了！这些人既然能量如此巨大，能使警察如此恐慌，还能让孙林一筹莫展，那我毫不怀疑他们属于中国更强力的部门。他们既然知道仪器的下落，那他们一定不会轻易让别人拿走仪器。从寻找仪器的角度来看，这帮人很可恶，因为他们在阻止我们寻找；但作为中国人，我还是希望他们能有些本事，别让仪器落在外国人手里——中国军队出现在白宫总比外国军队出现在天安门要好吧？”

他苦笑了一下。

我也苦笑了一下。

“但愿如此。那您觉得，这些人到底是怎么知道仪器下落的？”

“无非是两种渠道：第一，他们的调查跟我的调查一样，也是通过这些理论和实际展开寻找的，由于他们属于强力部门，有着巨大的能量，所以我去不到的地方他们能去，我找不到的人他们能找到；第二，你不是一直在寻找那本能破译楼兰文的书吗？你不是跟我说过那本书是继承了西克教授衣钵的董先生写的吗？董先生不是曾经想出版这本书但是被人拦下来了吗？那些人不是除了阻拦他出版这本书，还曾阻拦过试图跟他接触的政府要员吗？”

“我明白了，那本书除了丁教授和林吉贤看过之外，还有另外的人看过！那些人是通过那本书找到的仪器。”

这时，我回忆起董先生病危时曾有的那个规定——所有人不得单独接近董先生，无论多高的职位！

所有的谜团正一个一个地被揭开。

“只能这么解释了。不过，我真不希望这些人是从这本书中找到的仪器，如果是这样的话，我们刚才美好的愿望就破灭了。因为西克教授和阿瑟教授研究的成果是一样的，既然董先生继承的是西克教授的成果，如果通过这本能够找到仪器，那西方情报机构也就能从阿瑟教授的成果中找到了。总之，一场争夺仪器的恶战早晚都会发生。好了，说了这么多了，你总该知道那些人是什么人了吧？”

他严肃地看着我，而我则无比恐惧地点了点头——能够制造各种离奇事件而不留痕迹，能够让神通广大的孙林束手无策，能够在神秘可怖、有着巨大核武器试验场的罗布泊自由出入，能够阻止无论多高职位的政府要员接近董先生，这个国家里如果真有一种力量能实现这一切的话，那只有：军队！

第四十七章

“咱们必须回去了，太晚了！”

汤宇星看了一眼表之后，再次站了起来。

虽然有些不舍，可毕竟天色已晚，我没有任何理由继续待下去了。

于是，我俩走下了沙丘，开始朝营地的方向走去。

“抱歉刚才打断了您的分析，您接着说。”由于回去的路途有些远，所以我们边走边继续聊着之前的话题。

“好，那我接着说。既然楼兰人能够随意地利用这个仪器，表明他们手中一定掌握着这个仪器；但既然仪器不止一个，那么罗布泊很有可能还有其他仪器的存在，毕竟考古学家和科学家在罗布泊仍能发现异常的能量场；还有一个仪器，就是‘戊’带去商朝的那个。可那个仪器究竟在哪儿？是被攸侯喜带到了南美还是仍留在中国？如果这个仪器还在中国，那它现在在什么地方？”

汤宇星拿出烟盒，发现里面已经没有了烟，便沮丧地咳嗽了起来。

“既然攸侯喜是通过虫洞去的拉文塔，那应该能在拉文塔遗址中发现那个仪器啊。毕竟他们定居在那之后就再也没有消失过，而是在那儿繁衍生息了起来，这就意味着仪器没有再次被使用，那仪器应该还在那儿。”

看着他没有烟时沮丧的样子，我有点后悔自己抽了他四根烟。

“有道理，但可能性不大。拉文塔遗址规模不大，而且这几十年已经被许多人掘地三尺研究过了，如果仪器在的话应该会被发现，所以我认为他们从山东离开时有可能没有带走那个仪器。”汤宇星走得很慢，显然也在边走边思索。

“没有带走？您的意思是，他们在逃亡前启动了仪器，通过虫洞消失，而仪器仍留在了山东？”

“我也是根据拉文塔没有发现那个仪器而进行的猜测。那个仪器既然不在拉文塔，那一定还在中国。大谷基金会先锁定拉文塔然后来到中国，恐怕也是这个原因。”

“可是那个仪器现在会在哪儿呢？”我看着越来越漆黑的沙路，心里也越来越漆黑了。

“这就不知道了。毕竟关于那段历史找不到任何的材料，否则，我就会沿着那条线去寻找仪器的下落，而不会来罗布泊了。不过还是那句话，既然攸侯喜用过那个仪器，楼兰人又能多次利用仪器出现和消失，罗布泊仍存在着异样的能量场，所以罗布泊一定还有同样的仪器——这也是我唯一的希望了。”

我们开始沉默地艰难前行着。

“汤教授，我还有一个疑问。自打您说出来此的目的，我虽然相信这一切是成立的，可有一个问题一直困扰着我：既然这个仪器是更高级的人类制造的，那就有两种可能：第一，更高级的人类把仪器留给了楼兰人——但我们怎么能证明更高级的人类曾经跟楼兰人接触过呢？第二，如果这个仪器不是更高级的人类留给楼兰人的，那楼兰人有没有可能就是更高级的人类呢？”

我们俩深一脚浅一脚地走着。

“第二种可能性不成立。因为根据考古发现，楼兰古国所有的特征都符合那个时期的时代特征，并没有任何先进的地方。再说了，如果楼兰人是更高级的人类，那他们怎么可能被商朝和随后的少数民族政权打败呢？如果楼兰人是更高级的人类，那他们的科技和军事能力一定比现在都强，他们会被拿着青铜兵器的商朝军队逼得险些亡国灭种，要通过虫洞逃跑吗？”

“好吧，既然如此，也许有一天，我们能够证明更高级的人类曾跟楼兰人发生过联系吧。”

认可了第一种可能后，我只能把破解这种可能的希望留在了未来。

“不必等，明天我就能告诉你！”

他边说边走，似乎要刻意降低这句话的分量。

“您能证实更高级的人类和楼兰人接触过？”

我停住了脚步，见他没有停止，便连忙冲了上去。

“没错。别忘了，我是物理学家和考古学家，不是小说家。小说家只要提出一个假设就能往下编故事，但我必须证明假设的合理性。要知道，我必须保证调查中所有的环节不能出任何错误，因为一旦发生任何一个细小的错误，都可能导致所有的调查功亏一篑。我必须保证我的证据链是合理和完美的！”

他微微停了一下后，接着走了起来。

此时，我想到了那个计算圆周率的法国数学家，也想到了美国“挑战者”号航天飞机之所以爆炸只是因为算错了一个简单的数字。

任何一个取得大成就的人，都不会放过任何一个微不足道的细节——这也许就是细节决定成败的道理吧。

“明天我会带你去个地方，向你证明第一种可能性。”他把烟盒使劲揉了揉，生气地装回兜里。

“去哪儿？现在就去！”我恨不得马上插上翅膀飞过去。

“现在天已经黑了，去了你也看不清楚。明天天一亮你就知道了，相信我。”他又咳嗽了几下。

“好，我真希望下一秒就是明天。”看着他疲惫的样子，我有些心疼。

“明天这些疑问都会解开的。”

也许是这大半天说了太多的话，我和汤宇星在回程的路上都疲惫不堪，简单了说了几句后，我们谁都没有继续往下聊的意愿和力气，只是各自沉默地走着、沉思着。

罗布泊真的是我们唯一的希望了吗？

通过他的分析，我相信他在这儿寻找尚存的仪器是因为他没有办法找到已知的仪器。可明明还有一个已知的仪器存在啊！

既然攸侯喜没有把仪器带到墨西哥，那仪器会在什么地方呢？

既然这个仪器是戊带去商朝的，那攸侯喜是怎么获得它的呢？

按照中国古代的丧葬传统，故去的王后在下葬时会把生前的物品一同随葬，尤其是从娘家带去的东西。如果戊真的把仪器带去了商朝，那她故去后必须把这个仪器一同下葬。可考古学家在戊的墓葬中没有发现任何异样的物品，这意味着仪器没有葬入戊的墓穴之中。还有一个证据能证明这一点，那就是商朝末年时攸侯喜曾使用过这个仪器。由此看来，戊死后仪器的确没有陪葬。

但这完全不符合丧葬传统。在祭祀重于生命的商朝，这种事情是绝不容许发生的。那时的贵族去世时，不但所有物品都要随葬，连仆人、奴隶、马匹等活物也必须殉葬。可这一反常的事情的确发生了，该怎么解释呢？

只有一种可能，那就是，这个仪器的确随葬了，但后来被取了出来。但根据考古发现，戊的墓葬完全没有被盗过的痕迹，那这就表明——仪器虽然做了随葬品，但在墓穴被封之前，它被取了出来！

成为随葬品，未被盗掘而消失……

小到像马蹄形磁铁那样……

——司母戊鼎遗失的左耳？！

“汤教授，我想到了！”当司母戊鼎的图案出现在我脑中时，我连忙喊住缓步前行的汤宇星。

“怎么了？”他被我突然的喊声吓了一跳，赶紧停下了脚步。

我连忙深吸了几口气，想梳理好思路后把这个重大的信息告诉给他。可就在此时，远处出现了几道迅速向我们逼近的光束！

我和汤宇星疑惑地对视了一眼，朝远处看去。那几道光束离我们越来越近，渐渐地，我们发现那是两辆疾驰而来的汽车。

“营地的人终于来接咱俩了。”看到有车驶来，我庆幸不用再走这么远的路了。

“嗯，那你先别说话，等回营地再说。”汤宇星谨慎地把我的兴奋压了下来。

“明白。”如此机密之事怎么能让别人知道。

于是，我俩迎着车灯走了过去。可就在我们能清楚地看到车的模样时，汤宇星突然停住了脚步，一把拉住了我。

“这不是营地的车！”他低声说道。

我连忙绷紧了神经，惊恐地看了一眼汤宇星，又惊恐地看着渐渐停在我们身边的那两辆越野车。

我俩大气不敢出地站在那儿，一动也不动。

越野车先后停了下来。

四个精壮的男人走下了车，直奔我们而来。

“两位，有人想请你们去喝杯茶。”

一个男人声音低沉而有力。

“对不起，我累了，有事明天再说。”汤宇星显然不怕这些精壮男子，拉起我就朝前走。

“抱歉，您二位无论如何也要去一趟。”随着那个男人的声音，他们四人把我俩围在了中间，使我们进退不得。

“放肆！”汤宇星严厉起来着实可怕。

“对不起，我们只是奉命行事，请不要让我们为难。”那个男人的声音依然低沉，但却愈发坚定。

“我们要是不去呢？”汤宇星气得直咳嗽。

“如果不去的话,罗布泊又会多两起神秘失踪事件了。”男人眼睛都不眨一下。

“笑话！让开！”汤宇星拉起我就走。

“我们绝对没有伤害两位的意思，如果想伤害，我们现在就可以动手。我们领导只是想跟二位分享一些信息，没准能对您二位的调查有所帮助。”男人依然拦在我们面前，像一堵墙一样纹丝不动。

他们知道我们的调查?

我立马慌了，连忙看向汤宇星。汤宇星倒没有任何异常的反应，而是盯着那个男人的眼睛仔细看了起来。

“好，我们可以去。不过我先得跟营地的人打个招呼。”良久，汤宇星作出了决定。

“不必了,您营地的人都在我们那儿。不过您可以放心,他们现在都很好——如果您二位不去的话，他们可能就不好了。”

男人走到一辆车前，拉开了后排的车门——他知道，我们不去也得去。

随后我和汤宇星上了一辆越野车，朝无尽的黑暗和未知的前方驶去。

第四十八章

车在沙漠中颠簸地疾行着，我心里也七上八下。茫茫沙漠中被这些不明身份的人劫持，我真是叫天天不应叫地地不灵。汤宇星坐在我身旁一声不响，只是静静地盯着窗外，我俩仿佛两只待宰的羔羊。

车经过了我们所在的营地。从窗外看去，下午还生机勃勃的营地此次俨然成了一片墓地，毫无光亮，寂静无声，只有几座帐篷墓碑般矗立着，似乎经历了一场可怕的浩劫。

驶离营地后，车往北又开了几分钟，然后停在了一片灯火通明的营地。第一辆车里的人走到我们的车旁，恭敬地拉开了车门。

"请吧。"

男人貌似在招待客人。

我和汤宇星对视了一眼，他冲我点了点头，随后我俩走下车。

这座营地有五六个帐篷，有大有小，每座帐篷前都站着两个身材差不多的壮汉，仿佛门神一般。在营地的一侧，十几辆同品牌的越野车依次停靠，阵势像阅兵一样。那些壮汉们见我和汤宇星下了车，便与押送我俩的男人点头示意，然后依然纹丝不动地站在原地。

四个男人领着我俩来到最大的一座帐篷前。

"请。"

男人撩开了帐篷门。

"我要先看看我的同事。"

汤宇星站在门前，不容置疑地提出了要求。

男人犹豫了一下，带着我俩来到一座帐篷门口。他朝门口的两个壮汉示意了一下，壮汉们随即撩开了帐篷的门。

十几个考古队的工作人员被绳索捆绑着坐在地上。

工作人员看到汤宇星和我，开始骚动起来。

“汤教授！”老廖冲我们大喊了一声。

两个壮汉迅速掏出枪，瞄准了骚动的人群。

“放心，大家都会没事的！”

汤宇星从嗓子眼里挤出了这句话，大踏步朝刚才那座最大的帐篷走去。

走进帐篷后，我和汤宇星发现，里面毫无人影。

“你们这是什么意思？”

见到是座空帐篷，汤宇星愤怒地看着男人。

“两位稍坐片刻，我们领导马上就来。”

四个男人不待我们做出任何反应，便迅速离开了帐篷。

我知道，他们肯定会有两个人留在门口。

男人离开后，我和汤宇星看向了彼此。

“怎么办？”我非常慌张。

“静观其变！”

汤宇星没有理会我的慌张，而是找了一把椅子坐了下去。

我强行让自己冷静下来，找了一把椅子并排坐到汤宇星身旁，开始忐忑地等待起来。此时的每一秒都像是一年，让我如坐针毡、煎熬无比。

几分钟之后，帐篷的门被撩开了，两个人一前一后走了进来。

见到这两个人，我顿时像屁股着了火一样跳了起来——

大谷裕二和吴丽丽！

“周皓，好久不见。”

吴丽丽微笑地看着我——依然是职业性的微笑。

“你……”我失声了。

吴丽丽没有理会我的震惊，而是将怀中抱着的一个木盒子放在了一张桌子上，然后继续微笑地看着我们。

“您好，我是大谷裕二。”

大谷裕二笑容可掬地走向汤宇星，礼貌地伸出了一只手。汤宇星仍坐在椅子上，非但没有起身，连手都没有伸。

大谷裕二对汤宇星的反应丝毫没有感到尴尬，而是仍笑容可掬地拉了一把椅子，轻松地坐了下来。

“真没想到，孙林竟然能偷天换日，把你从看守所里解救出来，实在佩服。”吴丽丽站在大谷裕二身后，微笑地看着我。

“你……你是怎么知道我不在看守所？”我润了润已经沙哑的嗓子。

吴丽丽笑着看向了大谷裕二。

“事情都到了这个地步，就不要瞒他了。”大谷裕二笑着回看了吴丽丽。

“当然是追踪了！”

我得承认，吴丽丽笑起来依然很好看。

听到她这话，我立马在脑子里把自己从上到下摸了个遍——追踪我？我跟小马已经完全换了衣服，连内衣裤都换了，她是怎么追踪的？难道她在我身体里植入了什么东西？一想到这，我赶紧调动起身上所有的细胞，试图查找到任何的异样之处。

“别瞎琢磨了，现在几点了？”

吴丽丽看向了我的胳膊，汤宇星也把目光从大谷裕二和吴丽丽身上集中到了我的胳膊上。

我的表！父母送给我的那块表！

“那天你喝得不省人事，吐得一塌糊涂，所以……”吴丽丽坏坏地笑了一下。

我终于回忆起盘龙谷别墅中我赤身裸体的那个尴尬场景。

她竟然在我的表上动了手脚！

“我们本以为你真的在看守所，本以为通过你这条线已经无法继续调查了。没想到，我们发现你表上的信号在移动，因此我们知道你已经逃了出来。”

吴丽丽靠在那张桌子的一侧，显得很放松，也很妩媚。

细节的疏忽导致惨痛的结果——我彻底失败了。

“你放心，我什么都不会告诉你的。”

看着一言不发的汤宇星，我决定用最后的反抗来挽回因我的疏忽而导致的不幸局面。

“不用你告诉，我们什么都知道了。”

吴丽丽将眼神从我身上转向了汤宇星，“我们安装在你表上的装置，不但能追踪你的行踪，还能听到你们所有的谈话！——所有的！”

我真恨不得冲上去撕烂吴丽丽这张美丽但邪恶的脸。

“汤教授，咱们就明人不说暗话了，我希望您能帮我们找到那个仪器。”大谷裕二终于开口了。

“哈哈哈哈！”汤宇星大笑起来，那笑声简直要震破整个帐篷。

“我父亲、我两个叔叔、我大哥和二妹……通通死在侵华日军的手里——你凭什么觉得我会帮你?！”

汤宇星脸上的肌肉疯狂地抖动着，一股能焚尽一切的烈火出现在他眼中。我无论如何想不到这样一位老人竟然有如此强烈的反应，大谷裕二和吴丽丽显然也被他的冲动骇到，两人一言不敢发地怔在原地。

帐篷内的温度瞬间降到了冰点。

吴丽丽不再靠着桌子，而是直挺挺地站着，一脸的凝重。大谷裕二从椅子上站了起来，向汤宇星鞠了一个九十度的躬。

“那是上一代人犯的错误，我代他们向您道歉！

汤宇星一动不动地坐着，脸上依然满是愤怒。

“你们大谷家族没少支持日本的侵华战争吧！”汤宇星字字如刀，“想找仪器？想再次屠杀中国人？哈哈，老朽就是拼了这条命，也不会让你们得逞的！”

大谷裕二依然鞠着躬，仿佛凝固了一样。

四个雕塑一样的人，就这么无声无息地沉默着。

“汤教授，您误会大谷先生了……”

不知过了多久，吴丽丽首先开了口。

“闭嘴！”汤宇星一巴掌拍在了椅子的扶手上，“你还有脸说话？你配做一个中国人吗？为虎作伥、助纣为虐，败类！”

汤宇星的白发也开始颤抖。

吴丽丽并没有因为汤宇星的愤怒而羞愧，反而径直走到大谷裕二身边，轻轻扶起了他。

大谷裕二直起身后，我发现他早已泪满眼眶了。

吴丽丽从身上拿出了一方手绢，温柔地擦掉大谷裕二即将溢出眼眶的泪水，然后静静地看着我们。

“大谷先生寻找仪器，不是出于政治目的，更不是为了入侵中国……而是……

而是……为了他的爱人！”

听到吴丽丽的这句话，我仿佛中了闪电一样，傻在了那里。而汤宇星则露出了他这个年龄本不该有的疑惑和不解。

吴丽丽走到桌子旁，打开了桌上的那个木盒，从里面拿出了一摞东西，然后回头看着我俩。

我和汤宇星对视了一眼，一起走到桌旁。

那是一摞照片。

随着吴丽丽的翻动，一幅幅画面呈现在了我们眼前——第一张照片中，一个美丽得无法用语言形容的女人，正穿着和服站在一棵樱花树下，灿烂地微笑；第二张照片中，大谷裕二正牵着这个女人的手，在海边惬意地漫步；第三张照片是大谷裕二和这个女人的结婚照，照片中的两人正幸福地拥吻；接下来的一组照片是风景照，这些风景照我在吴丽丽盘龙谷的别墅中曾经看过！

就在我疑惑不解地盯着这些风景照时，吴丽丽打开了最后的一张——在这张照片中，那个美丽的女人正躺在一张床上，双眼紧闭，美丽的脸庞上看不到任何的表情，仿佛死了一样。

看完这些照片，我和汤宇星同时看向了大谷裕二。此时的大谷裕二正背对着我们，那消瘦的背影满是浓浓的忧伤。

“这是大谷先生的妻子。她曾是一个出色的摄影师，那些风景照就是她最喜欢的作品。”吴丽丽轻轻地放下那些照片，一脸悲伤地看着大谷裕二的后背。

汤宇星拿起了最后的那张照片，仔细地看了起来。

“三年前，大谷夫人在一场重病中昏迷不醒，至今未愈。大谷先生请遍了世界上所有的名医，但没有人能给出任何的答案。为了唤醒深爱的妻子，大谷先生不惜一切代价尝试任何方式，甚至巫术——最终，在家族那些高僧的提醒下，大谷先生想到了虫洞……”

吴丽丽偷偷擦了一下自己的眼泪，然后用乞求的目光看着汤宇星。

汤宇星放下那张照片后，意味深长地看着我。

通过他的眼神，我知道我俩得出了相同的答案——大谷夫人在某次时空扭曲中进入了平行时空，然后……没能返回！

“大谷先生在获知了这种可能后，高薪聘请了许多一流的专家学者开始在世界上大规模寻找这种虫洞的下落，同时他还根据家族中发现的那些文物重新进行调查。随着调查的深入，大谷先生越来越坚信那个虫洞的存在，同时还坚信，能制造那个虫洞的仪器也存在。”

吴丽丽说完这些话后，轻轻地叹了一口气。

这时，大谷裕二转过身，努力把悲伤隐藏起来，一脸诚恳地看着我们。

“我不否认，我们家族调查楼兰文可能有政治目的。但我可以发誓，他们只是通过楼兰古国的传闻意识到楼兰文中可能隐藏着时空穿梭的秘密，他们并不知道那个仪器的存在，我也只是在拯救妻子的过程中才逐步证实那个仪器的存在，家族中的其他人根本不知道。当然，无论我怎么说，您一定认为如果我发现了那个仪器，一定会有其他的目的，毕竟那个仪器太过强大。但我发誓，只要找到那个仪器，我可以在你们中国人的监督下使用它——或者这么说，我其实是在帮你们中国人寻找那个仪器，毕竟那个仪器出现在中国。还有，您一定知道，中国的军方也已经知道了那个仪器的存在，所以就算我发现了它也不可能把它带回日本的，对吧？另外，如果我想用仪器帮助日本侵略中国，那我为什么要把这些事情告诉你们？无论你们之前是否知道仪器的存在，我说了你们就会知道，那你们能允许我得逞吗？——我不管有什么人想要寻找仪器、也不管他们寻找仪器的目的是什么，我只想找到它唤醒我的妻子！——拜托了！”

大谷裕二再次向我们鞠起了躬。

大谷裕二的这番话让我和汤宇星陷入了长时间的沉默。

大谷裕二费尽心机、不惜血本寻找仪器竟是为了一个女人？这让我无论如何都难以接受。自打我接触整个事件以来，我都坚信大谷家族孜孜以求地试图破解符号是为了不可告人的惊天目的，我一度认为这个目的事关人类的命运、宇宙的存亡，而今天这个答案的出现，竟让我产生了一种极大的失落感，让我有一种被玩弄了的感觉。

他竟然是为了一个女人！这怎么可能！

我像蠢驴一样看着大谷裕二，试图从他表情中找到否定答案。可他脸上透漏给我的任何信息都在无比肯定地告诉着我，这个答案是无法动摇的。

我看向了汤宇星。他的眼神没有集中在任何人身上，不知在看着什么，在想着什么。

如果大谷裕二在骗我们呢？如果他是在试图博取我们的同情呢？如果他是一个演技纯熟的演员呢？——可他刚才说的那番话的确无懈可击啊。他已经告诉我们他的目的就是为了寻找仪器，而且他在整个寻找的过程中已经暴露了太多的信息，很多中国人都知道他的动机。他显然知道身为中国国家安全人员的孙林早已盯上了他，也知道中国军方在他寻找的过程中时时处处都存在着——如果他寻找仪器是出于政治目的，那他用屁股想一想都会知道他绝不可能成功！

自打他把符号交给丁教授，一连串意外的事情频繁发生，孙林第一时间就介入了。如果大谷裕二包藏着什么不良目的，那他应该知道，他其实第一时间就已经暴露了。可他非但没有改弦更张或就此收手，反而继续寻找，而越多的寻找就意味着越多的暴露，可他似乎根本不在乎中国这些神秘部门对他的注意，似乎是在有意暴露——这一切都太不符合政治斗争的常理了。

难道他自信地认为，无论他怎么暴露，即便中国军方和安全部门知道他在寻找仪器，也无法阻止他获得仪器吗？这太荒唐，太不可思议了！要知道，他是在中国的领土上跟中国最强大的两种力量进行着对抗——他这种自信从何而来？

想来想去，他所有的行为都无法证明他寻找仪器是出于政治目的。那他到底为什么要寻找仪器？难道真的是为了他的妻子吗？

为了一个女人，男人会如此疯狂吗？

爱情的魔力会如此巨大吗？

也许吧！

得出了自己的答案后，我再次看向了汤宇星。他原本眯着的眼睛渐渐睁开了一些，似乎他也有了自己的答案。

见到我俩的反应，大谷裕二和吴丽丽显然有些意外，更有些兴奋。他们连忙靠近了我们一步，等待我们作出最终的决定。

“如果你是为了妻子，那……我没有拒绝的理由。”

汤宇星脸上的愤怒已经消失殆尽，一种莫名的怜惜和赞赏悄悄地爬上了他的布满皱纹的脸。

我顿时长出了一口气。原来汤宇星得出的结论跟我一样，他显然已经仔细思考过大谷裕二的种种行为，相信他不可能有别的什么目的，即便有也不可能得逞。

听到汤宇星的这句话，大谷裕二和吴丽丽几乎要哭了出来。

“谢谢，谢谢！只要能唤醒我的妻子，我愿意付出任何代价！”大谷裕二冲上来，死死地握住了汤宇星的手。

汤宇星终于跟他握手了。

片刻之后，汤宇星松开了手，然后缓缓地把手伸进了兜里，但一秒钟之后，他有些烦躁地把手抽了出来。

“你们有烟吗？”看到汤宇星的动作，我连忙看着吴丽丽。

“有，有。”吴丽丽飞冲出了帐篷。

不到一分钟的工夫，吴丽丽拿着几包烟飞了进来。

“抱歉，不知道您抽哪一种，只有这些了。”吴丽丽恭敬地把烟拿到了汤宇星的面前。

“聊胜于无。”汤宇星毫不客气地接过烟，打开后递给了我一根。

“你也学会抽烟了？”吴丽丽微微笑了一下。

“呃……呃……缓解缓解压力。”我有些尴尬。

自打我相信了大谷裕二的目的和动机后，我对吴丽丽的好感油然而生——原来大谷裕二身边的这个中国女人并不是什么民族败类，而是一个跟我们一样，为了帮助一个陷入爱情不能自拔的男人。

“我虽然答应帮你，但并不能保证我能成功，因为……既然你监听了我们的谈话，你应该知道，我也在寻找它。”

深吸了一口烟后，汤宇星开始发话了。

“我明白。但有了您的帮助，我相信事情的进展会大不一样。”

大谷裕二异常兴奋。

“如果找不到呢？”

汤宇星先把最坏的结果告诉了他们。

“大谷先生已经想到了最坏的结果，”吴丽丽插话进来，“如果通过咱们的力量找不到仪器，那大谷先生会接触中国军方。如果军方能帮他唤醒大谷夫人，他愿意把自己名下的大谷家族的财产全部捐献给中国——这也是先生为什么要在中国军方面前暴露自己的原因。”

好一个痴情男儿——我在心中为大谷裕二竖起了大拇指。

“这只是大谷先生最后的打算，毕竟我们谁都不知道，军方是否愿意帮他。”

吴丽丽重重地叹了口气，无限爱怜地看着大谷裕二。

“你们不是已经有全部的贝叶了吗？应该知道仪器的下落吧。”一想到我从德国民俗博物馆中查到的那些资料，我就觉得大谷家族已经拿到了上半部分的贝叶，而且很有可能也拿到了阿瑟教授的研究成果。如果把这些与他们手中的下半部分贝叶合并，他们应该能知道贝叶中记载的全部秘密。

“全部的贝叶？”大谷裕二吃了一惊，“没有，我们并没有拿到上半部分的贝叶，也没有办法破解这些楼兰文。”

“你们不是让一个土耳其人偷走了德国民俗博物馆的东西吗？山口常顺应该是你们的人吧？还有，你们不是从苏联人那儿买走了五箱的资料吗？”

听到我这些话，大谷裕二、吴丽丽包括汤宇星都吃惊不小。

“你说的没错。但很遗憾，这些资料里面并没有那部分贝叶，也没有阿瑟教授的成果。我相信，这些资料应该早就被美国人拿走了。”大谷裕二一脸沮丧，“我曾试图联系美国中情局，但他们对掌握资料的事情矢口否认。”

“请相信总裁的话，如果我们能破译楼兰文的内容，为什么还要把我们手中的符号交给丁教授呢？”

看到我和汤宇星对大谷裕二仍满腹狐疑，吴丽丽开始解释。

她所说的理由完全成立，我便没有继续质疑。随后，所有人将目光集中在了汤宇星身上。汤宇星皱着眉头思索着什么。

“即便找到了仪器，我们也不知道能不能唤醒你的妻子，因为我们还不知道那个仪器的运作原理……”

“可您是最出色的量子物理学家，您了解现在已经发生过的所有实验，您一定有办法的。”大谷裕二焦急万分。

“可那个仪器毕竟是史前文明留下的，现在的科技远远达不到那个高度。”

“只要您愿意帮我，我愿意等！同时，我会调动所有资源帮助您。您是我唯一的希望了。”大谷裕二哀求不已。

“好……不过，退一步说，即便知道了那个仪器怎么使用，我们也不知道你妻子进入的是哪个平行时空。如果她进入的时空超出了那个仪器的控制范围，那恐怕……”

汤宇星的眉头皱得更紧了。对于他而言，眼下这个棘手的问题简直就是个无解的命题。

“我知道她去了哪里！”

大谷裕二认真地朝汤宇星点了点头，这让我俩大吃一惊。

“自从我知道我妻子有可能进入平行时空，我就开始研究与平行时空相关的所有理论。随后我发现，她存在进入别人现实时空的可能！也就是说，她有可能进到了别人的身体里——您二位下午不是也聊到了这个话题吗？于是，我开始在世界范围内寻找所有双重人格和多重人格的案例，我想从这些案例中找到类似我妻子的那个人格——如果某个患者分裂出的那个人格跟我妻子的人格相同，那我就能知道她到底进入了谁的现实时空之中……”

大谷裕二越说越慢，似乎陷入了某种苦恼和忧伤之中。

“去年……我找到了这个案例！……这个患者所分裂出的那个人格……跟我妻子患病前的人格……一模一样！”

大谷裕二的表情僵住了。他没有再继续往下说，而是任由忧伤铺满他整个的脸庞。

我和汤宇星大眼瞪小眼地看着他。我实在不明白，为什么说到最关键的时候他不说了，竟然在脸上生出如此多的忧伤——这本该是件高兴的事情啊？

“你接着说啊……”等了几十秒后，我再也忍不住了。

就在我话刚说到一半的时候，汤宇星突然把手搭在了我的腿上，示意我不要再问了，这让我无比困惑。

看着汤宇星和大谷裕二奇怪的行为，我连忙想向吴丽丽寻求帮助。可就在我看向吴丽丽的一瞬间，我愣住了——此时的吴丽丽已经泪流满面！

盘龙谷别墅——那个粉色的房间！

在大谷裕二随后的讲述中，整个事情彻底浮出了水面——大谷夫人重病昏迷的那晚，远在中国的吴丽丽突然一觉不醒。昏睡了四十八小时后，吴丽丽醒了，但她的人生却从此改变。在随后的日子里，她身边的人开始发现她越来越不正常，发现她有时会突然表现出另一个人的行为特征，而这一切变化吴丽丽是无法感知的，因为她体内的两种人格无法发现彼此。但有一件事是吴丽丽唯一能确认，而且让她无比恐惧的，那就是：从来没有学过日文的她醒来后居然精通日语！后来，家人偷偷拍下了她分裂后的录像，她看过之后终于相信自己体内还有另一种人格的存在。在家人和朋友的催促下，她开始接触心理医生，想要进行治疗，但她接触过的所有心理医生都无法治愈她的分裂，于是，她绝望了。

就在她患病的这三年时间里，大谷裕二正发了疯似的收集着世界各地的多重人格案例。终于，一年前的某个时刻，大谷裕二接触到了吴丽丽的治疗记录，吴丽丽所分裂出的那个人格完全符号大谷夫人的所有特点。于是，执着的大谷裕二终于得到了上天的报偿，他遇到了吴丽丽！

于是，两人为了相似的目的走到了一起，开始了一段寻找仪器的奇异之旅……

随后，为了方便调查，大谷裕二把吴丽丽接到身边，让她担任自己的秘书，同时让她住进了自己在盘龙谷的别墅。别墅中的那个粉色房间是大谷裕二所布置的，目的不是为了降低吴丽丽分裂的概率，而是为了——增加！只要吴丽丽经常分裂出另一种人格，大谷裕二就能经常见到仿佛苏醒过来的妻子……

随后的时间里，大谷裕二不知道说了多少的话，吴丽丽也不知道流了多少的眼泪，我和汤宇星的心情更不知道多少次地陷入叹息和感动之中。时间一分一秒地流逝着，午夜在无声无息中降临。

该聊的都已经聊完，他俩用丰盛的宵夜款待了我们，并安排我们住在一个舒服的帐篷之中，随后就各自离开了。我知道，新的一天来临时，我们的船上将会增加两个离奇的同舟人。

吃宵夜时，吴丽丽安排人送走了考古队的工作人员。当然，她编了很多类似于“误会”的借口。反正，无论他们信不信，这已经是最好的结果了。也许在不久的将来，当他们知道这一晚发生的事情后，也会唏嘘不已吧！

第四十九章

躺在松软的床上，我思绪万千，久久难以入眠。

何时，大谷裕二在我心中变了模样？何时，吴丽丽从一个妩媚动人的秘书变成了令人惋惜同情的患者？何时，原本悬念重重、深不可测的悬案变成了一个凄美的爱情故事？何时，我被无处不在的杀机充斥着的冰冷内心变得如此柔软温暖？

这一切是真的吗？——它太过美丽，美丽得让我难以相信它的存在；它太过残酷，残酷得让我无法接受它的存在。所有美丽的爱情故事背后，都是这样血淋淋的让人无法正视吗？

我开始渐渐明白，为什么大谷裕二在面对吴丽丽的时候如此谦和而矛盾；而吴丽丽每次看着大谷裕二的时候，她的眼中为什么如此的柔情似水、深情款款。他爱她，因为她身体里装着他爱的女人；而她呢？她到底是在用哪一种人格在爱着他呢？——当一个人的肉体中承载着两个灵魂的时候，她该怎么去面对她真正的情感呢？

当大谷裕二悲伤地讲述他和妻子的故事时，吴丽丽为什么泪流满面？那时的她究竟是她自己还是大谷夫人？

汤宇星躺在隔壁的床上，一根接着一根地抽着烟，时不时传出强压下来的咳嗽和叹息。我知道，突然发生的故事让他也无法安眠。

“汤教授，您相信这个故事吗？”

我侧过了身，在黑暗中看着他床头忽明忽暗的烟头。

“信！”

发现我也没有睡着之后，他重重地咳了两声，缓解了刚才强压时的难受。

“如果真的找个那仪器，他妻子能苏醒吗？”

一个可怜而美丽的女人进入了我的脑海。

“但愿吧。”他深吸了一口烟，“我活了七十多年，真没想到这样的事情还是发生了。唉。”

“如果找不到呢？那是不是意味着，大谷夫人将永远停留在吴丽丽的身体里？”

“宇宙中的事情，谁能说得准呢？也许，哪天时空突然发生适当的扭曲，没准大谷夫人会回去吧。或者……”

他突然停下了举在空中的烟，像是忽然想到了什么。

“或者什么？”我坐起了身。

“或者……死亡！如果吴丽丽死了，大谷夫人将无法停留在吴丽丽的肉体之中，她也许会在平行时空中寻找返回自己肉体的虫洞吧。”

他把烟放进了口中，却久久没有让烟雾涌出。

我呆住了。

这是怎样一个可怕的“或者”啊！

“别想这么多了，赶紧睡吧，明天还有繁重的工作呢。”汤宇星终于吐出了那口烟。

“明天我们该做点什么呢？”我躺回到床上，仰面朝天。

“我会带你……你们……去那个仪器制造者和楼兰人接触过的地方——如果说还有别的仪器留在这个世上的话，只有那个地方了！”

他侧身熄灭烟头后，认真地盖好了被子。

好吧，让我们等待新一天的到来吧！

当我睁开眼的时候，帐篷内已经充满了明亮的阳光。

我立马看了一眼表：九点半——我的天，这一觉睡得实在太沉了。

我赶紧翻身起床，看向了汤宇星的床铺，可那张床上空无一人，只有叠得整整齐齐的被子。

我连忙穿好衣服，拉开了帐篷的门。

此时的营地已经没有了昨晚肃杀的气氛，一座座帐篷仿佛露营一样安然地矗立着，几个壮汉正在营地边面朝外站着，似乎在观察着什么。

听到我走出帐篷的声音，几个壮汉回头看了我一眼，然后面无表情地点头跟我示意了一下，接着回过头继续坚守着自己的岗位。

我本想向他们询问汤宇星的去处，但看到他们机器一样面无表情，我打消了这个念头，径直朝最大的那个帐篷走去。

走进帐篷，我发现汤宇星正跟大谷裕二和吴丽丽聊着什么。他们看到我进来，便同时笑了起来。

“看来你昨天真的累坏了。”

吴丽丽笑盈盈地迎了上来，招呼我坐在了桌前。此时的她已经没有了昨晚的楚楚可怜，俨然恢复了以往干练动人的神采。

看着满桌的食物，我顿时如饕餮附体，狼吞虎咽了起来。

“您几点起的？”我边吃边看向了汤宇星。

“六点多。我这个岁数的人可没你那么好的福气，我是无论多晚睡，到点就醒。”汤宇星笑着看着我。

六点多？这么说他们聊了三个多小时？

“你们聊什么呢？”我可不希望自己错过什么。

“聊了待会儿的安排。当然，还聊了点别的，路上再跟你说，你赶紧吃，车都已经准备好了，就等你了。”

汤宇星低头看了一眼表。

“得嘞！”我连忙三下五除二地把食物灌进了肚子里，无暇顾及那些食物的滋味。

填饱肚子后，我们一同走出帐篷。我、汤宇星和吴丽丽坐进了一辆越野车，大谷裕二进了另一辆，几个壮汉也分别坐进了两辆越野车。于是，一行四车的车队离开营地朝西驶去。

汤宇星坐在了副驾驶的位置，以便指路，我和吴丽丽坐在后排座上。如此近距离地挨着电脑中才有的大美女，换作平时我肯定心花怒放，可经过昨晚这么一折腾，我除了对她满怀同情和敬意外，丝毫没有任何邪念。于是，我俩保持着足够远的距离。

“小戴……你认识吧？”吴丽丽招呼了一下司机，司机立马回头看向了我。

“认识！这不就是给你开奔驰车的司机嘛。”

见到此人，我连忙冲他打了个招呼。我曾不止一次见过这个叫小戴的司机，对他的印象还挺深。

小戴微微冲我点了点头，然后回过头继续专心开车。

“说吧，你们刚才聊什么呢？”我看了看汤宇星，又看了看吴丽丽。

“聊了很多，聊到了汤教授为什么会去盘龙谷以及我是怎么从盘龙谷离开的。”吴丽丽看了我一眼之后，将目光转向了窗外。

汤宇星回头看了一眼我，示意我不要逼问吴丽丽，我连忙冲他瞪了瞪眼，意思是：那你说啊。

“咱们昨天谈了很多时空扭曲的可能，”他打开了话匣子，“只要场足够强大，就能导致时空扭曲，对吧？所以大谷裕二和吴小姐在盘龙谷别墅的一个房间里，设置了一套能产生强大磁场的环形设备，这套设备能够在环形区域内形成强大的磁场，他们希望这套设备产生的磁场能够导致时空扭曲，形成虫洞，进而让大谷夫人离开吴丽丽的现实时空。不过，那套设备虽然很先进，毕竟无法超越现有的科技水平，所以它无法形成足以制造虫洞的磁场，只能在某种程度上缓解吴小姐的症状。我在来罗布泊之前，一直在追踪着全国各地异常的场反应——因为我跟你说过，场异常的地方可能存在虫洞——由于发现了盘龙谷异常的场反应，我才去了那个地方。如果我不去盘龙谷，咱俩就不会有那次意外的邂逅了。”

汤宇星说完这些后回过头盯着前方的道路。

“那您后来为什么离开盘龙谷？”

“因为我发现，那里的场反应虽然比别的地方剧烈得多，但还不足以制造虫洞，也不具备天然虫洞出现的条件，因此我才离开那儿继续调查别的地方。没想到，那个别墅居然是吴小姐的住处。”

听到这里，我偷偷看了一眼吴丽丽。

吴丽丽仍凝视着窗外，一言不发。车里出现了片刻的尴尬。

一套能制造磁场的设备？

我在别墅里查看过几乎所有的房间，并没有发现任何设备啊！——看来，那套设备毫无疑问隐藏在三层那个紧锁大门的房间里！

“吴丽丽，设备是不是在三层的那个房间里？”一产生这个结论后，我立马想要得到吴丽丽的证实。毕竟我们已经是一条船上的人了，她没有必要对我继续隐瞒下去。

“没错。”吴丽丽把眼神从窗外收了回来，看着我，“那套设备隐藏在那个房间的墙里。”

“那，那你为什么要锁上那个房间的门呢？”既然设备藏在墙里，那进去的人不可能发现它。再说了，即便发现了这套设备，也说明不了任何问题，它只是一套制造磁场的设备而已。为什么要锁上房门？为什么要对那个房间讳莫如深呢？

“因为……因为……大谷夫人……在那个房间里。”

一片乌云浮现在了吴丽丽的脸上。

“什么！”我险些吓掉了下巴。

大谷夫人在三层的那个房间里？！——我在别墅书房查阅资料的那两个晚上，一个沉睡的异国女子就在我头顶的那间屋子里？

可是……可是大谷夫人不是昏迷不醒吗？那……那声重物落地的声音是怎么传出来的？门口移动的茶几和摔碎的花瓶又是谁导致的？

我顿时倒吸了一口冷气。

“大谷先生之所以让我住在那个粉色的房间并将大谷夫人安置在那间强磁场的屋子里，就是希望两种不同的环境能够尽最大的可能扭曲时空，让我体内的大谷夫人尽快回到她自己身上……其实，别墅有一个暗道可以从后山直接通向那个房间，我每天都去照看大谷夫人……不过，大谷夫人现在已经不在那儿了，因为爆炸案发生后，大谷先生接走了她。”

吴丽丽开始不停地抠着自己的手指头。

“汽车爆炸后的第二天，大谷先生就派人接走了我——接走了被你抛下不管的我！”

“我……当时你还没醒，如果我不走的话，警察会发现我的。”

我连忙解释起来。我之所以要解释并不是想为自己开脱，而是为了让她不至于难过。

听到我的解释，她看了我一眼，然后继续恨恨地抠着指头。

“汤教授，正常人要是去了强磁场的环境，会怎么样？”

在我踏上西行的火车之前，我和孙林曾经重返了那栋别墅，而孙林在三层房间里的奇怪遭遇，让我顿时对强磁场的环境产生了极大的好奇心。

“在环形区域之外，磁场的反应是很微弱的。但如果进到了那片环形区域，轻则浑身难受，重则昏迷，就像是受了电击一样。当然，如果磁场强大到能时空扭曲，那进到里面人没准就会进入平行时空或者空间平移。”汤宇星没有回头，继续给小戴指起了路。

像是受了电击而昏迷？——这正好是孙林描述的状况。可怜的孙林，他要是知道实情后不知是一副怎样的表情。

幸好那个磁场不够强大，否则谁知道孙林会发生什么。

可三层那个房间传来的响动以及门口被推开的茶几到底是怎么回事？——难道大谷夫人曾经醒来过？

我看了看吴丽丽，强行把自己的这个疑惑压了下去，一心只想等跟汤宇星独处的时候再向他问个清楚。

“汤教授，还远吗？”吴丽丽轻轻拂了拂头发，试图把自己从不良的情绪中带出来。

“不远了，再有十几分钟就到了。”汤宇星通过后视镜看了一眼吴丽丽。

“嗯。”吴丽丽又沉默了。

我和汤宇星通过后视镜对视了一眼，两人的眼中都是无奈。

“汤教授，您学识这么渊博，再给我说点什么吧。”我冲他努了努嘴，示意他打破车内的尴尬。

“啊？”他通过后视镜瞪了我一眼，我抱歉地笑了笑。

咳，女人难过的时候，男人只能想办法逗她们开心了。

“好吧，那我就再给你讲个有趣的传闻。”他看了一眼吴丽丽后，接受了我的建议。

“其实，美国人已经通过实验，证实了在强磁场的环境下人会发生什么变化。吴小姐，你听说过‘彩虹计划’吗？”汤宇星回头看了眼吴丽丽。

“‘彩虹计划’？不知道，您给讲讲啊。”

吴丽丽显然已经意识到我们在试图改善她的心情，为了不让我们失望，她努力装出了一副好奇的样子。

“二战期间，为了尽快击败轴心国，美国曾进行了一系列高科技的实验，其中就包括‘彩虹计划’。当时量子物理学已经取得了初步发展，相对论已经被普遍接受，时空穿梭以及空间平移的理论也已提出，所以，美国军方根据这些理论进行了一次大胆的实验——1943 年 7 月 22 号，美国军方在‘爱尔德里奇’号驱逐舰上安装了当时最先进的磁力发生器，他们想通过制造强磁场来扭曲时空，进而实现军舰的空间平移。当磁力发生器的电源被接通后，岸上的人惊讶地发现，那艘驱逐舰的轮廓开始渐渐模糊起来，似乎在逐渐消失。由于这个场景实在太震惊了，所以岸上的人害怕了，他们当即切断了电源，电源切断后驱逐舰渐渐恢复了原貌。可是，舰上的那些船员们可遭殃了，他们上岸后不但感到恶心、而且完全分辨不出方向，甚至回忆不起刚才发生的任何事情。”

汤宇星说完后通过后视镜看了看惊讶无比的吴丽丽。相比吴丽丽的惊讶，此时的我倒是很镇定，毕竟我昨天已经听到了太多比这个更加难以置信的事情，我的心脏已经足够强大了。

“这种事情真的存在？”吴丽丽漂亮的大眼睛一眨都不眨。

“呵呵，这个实验倒是真的存在，船员们分不清方向以及感到恶心也是有可能的，但驱逐舰逐渐消失的事情完全是后人的杜撰，我相信这次实验没有取得任何的成果。”汤宇星扔掉讲故事时刻意的严肃，哈哈大笑起来。

“您凭什么这么说？没准实验成功了，您只是不知道而已。”我不想让吴丽丽失望。

“怎么可能成功？现在的科学家只能通过原了和DNA分子进行成功的实验，他们在几十年前就能拿一艘驱逐舰实验成功吗？再说了，这个计划既然是美国军方制定的，他们会因为觉得恐惧或者害怕而临时切断电源吗？如果驱逐舰真的开始渐渐消失了，这不正是他们希望的结果吗？他们切断电源干吗？——哇，驱逐舰开始消失了，好可怕，好可怕，赶紧断电吧——你以为是小孩子过家家啊？哈哈。”

汤宇星自以为幽默地大笑了几声。

一个本想化解尴尬的笑话如果不好笑的话，那只会使尴尬更加尴尬。

让物理学家讲笑话简直比让猪上树都难，不会讲就别讲啊！——我心里暗骂了一声，然后连忙看向吴丽丽。吴丽丽听完他莫名其妙的段子后，不再有任何的惊讶，只是干巴巴地轻笑了两声。

于是，车里更尴尬了。

好在这样的尴尬并没有持续多久，因为我们很快就达到了汤宇星所说的目的地。

汤宇星示意停车后，四辆越野车依次停在了目的地——那是一座孤零零矗立在荒漠中的太阳墓。与我昨天所见的太阳墓相比，这座太阳墓不但占地面积更广，而且其中组成七个圆圈的土堆和枯木也更为巨大。不过，这座太阳墓虽然形制巨大，但异常残破，仿佛经历过一场人为的洗劫。

众人纷纷走下了车，我、汤宇星、大谷裕二、吴丽丽直奔太阳墓而去，而小戴和另一个壮汉则拿着铲子、刷子等工具紧紧跟在我们后面。一同下车的其他壮汉们则站在墓地的四周，警惕地看着外围的方向。

让我感到意外的是，在我们进入太阳墓之前，几个壮汉在第一辆车的车顶安装了一个接收装置。在我们的询问下得知，由于地处荒漠，这里没有任何手机信号，为了能够与外界随时保持联系，他们才安装了这个信号接收器。对于他们如此周密的安排，我自然佩服不已。不过对于那些始终处于高度警戒状态的壮汉们，我倒觉得他们有些杯弓蛇影了——在这千里无人烟的荒漠，安排一些类似保镖的人实在是多此一举。

进到巨大的太阳墓后，我们三人在汤宇星的引领下直奔正中间的那个土堆而去。说它是个土堆，是因为经过无数年的风沙，它已经看不出原本的模样，与沙漠中任何土堆毫无二致。在汤宇星的指挥下，小戴和另一个壮汉开始用各种事先准备好的工具清理那个土堆。渐渐地，随着沙土一层层被除去，这个土堆的顶端露出了原本的模样——在土堆的正上方，是一块巨大的石板！

石板出现后，我们惊讶地看着汤宇星。

“这是一座祭坛。每一座太阳墓的正中间都有一座祭坛，在部落的女祭司死后用来祭祀太阳神的。而在祭坛的下面，则是女祭司的墓穴。”

汤宇星边说边轻轻地将石板上面的尘土吹去。

“那些楼兰女尸都是在这样的祭坛下发现的？”我连忙问道。

“基本上都是。”汤宇星没有看我，而是仿佛抚摸珍宝一样抚摸着那块石板。

“那这个祭坛下面的女祭司……还没有被发掘出来？”既然汤宇星把我们带到了这座太阳墓中，那这座太阳墓一定有不同寻常的地方。

“没有。要不要打开它，看看下面女祭司的容貌？”

汤宇星缓缓地直起了身子，死死地盯着大谷裕二的眼睛。

我本以为他是在征求大谷裕二的意见，但大谷裕二眼神中意外露出的愧疚和闪躲让我不禁疑窦重生。

所有人都将目光集中在了大谷裕二的身上，大谷裕二更加不自在了。

“要不要打开？”汤宇星继续逼问道。

“不必了！”大谷裕二深吸了一口气，然后轻声说道，“里面什么都没有。”

什么！我、吴丽丽包括小戴和另一个壮汉同时震惊了。

什么都没有？大谷裕二是怎么知道的？

“我看还是有必要打开。”汤宇星严肃地看了小戴一眼，小戴和壮汉连忙看向了大谷裕二，在没有得到否定的答案后，两人使出吃奶的力气搬开了那块石板。

石板下面果然是一座墓穴，而那座残破的土制的墓穴之中——空空如也！

所有人再次看向了大谷裕二。

“先生，你是怎么知道里面什么都没有的？”良久的沉默之后，吴丽丽首先发话了。

“先祖曾经打开过这座墓穴。”大谷裕二一脸的沉重。

一听他这话，我脑中立马浮现出一个人的名字——大谷光瑞！

“你是说，大谷光瑞来过这儿？”我丝毫不在乎大谷裕二对祖先名字的避讳，直接说出了这个该死的盗宝者的名字。

大谷裕二点了点头。

“不但先祖来过，格伦维德尔和勒科克也来过——那组神秘的符号，就是在这儿发现的……”

两组盗墓贼同时来过这座太阳墓？难怪这里看上去经历过一场破坏。

“女祭司的尸体去哪儿了？”我愤怒了。

“他也不知道。”汤宇星阻止了我对大谷裕二愤怒的追问，“因为这里，原本就没有任何人的尸体。”

我们再次震惊了。

汤宇星点起了一根烟。

“这座墓地最早是勒科克发现的，他从里面洗劫了很多的宝物，但并没有发现古尸。因为他回国后曾得意地炫耀过他在罗布泊的所有发现，而从来没有提到过什么古尸。如果他发现了古尸，那他一定会告知天下的。——因此，我认为，这里根本就没有古尸。”

“没错。先祖在这儿发现了部分的符号残片后，曾在欧洲寻找过与这里相关的所有信息，但从来没有听说过这里发现过古尸。”虽然汤宇星替大谷裕二解了围，但大谷裕二的神情并没有因此而轻松下来。

“可您不是说了吗，每座祭坛下面一定会有女祭司的尸体啊。如果这里根本没有女祭司，那他们为什么要这在建一座太阳墓？为什么要建一座祭坛？”

我和吴丽丽不解地对视了一眼之后，同时看向了汤宇星。

“没错，所有的女祭司死后都要建太阳墓，都要修祭坛——因此，这里一定是为某个女祭司而建的！可这里为什么没有女祭司的尸体？”汤宇星没有正面回答我的问题，而是奇怪地看着我，“你想一想，古代有没有出现过没有尸体的墓地？”

“衣冠冢！”我大喊了出来。

“对！当一个国家重要的人物没有死在本国的时候，他们会将这个人生前的遗物埋葬，作为这个人魂归故土的象征，同时为了让本国人能够祭祀此人。”汤宇星缓缓地抽着烟，同时意味深长地用眼神启发着我。

一个没有死在本国的女祭司？

一个在楼兰消失的尊贵女人？

除了她还能有谁！

“这……这是……这是戊的衣冠冢？”我简直要疯狂了。

汤宇星没有回答。但我明白，此时无声胜有声。

“既然那些楼兰文是在这个墓地发现的，那这些文字中不但有可能记载了仪器，也一定会记载戊的！”我虽然仍不清楚那些神秘的文字到底写了些什么，但文字中记述的内容却在我心中愈发地清晰了。

“您带我们来，就是为了看这个？”吴丽丽温和地看向汤宇星。

“不，绝不仅仅是这个。”汤宇星熄灭了烟头，然后看着两个壮汉，“烦劳你们二位把这个石板翻过来。”

小戴二人马上走到石板前，玩命地将这块石板翻了过来。

“那些盗墓者太心急了。他们只是一心想要发掘财宝，却忽视了最不起眼、却又最重要的信息。”石板底朝天后，汤宇星招呼我们走了过去。

众人马上走到石板前，弯着腰朝那看去。

汤宇星从地上拿起了刷子，开始仔细地刷起了石板底部的沙土。随着沙土一层层被清除，一幅略显模糊的图案出现在我们眼前！

“这是三千年前楼兰人刻在祭台上的地图。你们仔细看！”汤宇星拍了拍手上的土，然后直起了身子，静静地看着我们弯腰俯身的样子。

如果不是汤宇星的提醒，我根本看不出这是一幅地图，因为上面刻着的线条和图案无论从哪个角度来看都无法让人相信它是地图。

我仔细看了一会儿之后，不得其解地仰起头看着汤宇星。

“你们站起来，离远点看。”汤宇星的声音依然冷静。

我们三人随后直起了身子，继续盯着它看。

“你们在头脑中把一个圆形的地球仪铺成平面，让北极处于平面的正中间！”汤宇星的声音有些颤抖。

他所描述的图案立刻在我脑中形成。当这幅图案在脑中形成后，我意外地发现——石板上刻的居然是被拉成平面的地球！

我、吴丽丽和大谷裕二同时发出了惊讶的声音，然后仿佛看到天外来物一样同时看向了汤宇星。

“这——是三千年前楼兰人刻的！”

汤宇星因为颤抖而不停地咳嗽了起来。

三千年前的楼兰人刻了一幅完整的世界地图?!

这简直太匪夷所思了!

“这就是我昨天跟你说的，楼兰人与更高级人类接触过的证据。”

听到此处，我看了看汤宇星，然后低头继续看着那块石板——这样的地图既然是三千年前的楼兰人所刻，那除了是更高级的人类告诉他们的之外，根本不存在别的可能性。

“在所有古老民族的传说中，都存在着巨人、大火球、大洪水、大规模史前战争等类似的传说，这些难道是巧合吗？在几千、几万年前，地球上古老的民族之间由于地理的阻隔几乎不可能发生任何联系，那他们为什么会产生同样的传说和神话？”

汤宇星再次点起了一根烟。

“我相信地球上的确存在着史前更发达的文明，否则，我也不会倾尽全力要去寻找那个仪器。”大谷裕二站在了汤宇星的身旁。

随后他俩聊起了很多对我来说闻所未闻的事情——在北美洲，考古学家在一块二点五亿年前的化石中发现了一个鞋印；在南美洲，人们在一块五十万年前的石头中发现了一个汽车火花塞；在赞比亚，人们发现一颗七万年前的动物头骨上有一个清晰完整的弹孔；在墨西哥，人们在一座神殿的石柱上发现了一个身穿宇航服的男子的雕像；在埃及，人们在一个男童的木乃伊中发现了人造的心脏……

在他俩这些耸人听闻的对话的最后，大谷裕二说出了他在肯尼亚设立基金会的真实目的——“我之所以选择在肯尼亚设立基金会，是因为考古学家和科学家最近发现，在那儿有一座几亿年前被有规模开采过的铀矿！”

听着他俩的谈话，我仿佛进入了另外一个全新的世界，让我对自己曾经学过的整个人类的历史产生了动摇。

“我设立这些基金会的目的就是为了寻找仪器。我调查了芬兰塞姆奥拉德恩遗址的‘太阳墓葬’，也知道墨西哥拉文塔遗址和中国商朝的关系，再加上从肯尼亚发现了史前文明的遗迹，使我无比坚信那个能进行时空穿梭的仪器的存在，所以我才在中国设立同样的基金会。但我目前并不知道该把目标瞄准哪里……”大谷裕二怅然若失。

“史前文明曾造访地球的证据虽然已经确信无疑，但很多人依然固执地不愿相信史前文明的存在。不过还好，一些严肃的科学家站在我们这边。”看着我千变万化的表情，汤宇星笑了起来，“美国科学家利比曾指出，在10400年前，人类的痕迹突然消失，随后各国的历史中纷纷出现大灾变的传说，这表明上一代史前人类是在10400年前消失的——我稍微补充一下，这个科学家利比曾参与过美国研制原子弹的‘曼哈顿计划’，还曾在1960年获得过诺贝尔化学奖。”

“您的意思是，史前人类也存在很多代？”

“对。现今人类有记载的历史不过几千年，而地球却有四十六亿年的历史，因此史前人类也经历过许多代。不是有一种说法说现在的人类处于第五代文明之中嘛——不过这个说法未经证实。”

汤宇星继续笑着。

“照您的意思，史前人类可能是因为大灾祸或者大规模战争才选择离开了地球？”

“对。就比如说现在，如果中美俄这三个国家发了疯，决定开展核子战争的话，那整个地球就毁灭了。但它们会这样吗？会选择同归于尽吗？我看未必——这就是为什么现在的世界不可能发动大规模战争的原因，因为有核武器的‘恐怖制衡’，大家都害怕同归于尽。但如果某个国家找到了合适人类居住的星球，那它就不会害怕同归于尽了，因为它可以在核子战争爆发前离开地球。现在很多国家不是在寻找适合人类居住的星球吗？如果真的找到了，听上去其实是好事，毕竟人类有了新的选择，但可怕的是——一旦找到这样的星球，核子战争爆发的可能就大大存在了。”

汤宇星收起了笑意，显得满腹忧虑。

“如果有国家找到了那个仪器……”吴丽丽皱起了眉头，“它们其实不需要通过那个仪器把自己的军队瞬间输送到别的国家，只需通过仪器把自己人送到适合的星球，然后就不会在乎地球上将发生什么了。”

汤宇星对着吴丽丽点了点头。

听到吴丽丽的分析，我脑中突然出现了一个猜想：如果哪个国家拥有了那个仪器，它也未必会通过瞬间平移军队的方式占领另外的国家，因为即便它把军队输送过去，在接下来的战争中它的军队一样会有损失，而且如果对手足够强大的话，没准对方会通过反扑给这个国家造成更大的损失，这并不是一桩稳赚不赔的买卖。正如吴丽丽所说，如果那个仪器的作用是将自己人输送到另外的星球，那他们根本就不必在乎地球上其他国家的死活了。这也就意味着，即便有些国家掌握了那个仪器，在找到适合人类居住的其他星球之前，他们也不会启动那个仪器！

话说回来，即便他们不启动那个仪器，但那个仪器能瞬间实现空间平移的能力还是会对其他国家产生威慑！

伟大的中国军队，你们可千万别让别人找到或者拿走那个仪器啊！

这个猜想产生之后，我心里顿时踏实了起来，反正大规模的战争一时半会儿还打不起来，我不必庸人自扰。不过，这样看来我以后得密切关注人类对外星球的探索了！

“汤教授，照这么说，那不同民族神话中的神族战争其实就是上一代人类发动的高科技战争啰？”我决定向汤教授寻找答案，以便能知道那些神话战争的奥秘。

汤宇星看着我期待的眼神，脑子快速盘算起来。大谷裕二和吴丽丽虽然知道我的这个问题跟当下的调查毫无关系，可显然对这个问题也很感兴趣。

“这么说吧——如果你现在没有任何科学常识，物理学、机器原理通通不懂，你是一个出生在深山老林、从来没有接触过现代社会的人，那你怎么描述战斗机？”汤宇星在脑中给我挖了坑。

“战斗机？”我知道是坑但还是跳了进去。

“对。你来描述一下战斗机——前提是，你根本没见过它，根本没有任何科学常识。”

汤宇星坏笑了一下。

“呃……一只巨大的鸟，它能发出奇怪的轰鸣声……但比鸟飞得更快……”

我开始删除脑中所有的常识，把自己当成一个三岁的小孩。

“如果这架飞机有四只横翼、四个尾翼和六个起落架呢？”汤宇星接着坏笑。

“那……这只鸟有四个翅膀、四个尾巴和六只脚……”

“描述一下它发射导弹的样子。”

“这只鸟……翅膀下面有很多奇怪的东西……那些东西能喷火……速度很快……那些东西击中目标后能引起大火，还会死很多人……”我突然发现用动物来描述这些战争设备挺有意思。

“好，描述一下坦克吧。”汤宇星一边点头一边笑。大谷裕二眯着眼睛似乎也在脑中编织着跟我同样的图景，吴丽丽的表情变得极为严肃。

“呃……坦克？……有个动物，它有厚厚的皮、有长长的鼻子……鼻子能转，还能发射某种东西……它的腿很奇怪，好像没有脚又好像有很多脚……移动起来能发生巨大的声音……”

“坦克上面的雷达天线呢？”

“嗯，那个动物有个奇怪的耳朵……”

“够了。描述一下军舰吧。”

“是一条巨大的鱼……这个鱼在水面上游……能喷出很多烟和水蒸气……如果是航空母舰的话会有很多鸟从这个鱼身上飞出去……”

我挠了挠头，越想越觉得滑稽。

“这些鸟啊、鱼啊、动物啊……吃什么？”汤宇星知道我已经彻底地进入了陷阱。

“吃什么？……吃奇怪的石头、喝跟正常的水不一样的水呗，反正是燃料。”我挠了挠头。

“好了，咱们就点到为止，不往下说了。”汤宇星看了眼大谷裕二和吴丽丽，他可能意识到这个话题再聊下去太耽误时间了，“按照这个思路，你可以重读一下《山海经》了。按着这个思路读《山海经》的话，你就会发现《山海经》与你曾经认为的完全不一样了。”

“《山海经》？”汤宇星冷不丁蹦出这么一本神秘的书，实在让我猝不及防。

“《山海经》里不是写了很多的怪兽吗？人们至今不明白为什么这些怪兽长得都这么奇怪、都有那么多奇怪的本领，也不明白为什么在后世动物身上发现不了这些怪兽的蛛丝马迹。如果这些动不动就能制造大火、爆炸、闪电、巨雷，能杀无数人的怪兽真的存在，那拿着石头和木棒的远古先民怎么可能存活下来？——但是，如果按照你刚才的想象分析这些怪兽，就会发现它其实记录了大量的史前军事设备。还会发现，它里面描述的怪兽通通出现在矿山附近，也就是里面所描述的‘有玉、有金、有甚寒之水’的地方。至于更详细的记录，我推荐你看一本上世纪九十年代一个名叫丁振忠的马来西亚华人写的书，他在书里详细分析了那些怪兽所代表的兵器种类，现在不是有很多小说家都在分析这些吗？他们大部分是抄袭了丁振忠的成果。好了，这个话题咱们就不必深入聊了，我觉得这些分析已经足够解释你刚才关于神族战争的疑问了？”

不待我继续追问，汤宇星说完这些就走向了那个墓穴。

“为了寻找现存的仪器，我一来罗布泊便开始大规模寻找所有场反应异常的地方，因此我来到了这儿。”

“您的意思是，这座太阳墓的场反应异常？”大谷裕二跟了过去。

“对。我是来这儿之后才发现了这块石板的奥秘。既然史前人类曾跟楼兰人有过接触，又将目前发现的唯一一幅世界地图留在了这里，那就意味着这座太阳墓一定有着不同寻常的地方。但我目前还没有发现这里场反应异常的原因，所以我决定重新发掘这个地方，如果幸运的话，也许我们能在这儿发现留存的仪器！——当然，这只是我的推测，至于能不能发现，还得等发掘之后才知道。”

汤宇星边说边点起了一根烟。

“事不宜迟，我们现在就开始吧。”大谷裕二立刻看向了小戴二人，二人拿着铲子准备行动。

“不行。你的人一看就不专业，我必须用我考古队的工作人员。”汤宇星毫不给他俩留面子。

“也好……不过……会不会走漏风声？”大谷裕二犹豫了一下。

“不会，他们并不知道我要找的到底是什么。”汤宇星说完后看向小戴两人。大谷裕二立刻明白了他的意思，表示这二人都是自己人，不用担心他们会走漏风声。

“好，我马上派人去请您的人过来。不过，既然事情紧迫，那先让他简单地挖掘一下表面，您觉得行吗？”大谷裕二征求汤宇星的意见。

“好。”汤宇星点了点头。

小戴被大谷裕二派去接考古队的人，另一个壮汉在汤宇星的注视下开始了挖掘。

就在挖掘一点一点展开的时候，我右侧裤兜的手机突然响了——我与李少威进行联系的手机放在左侧的裤兜里，右侧放着孙林的手机。

孙林打电话来了！

手机声顿时引起了大谷裕二、吴丽丽和汤宇星的注意，他们三人同时看着我。

“我接个电话。”我拿出手机，快速离开了太阳墓。

走出太阳墓后，我走向了尽可能远的地方。确认不会有人听到我的谈话后，我把手表摘下来埋在很远的沙子里，然后接起了电话。

“你怎么回事？”

电话接通后，孙林愤怒的声音劈头盖脸地传来。

“什么怎么回事？”我一脸的迷茫。

“昨天我给你和汤教授打了无数的电话，为什么通通不在服务区？”孙林依然很愤怒。

“昨天我俩去了罗布泊深处，那儿没信号。”由于理亏，我不敢还嘴。

“营地里不是有信号接收器吗？为什么我半夜给你们打还是不在服务区？”

“这……说来话长，见面后我慢慢讲给你听。总之你放心，我俩很安全。”

我本想在电话中告诉他吴丽丽和大谷裕二的事情，但一时半会儿也说不清楚，我决定见面后把这个足够劲爆的事情慢慢告诉他。

“你确定没出什么意外？”孙林很紧张。

“确定！”为了不让他担心，我非常肯定地说出了这两个字。

“好。你们查出什么了？”孙林的言语中充满了期待。

“查出了很多东西！”我亢奋不已地把这一天来的收获一股脑地告诉了孙林。我告诉他楼兰文中可能记载了仪器的下落，还告诉了他那个仪器的强大功能，同时告诉他仪器可能有两个，一个被戊带去了中原，另一个有可能被留在了罗布泊，我们现在就在罗布泊寻找那一个。

孙林听完我的讲述后兴奋异常，他不停地对我和汤宇星表示了夸赞。不过，在听完所有讲述后，他的语气中多了一丝忧虑。

“我得到消息，最近有很多人通过旅行团和自驾游的方式进入了罗布泊，还有一些考古队也前往了那儿，这远远超出了往年来罗布泊的平均人数，我怀疑其中一些人是为别的目的而来，甚至有可能跟咱们目的相同，都是为了寻找那个仪器。所以我担心他们可能会威胁到你们。”

“我知道了，放心，我会把这个消息告诉汤教授，我们会很小心。”听到他的提醒，我不禁有些慌张。

“这只是我担心的一方面。这么多人进入罗布泊肯定会引起当地驻军的注意，我担心他们会找各种借口驱离这些人，这样一来，你们可能就无法继续待在罗布泊了。”

“那……那我们该怎么办？”我傻眼了。

“目前还没有更好的办法，只能走一步看一步了。你们得加快进度，尽可能在驻军采取措施前找到仪器……不过，仪器真的在罗布泊吗？”孙林的声音中充满了疑虑。

“不知道。不过汤教授已经发现了戊的墓葬，还发现了那里强烈的场。”

“好吧，那你们尽快。”

“明白。”我开始摩拳擦掌起来，“对了，你现在在哪儿？找到林菲了吗？”

“林菲还没有找到。不过，我的人已经通过她最后停留过的宾馆门口的监控录像找到了她的身影，相信要不了多久就能发现她。”孙林的声音中没有太多的兴奋。

“好，我相信你的能力。”自打汤宇星让我无条件地相信孙林后，我对孙林已经毫无顾虑了。

“对了，有一个不好的消息要告诉你……”孙林的声音有些沉重，“我已经查出那个煤气中毒的警察生前跟谁联系过了。”

“是吗？”我立马哆嗦了一下，“查出什么了？”

“那个警察生前曾跟一个同事提到过那些黑衣人的身份……唉，真没想到。”孙林重重地叹了口气。

其实不用他说，通过昨天与汤宇星的分析，我大概能猜到那些黑衣人的身份了，不过我还是希望能从孙林的口中得到证实。

“他们是什么人？”我紧张地问道。

“他们隶属于总参X局！”孙林开始了沉默。

什么！一个巨大的炸弹在我身边爆炸了！

我虽然猜到他们是军方的人，但万万没有想到他们竟隶属于军方中最神秘、最恐怖的部门——如果说这个世界上有什么部门能够让中情局、军情六处、克格勃和摩萨德胆寒的话，那就只有中国的总参X局了！

此时，我终于明白那个警察在看到黑衣人证件后为什么会从心底深处涌出极大的恐惧了。

我也沉默了。

“算了，不用太担心，毕竟他们是国家的人，比我们更加忠于祖国。”孙林沉默了许久后，轻轻地安慰起了我，同时也是安慰他自己。

既然这些黑衣人属于这个部门，那这半个月来的离奇事件都能解释了，而他们阻止任何人调查符号和仪器的动机也足够充分。可既然我们的对手是这样一批人，那我们要不要继续调查下去呢？

我产生了动摇，并把自己动摇的原因告诉了孙林。

“要查。”孙林毫不犹豫，“这是我的任务，我不能因为别的部门介入而放弃我的职责。还有，难道你想就这么放弃吗？你甘心吗？即便最终我们查不到什么，我们也必须为整个事件画一个圆满的句号。再说了，我们和军方在某种程度上是一种合作关系，只有通过我们的调查，才能引出那些试图知道秘密的人，才能引出那些想要危害国家安全的人——你能活到今天不就说明，军方其实早就跟我们达成了某种默契吗？就算不为别的目的，为了国家，我们也必须要继续查下去！”

无数人为了国家不惜献出生命，我有什么理由拒绝呢！

挂断电话之后，我长久地站立在沙地上，心潮澎湃。

我曾跟许多朋友聊过，如果国家有难我们是否愿意为国家作出贡献，大家当时纷纷表示只要有异国入侵，一定报名参军。可在和平年代，哪有那么多不怕死的异国会入侵啊。于是我们都有种报国无门的沮丧。可目前看来，并不是只有参军打仗才能报效国家，生活中无时无刻不存在着为国效力的机会。此时，当这样的机会真的来临，作为一个爱国青年怎么能够拒绝呢？

因此，即便我是诱饵，我也欣然接受这样的身份！

坚定了查下去的信念后，我转身朝太阳墓走去。刚一转身，我发现几辆军车正掀起滚滚沙尘、急速地朝我们驶来。

我连忙挖出手表，狂奔着跑向太阳墓。墓周围的壮汉也看到了疾驰而来的军车，他们纷纷把手伸向腰间。一个壮汉跑进了墓中央，不到一分钟的工夫，汤宇星、大谷裕二、吴丽丽纷纷跑出墓地。

我刚跑回墓地，军车就停在了我们周围。

那是三辆军车——两辆军用卡车，一辆军用吉普车。

军用卡车停稳后，二十多个全副武装的士兵从卡车上跳了下来，迅速用黑洞洞的枪口包围了我们。吉普车停下，司机下车后大踏步地走向我们。吉普车后排座的两个士兵也下了车，但没有走向我们，而是站在了副驾驶位置的门口——副驾驶座位上坐着一个戴着墨镜、没穿军装的男人，他正稳如泰山地看着我们。

我们被眼前的一切吓傻了，那些手放在腰间的壮汉们也纷纷把手垂了下来，一个个失去了原本的神气。

吉普车的司机走到了我们身前，向我们行了一个军礼。

这个司机的肩章上居然是两杠一星——一个少校给人当司机？

“你们是干什么的？”少校用电子仪器般的眼神扫描着我们。

就在我们无所适从的时候，汤宇星走到了少校的面前。

“我们是考古队，来这儿科考，我们来之前已经向当地驻军做了报备。”

汤宇星边说边从身上的包里拿出了一份文件，递给了少校。少校低头看起了那份文件。

就在他看文件的时候，我偷偷看向了吉普车中的那个人——里面到底坐着一个什么样的人？他为什么不但不下车，还有两个士兵护卫着？为什么这个少校会给他当司机？

“哦，汤教授啊，久仰久仰。”少校看完文件后，脸色柔和了很多，“你们的确跟我们做过报备……不过你们科考的范围不在这儿啊？”

“是这样，我们在原来的地方发现了一些新的线索，便按照那个线索来这儿了……由于是临时发现的，还没来得及重新报备。”汤宇星很诚恳。

“那不行啊。你是老考古学家了，您应该知道这里的规定——在任何新的地方进行科考必须重新报备。”少校虽然神情温和，语气却有些强硬。

“明白，明白。我们马上离开，等报备完再来。”汤宇星用眼神暗示我们，我们必须听从他的安排。

大谷裕二和吴丽丽对视了一眼，同时点了点头。

“对不起，您得离开罗布泊。”少校看了一眼汤宇星，“当然，不是因为您破坏了规定，而是所有在罗布泊的科考队和旅行团必须在今天下午六点前全部离开。”

“为什么？”汤宇星大惊。

大谷裕二和吴丽丽也一脸的惊讶和愤怒。我知道，孙林电话中所担心的事情终于发生了，只是没想到，来得如此之快。

“我们接到指示，罗布泊地区近期将有大规模军事演习，所有在此地的非军事人员必须离开。”少校的语气异常坚决，根本不容置疑。

“演习？我们来之前没有听说啊？”汤宇星有些绝望，想要做最后的努力。

“抱歉，这是命令！”少校再次行了一个军礼，那个军礼就像是在合同上盖了章一样，没有任何挽回的余地。

“好……我们六点前就走。”汤宇星彻底绝望了。

他这种绝望的情绪迅速笼罩了我们所有人。

少校行完军礼后，士兵们的枪通通放了下来。就在我们以为少校将带人离开之时，他的眼神竟逐一地开始审视我们每一个人，搞得我们如万箭穿身一般。

不幸的事情发生了——当少校看向那些壮汉时，他的眼神变得异常警惕。

“这些是什么人？”少校警惕地看着汤宇星。

“嗯……考古队……队员……”汤宇星说得一点底气都没有。

唉，别说是少校了，就连我都能看出来，这些身材比士兵都魁梧的壮汉怎么可能是干考古这行的。

“他们是搬运仪器的……工人。”吴丽丽连忙做了补充。

从少校的眼神中我知道，他已经对这帮壮汉的身份产生了怀疑。

“搜身！”少校朝士兵们下达了命令。

十几个士兵迅速逼近壮汉们，另外的士兵则再次端起了冲锋枪。

一场大战一触即发。

就在危如累卵之时，一辆越野车朝我们驶来——那是小戴接考古队员的车。

少校和士兵们发现了这辆急速行驶的越野车后，纷纷用枪口对准了这辆车。

小戴显然看到了远处的情景，车速顿时降了下来。不过犹豫了一番之后，他还是开着车停在了我们周围。

随后小戴和考古队员们在枪口的监视下一一走了出来。

考古队员们看到眼前的场景吓得几乎要尿裤子了。小戴紧张万分地一步步挪向我们。

所有人被集中在了一起，俨然变成了案板上的鱼肉。

“所有人双手抱头！搜！”少校再次下达了命令。

就在士兵们一步步逼向壮汉的时候，我突然发现，站在吉普车旁的一个士兵把头伸向了副驾驶的窗户旁，那个戴墨镜的男人正在他耳边说着什么。随后，那个士兵跑向了少校，在少校耳边嘀咕了一番。少校在听着士兵嘀咕的过程中，脸上的表情开始不停地变换。

“停！”

当士兵开始准备搜身时，少校突然喊了 声。那些士兵愣了一下，回头看了看少校的表情，转身回到了包围圈外。

“你们马上离开！”少校将眼神从壮汉们身上移到了汤宇身上。

见到我们又喜又惊地仍站在原地一动不动，少校再次厉声说道：

“马上！”

随后，在枪口的逼迫下，我们依次坐进了越野车，远离了这片杀气腾腾的区域。

第五十章

考古队员们占用了一辆越野车，我、汤宇星、吴丽丽和大谷裕二挤在了第一辆车里。在车内，大家一个个惊魂未定、一言不发，都没有从刚才生死一线的恐惧中挣脱出来。

“董事长，咱们去哪儿？”

过了很长时间，小戴打破了车内的恐慌。

“先回营地。”坐在副驾驶位置的大谷裕二语带沮丧。

车朝营地的方向疾驰而去。

毫无疑问，军方显然已经察觉到最近进入罗布泊的人数异常，少校所谓的军事演习不过是个借口，他们一定是要驱离这里的所有陌生人。可既然“军事演习”这个借口任何人都无法抗命，那我们的调查该怎么继续呢?

还有，如果刚才真的搜身成功，那士兵们一定会发现壮汉身上的手枪，那样的话即便不发生一场杀戮，我们也会被带走，可为什么戴墨镜的神秘男子阻止了少校的命令呢？到底发生了什么我没注意到的事情导致神秘男人作出这样的决定呢？他为什么要放我们走呢?

一连串的问号不停冲击着我的大脑。我开始玩命地回忆刚才的细节，可想来想去还是找不到神秘男人放走我们的原因。

神秘男子阻止少校的时候，正是小戴和考古队员出现之时——难道是因为他们？既然小戴是大谷裕二和吴丽丽的人，那会不会是考古队员中某个人的出现导致神秘男人下达了这样的命令呢?

我斜着眼看了一眼汤宇星。他坐在驾驶座的正后方，正盯着驾驶座椅的后背，出神地想着什么。大谷裕二和吴丽丽也在各自望着虚无之地，愁眉紧锁，沉浸在跟我一样的疑问之中。

回到营地后，汤宇星跟考古队员们简单交代了几句，让他们马上离开罗布泊。队员们拉着他问东问西，想要搞清楚这一夜之间到底发生了什么，可汤宇星并未做任何解释，只是让他们赶紧离开，等合适的时候再一一告知他们。队员们问不出所以然便无奈地被壮汉们送回了营地，收拾好行囊离开了这个恐怖之地。

随后，汤宇星、大谷裕二、吴丽丽和我来到了营地中最大的那个帐篷，开始琢磨起下一步的计划了。

“我觉得军事演习根本就是一个借口，因为孙林跟我说了，最近有很多陌生人进入罗布泊，这已经引起了当地驻军的怀疑，所以他们才用这个借口想要赶走所有的人。”待众人坐定后，我第一个说出了自己的想法。

其他人相互对视了几眼后，点头表示了同意。

“那接下来怎么办？”吴丽丽一脸期待地看着汤宇星。

“先打电话给孙林，问问他的意见吧。”汤宇星看向了我。

既然汤宇星说这番话的时候没有回避大谷裕二和吴丽丽，那我也就没什么好顾忌的了。于是我拿出手机拨通了孙林的电话。

孙林的电话关机了！

我疑惑地又拨了一遍，仍然关机。

他们显然已经听到了手机那边传来的声音，一个个比我还疑惑。

“不对啊，我刚才在太阳墓的时候刚跟他通过电话，他怎么就关机了？”我拿着手机，满脑子的不可思议。

“算了，不管他了。”汤宇星拿出一根烟，“既然军事演习是个幌子，那我们不能停止调查——华山一条路，不走也得走！”

随后，汤宇星说出了他的计划——那座太阳墓我们必须再次挖掘，但不能带这么多的人。一来，人多显眼，容易被人发现；二来，这帮壮汉不但起不了任何的作用，一旦被军方发现就会惹火上身。所以，这些壮汉必须开着越野车马上离开，这样的话他们不但不会坏我们的事，还会分散军方的注意力，让他们以为我们真的走了。一切安排好之后，我、汤宇星、大谷裕二、吴丽丽和小戴留下，先跟着大部队假装离开此地，然后杀一个回马枪，返回太阳墓——军方一定想不到我们敢立刻返回。

计划已定，我们纷纷表示同意。于是，所有人开始收拾营地，乘车向东远离了罗布泊。

一路上，大家都有一种大战来临前的兴奋和恐慌。每个人脸上的表情都千变万化，似有一种明知山有虎偏向虎山行的豪情。

在路上，我们看到了许多的旅游大巴和私家车，这些车里的人时不时会跟擦身而过的其他车中的人打着招呼，无不表示无奈和愤怒。一辆私家车的司机还摇下窗户，一边冲我们苦笑，一边大骂“真没劲”。大谷裕二也冲那个人苦笑了一下，然后用标准的中文响应了一句：“是啊，真没劲，白来了。”——看来，所有的游客都收到了军方的通知，不得不放弃此次探险。

哼，谁知道这些游客中哪些真的是游客，哪些是间谍特工或者什么想要对国家不利的人呢？

我没有理会这些愤怒的同路者，而是闭上眼睛开始养精蓄锐——谁知道重返太阳墓后会发生什么呢？还是先养足精神再说吧。

一个多小时很快过去了，盐碱路上只剩下了我们的车队。在大谷裕二的指示下，其他越野车继续东行，我们这辆车停在了一座久经风蚀的、巨大的土堆下面，悄悄地隐藏在了土堆的阴影之下，静静等候着合适时机的到来。

沙漠的天气变幻异常，难以捉摸。在我们等候的过程中，强烈的沙暴突然袭来，狂风裹挟着黄沙铺天盖地，似要吞没世间的一切。

“时机已到！”

看着窗外瞬时变黑的天气，汤宇星毅然决然地下了命令。

“小戴，没问题吧？”大谷裕二不无担心，但不容商量地看向了小戴。

小戴深吸了一口气，郑重地点了点头。

这辆越野车像海浪中的一叶扁舟，开始在漫天的黄沙中艰难地奔向那座神秘的太阳墓！

虽然在北京的时候我已经领教过沙尘暴的威力，可与此时此刻罗布泊沙尘暴的威力相比，我在北京遇到的那些简直像是微风拂面、小巧可爱。

车里小戴紧握方向盘，其他人都紧紧抓着任何可能的把手，随时预防自己被无情地摞倒。若不是刚才离开太阳墓时大谷裕二偷偷在那儿留下了一个定位器，此时的我们就算有通天的本领也万难在暗无天日的沙漠中原路返回。车内气氛压抑，而车外则恐怖异常。车外的沙子发狂地拍打着车身，恨不得把车扔起来肆意抛甩，恐怖的风声无孔不入，让我们顿觉进入了一个可怕的鬼怪世界。我们丝毫不敢掉以轻心，无一不紧绷神经、大气不敢出地一边紧张万分地盯着车内 GPS 上闪烁的红点，一边时刻提防着随时可能发生的翻车危险。

这种神经几乎断裂的紧张感持续了两个多小时之后，我们终于回到了那座太阳墓。

让我气愤的是，当我们到达太阳墓的时候，沙尘暴竟然渐渐弱了下来，这该死的天气仿佛故意跟我们开玩笑一样，成心要在路上折腾我们。

下车后大家无不像我一样牢骚地看着渐渐发亮的天空，相互苦笑着对视一眼后，径直走进太阳墓，来到了那个祭台。

经过两个多小时风沙的洗礼，祭台被沙土重新掩埋。除了年迈的汤宇星，我们所有人都用准备好的工具重新清理了祭台，挖开了戊的墓穴。

“现在怎么办？”墓穴挖开之后，我气喘吁吁地看着汤宇星。

汤宇星跳进了墓穴之中，左敲敲、右打打，似乎在寻找什么机关。

“你们听！”

当敲到墓穴底部的石板时，他抬头看了看我们。我们连忙趴在穴口，屏住呼吸听了起来。随着他一声声的敲击，我分明听到墓穴底部空洞洞的回响。

“下面是空的！”大谷裕二兴奋无比。

随后，汤宇星翻出了墓穴。紧接着，我、大谷裕二和小戴拿着工具跳了进去，艰难地打开了墓穴的底部。随着最底层石板的揭开，一条蜿蜒而下、深不见底的通道出现在我们眼前。

“这里居然有个通道——先祖当年怎么没有发现？”看着这条通道，大谷裕二脸上的喜悦随即变成了遗憾和不解。

“我去拿手电筒。”吴丽丽立刻招呼小戴朝越野车跑去。

戊的墓穴下面居然有个通道！这让我兴奋得不知如何是好——汤教授既然检测到这里的能量场异常，那这里一定有非同寻常的东西存在。如今在这里发现了如此奇怪的通道，看来必定藏有奇怪的东西。

“汤教授，这座太阳墓果然有蹊跷！”我崇拜地看向了汤宇星，“恭喜您，没准您想找的仪器就在下面。”

汤宇星听完我的话后，看了一眼我，又伸头看了看通道。然后他抓了一把通道入口处的土，仔细在手里摩挲起来。随着轻轻的摩挲，他脸上的表情突然不安了起来。

“怎么了？”我原本以为他会跟我们一样激动，但他脸上莫名的不安让我感到隐隐的不妙。

“这个通道的土质……不像是很久以前的。”他把土放在鼻子下闻了闻，然后把土扔在了地上，随即朝通道更深的地方抓了一把土，再次摩挲起来。

“您……什么意思？”大谷裕二不安地看着汤宇星。

“这个通道的挖掘年代和太阳墓的修建年代完全不一样！”他把手中的土轻轻地扔了下去，然后缓缓站起身，略带恐惧地与通道保持着距离：“从土质上判断，这个通道应该就是近几十年挖掘的！”

我和大谷裕二瞬间像被针扎了一样站了起来，迅速来到汤宇星的身边。

“这……会不会是盗洞？”我愤怒地看着汤宇星——这帮该死的盗墓贼！

“不好说。”汤宇星死死地盯着通道，“不过，没听说过有盗墓贼对楼兰墓葬感兴趣啊。”

汤宇星这句再平常不过的话在大谷裕二听起来格外刺耳，他下意识地感觉汤宇星是在讽刺他的先祖。

“先祖……先祖和其他的探险者……的确没有发现过这里有通道。”大谷裕二可耻地把那些盗宝者称为了“探险者”。

这时，吴丽丽和小戴拿着几个手电筒跑了过来。当她看到我们三人奇怪的神情后，立马疑惑了起来。

“怎么了？”吴丽丽不解地问。

“汤教授说……这个通道是……近几十年才挖的。”看着沉默不语的汤宇星和大谷裕二，我主动做出了回答。

“那……”吴丽丽也感到有些棘手，“可是，即便如此，既然这里有个通道，那我们无论如何也得进去看看到底是怎么回事吧？”

听着吴丽丽的决定，我顿时明白了一句曾困惑我很久的说法——关键时刻，女人比男人更有决断力。

大家通过眼神达成了共识——既然有了新的发现，那就义无反顾地走下去吧。

我们五人拿着手电筒依次进入了仅容一人通过的通道，然后艰难地朝里面爬了进去。

爬了十几分钟后，我们身后入口处的光亮越来越暗，那片渐渐离我们远去的光明仿佛即将熄灭的灯光一样，把阵阵黑暗和恐惧一步步地推向我们。幽暗狭长的通道内，五束手电筒的光像是五个微弱的希望，带领着我们缓慢地逼近未知的深渊。

又过了十几分钟，我的胳膊肘和膝盖开始隐隐作痛，前方的汤宇星早已停下了许多次，用不停的喘息对抗着他年迈的身躯和早已被烟损害的内脏。包括我在内的其他四人也在不停地喘着粗气，此起彼伏的喘气声混杂着身体摩擦泥土发出的刺耳声共同构成了一组极为不和谐、极为让人心烦意乱的交响曲。

"前面什么情况？看得到头吗？"当汤宇星再次停下来咳嗽的时候，我大声地朝爬在最前方的小戴喊去。

整个队伍停了下来，几秒钟之后，前方传来了小戴闷闷的声音——"看不到！"

这三个字虽然简单，却迅速将一种绝望的情绪传遍了整个通道。我回头看了一眼跟在我身后的吴丽丽，发现她正大汗淋漓，满脸的痛苦。

"怎么办？"我看了她一眼，然后回头看向了汤宇星的后脚跟。

"汤教授，您吃得消吗？"吴丽丽隔过了我，直接看向了汤宇星。

"能……能行。"汤宇星咳嗽了一下，"别瞧不起老同志。要不是怕里面氧气不够，我真想来一根。"

说完后，他嘿嘿地笑了一下，然后艰难地从口袋里拿出了打火机，用打火机敲了敲他正前方小戴的鞋子。

"小伙子，你拿着火机，把它打着。"

小戴回过头，一脸不解地看着汤宇星，汤宇星向前爬了两步，把火机塞进了小戴的手里。

"你用火机照着路，注意这里面氧气的变化。"汤宇星说完后回头看向了我，"大家把手电筒关了。咱们不知道还要爬多久，也不知道要在里面待多久，省点电。"

听完这个老江湖的吩咐后，大家纷纷关掉了手电筒，整个通道内瞬间一片漆黑。片刻之后，随着打火机清脆的声音，一片极微弱的光亮出现在了小戴的手中。

"大家继续！"汤宇星使劲打了一下小戴的鞋子。

队伍继续艰难地移动了起来。

又不知过了多久，所有人已经彻底没劲了。

“妈的，哪个缺德玩意挖这么长的地道，有病啊！我爬不动了，歇会儿。”

我再也爬不动了，大骂一声之后索性趴在地上，一动不动了。另外四人听到我的牢骚之后也趴在地上，早已成了一滩烂泥——看来，大家早有此意，只是谁也不愿先开口罢了。

“汤教授，这……这地道也太长了吧？”趴在队伍最后面的大谷裕二一边喘着气，一边尽量大声地想把声音传达到前面。

“谁知道。不过，打火机的火苗没有减弱，看来这里面氧气充分，一定有通风口。小伙子，把火机灭了吧，省点气。”汤宇星上气不接下气地说着话，“休息一会儿再继续，好吧？”

大家连回应他的力气都没有了，只顾着在彻底的黑暗中继续演奏让人发慌的交响曲。

时间一分一秒地流逝着。随着时间的流逝，我身上的疲惫也在缓慢地流逝，新的力量正逐渐涌进我的全身。其实我早就恨不得趴在这儿好好睡上一觉，可谁知道在这个鬼地方睡着后会发生什么，所以，休息片刻后，我振作了一下精神，决定提议继续前进。

“怎么样了，大家？要不要……”

就在我“要不要”三个字刚出口的一刹那，整个通道突然亮了起来！

早已习惯了黑暗的眼睛在亮光突然出现时瞬间刺痛不已，我连忙用手捂住了双眼。当我再次睁开眼后，我发现所有人都直起了身子，正一动不动地凝固在原地——地道的上方，一排明晃晃的灯泡正刺眼地嘲笑着我们，整条通道被这排灯泡照得仿佛一条通往天堂的光明之路。

我们头顶有一排灯泡？

我的心跳瞬间停止，所有人的心跳都瞬间停止了——整个通道内寂静得仿佛深夜的墓地！

“你们通通下来！”一个男人低沉的声音从前方传来。

所有人迅速侧身朝前看去——在我们前方不远处，一个男人正拿着一支冲锋枪，站在升降梯上面无表情地看着通道内鼹鼠般的五人。

随后，我们五只鼹鼠在枪口的监视下缓慢地爬上了升降梯，然后降落到了一片灯火通明的地下空旷地！

落地后，早已丢失了三魂七魄的我环视了四周：这是一个有足球场那么大的地下空旷地，四周全是石墙，石墙上方是一排排墙灯和一组组摄像头；石墙的下方则是一扇扇紧锁的大门。我抬头看了一眼我们刚才钻行的通道，发现它离我所站的地面至少有十米之遥——我的天，我现在竟然在地下十多米的地方！

迎接我们的，除了这座地下建筑之外，还有十多个人高马大、全副武装的士兵。这些士兵的身材远强于之前我在地面上见到的那些士兵，即便是与大谷裕二的那些壮汉保镖相比，他们看上去也至少能一挑二。此时这帮有着魔鬼肌肉的士兵正用冷冰冰的枪口对着我们的脑袋，那架势似乎在告诉我们——倘有异动，脑袋开花。

见惯了大场面的大谷裕二和吴丽丽此时也已魂飞魄散，汤宇星虽然强装镇定，但依然管不住自己哆哆嗦嗦的双手，小戴早就放弃了掏枪的念头，一副要杀要剐悉听尊便的样子——而我，除了膀胱发紧想要撒尿外，只剩下一副呆若木鸡的样子。

肃杀的气氛持续了半分钟后，石墙下的一扇门突然缓慢地打开了，一个戴着墨镜的男人微笑着走了出来。

吉普车中的那个墨镜男！

墨镜男走到我们身边，示意魔鬼肌肉的士兵放下枪，然后他缓慢地摘下了墨镜，郑重地朝我们行了个军礼。

“诸位勇气可嘉，在下佩服。自我介绍一下，在下王存，总参X局乾组组长！”

当“总参X局”这几个字从他口中蹦出来后，我们五人的血管几乎都要爆裂了。不过与他们四人所表现出的惊骇不同的是，我除了血管爆裂外，更有一种彻骨的寒意——这个摘了墨镜的男人，正是在蓟县网吧门口抓我的黑衣人的首领！

“诸位爬了这么半天，一定渴了，我这有最好的地下水，请赏光！”王存环视了我们一圈后，微笑地看了一眼我，然后头也不回地朝那扇门走去。

这样一个人物的“邀请”，我们岂敢不从？

于是，我们五人跟着他走进了那个房间。

那是一间极为普通的的屋子，普通得让我简直忘了它是在地下十几米处。

“请坐，我给你们倒水。”

我们进屋后，房门从背后自动关上了，屋内只剩下惊兔般的我们五人和这个“客气”的主人。

我当然不敢坐，小戴也是如此。大谷裕二和吴丽丽见到汤宇星大大方方地坐在沙发上，也小心翼翼地坐下了。唉，如果遇到别的威胁，倒可以尝试着挣扎反抗，可当威胁来自世界上最神秘、最恐怖的组织时，挣扎和反抗只会加剧我们的痛苦。算了，爱咋地咋地吧。

一想到这儿，我似乎彻底放松了。这种放松绝不是装的，而是一种既然注定要砍头，就把断头鸡当成美味来享受的放松。于是，我仿佛回到自己家中一般，痛快地坐在舒适的沙发上。

王存从里屋端着一个盘子走了出来，盘子上是五杯清澈无比的水。

“请。”

王存把盘子放在沙发前的茶几上后，落落大方地坐在了我们对面，看那样子似乎要跟我们唠唠家常。

所有人都没有端杯子——原因都是一样的。

“请放心饮用，我们从来不用下毒这种下三烂的手法。”王存微笑了一下，然后拿出了一包烟，“哪位抽烟？”

汤宇星毫不客气地伸手接过了一根，我也非常放松地拿了一根。王存站起身礼貌地为我俩点完烟，他自己也点了一根——整个房间的气氛瞬间像极了朋友聚会。

除了我和汤宇星各自端起杯子喝了一口之外，大谷裕二、吴丽丽和小戴还是纹丝不动——唉，紧张什么啊，反正也是要死的——我心里小小地鄙视了一下他们三人。

“汤教授，我曾拜读过您的许多大作，实在让我佩服得五体投地。”

王存吐了一个规整的烟圈后，一脸敬仰地看着汤宇星。

“我的书还有人看？哈哈，太意外了。”

汤宇星把烟灰轻轻地弹在茶几上的烟灰缸内。

“您如此博学，能为国家效力实在是国家的一大幸事！”

王存起身把烟灰缸往汤宇星跟前挪了挪。

听到他这句话，我立马偷偷瞟了他一眼——他知道汤宇星在为孙林效力？

我的这个眼神没能逃过他的眼睛，他微笑着把目光从汤宇星转向了我。

“周皓，你这么年轻却有如此大的本事，如果不为国家效力实在可惜了。”

“我……我不就是在为国家……效力吗？”既然王存知道我所做的事情，那他肯定知道我其实就是在为国效力，可他为什么还要问这么一句呢。

“我的意思是，等整件事情结束后，你有没有兴趣投身到我们这个行业？当然，可以肯定的是，孙林一定也想挖你过去，不过我觉得我这里会更加适合你。怎么样？要不要考虑一下，反正你马上就要毕业了。”王存笑得很真诚。

“这个……等……等整件事情结束再说吧。”我有些蒙了——王存不是想杀光所有想要知道秘密的人吗？他既然已经杀了那么多人，为什么还要留我这个最重要的活口？

他该不会真的这么爱惜人才吧？

我盯着他，想要看穿他这个鳄鱼的眼泪。

“不用再等了，事情已经结束了！”

王存狠狠地把烟头掐火了。

“结束了？”我慌张地看了他一眼，然后迅速了看了看汤宇星、大谷裕二和吴丽丽——他们三人的目光中也满是恐慌和不解。

“没错。拜你所赐，所有想知道秘密的人通通被我找到了。人们不是常说吗，不怕贼偷就怕贼惦记，呵呵，仪器贼是偷不走的，我要做的，就是找到所有惦记仪器的贼。”王存笑眯眯地看着大谷裕二和吴丽丽，然后低头看了一眼表，“当然，还有一位不在这间屋子里，不过他应该很快就会到了。”

大谷裕二和吴丽丽对视了一眼，一行清泪从吴丽丽眼眶中流了出来。大谷裕二从身上拿出了手帕，轻轻地擦去了那行美丽的泪水。

“喝点水吧。”大谷裕二深情地端起了水杯，递给了吴丽丽。

“你……你们真的知道仪器的下落？”汤宇星的声音有些颤抖。

“没错。可惜不在这儿……至于在哪儿，恕我无法相告。”

王存看着正在喝水的大谷裕二和吴丽丽，眼神中不知不觉流露出许多不忍。

“既然你早知道仪器的下落，为什么不告诉孙林？为什么还要让我们累死累活地调查！你不觉得，你利用我们引出这些人实在太卑鄙了吗？”汤宇星拿着烟的手因为愤怒而剧烈地抖动了起来。

王存看着愤怒的汤宇星，一脸的愧疚。他张了张嘴，想要说些什么，但没有开口，而是把一根烟放在了嘴边。

“我知道你想说什么，”汤宇星愤怒的情绪迅速感染到了我，我也有些不管不顾了，“你想说你这都是为了国家，对吧？可那些死在你手里的人怎么办？你完全有能力不杀他们的！你为什么非杀他们不可！”

丁教授、崔波、煤气中毒的警察——一张张无辜的脸出现在了我的眼前，让我心如刀割。

王存停住了准备点烟的手，面无表情地盯着我。我毫不畏惧地迎着他的目光，死死地与他对视起来。良久，他缓缓地点着烟，轻轻地吸了一口。此时的房间出奇地安静，安静得仿佛暴雨来临前的死寂——我们五人都不再说话了，开始静静等待着他对我们痛下杀手。

沉默持续着。死亡逼近着……

王存嘴边的烟抽完了。他轻轻地拿开那根烟，起身走到烟灰缸前，准备掐灭它——我知道，这根烟被掐灭的时刻，就是我见到丁教授的时刻！

“王先生！”

大谷裕二突然站了起来。

我们所有人惊了一下。王存抬头看了一眼大谷裕二，然后轻轻地按灭了烟头。

“王先生，我不管别人找仪器是什么目的，但请你相信，我找它只是为了我的妻子。”大谷裕二几乎是在哀求。

“大谷先生、吴小姐，对于你二位的遭遇，我略有耳闻，深表同情。”

王存回身坐到了沙发上，然后一脸惋惜地看着大谷裕二和吴丽丽。

“好，既然你同情，那就请你助我们一臂之力。”

大谷裕二站起了身，深深地向王存鞠了个躬。

“这个……”王存摸了摸自己的下巴。

“我已经签署了文件，只要贵国能帮助我，我愿意捐出所有的财产！还有，我会让我们家族尽一切可能帮助贵国的发展！拜托了。”大谷裕二跪在了王存面前。

所有人都被大谷裕二的行为震惊了。吴丽丽毫不犹豫地冲到他面前，强行想扶起他。

“大谷先生，你……”吴丽丽的眼泪再次夺眶而出。

大谷裕二挣脱了吴丽丽的胳膊，坚定无比地看着王存。王存继续摸着自己没有胡须的下巴，似乎在思考着什么。

“既然你想通过仪器救你夫人，为什么不直接联系我们，而要用这种见不得人的方式？”良久，王存静静地看向了大谷裕二。

“我……我担心贵国不愿意帮助我……所以，我想自己寻找。”大谷裕二低下了头。

“为什么我们不愿意帮助你？万一我们愿意呢？”王存把身子凑向跪在他面前的大谷裕二，言语中满是鄙视。

“那……那就请你帮助我们。”大谷裕二深深地低下了头。

“我不是不能帮你……但有一个条件。”王存缓缓地站起了身。

一听到这话，大谷裕二连忙抬起了头，一脸惊喜地看着王存。而我、汤宇星和吴丽丽也不禁有些兴奋。

“你请说。”大谷裕二的声音因为兴奋而发抖了。

“你们大谷家族不是在日本的政、军、商和宗教界都很有势力吗？让他们把所知道的全部秘密通通告诉我！”王存笑了起来,这次的笑声让所有人不寒而栗。

“你！”大谷裕二显然意识到了什么，他缓缓地站起了身，用他那扭曲了的五官恨恨地盯着王存。

“我要知道你们日本全部的政治、军事、外交、经济和宗教秘密，如果你能搞到，我可以让你用一次那个仪器！”王存微笑地盯着怒发冲冠的大谷裕二。

“这绝不可能！”大谷裕二咆哮了。

“我知道这不可能！”王存目光凌厉而充满杀气地盯着大谷裕二，“所以，无论你的理由多么感人、承诺多么充分，中国军方绝不可能因为任何理由帮助日本的大谷家族！”

就在王存话音落地的一瞬间，大谷裕二突然从腰间拔出一支枪，死死地顶住了王存脑门。

空气瞬间凝固了——整个房间被铺天盖地的杀气笼罩！

“告诉我，仪器在哪儿！”大谷裕二恨不得用枪顶穿王存的脑袋。

“有本事自己去找啊。”王存居然还在笑。

“去死吧！”彻底疯狂了的大谷裕二扣动了扳机。

第五十一章

如果王存死了，结果只有一个——我们被冲进来的士兵射成马蜂窝！

但是，王存没死——因为，枪没有响！

大谷裕二傻了。他玩命地继续扣动扳机，但除了金属发出的嗒嗒声之外，一颗子弹都没有射出。

王存的笑声响彻全屋。

就在我们所有人震惊得几乎要窒息之时，一个人缓缓地拿出了一把子弹，从容地扔到茶几上——小戴！

大谷裕二和吴丽丽见鬼般地看着小戴，小戴走到大谷裕二身边，拿走了他的枪，然后向王存郑重地行了一个军礼！

丁教授被杀当晚，除了吴丽丽和我，只有小戴知道丁教授回的是学校的住处！我被吴丽丽接走与大谷裕二会面的那天，司机正是小戴！我没日没夜分析丁教授被杀原因时，大谷基金会的内鬼无数次出现在我的脑中！刚才在地上的太阳墓时，少校原本要搜我们的身，原本可能发生一场恶战，但当小戴接考古队员出现时，他们居然放走了我们……

大谷裕二和吴丽丽崩溃了，他们像看到了杀父仇人一样用布满血丝的眼睛瞪着小戴。而小戴丝毫没有理会他们的目光，服从地看着王存。瞬间的窒息过后，大谷裕二和吴丽丽绝望地瘫倒在了沙发上。

当这个人露出真实身份后，我恨不得立马冲上去活剥了他，用他卑鄙的灵魂祭奠死去的丁教授。

“戴冲，你这几年任务完成得很出色，辛苦你了。”

王存向戴冲回了一个军礼后，示意他离开。就在戴冲转身走到门口时，我奋不顾身地冲上去拉住他。

“你不能走！丁教授不能就这么死了！”

戴冲不由分说地一拳把我打回到了沙发上，离开了这间该死的屋子。门开启的一瞬间，我清楚地看到，门口正站在四个持枪的士兵。当我捂着脸想冲出去追他时，门早已关闭，任凭我如何手推脚踹，那扇门仿佛墙一样纹丝不动。

“周皓，你冷静点。”

王存低沉的声音在我身后响起。

“去你妈的。”我转身拿起桌上的水杯砸向了王存，王存竟丝毫没有闪躲，任由水杯重重地砸在他的胸前。

“你这个杀人放火的畜生，你下辈子不得好死！”我站在门口，怒气冲天地狂吼了起来。

王存静静地看着我，一言不发。汤宇星走到我身边，扶我坐回到沙发上。大谷裕二和吴丽丽依然尸体般瘫在原地。

空气再次凝固了。

“王存，我们都在这儿了，你想怎么办就怎么办吧。”汤宇星拿起了也许是他平生最后一根烟，平静地点了起来。

王存看了眼汤宇星和我，然后缓步走到大谷裕二身旁。

“大谷先生，你真的爱你的妻子吗？”

大谷裕二没有看他，傻了一样盯着茶几上的一堆子弹。

“我很钦佩你这样的男人，真的。虽然我们属于不同的国家，但爱情是可以超越国度的，是人类最高尚的美德，我坚信这一点。”王存边说边坐在了大谷裕二身旁，“你愿意为了妻子而放弃所有，这绝不是所有男人都能做到的，我王存打心眼里佩服你。可既然你愿意放弃所有去唤醒你的妻子，那除了妻子之外，你还有什么可在乎的呢？仪器在我们手中，地球早晚将不会存在，那么你何必在意大谷家族所掌握的秘密呢？地球的毁灭是早晚的事，可如果你能在毁灭之前跟你的妻子团聚，这何乐而不为呢？只要你愿意跟我合作，我可以保证，在我们离开地球的时候，一定会带上你们夫妇的。当然，你肯定不会相信我的保证，但你一定相信——跟我合作，是你与妻子团聚唯一的希望！这不也正是你所有打算的最后一步吗？”

王存说了这些之后，紧紧地握住了大谷裕二的手，继续说了下去。

“其实，你和我都知道，仪器你是不可能找到的。既然你原本就打算跟中国军方合作，那为什么当我主动要跟你合作的时候你反而要拒绝呢？我相信你会作出一个最完美的决定！”

王存说完之后，重重地握了一下大谷裕二的手。此时的大谷裕二仿佛失了魂的提线木偶，任由他的手在王存手中抖动。

“我给你的是最好的选择——当然，也是最后的选择！能不能救醒你的妻子，就看你如何决定了。”

王存放开了大谷裕二的手，起身来到门前，敲了一下门。门开后，两个士兵走了进来。

“送大谷先生回去。”王存对士兵下达了命令，又回头看了看大谷裕二，“你不必着急给我答复。我给你几天时间考虑，如果你考虑清楚了，我的人会随时跟你联系。只要你愿意跟我们合作，并拿出你合作的诚意，那么我保证，你拿出诚意的那天就是你与妻子的团聚之日。”

说完这番话，王存静静地站在门口，温和地看着大谷裕二。我则万分同情地看着这个年轻、富有却悲伤的日本人，彷徨无措地等待着他的决定。我心里无数次地咒骂着王存，咒骂他将大谷裕二置于如此两难的境地。爱情，抑或是祖国？生存，抑或是死亡？——这真的是人类永远无法逃脱的魔咒吗？

“To be or not to be，that is a question.”

莎士比亚的魔咒瞬间鬼影般充斥着这间屋子，让我们所有人无不陷入对大谷裕二深深的同情和怜悯之中——而在这样的同情和怜悯之下，我们心底难道不是已经有了自己期望的答案吗？

“你……真的会让我……让我跟妻子团聚？”一万年的沉默过后，大谷裕二悲伤地看着吴丽丽，而吴丽丽则掩住脸庞，将头深埋在双手之间。

“我从不辜负任何一个愿意跟我们合作的人！”王存看了眼大谷裕二，转向了吴丽丽。霎时间，他彻底明白了这两人内心深处的某种奇妙情感，“你忍心看着吴小姐被两种人格不停地折磨吗？”

吴丽丽停止了哭泣，她泪眼朦胧地看着王存，眼神中充满了愤怒。我登时也愤怒了——王存，你为什么要故意戳他俩的痛处呢？

大谷裕二慌了，他闪烁不定的眼神出卖了他内心的不安与惶恐，那种感觉就像是光天化日之下被人剥光了衣服一般，将他内心深处最隐秘的黑暗暴露在众目睽睽之下。

大谷裕二缓缓地直起了身子，他端起水杯，凝望着杯中清澈的甘甜之水，久久没有反应。许久之后，他仿佛下定了决心，猛地喝光了杯子里的水，决绝地站了起来。

“大谷先生，你不用着急给答复，回去好好考虑一下。”王存不等大谷裕二开口，微笑而诚恳地看着他。

“好。我们走。”大谷裕二拉起吴丽丽，朝门口走去。

“稍等！”王存拦在了他俩身前，“吴小姐暂时由我来照顾。放心，由军方照顾她，她肯定安全。只要她安全，你‘妻子’也是安全的！”

“不，我要跟大谷先生在一起。”吴丽丽突然推开了王存，冲上去紧紧抱住了大谷裕二。

“吴小姐，只要大谷先生有诚意合作，你们一定会再见的。”王存朝一个士兵使了个眼色，那个士兵走上前拉开了吴丽丽，吴丽丽的手死死地拽着大谷裕二，大谷裕二悲伤地闭上了眼睛。

看着眼前难舍难分的一幕，我除了在心中无数次地咒骂王存卑鄙之外，别无他法。汤宇星故意低头抽着烟，不忍看这悲戚的一幕。

“好。你等我消息。”大谷裕二突然挣开了吴丽丽的手，大步朝门口走去。可就在他走向门口的一瞬间，他忽然冲了回来，紧紧地抱住了吴丽丽！

妻子、拥有妻子灵魂的吴丽丽、吴丽丽本人——大谷裕二究竟更爱的是哪一个呢？

随后，大谷裕二被士兵送离了这个地下建筑，吴丽丽则被两个女兵带到了别的房间。此时，屋里只剩下王存、汤宇星和我了。

“在下真是开了眼界了！”门再次关闭的时候，汤宇星幽幽地蹦出了这么一句，“让大谷家族的人当卧底，真是天才的想法。”

王存没有理会他的讽刺，而是走进里屋，拿出了一个水壶，给我俩的杯子里续了水。

“大谷裕二不会帮你的。”虽然我心底希望中国能获取日本重要的情报，但出于个人感情，我竟然不希望王存的阴谋得逞。

“谁知道呢。”王存倒完水后，嘿嘿地乐了一下，然后递给了我一根烟，“万一他要真是个痴情种子、愿意跟我合作，那对咱们中国岂不是大有帮助？再说了，就算他不合作，对国家也没有任何损失。”

王存说罢，坐回到沙发上，志得意满地翘起了二郎腿。

“我知道你俩很烦我，恨不得我马上死了，可你俩也是中国人，肯定知道我这么做对国家是没有坏处的。如果我判断没错的话，这位大谷先生应该会愿意跟我合作。话说回来，以你二位的水平，你们一定知道我们虽然知道仪器的下落，但在找到适合人类居住的外星球之前，我们肯定不会启动这个仪器的。这个过程需要几十年，没准几百年，谁知道呢。能在此之前利用好大谷裕二，岂不是一件于我于他都两全其美的事情？”

王存端起水杯，静静地喝了起来。屋里出现了片刻的宁静。

“好，算你厉害！那你准备怎么处置我俩？”此时的安静绝非好事，我必须打破沉默。

“你觉得呢？”他把水杯握在手中，坏笑地看着我。

“我才不怕死呢……已经有太多人因为整个事情而被你们杀害，我压根没想活着等到真相大白那天！”一想到被王存杀的那些人，我心头涌起了无限的悲伤和愤怒。

王存并没有接话，而是一脸愁容地看着门口，仿佛有许多的难言之隐。

“你为什么觉得我一定会杀你？”

“废话，这要问你自己！”我气不打一处来，“不过，你弄死我之前，能不能告诉我仪器到底在哪儿，让我死个明白。”我看了他一眼，然后看向了汤宇星——我相信，我俩此时的想法肯定是一样的。

“我要是不告诉你呢？”他嘴角扬起了一丝笑意。

“那我做鬼都不会放过你！”我生气地把烟头狠狠地扔进了烟灰缸。

“哈哈，抱歉，我是无神论者。”我觉得他脸上露出了猫玩耗子时的得意神情。

我冲上去掐死他的心都有了。

“王存，你有什么就直说吧，别绕弯子了，我这把年纪脑袋不太好使了。”汤宇星有些生气，“我知道，无论你告不告诉我们仪器的下落，我们都会死的。如果你告诉了我们，我们会被灭口；即便你不告诉我们，我们就算不为别人，为了满足自己的好奇心也会查下去的，所以你还是会杀我们。我劝你啊，还是赶紧告诉我们吧，让我们死也死个明白。”

王存听完汤宇星的话，竟然叹了口气，心事重重地把杯子放在了茶几上——

你大爷，你又要演什么戏了！

“汤教授，我不会告诉你们仪器的下落，但也不会杀你们，因为——我要让你们继续查下去！”王存盯着水杯，一副天机不可泄露的模样。

“年轻人，你到底想怎么样？”汤宇星瞬间站了起来，满身的不怒自威。

“你想让我帮你引的人我都引出来了，还让我们查什么？”我连忙陪着汤宇星站起来，同样怒视着王存。

“二位请坐，请容我解释。”王存抬起头，表情中丝毫没有玩笑的意思。虽然他看上去十分诚恳，但我俩没有理会他，依然涨红了脸瞪着他。

“你们应该知道，如果我告诉你们仪器的下落，那我就是泄露国家机密，这种事情我能做吗？”他无比正经地看着我俩，旋即，他的表情变得有些诡异，“可如果你们是通过自己的努力查到了仪器下落，那就跟我没什么关系了。”

闻听此言，我和汤宇星不禁对视了一眼，我们都不明白他葫芦里到底卖的是什么药。

“你们一定想知道，既然我该抓的人都抓完了，为什么还要让你们继续调查，对吧？你们想过没有，今天下午我原本就可以把你们通通抓起来，为什么当我发现戴冲跟你们在一起的时候，我放了你们？”王存见我们依然不相信他，便站起身来，没有丝毫掩饰地看着我俩。

他这话一出口，我和汤宇星同时愣了一下——对啊，当时我、汤宇星、大谷裕二和吴丽丽都在，跟此时在地下毫无分别，他为什么见到戴冲后要放了我们呢？

我俩顿时觉得他的确没有在耍我们，的确有话要说，于是我们随着他的手势坐了下来。

“这座太阳墓的确是戊的衣冠冢，这是没错的。而关于仪器存留于世的线索都集中在了这个地方，因此这里一定是所有想得到仪器者必然要来的地方。所以，我故意在这制造了强大的能量场，让那些人更加相信这里的可疑之处。实话告诉你们，这里根本没有什么仪器——地球上目前只存在一个仪器，那就是被戊带去中原的那个。我故意把这里制造成仪器的所在位置就是为了把这些人一网打尽，很抱歉，汤教授也中了我的圈套。今天下午我本来想抓你们，但我发现有一个我想抓的人没有跟你们在一起，所以我犹豫了。就在我犹豫要不要抓你们的时候，小戴突然出现了，于是我就放心了。只要小戴在，你们的每一步行动我都会了如指掌，因此我才放了你们，想让你们引出那个我要抓的人。让我意外的是，你们实在太执着了，居然敢在沙尘暴中重返此地！如果再不抓你们，那你们就会发现这里的秘密。所以，我才不得已把你们请到了这个房间。”

“还有一个你想抓而没抓到的人？”我和汤宇星同时吃了一惊。

“没错。他这段日子一直跟你们在一起，我今天本想揭穿他的真面目，没想到他竟然没有跟你们一起来——这个人，才是我要钓的大鱼！”

王存使劲地咬了咬牙，端起杯子一饮而尽。

这个人这段日子一直跟我们在一起？这个人是王存要钓的大鱼？——这……这到底是怎么回事？

我和汤宇星大眼瞪小眼，谁不都不明白王存说的到底是什么人。

“所以，你们要继续查下去。只要你们不停地查，这个人总有一天会露出狐狸尾巴，到时候，他就是有通天的本领也休想逃出我的五指山！”王存恨不得捏碎手中的杯子。

“王存，这个人到底是谁？”我觉得一大股鲜血正涌上我的喉头。

“这个人，就是制造所有杀人事件的元凶！”王存手中的杯子随着他的暴怒瞬间炸裂！

第五十二章

什么！

我浑身哆嗦着站了起来。站起来后，我发现我的双腿由于剧烈抖动已经无法直立了。

“丁教授、崔波、还有那个看过我证件的警察，通通是被他杀死的。”王存没有理会手中渗出的鲜血，而是满眼怒火地看着我。

丁教授、崔波、那个警察——不是被军方杀的？他们三个人分明是军方为了灭口而被杀的，怎么可能另有其人！尤其是那个警察，他是在看过王存证件的当晚就被灭的口，别人怎么可能去杀他！

我目不转睛地盯着王存的眼睛。虽然他的眼神中满是愤怒，可我实在无法相信此时从他嘴里居然蹦出另外一个凶手。与其说他不值得相信，不如说我不愿意相信——经过这半个多月的折腾，所有可疑的人物、可疑的线索都在今天汇聚在了一起，为什么在这一切即将真相大白之时会出现一个我从来没有听说过、也从来没有出现在我视野中的新人物呢？我已经被这些神秘人物和神秘事件折腾得身心俱疲，我实在无法接受还有新人物出现。我越不愿意接受这个现实，便越坚信他是在掩饰和推托。

好吧，装，你接着装，你以为你把这些杀人事件通通赖到别人身上就能洗脱你的罪名吗？休想。

王存很快看出了我眼神中的鄙夷和不满，他无奈地摇了摇头，然后从茶几上抽出了几张纸，开始擦拭手上的伤口。

“你不拿奥斯卡影帝实在太可惜了。”我轻蔑地笑了一声，然后一屁股坐回到沙发上。

“看来你根本不相信我？”王存边擦拭血边斜眼看着我。

“反正那些人都死了，你想赖给谁都行，你多牛逼啊。”我看了眼仍一脸疑惑的汤宇星，冲他努了努嘴。汤宇星不解地在我俩之间来回看着。

"好，我让你见一个人。只要你见了他，你就会相信我所说的一切了。"王存站起了身。

我没有起身，我才懒得继续中他的计。

就在我俩对峙之时，门突然打开了。一个士兵站在门口冲王存点了点头。王存连忙高兴地跑了出去，出门之前他回头得意地看着我俩。

"二位稍等。在我带你们见那个人之前，你们得先见见另一个人了，这个人就是我刚才说的、一会儿会主动进入圈套的那个惦记仪器的贼——不过，是个小贼。"

说话，王存走了出去，那扇门随即关闭。

此时屋里就剩下汤宇星我们两人了。

"我才不管王存要耍什么新把戏，反正无论他说什么我都不信。"我跟汤宇星说出了自己的想法。汤宇星挠了挠头，似乎在判断着眼前的局势。

沉默。

"周皓，我觉得有必要听听他的解释。"

良久之后，汤宇星轻声说道。

"凭什么？他分明是要洗清自己的罪名！"我觉得汤宇星有些老糊涂了。

"他为什么要在咱俩面前证明他的清白呢？他随时可以杀掉咱俩啊！再说了，以他的背景，他即便真的杀了那几个人也不会怎么样啊，他干吗要跟咱们解释这些？"汤宇星一字一顿地说出了自己的分析。

"这……"他真是把我问住了——对啊，王存为什么要跟我俩解释人不是他杀的？他根本没必要跟我们这两个马上要变成死尸的人解释这些啊。

难道真的还有什么大鱼是他没有捉到的吗？

"可是……可是我身边，没有他所说的那个什么大鱼啊？他到底什么意思？"我乱了方寸。

"我觉得今天的事很不简单，也远没有结束。一会儿咱们静观其变，千万不要自乱阵脚。我倒是真想看看王存到底还想干点什么。"

汤宇星说这些话的时候并没有看我，而是在独自盘算着什么，似乎想从脑中挖出王存口中的那条大鱼。

看到汤宇星不再说话，我也没有打扰他，而是开始排查起这段日子以来在我身边出现的、还没有被王存抓到的人物，试图从里面找出那个隐藏如此之深的可疑人物——李少威？林菲？小刘护士？杰克？孙林？

除了这几个我见过的人之外，还有一些我从未谋面却无时无刻不在影响着我调查进度的林吉贤，用林吉贤家电话联系过我的神秘人，李少威多次提到的、在林菲身边的一个韩国人，当然，还有——WU415！

这些人哪个才是王存所说的那条大鱼呢？

就在我挖空心思也想不明白的时候，门开了，王存拿着一个东西走了进来。

他笑呵呵地看了我一眼。当他发现我脸上已经没有了刚才的不屑和愤怒、而是不解和疑惑时，他意识到我已经想明白了一些事情，于是他很宽慰地坐在了原来的位置，递给我了一个东西。

那是一张照片，照片上拍的内容是——符号！

"这……这是我宿舍中丢失的那份符号！"我拿过照片，仿佛拿着中了五百万的彩票一样，五味杂陈，百感交集。

"是吗？"王存笑呵呵地看着我，然后手里把玩着另外一样东西。

"你，你抓到了偷符号的人？"我越发强烈地意识到，之前所有的秘密将在这个地下的房间一一解开。

"是他自投罗网的。"王存再次得意起来，"这还要谢谢你，他是被你引过来的。虽说他是个小贼，但能抓到他，也算是不小的收获。好了，现在除了那条大鱼之外，所有的小鱼都已入网。"

"这人是谁？"我把照片摔在了桌上，一心想要抽死这个人。

王存看到我的反应后，很潇洒地把手中的那个东西扔了过来。我连忙接过，那是一张 CD 盒，盒上写着《尼伯龙根的指环》——这张 CD，我好像在哪里见过。

"照片是从这个 CD 盒的夹层里发现的。你不是觉得这张 CD 很眼熟吗？"王存翘起二郎腿。

杰克！——我的天！

杰克与我和李少威的私交很好，他可以随意进出我宿舍！我第一次去历史博物馆查看司母戊鼎时偶遇了他！是他告诉了我历史博物馆先秦馆关闭的消息！是他突然出现在乌鲁木齐的澡堂，送我来的罗布泊！他还是一个在中国到处旅游的人！——他竟然……

我的表情告诉了王存我脑中的事情。

“他是中情局的高级特工，在中国隐藏了这么多年就是为了调查仪器的下落，我盯他已经很多年了。你肯定想知道他怎么得知仪器的存在，对吧？不知道你有没有查出，当年能破解楼兰文的只有两个人：阿瑟和西克……嗯，你的眼神告诉我你知道这两个人……那好，那你应该也知道阿瑟的研究成果被偷了吧？谁偷的——英国战略情报局；怎么会落到杰克手上——因为英美在二战后达成协议，共同寻找仪器。真不巧，我这回抓了四五个他们的人，他是最后一个落网的。哈哈。”

王存脸上露出了打败国外同行后的得意表情。

杰克，你为什么要这么对我！——我心底涌出了被好朋友出卖后的懊恼与绝望。

“好了，不管这些小角色了，咱们得聊聊那条大鱼了。”王存站起了身。

“等会儿！我来新疆是临时决定的，杰克怎么知道我来新疆？他怎么会在乌鲁木齐偶遇我？”我再次看向了那张 CD 盒，满脑子都是问号。

“对啊，他怎么知道你来新疆？”王存故意夸张地瞪大眼睛看着我，“答案是——那条大鱼告诉他的！所以说，那条大鱼非常聪明，他自己不来新疆，却把杰克派过来，他既不希望自己落入圈套，也不希望错过这里发现的任何线索。”

“我还有一件事情不明白。既然杰克是从我这偷走符号的人，而你所说的那条大鱼是杀害丁教授的凶手，那丁教授遇害的那晚，杰克跟这个大鱼都应该在丁教授家，他们总会有一方见到另一方。”我随后把自己对丁教授被杀一事最初的分析告诉了王存——根据我的分析，杰克和大鱼都知道大谷基金会把符号给了丁教授，然后他们一定会去找丁教授。但由于那晚我与丁教授聊到三点多，而丁教授是在我走后就遇害的，所以他俩一定是在门外守候。可我走之后，无论是杰克先行窃未果、还是大鱼先杀人，两者必有一方见到过另一方。

“你分析得没错，我刚才去见杰克就是为了确定这件事！你第二种分析是正确的——在大鱼杀害丁教授的时候，杰克在窗外目睹了全过程。也就是说，他见过凶手真正的面目。”王存听完我的分析，赞赏地看了我一眼，然后神秘地说出了他的结论。

“可刚才你不是说了吗，杰克来新疆是大鱼告诉他的，这不是表明他们俩是同伙吗？”我越来越糊涂了。

“如果他俩是同伙，那他俩为什么一个去偷而另一个去杀人？为什么不一起行动？或者，为什么不把这件事情交给同一个人去办？”王存启发式地看了我一眼。

“要照这么说，他俩应该不是同伙！因为他俩各自干的这些事对方好像根本不知情。”我崩溃了。

“所以说——他俩是同伙，但他俩不认识！”王存一锤定音。

随后王存告诉我，在他们业内，经常有同事相互不认识，尤其是在办一些重大案子、有隐藏极深的特工参与时，新来的特工根本不可能认识这个隐藏极深的人。这当然是为了保密，为了让尽可能少的人知道顶级特工的身份。因此，他们在执行任务时相互间虽然会暗通消息，但本人不会露面，因为他们决不允许一个人被抓却牵连一大批人的事情发生，更不会让一个隐藏极深的特工轻易与同伙见面。

“那你就赶紧去问问杰克，他是怎么跟大鱼联系的啊。”听完王存的分析，我迫不及待地想到了这条捷径。

“如果你是杰克，你会告诉我自己是怎么跟上线联系的吗？”王存苦笑了一下。

“你可以……”我本想让他用尽各种办法去拷问杰克，可转念一想，既然杰克不是一个普通特工，那所有我能想到的办法对他一定都起不到作用。再说了，王存既然都放弃了这些尝试，那他肯定知道这些方式是不管用的。我只好放弃了这些可怕的念头。

“那……你会怎么处理杰克？”当杰克是中情局特工的事实进入我脑海后，我脑中浮现出了许多让我抓心挠肝的场景——多少次，我俩曾一起喝酒聊天；多少次，我俩曾一起打球嬉闹；多少次，我俩曾酒后勾肩搭背地在午夜的校园中高歌狂呼——这一切熟悉得仿佛就发生在昨天，而陌生得又仿佛从未发生过。

“他会很安全。对于这种级别的特工，我们不会动他一根指头。不过，我们会利用各种渠道让中情局知道他被抓获的消息。”王存冲我眨巴眨巴眼睛，显然想安慰我由于被骗而受到伤害的小心脏，“中情局如果知道他被抓了，就会用被他们抓获的我们的人来交换。呵呵，这其实是国际惯例——我抓了你的人，想要回去是吧？好，那你得放一个跟他同等级别的我的人。不过杰克的作用不仅如此，他得在完成交换之前指认那条大鱼！”

说完这些之后，王存又阴险地笑了一下——“既然杰克目睹了凶手杀害丁教授的全过程，而他又不知道那个凶手其实是他同伙中的一条大鱼，所以，等我抓到那条大鱼后，我要让杰克来指认他，我要让他们狗咬狗！”

我终于相信世界上没有最卑鄙，只有更卑鄙这个道理了。

“好吧。那你说的那条大鱼到底是谁？”我实在不愿看到王存那么阴险的笑容了。

“请二位随我来，现在是揭晓大鱼真面目的时刻了。”

王存带我们朝里屋走去。

进到里屋后，我和汤宇星发现那不过是个普通的屋子。当王存不知道按了什么按钮后，一扇墙缓缓地向后退去，一个崭新的房间出现在我们面前。

“你到底要带我见什么人？”站在那个新房间的门口，我有些忐忑。

“你刚才不是说，所有的人都死了，我爱赖给谁就赖给谁吗？现在我就让你去见其中一个死人！”王存冲我挤了挤眼睛，大步朝里面走去。

去见一个死人？——我深吸了一口气，看着汤宇星。

“进去吧，今天难得这么刺激，就刺激到底吧！”汤宇星咧着一嘴的烟牙，露出了自打来到地下后的第一次笑脸。

得！爱咋地咋地吧！

那间新房也很普通，不过我根本没时间欣赏那个房间，因为我一进屋就瞬间吓破了心肝脾胃肺肾胆——屋子中间有两个人，一个女人站着，她的双手正扶着一个轮椅，轮椅上坐着一个微笑的男人。

崔波！崔波的“妻子”！

第五十三章

“再次见到这个人，有什么感想？”

王存静静地站在我身后，盯着我发凉的脊背。

我不但脊背在发凉，全身的每一个细胞都已降至零度。汤宇星虽然不完全清楚事情的可怕程度，但他通过我的表情显然已经意识到面前的这个残疾人是个非同寻常的人物，他拧着眉头，眼神不停地在崔波和我身上游移着。

“你好！”

不知过了多久，崔波冲我淡淡地笑了一下。

这个跳楼自杀的人为什么会在这儿？他不是孙林的人吗？孙林不是已经告诉我他死了吗？这到底是怎么回事？

“你们在这儿聊会儿，我先出去了。”

王存从身后拍了拍我的肩膀，又看了一眼汤宇星。

汤宇星不明白王存的眼神到底是让他留在这儿还是离开，所以他不解地看着王存。

“汤教授，周皓跟崔波有很多话要说，咱俩还是不要打扰他们了。咱们去外屋吧，正好有些事情想跟您聊一会儿。”

汤宇星明白了他的意思，也拍了下我，紧接着便跟王存走出了这间密室。

“周皓，请坐。”崔波身后的女人走到我身边，微笑着示意我坐下，“王组长交代过了，让我们把所有的事情都告诉你，以便你开展接下来的工作。”

我回头看了看身后的椅子，又看了看这两个仿佛天外来客般的人，犹豫片刻之后，我小心翼翼地坐下。

“到底是怎么回事？”

我深吸了一口气——今天发生了太多的事情，多得让我简直无法承受。如果说死亡是可怕的话，那今天这一个又一个秘密的揭开，远比死亡带给我的痛苦剧烈百倍。

第五十四章

两个小时后，我如同涅槃后的重生一样，满载着新的希望和绝望一步步走出了密室。

“王存，他说的都是真的吗？”

坐在沙发上的王存和汤宇星停止了谈话，同时看着我。汤宇星的表情告诉我，他跟我一样经受了一场远超乎我们想象的浴火重生。王存没有回答，只是平静地点了点头。

我迈着铅一样沉重的步子走到沙发前，轰然落座。

半个多月来的点点滴滴电影般在我脑中闪现。我原本以为这是一部惊心动魄的探险影片，当崔波说的那些内容混入这部影片之后，我才发现，我实在太过单纯、太过一厢情愿了。当我觉得事情发展过程中的所有细节都顺理成章、无懈可击的时候，如果稍微调整一下这些细节的顺序，或者把一些原本被忽视的细节摆上台面，一个完全不同的真相就会出现，而构成这个真相的所有细节竟隐藏在如此不起眼、让人根本不可能去注意的地方——人心的险恶和世事的诡谲难道真的是我这种常人所无法预料和掌控的吗?

看到此时的我，王存挪向了我，似乎想借他强大的气场给我某种鼓励。汤宇星依然紧皱眉头，不过眉宇间已经没有了之前的恍惚和失神，而是充满了忧虑和不安。

“尾巴长在狐狸身上，它想藏是藏不住的。这条大鱼虽然机关算尽，可总归会露出马脚。我不但要让杰克和崔波指认他，还要找到医院的监控录像，让小刘护士也出面。人证物证齐备，他就算浑身是嘴也解释不清楚了。”

王存异常坚定地拍了拍我的手背。

“可……可是……我担心，就算人证物证都在，他也未必会承认……毕竟，这些证据还不够充分。”

我担忧了起来。

“我明白你的意思，这些证据虽然能揭穿他的嘴脸，可毕竟都是旁证。所以，为了拿到直接证据，你们得继续查。不到最后一步他绝不会主动暴露他的身份——你们要把他逼到最后一步，把他引到仪器的藏身之所！”说完这话后，王存看了一眼正在抽烟的汤宇星，“今天发生的事情，除了地下的这些人，地上的人都不知道。大谷裕二虽然已经回去了，不过他身边有我的人，我可以保证他不会对外说这些。所以，你要装作今天什么都没有发生，继续追查仪器的下落，确保这条鱼仍咬在鱼饵上。”

我抬头看了看他，又看了看汤宇星，希望汤宇星说点什么。可他只是闷头抽烟，似乎根本没有在听我们谈话。

“王存，我听从你的安排。我知道你不会告诉我们仪器的下落，可你总得给我们点提示吧，不然我真不知道该怎么往下查。”

眼见着汤宇星不肯帮忙，我只好说出最后的请求。

“就算我肯泄露国家机密，告诉你们仪器的下落，那你想想，这会不会引起这条大鱼的怀疑？你们本来是按照非常严谨的线索进行调查，如果我直接告诉你们结果，势必会打乱你们原有的线索，你们会直奔这个结果而去，这不就此地无银三百两了吗？如果这条大鱼察觉到任何风吹草动，那咱们不就前功尽弃了吗？”

王存的解释让我心头越发堵得慌，但我也没有任何办法继续勉强。做戏要做全套，如果冒然更改戏路，难免会让人生疑。这个道理我懂，可眼前的一片黑暗让我不知道该怎么演下去。

见到我面有菜色，王存轻轻叹了口气，声音变得柔和了些。

“这样吧，你先告诉我你们调查到什么程度了，我看看有没有偏差，这样行吗？”

看到王存对我做出了些许的妥协，汤宇星终于缓过神一般，冲我点了点头，示意我接受他难得的让步。我整理了一下思路，尽可能忘掉刚才在那个密室中听到的一切，试图全身心重新投入到这渺茫的调查中。

就在我苦命梳理思路的时候，王存将目光集中到了汤宇星的身上，试图让他帮我梳理。可惜，汤宇星冲他摆了摆手。

“我所有的心血都集中在了这个地方——不过，这里既然是你早已布下的圈套，那算我倒霉，中了你的计。至于之后该怎么办，我现在毫无头绪。你还是问周皓吧。”

汤宇星略显尴尬地抽出两根烟，递给了我一根。为了缓解汤宇星的尴尬，王存连忙主动为我俩点好了烟，随后便静静地凝视着我。

“既然这里没有仪器，那只能根据‘戊’去寻找仪器的下落了。”深吸了几口烟后，我的大脑终于回到了进入这地下建筑之前的思路上。

“然后呢？”王存眼中有了些光亮。

“按照汤教授和我的分析，戊显然是把一个仪器带去了中原，攸侯喜正是通过那个仪器实现了空间的平移才到达南美。所以说，仪器虽然在戊的手中，不过在她去世后并没有葬入她的墓穴，而是被人取了出来，落到了攸侯喜的手中。根据我对司母戊鼎和商朝丧葬传统的了解，我怀疑，那个消失的鼎耳，很有可能就是仪器，或者说，仪器就隐藏在那个鼎耳中。”

王存的嘴角浮出了一丝笑意。

“接着说！”

“司母戊鼎除了有一个消失的鼎耳，还有一个可疑之处，就是被掩饰的东侧壁。我怀疑东侧壁里面可能刻有什么东西，这也许跟仪器的下落有关，否则他们没有必要掩饰。我已经让孙林去扫描东侧壁了，结果出来后，事情可能会有大的进展。”

一想到司母戊鼎，我马上拿出手机想联系孙林，可这里根本没有信号。于是我打消了这个念头，继续分析起来。

“既然攸侯喜使用过仪器，证明仪器应该在攸侯喜手中。不过，拉文塔遗址中并没有发现这个仪器，所以我怀疑，仪器没有被带去南美，还留在中国。如果非要让我自己调查，我会从攸侯喜大军失踪的原始地入手。”

“分析得很有道理。”王存赞许地看了我一眼，“可是，现在你既不知道照片中的楼兰文是什么意思，又不知道上半部分贝叶的内容，更不知道司母戊鼎东侧壁刻的是什么，那你准备怎么查？”

“还能怎么查？只能等着……林吉贤手中那本书的出现了。”我生气地看了眼王存，心里暗骂了几声——你明明什么都知道，干吗非要刁难我？

“如果林吉贤没有那本书呢？”

“他一定有！”我的倔劲又犯了。

“好，好。不过我刚才听汤教授说，其实你们已经八九不离十地猜出了楼兰文中的内容。这样的话，其实这上下两部分贝叶上记载的内容对你来说并不怎么重要了。”

“我必须确定楼兰文的内容与我们的判断是一致的。”

“如果我告诉你……你们的判断是正确的呢？”王存坏坏地笑了起来。

我和汤宇星连忙对视了一眼——果不其然！

一种兴奋感迅速灌进了我的体内。

“现在你放心了吧？好了，既然这些神秘文字、神秘符号已经不是你的障碍了，那你接着说，准备怎么查仪器的下落。”

“攸侯喜是在征讨东夷古国时消失的，既然他的大军没有把仪器带到南美，那仪器应该就在东夷古国，所以我会从东夷古国查起。”

我挠了挠头，一边说一边延伸着自己的思路。

“这个想法不错。那准备怎么查东夷古国？”王存开始一步步地引导我。

“这……”我一筹莫展地看向了汤宇星。

“汤教授，这方面您是权威，您给指点指点。”

汤宇星听到“东夷古国”四个字之后，犹豫了一下，开始启动自己脑中庞大的资料库。片刻之后，他似乎想到了什么，从刚才尴尬的心情中跳了出来，抖擞了一下精神。

“说到东夷古国，我倒是能提供点线索。”

听到他的这句话，我充满期待地望着他，而王存依然显露着他一切尽在掌握中的神情。

“攸侯喜虽然没能征服东夷古国，但东夷古国也没有存在太长时间，它随后就被周朝灭掉了。”

“被周朝灭掉了？”我顿感不妙——如果东夷古国是被周朝灭掉的话，那仪器应该是在周朝人手里。那想要知道仪器的最终下落岂不是大海捞针？

“是谁率兵灭掉的东夷？”我连忙追问道。

汤宇星的表情从沉思渐渐转成了不解，又迅速从不解变成了兴奋，这搞得我如坠云里雾里。王存看着我俩的表情，脸上不声不响地露出了运筹帷幄的笑意。

“事情真是越来越蹊跷了。东夷虽然是被周朝人灭掉的，但灭亡它的军队却是由商朝遗民组成的！《小臣·言速·簋》中曾记载：‘东夷大反，伯懋父以殷八师征东夷。’——灭掉东夷的是殷八师！”汤宇星拿烟的那只手又开始不自觉地抖动起来。

随后，汤宇星无比兴奋地跟我讲起了殷八师的背景——周朝建立后，并没有孤立和排斥商朝的后裔，而是将他们妥善照管，试图以德收拢民心。周武王还曾将商朝的部分后裔吸收到军队当中，编成了一支独立之师，名为“殷八师”，统领殷八师的，正是商王武丁的后人。殷八师南征北战，不但征服了东夷，还扫平了南方很多部落，为周朝立下了赫赫战功，所以武丁的后人被封到了权地，建立了权国，成为了一个小有名气的诸侯国。古代权国的国都位于今天湖北省沙洋县的马良镇，所辖区域大致位于当阳市以东，荆门市以南，长江以北，汉水以西，在当时属于蛮荒之地。

紧接着，汤宇星还告诉我，周朝人之所以让殷八师征讨东夷，正是看到了商朝和东夷国有世仇。周朝人知道，如果让商朝的后人去征讨东夷，他们一定会拼死力战，不拿下东夷誓不罢休。一旦东夷被平，那周朝不但少了一个心腹大患，还使最骁勇善战的殷八师大伤元气，可谓一石二鸟。

听完汤宇星的讲述，我心头突然产生了一个大胆的想法：如果抛开商朝和东夷的世仇不说，殷八师玩命征讨东夷有没有可能是为了别的目的呢？会不会跟仪器的下落有关？——仪器既然是戊带到商朝的，那就是商朝的国宝。既然仪器被攸侯喜带到了东夷，那武丁的后人无论如何都想从东夷抢回属于自己的国宝。如果这个想法再大胆一些的话，我甚至怀疑，殷八师的组建和征讨就是为了抢回仪器！

这个想法出现后我不禁兴奋起来。不过细想一下，这个想法实在太过大胆，甚至很是荒唐，所以我犹豫再三后没敢贸然告诉他俩，只能是像偷偷捡到一个宝贝一样暗自窃喜。

“按照您的说法，我是不是可以这么理解——既然攸侯喜没有带走仪器，那仪器仍在东夷；既然殷八师剿灭了东夷，那仪器是不是就落在了殷八师、也就是武丁后人的手里？”我难掩兴奋地回到了汤宇星的思路中来。

“可以这么认为……”汤宇星看向了王存，试图从他的眼神中得到肯定的答案。可气的是，王存除了微笑外，一言不发。

“好，如果是这样的话，那仪器会不会被武丁的后人带到了权国？”看着王存脸上的笑容，我似乎得到了肯定答案。

“有这种可能……不过，没准被周朝人拿走了也说不定。如果是在权国，那寻找起来倒也不难，可若是被周朝人拿走了，那接下来的调查可就麻烦了，我们要调查的线索将会越来越多……王存，你倒是说句话啊。”汤宇星有些沉不住气了。

王存依然没有说话，不过——他居然鼓起掌来。

“我实在太钦佩二位了。听着二位的分析，我突然觉得十分幸运，能跟二位处于同一阵线。如果咱们是敌人，我还真不知道该怎么对付你们俩。哈哈。”王存边说边继续鼓着掌。

他给我们戴上的高帽虽然让我心里很爽，可对他这种虚假的恭维我还是有些不满。要知道，我现在需要的根本不是什么恭维，而是实打实的线索。

“你别光听我们说，你得给点意见啊。”

“我的掌声不就是我的意见吗？如果你们分析得不对，我干吗要鼓掌？”王存装出了一脸的无辜。

“你的意思是，仪器真的在权国？”我得让自己习惯于他的表达方式。

王存没有肯定也没有否定，而是停住了手，叉起了两个胳膊，一副高深莫测的样子。

好吧，既然他不置可否，那我就权当他默认了吧。

“这么说，我俩得去趟湖北？”话一出口，我的心立马凉了半截——我已经从北京横跨大半个中国跑到罗布泊，难不成还要再跨过半个中国去湖北？这不是累傻小子呢吗？

王存看穿了我的沮丧，不怀好意地笑了起来，然后看向了汤宇星。当他看到汤宇星一脸严肃、似在沉思的表情后，马上收起了笑容，有些激动地盯着他。

“汤教授，莫非您又想到了什么？”

“我觉得，湖北是没必要去的。”汤宇星展平了紧锁的眉头，“因为，武丁的后人如今已经不在那儿了。”

又一个惊叹号砸进了我的脑袋。

“汤教授果然学识渊博，深不可测！”王存长叹了一声，“那现在您应该知道要去哪儿了吧？”

汤宇星站起了身，活动了活动肩膀，深吸了一口气——“周皓，准备出发吧！”

“这……这都哪儿跟哪儿啊？”看着他俩像打哑谜似的你一言我一语，我完全是丈二和尚摸不着头脑，彻底晕菜了。

“汤教授已经了然于胸，你就只管跟着他吧，错不了！”王存也站起了身，“你们在这儿待的时间已经不短了，是时候回到人间继续你们刺激而意义重大的冒险了。

王存说罢，与汤宇星紧紧地握住了手。

“你们帮我钓出大鱼，我配合你们达成心愿，这样的合作实在完美得让人心醉！祝你们成功，我会时刻出现在你们需要的地方！”

汤宇星慈祥地握紧了他的手。

而我，仍像个穿开裆裤的小孩一样，一脸白痴地看着眼前的这一幕。

“等会儿，等会儿。你们俩这算什么？怎么就握上手了？你们总得跟我说点什么吧？”我可不想一无所获地离开这里。

两人松开手后，相视一笑，同时看向了我。

“咱们要去一个新的地方。不过不算太远，一天就能抵达。”汤宇星没有王存那么坏，他和蔼地不再吊我的胃口。

“去哪儿？”我心中的小兔子狂跳起来。

“西安！”

第五十五章

在驶往西安的火车上，汤宇星把他分析的结果告诉了我，这让我心中澎湃不已。

在汤宇星的讲述中，武丁后人的下落清晰地呈现在了我的脑中——武丁的后人被周朝封到权国后，以“权”为姓，建立了属于自己的小王国。但他们在权国的日子并不安稳，他们仿佛被诅咒了一样，在随后数百年的时间里经历了无数次的国破家亡。在春秋时期，楚国的楚武王倾全国之力征讨权国，最终将权国纳入了楚国的版图，并派大臣斗缗进行管理。让人匪夷所思的是，斗缗竟然带领权国的遗民举兵造反，妄图建立一个全新的商朝。楚武王随后发兵平叛，成功镇压了这次莫名其妙的造反。杀死斗缗后，楚武王将权国的遗民迁离了权地，安置在位于现今湖北省荆门东南附近。

可惜，安稳的日子没过多久，这些武丁的后人又遭受了一次大的劫难——位于现今四川境内、当时还是蛮夷的巴人趁楚国内乱之时，发兵进攻楚国，占领了武丁后人新的居住地，掳走了大量的武丁后人。楚国随后与巴人进行了无数次的交战，武丁后人在战争中流离失所、险遭灭顶之灾。随着战国时期的到来，纷乱的兼并格局暂得稳定，这些被诅咒的人一部分留在了楚国，另一部分则定居在了巴地，曾经的辉煌再也无法重现。

随后，秦始皇开始了统一全国的战争。降服楚国后，他专门将武丁的后人全族迁到了现今的陕西西安附近。一统天下后，秦始皇发五十万大军征讨西南，将越、巴之地收入囊中，然后把散落在此地的武丁后人同样安置在了西安附近，使得分离百年之久的权姓之人得以团聚。

在汤宇星跟我讲述这些史料的过程中，无数的问号不停地冲击着我，让我越发坚信这些可怜的武丁后人的确掌握着不同寻常的秘密——在纷乱无比的春秋时期，诸侯小国多如牛毛，小小的权国在这数百个诸侯国中毫不起眼。可是，就是这么一个看上去微不足道的诸侯国，居然引发许多大国进行了数百年的战争，而每次战争各国必是举全国之力，这实在不能不让人心生怀疑。更为可疑的是，这些国家在争夺权国的过程中，并不以占领一城一地为目的，而通通是要掌控权国的居民，要将这些武丁后人控制在自己手中，这实在太违背那个年代的战争哲学了。这些围绕着权国所发生的反常的战争无一不证明了一件事——所有攻打它的国家都不想伤害它的居民！

一个只有几千人的小国，在那个动辄屠杀上万人、十几万人甚至几十万人的年代可以轻易地被他国屠戮殆尽，但那些国家非但没有屠杀这里的居民，反而纷纷要将他们迁移到自己的领地，这到底是为什么？尤其是那个视人命如草芥的秦始皇，他完全可以不费吹灰之力将这几千人从地球上抹去，为什么他要费尽周折、千方百计地把这些人带到自己的国都附近呢？

如此想来，答案只有一个——如果武丁的后人死光了，那世人就永远无法知道仪器的下落了！

所有的疑点终于汇聚在了一起，产生了巨大的化学反应。而这个反应直接将所有的矛头对准了一批有着神秘背景的皇室后裔——武丁的后人！

可是，既然武丁后人拥有那个仪器，那为什么在百年劫难中，他们不像楼兰人那样利用仪器逃离兵燹呢？

当我把这个疑问告诉汤宇星的时候，汤宇星也沉默了。他也想不明白为什么这些命运多舛的武丁后人不启动仪器，而要任由大国宰割。思前想后，他给出了一个我难以接受但貌似有可能的解释——仪器的启动需要特定的环境或者条件，甚至需要特定的能量，就像汽车一样，再先进的汽车如果没有能量也无法启动。

世上不存在永动机，不存在没有能量就能自动运行的机器。既然那是一个仪器，即便制造它的人拥有很高级的科技和文明，但这一最基本的物理规律任何人都无法违背。因此，在想不出更合理解释之前，我只能接受这样一个让我非常无语的解释。

但愿如此。

躺在火车的软卧包厢内，我和汤宇星都疲惫不堪。我们躺在各自的床铺上，安静地享受着这数天来难得的清闲。虽然身体放松了，可我的脑子却一刻也无法停歇，因为这两日的经历颠覆了我对这个世界原有的看法，大大拓宽了这个世界在我脑中原本的模样。那一个个仿佛科幻电影中的平行时空、多维空间和多重人格将我的视界带入了无尽的玄妙与梦幻之中，而史前文明的不期而至则让我对人类历史的看法发生了翻天覆地的变化。不过，相比于崔波在密室内告诉我的事情，这些离我很远的亦虚亦实的科学奥妙还不足以让我感到天旋地转，而当我走出密室的那一刻，人性复杂与诡秘则深深地震撼了我，让我痛彻骨髓。

想想密室中我听到的那些，再想想杰克、吴丽丽和大谷裕二身后所隐藏的秘密，我无数次长吁短叹、辗转难眠——世上到底还有多少我无法预料的事情呢？

在离开那片巨大的地下基地之前，征得王存的同意后，我见了杰克和吴丽丽。之所以提出这样的请求，是因为我预感到如果此时再不与这二人相见，也许这辈子我都见不到了。

杰克见到我时很平静，顽皮的笑容始终挂在他帅气的脸上，一如这些年我们每次的相见。他告诉我，他的确是美国中情局的特工，他也知道阿瑟教授的全部研究成果，因此他知道那部分楼兰文中记载了关于仪器的事情。不过由于没有剩下的那部分楼兰文，所以他不知道仪器的最终下落。因此这些年他一直在追踪着那部分贝叶。当大谷家族持有的贝叶出现在中国后，他便想方设法要拿到它。他本想去丁教授那盗取符号，但发现丁教授把符号给了我之后，他便在第二天从我的宿舍中偷走了符号。

虽然他拿到了仅剩的那半部符号，但由于破解这些楼兰文需要一段时间，因此中情局便命令他密切监视我，希望能从我这里找到新的突破口。于是，在我每一次行动的关键时刻，他总是莫名其妙地出现在我面前。

他告诉我，干他们这行的人其实很简单，因为在他们的心目中只有任务的成功与失败，没有任何困扰常人的复杂情感，他们不是人，只是机器。自打选择了这一行，他就将常人的七情六欲抛到了脑后，早已把自己变成了一个毫无血肉的工具，一个为了某种目的而不停奋斗的工具。如果任务完成了，他们会重新过回正常人的生活；如果任务失败了，等待他们的同样是正常人的生活——当然，前提是，他们还活着。

因此，在他看来，他当下的生命是无足轻重的。因为无论成功与否，哪怕是死亡，对他来说都会使他脱离当下的生命，脱离作为一个工具而存在的生命，重新找回属于一个真正的“人”应有的存在感。他告诉我，有些事情一旦你做出了选择，就无法停下来，直到事情结束或者自己结束。

他的这句话说到了我的心里，让我突然意识到自己也不过是一个跟他一样的工具而已——我们都参与了选择的过程，无论是自我的选择还是被选择，总之我们参与了进来，然后没有停下来，或者说当可以停下来的机会出现时，我们没有选择放弃而是执着向前。于是，当所有结束任务的机会被我们放弃之后，我们能做的就只剩下不停地前行，不停地奋斗，直到一切结束。

他告诉我，他在某种程度上是幸运的，因为他的“一切”结束了；而我，还远没有到结束的那一天。他还告诉我，这次任务的失败并没有使他感到过多的懊恼，他非但愿赌服输，甚至还为输在这么一个高手的手里而庆幸。这是一个江湖，一个没有刀枪往来、没有血雨腥风的江湖；这个江湖中的人终生只有一次出招的机会，他们所作的一切都是为了这唯一的、最初也是最后的一次机会。当他决定出招的时候，他的命运就已经不再属于自己了。

“祝你好运！祝你们的国家好运！加油，哥们！”

我离开时，他用再标准不过的中文祝福了我，并用他带着手铐的右手紧紧裹住了我颤抖的右手，紧紧地握了一下。

“咱们还会再见吗？”我死死地握住他的手，想最后一次感受下这个曾经出现在我生命中、日后不知还是否出现的生命。

“会吧。如果你我都活着，那上帝会让我们再次相见的。”杰克给了我一拳，然后大笑着露出了他一嘴可爱的大白牙。

进到吴丽丽的房间时，她正抹着眼泪，无尽的悲戚花香一般默默地向我袭来。我静静地站在她身后，看着她抖动的双肩，满心悲伤。我多想撑起一把雨伞替这朵鲜花遮挡暴雨，可我心里清楚：她此时需要的不是我，而是另一个男人。

我想告诉她，王存会成全大谷裕二，会让她体内的大谷夫人回到原本属于自己的身上，然后回到大谷裕二的身边。可我知道我不能说，因为一个冥冥之中的声音告诉我——吴丽丽宁可永远找不到仪器，永远让大谷夫人昏迷着，永远像之前那样陪在大谷裕二身边。

我该怎么安慰这样一个女人呢？

半个多月来与她相处的点点滴滴出现在我的眼前，让我无法相信这些曾经发生的故事就出现在我和面前这个可怜的女人身上。当初她是怎样一个妩媚动人的职场女性，而今剥去了所有美丽光环的她是何等的让人牵肠挂肚。

她为什么如此悲伤？

爱上大谷裕二的，到底是她体内的大谷夫人，还是她自己？

无声的痛惜和怜悯长久地持续着，直到王存拉走了我，直到大门关闭。

“回去吧。”站在基地中央的空地上，王存跟我握了下手。

“你会让大谷裕二使用仪器吗？”我怔怔地看着他，等待着不可能等到的答案。

“再说吧。”王存抽回了手，然后示意一个士兵降下了升降梯，“走吧，还有很多工作在等着你们呢。汤教授，拜托了。”

一直站在我身旁的汤宇星微笑了一下，径自走向了升降梯。

“对了，有件事情我需要告诉你。”王存目送了一下汤宇星后，回过头看着我。

“什么事情？”

“你知道我为什么要把吴丽丽留在身边吗？”

我没有做声。

我本想说，他当然是把吴丽丽留在身边作为人质。但我知道，他此时说出这些话，绝不单单是因为这个再简单不过的原因。我看着他黯淡的眼神，轻轻地摇了摇头。

“因为，我不想让她死。”

王存叹了口气。

“她……死？”我怔住了。

“对，她其实早就不想活了。”

我凝固了。

“你知道吴丽丽车内的炸弹是谁安的吗？”王存叹了口气。

“应该是那条大鱼吧！”听到他这句话，盘龙谷那晚的惊险一幕出现在了我的脑中，我不由地看向了关着吴丽丽的那间屋子的房门。

“是吴丽丽自己安的！”王存无限惋惜地也看向了那扇门。

“什么！”

一口酸水从我胆中涌出。

“我也是前几天才知道的。这个秘密是戴冲在查看了吴丽丽车库那晚的监控录像后发现的。原因我也不知道，也许……也许她其实早就不想再这么折腾下去了吧。”

王存的话一出口，汤宇星曾跟我提过的一件事情顿时浮现在了我的脑中。汤宇星曾告诉过我，多重人格的人如果想赶走体内的另一种人格，要么通过虫洞把它赶回平行时空，要么——死亡！

只要寄主死了，寄主体内的其他人格就会自动离开……

她是在多大的绝望之中才作出这样的决定啊！

既然她想要结束自己的生命，可那晚她为什么要去别墅？她想告诉我什么？如果没有发生那个奇怪的事情，如果我没有逃离别墅，如果她安然离开，那我跟她还会有今日的相逢吗？如果没有我俩车内的争吵，如果没有我赌气的离开，那此时的我又在何方？

又或者，她是故意把我赶下车以免我被爆炸夺去生命？

想到此处，我不禁倒吸了一口凉气——难道是因为我告诉了她三层房间的异动，她意识到大谷夫人曾经苏醒过，才放弃了轻生的念头吗？

造物主，你到底是个调皮的孩子，还是个童心未泯的老顽童？

“故事快结束了，新的生活就在你眼前。”见我失神地站在原地，王存露出了大哥哥一样的笑容，“不要管其他的事情了，专心查吧。放心，无论你们能不能钓出大鱼，无论你们能不能找到仪器，我都会让你们好好地生活下去。呵，我既然舍不得让吴丽丽死，也不会舍得让你们死——每一个正直善良的人，都有享受美好生活的权利，这是谁都无法剥夺的！吴丽丽不应该死，所以我会保护她；你们更是如此！再会，当你们找到仪器的那一天，就是我们重逢的时刻。”

火车依然在轰隆隆地疾行着，汤宇星微弱的鼾声传进了我的耳朵。我侧身看了一眼这个饱经沧桑的老人，发现他正紧闭双目、一脸倦容地沉睡着。看着熟睡的老人，我心中竟涌出了一股幸福感——一个你在乎的、永远在奔波操劳的人能安静甜蜜地睡去，这是一件何等幸福的事情。

人们常说，看着自己的爱人睡在身边，是天底下最幸福的事情。这种感觉我从未体会过，不过眼前汤宇星的沉睡倒是让我隐约品味到这种感情的美妙。可惜，他只是我在乎和尊重的一个老人，还无法让我真正触碰那种感情的真谛——

唉，我何时才能看到自己心爱的人睡在我的身边呢？

林菲！

你这个神秘的女人到底对我隐瞒了什么？你到底还有多少事情是我不知道的？你为什么在我知道这一切之前就去了西安？！

第五十六章

不知过了多久，我在人们纷乱的声音中醒来。车厢里的人们在急急忙忙收拾着行李，整个车厢里人声鼎沸。

“怎么回事？”我连忙从床上坐起来，盯着正在收拾行李的汤宇星。

“没事啊，还有半个小时就到西安了，起来收拾收拾吧。”汤宇星和颜悦色地回头看了我一眼。显然，经过一夜无忧虑的睡眠，他的气色好了许多。

我起身开始收拾起自己简单的行李，收拾的过程中我环顾着四周，看着忙乱的人们。常坐火车的经验告诉我，人们总是在临下车前慌张不已，仿佛不马上收拾完就会耽误下车，根本不管到底还有多长时间，似乎只有赶紧收拾完毕才能免去内心的不安，哪怕是忙乱之后多等一些时间也无妨，甚至还有人愿意在门口苦苦等着停车。千年动荡导致的不安全感的确深深地注入了我们的血液，使得我们永远像被命运之鞭抽打一样无法凝神静气地享受生活的每一刻。

我只有一个简单的背包，很快收拾完后，我坐在临窗的车座上，静静地看着窗外。没一会儿工夫，汤宇星背着他的背包，走到了我身边。

“去门口来一根？”他拿出烟，微笑地看着我。

随后我俩来到了车厢门口的吸烟区，边看着门外急速划过的风景边吸烟。在风景的远端，一片巨大的城市轮廓正渐渐向我们靠拢。

“睡得好吗？”他没有看我，而是眯着眼看着远方。

“做了一大堆乱七八糟的梦，不过还行，不累。”

“那就好，谁知道之后还能不能睡个安稳觉。”他坏坏地朝我笑了一下。

“下车后怎么打算？”我不无担心。

“先试试能不能联系上林菲，既然她在咱们之前来了西安，那她一定有咱们不知道的重要信息。还有，你不是有个叫什么……李少威的哥们也在西安吗，也联系联系吧。”

“那……要不要告诉孙林？”我四下看了一眼，没发现什么可疑之人。

汤宇星挠了挠白发，没有说话。

“等他主动联系咱们吧。”良久之后，他咳嗽起来。

随着列车缓缓驶入城市，车厢内的乘客在我们身后排起了长队。

下车后，我和汤宇星在车站旁的一家宾馆开了个双人房，当然，用的是他的身份证。

“你先跟李少威和林菲联系，联系上就让他们来这儿。”

收拾停当后，汤宇星撂下一句话转身就准备出门。

“你干吗去？”我不解地看着他。

“我去查点资料。”

“查资料？”

“我们只知道武丁的后人被秦始皇迁到了西安，可具体安置在什么地方却不清楚。我去查查地方志，要是没有记载的话我就上网去我们研究所的资料库查查，再给一些老同事打电话询问一下。”汤宇星缓缓地说着，“对了，把你的手机号告诉我下，一会儿我去买个手机，咱们方便联系。”

我连忙拿起纸笔，把我与李少威进行联系的那个手机号写了下来。

“这是我跟李少威单独联系的号，别人不知道。”我故作神秘地把纸条递给了他，他笑呵呵地装进了兜里，转身准备出门。

“汤教授，如果我告诉你大谷夫人曾经苏醒过，你会相信吗？”我拦住了他。

汤宇星吃了一惊。

“她曾经醒过？”

我点了点头。

“那……也许是那个房间中强大的磁场造成的吧。有些植物人在某些瞬间会有暂时苏醒的可能。”汤宇星使劲挠了挠头，“不过……那是暂时的。”

听到这个答案我没有再追问，只是送他出门后自己一头倒在了床上。

汤宇星走后，不大的房间内就剩下我一人。我躺在床上喘息了片刻后拿出与李少威联系的那个电话，拨通了他的号。

不出所料，李少威知道我来西安后吃惊不已，我让他赶紧来宾馆找我，他痛快地答应了，并告诉我，林菲还是关机。

这个女人到底在搞什么！

放下手机后，我拿出了孙林交给我的那部手机。细细想来，我俩已经一天多没联系了，这让我很是不解——如此关键的时期，即便我不主动联系他，他为什么也丝毫不与我联系呢？

疑惑间，我突然感到这部手机轻了许多。我连忙翻过来检查——手机电池不见了！

我赶紧浑身上下检查，把背包翻了个底朝天，可根本没有电池的踪影，就连手机包装盒中的备用电池和充电器也通通不见了。我连忙梳理起这一天来手机的行踪——我上次与孙林通电话是在戊的衣冠冢，之后这个手机一直在我身上，包装盒也一直在包里，期间虽然我进到了王存的地堡，可手机没有被任何人拿走的机会，那手机电池是什么时候被人取走的？

只有一种可能——昨晚我在火车上睡着之后。

如此想来，安排这一切的必是汤宇星。我虽然明白他的意图，可如果联系不上孙林，我们的很多计划根本无法展开啊。

不过，他这么做一定有他的理由。好在没等多久，一个陌生的电话打进了我与李少威联系的那个手机，是汤宇星。我在电话中询问了我手机电池的事情，他没有丝毫犹豫地承认了。他告诉我，有些事情需要在孙林找到我们之前去做，因此在我们与他之间需要一个真空期。他不但取掉了我手机中的电池，连他自己与孙林联系的那部手机的电池也取掉了。

我没有理由拒绝他，在叮嘱他注意安全后，我们草草地挂断了电话。

接下来的时光对我来说，简直如天堂般美好——我舒舒服服地洗了个热水澡，躺在松软的床上无聊地看着许久未见的电视，怡然自得地点了一份大号肯德基外卖。

幸福真的可以很简单。

也许是太久没有在如此舒服的床上躺过，柔软的床迅速将我带入了柔软的梦乡，这一觉睡得昏天暗地，以至于我都不知道自己是怎么起床收的外卖。

隐约间，一阵阵轻微的敲门声彻底将我带回到现实。我迷迷糊糊地坐起身，仔细听了听敲门声。紧接着，手机响起，是李少威打来的。

“在房里吗？”李少威略带紧张的声音。

“在啊。”

“老子敲了半天门，怎么不开门？”李少威语带不满。

我连忙坐起身，打开了门。

巨人就站在门口。见到门开后的我，他冲上来给我来了一个熊抱。

“操，你丫活得挺好啊。”

推开李少威，我连忙关上门，回到床边。他进屋后见到了桌上的肯德基，连忙狗见了屎一样冲了过去，大块朵颐起来。

两人一边吃着快餐，一边聊起了这三日各自的境况。他的情况好得让我心生妒忌，因为他根本没有任何进展，除了每天不停地给林菲打电话之外，他剩下的时间不是泡在网吧打游戏，就是去洗浴中心为地下产业作贡献，三天不见他居然红光满面、毫无倦色。

我的一系列经历则让他羡慕妒忌恨，他万万没有想到短短的三天时间我竟然推进得如此迅速。我告诉了他我与汤宁星的谈话，他知道了仪器的存在和仪器可能的下落；他还知道了大谷裕二与吴丽丽离奇诡异的背景，以及杰克的真实身份，还知道了王存这个神秘人物的存在，当然，最重要的是，他知道了关于那条大鱼的事！

在给他讲述这些经历的过程中，我也顺便通过讲述梳理了一下这些混杂在我脑中的信息。待全部讲完后，李少威惊得大眼圆睁，我自己也不禁唏嘘不已，绝难相信这一桩桩匪夷所思之事是发生在自己身上的。

随着故事一幕幕浮现出来，李少威的脸上各种表情交杂着。当他听到杰克的真实身份时，一种震惊和兴奋之情让他简直要跳起来；当听到吴丽丽和大谷裕二的动机时，他流露出一种少见的忧伤；当关于楼兰人与史前先进文明曾有接触、还留有仪器的事情进入他耳中后，他已经恨不得立刻冲出去亲眼看看那个超越当下所有人知识范畴的伟大器物了。

“照你这么说，你觉得那个仪器就是司母戊鼎的鼎耳？”李少威牛眼圆瞪。

“目前看来有可能。即便不是，至少我们可以确定仪器就在武丁后人的手中，只要查到武丁后人的下落，这一切就能迎刃而解。”

“那咱们还等什么，赶紧去查啊。”李少威恨不得抱起我冲出去。

“汤教授已经去查了，咱们等他的消息就行。现在咱们的当务之急，是赶紧找到林菲。”我和李少威对视了一眼，他的眼中流露出极大的不解。

“对啊，林菲也太奇怪了，她怎么会赶在你之前就来西安呢？”李少威抓耳挠腮。

“林菲既然去过林吉贤家，那她一定是从林吉贤那儿知道了全部的事情，所以她来西安寻找武丁后人的下落也不奇怪。我不理解的是，为什么她要背着我做这些事。她明明知道咱们已经牵连到整个事件之中，她如果很早就从林吉贤那掌握了这些信息，为什么不告诉我，为什么要装作一无所知？又为什么要独自来西安？”

自打知道了大谷裕二和吴丽丽的动机之后，这两个人对我而言便没有了神秘色彩。王存的出现也解开了这一系列神秘事件背后最恐怖部门的身份，让我清楚地知道了军方在整个事件中的作用。眼下我最关心的是：林菲到底隐瞒了什么？仪器究竟在哪儿？WU415是谁？——还有就是，那条大鱼什么时候入网？

“你真的相信他就是那条大鱼吗？”当等待成为我们目前能做的唯一事情时，李少威站起身来，假模假式地踱着步，似乎在思索着什么。

“这些都是崔波告诉我的，我能不信吗？咱们能做的就是等待最后那天，他主动露出原型了。”想着王存在临行前告诉我的那些话，我不禁一阵阵的反胃。

“我们到底该信谁，不该信谁？”几分钟后，李少威抛出了这么一句颇有哲学意味的困境。

是啊，我们到底该信谁，不该信谁呢？

每一个神秘人物的出现似乎都有着无法撼动的合理性，每一个神秘人物的话语似乎都有不容置疑的合理性，可当所有的合理性同时存在之时，我能做的只是相信其中一个，然后质疑其他的。我曾以为吴丽丽是可信的，但孙林的出现打消了我的这种念头；当我把自己全部的希望放在孙林身上时，王存的出现让我对孙林的信任烟消云散——我到底该相信谁呢？

“你手机里是不是有医院的监控录像？”我突然想到了一个重要的线索，连忙走到李少威身边。

“是啊。”李少威拿出手机，捣鼓了起来。

如果没记错的话，李少威在调查小刘护士和崔波“自杀”一事时曾偷偷将医院那几日的监控录像拷了出来，如果录像记录无误的话，那对崔波下毒的那个神秘之人，就应该被收入其中！

李少威从包中拿出了连接线，将手机接在了宾馆内的电脑上。随后，几十部视频短片出现在了电脑屏幕上。

我们终于找到了既能打发时间，又非常有意义的工作了。

不知不觉，天色已近昏黄。几十部乏味的视频让我和李少威双眼干涩，无聊至极。可毕竟皇天不负有心人，在其中的一部视频中，我们见到了那个神秘的人物。

视频拍摄的是医院三层的护士站，也就是小刘护士所在的那层。视频中，小刘护士从护士站的药库中走出，手里拿着一个空瓶子正要朝外走，这时一个身穿医院大褂、戴着口罩的男人推着一个小车走到了护士站，将车上的一瓶药水递给了小刘，并与她聊了一会儿，接着，这个男人就推着车离开了。在接下来的下一个视频中，小刘拿着这瓶药走进了崔波所在的病房。

一切如小刘护士当日对我所言！——那个神秘的男人冒充医院药房的人，将一瓶含有马钱子碱的药水交给了她。

于是，我和李少威开始想尽一切办法寻找视频中这个男人合适的角度，最终锁定了他的正脸。虽然放大后的图像中那个男人的脸有些模糊，但我们依然看到了他遮挡不住的双眼。

那是一双多么迷人而熟悉的双眼！

恐惧伴随着夜幕降临。这双无比熟悉的双眼仿佛穿透了电脑屏幕在我身旁冷冷地注视着我，嘲讽地看着被他一步步带入圈套的、可怜的我。好吧，无论你多么神通广大，无论你曾对我施与过多么大的帮助，但作为一个叛国者，我必与你势不两立！

我让李少威再次给林菲打电话，可那个号码似乎从来不曾存在过一样依然无声无息。我实在不能就这样等下去了，于是，拿起电话打给了汤宇星。

汤宇星在电话中异常兴奋。他迫不及待地让我赶紧动身前往另外一个城市，并告诉我，他已经通知了王存。

对于他出奇的亢奋我毫无准备，我连忙和李少威收拾行李，冲出了宾馆。

好在我们住的宾馆就在火车站附近，不远处就是汽车站，于是我们没花多长时间就坐上了驶往临潼的长途汽车。

临潼距离西安只有三十七公里，不到一小时的工夫，我俩就在这座完全陌生的城市下了车。我们按照汤宇星电话中的指示，徒步往城东的无名村走去。

深夜的陌生城市格外让人心慌，尤其当我听到“临潼”后，隐约意识到我们此行目的地，这种紧张感便越发强烈。我从未想过自己能来到这座如此不同寻常的城市，更从未幻想过这里居然会是一切秘密的终点。

临潼，对常人来说这可能是座丝毫不起眼的城市，可对于一个痴迷历史的人而言，这里却有着无比重大而迷人的意义，因为——这座城市埋藏着中国历史上最伟大帝王的万世梦想!

第五十七章

我和李少威一路上边走边打听，终于在步行了五公里后，来到了群山环绕的无名村，汤宇星正微笑着站在村口。

我把李少威引荐给汤宇星后，便忙不迭地向汤宇星询问他到底查到了什么、为什么会来这儿。汤宇星亢奋不已，带着我俩来到了村中最高的山头，然后举目向东望去。

借着繁星，我们看到了远处巨大而恢弘的皇家陵园的地表建筑。

没错，中国历史上最伟大的帝王——秦始皇——就安葬在这片大地的地宫之中。

"我早应该想到，只有秦始皇陵才是那个仪器最好的安放之地。"汤宇星仿佛信徒见到神迹一样，颤抖着虔诚向东。

"汤教授，您怀疑仪器在秦始皇陵？"我按捺不住狂奔的心，恨不得看穿这巨大的地表，看尽地宫中无尽的宝藏。

"你我都知道，为了得知仪器的下落，秦始皇曾将楚地和巴地的武丁后人通通迁入了陕西，而我今天查到资料记载，这些人全部被驱使修建骊山陵墓。据《史记·秦始皇本纪》记载：'大事毕，已藏，闭中羡，下外羡门，尽闭工匠藏者，无复出者。'也就是说，当陵墓修建完成后，他们被封入了陵墓之中，永远无法重见天日。"

"难道说，秦始皇真的从武丁后人那儿知道了仪器的下落？或者说，他拥有了仪器？"我和李少威兴奋地对视了一眼。

"如果他不知道仪器的下落，他为什么要让所有人殉葬？你知道，他曾有无数次机会屠灭这些人。"汤宇星没有对我的质疑表示不满，而是言之凿凿。

我没有理由怀疑他的猜测。毫无疑问，秦始皇在没有确定仪器下落前不可能杀光所有武丁后人，正如盟军在没有确定上半部分贝叶下落前不可能对德国民俗博物馆狂轰滥炸一样。如果秦始皇真的得到了那个神秘的仪器，那天底下唯一能存放它，同时没有被世人发现的地方只有一个，那就是眼前的秦始皇陵！

更令我确信始皇陵有不同寻常之处的就是：中国现有的十八个集团军中，有一个集团军就驻守在临潼！作为军事迷的我最初得知这个信息时实在难以置信，因为临潼在中国地理上的重要性根本不足以让整整一个集团军驻扎在此处。可如果这里埋藏着如此重大的秘密，即便再多驻守几个集团军也不足为奇！

秦始皇陵是中国第一座皇家陵园，在中国近百座帝王陵墓中，它以规模宏大、埋藏丰富著称于世。据考古勘察，整个陵园范围有56.25平方公里，相当于七十八个故宫！它的规模远非埃及金字塔所能媲美！

让人惊讶的是，秦始皇陵虽已建成两千余年，可它从未被大规模开发和盗掘过，即便后世的一些王朝曾试图挖掘，也从未成功。新中国成立后，政府虽对秦始皇陵的地表和部分陪葬坑进行了有规模的发掘，但对于最为核心的、保存着秦始皇棺椁的地宫却从未发掘，这便给后人留下了无尽的遐想。

在近几十年的发掘中，考古学家除了发现了闻名遐迩的兵马俑陪葬坑、铜车马坑之外，还发现了大型石质铠甲坑、百戏俑坑、文官俑坑以及陪葬墓等六百余处，仅这些陪葬坑中出土的文物就多达十万余件，这无法不让人们对地宫中更为丰富的宝藏浮想联翩。

既然从未有人发掘过地宫，因此关于地宫的结构和埋藏，千百年来人们做出了无数的猜想，而目前为止最早，也是最可信的记载源自《史记》。《史记》中记载："始皇初继位，穿治郦山，及并天下，天下徒送诣七十万人，穿三泉，下铜而致椁，宫观百官，奇器异怪徙藏满之。以水银为百川江河大海，机相灌输。上具天文，下具地理，以人鱼膏为烛，度不灭者久之。"

简单来说，地宫位于"三泉"之下，用铜做成棺椁，地宫中有无数的奇珍异宝，还有大量用水银布置而成的江河湖海，还用鲸鱼膏制成长明灯，可经久不息。

通过近几年科技的发展，考古学家用遥感探测和物探勘察等方式对地宫进行了初步的研究，证实地宫距离地表约三十五米，正好穿透了当地的三层地下水，因此也印证了《史记》中关于"穿三泉"的说法。同时，考古学家还发现，在地宫上方的封土堆中存在严重的汞异常，也就是说，地宫中的确存在大量的水银！

既然目前的科技手段已经能证实《史记》中关于地宫的部分描述，那当科技发展到一定的程度或者等待地宫完全打开的那一天，《史记》中所记载的其他描述也许能一一得到证实。

对于这些在民间和业界流传许久的说法，我从未有过什么兴趣，因为我相信在地宫真正打开之前，任何猜测都无法给出最终定论。至于地宫何时才能打开，对我一介草民而言丝毫没有操心的必要。不过，当我和汤宇星将关于仪器最终下落的矛头锁定这里时，这座神秘而伟大的地宫对于此时的我来说，就不再是无足轻重的了。

“周皓，你有没有想过，秦始皇陵中为什么会有大量水银？”长久的惊讶之后，汤宇星站在冷风中看着我，问得我一时语塞。

“嗯……水银具有隔热和防腐的作用，地宫中的水银可能是为了保证秦始皇的尸体不腐坏吧……”我调出了自己关于水银功用的所有知识。

“没错。可是水银的这些功能是近百年来才发现的，两千年前的秦始皇怎么会知道？”汤宇星的脸上又出现了他惯常的表情。

“防盗！”李少威插嘴进来，“我看过很多小说，里面讲到，正是因为地宫中有大量有毒的水银，所以盗墓者从来无法成功。”

李少威说完之后扬扬得意地看着我，又看看汤宇星。

“哈哈，这种说法简直荒谬！”汤宇星丝毫没有给李少威留任何情面，“按照这个说法，既然地宫中充满了有毒气体，那当年是怎么把这些水银运进去的？那个年代又没有防毒面具，要是毒气这样厉害，那修建地宫的人不就是进去一个死一个吗？地宫还怎么修？退一万步说，就算是地宫修好之后才运的这些水银，那还封什么门啊，这些运水银的人进去后不就死光了吗？再说了，他们哪还有工夫将水银布置成江河湖海的形状呢？”

一记漂亮的重拳。李少威哑口无言了。

“汤教授，那您给分析分析。”我苦笑着看了一眼李少威。

“还记得咱们昨天聊过的事吗？”汤宇星轻轻地拍了一下李少威，化解了他的尴尬。

“昨天？什么事？”我愣了一下。

“昨天咱们聊到了启动仪器所需要的能量！”汤宇星终于在聊了一个多小时之后，拿出了一根烟。

“您的意思是，这些水银就是启动仪器所需要的能量？”

汤宇星点了点头。

我恍然大悟。在一切现代化的仪器中，水银是不可或缺的元素，任何精密的仪器离开了它就是一堆废铁。

“在相信灵魂不灭的古代，秦始皇如果拥有这个仪器，他便相信，即便自己肉身已死，通过这个仪器也能让自己的灵魂继续存活，并继续掌管天下，这也是他为什么要在地宫四周修建无数泥质大臣和军队的原因。因为他相信，通过这个仪器，他可以赋予这些泥人泥马灵魂，进而继续自己的皇帝美梦。”

汤宇星边说边从背包中拿出了自己的另一部手机，装进了电池。然后将我的手机电池还给了我。

“按照您在罗布泊告诉我的那些事，虽然秦始皇肯定不明白平行时空，但其实他是想利用这个仪器任意穿梭平行时空进而达到灵魂不灭或者……灵魂再生？”我一边给自己的手机装电池，一边抬头看着汤宇星。

“有可能，当然也有另外一种可能——他想通过这个仪器死而复生，然后长生不死。至于他到底想用这个仪器做什么，就要看他对这个仪器到底了解多少。哈哈，这咱们就不知道啰。”汤宇星装好手机电池，在手机上输入了一个号码。

“是时候联系那个神通广大，能带咱们进地宫的人了！”

汤宇星话音刚落，便拨通了孙林的电话。

第五十八章

孙林在电话中暴怒不已，因为我和汤宇星二十多个小时没有与他联系，他也丝毫找不到我们的行踪。汤教授告诉他，我们在罗布泊被军方跟踪，他担心军方会监控我们之间的通话、影响我们下一步的行动，因而才擅做主张取下了手机电池。无论这个理由孙林是否相信，但这是我能想到的最好的理由了。孙林听完汤宇星的解释后没有继续发怒，而是详细询问了我们的地址，让我们在此处等待。

“等？等多久？”汤宇星转述了孙林的命令后，我担忧了起来。

“他比咱们先到的西安。”汤宇星转身朝山下走去。

我和李少威连忙跟上了他。孙林的行动果然够迅速，我记得三天前我跟他提过林菲已经到了西安，他虽曾说适当的时候也会来西安，没有想到他会如此快地抵达，难道他已经发现了“适当的时候”？

“咱们现在去哪儿？”我快步追上汤宇星。

“没有孙林，咱们根本进不了地宫。先去村里找个人家休息休息，等他。”汤宇星径直朝山下的无名村走去。

我们三人在村庄内盘桓了一阵，最终敲响了一家住户的房门。

开门的是老两口，看上去七十岁上下。我们自称是来旅游的，他们非常高兴地把我们迎进了屋，把我们带进了一间收拾得当的房间。

看着这间简陋而舒适的房间，我疑惑起来。老两口和善的表情和早已收拾停当的房间仿佛在告诉我们，他俩早就等着我们的到来。好在，随后的聊天打消了我的种种不良顾虑，我们便欣然住了下来。

聊天中，老两口告诉了我们村里的情况。这个村庄有一百多户人，年轻人基本上都去大城市打工了，只留下些老幼妇孺。不过由于上天的眷顾，他们村距离秦始皇陵最近，因而每年都会有许多游客在村中住宿，所以村里绝大部分住户都将家中剩余的房间改成了旅馆。虽说住宿条件比不上正规旅馆，但对于旅行者而言也聊胜于无。所以，当他们得知我们是游客后，才如此欣喜。

老两口为我们做了些简单的饭菜，吃罢我们三人进到房间。房间里只有一张床，不过由于是北方农村常见的大通铺，足够睡下四五个人。我们三人躺在床上想着各自的心事。

“汤教授，聊点什么吧。”辗转反侧片刻后，我翻身看向了睡在我一旁的汤宇星。

“好好休息吧，一会儿孙林来了咱们就要进地宫了，到时候可没有什么机会让你这么舒服地休息了。”汤宇星微笑着看了我一眼。

我只得翻回了身，直勾勾地看着天花板，一语不发。

深夜的村庄没有城市的喧嚣，整个世界安静得只剩下我们微弱的呼吸声。不一会儿，李少威鼾声如雷，汤宇星则缓缓地坐了起来。

“干吗去？”见到他坐起身，我也直起身子。

“人老了，觉少，睡不着，我出去跟老两口聊会儿。你接着睡吧。”汤宇星拍了拍我的肩膀，轻声地离开了屋。

再次躺回床上，我哪有丝毫倦意，只得任由思绪翻飞，直到它飞到地堡中见到崔波的那一刻。

在王存和崔波的提示下，长久以来在我身边伺机而动的大鱼渐渐呈现出了他可怖而阴险的轮廓，而这条大鱼就是我曾一度深信不疑的、自称来自最高安全部门的孙林！

关于楼兰符号之事，非但西方的情报机构在长久地监视着，我国的安全部门数十年来也从未放弃过对它的追踪，当然也一直在密切关注着大谷家族的动向。自打大谷裕二建立大谷基金会并到处刺探关于楼兰秘闻的消息传出后，安全部门便意识到大谷家族的符号即将重现人间，于是，政府的安全部门和军方的总参X局联合成立了协调办公室，由来自军方的王存统一指挥，来自政府安全部门的崔波则进行各方配合，共同秘密调查大谷家族和符号的动向。这件事情在情治系统属于高度机密，只有极少人能够接触到。

大谷裕二举办酒会的那天，崔波以某嘉宾随从的身份进入了酒会现场，他的目的是监视大谷裕二接触过的所有可疑之人，进而调查可能接触到符号之人。万万没想到的是，崔波竟在酒会现场无意间见到了化装成服务员的孙林，这让他大感意外，孙林虽然也是安全部门的人，但以他的级别，他不可能知道符号之事！

于是，崔波对孙林的身份产生了怀疑。在他看来，知道符号之事的除了大谷家族和中国安全部门外，就剩下西方的情报部门了，因此孙林在酒会上的出现让他怀疑孙林可能是西方情报部门潜伏在我国的间谍，所以他开始暗中监视孙林的一举一动。

通过监视，崔波发现孙林在西山有个秘密据点，也就是我曾去过的那个西山的别墅——可笑的是，我还一直以为那个别墅是安全部门的据点——螳螂捕蝉黄雀在后，就在孙林接上我准备去西山别墅的那天，崔波驾驶着面包车埋伏在途中，并监听了孙林车内的信号，试图半路将我救走。

可崔波远远低估了孙林的能力。崔波在酒会无意间看到了孙林，其实孙林也无意间看到了他，因而他怀疑自己已经暴露，于是他决定在崔波揭穿自己之前先除掉崔波。随后，在崔波秘密监视孙林的过程中，孙林也在秘密监视着崔波。在去西山别墅的那天，孙林早已获知崔波就躲在半路的小道上，于是他便故意制造了一场车祸，想要除掉崔波。

在我记忆中，那天我、李少威和林菲坐进了孙林的桑塔纳，一路向西朝西山驶去。但在杏石口的路口，遇到了跟踪我们的几辆越野车，于是孙林通过电台向别人求助，并加速想要摆脱跟踪。不幸的是，桑塔纳加速没几秒，崔波的面包车就出现了，一场意外车祸就此发生。

车祸发生后，我、李少威和林菲都已昏迷，崔波身受重伤，所幸，他虽受伤但并未昏迷，而是假意昏迷。在崔波的描述中，倘若他没有假意昏迷，肯定见不到之后发生的精彩一幕——车祸发生后，尾随桑塔纳的那几辆越野车停了下来，车上的人竟然与孙林相识！通过他们的对话，崔波才明白那天的车祸是孙林故意安排的。孙林通过对崔波的监视，知道崔波会埋伏在路口，于是他让自己的手下开着越野车，假装是跟踪孙林，其实是为了在崔波出现后除掉崔波。可惜人算不如天算，孙林本想让自己的手下开着越野车撞击崔波，但毫厘间他自己的桑塔纳竟与面包车相撞。

孙林的手下本想当场杀掉假意昏迷的崔波，但孙林考虑到崔波的特殊身份，生怕任何非意外的死法会引起情治系统的怀疑，于是他决定暂时放过崔波，等他住进医院后再制造意外除掉他。于是，一个精心布下的阴谋就此大白于天下。

让崔波感到懊悔的是，那天的车祸本可以避免，他原计划一路跟踪孙林，等查出孙林和我的落脚点后把他的据点一网打尽，但是在他监听孙林车上电台的过程中，听到孙林向别人求救，他以为有新的势力出现，试图劫走我时，就没能沉住气，开车冲出了小路，这才导致了车祸的发生。

其实，孙林早知道崔波在监听他的电台，才故意在路口假装向他人求救，为的是引崔波出来，然后让越野车撞他。

当崔波因为车祸住进医院后，王存立刻派人前来接应他，派来的那个人便是我原本以为的崔波的妻子。崔波在医院里将孙林的事情一一告诉了"妻子"，并让王存想办法解决掉他。王存认为杀掉孙林没有任何意义，只有将计就计逼他现出原形，才能有机会将他幕后势力一网打尽，于是他故意授意政府安全部门的人，让他们在崔波出车祸后将调查符号之事交给了孙林，让孙林可以放开手脚进行调查，自己则完全淡出了整个事件，为的是既可以暗中监视孙林，又不至于暴露自己的身份。因此，对孙林而言，他只知道调查符号一事是政府安全部门的行为，一开始并不清楚军方也已介入。王存相信，一旦孙林可以光明正大展开调查时，他就会失去警惕，进而将自己暴露得更多。

崔波心里很清楚孙林绝对不会放过他，便演了一出跳楼自杀的戏。当然，他的"跳楼自杀"是在王存的配合之下，虽然看上去他像是真的死了，其实只是做了化装，而且服下了可以三小时内停止心跳的药。因此，虽然他"自杀"后孙林看过他的尸体，但并没有发现马脚，于是崔波顺理成章地从整个事件中消失，而孙林则开始放手执行自己的计划。

在王存和崔波的判断中，孙林定是服务于国外的情报机构，他的目的就是通过我查出符号的真相，进而寻找到仪器的最终下落。所以，在地堡中王存指示我要继续配合孙林，只要孙林在不停地追查仪器，他幕后的势力就会慢慢暴露；找到仪器后，孙林必然会尽全力抢夺仪器，到时候就是整个大网收网之时。

当我向王存和崔波询问起为什么小刘护士会精神失常，不停地喊着崔波名字的时候，王存笑哈哈地告诉我，我见小刘护士的那晚，虽然孙林在跟踪我，可王存也在跟踪他。所以，当孙林开车把我接到西山别墅后，王存去小刘护士家见到了小刘，向她询问起了与我谈话的内容。小刘护士受不住惊吓，便将我俩谈话的内容告诉了王存。当王存得知曾有人对崔波下毒后，便将孙林的照片拿给小刘护士看，小刘护士一眼就认出了孙林那双独特的眼睛，于是王存更加确认孙林要加害崔波。王存心里明白，既然他知道我见过小刘护士，孙林当然也知道，他一定也会向小刘护士盘问我们聊天的内容。到时候如果她说出实情，孙林肯定不会放过她，于是王存便让小刘护士以见鬼之名装疯，因为只有装疯，孙林才不会加害于她。

至于看过王存证件的那个警官的死，孙林也脱不了干系。我在蓟县被警方和黑衣人围堵的那天，由于那名警官的坚持，王存不得已向他亮出了自己的身份，当随后孙林赶来与他枪战，他意识到孙林很有可能会从警官那里获知自己的身份，于是他想连夜派人去保护那名警官，没想到孙林捷足先登，杀掉了他。

王存的人赶到警官家的时候警官已经被杀害，王存当时并不清楚警官有没有把自己的身份告诉孙林，但通过之后孙林与我的电话交流，孙林显然已经从警官那里知道了总参 X 局的介入，因此王存无法再隐瞒自己的身份，他只能通过不停地给我和汤宇星暗示，加速我们对仪器下落的调查，以便让孙林认为大功即将告成，不至于害怕身份暴露而放弃整个计划。

在王存看来，孙林这样的人一旦发现距离成功只有一步之遥，是宁愿冒暴露的危险也会将计划进行下去的。背景深厚、自信满满的孙林既然苦心孤诣策划了整场阴谋，绝不可能在即将成功之时轻言放弃。也正因如此，王存才默认了我和汤宇星对仪器功能和下落的推断，这就大大减少了我们调查的环节，可以让我们直接来到这座神秘的皇家陵园。

然而，对我个人而言，这些阴谋相比于丁教授的被害显得是那么的无足轻重。自打崔波在酒会上发现了孙林之后，便派人暗中尾随孙林，目睹了孙林潜入丁教授家，逼迫丁教授说出符号下落未果后残忍将他杀害的一幕。既然杰克在地堡中已经承认丁教授被害当晚他曾试图前往丁教授处盗取符号，那么杰克也目睹了孙林杀人的全过程。这就意味着，丁教授被害当晚，除了杀手孙林和偷盗者杰克之外，还有一个崔波的手下也全程在场。

在地堡中，王存通过分析认为，孙林很有可能是杰克未曾谋面的上线，既然杰克没有见过孙林的本尊，那他便不会隐瞒他所见到的杀手的模样。因此，当王存把孙林的照片拿给杰克看的时候，杰克毫不犹豫地证实这个人就是他在丁教授家窗外目睹的那个杀手。

通过这所有精心设计的阴谋，孙林成功除掉了除王存外所有妨碍他执行计划的人，成功建立了我对他完全的信任，并将所有的脏水泼向了曾一度让我胆寒的神秘黑衣人。非但如此，他还利用自己在安全部门负责调查符号一事的公开身份，骗取了汤宇星对他的信任，用为国效力之名实行自己不可告人的目的。

可再狡猾的狐狸也有疏忽大意的时候，机关算尽的孙林无论如何也料想不到崔波的假死竟成了他即将彻底失败的开端。对于我们来说，孙林即将落网几乎成了板上钉钉的事情，我们唯一关心的是——他到底服务于何人？

这也是王存唯一头疼之事。在王存看来，当孙林得知与他对抗的力量来自军方时，按理说他应该就此收手，可他非但没有停止计划，反而继续嚣张地追查。也正是基于这个原因，王存才冒着可能泄露国家顶级机密的风险，让我们继续调查引孙林上钩。

敢在中国大地上对抗政府最高安全部门，对抗军方最恐怖秘密机构——孙林，你究竟在为谁服务？

第五十九章

越是胡思乱想，我的脑中就越是混乱，躺了这么半天我非但没有得到丝毫的休息，反而愈发疲累。于是我轻声下了床，离开里屋，走进了堂屋。

堂屋内汤宇星正坐在桌前，那老两口正在收拾着桌上的茶具，显然，他们的对话已近结束。看到我走出屋，汤宇星站了起来。

“怎么，睡不着？”他关切地看向了我。

我点了点头。

“正好，咱们出去透透风，正好有一些好玩的事告诉你。”汤宇星微笑地向老两口示意，然后转身走向了大门。

“晚上冷，别着凉。”老汉善意地提醒了一下。

我和汤宇星表示了感谢后，便一同走了出去。

“聊什么呢？”迎着夜晚的冷风，我和汤宇星在村内走了起来。

“没什么，闲聊而已。听那老两口说，这个村子可有年头了。”汤宇星裹了裹衣服，沿着崎岖不平的村路朝不远处的一个山包走去。

我跟了上去。

“听他们说，这个村子秦朝的时候就有了。”汤宇星边走边回头笑着看了我一眼。

“哈哈，谁知道真假，现在哪个地方不希望自己的历史久远一些呢。”我撇了撇嘴。

“听他们说，这里原来本没有人家，后来由于大量人员被集中在此处修建秦始皇陵，这里才热闹起来。待秦始皇陵建成之后，那些没有返乡的劳役便留在此处，定居下来，因此周围才有了许多村庄。”

“哦，这么说，这个村子倒真有些年头了。”老两口的话合情合理，我没有必要再质疑他们对村子的历史是否有编造的嫌疑了。

“有意思的是，他们说在汉朝的时候这个村子曾来了二十户神秘的住户，这些住户从不与外人来往，只是负责守卫秦始皇陵。后来这些人逐步搬离了村子，最终没有人知道他们的下落。”汤宇星走到了山包顶端，席地而坐。

“然后呢？”我知道，他突然提到这些神秘住户一定有下文，于是我连忙坐在他身边，摆出一副听课学生的模样。

“他们说，村子里千百年来一直流传着一种说法，说这批人是商王武丁的后人！”汤宇星皱着眉头看着我。

“武丁的后人？开什么玩笑？他们不是被封在始皇陵中了吗？”一阵寒风钻进了我的身体。

汤宇星没有回答，而是若有所思地看向了远处。

“您没必要听这些传言，中国哪个村子没点神神秘秘的传说，这些东西根本不可信。”我无法接受刚刚确认的信息瞬间被彻底推翻。

“你知不知道，公元前195年，刘邦曾安排了二十户居民住在始皇陵附近，作为守陵者看守秦始皇陵？”汤宇星叹了口气。

“确切年代我不记得了，印象中好像有这么回事。”我隐约预感到事情的不妙。

“历朝历代都有安排守陵人看守前朝王室陵墓的传统，所以刘邦安排这二十户看守始皇陵并没有什么可疑之处，因此我之前对这个信息也没有重视。不过刚才听他们提到这个传说，我对这二十户的身份才有了怀疑。你想想看，为什么村中的传说没有提到别的什么人，偏偏提到了这二十户？又为什么不编造这二十户别的什么背景，偏偏说他们是武丁的后人？”

汤宇星缓慢而充满忧虑地逐字逐句说出了这些话。

虽说我对传说一般都表示质疑，因为所有传说在演进的过程中都会被人们无限扭曲，但对于传说的来源我却常常持相信的态度，若没有一些真实存在的缘由，这些传说在流传的最初阶段就无法成立。对于这老两口讲述的这个传说，我虽然感到极大的震惊，却无法不思量一下传说的真实性——正如汤宇星所说，为什么不说这二十户是别的什么人的后人，非要说他们是武丁的呢？难道他们真的是？

自商朝覆灭到秦朝建立，期间已过千年，虽说秦始皇已从楚地和巴地找到了武丁的后人，可他找到的是全部吗？会不会还有一些散落在其他地方呢？

如果这个传说真的存在，那刘邦是怎么找到这二十户武丁后人的？这些人为什么不与村中人来往，为什么又离开村子消失无踪了呢？

我把这一连串的疑问告诉了汤宇星，他也无法解答。他用一句悲观绝望的话结束了关于这个传闻的讨论：

“既然这二十户两千年前就已下落不明，那两千年后的今天，我们又怎能找到他们的踪影呢？”

谈话无声无息地结束了，漆黑的村庄中只剩下我们两个漆黑而沉默的身影。

不知过了多久，几束明晃晃的车灯的灯光离村子越来越近。就在我和汤宇星站起身看着这些车灯时，汤宇星的手机响了。

是孙林，他的人马到了！

随后我回房叫醒了李少威，与汤宇星一同坐进了孙林的汽车。

“三位辛苦了！”坐在副驾驶位置的孙林用他一贯的微笑欢迎了我们三人。

我们微笑着回应。几日不见，孙林看上去依然那么睿智而干练，此外，他脸上还增加了几分兴奋与激动。

“说说，怎么查到这儿的。”孙林回过身朝司机点了下头，继续将头转向了我们。

车队一路驶出了村庄，直奔山脚下的秦始皇陵而去。

一路上，汤宇星将我们能说的一切都告诉了孙林，告诉了他那上下两部分的贝叶中可能记载的秘密，告诉了他贝叶中可能提到了那个史前文明留下的神奇仪器，那个仪器很可能就埋藏在秦始皇陵的地宫。虽然我们在讲述的过程中使用了大量的“可能”，但如果我们的推断没有差错，那这些“可能”将无疑是“确定”的。

关于大谷裕二、吴丽丽和杰克的故事，我们只字未提，因为我们不能谈及在地堡中发生的任何事情。因此，在汤宇星讲完上述推断后，我还假模假式地向孙林询问吴丽丽和大谷裕二的行踪，听到我的疑问，孙林不解地皱起了眉头。

“你们没有见到他们？”孙林狐疑地看着我。

他的眼神一直都让我心生恐惧，此时也不例外。当他突然将眼神从汤宇星身上转向我时，我慌张了。

“见到他们？什么意思？我们怎么会见到他们？”我连忙用拙劣的演技掩饰碎片般的小心脏。

“我得到的情报是，他们几天前也去了罗布泊。”孙林的眼神明确地告诉我，他看穿了我的惶恐。

永远不要在这样一个人面前说谎，尤其是对于我这样一个人来说。

汤宇星及时插嘴化解了我的崩盘。他连忙接过了话题，说我们一直在营地，根本没有见到什么外人，更没有见过什么吴丽丽和大谷裕二。孙林微笑了一下，放过了这个为难我的话题。

“好吧，既然你们功劳这么大，那我也讲讲我的发现吧。”孙林转回身目视着漆黑的前方。

“你们在新疆的这几天，我查出了一些吴丽丽和林菲的事情。你们想先听哪个？”

这简直是明知故问。

“先说说吴丽丽吧。”汤宇星看了一眼我，然后抢先插嘴。我沉默不语，李少威同情地盯着我。

“吴丽丽是一年前加入的大谷基金会，先前她只是一个普通的行政文员。据我调查，吴丽丽在加入大谷基金会之前好像得了很严重的精神分裂症，一直在四处求医。至于大谷裕二为什么要用这么一个精神病人当秘书，我就不得而知了。”孙林说得很慢，似乎心中满是不解。

我偷偷地看了一眼汤宇星，汤宇星面无表情地将脸转向了车窗的方向。

“好了好了，说说林菲吧。”李少威忍不住了。

“林菲的背景更是离奇。她是一个弃婴，从小就在孤儿院，是孤儿院将她抚养长大的。我查了孤儿院关于她的详细记录，记录中显示，曾有一个人常年往孤儿院汇款，并要求将这些钱用于林菲未来的学习和生活，我查了，这些款子数目不小，足够林菲用到三十岁。另外，林菲小时候有一个人常去探望她，不过自打林菲上了初中，这个人就再也没有出现过。周皓，根据咱俩之前的调查，咱们都怀疑这个人有可能就是林吉贤，对吧？所以我将林吉贤的照片出示给孤儿院的人，你猜怎么着？这个常去探访她的人就是林吉贤！随后我追踪了汇款人的账号，那个账号也是林吉贤曾经用过的！”

自打在林吉贤家发现林菲的脚印，看到林菲和林吉贤的长相后，我早已不再怀疑她与林吉贤确曾相识，可孙林带给我的这个新线索还是让我产生了新的疑惑——既然林菲和林吉贤早就相识，那林菲为什么是孤儿院抚养长大的？林吉贤既然一直在秘密照顾林菲，那十多年来他为什么没有再跟她联系？又为什么在自己失踪前突然见了她呢？

“那个韩国人，你查出来了吗？”我伤心地小声询问。

“自从你告诉我林菲身边有一个韩国人，我就开始关注此事。我问了你们学校所有的韩国留学生，他们证实确实有一个叫权庆宙的韩国留学生近半个月来跟林菲走得很近。你告诉我林菲来了西安后，我从售票系统调取了林菲的购票信息，信息显示，跟她同时间、同车次一起来西安的，正是那个权庆宙。”

孙林也许是为了照顾我的感情，没将这些事说得那么严重，反而像是讲述一些不值一提的事情一样轻声地一笔带过。

“林菲果然是跟那个棒子一起来的。”李少威愤愤不平起来。

在前往新疆的火车上李少威与林菲简短的通话中，我俩就怀疑林菲身边有另一个人，她在通话时肯定避开了这个人。一个韩国人？林菲为什么要跟他一起来西安？如果林菲的确知道关于符号的事情，那她为什么宁可跟一个韩国人一起调查也不愿跟我在一起呢？

我百爪挠心，再也不说话了。车内其他人显然意识到我兴致不高，便没有再多说什么，所有人都在沉默中等待着到达秦始皇陵。

车队在秦始皇陵的东北侧停了下来。

我们下车后发现早有两辆越野车等在这里。越野车上的人走到孙林身边，朝孙林点了点头。孙林转身看向了我们，露出了一丝诡异的得意。

“好了，本地的政府和驻军都已被摆平，他们不会妨碍我们安全部门进行任何涉及国家机密的调查了。现在就是进入地宫的时刻！”

一声令下，车队中的其他人开始从车上卸一些专业装备，然后在东北侧的一处山脚下开始挖掘。

“两千年来都没有人能进入地宫，咱们能行吗？”虽然我丝毫不怀疑孙林能利用自己安全部门负责人的身份搞定本地的政府和驻军，但看着这些人似乎毫无目的的挖掘行为，我看向了孙林。

“汤教授，你是行家，你给周皓解释解释。”孙林得意地看着汤宇星，汤宇星长叹了一口气。

“多年以来，考古学家们由于担心地宫被盗，便在地宫周围打了两百多个探洞进行探查，庆幸的是最终只发现了两个盗洞，一个在陵东北，一个在陵西侧。陵东北的这个盗洞直径约九十厘米，深约九米，向地宫深入了一百余米，但并没有抵达地宫。考古学家猜想，盗墓者可能是因为挖了这么深、这么远还没有发现地宫，因此放弃了继续挖掘。不过，自从遥感探测技术进入考古领域后，考古学家已经绘制出了地宫的结构和方位，通过比对盗洞的位置，考古学家发现，这个盗洞最深入的地方距离地宫仅二百五十米！也就是说，如果那些盗墓者技术再高超一些或者再咬牙坚持二百五十米，他们就将打开这个旷世宝藏。另一个位于陵西侧的盗洞距离地宫更远，因此不可能有人进入。现在，这两个盗洞都已被深埋地层之中，表面完全看不出来了。孙林，我真是佩服你，这件事是我们考古学界秘而不宣的机密，你是怎么知道的？”

“别忘了我是干什么的。我说过，只要我愿意，没有查不出来的事情。”孙林朝我俩挤了挤眼，我俩只好回以了干瘪的微笑。

“找到盗洞的入口应该不会超过十五分钟，挖通剩余的那二百五十米不会超过一个小时，这也就意味着，一小时十五分钟后，世界上最伟大的考古发现即将诞生！”孙林亢奋得近乎失态。

我、汤宇星和李少威相互对视了一眼，通过这无声的对视，我们三人已经悉知了彼此的心声。

随后的时间里，我们目不转睛地注视着那些人疯狂地寻找盗洞，一如当年秦始皇目不转睛地注视着七十万劳役建造陵墓。

十五分钟的时间转瞬即逝，随着一个挖掘者的惊呼，一个直径将近一米的盗洞出现在我们眼前！

“太棒了！”孙林在强光灯的指引下快步冲了上去，我们几人也连忙走到洞口朝内望去。

一个深不见底的黑洞朝无尽的深渊、无尽的财富和无尽的秘密之地延伸而去。

“行动！”随着孙林的命令，几个精壮小伙扛着工具钻进了盗洞。

“如果真的找到了仪器，你们将成为国家的英雄！”孙林紧紧地握住了我和汤宇星的手，不住地摇晃起来。

“你也一样。”我抽回了手，佯装激动地咬紧了牙关。

大量的土从盗洞中被一点点地运了出来，在我们身边形成了一个个土堆。我清楚地知道，如果再这么挖下去，地宫必将重现人间。

就在我们身边出现了十多个土堆的时候，两辆越野车远远地驶了过来，在距离我们二十多米的地方停住了。第一辆车中下来了一个男子，他快步走到孙林身边，在孙林耳旁低语了几声，孙林原本喜悦的神色突然僵住了，他侧身看了一眼不远处的第二辆车，然后跟随那个男子径直朝那辆车走去。

我、汤宇星和李少威三人不解地纷纷朝第二辆车看去。由于车灯太过晃眼，我们根本看不见那辆车里坐着什么人，也不知道发生了什么事，只是通过孙林表情的变化隐约嗅到了一丝寒意。

只见孙林站在那辆车的后方，通过窗户向后座的位置看了一眼，然后迅疾钻进了后座。就在孙林钻进这辆车的同时，车上驾驶座、副驾驶座上的人下了车，后座另一侧车门处也下来两个人。四人下车后像保镖一样站在车的四扇门前，面无表情地环视着四周。第一辆车上的人也纷纷跳下车在第二辆越野车周围形成了第二层的保护圈。

汤宇星的眼神没有在这一幕场景中停留多久，他扫了一眼后便全神贯注地盯着盗洞的挖掘工作。李少威和我对于无聊而繁重的挖土工作一点兴趣都没有，我们一边假装散步，一边时不时斜眼看着那辆神秘的越野车。

半个小时过去了，挖掘工作依然在继续，孙林在车内无声无息。我渐渐有些发慌了——那辆车里到底有什么人？发生了什么事？为什么孙林这么久了丝毫没有动静？

我看着李少威，李少威也意识到事情有些不妙。

“我去看看。”李少威深吸了一口气，大步流星地朝那辆越野车走去。可惜，当他即将靠近车的时候，位于第二层保护圈的那些人拦住了他。李少威探头探脑地想往车里看，但被那些人赶了回来。

“车窗不是透明的，看不见里面。”李少威沮丧地回到我身边，低声说道。

我忐忑不安地站着，不祥的念头像喷发的火山一样越来越强烈。我快步走到汤宇星身边，拉了他一下。

“汤教授，借一步说话。”

汤宇星直起身子，将眼神从盗洞挪到了我身上。

“怎么了？”

“我觉得不妙。”我尽可能地压低了声音，示意汤宇星看向了不远处的那辆车。

“事情都到了这个地步，别瞎琢磨了，稍安勿躁。”汤宇星瞅了一眼车。

“你联系过王存了吗？”我声音小得只有我俩才能听见。

汤宇星点了点头。

我没有再说什么，而是退了两步站在空旷处四处环顾。如果汤宇星提前通知了王存，那王存此时已经做好安排了吧?

寂静无声的陵园、寂静无声的山谷、寂静无声的村庄——寂静无声的世界中看不出任何潜在的希望，只隐隐感到巨大的、潜在的危险在向我步步逼近。

时间一分一秒地流逝，眼看着再有十几分钟就到一个小时了，孙林突然走下了那辆越野车，大步地跑向了我们。

“收工！”孙林跑到我们身边后，大喝一声。

所有人都大吃一惊。

“收工，撤！”孙林的命令不容置疑。

众人开始纷纷收拾工具，盗洞中的人也依次钻了出来。

“为什么？”汤宇星不满地走向了孙林，“再有一小会儿就能挖穿，为什么现在要收工？”

“汤教授，我这么做自然有原因，一会儿再跟你解释。你们先上车。”孙林板着脸，对汤宇星的态度居然没有了之前的尊敬。

汤宇星不解地看向了我和李少威。

“孙林……”我想继续询问。

“上车！”孙林的脸上出现了从未有过的阴森。

第一辆越野车上的人走到我们身边，示意我们上车。我们三人谁也没见过孙林这般模样，只得顺从地上了第一辆车。

透过车窗，我看见那第二辆越野车已经先我们出发，驶入了漆黑的夜。我们身后的数十人正有条不紊地向那辆车上搬运工具，孙林则如凶神般凝固在鬼火般的车灯之中。

越野车在黑夜中蜿蜒疾行。我、汤宇星和李少威全都不明所以地坐在后排座上，驾驶座和副驾驶座的两个男人面无表情地盯着前面那辆车，一言不发。

“为什么要走？”我没有放弃追问，轻轻地问前面的两个人。两人哑巴般毫无回应。

我回头朝后方望去。只能看到在远处星星点点静止的车灯，别的车并没有跟上。我轻轻碰了碰汤宇星和李少威，他俩也回头看向了后方，也同我一样疑惑起来。

“他们怎么没跟上？”李少威警觉。

依然没有人回应。

“总得告诉我们去哪儿吧？”汤宇星显然不满了。

副驾驶的男人听到汤宇星生气了，便回过头来，给了他一些薄面。

“汤教授，咱们先回宾馆，等头儿的下一步指示。”副驾驶的人声音柔和，但表情僵硬。

我想继续追问，但汤宇星将手按在了我的膝盖上，轻轻摇了摇头，我只得打起十二万分精神，死死地盯着前方。

前面那辆车里坐的究竟什么人？为什么孙林见到他／她后会放弃挖掘？

汤宇星直视前方的眼神告诉我，他也在跟我想着同样的问题，李少威则偷偷将右手插进了自己的裤子口袋里，我知道，那里装着他老爸送给他的那柄特种部队专用的救生刀。

千万别出差错，千万别出差错——我心里把这句话默念了无数遍，可差错竟然存心跟我作对一样，没过几分钟竟真的发生了。

本来平稳疾行的前车，突然像喝醉了酒一样东摇西晃，整个车失灵一般左拐右拐，仿佛无头苍蝇。我们这辆车坐在驾驶座上的人发现这个情况后，连忙放慢了车速，慌张地注视着前车，我们三人死死地抓着车内任何可以稳定自己的东西，惊慌地探头朝前看去。

前车疯牛般冲了几分钟后，终于撞上了路边的一棵大树。伴随着巨大的撞击声，一股白烟从前车冒了出来。

我们这辆车中坐在前面的两人火速停下了车，推开车门后迅速冲向了前车，通过车窗，我看到两人从腰间拔出了枪。

汤宇星拍了拍已经被怔住的我和李少威。

“快下车。”

我和李少威连忙拾回魂魄，跟着他一同推开车门跑了出去。

前车在剧烈的碰撞下已经扭曲变形。那两人跑到前车旁边，试图拉开车门，但严重变形的前车根本打不开车门。

我们三人一步步挪向前车的一侧。我看到，车中有五个男人，无不肢体扭曲、血流满面、呻吟不止。让我震惊的除了这五人严重的伤势外，还有他们非常奇怪的造型——司机死死地护着方向盘，后排中间的一个男人正探着身子抓着方向盘，而副驾驶座上的男人和后排两侧的两个男人则死死地抓着后排中间这个试图抢夺方向盘的男人。

“怎么回事？”我们车中的司机大喊道。

“这……这小子……要抢方向盘……”前车的司机气若游丝。

我们车中的这两人将胳膊从车窗中艰难地伸了进去，一把推开试图抢夺方向盘的那个男人。那个男人虽然深受重伤，但依然死死地抓着方向盘。

就在那个男人被推开的一瞬间，我清楚地看到了他的五官——大谷裕二！

汤宇星和李少威同时大惊地看向了他。

这辆车中坐着的神秘之人竟然是大谷裕二！

“快……快……跑！”大谷裕二看到车外的我，使出了平生最后一口气喊道。

就在他话刚出口的一瞬间，我们这辆车的司机一枪击中了他的太阳穴！

“走！”汤宇星大喝一声，拉起我就往我们那辆车跑去。我和李少威顿时用尽这辈子所有的力气，跑向了越野车。李少威不由分说冲进了驾驶座，以迅雷不及掩耳之势发动汽车夺命而逃。

第六十章

车在陌生的道路上一路狂奔。

李少威使出他玩极品飞车的本领，以一百八十迈的速度驾驶着这辆越野车在道路上疾驰而去。我和汤宇星坐在后排座上失魂落魄地向后方望着。

“到底他妈的怎么回事？”李少威大汗淋漓地咆哮。

大谷裕二怎么会落到孙林手里？孙林刚才在车里跟他聊了什么？他会不会把地堡中发生的事情通通告诉孙林？

一连串的问号子弹般袭进我的脑子，一股恶血从胆中涌上我的眼眶，我血灌瞳仁地看向了汤宇星。

“大谷裕二肯定把地堡中的事告诉了孙林，孙林一定知道了咱们见过王存的事。”汤宇星用颤抖的手拿出了一根烟，努力想要点燃，但不住颤抖的手始终点不着打火机。

“那怎么办？”冷汗泉涌般从我手心冒出。

汤宇星继续试图点烟，但一次一次都失败了，打火机终于掉在地上。就在汤宇星准备弯腰捡的时候，他的手机响了。

汤宇星颤颤巍巍地拿出手机，上面没有任何号码。

“是王存。”汤宇星看着我。按照在地堡中我们和王存的约定，他会随时与我们联系，如果我们方便接他的电话就接，如果不方便就不接，免得惹人怀疑，而且他的号码不会显示在手机上，即便被他人怀疑，他们也追踪不到号码的来源。

“你们怎么走了？”王存的声音从手机中传来。

“孙林找到了大谷裕二，他……他可能知道咱们见过面的事。”我替汤宇星接过了手机，按下了免提。

“你们现在在哪儿？”王存的声音开始变冷。

“不知道。大谷裕二想要抢车，但发生了车祸，他被孙林的人杀了。我和汤教授……还有李少威正开着另一辆车，不知道要去哪儿。你在哪儿？”我的嗓子因为过分紧张而开始充血。

“我刚才一直在陵园保护你们,见你们离开以为是收队了。”王存有些愤怒了,“你们赶紧下车，孙林的车里肯定有追踪装置。”

王存的话音刚落，李少威一个急刹车，险些把我们甩出去。

“那我们去哪儿？”车停稳后，我们三人毫不犹豫地冲了出去，躲进了路边的密林之中。

“你们现在在哪儿？”

“我们在一片树林里。”

“好，你们就躲在那儿，一定要隐藏好，孙林一会儿肯定会追踪到那儿，别让他发现。我现在就开始锁定你们的位置，等他走之后我就过去接你们。记住，见不到我千万别出来，明白吗？”

“明白了。”

“好，别挂机，稍等，我正在追踪你手机信号的位置。”

随后便是短暂而漫长的等待。

“好了，我已经锁定了你们的位置，你们现在把身上所有的手机通通扔掉，扔回到那辆车上，千万不能让他再找到你们。”王存的命令不容置疑。

汤宇星的两部手机、我的两部手机和李少威的那一部立刻被汇集在了一起，李少威带着这五部手机快速跑回到越野车旁，将它们扔进车内后，他飞快跑回了密林。

我们瞬间成了现代社会的弃儿。

接下来的等待如同癌症患者等待死亡一般漫长。密林距离道路有几十米的距离，躲在这里的我们可以借着月光清楚地看到道路上那辆越野车的情况。幸运的是，由于道路两旁全是海洋般的密林，所以从越野车那儿想要发现我们，难度绝不亚于从森林中发现一只猴子。于是，我们三人既惊慌又心安地躲在几乎密不透风的大树下，静静地等待着绝望和希望的降临。

时间流逝得仿佛比都市缓慢许多倍，不知过了多久，我们看到几辆越野车停在了那辆越野车旁，孙林和十几个人猎狗般细细地检查着那辆车，检查结束后，孙林恨恨地将从车中取出的手机摔在了地上，然后目光如炬地在密林中环视起来。

我们三人大气不敢出地盯着孙林的一举一动，生怕任何的声响都会葬送我们钢丝上的生命。山音如雷，偌大的丛林遮蔽了我们所有的声响，此时即便我们有人打个喷嚏，也会被大自然的叹息深深隐藏。

虽然看不清孙林的表情，但我坚信此时的他肯定恼羞成怒。孙林静静地站着，纹丝不动地盯着我们这一侧的丛林，似乎要从这数百万的树木中嗅出我们的味道。

闻吧，闻吧，若是你能闻出我们的下落，就算死你手里，我也心甘了——我小人得志般嘲笑起了孙林。

原以为孙林会失败地离去，没想到他在一个人耳边低语了几声，然后继续静静地站着，似乎看穿了我们并没有走远的伎俩。那人接受完孙林的授意后转身离开，半个多小时之后，那人驾车返回，迅速下车跑向了孙林——随同他一起下车的还有四条警犬！

“跑！”当警犬出现在数十米外之后，汤宇星从嗓子眼里挤出了这个字。

在林海中逃命远没有电影中描写得那般轻松。我一边疯狂地不知前途地狂奔，一边祈祷着自己能像电影中那些主人公一样在逃命途中遇到什么贵人，可惜，除了树丛划过皮肤的刺痛和被我们惊起的飞鸟、野兽之外，我根本看不到任何希望。不知是幻觉还是实情，我越是奔跑，远处的犬吠声便越是强烈，这些撕心裂肺的叫声仿佛丧钟般无时无刻不在我耳边环绕，叫得我每一个毛孔都塞满了绝望。

更让我绝望的是，没跑多久，汤宇星一头摔在了地上。当我和李少威试图扶起他时，一口黑痰从他的口中喷出。

“我……我的肺……不行了……”汤宇星紧紧捂住嘴，不想让痰再从口中流出，他铁青的脸上浮现出死一般的黑色，“你们跑吧，我……实在跑不动了。”

我能怎么办？让一个七十多岁、被烟毒损毁了呼吸系统的老人继续跑吗？

“他……他不会伤害我的……再说，再说我这把岁数，就算死……也赚了……”汤宇星没能阻止黑痰继续喷出。

“别说话。”就在我六神无主的时候，李少威不由分说地背起了汤宇星，“周皓没告诉你吗？我可是体育特长生！”

我终于被李少威的革命乐观主义精神感动了，我觉得他此时的幽默比任何时候都可爱。

于是，一米九的体育特长生背着七十多岁的老人在林海中继续狂奔起来，一米七的我鼓起万丈豪情跟了上去。

如果有人认为“天无绝人之路”是笑谈的话，那我坚决捍卫这句话的真理性。就在意志再也无法让我们坚持逃命的时候，一条林中小溪出现在了我们眼前。我们三人毫不犹豫地跳进了小溪之中，然后深吸了一口气，将整个身子趴了进去。

十几秒之后，我们三人从水中钻出，然后越过小溪，躲进了小溪另一侧的树丛之中。

几分钟之后，孙林带着十几个凶神和四条警犬来到了小溪边。警犬们蠢猪一样在小溪边团团转，仿佛任务失败一样趴在了孙林脚下，孙林恼羞成怒地举着枪在空中狂射了一番，伴随着枪声的还有他失去理智的咆哮。

无数的飞鸟腾空而起，整个林海仿佛平静的水面被扔进了一颗石子，激起了阵阵涟漪。

孙林终于走了。

看着他们远去的背影，我兴奋得简直要跳起来。当我抑制住内心的狂喜，一股狂悲涌上心头——我们失去了与外界的联系，我们被放逐在了浩渺的林海之中！

此时，我和李少威在许昌的一句玩笑话浮上了我的心头——如果任务失败，我们将不得不隐居山林，彻底断绝与世人的联系——难道我们这次是一语成谶了吗？

我绝望地看着汤宇星，他正一边咳嗽一边从衣服里拿烟。让他不爽的是，经过溪水的浸泡，那包烟已经彻底不能抽了，汤宇星愤怒地把烟扔在地上，狠狠地跺了两脚，这让我哭笑不得。我本想劝他从此戒烟，可一想到让一个七十多岁的老烟鬼戒烟，这比登天还难。于是，我只好看向李少威，希望从他那儿能得到点希望。

让我费解的是，李少威此时正玩命地甩着手。

“干吗呢你？”看到触电一样的他，我好生不解。

“操，操！”李少威没有理我，继续玩命甩手。汤宇星也被他奇怪的举动吸引，他不再跟烟过不去，也开始不解地看着他。

不一会儿，李少威摊开了手——手机！

“妈的，刚才光顾着往水里跳，忘了身上还有手机。”李少威又甩了几下，赶紧取出了手机的电池，又继续甩了起来。

“你……你怎么……”看到他手中的手机，我和汤宇星大惊。

“我手机里有好多小妞的联系方式，扔了岂不太可惜了？”李少威一边甩一边冲我挤眉弄眼。

“你大爷，赶紧扔了啊。”我试图冲过去抢手机，却被他一巴掌推开。

“别闹。”李少威收起了脸上的贱样，“你真以为我舍不得那些小妞啊？咱们已经扔了四个手机了，孙林肯定想不到我手里还有一个。我刚才返回车里的时候琢磨了一下，万一咱们要是没等到王存或者中间有什么变故，要是一个手机都没有，那不就叫天天不应叫地地不灵了吗？我想过了，反正孙林追踪的是你们俩，我留着自己的不会有什么大问题。”

“孙林有你的号码，他要是追踪你怎么办？”如果条件允许，我真恨不得大吼出来。

“不会。你和汤教授不是每个人有一个备用手机吗？孙林又不知道这事，他一看里面有四个手机，肯定认为咱们的都扔了，不至于怀疑我。再说，我这手机也进了水了，他就算想追踪也追踪不到。只要手机一干，咱们马上联系王存，让他救咱们，只要联系上他，我马上把手机扔了，到时候孙林就算真追也追不到。怎么样，哥们考虑得牛逼吧？”

李少威得意起来真的很欠揍。

“也是个办法。”就在我气得火冒三丈的时候，汤宇星站在了李少威那边，“有这个手机在，至少我们能跟王存联系。”

“可是……可是我们根本不知道王存的号码啊。”我的悲观主义又开始作祟了。

这话一出，汤宇星和李少威也愣住了——是啊，即便我们有手机，可我们压根就不知道如何跟王存联系。

“不对啊，您今天白天不是跟王存联系过吗？您应该知道他的号码啊？”李少威连忙用乞求般的眼神看着汤宇星。

“我根本没有他的号码！离开地堡前，王存将一个程序输入了我的手机，只要我启动这个程序就等于拨通了他的号码，他还说了，一旦我的手机丢失或者落到孙林手中，他就会启动那个程序，销毁手机里的所有信息。我估计，他刚才让咱们扔掉手机后，已经启动了那个销毁程序。”汤宇星不停地咳嗽起来。

“那……那怎么办啊？”李少威将手机和电池扔在地上，颓然地坐了下去。

“有一个办法！”我突然灵光一闪，一丝希望出现在我眼前，“你可以用这个手机联系别人！”

“能联系谁？报警啊？孙林这么神通广大，咱要是报警不等于送死吗？”李少威瞪了我一眼。

“别忘了，整个事件中还有一个至关重要的人没有出现，这个人不但至今没有现身，而且连孙林也没有找到她！”我打了鸡血一般捡起了手机。

“林菲！”李少威和汤宇星异口同声！

第六十一章

凭着耀眼的北斗星，在可怖的、不明野兽嘶鸣声的陪伴下，漫长而艰难的丛林之行开始了。在踏过不知多少草木，皮肤不知多少次被划伤之后，铺天而来的雾气开始渐渐笼罩整个丛林。汤宇星的经验告诉我们，雾气开始弥漫的时候，也就是太阳即将升起的时刻。

经过一夜肉体和精神的双重折磨，我们三人早已到了崩溃的边缘。溪水浸泡过的衣服寒气凛冽地撕咬着我们的肌肤，如同万千蚂蚁叮咬一般，奇痛万分、奇痒无比，再加上不知名小虫的光临，我们简直恨不得扯掉自己的皮囊，空留一缕魂魄在这万恶的丛林自生自灭。

茫然无措地走了整整一夜之后，丛林的出口依然遥不可及，我们三人再也无法忍受，即便躺下被虫子咬死，也不愿继续这样漫无目的地累死。于是三人毫不犹豫地达成共识，决定在一片干爽的草丛中就地睡去，管他醒来后是死是活、是生是灭。

当鸟儿清亮的叫声出现在耳边时，我睁开了肿得发胀的双眼，看到了一片雾霭弥漫的树冠。

“天亮了！”我大叫着站了起来。

汤宇星和李少威也清醒过来，他们站起身，拍落身上密布的小虫，都伸起了懒腰，惬意无比。

天亮后的丛林没有了昨夜的可怖，我们定睛观瞧，发现自己身处半山腰，周围满是郁郁葱葱的树木。李少威使出了他少年时练就的本领，三下五除二爬上了一棵大树，然后举目眺望。

“牛逼啊！”李少威在树顶大叫，“我看到村庄了！”

听到这话，我和汤宇星兴奋不已。

“远吗？”我喊道。

“不远。”李少威猴子一般跳了下来，“不过，看着虽然不远，走起来恐怕还得几个小时。”

李少威下来后第一件事就是把手机装好，然后仔细地看了起来。不出所料，这里根本没有信号。

“走，先去村里，”汤宇星下意识地将手伸进了平时装烟的口袋，随即暗骂了一声，然后可怜兮兮地看着远处，“先去村里买烟。”

我们三人立马抖擞精神，大步朝李少威所指的方向走去。

两个多小时之后，我们来到了村边。

“要不要进去？不会被发现吧？”当希望摆在眼前的时候，我又开始犹豫了。

“这种小村子能有什么古怪？你非要把自己吓死啊。”李少威骂了我一句，然后拨通了林非的电话。

依然关机。

“这个林非搞什么啊，成天关着手机，要手机有个屁用。”李少威嘟囔了一声，恨恨地朝村里走去。

走进村子的第一件事就是直奔小卖部。在那儿汤宇星买了两包烟，然后急不可耐地痛吸起来，我和李少威买了三桶方便面，待老板帮我们泡好后，便蹲在门口就着火腿肠和面包吃了起来。

热乎的方便面下肚后，我们三人立刻——按李少威的话是——“满血复活”。老板全程都在奇怪地看着我们，热心肠地问东问西，我们只好用驴友之名搪塞。吃罢饭，我们三人离开了小卖部，开始在远离村路的小径上徘徊。

“你们说，王存要是联系不上咱们的话，他会怎么办？”李少威偷偷地看着我和汤宇星。

我和汤宇星对视了一眼。

“既然咱们的目的地是秦始皇陵，那秦始皇陵便是咱们与王存唯一能取得联系的地方。”汤宇星小声地回答，我点了点头。

“可孙林应该也能猜到这一点吧？”李少威的担心也是我们的担心。

“林非联系不上，又不能去秦始皇陵，那咱们该怎么办？”我问汤宇星要了一根烟，闷头抽了起来。

“你们觉得孙林现在在干什么？”汤宇星停住了踱步，沉思起来。

“孙林的目的是拿到仪器，既然他通过咱们已经知道了仪器的下落，那他……

他肯定会重回秦始皇陵。”我也站住脚步，看着汤宇星。

“如果大谷裕二真把咱们与王存见面的事告诉了他，那他应该会猜到这是个陷阱，他还会去吗？”汤宇星不无担心。

“他即便知道咱们与王存见过面，但并不知道咱们到底谈了些什么，更不可能知道崔波没有死的事，他不至于认为咱们已经怀疑他了吧。”我试图往好的方面想。

“别天真了。咱们骗孙林说没见过王存、大谷裕二和吴丽丽，可大谷裕二的突然出现已经揭穿了咱们的谎言。还有，咱们昨晚上扔下手机逃跑，孙林能猜不到怎么回事吗？他肯定知道咱们对他已经起了疑心，这是板上钉钉的事。”汤宇星语带不满。

“孙林怎么会在这个时候突然找大谷裕二？”李少威一脸苦相。

谁知道。

三人停止了无谓的分析，开始沉默起来。照我看来，孙林这段日子肯定全程监控着大谷裕二和吴丽丽，对他们大致的行踪应该比较清楚，不然就不会知道大谷裕二和吴丽丽去往罗布泊的事。至于大谷裕二独自离开地堡后究竟去了哪里我不得而知，但既然孙林监控着他，那他无论去哪儿都应该在孙林的掌控之中，更何况地堡中发生的一切不过是两天之前的事情，大谷裕二根本不可能在两天内离开中国，甚至还来不及返回北京，那么他很有可能在这段时间被孙林跟踪，并最终被找到。

这个念头在我看来合情合理，可另外一个想法的出现却让我略感棘手。既然大谷裕二在王存那儿得不到允许他使用仪器的承诺，那他会不会试图从孙林这儿寻求帮助而主动去找孙林呢？对于一个为了拯救爱人而愿意舍弃一切的人来说，他这么做的可能性到底有多大呢？

随着大谷裕二被杀，这个问题的答案我已无从知晓，除非再次见到孙林后，他愿意如实相告。可我再也不想见到孙林了，昨夜发生的一切让我强烈地预感到他已经对我动了杀机。

大谷裕二为什么要在半路抢夺方向盘？他预感到什么了吗？如果他真的将地堡中发生的一切都告诉了孙林，致使孙林放弃了进入秦始皇陵的计划，那大谷裕二究竟预感到了什么危险，以至于他宁肯冒着车毁人亡的危险也要在车中闹出这样一番惨剧呢？车祸发生后，我们那辆车中的人为什么不由分说地枪杀了大谷裕二?

难道大谷裕二知道自己无论如何都会被杀吗?

为什么我们三人和大谷裕二乘坐的两辆越野车离开秦始皇陵后，孙林和其他人没有立刻跟上呢？既然孙林下令所有人离开秦始皇陵，为什么只有我们那两辆车离去?

一想到这儿，一股寒意顿时涌了上来——孙林是要将我们通通灭口吗?

我将自己该死的念头告诉了汤宇星和李少威，李少威吓得瞠目结舌，而汤宇星则一言不发地叹起气来。

“现在该怎么办？”汤宇星的沉默无异于证实了我的猜想，我感到自己已经命悬一线了。

“能救咱们命的，只有王存。”汤宇星踩灭了烟头。

“要不然咱们回到昨晚扔下车的地方？王存不是说他会在那儿接咱们吗？”李少威想了片刻，然后打起了精神。

“你知道怎么回去吗？”汤宇星一脸无奈地看着李少威。

李少威愣住了。

我们根本不知道昨夜是在什么地方下的车，而且经过一夜慌不择路的狂奔，我们也不知道该如何回到那个该死的林中小路。

“算了，孙林既然已经识破了咱们的圈套，那他暂时应该不会潜入秦始皇陵，以免自己落入王存的手中。王存虽然现在不知道咱们的下落，但毕竟咱们和他都知道一个可以进行联络的地方，那就是秦始皇陵。”汤宇星犹豫再三，作出了这个决定，“咱们先回秦始皇陵附近的那个无名村躲起来，然后等待合适的时机吧。”

既然秦始皇陵是唯一能与王存取得联系的地方，我和李少威自然没有拒绝。在向村民详细地询问了路线之后，我们开始了战战兢兢的重返之路。

我们所在的村子与无名村正好处于丛林的两端，也就是说，经过昨晚一夜的折腾，我们竟然横穿了整个丛林。得到无名村确切的位置后，我们开始沿着丛林的边缘向那边走去。

丛林的空气新鲜得让人心醉，可我们三人没有心情享受，而是恨不得插上翅膀赶紧抵达目的地，省的途中遭逢什么始料未及的厄运。

清新的空气让人头脑格外清醒。我们三人一边沉默地走着，一边各自盘算着，期间李少威又给林菲打了许多电话，可她的电话始终处于关机状态，这让我们不得不认真分析起她关机的原因。无论林菲跟林吉贤有着怎样的关系或者从他那儿获得了怎样的信息，林菲来西安之事毫无疑问地证实她已经卷入了整个事件之中，并且比我们卷入得还要深。可无论她来西安是为调查什么，她永远的关机状态实在不合常理，因为关机意味着她要与所有人断绝联系，可她既然深处事件之中，不与任何外人联系岂不是一件很麻烦的事吗？难道她不需要任何人的帮助或者说没有必要跟任何人联系就能独自完成整个调查吗？我们联系不上她，那别人，尤其是林吉贤不是也无法与她联系吗？——除非他们有别的联系渠道？

或者说，她身边的那个韩国人足以帮助她完成全部的调查，这可能吗？

“你们是什么时候发现她开始关机的？”汤宇星一边走，一边问道。

“自打我在去新疆的火车上跟她通完话，她就一直关机。”李少威想了想。

“你们在火车上聊了什么？”

“没聊几句她就仓促地挂了，不过我提到了林吉贤，她很紧张，她是在听到林吉贤的名字之后挂的电话。”李少威的步子渐渐慢了下来。

“那我是不是可以理解为——当她听说你们知道林吉贤这个人之后，就关机了？”汤宇星止住了脚步。

我和李少威对视了一眼，然后点了点头。

“那我们不妨大胆猜测一下：当她发现你们知道了林吉贤之后，知道你们已经触及到了整个事件的核心人物，所以她连忙要把自己隐藏起来？”

“应该是这样。可她为什么要躲着我们呢？”这是我一直以来的疑问。

“如果她不是在躲着你们，而是在躲着别人呢？她知不知道有很多神秘人物牵扯到事件之中？”

“自打上次出了车祸之后我就没让她参与这件事，不过她当时知道孙林的存在，也知道崔波发生车祸后‘自杀’的事。不过……不过自打我发现她去过林吉贤家之后，我确定她知道的事情应该远比我想象的多。”我的头又疼了起来。

“既然她知道很多我们不知道的事情，那么当她从你们这儿听到林吉贤的名字之后，她应该意识到，既然你们都知道了林吉贤的存在，那别人一定可以通过你们也知道这件事，所以她当然有必要将自己的行踪隐藏起来。毫无疑问，林吉贤暴露之后，她明白整个事件已经开始加速前进了。”

汤宇星示意我们在丛林边的一处干净地坐下，开始边歇脚边认真琢磨起林菲来。

“我估计，林菲不是躲你们，而是怕别人通过你们找到她，进而影响或者破坏她的计划。”

“她到底有什么计划啊？”李少威的问题导致了尴尬的冷场，因为我们谁都不知道他这个问题的答案，大家只好大眼瞪小眼。

“那个韩国人怎么回事？”冷场结束之后，汤宇星看着我，而我看向了李少威，李少威摇了摇头。

“车祸后我在医院见过那个人一面,之后就再也没见过了。”李少威噘起了嘴。

“我第一次去孙林西山别墅的那晚，林菲去了留学生楼，这事是杰克告诉我的。现在想来，她应该是去见那个韩国人了吧。”我沮丧至极。

“既然林菲跟那个韩国人一起来了西安，看来那个韩国人一定也牵扯到这个事件之中了，不然林菲不可能让一个外人参与如此重大的调查。而且，按你们所说，那个韩国人在整个事件中出现的次数极少，仿佛是个隐形人，可见他在以秘密方式参与这个事件。”汤宇星越说越缓慢，“可是…… 可是这事怎么跟韩国人扯上关系了？”他沉吟半晌，自言自语起来，似乎在脑中寻找整个事件中任何可能与韩国牵连的细节。

我何尝不想知道呢。

突然，汤宇星拿烟的手停住了，他仿佛触电一样将烟头扔下，然后兴奋地站起身来，这让我和李少威顿时吓了一跳。

“我怎么没想到这一点呢！”汤宇星显然非常激动。

“怎么了？”我和李少威连忙起身。

“如果说林菲和那个韩国人也是为寻找仪器而来，那么他们身后一定有高人协助，因为我根本不相信在没有他人帮助的情况下这两个年轻人能独自完成任务，你们觉得呢？”汤宇星越发激动了。

“没错。”我点了点头。在我调查整个事件的过程中，无论大谷裕二、吴丽丽、孙林和王存出于什么样的目的，但若是没有他们的协助我根本走不到今天这一步，更何况，在整个调查过程中还有至关重要的汤宇星这个高人的协助。因此，我也绝不相信林菲和那个韩国人可以不与任何人联系就能完成计划。

“所以说，他们肯定会跟别人联系。既然林菲全程都关机，那能与外界联系的就只有那个隐藏得极深的韩国人！”汤宇星目不转睛地盯向了我和李少威。

“没错！”李少威也兴奋了，“孙林昨天说那个韩国人叫什么来着？”

“权庆宙。”我得承认，我无法忘记任何与林菲有瓜葛的男人的名字。

李少威马上拿出了手机。

“你有他的电话？”我惊讶了。

“当然没有。不过他既然是林菲他们班的留学生，想找他的电话还不容易？别忘了，我的女朋友遍天下。”李少威的妙用再次显现了出来。

接下来，李少威打给了他某个前任的韩国女朋友，那个女朋友又问了一圈别人，不到半个小时的工夫，权庆宙的手机号出现在了李少威的手机上。

“等等。”当李少威准备拨通这个号码时，我拦住了他，因为一个新的忧虑出现了，“既然孙林也在找林菲，而他也联系不上她，那他肯定也会用别的方式找她。咱们都能想到要联系权庆宙，孙林会想不到吗？”

此话一出，李少威和汤宇星也忧虑了起来。但这股忧虑没有持续多久，汤宇星抛出了一个小小的希望。

“孙林昨天告诉咱们林菲和权庆宙的事情的时候，他还没有见到大谷裕二，也就是说他还不知道咱们见过王存，不知道咱们已经背叛了他。因此他一定还相信咱们是完全服从于他的，因而他没有必要欺骗咱们。如果他找到了林菲或者通过权庆宙联系上了他们，他应该不会瞒着咱们，所以，我估计他很有可能并没有联系上权庆宙。”

“可是，以孙林的手段，联系不上林菲，他一定会想办法联系权庆宙，对他来说，找到权庆宙的手机号肯定比咱们容易啊。”我的担忧再次出现，而让我更担忧的是——万一权庆宙也关机怎么办？

“目前看来有三种可能：第一，林菲和权庆宙已经落到了孙林的手里，孙林在瞒着咱们；第二，他虽然联系上了他们或者知道了他们的行踪，但他还没有下手，而是在放长线钓大鱼，静候他们行动；第三就是，他也没有找到他们。”汤宇星咳嗽起来。

“去他妈的，爱咋地咋地。”看着我和汤宇星紧锁的眉头，李少威不管不顾起来，“反正咱们无论如何都要知道林菲的下落，不管她到底在谁手里，只要能联系上她不就行了？咱们总不能任凭她就这么从人间蒸发而不理不睬吧？就算她真被孙林抓了，就算咱们这个电话打过去被孙林发现了咱们的行踪，那不是还有王存呢吗？大不了让王存出手把咱们都救了呗，你说对吧？”

李少威把目光抛向了我，他知道，只要能有一丝一毫林菲的下落，我都会毫不犹豫地进行下去的。于是，我同意了。

有时候我真的很佩服李少威的性格，我常想，如果世人在做事时都像我这样磨磨唧唧、瞻前顾后，那这个世界得变成一副多么恶心的模样？也许有时候，做事情就需要一股“去他妈的，爱咋地咋地”的精神吧！

就在我无数次祈祷权庆宙千万不要关机的时候，电话打通了。

第六十二章

“哪位？”电话那头出现了明显带有韩国口音的汉语。

“我是李少威，林菲的朋友……”李少威激动地看向了我和汤宇星，我俩也无比兴奋。

“我不是跟你们说过了吗？听不到周皓的声音，林菲是不会出现的。”

电话挂断了。

李少威拿着手机，微张的嘴久久没有合上。通过免提听到这句话的我和汤宇星也愣住了。

“我不是跟你们说过了吗？听不到周皓的声音，林菲是不会出现的。”

什么意思？

我们三人仿佛被雷击了一样一动不动地傻站着，所有人都几乎停止了呼吸。

“有人跟他联系过！”汤宇星神色异常严峻。

三人面面相觑——除了孙林还能有谁？

可孙林到底是什么时候跟他联系的？如果孙林知道林菲必须听到我的声音才会出现，那昨天他见到我的时候为什么没有跟我提起这件事？还有，如果孙林联系过权庆宙，那他是不是已经通过手机号码锁定了他们的位置？

“快，我跟他说。”我连忙抢过手机，可李少威拦住了我。

“林菲不是以为你在看守所吗？”李少威犹豫了起来，“在去新疆的火车上，咱们跟林菲联系的时候不是跟她说了你还在看守所，她也没有起疑心吗？现在她为什么非要听到你的声音？这里面会不会有诈？”

我愣住了。

林菲曾跟李少威说过，她来西安是为了救我，如此看来她应该以为我仍在看守所，那她为什么还要听我的声音？难道她知道有人已经把我救出来了吗？

“会不会是她想通过这种方式让别人救你出来？”我曾跟汤宇星讲过我们之前所有的事情，所以他对我们谈话的方向完全了解，因此他犹豫了一下做出了这个猜测。

“如果真是这样的话我就更应该跟她联系了。”我丝毫没有耽搁，迅速再次拨通了权庆宙的号码。

“你们别想拖延时间追踪我们的位置。”电话那头依然是那个带有韩国口音的汉语。

“我就是周皓。”我掷地有声。

电话那头出现了短暂的沉默。

“等会儿。”电话那头的声音明显温和了一些。

紧接着，电话又断了。

丛林的寒风吹来，我们三人不觉一颤。

可以想到的是，既然孙林联系过权庆宙，以我对他的了解他当然会追踪这个号码，权庆宙如此迅速地挂断电话说明他早已预判到了这一点，可如果我们不能保持足够长的通话时间，又怎么能取得与他们足够清楚的联系呢?

长时间的等待再次降临。我们三人都僵在原地，因为我们不知道接下来会发生什么，也不知道我们是否该继续往无名村前行，我能做的就是让眼睛一刻不停地盯在手机屏幕上，生怕错过任何希望。

几分钟过后，手机响了。

“现在打给林菲。”电话那头抛出这几个字后，迅速挂断了。

我立刻拨通了林菲的号码，电话刚响了一秒钟就被接通了。

电话那头是沉默。

“林菲，我是周皓。”当这几个字说出口的时候，我的鼻子竟然酸了。这种感觉像极了多年未见的恋人再次相遇时那沁入骨髓的相思与痛楚，这种痛楚令人窒息。

电话那头依然是沉默。

片刻之后，那个韩国口音响起。

“无名村 31 号。”

电话断了。

此时丛林的寒风居然如此的温暖。

“走！”我大喊一声，然后恨不得肋生双翅飞向那无名的角落。

一路上汤宇星和李少威没有跟我多说什么，因为他们知道，此时我已经没有任何心情聊任何与林菲无关的事情了。期间李少威曾对这个蹊跷的电话表示了一丝的担忧，因为我们虽然知道这个电话号码是权庆宙的，但我们并不知道说着不标准中文的那个人到底是不是权庆宙，也不知道拿着林菲手机的那个人是不是林菲，林菲从未出过声，而权庆宙丝毫没有半句解释性的言语，对我们而言，前路有太多的未知，而我们除了直奔这个未知而去没有其他办法——因为，这是这段日子以来我离林菲最近的一次。

心中满怀期待之时，脚下便顿时生了风，不觉间我们竟已走了整整一个上午。下午两点多，我们看到了丛林另一端的无名村。

白天的无名村与夜晚一样安静，村中只有一些老人坐在自家门前晒太阳，时不时蹿出几个衣着邋遢的小孩在追打嬉闹。这些或老或小的人见到我们三个生人时并没有多少好奇，只是和善地冲我们浅笑了几下，看来这个村子来了太多的驴友或旅行者，他们对外人早已见怪不怪了。

我们三人本不想引人注意，想独自去寻找 31 号，可想来想去，如果我们每到一户门前都走上去盯着门牌号看更加惹人怀疑。思量再三，我们找到了一个看上去极普通的、正在门口躺椅上打瞌睡的老汉。

“大爷，打扰一下。”我们三人轻轻走上前，我轻声打扰了一下。

老汉睁开眼，看了我们一眼，脸上的表情没有丝毫变化。

“啥事？”

“请问咱们村 31 号在哪儿啊？”我尽量使自己的声音平稳和随意。

“31 号？”老汉的脸上突然出现了一丝难以察觉的费解。

“是啊。”我们三人都注意到了他这瞬间的变化，当这变化出现的时候，一丝不安偷偷钻进了我的心里。

“你们干吗的？”老汉从躺椅上直起了身子。

“我们？我们……旅游的，有几个朋友比我们先到这儿，说住在 31 号，我们去找他们。”我一字一顿地编着谎，生怕露出惹人怀疑之事。

“你有朋友住在 31 号？”老汉的眼神警惕起来。

“是啊。”我慌张地看了眼汤宇星，他正微笑地看着老汉，而李少威则在一旁赔着笑脸。

老汉站了起来，像见着鬼一样盯着我们看了好长时间，有将近一分钟没有说话。

“老乡，怎么了？”汤宇星继续和颜悦色。

“你们真有朋友住在那儿？”老汉恨不得用眼神吃掉我们。

“是啊。”汤宇星显然怕我应付不来这突如其来的意外，他主动接过了话茬，并给老汉递上了一支烟，“他们来了有几天了。”

老汉再次像扫描仪一样审视了我们三人，然后长吁了一口气。

“你们朋友胆子可够大的，村里好多人家都空着，住哪儿不好偏偏要住那儿？赶紧让你们朋友走吧。”

我们三人的神经顿时绷了起来。

“老乡，咋回事啊？”汤宇星的声音虽然依然柔软，但我明显听出了一丝不安。

“那地方凶得很。”老汉点着了汤宇星递给他的烟，深吸了一口。

“您给我们说说。”汤宇星偷偷地瞟了我一眼，示意我不要一脸惊恐。

“那地方以前死了好多人，阴气太重，去那儿的人不是失踪就是死了。后来镇上在那儿盖了庙，想镇一镇，还是不行，只要谁去谁就消失。”老汉说的时候声音无意识地降低了许多，凭空增加了不少恐怖气氛。

“那到底是个什么地方？怎么会死那么多人？”见到老人坐回躺椅后，我们三人围在他身边，全都立着耳朵，生怕漏过什么关键信息。

“咱们这村子是当年给秦始皇修陵墓的人建的，你们可能不知道，那时候修墓的人太多了，墓修好之后好多人就住在了附近，有一些人就在这儿住下了，这才有了咱们这个村子。31 号那块地死人的事是村里的老人一辈一辈传下来的，当然那时候不叫 31 号，31 号是这几年才编的。老人说，村子刚建成的时候，有一帮给秦始皇下葬的人从地宫里跑出来了，那还了得？秦始皇本来是命令要活埋所有给他下葬的人的，因为他坟墓里所有情况这些人都了解，所以当时秦始皇他儿子就派人去追杀这些人，这些人就跑到了现在的 31 号那个庙里，当时还不是庙，就是破茅草屋子。官兵追上他们之后就把他们全堵屋里，一把火把那儿全烧光了，跑出来的那几十个人没一个活命的，骨头渣子都烧没了。”

老汉一边抽着烟，一边仿佛自己也进到这个离奇的故事之中，说得越来越绘声绘色。

“那片烧光之后大家都觉得晦气，没人愿意在那儿盖房子。不过后来村子里缺水，好多井都不出水，只有那片的一口井水挺多，所以大家慢慢也无所谓了，就在那儿住下了。这一住不要紧，凡是住在那儿的人要么死在屋里，要么失踪不见，反正没一个好下场的。再后来但凡喝过那口井里的水的人，也都一个一个地死了。大家就都不敢住那儿了，谁也不敢再去那儿打水。”

“那地方这么晦气难道是跟那口井有关？”汤宇星不知从这些传闻中捕捉到了什么，他开始显得异常兴奋。

“肯定有关啊。村里老人都说，那些被烧死的人的怨气都聚在那口井里，他们不甘心啊。”老人似乎感受到了那些惨死者的痛苦，脸上的表情越发凝重了。

“那就没人下井里看看？”李少威兴奋地插了一嘴。

“有倒是有，可那井太深了，根本见不着底。老人说，以前有大胆的人下去过，可井太深，水也太深，气都用光了还摸不着底，所以谁也不知道井底下到底咋回事。而且听说那些下去过的人后来都得了一种奇怪的病，全身的肉开始一点点地烂掉，死的时候就剩个骷髅架子了。‘文革’的时候有些红卫兵不信邪，戴着那个什么……什么……就是有氧气的那种东西，下去过，可听说下去后就再也没上来，后来就没人敢去了。这时越传越邪，村子里的人都怕死了，后来实在没办法了，八几年的时候镇上就在那儿盖了庙，那口井就压在庙的大殿下头。当初庙里还请了几个师傅住在那儿，可后来那些师傅不是死在庙里，就是失踪，反正之后再请谁谁都不去了，这不，那个庙就彻底荒了。”

老汉讲完故事后用浑浊的眼睛盯着村东北角的方向，不住地叹息。

我和李少威被这个故事的离奇和恐怖彻底震住了，我们俩都龇着牙唏嘘不已，倒是汤宇星眼中出现了许多神采，略带笑意地看着东北角的方向。

“那个破庙就在那儿吗？”汤宇星指向了东北角。

“嗯，就在那片树林里。村里这几十年一直在砍树种地，周围好多树林都砍光了，种了庄稼，可就东北角那片林子没人敢砍，太邪，谁敢啊？你们朋友咋去哪种地方了？”老汉忧虑万分地环视了我们三人。

“他们……他们可能不知道这么邪，我们得赶紧找他们去。”汤宇星掐灭了烟，对老汉千恩万谢后便示意我们离开。

“快去吧，可千万别出什么事。”老汉叮嘱一番后，叹着气目送我们离开。

“这事您怎么看？”走远之后，我问汤宇星。

“虽然我不是唯物主义者，但对于鬼怪之言我还是持怀疑态度的。还记得咱们在罗布泊聊过的关于怪力乱神的事吗？这些事情一定是与平行时空有关，所以如果 31 号那座破庙确实存在非人类或者非生物的东西，至少表明那个地方可能存在非同寻常的、能够制造时空扭曲的‘场’。当然还有别的可能，一种是，那个地方存在奇特的地理结构或者奇特的物质组成，这些物质可能会产生一些古人们解释不了的物理或化学现象，制造出了在古人看来很恐怖的效果，比如有一些地方经常出现雷击现象，古人无法解释这种现象便归结于‘邪门’，其实经过科学发现，频遭雷击地区的地底下一定有许多矿物质，是这些矿物质将雷电吸引过去的。另一种可能是，那个地方有不可告人的秘密，为了不让外人知道，有些人故意散布了这样的谣言，甚至为了增加谣言的可信度，人为地制造了一些死亡事件。”

汤宇星一边朝村东北角走着，一边梳理着自己的思路。

对于在罗布泊经历过暴风骤雨般知识洗礼的我来说，他的这些推断我都能理解并接受，而李少威则抓耳挠腮像个白痴，对于这些远超出他知识范畴的东西根本摸不着头脑。不过还好，他并没有不停地插嘴问东问西，只是像个孩子一样被大人带入了一片全新的世界。

一想到我们即将奔赴这样一个充满了诡异传闻的地方，我的心中就激动不已。更让我兴奋的是，这个地方竟有可能是林非和权庆宙的落脚点！

当整个事情推进到今天，当我们距离秘密的终点越来越近，当神秘的林非最终的落脚点与我们调查的方向如此接近，我强烈地感觉到，这个充满恐怖与谣言的破庙，也许就是我们进入真相殿堂的最后一道神秘之门。

三人沿着村子一路向东北走去。十几分钟后，我们离开了满是住户的村落，来到了东北角的那片树林。此时虽然是下午，可进入树林后我们却感到这里昏暗阴森，仿佛这里是一个被当下世界抛弃和遗忘的旧时空。寒冬的树林里没了往日的枝繁叶茂，一株株说不上名字的树木紧紧地靠在一起，光秃秃的树干上透着无比悲戚的苍凉，时不时掠空而过的飞鸟更为这片死寂的树林平添了许多恐惧。

听着脚下踩碎树叶的声音，我们一步步朝树林深处走去。没多久，在树林的深处，我们看到一座残破不堪的庙宇正孤单而渴求地等待着我们。

第六十三章

我们三人站在破庙外十余米的地方，凝视着这个破败的庙宇，而庙宇仿佛看懂了我们的心，正露着奇怪的微笑凝视着我们。

“进吗？”我看了一眼汤宇星。

“给林菲打个电话吧。”汤宇星犹豫了一下。

随后我拿李少威的手机，拨通了林菲的手机。

手机那头依然没有出现林菲的声音，出现的还是那个不标准的中文。

“我们到了。”

“进去。”

电话断了。

汤宇星深吸了一口气，然后朝我和李少威点了点头。李少威从腰间拿出了那把救生刀，紧紧地握在了手中。

我们径直走进了破庙。

破庙的门根本不需要推，因为那庙门根本称不上实际意义上的门，不过是两扇早已腐朽得只到我们腰间的木板而已。进去后我发现，这座庙有足球场那么大，整个庙被一圈残垣断壁环绕着，姑且可以算得上外墙，庙内有一座正殿，两侧有两排厢房，无论是正殿还是厢房，从外面看上去都破旧不堪，院内满是枯黄的杂草和碎石，一眼望去整个庙宇甚是荒凉。

“林菲！”站在院内的荒草之上，我用力高喊了一声。

空荡荡的院内没有任何回应。

我们随后走进了正殿。正殿内没有供奉任何佛像，地上满是摔得七零八落的佛像残身，汤宇星从那些残肢断臂中认出，正殿两侧原本供奉的是十八罗汉，正当中的主神位上却不知曾经供奉过何方神圣，只剩下一方陈旧不已的须弥座尴尬地矗立其上。

我静静地站在殿内，环视着四周，期待林菲的出现。汤宇星低着头，不停地在地面上寻找着什么，李少威依然紧握着救生刀，警惕异常地站在殿门口，监视着外面的风吹草动。

“林菲！权庆宙！”等待了一会儿之后，我按捺不住又喊了几声。

就在我的声音刚落的时候，李少威突然朝门口迈了一步。

“有人来了！”李少威厉声提醒我们。

我和汤宇星连忙跑向殿门口，只见一个年纪与我相仿的男子，从一侧的厢房中走了出来，微笑着向我们靠近。

“这人就是我在医院见过的那个韩国人。”李少威小声地告诉了我。

看来，这应该就是权庆宙。

“三位好，在下权庆宙。”权庆宙走到我们身边，轻轻地鞠了一躬。

“林菲呢？”虽然权庆宙态度温和，李少威却凶神恶煞般地瞪着他。

“就你们三个？”权庆宙略显疑惑。

“不然还能有谁？”李少威一点都没有给他好脸。

“那些想知道仪器下落的人呢？比如孙林？”权庆宙根本没有正眼看李少威，而是将目光定在了我的身上。

“你先别管这些，林菲呢？”在这个唯一知道林菲下落的人面前，我尽量使自己的语气显得不那么狂躁。

“一会儿你就会见到她。请先告诉我，孙林呢？你们不是一直在一起吗？”权庆宙依然保持着温和和疑惑。

“你为什么这么想见到孙林？”汤宇星接过了话茬。

“您是？”

“你不需要知道。”李少威怒目圆瞪，“少他妈废话，赶紧说林菲在哪儿？”

“孙林之前给我打过电话，说会带你来见林菲，既然你来了，为什么他没来？”权庆宙依然看着我。

“见到林菲我会跟她解释这一切。”我强忍着没有发作，“林菲到底在哪儿？为什么我打通她的手机她不说话？”

权庆宙从兜里拿出了两部手机，其中一部是我见过无数次、再熟悉不过的粉色手机。

“抱歉，林菲的手机一直在我身上。为了防止被追踪，我只得将她的手机关了。周皓，我很熟悉你的声音，所以刚才拿着林菲电话的是我。”

"你熟悉我的声音？"我愣住了——我他娘的什么时候跟你说过话？！

"呵呵，在学校的时候我就留意你很久了，只是你没有注意到我而已。对了，你的手机呢？"

"扔了。"

"我是说你最早的那个，你在学校用的那个号。"

我最早的手机？——在仓惶逃离盘龙谷别墅的时候，我把那部手机落在了别墅里！

"你问这个干吗？"我警惕地注视着他。

"之前曾有人用你那个号给林菲打过电话，林菲听出那不是你的声音，所以便挂了，之后她就彻底关了手机。"

"谁打的？是男是女？"我万分警觉。能从盘龙谷别墅中拿走我手机的，除了大谷裕二和吴丽丽，还有曾经进去过的孙林。

"男的。"

"什么口音？有日本口音吗？"

"没有，非常标准的汉语。"

好你个孙林！

"什么时候的事？"

"就在我和林菲到西安的第一天。"

我和李少威对视了一眼。我俩在去新疆的火车上时，曾给林菲打过电话，那时的她倒是没有关机，不过她警觉的声音还是让我们心生疑惑。她在电话中告诉我们她刚到西安，让李少威去西安找她。而在此之前，我们正好带着孙林去了盘龙谷别墅取吴丽丽留给我的另一份符号抄件——如此看来，孙林定是在别墅中醒后，拿走了我的手机，打给了林菲。

"拿走我手机的应该是孙林，可我现在的确没有跟他在一起。"我实在想不明白，为什么权庆宙要不停地询问孙林的下落。显然他还不知道孙林的危险性，而我此时根本没有必要告诉他。

"快点带我们去见林菲！"李少威怒火丛生。

权庆宙沉默了。他的眼神开始不停地在我和汤宇星身上盘旋，我知道他一定在思索着什么。

"你会游泳吗？"短暂的沉默过后，权庆宙突然蹦出一句让我一头雾水的话。

显然，汤宇星和李少威跟我一样愣了一下，现在轮到他们疑惑了。

“会。”我不明所以地点了点头。

“请稍等。”权庆宙说完转身朝一间厢房走去。过了一会儿，他抱着一个大箱子走了出来。

“请穿上。”他将箱子放在地上，打开。箱子里有两件看上去像潜水服一样的东西，还有两个小型的氧气筒以及装有强光灯的头套。

就在我不解地看着这些奇怪装备时，权庆宙已经开始自顾自地穿了起来。

“你什么意思？”看着他把自己装扮成潜水员的模样，我愣在那儿一动不动。

“你不是想见林菲吗？我带你去。”

权庆宙说完走进了正殿，我们三人连忙好奇地跟了上去。他来到那方须弥座前，吃力地将须弥座推开，一口井显现了出来。

我、汤宇星和李少威顿时冲到井口前，吃惊地朝下看了过去。

“这是刚才那个老头说的那口井！”李少威大喜。

权庆宙回头第一次正眼看向了李少威，然后笑了一下。

“你们听说了这口井的传闻？”

李少威没有理他，我和汤宇星点了点头。

“请穿上吧。”权庆宙看了看井，又看了看我。

“里面有什么？”我的心还是狂跳不已。

“既然你们已经到了临潼，表明你们应该查到了仪器的下落。这口井能带你见到仪器——还有林菲。”权庆宙说这些话时没有丝毫的兴奋。

“这口井能通往地宫？”汤宇星剧烈地咳嗽了起来。

权庆宙用无声的微笑回答了汤宇星的疑问，而他给出的这个答案让我们三人彻底震惊了。

“之后你们会明白。请原谅，我们只给周皓一人准备了装备，请您二位在此等候。”权庆宙走到门口，把箱子抱了进来，将那套装备递给了我。

“那不成，我们也要进去。”李少威迅速表示了抗议。

“抱歉，我们只给他准备了。”权庆宙开始戴头套。

“我能查到这个地方，全是在他俩的帮助之下，他们是我最信得过的人，能不能让他们也下去？”看着一脸不满的李少威和一脸遗憾的汤宇星，我心中有些不忍。

“可装备不够。”权庆宙背上了氧气筒。

“算了，你进去吧。”汤宇星满是不甘地劝我。

我迟疑了。汤宇星毕生都想一睹仪器的真容，可当仪器就在不远处的时候，他竟无缘得见，这让我无比难过。我抓着手中的装备，满心苦恼地凝视着它们，迟迟没有穿上。

“这样好了，等咱们下去之后，我拿着你的装备上来接他们，行不行？”看着我着实为难，权庆宙提出了一个想法。这个想法一出口，汤宇星和李少威立马转忧为喜。

“行，行。”汤宇星居然孩子一般频频点头。

随后在权庆宙的帮助下，我穿上了这套我从未体验过的装备，穿置停当后，我发现自己全身所有地方都被裹了个严严实实。一切就绪后，我和权庆宙打开了头顶的强光灯，先后踏入了井中。

这口井的直径有一米左右，井内侧边缘有许多可供一足站立的石头台阶，因而我们可借助这些台阶攀援着向下移动。移动了十来米后，权庆宙让我含上氧气管戴好透明面罩，说马上要入水了。于是我戴好之后，便跟他一样翻转身子，潜入水中。由于井内实在太窄，根本由不得我像游泳那样挥动双臂，所以我只能像狗划水那样紧夹大臂，用小臂不停地划动来保证我持续下行。权庆宙显然已经习惯在这种极端情况下“游泳”，他的速度远远快于我，他时不时会回过头来等我跟进。就这样，我俩一上一下不停向下游，游向了我不可知的无名深渊。

逐渐习惯了强光灯的指引后，我意外地发现这里的井水似乎有些发红，这种红色在强光灯的穿透下泛着一丝丝的浅蓝，这让我感到非常奇怪。同时，在我边游边四下打量的时候，我发现即便是在水下，也能看到井壁内侧有许多石头台阶，这令我越发好奇。我本想大声向前面的权庆宙询问此事，可含着氧气管的我除了呼吸外根本做不了其他任何事情，我只好在这令人恐怖的红蓝相间的井水中不停地下潜，不停地下潜，不停地下潜……

不知过了多长时间，我突然发现权庆宙从我眼前消失了。我连忙快划了几下，跟上去后竟发现垂直向下的井的一侧竟然有一条横出来的地下河。于是我终于摆脱了大脑充血的困境，可以畅快地平游起来。这是一条与井几乎成九十度的地下河，河道直径将近两米，四周全是不知名的岩石，这些岩石在水流千百万年的冲刷之下变得光亮滑润，在强光灯的照射下泛着阵阵寒光。

在乏味无趣的游动过程中，我发现了一个奇怪的现象——每游上一阵，我就会发现，包裹着地下河的那些岩石中有一些岩石与其他岩石不太一样。普通岩石与岩石之间连接处的线条很不规则，类似于鹅卵石铺成的道路那样，所有石头都连接得乱七八糟，毫无规矩。可有一些岩石的边缘却非常规整，四四方方像门框一样，类似于方砖铺成的道路，所有方砖都连接得横是横、竖是竖，非常有条理。在我第一次留意到这样的岩石时，我本以为是大自然巧夺天工，碰巧有一块岩石的边缘如此方正。当随后我发现了还有另外一些这样形状的岩石后，我隐隐感到这里定有蹊跷——倘不是人刻意而为，怎么可能出现不止一处如此规整的岩石呢？

可在这深入地下不知多少米的地下河中，怎么可能出现人为的痕迹呢？

抱着一肚子的疑问，我继续着无休止的游动。渐渐地，我发现这条地下河开始倾斜起来，水流不再像起初那样在一个平面上流动，而是开始朝斜下方流去。借着由上而下的水势，我终于可以让早已酸痛的双臂歇息歇息，任由水流推动着我朝斜前方漂去。

不知漂了多久，地下河倾斜的角度开始明显加大，水势也开始变得湍急，哗哗作响的水声持续不断地出现在我的耳边。我虽然尽量绷紧身子试图控制平衡，可湍急的水流还是让我数次撞在了岩石上，好几次险些撞掉我背后的氧气筒，搞得我只能一只手背过身去扶着氧气筒，另一只手艰难地顺着水势有节奏地划动。随着水流速度的加快，我们前行的速度也明显快了起来，就在地下河咆哮着拐了好几个弯之后，水势突然变得极其猛烈，水中的我像狂风中的树叶一样，丝毫不由自己控制地被激流狠狠向下扔了出去。

经过了一番几近崩溃的天旋地转之后，我渐渐感觉到身边的水流变得异常平和，刚才那番暴风骤雨般的折磨彻底消失，我瞬间像是从狂风暴雨的世界来到了一片春暖花开的祥和之地。

收拾起自己慌乱的心情后，我突然发现权庆宙再次不见了踪影。

我连忙上下左右地不停寻找，可他仿佛消失了一般。我立马像无头苍蝇一样开始到处游动，游着游着，我意外发现在我的头顶似乎能看到一丝光亮，于是我奋力向上游去，这一游不打紧，我竟然让自己的头冲出了水面！

这里居然有能够自由呼吸的世界!

就在我的脑袋伸出水面的一瞬间，我看到一束强光正缓缓地向我靠近。当强光来到我身边的时候，已经摘下氧气管的权庆宙隔着他的透明面罩冲我微笑起来。

“把氧气管摘了吧，不过千万别摘面罩。”权庆宙笑得很疲惫。

摘了氧气管，我隔着面罩痛快地深吸起了最自然的空气。在这个过程中，我开始仔细环视四周。强光所至之处，我发现自己正身处一片平稳的水域之中，这片平静水域大小如一个标准的游泳馆，在我头顶大概两三米的地方是一片岩石构成的天空，那些岩石在强光的照射下一个个龇牙咧嘴，面目可憎。而在不远处的一片岩石天空之中，一道急流正从一个岩洞中喷涌而下，阵阵水声冲击着这个地下世界的宁静。

“咱们刚才就是从那儿下来的。”当权庆宙看到我正盯着那道急流时，冲我努了努嘴。

我瞪大眼睛仔细朝那道急流看去，越看我心里越是庆幸——幸亏急流冲出的那个岩洞离我所处的水面只有两三米，这要是再高点的话，光拍在水面上就够把我拍个稀巴烂了。

庆幸之余，我意外地发现，在那个岩洞的下方，似乎也有一些石头台阶的存在。

“咱们现在在哪儿？”我看着权庆宙。

“先休息一会儿，马上你就会知道了。”权庆宙舒展了一下胳膊。

“我不累。”我没有说实话。

“好，你在这儿等着。”权庆宙笑着看了我一眼，然后重新戴上了氧气管，便扎了一个猛子，一头钻进了水下。

在他潜入水中不久之后，令人震惊的事情发生了——原本在我脖子位置的水平面居然开始渐渐下移，移到了我的腰间、腿部、脚踝，直至全部消失。

一片上百平方米的水域消失了!

权庆宙熟练地脱下了装备，用高深莫测的眼神等着我捡回自己的魂魄。

回过神来后，我发现自己已置身于一片岩石构成的石头房间之内，这个房间从刚才的游泳馆仿佛变成了仓库，我竟然站在了地面上。虽说我的双脚已经落地，但我发现我脚下的地面并不平整，而是倾斜了一定的角度。我正站在高处，权庆宙则站在低处，令我错愕的是，他的脚边竟有一块被挪开的岩石，放眼看去，那个被挪开的岩石下面似乎是个深不见底的深洞，地下世界中残存的一些水正拼命地向那个位于低处的深洞流去，而我斜前方那股从岩洞中迅疾喷出的急流，落到地面后也涌向了那个深洞。此时的我就像是站在干爽峭壁上欣赏远处瀑布的游客。

权庆宙一定知道我有太多的问题想要问他，所以他躲开了我，走向了与我同侧的另一端的高处，站在那里的岩石墙边吃力地挪动墙上的一块岩石。在他挪动的过程中，我发现了那块岩石的蹊跷之处——整个岩石墙上，只有这块岩石的边缘是横平竖直的，就像一扇窗户。片刻之后，权庆宙挪开了这块岩石，一个全新的世界透过这扇被打开的“窗户”向我露出一丝真容。

“欢迎进入世界上最伟大的地宫！”权庆宙做了一个“请”的手势。

第六十四章

跟随着权庆宙，我穿过那扇“窗户”，进到了秦始皇陵伟大的地宫。

这是怎样一个巧夺天工的旷世之作！——偌大的地宫有两个足球场那么大，从底部到顶端有五层楼那么高，即便在现代，要想在地下数十米处修建如此巨大的地下宫殿也绝非轻易之事，更何况是在两千多年前的秦朝呢？相比于地宫中的陈设，“巨大”仅仅是它让我震惊的一个微不足道的理由，因为里面实在有太多让我匪夷所思的创作。地宫四周每隔几米都会有一座一米多高的铜质灯台，每一个灯碗中都有明亮的火苗在熊熊燃烧，上百个这样的火苗将整个地宫照射得分外明亮。在地宫的内墙上，无数的金银珍宝和不知名的宝石镶嵌其间，组成了一幅壮丽的山河图景。从这些图景中，我看到了秦朝当时的版图，看到了无数的山峰、河流、湖泊和海洋，也看到了纵横的道路、水渠、运河和城墙，甚至看到了驿站、军营、人家和宫殿，两千多年前秦朝版图内所有重要的自然和人文景观尽显在这巨大无比的内墙之上。

抬头望去，在地宫的顶端，无数宝石在上面构成了一片深邃和奇妙的夜空之象。在这些由宝石组成的夜空之中，我一眼就认出了银河和北斗七星，还看到了许多在近代才被命名的星云，有大熊座星云、小熊座星云、猎户座星云，甚至还有织女座星云。让人惊叹的是，这幅夜空之象不但清楚地标明了这些星云的位置，甚至还通过不同宝石的色彩与明暗将这些星云在夜空由于不同的距离而产生的明暗效果也一一呈现了出来。

看罢宝石夜空后，我低头朝脚下看去。出现在我眼前的地面是我一生都不曾驻足的地面，同时也是我相信任何人都不曾，也不会踏上的地面，因为整个地宫的地面全部是用同一种颜色的白玉铺设而成！

看着包裹着地宫的这些材料，我突然发现——“富可敌国”这个词在这里简直就等同于“一贫如洗”。

环视完四周后，我将目光集中在了地宫中央。地宫的正中间有一座占去了整个地宫面积三分之一的铜质墓室，墓室四周围满了真人大小的文臣武将。与兵马俑中发现的那些陶制兵将不同，这些文臣武将全部是纯金铸造，在火光的映衬下，这一个个精美绝伦的纯金人像显得分外耀眼。

既然秦始皇陵的周边已经出土了兵马俑坑、百戏俑坑、文官俑坑以及陪葬坑，而这个地宫中又有如此众多的文臣武将纯金俑，毫无疑问，位于正中央的那座被群臣环绕的铜质墓室便定是秦始皇棺椁所在地。

可林菲呢？仪器呢？

从震惊中收回思绪的我看着站在我身旁的权庆宙，刚才在我瞠目结舌的过程中他始终保持沉默，似乎在等待着我欣赏这举世无双的壮举。当他发现我将目光从一件件壮举移向他身上的时候，他的脸上浮现出微笑。

“进去，林菲在里面等你。”权庆宙指了指墓室。

林菲在秦始皇的墓室之中？

“我要去接李少威和那个老先生了。你们慢慢聊。”权庆宙说完朝一尊武将俑走去。

“等会儿。”我连忙脱下身上的装备，递给了他，“先让汤教授进来吧。”

“不需要这个了，他俩可以一起进来。”权庆宙的微笑深不可测。

“可是咱俩刚才……”我费解了。

权庆宙没有理我，而是来到那尊武将俑一旁，轻轻地将俑移动了一百八十度，紧接着，我听到了地宫之外仿佛巨雷一般的声响，这个声响持续了足足有五分钟，我的心也跟着揪了五分钟。

“怎么回事？”

“一会儿我再跟你详细解释，总之咱们刚才来的那段路上的水已经被引到了别的地方，我可以不用任何装备就能钻出去了。进去吧。”权庆宙说完拍了拍我的肩膀，脱下自己的装备后便钻出了我们先前进入的那个洞口。

当疑惑和震惊出现太多次，就显得不那么让人心慌意乱了，反正我也不知道该先解决哪个疑惑，如何解决以及什么时候会有什么人帮我解决，既然一切几乎都是未知，那我能做的就是奔向唯一已知的地方——于是，我走向了墓室。

我一边呼喊着林菲的名字，一边沿着墓室的边缘寻找入口。那座全部由铜铸造的墓室有两米多高，无数栩栩如生的珍禽异兽被雕刻在外壁之上，使整个墓室显得威猛而庄严。绕了大半圈之后，我在一处外壁上发现了两条奇怪的龙的雕像。这两条龙有一米多长，相距不到一米，龙尾紧挨着地面，龙身直立向上，龙头都向中间靠拢，龙眼相视。在这两条完全对称的龙正中间，有一条与龙身同高、直达地面的缝隙，类似的缝隙我并未在墓室外壁其他地方发现，于是我断定，这条像极了门缝的缝隙肯定就是墓室的入口。

我将双手按在那条缝隙的两侧，使劲地推了过去——门开了。

门打开的瞬间，一个天蓝色的世界出现在我的眼前。嵌满夜明珠的墓室内泛出了柔和迷人的天蓝色光芒，无数道柔美的蓝光交相辉映，生成了一股淡淡的天蓝色雾气，那诱人的雾气弥散在整个墓室之中，一眼望去如同日出时海边迷幻的景象。

墓室中央，一口石质的棺椁安详而宁静地平躺着。棺椁虽为石质，仔细看去会发现那绝非普通的石材，因为整个棺椁在天蓝色的光芒和雾气笼罩之下透出了一种强烈而饱满的高贵之气。

梦幻般的景象让我顿时像登临仙境一样心中充满了祥和之感，一切的烦恼、困惑和不安在这派景象面前通通无影无踪，着了魔一样的我静静地站在门口，久久凝望。

更让我着迷的是，温婉可人的林菲仙女一般静静地站在这个天蓝色的梦境之中，正微笑地看着出了神的我。

“你好吗？”久违的声音在我耳边响起。

这一切是梦吗?

我迷醉了。

我的腿仿佛不受我控制一样朝墓室迈了进去，我分明感觉到，某种东西已经溢满了我的眼眶。

“我很好。你呢？”我轻声问道。

“跟你一样好。”林菲低下头，轻轻地抚摸起秀发的末端。

来一个拥抱吗？或者一次亲吻？又或者别的什么？

还是就这么站着吧，管他斗转星移、白云苍狗、天地玄黄。

第六十五章

“你过来。”也许过了有一亿年的时间，林菲轻启朱唇，打破了仙境中美妙的沉默。

我缓步走到了林菲身边，跟随她一同低头朝棺椁看去。

一个马蹄形的东西深深地嵌在棺椁之上！

那件东西仿佛皇冠上的宝珠，瞬间夺走了皇冠所有的光芒。

“仪器？”我目瞪口呆地望着它，就像黑暗中的人第一次望向太阳一样。

林菲点了点头，闪着满眼的光芒看向了我。

一件史前文明留下的宝物，一个会令全人类沸腾的先进仪器，一个可以改变整个世界的秘密——就在我触手可及的地方？

当全世界所有的震惊同时压在我一个人身上的时候，我沉默了……

你好，仪器，见到你很高兴。

我深吸了一口气，用难以形容的笑脸看着林菲，等待她打破此时难言的寂静。

“不想问点什么吗？”林菲从容地笑了一下，轻抚着长发。

“想问的东西太多，你还是主动都招了吧。”我润润了干涩的喉咙，故作轻松地强行让自己从幻境中清醒过来——这是秦始皇陵的地宫，这是秦始皇的墓室，这是仪器的最终所在，这是所有秘密的终点——既然林菲就在眼前，那该是到了结束一切的时候了。

“爷爷果然没有挑错人，你终于查到这了。”看到我整理好心绪，林菲收起了之前的感伤，脸上浮现出我熟悉的神采。

“爷爷？——林吉贤？”我问道。林菲点了点头。

“在你联系权庆宙之前，你怎么打算进到这里？”

“孙林已经差不多挖通了盗洞，如果再联系不上你，没准我就会拿出必死的决心跟孙林一起进入盗洞。”

“为什么要说‘必死’呢？”林菲皱起了可爱的眉头。

“呵呵，孙林根本不是我先前想象的那样，他才是杀害丁教授的元凶，他是在利用我寻找仪器。而且当他发现我识破了他真实的嘴脸之后，也想对我动手。”

林菲愣住了。

“那他是什么人？”

“我不知道，但我可以肯定的是，即便他暂时找不到我，他也一定会进入地宫，因为他的目的就是仪器。对不起，是我把仪器的下落告诉他的。不过他不会得逞的，因为军方的人早就怀疑他了，他只要进到地宫拿仪器，军方的人就会当场戳穿他。”

随后，我一股脑地把我如何查到仪器下落的大致内容讲给了她，我讲到了西克教授、阿瑟教授和董先生，还讲到了汤宇星和王存，也提到了大谷裕二、吴丽丽和杰克。在我讲述的过程中她听得津津有味，时不时对我露出佩服的表情，让我着实满足。

“好了，我先跟你说个大概，至于其中的详情我以后慢慢跟你说，现在得你说说我想知道的事情了吧？”

“你不知道的事情太多了，我都不知道该从哪儿说起，还是你问吧。”林菲坏坏地笑了一下。

她这一句话把我问住了——对我而言，她实在有太多的秘密，我一时竟不知从何问起了。

“你是怎么知道仪器的存在的？”

“因为我看懂了丁教授给你的那组符号，而且我还知道上半部分符号的内容。”

“怎么可能？”

“还记得你参加酒会的头一晚吗？我一宿没有回宿舍，骗你说有同学请唱歌。”

“当然记得。”

“其实我去见了爷爷……林吉贤。他跟我聊了整整一个晚上，将关于符号的秘密全部告诉了我，并把他的房本交给了我，那个房本里夹着的就是董先生留给他的那本书——那本能够翻译楼兰文的书。”

“那本书能翻译楼兰文？”

“没错。里面是董先生从西克教授那学到的关于楼兰文的全部内容。里面不但有你拿到的下半部分的楼兰文，还有西克教授曾经研究过的上半部分。”

“你的意思是，那本书能破译所有的楼兰文？难怪大谷裕二在玩命地寻找它。”

林菲笑着点了点头。

“可是，传闻不是说董先生把书留给了丁教授吗？怎么会在林……你爷爷那？”

“不但丁教授是董先生的学生，我爷爷也是。董先生从西克教授那学会了楼兰文，知道了仪器的秘密之后，决定将这个秘密保存下来。世人都以为他把书留给了丁教授，其实丁教授是个幌子，真正的书在我爷爷那儿。自打董先生把书交给我爷爷之后，爷爷便退了学，离开董先生隐居起来，并写了一本破书让人们以为他是个不学无术之人，进而彻底将他遗忘。知道此事的除了辞世的董先生，只有丁教授了。为了能让这本书继续传承下去，丁教授和我爷爷曾选过很多继承人，但没有一个合适的，直到你的出现。因此，丁教授曾对你暗示过我爷爷的重要性，希望你有一天能见到爷爷，并从他那拿到这本书。”

“可如果我没有留意到丁教授的暗示呢？那我岂不是一辈子都不知道你爷爷的存在？”

“那倒不会。即便你没有留意到暗示，一旦危机真的出现，我爷爷也会主动联系你的。”

“危机？什么危机？”

“知道符号秘密的人不止董先生、丁教授和我爷爷。你刚才也说过，当年阿瑟教授的研究成果被偷，肯定有人已经知道了上半部分符号的内容，唯独不知道下半部分，所以他们一定会倾力去寻找下半部分。丁教授和我爷爷原本以为大谷家族虽然拥有下半部分，但他们不知道上半部分的内容，因此也不清楚全部的秘密。可这两年间大谷家族突然在世界上与传闻有关的地方设立基金会，这表明他们很有可能已经知道了上半部分的内容，因为如果他们不知道上半部分记载了什么，不可能如此精准地在所有相关的地方设立基金会。不过他们既然设立了四个基金会，表明他们虽然知道仪器的存在，但还不知道仪器的最终下落，因此他们一定会怀疑仪器的下落可能隐藏在下半部分楼兰文之中，所以，一旦下半部分符号重现世间，就意味着他们离找到仪器不远了。这就是爷爷他们担心的。因此，当大谷裕二将符号交给丁教授的时候，丁教授和我爷爷就意识到，危机降临了。”

林菲的这些说法终于印证了我之前的一种猜测——当我看到德国民俗博物馆的秘密文档时，我发现大谷家族的确在费劲心机地寻找阿瑟教授关于上半部分贝叶中楼兰文的研究成果，照林菲这么一说，他们显然已经获得了。

可大谷裕二居然在罗布泊告诉我他没有获得上半部分的贝叶！这个狡诈的日本人都到了这个时候竟然还在对我说谎！

可惜，已经失去性命的他不会再有机会编任何谎言了……

“大谷家族虽然获得了上半部分的研究成果，并不表示他们就能读懂下半部分，因此他们才努力破译下半部分。只有全部破译了，他们才能最终找到仪器。”

“没错。杰克也说过，他们虽然有上半部分的楼兰文，也从我宿舍偷走了下半部分，但要破译下半部分的确不是一件容易的事。”我明白，即便是同一种文字，如果没有字典一类的东西，还是无法看懂自已未曾见过的内容。

“那些楼兰文中究竟记载了些什么？”虽说在汤教授的帮助下，我已从另一个方向大致猜出了贝叶的内容，可这半个月来的全部事件都是由那下半部分贝叶引发的，因此我必须知道贝叶原文的真实内容。

“楼兰人在上面记载了关于仪器的全部故事。”林菲轻叹了一口气。

史前人类离开地球前，曾将两个仪器留在了楼兰古国，为的是发生灾难时可以借助仪器拯救自身。楼兰人将仪器分别交由部落首领和女祭司掌管。上半部分贝叶中记载了楼兰人与史前文明的接触，并记载了仪器的功能；下半部分贝叶记载的则是女祭司被商王掳走，将一个仪器带去了中原的故事。中国历史上第一个女将军妇好征伐楼兰时，曾将楼兰部落包围，准备将楼兰人掳往中原。由于楼兰人还没有储备好足够启动仪器的汞矿石，所以他们没有能力通过仪器逃离险境。这时，当时的女祭司，也就是“戊”为了拯救部落，主动提出愿意去往中原为奴，条件是希望妇好能放过其他的楼兰人。由于楼兰文中没有记录她说服妇好的内容，所以我们对于她如何说服妇好的详情不得而知，但结果是，妇好答应了她的要求，放过了楼兰部落——正因如此，“戊”来到了中原，并将那个仪器一同带到了商朝。

如果只看懂上半部分楼兰文，那只能知道史前人类曾光临过地球，并将两个能穿梭时空的仪器留在了楼兰，而不会知道仪器的下落；如果只看懂下半部分楼兰文，那只知道楼兰国的一个女祭司被商朝人掳往了中原，并带过去了一件宝物，而不会知道那个宝物到底是什么和干什么用的。只有将两部分合二为一，才能洞察仪器的全部真相。

不过，即便只读懂上半部分贝叶，人们也会知道仪器的存在，同时也会将仪器与楼兰联系起来，这也就是为什么近几十年有那么多秘密机构在不停地调查楼兰。可即便他们再怎么调查，也不可能在浩渺的荒漠中找到仪器的下落，因为仪器的下落隐藏在那下半部分的贝叶之中。

一想到这儿，新的问题出现了——即便西克教授、董先生和丁教授，以及林菲能够读懂全部的贝叶，可贝叶最后的内容也只是提到“戊”将仪器带去了商朝，那林菲是怎么知道仪器隐藏在秦始皇陵的地宫之中的呢？要知道，我是在汤宇星的帮助下，通过攸侯喜大军的离奇失踪、东夷古国神秘的背景、“戊”在罗布泊的衣冠冢、殷八师和武丁后人的历史传承等信息才一步步剥丝抽茧推断出仪器的最终所在的。

当我把这个疑问抛出之后，林菲短暂地停顿了一下。几十秒过后，她说出了一个远超出我和汤宇星想象的秘密。

“我之所以知道仪器在地宫中，是因为——武丁后人并没有全部被杀。”

话一出口，整个地下世界，连同我不安的心同时沸腾了。

戊被掳到中原后，因为自己出众的姿色和才华并没有被武丁贬为奴隶，而是成为武丁的一位王后，朝夕陪伴在武丁身边。戊原本计划来到中原后找机会启动仪器离开中原，去寻找自己的族人，可在随后的日子中，她竟无法自拔地爱上了雄才大略的武丁，并为他生下了许多儿女，因此便身不由己地扎根于中原大地。成为母亲的戊放弃了逃离，她决定用一生的时间陪在武丁和孩子身边，并将仪器的秘密告诉了武丁。知道了秘密的武丁在巨大的震惊中，决定将仪器交由他和戊所生的子女秘密保管，以便在危难来临时利用仪器保留他俩的血脉。于是，当戊辞世后，武丁为掩人耳目，制作了巨大的司母戊鼎，将仪器隐藏在了一只鼎耳之中。为了危难时方便取下仪器，那只鼎耳与大鼎没有统一铸造，而是在鼎身铸成之后安装上的。当世人都以为司母戊鼎随着戊的离去一同被葬进了墓穴之中的时候，武丁在墓穴封闭前取走了那只藏有仪器的鼎耳，保留下来。

由于妇好已经为武丁生下了大儿子祖庚，因此戊为武丁生下的二儿子并没有王位继承权。为了确保仪器在自己与戊所生的后代手中，并确保他们的后代能够成为商王，武丁下令：祖庚将来必须将王位传给弟弟，也就是戊所生的二儿子手中。虽然祖庚遵从父命，在辞世前将王位传给了弟弟，使武丁和戊的儿子成为了商王，但这也导致了严重的后果，那就是：所有商王的弟弟都开始与侄子争夺继承权。在经过无数次惨烈的王位争夺战后，“兄终弟及”的规定最终不得不被确定下来，成为了商朝后世的王位继承法则。也正因这个始料未及的结果，武丁和戊的后人没过几代就丧失了王位继承权，淡出了王朝的权力中心。

虽说武丁和戊的后人渐渐远离了王位，但他们依然因为血统关系掌握着一定的权力，并让后人中权力最大者掌管着那个仪器。在他们看来，权力越大能力就越大，能力越大责任便越大，仪器只有掌握在权力最大者手中，才能在危难来临时拯救尽可能多的人，因此，到了商朝末期，仪器落在了这些后人中权力最大者的手中，那人便是攸侯喜。

随后的故事开始一一印证了我和汤宇星的推断——攸侯喜带着仪器征讨东夷古国时，商朝覆亡了。在周朝重兵的追剿下，攸侯喜不得不利用仪器逃离了中国。他虽然逃离了，但仍有许多武丁和戊的后人留在都城朝歌，因此他逃离时将仪器留在了东夷古国。接下来，当周武王将商人后裔编为殷八师时，殷八师中武丁的后人为了找回仪器便主动请缨要征讨东夷古国。前朝后人愿意主动征讨如今的心腹大患，这对周武王而言自然是乐见其成的事情，因此当武丁后人剿灭了东夷后，周武王便将他们封到了权地，建立了自己的诸侯国。经过这次征讨，武丁后人成功找到了仪器，并将它带去了权地。

世上永远没有密不透风的墙。在武丁时期仪器的存在就已经为外人获知，因此当武丁和戊的后人秘密保存仪器的同时，许多王室高层也在秘密寻找仪器，正因如此，当王朝更替后，这个秘密也被新王朝获知——秘密就像堤坝一样，一旦露出了一个缺口，那便永远会失去它的机密性。于是，当堤坝上的第一个缺口出现的那天，便是武丁后人悲惨命运的开始。随后，武丁后人开始成为各路强权追剿、网罗的目标。经过了春秋战国的百年厮杀之后，武丁的后人最终落入了秦始皇手中。

虽说秦始皇掳走了几乎所有的武丁后人，但仍有一支后人在灾难来临前逃出生天——虽说武丁后人被封在权地过上了看似平和的日子，但他们知道，以他们的特殊背景，绝不可能安稳地生存下去。为了防止外人将他们一网打尽而获得仪器并独享仪器的秘密，他们必须要为自己拥有仪器的秘密寻找新的出路。

于是，他们秘密选定了一些人离开权地，这些人必须尽可能远地逃离危险，为的是——当权地的武丁后人遭逢不测后，世上还能有人知道关于仪器的传说。

这些被选定的人离开权地后，开始在全国漫无目的地逃亡，最终，他们逃到了另一支商朝后人落脚的地方——韩国。

所有了解历史的人都知道，商朝灭亡后，商朝的皇室成员微子和箕子不愿“食周黍”，也就是不愿臣服周朝，便跑到了韩国，成为了如今韩国人的祖先。这也是为什么如今的朝鲜和韩国保留着几乎所有商朝传统的原因。我记得曾经有人好奇地问过我，为什么白色在中国是比较晦气的颜色，而在朝鲜和韩国却是最尊贵的颜色？没错，但凡逢年过节或重大节日时，朝鲜和韩国人都会穿上在中国只有办丧事时才穿的白色，那是因为在中国历史上，只有商朝是唯一视白色为最尊贵颜色的朝代。

这批逃离权地的武丁后人来到韩国后，便在此生根发芽，以“权”为姓建立了新的家族，将关于仪器的秘密世代保存了下来。

林菲讲完这个故事后，那个奇怪之人的奇怪背景便在我脑中有了解答，而这个答案让我从心底里羡慕嫉妒恨……

权庆宙！

权姓家族逃到韩国后，千百年来一直在追踪着留在中国的族人的下落，最后，他们得知了族人被秦始皇掳走的事情，也得知了那些族人全部被埋于地宫的惨剧——根据族人誓死也不让仪器落入他人手中的誓约，权姓家族相信，仪器一定随着族人的罹难被埋入了秦始皇陵的地宫。

随后的数百年间，权姓家族无数次想从地宫中取走属于他们祖先的仪器，可地宫修建得如此神鬼莫测，致使无人能通过盗掘的方式接近它半步；而且自打中国政府禁止开发秦始皇陵的消息传出后，所有人也失去了通过正规渠道接近仪器的可能。虽说让自己人取走或者接近仪器已不可能，但这些流落异国的武丁后人至少确信——外人也无法接近或者取走它。于是，权姓家族放弃了拿回仪器的想法，而是谨守着这个秘密，静待着地宫重见天日的那天。

权姓家族本以为全世界只有他们知道仪器的存在，出乎他们意料的是，当二十世纪初大量盗宝者进入罗布泊，发掘了楼兰遗址后，关于仪器的传说便开始在世间流传，于是他们开始密切关注楼兰和仪器传说的所有进展，生怕有外人先于他们获得仪器。不幸的是，这种担忧最终得到了证实——当大谷家族开始在世界各地建立目的蹊跷的基金会时，他们意识到，如果再不行动，仪器终将落入他人之手。

于是，权庆宙来到了中国，找到了林菲，并进入了这个神秘的地宫。

第六十六章

林非讲完这些故事后已疲惫不堪。我心疼地本想让她休息一会儿，可虽然很多谜题通过她的讲述已经得到解答，但仍有更多的疑问时时困扰着我——她既然是林吉贤的孙女，为什么从小生活在孤儿院，她的父母呢？董先生为什么要将如此重要的书留给林吉贤？林吉贤到底在哪儿？权庆宙怎么知道那本书的存在的？他既然是为仪器而来，为什么来中国后没有直接去寻找仪器而是来到了林非身边？他是怎么知道林非的奇特背景的？另外，他们是怎么知道那座破庙的深井能够抵达地宫？地下河中那些奇怪的像是门一样的岩石是怎么回事？权庆宙怎么知道如何控制地下水的流向？还有，他们既然已经找到了仪器，为什么不取走它，反而像是等待什么来临？

当然，更重要的是，既然林非早就知道仪器的传闻和仪器的下落，为什么任由我历经磨难、九死一生而丝毫都不告诉我呢？

林非显然从我频闪的眼神中察觉到我此时的疑惑，她活动了一下身体，然后朝墓室门口走去。

“出去转转吧。”林非看了我一眼。

随后我俩走出了墓室，来到了被无价之宝充斥着的地宫。地宫中的灯火依然明亮而诡异，金质的文武大臣们仿佛观众一样静静地注视着我们，似乎在等待着聆听我们讲述关于他们的故事。

我低头看了一眼表，此时距离我来到地宫已经有三个小时了。真想不到，在这两千多年前的地下宫殿中，时间流逝得悄无声息。此时，我突然希望大谷裕二和吴丽丽仍在通过这块表监听着我和林非的谈话，如果他们听到了刚才的故事，该会是怎样一种心情？

这个念头刚一产生，一股不安登时涌上心头——既然大谷裕二已死、吴丽丽被关在王存的地堡之中，那他们用来跟踪和监听我的设备此时在谁的手里？

“怎么了？”看到一脸紧张的我，林非关心地走到我身边。

"哦……没事。"我不是不想告诉她，而是因为我压根还没有理清思绪。大谷裕二和吴丽丽是在罗布泊找到的我，那表明设备应该在罗布泊，因此没有去过罗布泊的孙林应该不会拿到那套设备。既然王存洞察我们的一切行踪，设备应该会在他的手里。一想到这儿，我顿时心安了——没错，设备应该在王存手中，因为他神通广大，更因为他有戴冲这个卧底在大谷裕二身边。

果真如此的话，王存岂不是听到了我和林菲此时所有的谈话？

这个该死的家伙，我早就应该猜到他不可能没有办法保护我们，不可能失去我们的下落而任由我们直面狰狞的孙林。

想到这里我内心充满了巨大的安全感，可自打离开地堡后一个疑问就一直困扰着我：即便对仪器下落的猜想是我和汤宇星一同推断出来的，可这种猜想得到了王存的默认，再加上王存在地堡中的种种表现，他显然早就知道仪器的作用和仪器的下落，可他既没有董先生的书，又不是武丁的后人，他是怎么知道这一切的？

"除了西克教授的传人和武丁后人外，还有谁知道关于仪器的事情？"我暂时抛开了对林菲的其他疑惑，忙不迭地问道。

"你知不知道，董先生曾经想出版这本书？"林菲凝视着珍宝组成的繁星。

"知道。"林菲这句简单的回答让我隐约知道了问题的答案，"我不但知道他曾想出版这本书，还知道被人拦了下来。你的意思是，阻止他出版书的人也知道仪器的事情？"

林菲点了点头。

"爷爷告诉我，董先生曾跟他聊过关于仪器的事情，董先生认为，这件史前存留的仪器不应该成为某些野心家达到个人目的的私产，而应该属于全人类，所以他原本想将这个秘密公之于世。没想到，自打他学成回国，一直有高层的人秘密监视着他，毕竟他是西克教授最后的传人，而有关西克教授能破译全部楼兰文的事情已经不是秘密。因此，高层曾无数次让他说出楼兰文的秘密，但他以西克教授根本没教过他这些为由拒绝了，也正因如此，他才意识到有些人想要得到仪器，这加速了他要将秘密大白于天下的想法。可当出版此书未能如愿后，他决定将书秘密地保存下来，这样既能使秘密不至于消亡，也能防止其落入心怀不轨者手中。但是，让董先生懊悔终生的是，他没有想到高层对他的监视竟然无孔不入——他当初以普通学术研究成果的名义让出版社出版此书，因为在他看来，别人根本不知道这本看上去像是翻译印欧小语种的书有什么不同寻常之处，因而也自然能够顺利出版。但一天后，出版社竟然告诉他，他寄去的这本书的复印件竟然丢失了！这让董先生意识到这本书的真相可能被人发现了。要知道，以董先生的学术地位和影响力，即便他写出来的是一堆垃圾，出版社也会奉若珍宝。因此，复印件的丢失让董先生预感到秘密已经泄露。随后的事情证实了他的担心，没过几天，就有人让他交出原稿，未果后就警告他放弃出版此书的念头。"

"这也就是为什么董先生与任何人来往都要受到监控，而且他死后无数人曾去他的家中偷盗的原因？"我的心被狠狠地抓了一下。

"对。"林菲一脸的忧伤。

"可即便知道了书的内容，也未必就能知道仪器藏在地宫中啊？"

"连你都能查出仪器的下落，为什么高层那些人不能？"林菲收起了忧伤，故作调皮。

好吧……

现在想来，即便作为武丁后人的权姓家族的人不出现，只要知道了全部贝叶中楼兰文的内容，也能从武丁和戊的后人这条线上查到此处。或者，即便不知道贝叶的内容，也能像我和汤宇星这样通过东夷古国、罗布泊、衣冠冢等传闻走到这里。

就在我为自己和汤宇星的聪明才智暗自喝彩时，我突然意识到，在我与汤宇星所有的调查和推断中，有一个因素起到了决定性的作用，如果没有这个因素的存在，我们根本走不到今天这一步。那就是，WU415！

如果没有 WU415 给我发来的司母戊鼎的图片，我怎么能将楼兰古国的传闻和商朝联系在一起呢？如果没有这个联系，我和汤宇星只能停留在罗布泊去寻找那个根本不知所踪的仪器，或者去往山东半岛寻找根本没有任何线索的攸侯喜神秘失踪的原因。正因为这个 WU415 的存在，我们才能将所有的线索串联在一起，才能来到这个伟大的地宫之中。

"你到底是不是 WU415？"我紧紧地抓住了林菲的胳膊。

"你弄疼我了。"林菲甩开我的手，气鼓鼓地揉起了胳膊，"当然不是我。不过如果一切都结束之后，你肯定能见到他。"

"一切都结束？什么结束？"我的思绪迅速回到了之前的疑问中，"你既然找到了仪器，我也来了，那你还在等什么？”

就在此时，权庆宙从那个岩石洞口翻了进来，他身后依次出现了汤宇星和李少威。

“我操！”

李少威用他最习惯的语言表达了对地宫的震惊，而汤宇星则用他最习惯的双手颤抖传达出了他此时的心情。

在汤宇星和李少威内心翻江倒海的时候，我偷偷看向了权庆宙。这个我几小时前才认识的陌生人此时在我心中竟渐渐变得熟悉而亲近，我原本对于这个韩国人的距离感也因为他是武丁的后人而烟消云散了——既然他是中国人的后代，那何必在意他此时的国籍呢？

不过亲近归亲近，我在心底深处还是难以抹去对他的嫉妒，因为他是武丁的后人，因为是他带我来到的这里，因为是他一路陪伴着林菲……

我操！

“太牛逼了，我要是随便从这拿点东西，估计够我孙子活到死了。”李少威毫不客气地在地宫内转来转去，恨不得把整个地宫都打包带走。

“德性。”我骂了一句——虽然我的想法跟他完全一样。

“对了，刚才我和汤教授在上面等你们的时候，你猜怎么着了？”李少威突然想起了什么，快步跑到了我身边。

“怎么了？”我连忙看向了汤宇星，汤宇星示意我听李少威说。

“孙林给我打电话了！”李少威一脸神秘兮兮的样子。

“他？他给你打电话？”我心头一颤。

“嗯，这孙子还真有两下子。你猜怎么着，这孙子不是拿到了咱们扔掉的那四个手机吗？他挨个查了查，发现那些手机里没有我的，然后就打给我了。”

孙林果然是个心思缜密之人，我暗叫不妙。扔掉的那四个手机里一个是我跟孙林单独联系的、一个是我在许昌买来和李少威进行联系的，一个是汤宇星和孙林联系的，一个是汤宇星在西安买来和我进行联系的——如果稍微查看一下这些手机的通话记录，就会发现里面根本没有李少威的手机。

“你说你拿着你那破手机干吗？你昨天要是把它扔了哪儿还有这档子事。”

我气不打一处来，“他都说什么了？”

“丫说丫找到林非了，让你赶紧露面，你要是不露面，就弄死她。”李少威故意做了一个凶狠的表情看向了林非，林非回了一个不屑的表情。

“你怎么说的？”我实在担心李少威这个说话不经过大脑的人暴露我们的行踪。

“我就说了个‘去你妈的’，然后就挂了。”李少威一脸的可耻。

汤宇星的表情证实了李少威所说的话，这让我心中稍感宽慰。

“您觉得孙林接下来会怎么办？”我看着汤宇星。

“不知道。不过他应该猜到咱们已经找到了林非。”汤宇星的脸上有着一丝忧虑，“你想啊，如果咱们没有见到林非，当孙林说林非在他手上的时候，咱们会怎么办？”

怎么办？肯定是玩命地追问下去，甚至不惜羊入虎口重回孙林的身边啊——对于这个问题，我丝毫不会有任何的犹豫。

“孙林知道咱们非常关心林非的下落，所以他以为只要他搬出这个理由咱们肯定会现身，至少会多问几句，但他等来的却是李少威非常不屑的回答，换作是你，你会怎么想？”汤宇星无奈地看了一眼李少威。

“怎么……我……我说错话了？”李少威一脸慌张。

“也是……也不是。”看得出来，汤宇星也拿李少威一点办法都没有，“算了，别管这些了，好歹我们现在是安全的，剩下的事再从长计议吧。”

“孙林的目的既然是仪器，我既然已经把仪器的下落告诉了他，他干吗还对我和林非不依不饶的？”我觉得这趟水越来越深了。

汤宇星显然也觉得孙林的做法有些古怪，但他也无法给出合理的解释，只好看向了站在一旁一句话都不说的林非。

“这就是林非吧？”汤宇星和颜悦色。

“哦，光顾着说话，忘了介绍了。”我走到林非和汤宇星中间，“这是林非，这位就是我跟你提过的汤宇星汤教授。”

汤宇星伸出手紧紧地握了一下林非，然后用眼神不停地在我和林非之间扫来扫去，那神情像极了相亲场合的长辈。

“您好，谢谢您。”林非居然向汤宇星鞠了一躬。

“谢我干什么？我七十多岁了，才勉强查到这个地方，姑娘你年纪轻轻竟有如此大的神通，实在让我佩服。”

林非微笑地看着我，示意我向汤宇星解释，可刚才我们花了三四个钟头才讲明白的内容，怎么能这么快让汤宇星和李少威全明白呢？我挠了挠头，挖空心思地试图从庞杂的内容中选取一些最关键的地方。

“她是林吉贤的孙女，林吉贤把董先生给他的书交给了她。而他……”我看向了一直沉默寡言的权庆宙，“他是武丁的后人。”

随后，我花了半个多小时把大致的内容讲给了汤宇星和李少威，而他俩听完我的讲述后无不啧啧称奇，李少威眼中对权庆宙的敌意也渐渐消失了。

“我操，”李少威冲到权庆宙面前，下贱地握住了他的手，“你丫是武丁的后人啊，真的假的？”

权庆宙象征性地跟他握了握手，面带看不出心思的微笑。

“能不能让我……让我看看仪器？”汤宇星激动得整个脸都涨红了。

“当然，请随我来。”

林非引领着汤宇星和李少威走进了墓室，偌大的地宫中只剩下了我和权庆宙。

“权庆宙，有件事情我很好奇。”

“你说。”

“既然你一直都知道仪器的下落，那你为什么不直接来这取走仪器，而要跟林非一起前来？你是怎么知道林非的背景的？”

“实不相瞒，虽然我知道仪器在地宫之中，但我根本不知道怎么进来。”权庆宙一脸的诚恳。

“你不知道？是你带我进来的。”我努力想从他的诚恳中发现一些破绽。

“通过你刚才的讲述，看来你已经从林非那儿知道了很多事情。没错，自打大谷家族设立基金会后，我的家族便意识到仪器可能会旁落他人，所以才派我来中国想要取走仪器。但我们家族根本不知道怎么才能进入这个神秘的地宫，毕竟在我的先人被秦始皇抓来修地宫之前，我们这一支武丁后人已经离开了中国，所以我必须先找到能带我进入地宫的人。”权庆宙说完之后将眼神从我身上移到了墓室的方向。

“林非？”看着林非刚刚进去的墓室，我呆了。

“不，准确说是林吉贤老先生。”

“林吉贤知道如何进入地宫？”——林吉贤、林非，你们这祖孙二人到底还有多少事情瞒着我。

“对，他不但知道如何进入地宫，还曾派人带我来过一次。”权庆宙死死地盯着墓室的门，眼神似乎显得格外小心。

我彻底崩溃了……

“他派人带你进过地宫？什么人？”我怎么都想不到时至今日竟然还有我不知道的人！

“他的‘信使’。之后我会告诉你的。”权庆宙欲言又止。

这时，汤宇星和李少威满眼神圣地走出了墓室，他们的脸上洋溢着仿佛见到了上帝的兴奋。

“太难以置信了。”汤宇星似乎年轻了几十岁。

“关于林吉贤的事现在千万别问。”见到汤宇星和李少威走出后，权庆宙居然异常警惕地小声提醒我。

我看了看汤宇星和李少威，又看了看权庆宙，顿时一脑门子官司。

“为什么？”

“林菲会跟你解释的，总之千万别提。”权庆宙无比坚决。

“你真打算把仪器带到韩国？”汤宇星来到权庆宙的身边，表情变得有些严肃。我知道，如果权庆宙想带走仪器，汤宇星第一个不答应。

权庆宙微笑不语。这时林菲也走出了墓室，来到了我们身边。

“我跟你说，你想也别想！”李少威毫不客气地瞪着比他矮一头的权庆宙，一副咄咄逼人的架势，“虽说你是武丁的后人，可这东西是在中国发现的，那就是中国的国宝，你想拿走它根本没门。”

权庆宙的微笑竟然变成了大笑，林菲则苦笑着看着一本正经的李少威和汤宇星。

“我要想拿走它两天前就拿走了，为什么要等你们呢？”权庆宙不卑不亢。

这……我、汤宇星和李少威尴尬了……

我们三人同时无言地看向了林菲，林菲笑得花枝乱颤。

“林菲，到底怎么回事？”李少威实在绷不住了。

林菲收起了笑脸，看了一眼表，然后看向了我。

“周皓，你确定这半个多月来，除了王存、孙林、大谷裕二、吴丽丽和杰克外，没有别人参与到追查仪器的事情中吗？”

对于她问出这样的话，我丝毫没有准备。我立马细细思索了一下，然后点了点头。

“对。为什么要问这个？”

得到我的答复后，林菲和权庆宙对视了一眼。

“既然杰克被抓、吴丽丽被扣留、大谷裕二已死，那目前只有王存和孙林知道仪器的下落？”林菲继续目不转睛地盯着我。

“是。这半个月来知道所有事情的只剩他们俩了……当然，还有他们幕后的势力。”我越来越糊涂了。

“好，那我们就等着他们。”林菲和权庆宙仿佛达成了某种一致，对视一眼后同时点了点头。

他俩频繁的眼神交流让我、汤宇星和李少威全部傻了眼。

“你们倒是说啊。”李少威成了我们代言人。

“我们之所以找到了仪器而没有取走它，就是为了等所有知道仪器下落的人前来。”得到了林菲的默许后，权庆宙看向了我们，而他看到的是我们三人不解而期待的眼神。

“周皓，刚才咱们来的时候，你有没有注意到地下河中的那些暗门？”权庆宙看着我。

“看到了。”

“汤教授，咱们刚才徒步进来的时候，想必你也发现那些暗门了吧？”他转向了汤宇星，汤宇星点了点头。

权庆宙走到了一尊金俑前，像我之前看到的那样，将金俑挪动了一百八十度，紧接着，地宫外雷鸣般的巨响传了进来。汤宇星和李少威全都吃惊地竖起耳朵，显然被这铺天而来的雷鸣声惊住了。几分钟后，当这阵雷鸣声消散后，权庆宙又走到了另外一尊金俑前，同样挪动了金俑，随后同样传来了类似的雷鸣声，不过这阵雷鸣声相较之前显得遥远了一些。

当雷鸣声彻底散去后，权庆宙来到了我们身边，一脸阴郁。

“汤教授，以您的学识，您一定知道秦始皇陵在修建过程中遇到的最大困难是什么吧？”

汤宇星没有想到权庆宙会莫名其妙地问起这个问题，他分明地愣了一下后，皱着眉头回答道——“是防水！”

“没错。由于秦始皇陵在修建的过程中穿透了三层地下河，所以这里时刻面临着被水淹的危险；又因为秦始皇陵所处的地势东南高、西北低，最大的落差达八十五米，所以这种危险随时都会发生。因此，在修建秦始皇陵的过程中，工匠们修了上千米的阻排水渠，为的就是阻止地下水由高而低向地宫渗透。”

汤宇星边听着权庆宙的说明，边频频点头。

“对，考古学家已经发现了部分的阻排水渠，如果我记得没错的话，这些阻排水渠是用防水性很好的清膏泥夯筑而成的。”

“汤教授果然学识渊博。”权庆宙露出了敬佩之色，“由于地下环境复杂，地下水中暗流众多，所以工匠们并不是简单地对水流进行阻隔，而是在适当的地方通过引水渠将一些地下水引到了远离地宫的位置，这就类似于远古时期大禹治水的方式——该堵的地方堵，该引的地方引。刚才你们听到的打雷一样的声音，就是某一支地下暗流被引到其他地方的声音。”

我们三人立马看向了那两尊被移动过的金俑。

“这些金俑控制着暗流的流向？”汤宇星眯着眼睛，弯下腰仔细地查看着金俑的底部。

“是的，每一个金俑下面都有一个机关，每一个机关都控制着一个引导暗流的暗门。”权庆宙的声音越来越低沉了。

“不对啊，秦始皇不是已经通过阻排水渠把所有的地下水挡在了地宫之外吗？他修这些机关干什么？再说了，他死之后这个地宫不是就被封存了吗？谁来控制这些机关？”我话音一落，汤宇星迅速直起了身子，跟我一样盯向了权庆宙。

“因为，这些机关——是地宫的守卫者！”

第六十七章

“千百年来，关于秦始皇陵地宫里的机关有着无数的传言，有人说里面布满了毒气，有人说里面有强弓劲弩，还有人说里面充斥着各种食人怪兽，但这些仅仅是传言，其实地宫的真正守卫，就是这些机关。秦始皇为防止地宫被盗掘想尽了各种办法，最终他定下了一个盗墓者绝不可能成功的方案，那就是利用地下暗流——如果盗墓者进到了地宫，他们绝不会放过这些纯金的人俑，可只要他们挪动这些金俑，暗流就将被引向盗墓者不可知的方向。而如果所有的金俑都被移动，或者哪怕只有一盏长明灯被碰倒，那暗流将会布满整个地宫的周围，这也就意味着：无论盗墓者是怎么进来的，他们必将无法活着出去。”

权庆宙凝视着这上百尊的文臣武将，脸上充满了肃穆。

“可……如果盗墓者只偷了几件东西，没有挪动所有的金俑，也没有碰倒任何一盏长明灯，那没准暗流就不会淹没他来时的盗洞，他们不就有可能活着出去了吗？”我爱钻牛角尖的毛病又犯了。

“没错。不过这些机关只是秦始皇用来防范盗掘的手段之一，他用了更加毒辣的手段来保护对他来说最为重要的东西。”

“最为重要的东西？”我和汤宇星同时看向了对方——仪器！

“这些金银珠宝对秦始皇而言简直如尘埃一般无足轻重，他真正要保护的就是那个仪器。而那个仪器，控制着整个地宫最毒辣的机关。”

权庆宙说完缓缓地抬起了头，看向了珍宝组成的天空。

我们所有人随着他一同朝上望去，等待着他揭晓最终的答案。

“这片繁星之上，是一座储存了上千吨水银的地下湖泊，而控制着这灭顶之灾的机关，就是——仪器，”权庆宙将手指向了墓室，“如果仪器被移动，地宫就将被从天而降的水银彻底摧毁！一旦地宫被毁，所有的地下水将淹没整座陵园，这座世界上最宏大的皇家陵园将彻底从地球上消失。”

这种同归于尽的守护方式是何等的悲壮、何等的惨烈，直叫我们这些后人寒透全身。

“仪器永远不可能被移出地宫？”当头脑中浮现出那片巨大而恐怖的水银湖泊的画面时，我悲从心来。

“永远不可能！——除非将那上千吨的水银全部抽干。”林菲轻声叹道，“秦始皇用这种最极端的方式守护着心中的理想，他宁可将整个地宫摧毁，也绝不容许任何人拿走仪器！”

“可悲的是，秦始皇虽然得到了仪器，但他永远也不知道仪器该如何使用。他只能让仪器孤零零地陪在自己身边，幻想着仪器可以自发启动，可以让他死而复生、永世为帝。”权庆宙的声音中充满了遗憾和惋惜，而我们的心情也陷入了谷底。

“你们来这儿，就是为了将这个秘密告诉我们？”汤宇星的声音苍老而嘶哑。

“是。我们不但要告诉你们，还要告诉所有试图拿走仪器并知道仪器下落的人。如果他们不知道这个秘密，一旦他们挪动了仪器，那么他们不单自身将命丧于此，不单会毁掉这个世界上最伟大的陵园，还会使仪器从此永埋深山，再也无法重见天日。”

权庆宙紧闭双目，脸上的肌肉一块块地凝固了起来。

“你们干吗不直接把这个秘密告诉所有人，非要让他们来这才肯说吗？”李少威简直要抓狂了。

“如果不是亲眼看到这些机关，不是亲眼见到那些被人为控制的地下河，谁会相信这个听上去匪夷所思、耸人听闻的秘密？这个秘密只会像那众多的传言一样，彻底被人们忽视。”林菲有些生气地瞪了李少威一眼，然后温柔地看向了我，“对不起，周皓，我利用了你，我利用你将所有想拿走仪器并知道仪器下落的人全部引了过来，我想等你们都来了之后，将这个秘密告诉你们——这就是我在这儿等待的原因。”

“你哪利用我了？我是主动找来的。”我苦笑了一下，“可如果我没有查到这呢？或者如果我在调查的过程中死了呢？你怎么办？”

“即便你失败了，大谷裕二会继续的，孙林会继续的，别的什么人也会继续的，我会一直等下去！”

“可如果所有人都失败了呢？”

“秘密就像密室中的花香，无论它之前如何被忽视、被遗忘，可一旦密室打开、花香溢出，就一定会有蜜蜂闻香而来。我就是要等到蜜蜂都来的那天——无论多久！”

“值得吗？”

“为了仪器，为了这座伟大的地宫，你说值得吗？”

悲凉的对话结束了。我和林菲彼此凝视着对方，任由千言万语在心中回荡。

“恕我冒昧，”漫长的沉默终于在汤宇星沙哑的声音中结束，“这一切，你们是怎么知道的？”

汤宇星的话无异于一颗重磅炸弹，顿时在地宫引爆。我、汤宇星和李少威全部看向了权庆宙和林菲，这三双如火的目光瞬间将他俩包围。

“这是关于武丁后人的秘密……”林菲在我们的烈火中沉思了片刻，得到权庆宙默许的眼神后，她狠狠地咬住了嘴唇。

就在我们等待她松开嘴唇揭晓秘密的时候，地宫外突然传出了一阵沉闷的声响。这阵声响顿时让我们所有人的精神紧张到了极点，我们全部将目光集中在了声响传出的地方——地宫一侧的墙壁。

随着声响越来越大，那侧墙壁上的一处竟开始不停地向下掉土。那些土在声响的催促下越发剧烈地往下掉着，直到全部掉落，直到一个洞口出现。

洞口出现的时候，声响停止了，而当最后一声声响的回声在我们耳边渐渐散尽的时候，十多个精壮男子依次跃入了地宫，当最后一名男子进来的时候，本应该感到恐惧的我，竟和林菲一同笑了起来。

你终于来了。

第六十八章

孙林的眼神明确地告诉我，我们的微笑让他异常纳闷。在他看来，他的出现本应使我们恐慌到无以复加的境地，可当所有人以一种欢迎期待已久而终于莅临的客人的微笑面对他时，他显然不淡定了。

“你好，孙林。”我一边用戴着表的那只胳膊轻轻蹭着脸，一边微笑着向他问候。

“这是临死前向即将完结的生命告别的微笑吗？”孙林强忍着内心的不解，故作轻松地报以微笑。

“谢谢你这段时间对我的帮助，如果没有你无所不知的能力，我肯定没有办法来到这神奇的地方。”我的感谢完全发自内心，因而听上去丝毫没有任何嘲讽的意味。

“那就好。”孙林愣了一下，“我也谢谢你，没有你的帮助，咱们又怎么会在这里结束这个故事呢？”

孙林说完开始逐一打量起我们，我们用目光回应他的审视。

“林吉贤还不愿出现？”审视完我们所有人后，他略带遗憾。

“这就不用你操心了。”林菲的声音依然柔软。

“好吧，等我拿到仪器并扣留你们后，不怕他不出现。”孙林朝那十几个精壮男子看了一眼，那些人迅速将我们团团围住。

“这两个人不用管。”孙林指了一下汤宇星和李少威，示意精壮男子们解除对他俩的包围。

“凭他妈什么？”李少威似乎觉得自己被忽视了，于是愤怒地表达了抗议。

“因为你不配。”孙林丝毫没有给他面子。

“操。”李少威扬起了手里的救生刀。但一眨眼的工夫，他和他的救生刀一同被某个精壮男子扔了出去。如果不是亲眼所见，我实在无法相信一个一米九的大个子会被人像扔垃圾一样轻易地扔向空中。

真是奇妙，当只有具备一定资格才能被杀死时，那些没有资格的人竟会为了这份尊严而愿意一同赴死，看来有时候尊严的确比生命更重要。

可是，既然我们所有人都是整个事件的亲历者，孙林为什么认为汤宇星和李少威“不配”被他扣留呢?

汤宇星竟然也不配?

汤宇星并没有因为被藐视而觉得尊严受辱，他只是静静地看着被包围的权庆宙、林菲和我，紧皱眉头地思索着什么。

“孙林，你的阴谋不会得逞的。”我低头看了一眼表，同情地看着正试图爬起来的李少威。

“是吗？”孙林得意地笑了，“幸亏我的人在全程监视大谷裕二，要不是抓到了他我还不知道你跟总参的人有过接触呢。唉，没想到，大谷裕二和吴丽丽竟然有这么一段让人悲伤的故事啊。”

看到孙林令人作呕的表情，我简直要吐了。

“要不是大谷裕二告诉了我盘龙谷别墅的事，我还真不知道当时我怎么就昏倒在那儿了。”孙林夸张得直摇头。

“你是不是从别墅里偷走了我的手机！”我无明业火直冲发梢。

“拿走你的手机并不是我的目的，我只是想知道那栋别墅里到底藏着什么秘密。”孙林笑了起来，“我现在不妨告诉你，你宿舍里誊写的那份符号是我拿走的，我之所以说它下落不明，就是为了让你把林菲找出来。没想到你居然在别墅里还有一份，所以我顺便去别墅拿走了我想拿走的东西。”

“卑鄙！”林菲大骂道。

“呵呵，没办法，我也是奉命行事。好了，无论你们跟总参的人设计了什么圈套，对我通通不管用——我要是怕他们还会来吗？”

孙林的一席话让我顿时担忧起来。是啊，孙林明知我跟王存接触过，应该会猜到王存会暗中对我进行协助，那他为什么还要来?

我忧虑的眼神没有逃过孙林的眼睛，他再次狂笑了一阵后，开始用扫描仪一样的眼睛环视整个地宫。当他发现了墓室敞开的门后，下令几个男子进入墓室。

“不行，你们不能拿走仪器！”汤宇星几乎声嘶力竭。

“哦？这么说仪器在墓室里啰？”孙林推开了冲上去阻拦他的汤宇星，一个男子把汤宇星按在了墙上。“汤教授，你的任务已经结束了，如果想再活几年的话，请你闭嘴。”

说罢这番话，孙林和几个男子一同朝墓室走去。

“孙林，如果仪器被挪动的话，整个地宫就毁了，咱们谁也没法活着出去。”我大喊起来。

“是吗？”孙林停住了脚步，回过头一脸不屑地看着我，“这是你和总参的人设计的阴谋之一？”

我不由分说地冲出了包围圈，然后在被他们抓回来之前挪动了一尊金俑。就在孙林等人被地宫外如雷的水流咆哮声震颤的时候，我又随机挪动了几尊金俑。

雷霆万钧的咆哮声接连不断地传来，整个地宫瞬间像是处于惊涛骇浪中的小船，随时都面临倾覆的危险。地宫中的我们，像小船上渺小的船员，任由狂风暴雨主宰我们的生命。

当狂风消失惊涛离去后，那些原本夜叉般的精壮男子们像是受了惊的小姑娘一样，脸上全都出现了雨打芭蕉般的脆弱，而孙林的眼中也出现了我从未见过的——恐惧!

“如果地宫毁了、仪器消失了，那你的老板恐怕不会太高兴吧？当然，他没有办法惩罚你了，因为你已经被水银泡得一个细胞都不会留下。”我回头看了一眼孙林，开始一个个地将那些金俑恢复原位。

孙林良久地沉默了。他的那些手下们不约而同地看着这个上司，等待着他或明智或疯狂的指示。我们几个人也目不转睛地盯着他，祈祷着他不要作出什么失去理智的决定——如果此时的他疯了，或者压根不相信我们的说法，那以我们的力量根本就无法阻止他挪动仪器——因此，仪器、地宫和我们所有人的命运，全部掌握在他的一念之间。

生存还是死亡，这是一个问题……

当最高权力者的一个念头就能决定所有人生死存亡的时候，我们除了祈祷还能做什么呢？

经过了暴风骤雨侵袭过的地宫在此刻显得无比安静，安静到我们甚至无法听见任何一个人哪怕最轻微的气息。孙林渐渐收起了惊惧的神情，开始在那些金质的文臣武将中徘徊。他每经过一尊金俑，便会在它身旁无声地停留片刻，偶尔还会轻抚一下金俑的脸颊，似乎在向它们询问着什么。徘徊许久后，孙林大步朝墓室走去。

我们躁动了。就在我们几个想要冲过去拦阻他的时候，精壮男子们拦住了我们，我们只能眼睁睁地看着他一步一步走向毁灭的引爆器。

就在孙林迈进墓室的一刹那，几声清脆的物体落地声在我们耳边响起。当我们所有人低头朝声音传出的地方看去时，那些落在地上的圆形物体突然炸裂，紧接着，无数道刺眼的强光冲进了我们的眼眶——我们失明了。

不知过了多久，当我揉了无数次眼过后，地宫内的模样再次进入我的眼帘。此时我发现，在我们的周围，多了很多陌生人。

很多穿着军装的陌生人。

当所有人都恢复视力后，汤宇星看着墙上的那个洞口，激动不已。我连忙转身朝洞口看去——王存静静地站在那儿，像是一尊救命的菩萨。

王存发现所有人都看向他的时候，潇洒地摘掉了眼镜，咧着大嘴朝我走了过来。

“行啊你，比我想象的厉害多了。”

“快，快拦住孙林！”我奋力地想往墓室冲去，但王存拦住了我。

“别急，他马上就出来。”

“王存，你……你是怎么来的？”汤宇星依然处于激动和亢奋之中。而李少威听到这个名字后，顿时像打了鸡血一样，眼冒金光。

“我……我爸也是当兵的……特种兵。”李少威恨不得冲上去跟王存来个深情相拥。

王存看了一眼李少威，没有理他，而是走到我身边轻轻地撸起我的一只胳膊，露出了那块应该获得最高勋章的手表。

汤宇星瞬间明白了，他释然地叹了一口气。李少威则不解地看了看我，然后继续崇拜地看着王存。

就在士兵们用枪将那些精壮男子赶到一角的过程中，王存仔细地打量起了林菲和权庆宙。

“怎么回事？”林菲和权庆宙对视了一眼后，一同看向了我。

我举起了戴着表的胳膊。

“咱们所有的对话他都听见了。这就是我刚才跟你说的，总参X局的王存。”

“那就好，既然你都听见了，那省得我们再重复一遍了。”林菲悬着的心也放下了，“请你将仪器的秘密告诉你的上级，请保护仪器、保护地宫。”

王存点了点头。

“谢谢你，要不是听到你们的谈话，我也不知道仪器竟关联着整个地宫的安危。我会将这些事情如实向上级汇报的，不过也请你们跟我回去，一同解释此事。”

“可以。”林菲长出了一口气。

“你也不知道仪器的秘密？”我不解地看着王存，“关于仪器的事情你不是什么都知道吗？”

“抱歉，我只是奉命保护仪器并捉拿所有试图拿走仪器的人，至于仪器里藏着什么秘密，我没有必要、也无权知道。”自打盯上林菲后，王存的眼睛便再也没有离开她。

“想拿走仪器的人那么多，你抓得完吗？”汤宇星拉回了王存的目光。

“想拿走仪器的人很多，可知道仪器在这儿的人——除了高层之外，全在这儿了。”王存说完之后，一脸杀气地看向了墓室。

这时，孙林在两个士兵的押解下，从墓室中走了出来。

“放开我！”虽然双手已被拷上，但孙林的气焰依然很嚣张。

“在下总参X局乾组组长王存。”王存朝孙林行了个军礼，“你我都是明白人，请不要做无谓的反抗。说出你的身份背景！”

孙林丝毫没有畏惧，他只是双目喷火地瞪着王存。

“我命令你，放开我！”

命令？

这两个字一出口，我、汤宇星和李少威哑然失笑，而林菲和权庆宙则无声地注视着对峙中的孙林和王存。

“孙林，就算我放你出去，这辈子你也取不走仪器，你最好让你的幕后主使死了这条心。”王存不怒自威。

孙林居然露出了可怕的笑容。这个笑容让王存和我们所有人不禁一颤。

“怎么回事？”权庆宙小声地看向了林菲，“他们……他们不是一伙的？”

林菲看了我一眼，然后点了点头。

“周皓刚才跟我说了，这个孙林并不是国家的人。”

林菲话音一落，权庆宙的表情更加严峻了。

冰冷的对峙持续了几十秒后，王存环视了一眼那些噤若寒蝉的精壮男子们，然后将目光落回到孙林身上。

“行，你不说是吧？我会有办法查出你的幕后主使的。”

王存说完之后，整理了一下衣装，然后无比威严地向士兵们下令。

“孙林，我现在以叛国罪正式拘捕你！带走！”

士兵们一拥而上，将精壮男子们像押小鸡一样押了起来，扣着孙林胳膊的两个士兵则猛推了孙林一下，朝洞口走去。

“放开我！你没有权力拘捕我！”孙林歇斯底里。

“带走！”王存大喝一声。

随后，所有犯人被押着依次走向了洞口，可当孙林被押着来到洞口时，他突然回过头来，五官扭曲地咆哮了一声——

“我是‘猎人’！”

第六十九章

“我是‘猎人’！”

毫不起眼的四个字进入地宫后，整个地宫淹没在了地狱般的寂静之中。

我、汤宇星和李少威面面相觑，根本不知道孙林此时蹦出的这句话有什么魔力，而林菲和权庆宙的脸上则出现了深入骨髓的恐惧！

王存愣住了。他一动不动地盯着孙林，双眼直勾勾地冒着阵阵寒光。

“‘猎人’只是个传说！”王存缓慢地挤出了这几个字。

“我是‘猎人’。”孙林依然保持着自己嚣张的气焰，不过他并没有继续瞪着王存，而是将嗜血的目光定在了林菲和权庆宙身上。

此时，林菲和权庆宙的目光中布满了绝望。

“先押他们出去。”王存看向了士兵们，声音没有了刚才的威严。

士兵们依次押走了精壮男子们，原本扣着孙林的两个士兵无所适从地看着王存。

“你们也出去。”

两个士兵也走了。

地宫中只剩下一头雾水的我、汤宇星和李少威，还有如丧考妣的林菲和权庆宙，以及陷入沉默的王存和孙林。

“你是‘猎人’？”王存用微微发颤的声音希望得到孙林的确认。

孙林怒火中烧地瞪着王存，一言不发。

“王存，你不能走！”林菲几近哀求地看着王存，王存低下了眼帘。

“这……到底怎么回事？”我实在受不了眼下的局面，只得不停地在王存、孙林和林菲间看来看去。

“王存，这事你还管吗？”孙林面无表情。

王存抬起眼，看了看林菲哀求的目光，然后深吸了一口气。

“我要先确认你的真实身份。”

“需要确认吗？世界上有几个人知道‘猎人’？——我说出这个词就已经表明了我的身份！”孙林全身充满了肃杀之气，“哼，还有，以你的级别，你怎么去确认？”

王存一脸落寞地冲林菲摇了摇头，然后转身朝洞口走去。

“别走！”林菲冲上去拉住了王存，“你不能走！”

王存回过头，不忍再看林菲。

“孙林，什么他妈的‘猎人’？你说清楚。”李少威最见不得悲伤的女人，他顿时升起了英雄之气。

“王存，把汤教授和李少威带走，这事跟他们无关。”孙林根本不正眼看李少威，而是向王存下达了命令。

王存站在原地没有动，只是将眼神移向了洞口的方向。

“孙林，到底怎么回事？我都一把老骨头了，经不起这样的折腾。”许久没有开口的汤宇星终于走到了孙林的身边。

“汤教授，有些事情你最好还是不要知道了。请离开吧。”孙林回避了汤宇星的眼神。

“不行，不说清楚我他妈不走。”李少威捡起了救生刀，锋利的刀尖直指孙林。

“你要是真想死我就成全你！”孙林将手伸向了腰间，随后，黑洞洞的枪口对准了李少威。

“孙林，就算我们死了，爷爷也会培养其他的人，你休想将我们斩尽杀绝。”向王存求助无果的林菲，转而圣女贞德般地迎向了枪口。

“像培养周皓一样吗？”孙林将枪口对准了我，“那就培养一个——杀一个！”

我彻底抓狂了——这他妈都是哪儿跟哪儿啊！

“林菲，什么意思？什么培养？你倒是说啊。”我疯了。

“我本来以为丁景治教授是你们家族培养的接班人，可自打我发现他把符号交给周皓后，我便锁定了周皓。通过这段时间的监视和合作，我坚信周皓就是林吉贤培养的目标，所以我怎么可能放过他呢？”孙林一副讳莫如深的神情。

“林菲，到底怎么回事？”我看向了一言不发的林菲，转而我望向了孙林，“到底怎么回事，你说！”

“你打算听吗？”孙林扫视了一遍汤宇星、李少威和王存，“你们也想听？那听完后你们就是死人了。”

“去你妈的。”李少威毫不犹豫，汤宇星也丝毫没有挪动的意思。他俩一同看向了王存。

“有生之年能知道关于‘猎人’和‘守陵者’的真相……死也值了。”王存痛苦地作出了一个巨大的决定，然后转过身站在了汤宇星和李少威的身边。

“‘猎人’和‘守陵者’？”我的世界已经沸腾。

林非看向了权庆宙，权庆宙微微点了点头。

“事已至此，还有什么好隐瞒的？”权庆宙闭上了眼睛。

随后，一个封印千年的传说在我们眼前揭开了神秘的面纱——史前文明留给楼兰人的不但有那两个神秘的仪器，还有一段关于这一纪人类的运势！

虽说平行时空互不干涉，但通过平行时空，能够洞察相对时空中曾发生和未发生的全部过程。史前文明正是通过仪器进入了这一纪地球的平行时空，看到了这一纪人类在毁灭前的全部运程，于是他们将这些箴言告诉了楼兰人，希望他们能用那两个仪器在地球毁灭前拯救所有的人类。在商朝征讨楼兰时，楼兰部落利用其中的一个仪器逃离了地球，但他们不能对其他的人类坐视不管，因此他们故意留下了女祭司戊，让她带着另一个仪器和那些箴言留在了地球，为的是将仪器和箴言永远地流传下去，直到地球毁灭的那天。

戊不但将仪器封存在了鼎耳之上，还将这段箴言告诉了自己的后人，让他们秘密地传承下去。因此，武丁和戊的后人不但掌握着这个拯救世界的仪器，还知道整个世界未来的全部运程。

当这些后人被秦始皇抓来修建陵墓后，他们知道自己面临的将是死亡。为了将秘密延续下去，他们便在修建地宫的过程中，偷偷为自己建了一条可以逃脱的密道——这条密道到达的地方，便是我们进入的那口井。

因此，当秦王朝将他们葬入地宫后，他们利用这条早已建好的密道逃出生天。但通过密道逃脱的那些人没想到的是，当他们出现在无名村后，被定居在那里的工匠发现了。那些工匠见到这些本应被葬入地宫的工匠后，便向朝廷告了密。于是朝廷派重兵围捕他们，将他们堵在了现在的无名村 31 号，然后纵火焚烧了那里，焚烧得尸骨无存。可朝廷想不到的是，有二十户人躲在井下的密道中逃过了此劫。

由于此时农民起义已经风起云涌，天下早已混乱不堪，因而朝廷无暇调查这些人逃脱的方式，使得这条密道得以永久地保存了下来。这些幸免于难的二十户人虽然在战火中颠沛流离，但他们始终没有忘记自己的使命，不能让那件可以拯救苍生的仪器落入他人之手。因此，当汉朝建立、天下太平后，他们便回到了无名村，并主动要求守护这座前朝的陵墓。

于是，这些人成为了能洞察千年运势的——“守陵者”！

可是，纸里终究包不住火。由于早在武丁时期，就有其他王室成员知道了仪器和箴言的事情，所以无论朝代怎么更迭，关于武丁后人的传闻依然时不时在宫廷中流传。哪个皇帝不想千秋万代？哪个皇帝不想洞悉后事？——因此，这个秘密成为了历代王朝秘而不宣的最高机密，除了皇帝和极少数的重臣之外，这个秘密被彻底掩埋了起来。随后，所有的王朝都开始了对仪器和武丁后人下落的寻找。

最早获知仪器下落的是西楚霸王项羽。纵然他调动了三十万人马昼夜不分地挖掘了数月，也没能探到地宫的皮毛。随后的王朝也多次试图挖掘秦始皇陵的地宫，但这座神秘莫测的地宫从来未露出真容。当拿到仪器成为不可能时，历代皇帝们便将唯一的希望锁定在了武丁后人的身上，这也注定了这二十户人的悲惨命运——当曾经有人从地宫中逃脱的消息传出后，汉朝的皇帝便盯上了这群主动要求守陵的二十户。无论这二十户当初如何隐秘地保护自己的身份，可当他们选择当守陵者的那天，他们的“动机”就出卖了他们。而当追剿铺天盖地降临的时候，这二十户再次选择了逃亡。

星移斗转、千年一瞬，曾经的守陵者在如刀的岁月中逐渐凋零。为避免被一网打尽，守陵者规定，所有的新生儿必须远离家族，直到上一代行将逝去时才能获知家族的秘密，才能成为新的守陵者，才能继续传承家族的秘密。

虽说守陵者们化整为零地散落在了中国的各处，但他们从来没有忘记那个唯一可以抵达地宫的通道，也就是那个位于 31 号院的深井。为了防止他人发现那口井的玄机，守陵者们便制造了一系列恐怖传闻。为了让传闻更为可信，他们甚至不惜杀掉一些误入那里的无辜者，致使再也没有人敢轻易闯入那片禁地。出乎所有人意料的是，上天似乎特别眷顾这些身负使命的可怜人，竟有意无意地帮他们制造了新的恐怖——随着岁月的流逝，地宫中储量巨大的水银无法遏抑地向地下河渗透，使得地下河俨然变成了一条被水银污染的毒河。也正因如此，所有饮用或进入过那口井的人，都一个个中毒而亡。

于是，那口恐怖之井的传说就此世代流传。

当年的守陵者无法知道地下河有毒的原因，他们也因此陷入了巨大的恐慌，仿佛自己和那条通道成为了被诅咒者。由于地下河被污染，非但外人无法进入，连他们自己也无法进入。因此，他们只能寄希望于后人，希望他们有朝一日能查明真相，重新进入那个属于他们的圣殿。

上天的突然眷顾使得守陵者们不必再费心费力地秘密守护那个通道，他们得以安稳地繁衍生息、隐藏身份、延续秘密。当守陵者销声匿迹后，各个工朝便失去了关于守陵者的所有线索，他们除了继续无谓的寻找外，再也无法获知仪器和人类命运的任何结果。

然而，日久生变。详知人类运程的守陵者中出现了一些好心的异类。说他们是异类，是因为他们违背祖训、暴露了自己的身份；说他们“好心”，是因为他们对于终结腐败王朝的命运，起到了“天命所归”的作用！——由于他们知道人类的运程，所以他们洞悉每一个王朝的更迭。当某个王朝腐朽堕落之时，他们便会以上天的名义，在世间散布王朝即将崩溃的传言，进而鼓励和推动所有的反抗力量，以“天”的名义，终结这个王朝。

但凡熟悉中国历史的人都知道，几乎每一个王朝在覆灭之前，世上都会先出现一些预言，这些预言以儿歌、疯语、异象和谶言的方式出现，每次出现都会打破那个王朝假借天意进行统治的合理性，对于凝聚反抗力量、动摇王朝存在的合法性起到了无法替代的作用。每一个封建王朝建立统治的基石就在于“上天”所赋予的合法性，而一旦这种合法性被动摇，无论对于统治者，还是对于人民而言，都是一次毁灭性的冲击。

当一个政权安身立命的合理性和合法性被摧毁后，等待这个政权的只有如燎原之火的反抗。

而制造这一切的，就是那些不安分的守陵者！

对于这些人而言，他们相信，能力越大责任便越大。因此，虽说他们明白朝代的更迭不可逆转，但他们还是将关于更迭的信息提前透露给了世人——当他们以“天”的名义终结一个政权的时候，他们不由自主地变成了以“天”的名义行使统治的那些政权的同类。

无论他们泄露天机的目的是为了防止人民再受苦难、还是为了私欲，当他们迈出这一步的时候，他们就已经把自己当成了“上天”的代言者。而一旦这种巨大的使命感和荣誉感出现的时候，这些人竟然开始享受自己作为“先知”的身份，于是，他们已经不想、也不能回头了。

也许在某个瞬间，他们会以为，推动历史前进的不是天意，而是他们自己吧……

当这些守陵者愿意主动透露“天机”后，中国历史上便出现了一系列神秘的高人和神秘的书籍——《推背图》《烧饼歌》等预言后世的书籍便全部是这些守陵者所著，他们希望世人能通过这些著作洞察未来运势。诸如刘伯温这些前知五百年、后知五百载的高人，通通是守陵者的“信使”！

由于守陵者的数量本就不多，因此他们选择了身边最可靠的人做他们的“信使”，这些信使不但代守陵者公布预言，而且能在危难关头成为守陵者的守护神，替他们排忧解难，必要的时候不惜牺牲自己的性命保护这些守陵者。正因为信使的存在，守陵者才得以一息尚存。

可无论守陵者如何保护自己，但当部分“守陵者”异化成“先知”后，守陵者们苦心追求的安稳生活就再也不复存在。每当一个新王朝建立时，王朝的第一任务，也是终极任务就是找到这些所谓的“先知”，因为每一个皇帝都想千秋万代，都想逆天而行，他们决不允许任何人洞察他们的未来，更不允许有朝一日有人以“天”的名义结束他们的统治。于是，一个以追捕和猎杀守陵者为目的的神秘组织成立了——这个组织就叫“猎人”！

千百年来，无论王朝怎么更迭，无论新王朝如何粉碎旧王朝的体系，但“猎人”这个组织被永久地保留了下来，因为，对于所有政权而言，“猎人”是应该、也必须存在的！

在只听命于皇帝、可以无条件调动所有资源的“猎人”的追捕和猎杀下，守陵者们日渐凋零。原本的二十户人无论怎么繁衍，在历史的长河中微小得连一滴水珠都算不上，随时都面临着被长河吞噬的危险。因此，在经过了上千年的捕杀后，当这一纪人类进入二十一世纪的时候，知道全部秘密的守陵者只剩下了一位——林吉贤！

林吉贤的父亲去世前将这个秘密告诉他的时候，他意识到，自己已经是整个守陵者家族中仅存的一位。于是，他按照祖训没有把儿子留在身边，而是隐藏了起来，希望当自己年事已高的时候让他接过这个重担。林吉贤的儿子虽然不知道箴言的内容，但已经知道了自己作为守陵者接班人的身份，同时他还肩负着林吉贤交给他的一个重任，那就是——寻找当年离开中国的那一支武丁和戊的后人。如果找不到他们，那就意味着，当林家人全部离世后，武丁和戊的后人将在中原消失，而“守陵者”将彻底被历史抹去。

这种急迫感逼迫着他们不停地满世界寻找，而当他们的女儿出生后，这种紧迫感便越发强烈了。为了保存家族的秘密，守陵者向来只将秘密传给家族中的男子，因为一旦女儿掌握了秘密，那她们出嫁后秘密极有可能会外传。好在两千多年时间里，守陵者家族一直男丁兴旺，因此虽屡遭劫难但香火尚存，可到了林吉贤儿子这一辈，当他生下了一个女儿后便再也无法要上第二个孩子。正因如此，林吉贤的孙女便成了延续守陵者秘密的唯一继承人。

这个继承人，便是曾与我朝夕相处的，林菲。

林吉贤的儿子生下林菲后，便秘密回国将林菲交给了林吉贤，然后继续踏上寻找族人的征程。林吉贤为了隐藏林菲的身份，便在她很小的时候将她送到了孤儿院，希望她长大成人后将全部秘密告知于她。这二十多年来，林吉贤不但秘密照顾着林菲，关注着她的成长，更整日为守陵者血脉将如何延续而夜夜难寐。最终，在想尽所有办法而尽皆无果后，他大胆地定下了一个有违祖制的计划，那就是——将外人招入守陵者家族！

在林吉贤看来，既然林菲早晚要嫁人，早晚要将家族的秘密传于外人，那不如先行招入一个外人，将其培养成守陵者，这样的话，如果林菲与他成婚，两人自然可以传续家族秘密；即便两人不相爱无法成婚，至少也有了一个除林菲外另一个可靠的继承人。

于是，林吉贤开始物色和培养家族外的守陵者……

于是，我的所有美梦与噩梦就在此开始……

第七十章

故事讲完后，所有人都将目光对准了我，而我心中翻江倒海、五味杂陈。

“你们为什么不早告诉我这些？”一想到这段日子里所经历的那些风风雨雨，我的心中满是劫后余生的恐惧和悲愤，“如果你一开始就告诉我，我何必要经历这些上刀山下火海的事？”我看向了林菲。

“爷爷虽然选定了你，但他不确定你能否胜任守陵者的职责，所以他要考验你。更重要的是，他希望你能亲身去体验发现仪器和秘密的全部过程，只有完整地经历了这些，你才能相信这个传闻，才能知道这个传闻真正的意义。”林菲轻抚着长发的末端，没有看我，“道听途说永远无法洞察真相，有些事情必须你亲身经历。”

听到林菲的回答，我沉默了。她的回答让我突然想到了《西游记》——既然孙悟空一个跟头就能翻到大雷音寺、取走经文，为什么还要跟着唐僧一路千辛万苦地去取经呢？

难道不经历一些事情，就真的无法体察到奥义的真谛吗？

我接受了林菲的解释。如果没有经历这一切，如果她最初就把仪器、史前文明、平行时空和守陵者等事情通通告诉我，并告诉我我被选定为新的守陵者，我一定会觉得她疯了。因为对一个普通听众而言，这实在没有丝毫的可信度。

“可是……可是我随时都会死啊！”一想到这半个多月来的重重危机，我觉得林吉贤对我的考验简直过于残酷了。

“如果你死了，那你就不配成为守陵者。”林菲一脸凄凉地看着我，“与其说你是被爷爷选择的，不如说你是被仪器选择的！因为，仪器需要新的守陵者来保卫它！如果上天注定你将成为新的守陵者，那你无论遭遇什么困难，都会来到仪器的身边。如果你不是，如果你中途放弃了，那上天和仪器就会放弃你。”

究竟是我选择了使命，还是使命选择了我？

“爷爷除了要让你亲身经历这一切之外，还要通过你将所有知道仪器下落并试图取走它的人都引过来。原因我刚才说了，只有让他们知道地宫的秘密，他们才不会毁掉地宫和仪器……真没想到，你不但把这些人引来了，还……引来了‘猎人’。”林菲用肿胀的双眼看着孙林，而孙林则可耻地做了一个抱歉的手势。

“你爷爷当初就没想过周皓有可能会把‘猎人’引来吗？”李少威急赤白脸。

“没有。因为……我们家族虽然知道‘猎人’曾经存在，但……但我们没想到……现今的时代居然也有‘猎人’……”林菲紧紧咬住了嘴唇。

“‘守陵者’存在一天，我们‘猎人’就会存在一天，这与时代无关。我们其实是一样的人——我们都身负使命或者说都受到了诅咒。换句话说，我们的使命某种程度上来说是一样的——既然你们想永远保守秘密，那我们就杀光你们，让秘密永远地尘封下去！好了，该说的都说完了，王存，这些人你就不要管了。”孙林目光严厉地看着王存，“虽然你知道了这些秘密，但我不会杀你，我会向‘猎人组织’如实汇报你的情况——说实话，王存，以你的能力和你对整个事件了解的程度，你完全有资格成为‘猎人’。”

“这些人……就是你……猎杀的目标？”王存犹豫着看了看我、林菲和权庆宙。

“没错。除了林吉贤这个漏网之鱼，世上所有的守陵者都在这儿了。”孙林的脸上渐渐出现了一丝笑意。

听到此处，我连忙看向林菲，但迅速就把想说的话一口咽了回去——你的父母呢？

我的反应一如既往地没有逃脱孙林的眼睛，他略带遗憾地看了一眼林菲。

“自打在周皓的帮助下将事件进程的关键人物锁定在林吉贤身上后，我便开始调查与他相关的所有资料，试图去寻找他家人的下落。就在我苦苦查找一无所获的时候，还是在周皓的帮助下……”孙林存心将我置于了千夫所指的境地，“在他的提醒下，我意识到有个韩国人也介入了整个事件，于是我就将这两条线索合并在一起进行调查，最终，我在韩国查到了林吉贤儿子的下落。在我的手下抓到他的时候，他正跟这位韩国朋友的父母共进晚餐呢。”

孙林得意忘形地看着权庆宙。

“你爸跟他家人在一起？”我大吃一惊。

林菲痛苦地点了点头。

“这……这也就是说，你爸找到了当年离开中原的那一支武丁和戊的后人？”

“是的。”权庆宙接过了话茬，“林菲的父亲是在几年前查到我们家的，他将他知道的事情告诉了我们，希望我们家族中有人能接过守陵者的重担。由于他还不知道关于人类运程的箴言的内容，所以他希望有人能来中国找到他父亲、也就是林吉贤老先生。于是，我就来了。”

“很遗憾，恐怕令尊再也不会知道箴言的内容了。”孙林看着林菲，声音低沉。

林菲一言不发，神情木然。

“请不要过于伤心，你很快就能见到他了。好了，可以走了吧？”

孙林缓步走向了他所挖掘的盗洞的洞口。

“对了，忘了告诉你们，反正现在也没有任何适合人类居住的星球，也没谁愿意生活在什么狗屁平行时空，所以我对那个仪器一点兴趣都没有。至于以后仪器怎么取出、怎么使用，王存，恐怕你们那儿已经有计划了吧？”

王存沉默不语。

“你打算怎么处理我们？”汤宇星的声音沙哑异常。

“你们？”孙林看了一眼汤宇星，又看了看李少威，非常不屑地将眼神从他们身上移开，目光落在了林菲、权庆宙和我的身上，“我会带你们去一个足够安全的地方，直到你们愿意把箴言的内容告诉我。如果你们告诉了我，没准我会放你们一条生路。”

“我们根本不知道箴言的内容！”权庆宙厉声道。

“如果你们不知道的话，那我只能等林吉贤出现啰。”

“爷爷不可能把箴言告诉你的。”林菲大步朝洞口走去。

“是吗？那他就再也见不到他可爱的孙女……还有他精心挑选的继承人了。他如果不敢出现，那他就是根本不在乎你们的死活——既然他都不在乎你们的死活了，那我又有什么好在乎的呢？哈哈。当然，他完全可以再重新寻找继承人，那我就继续陪他玩下去——他培养一个，我杀一个。我倒要看看，他这个半条命已经在土里的老头子怎么跟我耗！”孙林狰狞地狂笑了起来。

“孙林，就算你杀光所有守陵人，就算你拿到了箴言又能怎样？历史的进程是谁都改变不了的！”汤宇星剧烈地咳嗽着。

“是吗？”孙林轻蔑地看着汤宇星，“你怎么知道改变不了？你凭什么认为改变不了？你以为历史发展过程中所有的事情都是必然的吗？放屁！历史是由大量偶然因素推动的！如果可以预知即将发生的偶然事件，就能做出防范，就能改变历史！我们坚信——‘人定胜天’！”

孙林越说越激动，激动得浑身都在喷着火焰，看到他趾高气昂的神情，我突然想到了曾经看过的一部电影中嚣张的反一号的一句经典台词——“我命由我不由天！”

可人的力量真能撼动历史的车轮吗？

孙林最后一次环视了众人后，铁青着脸看向了王存。

“王存，我命令你把他们押出去！”

所有人炽烈的目光集中在了王存身上，王存为难地站在原地，一动不动。

“王存，我命令你把他们押出去！”孙林咆哮起来。

王存依然凝固着。

“王存！你敢抗命！”孙林将枪口对准了王存。

“对不起，孙林，我是军人，我只听命于我的上级，你……你没有权力命令我……”王存声音不大但异常坚定。

“王存，你已经抓到了那些试图抢走仪器的人，也很好地保护了仪器，你的任务已经完成了。”孙林见王存突然强硬了起来，便收起了颐指气使的神情，态度渐渐温和了起来，“你我都是为国效命的人，你有你的职责，我有我的职责，现在你的职责已经完成，所以你应该……配合我。我想我说的已经很明白了——你应该知道，‘猎人’在执行任务时可以不择手段！请不要让我为难。”

王存再次凝固了。我们全都屏住呼吸，等待着他的决定。我们都知道，此时唯一能指望的只有这个人了。

王存一声不响地将目光挨个停留在了我们身上，每看到一个人，他内心似乎都在痛苦地挣扎与权衡。时间一秒一秒地流逝，所有人、包括孙林都等待着他的决定。与我们无力的等待不同是，孙林在等待的过程中一直用黑洞洞的枪口对准着王存的脑袋。

“孙林……不，‘猎人’，我不能让你带走他们。”许久之后，王存用坚毅的目光看向了孙林。

“你再说一遍！”孙林右手的食指分明已经紧紧地扣在了扳机上。

“他们手中还掌握着董先生的那本能破译楼兰文的书，我的另一个任务是拿到那本书。”王存说完此话后躲避了我和林菲愤怒的眼神。听完他这句话我才明白，他想带走我们不单单是为了跟他的上级解释事情的来龙去脉，原来也是为了那本该死的书。

“军方当年不是已经从董先生那儿偷到复印件了吗？”孙林毫不让步。

“你知道军方偷走复印件的事？”王存大感意外。

“没错，不过我是后来才知道的。当我从看守所救走周皓后，我们经过分析认为有人已经能够破译楼兰文，而想破译楼兰文就得拿到董先生的那本书。因此我才从当年董先生想出版这本书开始调查，查到了复印件丢失的事。可惜，没有人肯说是谁拿走了它。”孙林异常愤怒和不满，“不过这也不重要，我要找的并不是仪器的下落，而是你们这些人！”

王存听完孙林的话愣住了，他想不明白为什么还有“猎人”办不成的事。在他看来，如果“猎人”果真无所不能，那他应该能查到当年拿走复印件的军方的高层，也应该能进而拿走复印件——难道是军方的高层不愿给他？

在王存沉思的过程中，孙林等不及了。

“快说！你究竟为什么要找到原件？”

“是。只要书的原稿还在世上流传，早晚会有别人知道楼兰文中所记载的秘密，仍会有人不停地寻找仪器。所以我的任务是拿到那本书，让别人永远无法知道那个秘密。”

“你觉得他们会把书给你吗？”孙林冷笑着看了我们一眼，又盯向了王存。

“我知道他们不会轻易交出那本书，所以我要把他们带走，我的上级会处理的。”王存说完之后用一种难言的表情注视着我和林菲，“守护秘密真的比守护你们的生命还重要吗？”

我无法回答。可我知道，如果这个秘密关系着无数人的生命的话，那一个人的生命又怎能重过无数他人的生命呢？

我偷偷看向了林菲和权庆宙，他俩也没有回答王存的问题，而是彼此对视了一眼，平静地望向了王存。

“这很好办！等咱们出了地宫，你马上联系你的上级，我跟他说！”孙林显然信心满满。我相信，在他的心中，他一定认为无论军方多高层的领导也会听命于他，因为他是“猎人”！

王存再一次被噎了回去。他已经找不到任何理由从孙林手中抢走我们了，于是他独自走向了那个盗洞的入口。

孙林释然地笑了。他笑着对我们做出了一个“请”的手势。我知道，我们的命运已经完全不在自己手中了。

第七十一章

就在我们依次走向入口，准备钻出去的时候，一个陌生的声音突然在我们身后响起。

“慢着！”

这个突如其来的声音不但使我浑身一哆嗦，就连孙林和王存也吃惊不小。众人连忙回头朝身后望去，孙林刚刚揣进腰间的枪又出现在他的手中。

“什么人！”孙林在转身的一瞬间便迅速用枪对准了声音传来的位置。

声音是从我和权庆宙进入地宫的那个洞口传出的。

随着这两个字回音的消失，一个中年男人从那个洞口跳进了地宫，从容地看着我们。

这个男人出现的那一刻，非但我和孙林惊住了，连李少威也露出了见鬼似的表情。

“你……”孙林的脸上顿时阴云密布，他紧锁的眉间充斥着不解和疑惑。

这个人居然是林吉贤家隔壁的那个打工者！

这个打工者竟然是从我和权庆宙进入的那个洞口出现的——这意味着，他也是从那口井进入的地宫！

“抱歉，我在那儿听你们谈话听了很久，我想我有必要现身了。”男人的脸上依然是我们初次见面时的质朴，声音依然谨慎而温柔。

“你到底是什么人？”孙林意识到了事情的复杂性，他明显乱了方寸。

“你刚才是不是说过，只要你知道了箴言，就能放他们一条生路？”男人不卑不亢地看着孙林。

孙林犹豫了一下。虽然我们都知道他刚才说的这句话根本就是谎言，可当这个男人提出价码的时候，他要重新作出判断了。

“没错。”孙林狡黠的眼神闪烁了一下。

“我现在就告诉你箴言的下落，你放了他们。”男人看似无神的目光停留在了林菲身上。

“不行，你不能告诉他！”林菲冲到了他面前。

男人轻轻地微笑了一下，然后轻抚了一下林菲的肩头。

“你爷爷会同意我这么做的！”

他俩谈话的神情和动作无一不向我证实了一件事情，那就是——林菲和他早就相识！

“爷爷是绝对不会同意的！”林菲几乎要哭出来了。

“你不相信我吗？”男人温柔地看着林菲。

“相信。”

“那就好。等你活着见到你爷爷时，你就知道他一定会同意的。记住，活下去比什么都重要。”男人离开了林菲，走到了孙林面前，“你放了他们，我告诉你箴言。”

“你当我是三岁小孩？”孙林挤出了一丝嘲讽的笑容，那笑容在他脸上无比地扭曲和做作。

“如果我告诉了你，你放不放他们？”男人不依不饶。

“放！”孙林放大了他恶心的笑容。

“好！”男人回身看向了林菲，“把那本书拿出来吧。”

林菲死死地盯着男人的眼睛。当得到男人确信无疑的眼神答复后，林菲走向了墓室。

“董先生的那本书？”孙林满腹狐疑地盯着林菲的背影。

“是。箴言除了在守陵者中世代口口相传之外，戊当年还曾将它用楼兰文记载了下来，董先生的那本书不但能破译贝叶上的楼兰文，还能破译箴言。只要你拿到那本书，你就能读懂箴言了。”男人根本不看孙林，而是微笑着看了眼权庆宙。

孙林的眼神开始不停地在那个男人和权庆宙身上盘旋，而剩下的人则满眼的困惑。

此时我发现，李少威的眼神中比别人多了一丝别样的味道。

“你他妈的是谁啊？”李少威突然吼了起来，“你为什么要在火车上跟踪我们？”

听到此处，我连忙看向了李少威。

“你……你说什么？”

“这人就是咱们在去新疆的火车上一直跟踪咱们的那个人！”李少威极度的惊恐导致了极度的愤怒。

“我是林吉贤老先生的信使，或者可以说是他的‘眼睛’。周皓，实不相瞒，我从整个事件最开始的时候就在关注着你。用林老先生家的座机给你打电话的是我，在他‘遗像’中隐藏楼兰女尸图像的是我，跟踪你踏上新疆之行的也是我。林老先生既然选择你成为守陵者，他就绝不会让你孤身一人陷入重重迷雾之中，我就是受林老先生的委托，全程关注着你的动向，并适时给你以提醒。”男人的目光坚定而诚恳。

“自打符号在酒会上出现后，林老先生就意识到了危机的降临，所以他必须隐藏起来，因此他故意制造了溺亡的假象，然后通过我来了解整个事情的进展。我用他家座机打电话的目的就是希望你有一天能通过这个电话注意到他的存在，其实，那天即便你接了那个电话我也会马上挂断的，因为林老先生吩咐我不能直接引导你，一来是为了考验你，二来是他还想让你把这些人都引出来。所以我希望你能通过那个电话注意到他，然后来到他家注意到那个遗像。他果然没有选错人，你不但查到了他家，还注意到了遗像的异常，这样你就能成功被引向楼兰、引向罗布泊。不过，当我听说你被警察抓到后，我告诉林老先生，计划失败了，希望他另选他人。可当你跟孙林一同出现在他家的时候，我知道你逃脱了险境，于是我继续在暗中关注你。当我确认你踏上了驶往新疆的火车后，我知道，你离揭开真相的这一天越来越近了，于是，我便来到了林菲这儿。

“其实，林老先生原本并不想让林菲这么早介入，他只是在林菲小的时候让她看过这些符号，以便在合适的时机让她接下守陵者的重担——但不是这个时候，因为他知道这一切都是陷阱，而他不想让唯一的后人过早地涉入陷阱。如果你不是适合的守陵者，如果你遭逢不测，那林菲如果在你身边一同帮你调查的话也会遭遇不测，所以他想让林菲静待你的调查。可当林老先生得知你被抓的消息后，他一方面在寻找新的备选者，另一方面不得不让让林菲提前赶到地宫，以防有人通过你的调查提前来到这里误动仪器引发地宫毁灭。当我把你平安的消息告诉林老先生后，他便指示我找到林菲，然后一同在这儿等你。现在，我们终于等到了你，所以，是时候结束这一切了。”

当男人讲完这一切的时候，林菲已经走出了墓室，远远地站着——她的手里拿着一本并不厚的红皮书。

“你一直在跟林吉贤联系？”孙林目不转睛地盯着男人，试图从他任何的反应中证实他所说的这一切的真假。

“没错。一个成功的信使应该是一个毫不起眼的人，我就是这个走在大街上都不会被人多看一眼的家伙。”男人咧着嘴笑了。

“林吉贤到底在哪儿？”孙林咬碎了钢牙。

“你永远都不会知道的。”男人笑得几乎有些开心了，“别以为你神通广大，你连我这个小小的信使都没有认出来，又怎么可能找到他呢？”

男人快步走向了林菲，从她手中接过了那本书。

见到那本书时，王存的眼睛瞪得出奇的大。

男人拿过书后，走到了一盏长明灯前，将那本书举在了火焰之上。

“放了他们！”

“我怎么知道那本书的真假？”孙林想要冲上去抢书，但当他刚迈出一步的时候，男人故意将书靠近了火焰。

“你的手下就在上面，如果我给你的是假的，你一声令下我们都会死。你觉得都这个时候了，我有必要骗你吗？“

“那可说不准！”孙林往前上了一步，男人再次将书靠近火焰，火焰几乎烧到了书的下沿。

“我见过书的复印件，我能证明它的真假！”王存突然走到孙林身边，警惕地注视着书和火焰的距离。

“很好，你可以靠近点看。”男人站在长明灯后，用长明灯挡在了他和王存之间，然后他在火焰上方用双手打开了那本所有人梦寐以求的书。

王存慢慢地向长明灯靠近。

“别往前走了，看吧！”男人开始逐页翻动这本书。

此时我、孙林、汤宇星和李少威纷纷站在王存身边，保持着与那本书一米多的距离，纷纷定睛看去。权庆宙和林菲挡在我们一侧，以便孙林和王存突然冲抢时能拦住他们。对于他俩的做法我认为完全没有必要，因为如果孙林和王存想要抢书，在他们跨过这一米多距离的过程中，那个男人可以用不到一秒钟的时间让这本书葬身火海。

那是一本大约十几页的书。每一张单数页上都是我见过的类似符号一样的楼兰文，与之对应的双数页上是翻译后的汉字。与其说这是一本书，不如说是一本字典。而就是这薄薄的字典却能解开史前文明留下的匪夷所思的秘密。

翻完最后一页后，男人合上了书——“怎么样？”

孙林侧过头凝视着王存，王存兴奋地点了点头。

“好，算你识相。”孙林轻松了许多，“该告诉我箴言记在哪儿了吧？”

“退后！”男人没有丝毫大意。

孙林和王存极不情愿地退到了足够远的距离。

“说吧。”孙林恨不得一口吞了男人。

“箴言就在你手里。”男人依然将书举在火焰之上。

“什么？”孙林的下巴几乎掉在地上，我们亦是如此。

“我说——箴言在你手里！”

“你他妈的把话说清楚！”彻底被整晕了的孙林有种被玩弄的感觉，他几乎怒不可遏，“箴言到底在哪儿？”

“你现在见到了书，可以放了他们吧？”男人毫不退缩地看着孙林，“如果我现在就告诉你箴言的下落，我们还能活下去吗？放了他们！”

男人瞬间变得比孙林还要强硬。

孙林犹豫了。

“我知道你在想什么，你压根就不想放过他们，对吧？”男人一脸嘲弄，“可你想想，就算你在这儿杀光了我们，你也不知道林吉贤的下落，对吧？你以为你全程监视着周皓就能找到林吉贤的下落吗？你以为林吉贤老先生一定会在这儿出现吗？你以为你用这些人的性命就能引他现身吗？如果守陵者这么容易现身，那他们几千年来怎么可能薪火相传、从未消亡？你太低估他们了。还有，如果你杀光了我们，你就不可能知道箴言的下落和内容。所以，你不但完不成你杀光所有守陵者的任务，也完不成找到箴言的任务，没错吧？你就想这么一无所获地回去复命？然后继续倾尽一生的时间毫无目的地追查？这肯定不是你希望的结果吧？——因此，你只能跟我合作，只有我能告诉你箴言的下落！请你好好考虑考虑。”

男人的话深深地刺痛了孙林。孙林铁青着脸环视了我们一圈之后，意味深长地看了眼王存。王存面无表情地接收着他颇有意味的眼神。

“好，我放！不过，如果你告诉我的是假的，你知道我就是把地球翻个底朝天也不会放过他们的。”

“我信。”男人笑了起来，“不过他们不能从你进来的那个盗洞出去，而要从这儿走。”男人指向了他进入的那个洞口——那个可以通向无名村 31 号破井的洞口。

“可以。”孙林看了眼那个洞口，然后看向了王存，“王存，他们就交给你了！”

虽然孙林尽可能想将这句话说得足够随意，但我们毫无例外地听出了这话里的杀机。其实我们所有人都知道，孙林不可能就这么轻易地放过我们——无论他承诺过什么。

那个男人显然也知道这一点。

“可是……我怎么从这儿出去？”王存看了看那个洞口。

“权庆宙，交给你了。”男人看了一眼权庆宙，然后看向了王存，“他熟悉那条密道，他可以带你们出去。”

王存和权庆宙对视了一眼，权庆宙点了点头。

“他就是我之前跟你说的，曾带我进入密道的人。”权庆宙微笑地看了眼男人，然后看向了我，紧接着，他大步朝洞口走去。

“等会儿！”眼见着我们都来到洞口处，孙林慌张了。

“怎么了？”男人摆出了一副猫耍老鼠的神情。

孙林的眼神中对我们充满了“不舍”，他的嘴唇轻轻地颤动了一下，但终究也没有说出些什么。

我相信，他此时的救星一定跟我们是一样的，因为我们的救星只有一个——王存。

孙林静静地站在那儿，注视着我们。而那个男人则静静地站在那盏长明灯前，一只手拿着书，另一只手则紧握着长明灯诱人的金质灯架。他微笑地看了我们一眼，然后看了眼胳膊上的手表。

“走吧。”男人坚定地向我们点了点头。

权庆宙低头看了眼自己的手表，然后神情严峻地看了眼那个男人。

“走吧。”林非来到了我的身边。

我深吸了一口气，再次呼吸了这个伟大地宫的气息，然后不舍地环顾了整个地宫——伟大的旷世杰作，不知你我何时才能再相逢！

当我将地宫的每一个细节都印人脑海后，我转身走向了洞口。

可就在来到洞口的一瞬间，我突然感到一种莫名的心悸，一个莫名的东西似乎从身后一把抓住了我的心脏，我忙不迭地回头看向了男人和他手中紧握的长明灯……

长明灯？

一道霹雳瞬间在我头顶划过——权庆宙曾说过，任何一盏长明灯被碰倒，整个地宫周围的暗流就会将地宫包围，任何人都再也无法进出！

我屏住呼吸，看向了权庆宙。

权庆宙正紧咬牙关地看着那个男人，他的目光中充满了崇敬和诀别……

第七十二章

当我们经过漫长的爬行，艰难地钻出井口的时候，所有人已经疲惫不堪。

来到那座破庙破旧的大殿后，我们纷纷席地而坐，痛快地喘息起来。

王存没有像我们那般狼狈，他一脸不解地望着那个洞口，仿佛一个孩子见到了衣柜中的妖怪。

权庆宙看了眼表，然后痛惜地看着林菲。林菲的眼眶中早已布满了泪水。

就在汤宇星和李少威注意到林菲和权庆宙的异状之时，一种地震时才有的巨大轰鸣声从我们脚下传来，那种声音像极了海啸降临时来自地狱的疯狂……

王存、汤宇星和李少威惊恐地迅速退后了一步，似乎生怕这巨浪般的声音从地壳钻出来伤害我们。

“怎么……怎么回事？”李少威惊骇不已。

我、林菲和权庆宙对视了一眼，没有一人回应。

汤宇星和王存仿佛明白了什么，他俩看向了我们，想要得到我们肯定的答复。

“每一个信使，随时都做好了为守陵者牺牲的准备。”

权庆宙边说边站起了身，神情落寞地看着王存。

我平复了一下已经千疮百孔的心，慢慢地走到了王存身边。

“王组长，你所要找的董先生那本书的原稿永远留在了地宫之中，不会再有人拿到它也不会再有人能进入地宫取走仪器了，你的任务已经完成——你准备怎么处理我们？”

王存紧锁眉头地看着我，内心与此时的地下一样，翻江倒海。

“那个男人毁了地宫？”他的表情充满忧虑。

“没有，他只是让地下暗流包围了地宫，现在已经没有任何人能进去了。如果有一天政府想要打开地宫，只能把这些地下水引走。如果想要取走仪器，就得先把地宫头顶上数以千吨的水银全部抽干。别担心，除了政府之外，已经不会有人能威胁仪器、威胁地宫了。”

说完这番话后，我心中竟出现了一些快慰——此时的地宫应该已经如深海中的沉船般被大自然无情的力量保护了起来，即便再有人知道仪器和地宫的秘密，他们也没有办法撼动这人力所无法克服的力量了。

地宫和仪器终于在两千年后选定了地球上最伟大的力量来保卫它们的尊严和秘密，而执行这一切的竟是它们早已选定的守陵者和他们的信使……

难道那个男人在进入地宫之前，就已经想到这个结果了吗？

或者，他本来就带着这个任务潜入的地宫？

一想到这个舍生取义的“信使”，我心中的快慰顿时烟消云散。沉船中的他和孙林此时在做什么呢？

一个信使，一个‘猎人’，被永恒地封存在了永恒的秘密之中。

王存仍在思量着对我们的处理。在还没有得到他答复之前，李少威已经开始抖擞精神，准备为自由而战了。在他看来，如果有我和权庆宙的帮助，我们三人一定能轻松搞定王存——如果王存想硬来的话。

可我心里却对眼前实力的对比了如明镜：以王存的实力，搞定我们三个学生难道不是跟喝水一样容易吗？

疲惫的空气中渐渐有了一些火药味。

“王组长……”林菲走到了王存的身边，“你知道为什么董先生要把那本书秘密地传承下去吗？”

对于林菲突如其来的发问，王存和我们一样，都没有丝毫准备。

“那个仪器是史前文明留给全人类的，它不能、也不应该成为某些人满足私欲的工具，所以，董先生想要把这个秘密公之于世，让世人共享这个秘密。但当他出版此书被拒绝后，他意识到，有些人试图把秘密变成自己的私产，而一旦这些人达到自己的目的，仪器就不再是拯救人类的希望，而会成为毁灭人类的灾难。于是，董先生决定把这个秘密传下去，他甚至希望传承这个秘密的人能提前拿走仪器，避免它落入那些居心不良的野心家手中。你难道希望某些野心家独占这个秘密，然后用它去制造灾难吗？”

“不要跟我说这些！”王存生硬地打断了林菲，“我们这个时代没有这样的野心家！”

“那为什么会有‘猎人’？！”林菲并没有被王存瞬间腾起的怒火吓到，她反而用更高亢的声音压倒了王存。

王存沉默了。

“有些人已经拿到了那本书的复印件，已经知道了秘密。如果他们没有不可告人的目的，为什么会派你追查所有想知道秘密的人？为什么会派你寻找书的原稿？又为什么会派出孙林这样的‘猎人’去捕杀所有已经知道秘密的守陵者？”林菲越说越激动了。

“对不起，我只是个军人，军人的职责是服从命令！”王存闪烁的目光中透出了一丝坚毅，而这丝坚毅是他最后的借口，也是他推托一切责任的避风港。

伴随着他坚毅的目光，他将右手移向了腰间。

“好吧，那你要服从的命令是什么？抓走我们？杀光我们？别忘了，是我们告诉你贸然取走仪器的后果的！如果我们不告诉你这些，地宫和仪器早晚有一天会毁在不明真相者的手中。”林菲逼近了王存。

王存竟对这个弱不禁风的女孩产生了一种畏惧。

“王存，”汤宇星点着了一根烟，深吸了起来，“我是个快死的人了，我是死是活早就不重要了，不过我得替这些年轻人说句话。你利用周皓查出了所有想找到仪器的人，也引出了孙林的真实身份——虽然他并不像你最初所想的那样是个叛国者——但毕竟周皓帮你达成了你的愿望，更何况那本书已经沉入地下，再也不会有人能拿到，你的任务不是已经完成了吗？还有，你现在已经知道了地宫中的机关，也知道了取走仪器的办法，这难道不是你新的功劳吗？如果你将这件事上报了，你将成为未来挽救地宫和仪器的英雄！你还想怎样呢？”

王存将放在腰间的手缓缓放下了。希望的火苗在他的这个动作中熊熊燃烧了起来。

“还有，”汤宇星走向了王存，“孙林不是说他知道那本书复印件丢失的事吗？那他为什么拿不到那本书的复印件？是他查不出来谁拿走的，还是说拿走书的人不愿意给他？”

王存眼中闪出了一丝火花。

“我相信你一定知道答案！如果说是军方的高层不想让他拿到那本书，那足以表明，高层不希望某些人垄断这个秘密，而是希望这个秘密能不停地流传下去！我说的对吗？”

王存艰难地皱着眉头。

“我可不可以这么理解——有些野心家试图垄断关于仪器的秘密，但另外一些人为了全民族，甚至全人类的利益不希望让秘密被垄断。那么请你认真思考一下，你要捍卫的到底是什么——是个别人的利益，还是全民族全人类的福祉！”汤宇星静静地看着王存的眼睛。

“不要再说了！我不想再见到你们。”王存看向了庙门的方向。

“我们也不想。”我居然笑了起来。

“你真……真打算放过我们？”李少威兴奋得声音发抖。

“杀你们是孙林的任务，又不是我的，我干吗要听他的？再说了，谁知道他是什么身份？你们知道吗？”王存推开庙门，一脸无辜地看着我们。

瞅他那德性，好像他真是在向我们询问一样。

我们纷纷相视一笑。

是啊，谁知道孙林是什么身份！知道他身份的人敢公布他的身份吗？

“猎人”本来就是不存在的！

“如果他所谓的‘猎人组织’敢公布他的身份，我不就正好知道‘猎人组织’是哪些人了吗？别忘了，我是一个军人，我的使命是保护我们的民族和国家！我决不允许有野心家毁掉我们这个伟大的民族！”

王存推开庙门后，向我们做了一个“请”的手势。

一个巨大的热气球竟然停在大殿外的院落之中！

“呵呵，看来那个信使是早有准备啊。”王存审视着热气球，苦笑了起来。

我们几人连忙跑到热气球前。林菲一眼就看到了舱内的一封信，但她迅速一屁股坐在了信上。

“打算去哪儿？”王存看向了我们。

我和林菲对视了一眼，笑而不语。

“不愿说我就不多问了。如果见到林吉贤老先生，替我向他问个好。”

“一定。你呢，怎么打算？”我居然有些依依不舍了。

“我？当然是善后了。然后，然后……保护好我们民族这个伟大的宝藏！”王存目光坚毅。

“那你打算怎么跟上头交代孙林的事？”汤宇星进入了舱内。

“这还不容易？就在我盘问他身份的时候，地宫外发生坍塌，我侥幸逃脱，你们几个包括孙林，通通被埋在了地宫里。如果有一天你们被别人发现了，我就说我也不知道你们是怎么逃出地宫的，反正谁有本事谁查去呗。”

王存目送着我们一个个地进入舱内，然后站在舱门口，握住了我的手。

“周皓……不，现在应该叫你‘守陵者’。如果有一天你知道了人类的运势，能不能偷偷告诉我，咱们国家什么时候会最牛逼，行吗？”

“哈哈，一定一定！我相信，我们能活着见到那一天！”我关上了舱门。

“保护好秘密，好好地把它传下去！”王存挺直了胸膛，微笑着环视了我们所有人。

权庆宙发动了热气球，巨大的热气球腾空而起。

远远地，我看到王存向我们行了一个军礼。

第七十三章

随着热气球的上升，伟大的始秦皇陵在我眼前渐渐变小，山脉和城市也开始变得如棋盘般可爱，一切的恐惧与危机在天空中一点点离我远去，而当清新的空气进入我身体的时候，我意识到，一种我做梦都想不到的新生活即将彻底改变我的一生。

我竟然成为了守陵者……

当我把脑袋从舱外缩回来后，我发现林菲正在看着那封信。

“上面写的什么？”

“是信使留下了我爷爷的地址。”林菲脸上洋溢着过年般的喜悦。

“太好了！”一想到即将见到林吉贤，我每一个毛孔都在欢唱。

可林菲的表情却随着信的内容逐渐阴郁了起来。

“怎么了？”我们看向了她。

“爷爷早就知道‘猎人’的事……”林菲的眼睛并没有离开信纸，神情中充满了悲伤，“他之所以没有告诉我们，是怕我们担心……信使去地宫不单单是为了营救咱们，他压根就没想活着离开……他要跟‘猎人’同归于尽。”林菲突然抬起头，将那封信撕得粉粹，如天女散花般将它们撒出了舱外。

“如果没有信使的守护，守陵者的命运会怎样呢？”汤宇星惆怅万分。

“那……WU415 究竟是谁？是这个信使，还是你爷爷？”我走到林菲身边，轻轻地帮她擦去了眼泪。

“是爷爷，他故意留给你这些信息，就是为了帮你成为守陵者。”林菲并没有拒绝我的手触碰她的面颊。

“可他为什么要给我发两次同样的邮件呢？”一想到我在前往新疆的途中也收到过他的邮件，我就不禁疑惑不已。

“爷爷第一次发邮件是想让你注意到司母戊鼎和戊，第二次发是想让你知道戊和楼兰女祭司的联系。他是在知道你逃出看守所，去往新疆的时候给你发的第二封信吧？”

“是。”

“肯定是信使告诉他的。”

“可是……可是孙林当初查过你爷爷的地址，说那个地址是在境外……”

“用个境外的服务器不就行了？爷爷可没跑那么远。再说了，他要是在境外的话，孙林不早就通过机场什么的查出他的下落了。”

林非冲我苦笑了一下。

好吧。

“别多想了，这也许就是信使的职责吧。”看到林非的心情依然低落，权庆宙安慰了起来。林非走到舱边，迎着风深吸了几口气，然后强装轻松地看着我们。

“好吧。一切都结束了，我们要开始属于自己的新生活了！”

在热气球又上升了几百米后，我突然想到了一个重大的问题。

“那个箴言到底在什么地方？信使怎么说箴言在孙林手上？”

汤宇星和李少威听到我这个问题后，也连忙看着林非，林非则看着正操纵热气球的权庆宙。

“戊把箴言刻在了……司母戊鼎的东侧壁上。”权庆宙略带抱怨地看了我一眼。

什么！

我险些从热气球上掉出去。

“肯定是你把司母戊鼎的玄机告诉的孙林吧？那时候你身边只有孙林这么一个高手，取走鼎的除了他还能有谁？”权庆宙故意夸张了他的不满。

“我……我当时又不知道孙林的身份。”我连忙解释。

“其实爷爷给你发司母戊鼎的图片，是希望你留意到鼎耳和戊这两个信息，没想到你居然注意到了鼎身的侧壁。那个侧壁里面隐藏的就是用楼兰文写下的箴言。”林非笑了起来。

“还好，就算信使告诉了孙林东侧壁的事，孙林也出不来了，他就憋着吧。”我尴尬极了。

“喂，既然你们知道这一纪人类的全部运程，那你们肯定知道这件事会发展的什么地步啊，你们怎么还这么被动？”李少威凑到了权庆宙身边。

“话可得说明白了——我们现在不知道那些箴言的内容。不过就算以后知道了，也不可能知道得这么细吧。箴言就那么几段话，怎么可能把事记载得这么详细？它记载的都是大事，怎么可能把咱们这些事记下来？你以为它是算命啊？哼，就算是算命也算不出你明天会吃什么菜，遇到什么人吧。”

林非笑着瞪了一眼李少威，李少威不爽地撇了撇嘴。

“行行，你怎么都有理，行了吧？反正见到你爷爷后，我也要当守陵者。”李少威脸上浮现出一副“天降大任”的德性。

“你？没戏。”林非故意逗他。

“凭什么？整个事情我可是全程都在参与，要是没我的帮助，周皓哪能走到今天？再说了，就算我当不了守陵者，汤教授总有资格吧？是吧，汤教授？”

李少威赶紧拉来一个同盟者。

汤宇星笑着没有理他，只顾着点烟。可惜空中风太大，他怎么都点不着。

“林非，这事可不是开玩笑的事。你得好好问问你爷爷，李少威和汤教授怎么办？”我没心情跟他们逗趣，只是真心觉得这事挺麻烦的。

“信使在刚才的信里都交代过了，他知道李少威一直在跟着你，所以……”林非看向了李少威，“你从今往后就是守陵者周皓的信使！”

“好，好！”李少威倒还知足，“信使这名字听着多牛逼啊。不过，信使跟守陵者有啥区别？”

“除了不能知道箴言的具体内容外，没有任何区别！当然——必要的时候必须挺身而出，替守陵者保护秘密。就像他一样。”林非彻底收起了脸上玩笑的神情，难过地朝舱外的地面看去。

李少威深深地咽了一口口水。

“成，没问题！”李少威英雄般地看着我，“小子，老子以后就是你的保护神了，你他妈的得乖一点，知不知道？”

去你大爷！

我心里已经把李少威推下去无数次了。

我懒得搭理他，而是看着汤宇星。汤宇星虽然一刻不停地在按着打火机，没看我们，但我知道，他心里一定在等待着对他的决定。

林非也看着汤宇星。

“信使没有提到汤教授。可能……可能是因为他之前并不知道汤教授的存在，爷爷可能也不知道。不过等见到爷爷后，我会把事情告诉他的。”

“没关系。”汤宇星终于点着了烟，“我都这把老骨头了，当不当守陵者不重要。能从你们这儿知道这么多秘密，我这辈子已经是大赚特赚了。你们要是担心我泄露林吉贤先生的地址，现在就可以把我扔下去。”

“那哪行啊。”我真不知道自己应该是严肃还是玩笑地对他说了最后这句话。

“放心吧，咱们能一同坐在这个热气球上就表明咱们都是上天选中的，有什么事等见到爷爷再说吧。”林菲似乎从汤宇星的话中听出了危险，连忙安慰起来。

“也好，也好。”汤宇星露出了孩子般的笑容。

热气球到达一定的高度后没有再继续上升，而是一路朝东飘去。

脚下的景色随着热气球的漂移开始呈现不同的容貌。蜿蜒的黄河在我们脚下仿佛黄丝带一样静静流淌，两岸也渐渐从土黄变成草绿，进而是一派浓绿之象。大自然的生机在变换中缓缓重现，一如此时我们内心深处的生机。

“林菲，爷爷到底是怎么选中我的？”解决了几乎所有的问题后，内心平静祥和的我将思绪回到了这一切的起点。当一项重任突然降临的时候，我惴惴不安地想要知道这一切究竟是如何开始的。

“这要从爷爷和董先生的关系说起。”林菲望向了天际线。

“其实，当年并不是董先生找的爷爷，而是爷爷主动找到了董先生。当上世纪楼兰遗址不断有新发现的消息传出后，我们家族便开始密切关注所有关于楼兰的发现。得知楼兰古国出土了神秘文字、阿瑟教授和西克教授能读懂这些文字后，他们便试图接近两位教授。不过在族中先人找到他们之前，两位教授都已离世，因此，他们只能将希望寄托在西克教授唯一的传人董先生身上。于是，爷爷考到了董先生门下，成为了他的爱徒。当时，董先生已经决定把那本书秘密地传下去，他选择的传人便是你的导师丁教授。当爷爷说出了自己守陵人的身份和地宫的秘密之后，董先生决定由爷爷接续这个秘密——其实，在董先生看来，与其说是他把秘密和那本书传给了爷爷，不如说是把它们交还给了原本的主人。不过，由于当时丁教授已经知道了秘密，所以董先生便让他俩共同保守和传承：爷爷选择了退学和隐藏，而丁教授选择了寻找下一任接班者人选。这几十年来，两人一直保持着极为秘密的联系，而当这一切事情发生时，丁教授便把他选中的人选告诉了爷爷，那个人就是你。至于丁教授为什么选中了你，那就只有他知道了。不过通过你的表现，他显然没有选错人。”

林菲说着说着脸色莫名地潮红起来。

丁教授选中了我，林菲是林吉贤的孙女，而我们两人竟是同学们传说中的恋人——难道这一切冥冥之中早有安排?

我看了眼林菲，她显然知道我此时眼神的含义，于是她红着脸转过头去，不敢再看我。

如果能跟这个女人厮守终生，那当一个遁世的守陵者又有何妨呢?

空中的寒风竟如此温暖，温暖得让我心底竟生出了一丝春意……

“地宫和仪器现在已经不用咱们去保护了，那个通往地宫的密道肯定已被暗流淹没，所以咱们再也没有能力取走仪器。不过也好，咱们可以安心地守着箴言，平静地生活。”林菲的声音中充满了轻松与释然。

“是啊，想要引走地下水、抽干水银，这事只有政府能办。”汤宇星叹了口气，“也好，至少地宫再也不会被别人打扰了。”

“对啊，就算有一天要打开地宫，至少仪器是落在中国人手里，没被别人拿走就行。”李少威附和道。

“这其实也是西克教授选择董先生的原因。”林菲看到我们惊诧的表情后，继续说，“当西克教授破解了上下两部分楼兰文后，便知道了仪器的秘密，也知道仪器被带到了中国，所以他必须要将这些传授给一个中国学生。因为，既然仪器的所有线索和下落都在中国，那只有让中国人去调查才最为便捷和有效，遇到的困难也会最少。而且，在西克教授看来，既然史前文明选择把仪器留在中国，一定有他们的原因，所以，他要把从中国偷来的东西还给中国，让被史前文明选择的中国人去继承史前文明所托付的重担——董先生正是因为明白了西克教授的苦心，才执意要将秘密保存下来，不但不能让它消失，更不能让它被野心家所用。”

对于这样的大师，我们除了崇敬还能说什么呢?

好吧，既然我们国家是被史前文明选中拯救人类的，既然我被守陵者选中成为延续史前文明秘密的传承者，那就让我们各自肩挑起各自的重担，大踏步前进吧。

“守陵者万岁！”

我在几千米的高空，向着整个世界宣示道。

“信使万岁！”

李少威不甘落后，用他公牛般的嗓子也喊了出去。

“周皓和林菲万岁！”

林菲清亮的声音在天空中格外迷人。

汤宇星看着我们几个癫狂了的年轻人，笑得早已咳嗽连连了。

“权庆宙，你也喊几声吧。”

喊得兴起时，林菲拍了拍正低头沉思的权庆宙。

权庆宙一脸恐慌和沮丧，整个人仿佛被抽掉了灵魂。

“你怎么了？”

当我们意识到他吓人的模样后，都连忙看向了他。

“我……我跟周皓进地宫的时候……我俩不是都穿着潜水服吗？……我……我把那两件潜水服……忘在地宫里了……”

图书在版编目（CIP）数据

天国的封印 / 裴魁山著. —南京：译林出版社，2016.6
ISBN 978-7-5447-6341-7

Ⅰ.①天… Ⅱ.①裴… Ⅲ.①长篇小说－中国－当代
Ⅳ.①I247.5

中国版本图书馆CIP数据核字（2016）第088135号

书　　名 天国的封印
作　　者 裴魁山
责任编辑 王振华
特约编辑 苑浩泰
出版发行 凤凰出版传媒股份有限公司
译林出版社
出版社地址 南京市湖南路1号A楼，邮编：210009
电子信箱 yilin@yilin.com
出版社网址 http://www.yilin.com
印　　刷 三河市华润印刷有限公司
开　　本 710×1000毫米　1/16
印　　张 36.25
字　　数 568千字
版　　次 2016年6月第1版　2016年6月第1次印刷
书　　号 ISBN 978-7-5447-6341-7
定　　价 72.00元

译林版图书若有印装错误可向承印厂调换